TIBOR RODE
SCHREIBT ALS
TOM ROTH

WELT OHNE MORGEN

THRILLER

lübbe

Dieser Titel ist auch als E-Book erschienen

Die Bastei Lübbe AG verfolgt eine nachhaltige Buchproduktion. Wir verwenden Papiere aus nachhaltiger Forstwirtschaft und verzichten darauf, Bücher einzeln in Folie zu verpacken. Wir stellen unsere Bücher in Deutschland und Europa (EU) her und arbeiten mit den Druckereien kontinuierlich an einer positiven Ökobilanz.

Vollständige Taschenbuchausgabe
der bei Bastei Lübbe erschienenen Paperbackausgabe

Copyright © 2021 by Bastei Lübbe AG, Köln

Dieser Titel wurde vermittelt durch die Literarische Agentur Kossack

Copyright dieser Ausgabe © 2022 by Bastei Lübbe AG, Köln
Titelillustration: © Komsan Loonprom/shutterstock.com
Umschlaggestaltung: ZERO Werbeagentur, München
Satz: hanseatenSatz-bremen, Bremen
Gesetzt aus der Adobe Garamond Pro
Druck und Verarbeitung: GGP Media GmbH, Pößneck
Printed in Germany
ISBN 978-3-404-18474-3

2 4 5 3 1

Sie finden uns im Internet unter:
luebbe.de
Bitte beachten Sie auch: lesejury.de

Dies ist ein Roman. Sämtliche Personen und Geschehnisse sind frei erdacht und entspringen ausschließlich der Fantasie des Autors. Das gilt leider nicht für den Klimawandel, der real ist. Ähnlichkeiten von Namen zu denen lebender Personen sind nicht beabsichtigt und rein zufällig.

Wir sind nicht nur verantwortlich für das, was wir tun,
sondern auch für das, was wir nicht tun.

Molière

PROLOG

»Hannah, ganz ruhig. Dir passiert nichts! Bleib einfach gerade sitzen, und schau in die Kamera. Das ist doch nicht so schwer!« Die blecherne Stimme kam aus einem Walkie-Talkie, das jemand mit blauem Klebeband ganz oben an die Innenseite der Glasscheibe geklebt hatte.

Hannah versuchte, ihre Atmung zu beruhigen. Der Südostpassat hatte in den vergangenen Tagen heiße Luftmassen im Gepäck gehabt; die Hitze war tagsüber selbst im Schatten kaum zu ertragen. Aber hier drinnen, in der engen, rundherum verglasten Kabine, hatte die Luft sich noch weiter aufgeheizt. Es herrschten mindestens fünfzig Grad. Schweiß rann ihr über die Stirn. Das Blut pochte in der Beule an ihrer Schläfe, die auch nach Tagen noch höllisch schmerzte. Ihr Mund war staubtrocken. Schon vor zehn Minuten hatte sie einen Schluck Wasser verlangt, doch Nicolas hatte ihre Bitte einfach ignoriert. Nun saß er keine drei Meter entfernt von ihr auf dem Gartenstuhl aus Plastik, in der rechten Hand das andere Walkie-Talkie. Auf dem Kopf trug er die rote Schirmmütze, darüber ein Headset.

»Schau in die Kamera, Hannah!« Jetzt klang er sogar böse.

Angestrengt blickte sie auf das Objektiv der Webcam, die außerhalb der Kabine in Kopfhöhe auf einem Stativ befestigt war. Ihr Auge brannte wie Feuer. Zwar konnte sie mittlerweile wieder besser sehen, aber es war noch immer blutunterlaufen.

»Ich will hier raus!«, stöhnte sie. »Bitte!«

»Halte durch. Noch eine Minute, dann bist du live.«

Sie drehte sich um und sah zu dem roten Gummischlauch, der direkt hinter ihr in die Kabine hineinführte, gerade so, dass die Kamera ihn noch erfasste. Das Loch um den Schlauch herum war sorgfältig mit Silikon abgedichtet.

Langsam wurde ihr schlecht. Es musste an der Gluthitze hier drin liegen. Flehend schaute sie zu Nicolas und faltete die Hände wie zum Gebet. »Bitte lass mich raus!«, flüsterte sie.

»Schatzi, du machst das ganz wunderbar!«, sagte er. Obwohl er versuchte, beruhigend zu klingen, vibrierte seine Stimme vor Nervosität.

Schatzi. Sie war fünfzehn, und er behandelte sie und die anderen wie Kinder.

Draußen kam Hektik auf. Nicolas hob den Zeigefinger und gab ihr damit das Zeichen, dass es endlich losging. Sie rutschte auf dem schmalen Hocker nach vorne.

»Jahrelang habt ihr nicht hören wollen«, begann er, seinen Text aufzusagen. Seine Stimme klang jetzt ungewohnt hart. »Ihr habt das Todesurteil über unseren Planeten gefällt und damit auch über die zukünftigen Generationen.«

Nicolas' Worte schmerzten ihr in den Ohren.

»Es ist leicht, wenn man das Sterben nicht sieht. Wir haben euch gezwungen hinzuschauen. Wir haben es nicht länger geduldet, dass ihr die Folgen eures mörderischen Handelns weiterhin ignoriert.«

Sie schnappte nach Luft, doch ihr Brustkorb fühlte sich an, als wäre er mit Zement gefüllt. Ihr Herz raste.

Was passierte mit ihr? In ihren Händen begann es zu kribbeln. Das Stativ mit der Kamera schwankte. Ihre Mutter kam ihr in den Sinn. Die letzten Tage hatte sie sie so sehr vermisst. Vor ihren Augen tanzten schwarze Flocken. Was geschah hier nur mit ihr? Konnte sie sich so in Nicolas getäuscht haben?

Sie drehte sich um und starrte erneut auf die schwarze Öffnung des Schlauchs.

In diesem Augenblick schien der Hocker unter ihr zu kippen. Der Boden glühte vor Hitze.

»Wir haben euch die Chance gegeben, eure Fehler zu korrigieren, darüber zu entscheiden, ob unser Planet sterben wird.«

Nun war Nicolas weit entfernt. Sie spürte, wie sie langsam das Bewusstsein verlor.

»Ihr hattet es in der Hand, ob Hannah leben oder sterben wird. Jetzt ist die Zeit abgelaufen.«

14 Tage zuvor

1

Heron Island, Queensland, Australien

»Oh, sind die süß!« Ayumi, die kleine Japanerin, ging in die Hocke und hielt schützend die Hände über die Schildkröten.

»Abstand halten, Leute!«, mahnte Laura.

»Maledetto! Die verdammten Vögel fressen sie alle auf«, rief Lorenzo und versuchte, die Möwen mit seinem Stock zu verscheuchen. Die Vögel kreisten aufgeregt schreiend über ihren Köpfen. Zwei von ihnen waren bereits heruntergeschossen und hatten sich zu Hannahs Entsetzen jeweils eines der frisch geschlüpften Schildkrötenkinder geschnappt.

»Wir lassen sie in Ruhe«, sagte Laura mit einem Lächeln. »Ich weiß, am Anfang fällt es schwer, sich zurückzuhalten, gerade weil die kleinen Babys so hilflos erscheinen. Aber wir alle müssen uns wieder daran gewöhnen, nicht in die Natur einzugreifen. Wir sind weder Schöpfer noch Retter. Die Möwen brauchen Nahrung, um zu überleben, und sie haben auch ihren hungrigen Nachwuchs zu versorgen.«

Gut hundert Meter den Strand hinunter klatschte eine Gruppe Touristen aufgeregt in die Hände; zwei Frauen schwangen ihre geöffneten Regenschirme gen Himmel. Ihnen hatte offenbar niemand gesagt, dass sie sich zurückhalten sollten.

»Normalerweise warten die geschlüpften Schildkröten bis zur Flut am Abend und orientieren sich auf ihrem Weg ins Meer am Mond. Das Unwetter heute Morgen wird sie irritiert haben. Zu dieser Tageszeit ist das Wasser noch viel zu weit entfernt.« Laura zeigte hinaus aufs Riff.

Hannah schätzte sie auf achtzehn, neunzehn Jahre. Sie war blond, sonnengebräunt, redete schnell und mit starkem australischen Akzent. Selbst Hannah, die sehr gut Englisch sprach, musste sich konzentrieren, um jedes Wort zu verstehen. Laura hatte sich ihnen nach dem Frühstück als Mitarbeiterin des Inselressorts vorgestellt und angekündigt, dass sie mit ihnen heute einen Spaziergang hinaus aufs Riff unternehmen würden.

»Mit etwas Glück wird es eine Handvoll bis übers Riff schaffen«, ergänzte Laura. »Die anderen enden als Möwenfutter.« Sie wandte sich wieder gen Meer. »Lasst uns weitergehen!«

Hannah musste schlucken, nur eine Handvoll? Besorgt blickte sie noch einmal zu den Schildkrötenbabys zurück und folgte widerwillig dem Rest der Gruppe. Am liebsten hätte sie alle der kleinen Panzertierchen eingepackt und zum Wasser gebracht.

Nachdem auch die letzten Wolken sich verzogen hatten, schien wieder die Sonne. Hier auf der Südhalbkugel begann der Sommer gerade erst. Das überdimensionierte Thermometer am Eingang des Hotels hatte herrliche vierundzwanzig Grad angezeigt. Das perfekte Wetter für einen perfekten Tag. Zu Hause in Berlin hatte bei ihrer Abreise der Winter vor der Tür gestanden. Auf dem Weg zum Flughafen hatten sie morgens sogar die Autoscheiben frei kratzen müssen. Bei dem Gedanken an Berlin und ihre Mutter empfand Hannah wieder jenes seltsame Ziehen in der Herzgegend. In letzter Zeit war so vieles zwischen ihnen falsch gelaufen …

»Drücken deine Schuhe auch so?« Stina hielt sich an Hannahs Schulter fest und fasste sich an den rechten Fuß. Sie kam aus Kopenhagen und war mit ihren dreizehn Jahren jünger als die übrigen Teilnehmer des Camps. Auf der Überfahrt von Gladstone hierher nach Heron Island hatte sie neben Hannah im Boot gesessen und als eine der Ersten zu den bereitliegenden Spucktüten greifen müssen. Gestern Abend hatte Hannah sie noch getröstet, weil sie schreckliches Heimweh gehabt hatte. Jetzt drückte der Schuh. Während die anderen Camp-Teilnehmer eher genervt von ihr waren, fühlte Hannah sich irgendwie für sie verantwortlich, wie eine große Schwester.

Laura hatte jeden von ihnen im Hotel für die Wanderung mit einem Paar Schuhe und einem langen Wanderstock ausgestattet.

»Besser, der Schuh drückt, als dass das Riff dir die Füße zerschneidet oder du in einen Seeigel trittst«, sagte Hannah und lächelte aufmunternd. »Die laufen sich bestimmt noch ein, mach dir keine Sorgen.«

»Ich mache mir keine Sorgen, ich habe nur Blasen an den Füßen. Und es ist zu heiß«, quengelte Stina, während sie weitergingen.

Hannah sah sich nach Nicolas um, konnte ihn aber nirgends entdecken. Er schien nicht am Ausflug teilzunehmen. Schließlich wateten sie in das seichte Wasser. Tatsächlich war das Meer hier, vor dem herrlich weißen Sandstrand der klitzekleinen Insel, nur kniehoch.

»Wir gehen jetzt auf dem Dach des Riffs, das die Insel umgibt. Das tiefe Meer beginnt erst an der Riffkante hinter der Bucht.«

Hannah schaute auf ihre Füße. Das grün schimmernde Wasser war kristallklar und erstaunlich warm.

»Auch dieses Riff ist Teil des Great Barrier Reef, von dem ihr bestimmt schon einmal gehört habt. Es ist mit knapp dreihundertfünfzigtausend Quadratkilometern das größte von Lebewesen geschaffene Gebilde auf unserem Planeten. Weiß jemand von euch, welche Lebewesen für die Entstehung verantwortlich sind?«

Gleich mehrere der Mädchen und Jungen um Hannah herum hoben den Arm. Als wären sie hier in der Schule.

»Korallen«, sagte Kamal, ein schmaler Junge mit dunklen Augen und dunklem Haar, von dem Hannah wusste, dass er aus Indien stammte. Sie waren einer nach dem anderen im Camp eingetroffen, und sie hatte bisher noch nicht die Gelegenheit gehabt, mit allen ausführlich zu sprechen.

»Richtig«, lobte Laura. »Viele wissen nicht, dass Korallen auch Tiere sind.«

»Sei vorsichtig mit ihnen!«, hörte Hannah hinter sich jemanden sagen.

Als sie sich umdrehte, sah sie Lorenzo neben Denise, einem dunkelhaarigen Mädchen aus Frankreich. Erst auf den zweiten Blick erkannte sie, dass Lorenzo zwei der Schildkrötenbabys in der Hand hielt. Offenbar hatte er sie bis hierher ins Meer getragen. Abgeschirmt von Denise ließ er sie sanft ins Wasser gleiten. Hannah schaute zu Laura, die vorne zu den anderen sprach und nichts davon mitbekam. Lorenzo, der mit auf die Knie gestützten Händen beobachtete, wie die Schildkröten rasch davonschwammen, blickte zu ihr auf. Sie hob den Daumen, und er strahlte sie an.

»Könnt ihr dahinten auch diese Koralle hier sehen?«, ertönte Lauras Stimme etwas lauter. Ein halbes Dutzend Köpfe fuhr zu ihnen herum. Offenbar waren sie gemeint gewesen. Hannah spürte, wie ihr das Blut in den Kopf stieg.

Erst als die Gruppe vor ihnen sich etwas teilte, konnte Hannah erkennen, dass Laura ein kleines Gebilde in der Hand hielt.

»Ich sagte gerade, diese Steinkoralle hier heißt ›Acropora‹. Und sie ist das beste Beispiel dafür, dass die Natur sich schon selbst zu helfen weiß. Dieses Riff ist wie alle Korallenriffe extrem vom Treibhauseffekt bedroht. Schon eine minimale Erhöhung der Wassertemperatur kann die empfindlichen Korallentierchen erheblich stören. In unserem Labor auf der Insel haben wir es in kleinen Aquarien simuliert: Steigt die Temperatur des Meeres in den nächsten Jahren weiter an, drohen die Korallen massiv abzusterben. Hinzu kommt, dass das CO_2 in der Atmosphäre das Meer versauern lässt, wodurch weniger Kalkschalen aufgenommen werden können.«

Hannah hatte davon bereits gelesen. Auch hatten sie in der Umwelt-AG ihrer Schule darüber gesprochen.

»Aber wie gesagt, die Korallen hier sind schlauer, als man denkt«, referierte Laura. »Bei einer Erwärmung des Wassers gibt die Koralle eine Schwefelverbindung in das Meer ab, die dann in die Atmosphäre aufsteigt und dort für die Bildung von Wolken sorgt. Wolken bedeuten jedoch Schatten. Und Schatten bedeutet eine Abkühlung des Wassers. Das heißt, diese Korallen hier machen sozusagen ihr eigenes Wetter.«

Dann hatten die Korallen vielleicht für das Unwetter gestern gesorgt, dachte Hannah fasziniert.

»Es gibt also immer noch Hoffnung. Nichtdestotrotz müssen wir den Korallen helfen. Indem wir alle uns weiter dafür einsetzen, dass der Treibhauseffekt gestoppt wird.«

Zustimmendes Gemurmel erhob sich.

»Genau deswegen sind wir ja hier«, flüsterte Hannah kaum hörbar.

»Das ist wahr!«, stimmte Lorenzo ihr zu und grinste sie an.

Hannah spürte ein Kribbeln im Bauch, das von einem plötzlichen Frösteln abgelöst wurde. Das Wasser an ihren Beinen schien kälter zu werden, je näher sie der Riffkante kamen.

»Und die zweite große, von uns Menschen gemachte Gefahr für diesen Planeten ist das Plastik«, fuhr Laura fort, während sie eine kleine Wasserflasche aus ihrem Hosenbund zog und in die Luft hielt. »Bis so ein Teil hier abgebaut wird, dauert es vierhundertfünfzig Jahre. Jedes Jahr gelangen zehn Millionen Tonnen Plastik ins Meer. Und die Auswirkungen sieht man dann hier bei uns im Pazifik. Die Schildkröten fressen das Plastik, und es verstopft ihnen den Magen. Die Verdauung des Plastiks bewirkt die Bildung von Gasen, sodass die Schildkröten sich aufblähen und an der Oberfläche treiben, weil sie nicht mehr tauchen können. Dort verhungern sie dann oder sind leichte Beute – samt dem Plastik. Seit über zweihundert Millionen Jahren bevölkern Schildkröten unsere Erde, und heute sind sie vom Aussterben bedroht.«

Hannah spürte, wie Ärger in ihr aufstieg. Die Art von Empörung, die sie veranlasst hatte, an den Freitags-Demonstrationen zu Hause in Berlin teilzunehmen. Das ungute Gefühl, das sich über die letzten Monate allmählich in blanke Wut verwandelt und letztlich dazu geführt hatte, dass sie hier ins Camp gekommen war.

Über die Plastikfrage hatte sie sich zuletzt sogar beinahe mit ihrer Mutter zerstritten, die nicht bereit war, im Haushalt komplett auf Plastik zu verzichten. Genau die egoistische Haltung der Erwachsenen, für die Hannah kein Verständnis mehr aufbringen konnte.

»Passt auf die Korallenbänke auf«, hörte sie Laura sagen. »Und tretet nicht auf die Seegurken!«

Hannah schaute angestrengt auf den Meeresboden. »Wie sieht eine Seegurke überhaupt aus?« Sie hatte den Gedanken laut ausgesprochen.

»Wie eine Wurst mit fiesen Stacheln«, antwortete Stina.

Jetzt, da das Wasser bis zu den Oberschenkeln reichte und sie sich in engen Kurven um die Korallenbänke schlängeln mussten, war Hannah froh über den langen Wanderstock.

»Da sind wir!«, verkündete Laura endlich und deutete vor sich.

Als Hannah zu ihrer Führerin aufgeschlossen hatte, sah sie, wie der Meeresboden vor ihnen plötzlich steil abfiel. Dahinter begann das dunkle Blau des tiefen Meeres. Gerade wollte sie sich bei Laura erkundigen, ob man hier tauchen konnte, als sie im Wasser einen dunklen Schatten bemerkte. Die Sonne spiegelte sich in den Wellen, sodass sie das Objekt wieder aus dem Blick verlor. Sie kniff die Augen zusammen. Da war es wieder! Diesmal deutlich größer. Vielleicht ein Hai, dachte sie.

Sie streckte den rechten Arm aus, um darauf zu zeigen, als plötzlich eine schwarz glänzende Gestalt aus dem Wasser schoss. Bevor sie erkennen konnte, was da direkt vor ihr auftauchte, stieß Laura neben ihr einen Schrei aus. Hannah drehte sich erschrocken zur Seite und sah in das verzerrte Gesicht ihrer Führerin. Langsam folgte sie Lauras ungläubigem Blick und bemerkte den langen Speer, der in Lauras rechter Brust steckte.

2
Berlin

Sie war spät dran. Ihre Füße waren eiskalt. Seit einer Woche schon funktionierte die Heizung nicht richtig. Sie musste dringend mit dem Vermieter sprechen. Altbau hin oder her: Eine einigermaßen warme Wohnung konnte man wohl verlangen. Caroline suchte ihre Sneakers und schlüpfte hinein, obwohl sie noch nicht mit dem Schminken fertig war. Vielleicht lag es auch daran, dass sie Hannahs Zimmer im Augenblick nicht heizte. Leer und kalt lag es dort, am Ende des Flures. Auch wenn sie erst ein paar Tage fort war, vermisste sie sie schon jetzt sehr. Die frühe Trennung von Hannahs Vater Kyle, den ihre Tochter nur alle paar Monate sah, hatte sie beide zusammengeschweißt. Caro und Hannah gegen den Rest der Welt, so war es lange gewesen.

Der Begeisterung darüber, dass Hannah von *Life for Tomorrow* für das Camp als einzige deutsche Teilnehmerin ausgewählt worden war, war rasch ein flaues Gefühl in der Magengegend gefolgt. Die erst fünfzehnjährige Tochter allein fast fünfzehntausend Kilometer um den Globus zu schicken konnte wohl keiner Mutter gefallen. Aber sie hatte Hannah die Chance natürlich nicht nehmen wollen. Und weil Hannah es sich, ohne zu zögern, zutraute, war sie auch ein bisschen stolz darauf, wie selbstständig und mutig ihr kleines Mädchen war. Überhaupt war Hannah für ihr Alter erstaunlich verantwortungsbewusst.

»Sie hat eine alte Seele«, behauptete Kyle stets mit Verweis auf irgendeinen vorchristlichen englischen Aberglauben.

Hannahs Verantwortungsbewusstsein reichte jedenfalls weit über ihren persönlichen Alltag hinaus. Alles hatte damit begonnen, dass Hannah Vegetarierin wurde und an ihrer Schule eine Arbeitsgemeinschaft für den Umweltschutz gründete. Ihre geliebte »Umwelt-AG«. Sie gehörte zu den Ersten, die auch in Berlin die Freitagsdemonstrationen ins Leben riefen. Seit zwei Jahren engagierte das Mädchen sich nun bereits für den Klimaschutz.

Leider hatten sie beide sich deswegen zuletzt auch immer häufiger in die Wolle bekommen. Als sie in den Schulferien mit ihr nach Fuerteventura fliegen wollte und Hannah sich weigerte, für reinen Urlaubsspaß in ein Flugzeug zu steigen. Als ihre Tochter nicht mehr mit ihrem in die Jahre gekommenen Auto fahren wollte und sie zum Verkauf drängte. Als Hannah von einem Tag auf den anderen jegliches Plastik aus ihrer Wohnung verbannen wollte. Als Hannah ein Kleid, das sie ihr zum Geburtstag geschenkt hatte, umtauschen wollte, um von dem Geld Secondhandkleidung zu kaufen. Vor allem aber als Hannah begann, in der Schule schlechtere Noten zu schreiben, und schließlich immer häufiger, nicht mehr nur freitags, den Unterricht schwänzte.

Eines Mittags hatte es an der Tür geklingelt, und die Polizei hatte Hannah zu Hause abgeliefert. Sie war komplett mit gelber Farbe beschmiert gewesen. Dreitausendfünfhundert Liter hatte sie zusammen mit Greenpeace-Aktivisten auf den Straßen rund um die Siegessäule verteilt, um unter dem Motto »Sonne statt Kohle« gegen den verschleppten Kohleausstieg zu demonstrieren. Sie hatte Hannah direkt in die Badewanne verfrachtet.

Bei der Erinnerung daran musste Caroline lächeln, auch wenn sie damals ganz anders reagiert hatte. Sie griff nach der Bambus-Dose mit dem Rouge. Garantiert plastikfrei. Erst durch Hannah hatte sie erfahren, dass Kosmetika meist nicht nur in Plastik steckten, sondern oft auch Plastik in den Kosmetika. Mikroplastik. Das waren kleinste Kunststoffteilchen, die am Ende die Weltmeere verschmutzten und zuletzt sogar in die Nahrungsketten gelangten. Sie blickte in den Spiegel und seufzte. Die Frau, die ihr entgegenschaute, war zwar plastikfrei, hatte aber auch schon hübscher ausgesehen. Vor allem sah man ihr die Müdigkeit an.

Sie warf einen Blick aufs Handy. Noch immer keine Antwort. Schon seit vorgestern hatte sie nichts mehr von Hannah gehört. Davor hatte sie beinahe im Zehn-Minuten-Takt Berichte und Fotos aus Australien geschickt. Bilder von türkisblauem Meer und traumhaften Sandstränden. Dann war plötzlich Funkstille gewesen.

Vielleicht machten sie einen Ausflug, und sie hatte dort unten keinen Handyempfang. Oder der Akku ihres Handys war leer. Oder aber, und dies hielt Caro für am wahrscheinlichsten, sie hatten die Telefone im Camp abgeben müssen. Hier in Berlin konnte Hannah sich von ihrem Smartphone gar nicht lösen; man konnte keine Minute mit ihr sprechen, ohne dass sie nebenbei etwas auf ihrem Handy tippte. Und nun, wenn man mal selbst auf eine Nachricht hoffte, blieb es stumm.

Acht Stunden waren sie dort unten voraus, also war es bei Hannah jetzt später Nachmittag. Bestimmt würde sie sich im Laufe des Tages bei ihr melden, spätestens bevor sie schlafen ging. Eigentlich war es ja ein gutes Zeichen. Solange man nichts hörte, war alles in Ordnung.

Caro legte die Armbanduhr an und erschrak, wie spät es schon war. Um neun Uhr musste sie im Sender sein. Sie stürmte aus dem Bad, griff nach Jacke und Tasche, sammelte auf der Kommode im Flur Portemonnaie und Schlüsselbund ein. Dann fiel ihr auf, dass sie ihr Handy im Bad vergessen hatte. Immer noch keine Nachricht von Hannah. Auf dem Weg nach draußen bog sie in die Küche ab und trank den Becher mit dem fast kalten Kaffee in einem Schluck aus.

Ihr Telefon vibrierte kurz. Na endlich, Mädel, dachte sie und merkte, wie ihr augenblicklich leichter ums Herz wurde.

Mit der Tasche in der einen Hand und dem Smartphone in der anderen hetzte sie zur Wohnungstür und legte die Sicherheitskette ab.

Wo bleibst du Caro???? LG Babsi, las sie vom Display, als sie die Tür öffnete, gegen ein Hindernis prallte und dabei einen spitzen Schrei ausstieß. Erschrocken wich sie zurück.

»Verzeihen Sie, wir wollten gerade klingeln. Sind Sie Frau Beck?«

Irritiert starrte Caro auf die beiden Gestalten, einen Mann und eine Frau, die direkt vor ihrer Tür standen.

»Mein Name ist Apel vom Bundeskriminalamt. Und dies ist meine Kollegin Frau Klein.« Beide hielten ihr einen Ausweis entgegen. »Wir würden gern mit Ihnen sprechen.« Der Mann setzte eine betroffene Miene auf. »Es geht um Ihre Tochter Hannah.«

Lorenzo
6 Tage

3
Tofino, Vancouver Island

Langsam glitt das Kajak durchs Wasser. Nebel hing in den Wipfeln der umliegenden Wälder und versperrte den Blick hinauf zu den Bergen. Es war ein typischer Novembertag hier an der zerklüfteten Küste des Clayoquot Sound, vielleicht ein paar Grad zu warm für diese Jahreszeit.

Die letzte Stunde auf dem Wasser, die körperliche Anstrengung und die prachtvolle Kulisse auf dem Weg nach »Tuff City«, wie die Surfer den Ort liebevoll nannten, hatten die schlimmen Bilder seines Traums vertrieben, der ihn am frühen Morgen aus dem Schlaf gerissen hatte.

So war er früher aufgebrochen als ursprünglich geplant. Je eher er seine Besorgungen in der Stadt erledigte, desto früher konnte er sich auf den Weg zurück in die selbst gewählte Abgeschiedenheit machen. Vorsichtig näherte er sich der Anlegestelle, legte das Paddel hinter sich ab, löste den Spritzschutz und zog sich auf den Steg.

»Schau an, welch seltener Gast! Marc Ze German«, hörte er eine Stimme vom Ende des Piers. Dort saß der alte Sam. Mit seinem langen, gelblich grauen Bart, den schmalen Augen und der weißen Mähne hätte er gut als Goldsucher des zwanzigsten Jahrhunderts durchgehen können – solange man darüber hinwegsah, dass ihm beide Beine fehlten.

»Lebst du immer noch?«, entgegnete Marc, während er sein Kajak aus dem Wasser hievte.

»›Leben‹ würde ich das nicht nennen, aber ich bin noch nicht tot.«

Erst jetzt roch er den strengen Duft von Marihuana.

»Kannst dein Boot ruhig im Wasser lassen. Das alte Ding stiehlt hier niemand. Ist ja kein Surfbrett.«

Er überhörte den Rat des alten Mannes und schob das Kajak ein Stück hinauf auf den Steg. Dann nahm er den Rucksack aus dem Stauraum. Jeder in Tofino kannte Sam.

»Willst du?«, fragte der und hielt ihm den Joint entgegen.

Er lehnte dankend ab.

»Ist gegen den Phantomschmerz. Du ahnst nicht, wie sehr Beine schmerzen können, die man gar nicht mehr hat. Ist wie mit der Liebe.« Er zog an dem Stummelchen in seiner Hand. »Warst lange nicht mehr hier, Marc.«

Er nickte. »Ich hatte viel zu tun.«

Sam stutzte kurz, dann lächelte er. »Das glaube ich gern. Und wie weit bist du?«

»Wenn man ein Haus baut, ist man niemals fertig.«

»Aber du kannst uns schon ab und zu mal hier unten besuchen. Wir Tofitians werden immer weniger, die Touristen immer mehr.«

»Ich habe dort oben alles, was ich brauche.«

Der Alte lächelte erneut und gab den Blick auf eine große Zahnlücke frei. »Außer Gesellschaft.«

»Ich habe die Bären. Und die Wölfe.«

»Ich würde auch dort oben leben, wenn ich noch Beine hätte. Aber mit dem Rollstuhl fährt es sich schlecht im Regenwald.«

»Vielleicht nehme ich dich mal mit, alter Mann«, sagte Marc und klopfte ihm auf die Schulter.

»Weißt du, wie viel *Vielleicht* hier in dem Joint steckt? Das ist wahrscheinlich das Übelste an dem Zeug.«

»Also, wenn einer mein Boot stehlen möchte, halte ihn fest, Sam!«

»Kannst dich auf mich verlassen. Vielleicht gehe ich aber auch gleich surfen.«

Marc musste schmunzeln. Seinen Humor hatte Sam mit seinen Beinen nicht verloren.

Er machte sich auf zum Eisenwarengeschäft am Ende der Hauptstraße, wo er mit seinen Besorgungen beginnen wollte. Danach plante er noch einen Besuch bei der Bank und im einzigen Internet-Café von Tofino, um seine E-Mails abzurufen. Außerdem wollte er seine Schwester anrufen, um ihr zu sagen, dass es ihm gut ging. Der letzte Anruf war bereits viel zu lange her; er hatte versprochen, sich regelmäßig zu melden.

Die kleine Stadt erwachte gerade erst. Außer ein paar Surfern, die zu dieser Jahreszeit vermutlich am Chesterman Beach die ersten Wellen des Tages mitnehmen wollten, war kaum jemand unterwegs. Obwohl er tatsächlich länger nicht hier gewesen war, spürte er sofort wieder die Magie, die ihn erfasst hatte, als er vor vielen Jahren für eine Reportage das erste Mal das Ortschild von Tofino passiert hatte.

Umgeben vom Pazifik, den Inseln und Buchten, dem kalten Regenwald und den Bergen, befand sich die kleine Hafenstadt an einem der schönsten Plätze der Erde.

Es war einer der Orte, den man vor anderen geheim hielt, weil man Sorge hatte, dass er seinen Zauber verlor, wenn man davon erzählte – oder aber, dass andere dort hinkamen und ihn durch ihre bloße Anwesenheit veränderten. Dort, wo das Festland von Vancouver Island sich in Hunderte Inseln zerklüftete und der Handyempfang aufhörte, dort begann die Entspanntheit: kein Wunder, dass Tofino früher vor allem eine Hippie-Hochburg gewesen war, ein Paradies für Suchende und Aussteiger – wie ihn.

Der kleine Baumarkt hatte tatsächlich noch geschlossen. Vermutlich war Fred, der Besitzer, selbst noch draußen auf der Jagd nach den besten Wellen oder aber angeln. Marc schaute sich um. In *Daisy's Diner* brannte schon Licht.

»Marc Ze German!«, begrüßte Fanny ihn hinter dem Tresen mit einem breiten Lächeln. Ihr gehörte das Diner, in dem es niemals eine Daisy gegeben hatte. »Wir hatten schon Sorge, du wärst da oben in der Wildnis verloren gegangen. Oder zurück nach Deutschland.«

Er nahm am Tresen Platz. Außer ihm waren noch ein Mann in Arbeitskleidung und zwei junge Frauen im Gastraum. Der Arbeiter las Zeitung, die beiden Mädchen schauten müde aus dem Fenster. Auf einem der mannshohen Kühlschränke stand ein Fernseher, in dem Nachrichten liefen.

Fanny goss Kaffee in einen Becher und stellte ihn vor Marc ab. »Was essen?«, fragte sie. Tatsächlich hatte ihn die Fahrt hierher hungrig gemacht. »Ich habe Donuts mit Ahornsirup und Speck. Dazu kann ich dir ein Rührei machen.«

Diesem Angebot konnte er nicht widerstehen. Oben in der Hütte bestand sein Frühstück aus Kaffee, sonst nichts. Seitdem er sich entschieden hatte, Selbstversorger zu werden, gab es für ihn keine Donuts mehr, auch keinen Sirup und keinen Speck.

»Was treibt dich hierher, und dann auch noch so früh?«

»Dein Frühstück«, sagte er, während er einen großen Schluck Kaffee nahm.

»Du Schwindler!«

»Kannst du das lauter machen?«, bat er und zeigte auf den Fernseher. Er hatte kein Handy, weder Telefon noch Internet und besaß auch keinen Fernseher. Wenn auf der Erde Außerirdische landeten, der Dritte Weltkrieg ausbrach oder die Browns den Superbowl gewannen – er würde es nicht mitbekommen. Auch nicht, ob der Krieg in Syrien beendet war. Bei dem Gedanken an Syrien schüttelte es ihn. Er hatte lange nicht mehr daran gedacht, heute wieder vermutlich wegen seines Traums.

Fanny hielt die Fernbedienung in Richtung des Fernsehers und drückte immer wieder auf die Tasten. »Lauter geht nicht, ich glaube, der ist kaputt. Ich muss mich um den Speck kümmern.« Sie legte die Fernbedienung beiseite.

Die Bilder sagten ihm nichts. Irgendwelche Kids demonstrierten irgendwo gegen irgendetwas. *There is no Planet B* stand auf einem Plakat, das einer der Protestierenden in die Höhe reckte. Während Marc noch über die Bedeutung nachdachte, stellte Fanny ihm einen Teller vor die Nase, der einem Kalorienattentat gleichkam, aber köstlich duftete.

Der Mann in Arbeitskleidung erhob sich, sprach kurz mit Fanny und verließ das Restaurant. Nun waren sie nur noch zu viert. Marc war sich sicher, dass das Diner in zwei Stunden aus allen Nähten platzen würde, wenn die Frühaufsteher vom Strand zurückkehrten und hier mit den Langschläfern um die Plätze konkurrierten.

Nun war im Fernsehen ein Reporter zu sehen, der vor der nachtschwarzen Kulisse einer Stadt in Nahost berichtete.

»Ein Kollege von dir?«, fragte Fanny.

Er zuckte mit den Schultern, was heißen sollte, dass er den Mann nicht kannte. Und dass er auch nicht wusste, ob er überhaupt noch ein Fernsehreporter war. Vielleicht war er ja nur noch eine jüngere Ausgabe von Sam, mit Beinen.

Die Donuts waren hervorragend. Ebenso wie der Kaffee. Kein Vergleich zu dem Koffein-Gebräu, das er sich auf seiner Ofenstelle zurechtkochte.

Missing Kids, Heron Island, Australia, wurde unter dem Bild einer blonden Reporterin eingeblendet. Sie stand an einem herrlich weißen Sandstrand. Über ihr kreisten Möwen.

Das war nicht die Art von Nachricht, die ihn hier am anderen Ende der Welt interessierte. Er hatte eher gehofft, sich auf den neuesten Stand der Weltpolitik zu bringen.

Auch das Rührei war auf den Punkt gestockt, aber noch cremig. Fanny verstand ihr Handwerk. Jetzt hatte sie nichts zu tun und schaute gemeinsam mit ihm auf den Fernsehbildschirm.

»Schreckliche Sache, das mit den Kindern«, sagte sie. »Zwölf Teenager und ihren Betreuer haben die entführt, ein Mädchen, eine einheimische Begleiterin aus dem Hotel, dabei beinahe erschossen. Mit einer Harpune.« Sie schüttelte sich und warf ihr Geschirrhandtuch über die Schulter. Jetzt wurde die Insel im Fernsehen von einem Hubschrauber überflogen. Der Ton war immer noch zu leise.

Marc kniff die Augen zusammen. Heron Island. Die Insel kannte er nicht, aber laut der eben eingeblendeten Bauchbinde lag sie in Australien. In Gedanken ging er die extremistischen Gruppen durch, die in den einzelnen Regionen der Welt ihr Unwesen trieben. Doch in Australien war ihm nichts davon bekannt. Auch nicht von irgendwelchen Unruhen oder ethnischen Konflikten, die hinter so einer Entführung stecken konnten. Australien war auf der Landkarte der Kriege und des Terrorismus für ihn bislang ein weißer Fleck.

»Sie drohen seit gestern damit, jede Woche eines der Kinder zu töten«, sagte Fanny. »Live vor der Kamera!«

Das war eine neue Qualität von Terrorismus, der Bruch eines der letzten Tabus. Der IS hatte bereits live vor der Kamera getötet, und in Kriegen waren Kinder stets die unschuldigsten Opfer. Keiner wusste das besser als er. Aber Kinder live vor der Kamera ermorden?

Plötzlich hatte er keinen Appetit mehr. Er legte die Gabel beiseite und widmete sich ganz den Bildern auf dem TV-Gerät, wo jetzt zu sehen war, wie jemand auf einer Trage in ein Krankenhaus gerollt wurde. Anscheinend die verletzte Begleiterin der Jugendlichen. Dann wurde eine Landkarte eingeblendet, die zeigte, dass die betroffene Insel östlich von Australien lag.

Darauf das Passfoto eines Teenagers. *Lorenzo di Matteo, Italien*, stand darunter.

»Das ist der Junge, den sie als Erstes umbringen wollen«, kommentierte Fanny. »Wie schrecklich das für die Eltern sein muss!«

Marc wollte es sich nicht einmal vorstellen.

Bei der nächsten Einblendung traf ihn der Schlag.

Gezeigt wurden drei Reihen von Passfotos. Marc sprang auf, worauf der Barhocker, auf dem er saß, krachend umfiel.

Sein Arm fegte den Teller mit dem Rührei vom Tresen.

Fannys erschrockener Aufschrei übertönte das Geräusch zerspringenden Porzellans.

Das dritte Foto von links kannte er.

Es gab keinen Zweifel, denn er hatte es selbst gemacht.

Es zeigte seine Nichte Hannah.

Lorenzo
5 Tage

4

Irgendwo

Das kollektive Jammern und Klagen war mittlerweile verstummt. Von der Decke drang ein leises Pfeifen. Obwohl ihr stählernes Gefängnis von innen so massiv wirkte, als wäre es aus einem einzigen Stück gearbeitet, musste es doch zahlreiche Ritze haben, durch die der Wind sich hindurchzwängte und dabei die unheimlichen Geräusche erzeugte. Diese Vorstellung beruhigte Hannah ein wenig. Die Angst davor, hier drinnen elendig zu ersticken, hatte sie auch nach Stunden nicht ablegen können.

Die verbrauchte Luft war warm und schwül, und es roch modrig. Gleichzeitig nahm Hannah einen strengen chemischen Geruch wahr, der ihr das Atmen noch schwerer machte. Vielleicht kam er von der Campingtoilette, die hinter einem Paravent stand. Sie ekelte sich davor. Um sie nicht benutzen zu müssen, hatte sie bisher nichts von dem Wasser getrunken, das sich in zahlreichen Plastikflaschen zwischen ihnen stapelte. Die Kehrseite war, dass sie sich nun dehydriert fühlte. Ihre Lippen und ihr Mund waren wie ausgetrocknet, und sie sehnte sich nach einem Schluck Flüssigkeit. Gleichzeitig knurrte ihr vor Hunger der Magen. Sie hoffte, dass niemand der anderen es hörte. Aber auch essen wollte sie nichts hier drin.

Erst hatten sie sich geweigert hineinzugehen. Doch dann hatten Nicolas und die anderen Männer, die plötzlich aufgetaucht waren, sie mehr oder minder hier hineingeschoben. Ehe sie sich's versahen, schlossen sich hinter ihnen knarrend die massiven Türen. Lorenzo und der Chinese Li hatten schon vor Stunden versucht, sie von innen zu öffnen, um frische Luft hereinzulassen, doch dies war ein vergebliches Unterfangen gewesen.

Einige von ihnen litten unter Platzangst. Die Französin Denise hatte sogar so etwas wie eine Panikattacke gehabt, geweint, gekreischt und schließlich behauptet, sie bekäme keine Luft mehr. Als sie in ihrer Panik damit begann, auf Nicolas einzuschlagen, hatte er sie grob an beiden Armen gepackt und geschüttelt, sie angebrüllt, ihr am Ende sogar ins Gesicht geschlagen. Da war sie weinend in sich zusammengesunken.

Erst als Hannah und die Japanerin Ayumi sie in den Arm genommen und sanft über ihren Rücken gestreichelt hatten, hatten ihre Atmung und damit auch sie selbst sich langsam beruhigt. Hannahs T-Shirt fühlte sich noch ganz feucht an von den vielen Tränen der Französin. Hannah war selbst nach Weinen zumute, auch wenn sie das nie zugegeben hätte. Sie sehnte sich nach ihrem Bett, nach zu Hause, nach ihren Freunden, ja sogar ein wenig nach ihrer Mutter.

Jetzt lagen sie alle nebeneinander, gebettet auf den Decken, die sie hier vorgefunden hatten. Nicolas hatte die batteriebetriebene Lampe, die nur ein schummriges gelbes Licht lieferte, erst vor einer halben Stunde ausgestellt und verkündet, dass sie alle nun besser ein wenig schlafen sollten. Die Reise würde noch anstrengend werden.

Hannah starrte in die Dunkelheit, die so intensiv war, dass sie noch nicht einmal die Hand vor Augen sehen konnte. Die trommelnden Geräusche an der Außenhaut interpretierte sie als Regen. Ab und zu hatte sie das Gefühl, dass der Boden unter ihr schwankte, vielleicht bildete sie sich das aber auch nur ein.

Sie schloss die Augen und spielte in Gedanken wie schon so oft die Szene am Flughafen in Berlin ab, die letzte Umarmung ihrer Mutter, ihre letzten Worte, die sie so sehr berührt hatten.

»Hannah, mein Schatz. Ich bin so stolz auf dich!«

Dieser Satz hatte sie in den vergangenen Tagen durch so viele

Momente des Zweifels und des Heimwehs getragen. Wie unsinnig ihr auf einmal all die Streitigkeiten vorkamen! Im Nachhinein hätten sie die Zeit miteinander mehr genießen sollen. Obwohl Mama arbeitete, war sie immer für sie da gewesen. Sie hatte ihrer Mutter in den vergangenen Monaten viele Vorwürfe gemacht, sich oft unverstanden gefühlt. Doch jetzt, am anderen Ende der Welt, sehnte sie sich nach nichts mehr als nach ihrer Umarmung.

Hannah wischte sich eine Träne von der Wange. Sie versuchte, an irgendetwas Schönes zu denken. Doch alles, was sie an zu Hause, an Berlin, erinnerte, verursachte ihr nur noch mehr Heimweh. Das letzte Mal hatte sie so schlimmes Heimweh gehabt, als sie mit ihren beiden besten Freundinnen zwei Wochen in einem Klimacamp an einem See in Schleswig-Holstein verbracht und ihr dort ein Junge aus dem Saarland das Herz gebrochen hatte. Sie hatte damals gedacht, der Liebeskummer würde sie umbringen. Jetzt kam ihr diese Vorstellung schon fast lächerlich vor. Was würde sie nicht alles tun, um die Angst, die auch sie beschlich, gegen albernen Liebeskummer einzutauschen! Doch es waren nicht nur die schlechte Luft, das Schwarz vor den Augen und das Gefühl, eingesperrt zu sein, was ihr Angst machte. Es war auch Nicolas' merkwürdiges Verhalten. Er wirkte auf sie nicht nur nervös und gereizt, sondern geradezu aggressiv. Sollte sie sich in ihm so getäuscht haben?

Mit diesem Gedanken war sie gerade dabei wegzudösen, als sie neben sich ein leises Wimmern vernahm. »Alles okay bei dir?«, fragte sie in die Dunkelheit hinein.

»Ob alles okay ist? Nichts ist okay! Was glaubst du denn?« Es war Stina, die kleine Dänin. Ihr Flüstern wurde von tiefen Schluchzern unterbrochen. »Ich habe solche Angst!«, raunte sie.

»Das musst du nicht«, versuchte Hannah sie zu trösten.

»Das sagst du so einfach! Aber wie, zur Hölle, soll ich hier keine Angst haben?«

»Hör auf zu weinen, denn auch wenn es gerade nicht so scheint, wird am Ende alles gut.« Das sagte ihre Mutter immer zu ihr, wenn sie Probleme hatte, und es half ihr jedes Mal. Allein die Vorstellung daran, wie ihre Mutter diese Worte sagte und ihre warme Hand dabei auf ihren Rücken legte, wirkte beruhigend.

»Ich habe so eine Scheißangst vor Nicolas! Er hat immer so nett getan. Und dann das mit Laura! Hast du gesehen, wie krass sie geblutet hat? Was soll das hier alles? Wo bringen sie uns hin?«

Hannah versuchte, tief Luft zu holen, aber wieder einmal blieb der Atemzug irgendwo auf dem Weg zu ihren Lungen stecken. Sie hatte die Sache mit ihrer australischen Touristenführerin gerade wieder erfolgreich verdrängt. Es war das Schlimmste, was sie in ihrem Leben bislang gesehen hatte. Niemals würde sie Lauras Blick vergessen, als der Speer in ihrer Brust steckte. Überraschung, Entsetzen, Schmerz. All das hatte sie in Lauras Augen gesehen, in einem einzigen Moment. Laura war zusammengesunken, und schon hatte Hannah Angst gehabt, sie würde in dem flachen Wasser ertrinken … wenn sie nicht verblutete. Doch dann waren sie weggebracht worden, und Hannah hatte gerade noch beobachtet, wie eine Gruppe von Touristen vom Strand durch das seichte Wasser zu Laura gelaufen kam.

Sie hatte Nicolas später darauf angesprochen.

»Nicolas meinte, es sei ein Unfall gewesen. Der Speer habe sich aus Versehen gelöst. Er wollte gar nicht schießen.«

»Glaubst du ihm das?«, fragte die Dänin nach kurzer Pause.

Hannah zögerte. »Ja«, sagte sie schließlich, nicht sicher, ob das der Wahrheit entsprach. Bei ihren Videochats hatte er immer so gechillt, beinahe sanft gewirkt. Hier unten in Australien zeigte er sich jedoch aufbrausend, wenn etwas nicht nach seinem Willen lief. Vor allem, wenn er länger nichts geraucht hatte.

»Und wo bringen sie uns hin?«

Wieder zögerte Hannah. »Keine Ahnung.«

»Meinst du, sie werden uns was antun?«

»Nein.«

Einen Moment herrschte Stille, und es war wieder nur das Hämmern des Regens auf dem Dach ihres Gefängnisses zu hören.

»Musst du auch so dringend?«, fragte ihre Nachbarin nach einer Weile.

»Auf die Toilette?«

»Ja. Die nicht vorhandene. Ich habe so viel getrunken. Ich will aber wirklich nicht auf dieses widerliche Klo gehen.«

»Deswegen habe ich nichts getrunken.«

»Danke, das hilft mir jetzt sehr weiter.« Stina kicherte. Hannah war froh, sie wieder lachen zu hören.

Sie suchte im Dunkeln nach Stinas Hand und drückte sie, was Stina dankbar erwiderte.

Es dauerte keine Viertelstunde, bis der Händedruck erschlaffte, und kurz darauf hörte Hannah die junge Dänin neben sich gleichmäßig atmen. Stina war eingeschlafen.

Hannahs Gedanken wanderten wieder zu dem australischen Mädchen, das sie über das Riff geführt hatte. Ob Laura noch lebte? Sie hatten alle ihre Handys abgeben müssen, abgesehen davon hätte sie hier drin mit Sicherheit auch kein Netz gehabt. Konnte es wirklich sein, dass es nur ein Versehen gewesen war?

Vom Eingang vernahm sie ein lautes Ächzen, als würde eine der Türen geöffnet. Hannah lauschte in die Dunkelheit. Ein leichter Luftzug zog über ihren Kopf, dann war es wieder still. Hannah spürte, wie sich ihr Herzschlag beschleunigte. War jemand zu ihnen hereingekommen? Was hatte er vor? Oder hatte jemand den Raum verlassen? Sie hob den Kopf. Als Nicolas die Lampe gelöscht hatte, hatte er sich irgendwo dort hinten befunden. Keine Chance, im Dunkeln zu ihm zu gelangen. Aber was, wenn er sie hier allein gelassen hatte? Was, wenn er nicht mehr wiederkam? Wenn er doch absichtlich auf Laura geschossen hatte und vorhatte, sie alle hier drin sterben zu lassen? Wenn das hier ihr stählernes Grab war?

Ihr Herz pochte jetzt wie wild. Sie versuchte, sich zu beruhigen, was ihr in diesem Dunkel kaum gelingen wollte. Im Gegenteil. Die Angst vor Dunkelheit und Enge drückte ihr die Luft ab. Verzweifelt rang Hannah nach Atem, doch die Zwinge um ihren Hals zog sich immer weiter zu.

5
Gladstone, Australien

»Das muss ein Geist sein. Und zwar von der ganz hässlichen Sorte!« Barack nahm die Piloten-Sonnenbrille ab und grinste. »Ich muss Gespenster sehen. Denn der Typ, den ich kannte und der so aussieht wie du, arbeitet bei der New Yorker Polizei, und die interessiert sich wohl kaum für diese Sache hier in Down Under!« Er kam auf ihn zu und umarmte ihn herzlich.

»Wir sind wieder beim selben Verein«, entgegnete Walker. »Das mit dem NYPD hat sich erledigt.« Er schaute an Barack vorbei in den Unterrichtsraum, der zum provisorischen Lagezentrum umgebaut worden war.

»Das weiß ich natürlich«, sagte Barack. »Keller hat mich vorgewarnt, dass du hier auftauchst. Ich war schon den ganzen Tag über ganz feucht im Schritt!« Barack trat zurück und deutete auf die zusammengeschobenen Tische. »Wer hätte gedacht, dass wir es noch einmal an die Uni schaffen, was, Brad?«

Im Raum herrschte rege Betriebsamkeit. Walker zählte auf Anhieb mehr als ein Dutzend Männer und Frauen.

»Die von der Universität haben uns die Räume hier, ohne zu zögern, zur Verfügung gestellt. Schließlich ist die Verletzte eine Studentin von hier. Sie hatte während der Semesterferien auf Heron Island im Naturschutzresort gejobbt. Sie war es, die die Jugendlichen über das Riff geführt hat, als die Schweine zugeschlagen haben. Sie konnte sich gerade noch zurück ans Ufer retten. Gute Nachrichten übrigens: Sie wird es wohl schaffen, sagen die Ärzte.« Barack schaute an Walker herunter und bemerkte erst jetzt die Reisetasche in seiner Hand. »Du bist direkt vom Flugplatz hierhergekommen? Wo wohnst du?«

Brad Walker zuckte mit den Schultern. Er hatte vor dem Abflug keine Zeit mehr gehabt, sich um ein Hotel zu kümmern.

»Dann stell die Tasche erst einmal dahinten irgendwo ab. Ich nehme dich nachher mit in mein Motel. Das ist hier wie bei der Olympiade, Brad. Wir haben Kollegen aus Dänemark, Italien, Deutschland, China, Russland und Japan. Sogar einer aus Indien ist heute angekommen. Der Kerl mit den grauen Haaren dort hinten ist Walter Gilman. Er hat hier die Koordination übernommen. Komm, ich stell dich ihm vor!«

Barack führte ihn zielsicher durch den Raum. Die meisten der Kollegen waren mit Telefonaten beschäftigt, und tatsächlich schnappte Walker Fetzen in den verschiedensten Sprachen auf. Einige standen diskutierend beieinander, andere betrachteten gemeinsam etwas auf einem Monitor. Sie passierten ein Flipchart. Dort hingen die Fotos der entführten Jugendlichen mit Namen. Die australischen Zeitungen hatten sie wegen des Namens des Camps, das unter dem Motto »Life for Tomorrow« stand, nach ihrem Verschwinden die »Tomorrow-Kids« genannt, und die internationale Presse hatte den Ausdruck dankbar übernommen.

Walker blieb stehen. Er zählte dreizehn Bilder.

Barack ging die Reihe durch. »Diego aus Brasilien, Denise aus Frankreich, Lorenzo aus Italien, Hannah aus Deutschland, Stina aus Dänemark, Kito aus Südafrika, Ayumi aus Japan, Kamal aus Indien, Li aus China, Adela aus Tschechien, Sergej aus Russland. Und das ist Morgan aus den USA.«

Walker schaute auf die Fotos. Junge Menschen, die fröhlich in die Kamera schauten. Die Namen konnte er sich sowieso nicht merken.

»Und wer ist das?« Er zeigte auf das Foto eines älter wirkenden Jungen.

»Das ist Nicolas Porté. Er hat das Camp organisiert und ist nun gemeinsam mit den Jugendlichen verschwunden.«

»Also haben wir dreizehn Geiseln.«

Barack packte ihn am Arm und schob ihn weiter zu einer Gruppe von Männern, in deren Gespräch sie einfach hineinplatzten. »Das ist mein FBI-Kollege Brad Walker, von dem ich Ihnen erzählt habe.« Der Älteste der drei wandte sich zu ihnen um. »Und das ist Walter Gilman von der Australian Federal Police«, fuhr Barack fort. »Die haben ein Känguru in ihrem Logo.«

»Nennen Sie mich Walter!« Der Händedruck des Mannes war genauso fest wie sein Blick.

Walker erkannte sofort, dass er es hier mit einem von der alten Garde zu tun hatte.

»Willkommen. Ihr Chef Mr. Keller hat gesagt, Sie sind sein bester Mann.«

Barack setzte einen beleidigten Gesichtsausdruck auf, der sofort einem Lächeln wich. »Und Mr. Keller hat recht«, sagte er.

Walter legte die Stirn in Falten. »Dann können wir Sie hier gut gebrauchen, Mr. Walker.«

»Nennen Sie mich Brad.«

Walter stemmte die Hände in die Hüften und drehte sich zur Wand. Erst jetzt erkannte Walker die riesige Seekarte, die dort hing. An einer Stelle befand sich eine rote Markierung in Pfeilform. An weiteren Stellen im Umkreis waren blaue Aufkleber angebracht.

»Hier sind sie verschwunden«, kommentierte Walter und wies auf den roten Pfeil. »Die blauen Punkte zeigen die Position von Schiffen, die sich zum Zeitpunkt des Verschwindens in der Nähe aufgehalten haben. Frachter, Jachten, Fähren. Soweit wir sie nachträglich verorten konnten.« Er trat ein Stück zur Seite und zeigte auf eine Reihe von Fotos. »Satellitenaufnahmen vom Tag des Verschwindens. Die hat uns das US-Militär zur Verfügung gestellt.« Walker ging näher heran, um etwas zu erkennen. »Und diese Aufnahmen aus dem Weltall haben wir von den Chinesen.« Überwiegend war auf den Fotos Blau zu sehen. Das Meer. »Hier ist eine Liste mit der Funkzellen-Auswertung ihrer Handys. Sie haben alle zur gleichen Zeit aufgehört zu senden, und zwar hier, keine hundert Meter von der Stelle entfernt, an der sie verschwunden sind.«

Walter deutete auf einen Punkt neben dem roten Pfeil. »Keine unbekannten Luftbewegungen zum Zeitpunkt des Verschwindens. Alle Flugobjekte auf dem Radar konnten Linienflügen zugeordnet werden. Von zwei zunächst verdächtigen Flugzeugen war eines ein Insel-Hopper. Und das andere ein Übungsflug der australischen Luftwaffe. Heron Island haben wir abgesucht, zweimal. Was nicht besonders schwer ist, denn die Insel ist kleiner als die Farm meines Schwagers.« Er strich über eine Fläche auf der Seekarte, die Walker jetzt erst als Land identifizierte.

»Und das heißt?«, fragte er.

»Das heißt, wir haben derzeit keine verdammte Ahnung, wo sie hin sind. Geschweige denn, wo sie stecken. Das habe ich auch gerade den Chinesen erklärt.« Walter zeigte auf die beiden Männer, mit denen er sich zuvor unterhalten hatte und die nun einige Meter entfernt standen und gemeinsam mit einem einzigen Smartphone telefonierten.

Walker ging die Wand noch einmal ab und betrachtete die unterschiedlichsten Karten und Dokumente. Vor die Außenwand des Hörsaals hatte man Korktafeln gestellt, auf denen Blätter mit Nadeln befestigt waren. Er war gerade erst fünf Minuten hier, viel zu früh, um sich eine Meinung zu bilden. Keller hatte ihm allerdings eine Akte zum Fall aufs Handy gemailt, die er sich auf dem Flug hierher durchgelesen hatte. Und der Flug war lang gewesen.

Walker wandte sich wieder zu Walter. »Also Sie sagen, normalerweise können sie nicht mit dem Boot weggeschafft worden sein, aber auch nicht mit dem Flugzeug. Und auf der Insel sind sie auch nicht mehr.«

»Wir können allerdings nicht jedes Boot orten. Zwar fliegen wir

41

das Gebiet seit zwei Tagen ab. Doch der Ozean dort ist verdammt groß.«

»Dann bleibt außer einem Boot, das wir noch nicht entdeckt haben, nur noch eine Möglichkeit«, konstatierte Walker.

»Sie meinen, mit dem Hubschrauber? Gut möglich, dass wir die, wenn sie tief fliegen, nicht auf dem Radar sehen können. Aber sie waren auf einer Insel. Wo sollen die hinfliegen? Und sie waren zu dreizehnt plus Kidnapper. So große Hubschrauber finden Sie hier nicht, ohne dass das auffällt.«

Walker schüttelte den Kopf. »Ich meine keinen Hubschrauber«, sagte er und schaute wieder auf die Seekarte. »Haben Sie mal Jules Verne gelesen, Walter?«

6

Berlin

»Beruhigen Sie sich, Mr. Beck! Wir sind auf Ihrer Seite.«

Kyle schaute mit resignierendem Blick zu ihr herüber. Vielleicht hatte er nicht alles verstanden, oder er war unzufrieden mit dem, was die Polizistin zu berichten hatte. Heute erst war er aus London angekommen; so lange hatte er angeblich gebraucht, um sich dort loszueisen, während seine Tochter sich am anderen Ende der Welt in der Hand von Terroristen befand.

»Don't give me that shit!«, fluchte Kyle leise vor sich hin. Dann legte er seine Hand über die Augen und massierte sich die Schläfen.

»Sie werden verstehen, dass unsere Möglichkeiten begrenzt sind. Das ist eine internationale Angelegenheit mit vielen Beteiligten.«

Auch Caroline schüttelte den Kopf. Wieder überkam sie dieses Gefühl der Hilflosigkeit. Von einer Sekunde auf die andere war sie hineingeworfen worden, mitten ins Auge des Sturms. Und doch konnte sie nichts tun, als zuzuschauen.

»Interpol, das FBI, Geheimdienste. Soweit wir wissen, sind die alle mit der Angelegenheit befasst. In diesem Moment gibt es ein Treffen in Wien, bei dem auf höchster Ebene die weiteren Maßnahmen koordiniert werden. Und wir vom Bundeskriminalamt werden weiter zuarbeiten, helfen, sie betreuen, wo wir können. Ich verspreche Ihnen, es wird alles unternommen, um Hannah zurückzuholen!« Der Beamte, der sich als Apel vorgestellt hatte, sprach mit warmer, leiser Stimme. Ganz wie ein Pastor.

Sie saßen im Wohnzimmer. Vor ihnen standen vier Becher mit dampfendem Tee, von denen noch niemand einen Schluck genommen hatte. Die beiden Beamten vom BKA waren nun schon zum dritten Mal bei ihr, nachdem sie ihr die Nachricht von Hannahs Entführung überbracht hatten. Am gestrigen Nachmittag hatte sie noch Besuch von einer Seelsorgerin gehabt. Und sie hatten ihr eine Telefonnummer gegeben, die sie rund um die Uhr anrufen konnte.

Vor einer Stunde war dann ihr Ex-Mann Kyle eingetroffen. Hannahs Vater lebte mit seiner neuen Familie in Camden im Norden Londons. In den vergangenen Jahren hatte sich der Inhalt ihrer Gespräche auf Organisatorisches beschränkt. Wann kam Hannah ihn besuchen, wann besuchte er sie? Manchmal flog er nach Berlin und wohnte mit Hannah ein Wochenende im Hotel. Das letzte Mal lag allerdings bereits über ein Jahr zurück. Kyles neue Familie und insbesondere seine neue, deutlich jüngere Frau nahmen ihn sehr in Beschlag.

»Wisst ihr, wer die sind?«, fragte Kyle. Man merkte an seinem Akzent, dass er in letzter Zeit nur noch selten Deutsch sprach.

»Derzeit stehen wir noch ganz am Anfang«, entgegnete die Polizistin. »Wir wissen kaum mehr als Sie aus den Medien. Die Gruppe, die behauptet, die Kinder in ihrer Gewalt zu haben, nennt sich in dem veröffentlichten Video ›Fight for your Planet‹. Ein eher martialischer Name. Bislang ist diese Gruppe noch niemals in Erscheinung getreten.«

»Fight for your Planet«, wiederholte Kyle mit einem bitteren Lächeln. »Sounds ridiculous!«

»Jedenfalls wird das Video sehr ernst genommen, nicht zuletzt, weil die Entführer den einheimischen Guide der Jugendlichen mit der Harpune niedergeschossen haben. Eine neunzehnjährige Australierin. Zunächst war unklar, ob sie es überleben wird. Die Gruppe scheint also durchaus gewaltbereit zu sein.«

»Ich verstehe nicht, warum man sie nicht findet.« Kyle erhob sich und trat ans Fenster. »Das ist ein gottverdammtes Island im Nowhere! Und es sind zwölf Kids. Die können doch nicht einfach verschwinden! Without a trace!«

»Sie haben es doch erklärt«, mischte sich Caroline ein.

»Es ist dort ein riesiger Ozean. Niemand weiß, wohin sie gefahren sind.«

»Was ist mit Bildern von Satelliten?«, hakte Kyle nach.

»Es wird alles unternommen, um sie zu finden. Glauben Sie es mir. Es sind Kinder aus zwölf Nationen betroffen. Aus den USA, China, Japan, Brasilien. Seien Sie versichert, dass sämtliche beteiligten Länder alles tun, was in ihrer Macht steht, um ihre Staatsangehörigen zu finden.«

»Und was tut Deutschland? Hier rumsitzen und Tee trinken?« Kyle lachte verächtlich.

»Kyle! Stop it!« Ihr Ex-Mann war impulsiv, das wusste Caro. Aber sie brauchte seine negativen Vibes nicht. »Es ist nun mal fünfzehntausend Kilometer entfernt geschehen. Was sollen sie da von Berlin aus schon tun?«

»Ja, und was hat unsere Tochter überhaupt fifteen thousand kilometres away from home gemacht? At the end of the world? Tell me! She's fifteen, Caro! Sie sollte nicht die Welt retten, sie sollte hier sein. Bei dir! Oder vielleicht besser bei mir in London!«

Ihr Kopf schmerzte. Die Beruhigungstropfen, die sie genommen hatte, lösten bei ihr Migräne aus. Oder es war der Stress. Sie konnte kaum einen klaren Gedanken fassen. Das Schlimmste war, dass er irgendwie recht hatte. Hätte sie der Teilnahme an diesem verdammten Camp doch niemals zugestimmt! Vielleicht war sie tatsächlich schuld.

Kyle hob die Arme und fuhr sich mit den Händen durch die leicht ergrauten Haare. »What a nightmare!«, stöhnte er.

Das Räuspern der Polizistin unterbrach die eingetretene Stille. »Wir haben noch eine Bitte«, setzte sie an. »Wir benötigen eine DNA-Probe von Hannah. Haben Sie vielleicht eine Haarbürste, die niemand außer ihr benutzt, oder eine Zahnbürste?«

Die Worte erreichten Caroline nur sehr langsam, als müssten sie erst in die Blase eindringen, in der sie seit der Nachricht von Hannahs Verschleppung lebte. »DNA? Wofür?«, fragte sie leise.

»Benutzt man das nicht, um Leichen zu identifizieren?«, hakte Kyle nach.

»Nicht nur«, mischte sich Kommissar Apel ein. »Die Probenentnahme gehört zum Standardvorgehen bei Entführungen. Interpol hat uns darum gebeten, entsprechende Proben einzusammeln und zu übersenden. Wir bräuchten Ihr Einverständnis.« Er holte einen Klarsichtbeutel hervor und legte mehrere Blätter Papier zusammen mit einem Stift auf den Wohnzimmertisch.«

Caroline beugte sich nach vorne und schaute auf ein Formular mit vielen Zeilen Kleingedrucktem.

»Sie können das in Ruhe durchlesen und mir später geben«, sagte Kommissarin Klein.

Caro schüttelte den Kopf, nahm den Stift und unterzeichnete.

Die Kommissarin schaute zu Kyle, der mittlerweile wie erstarrt mit den Händen in den Hosentaschen vor ihnen stand.

»Ich habe das alleinige Sorgerecht«, erklärte Caro. »Er muss nicht mitunterzeichnen.«

»Gut, dann die Proben.« Kommissar Apel erhob sich. Als er an Kyle vorbeigehen wollte, hob dieser plötzlich die Hand und hielt sie dem Kommissar vor die Brust.

»You don't think we'll see her alive again, do you?«

Caroline sprang auf. »Halt die Klappe!«, rief sie in Kyles Richtung. »Sag so etwas nie wieder, hörst du?«

In diesem Moment drang aus dem Flur ein lautes Klingeln.

Kyle trat einen Schritt zurück und gab den Weg frei. Erneut klingelte es.

»Ich glaube, dort ist jemand an der Tür«, sagte die Kommissarin.

Caroline ging in den Flur. »Hannahs Haarbürste finden Sie im Badezimmer. Die große aus Holz. Und die Zahnbürste aus Bambus. Die hat sie hiergelassen und eine frische aus dem Schrank mitgenommen.« Sie deutete zum Badezimmer.

Es schellte ein drittes Mal. Caro fühlte sich, als wankte der Boden unter ihr, als sie zur Haustür ging. Wer konnte das sein? Sie erwartete niemanden. Hoffentlich nicht wieder jemand, der ihr sein Mitleid bekunden wollte. Leid hatte sie dieser Tage genug zu ertragen. So gut gemeint es war, wenn jemand sein Bedauern zum Ausdruck brachte, so wenig half es ihr. Die erschrockenen Blicke ihrer Mitmenschen, die geschockten Reaktionen verrieten ihr vielmehr, wie außergewöhnlich schlimm die Situation war. Was sie brauchte, war ein Engel. Aber die klingelten nicht an Berliner Wohnungstüren.

Sie öffnete, ohne durch den Spion zu schauen, und erstarrte. Dann brach es aus ihr heraus, und sie weinte wie ein Kind. »Marc!«, schluchzte sie, während sie in die Arme ihres Bruders fiel.

7

Jahr 2040
Nordfriesland, Deutschland

»Marc Behringer?«

Der Mann in der dick gepolsterten, roten Winterjacke nickte. Auf dem Kopf trug er eine altmodische Fellmütze, die beide Ohren verdeckte. Seine Augen leuchteten im Licht der kalten Sonne hellgrün. Das Gesicht war auffallend hager, aber er machte eher einen durchtrainierten als kranken Eindruck. Vor allem wirkte er deutlich jünger als die sechzig Jahre, die er ihren Unterlagen zufolge alt sein musste.

»Hallo, mein Name ist Susie Reynolds.« Sie streckte ihm die Hand entgegen, die er ignorierte.

»Und Sie kommen tatsächlich den langen Weg aus Sydney hierher? Wegen eines Hirngespinstes?«

Sie ließ den Arm sinken und überhörte den Seitenhieb. »Jetzt komme ich aus Hamburg.« Sie deutete auf den Multicopter, dem sie soeben entstiegen war und der sich schon wieder auf den Weg zurück zum Festland gemacht hatte.

Behringer schaute ihm kopfschüttelnd hinterher. »Ich hasse diese Dinger, sie sollten wieder verboten werden«, sagte er und griff nach ihrem Roll-Boy. Sofort vibrierte es an ihrem Handgelenk.

»Lassen Sie nur, der fährt von allein!«, erklärte sie.

»Nicht hier. Hier fährt nichts von allein.«

Erst jetzt bemerkte sie, dass um die schmale asphaltierte Stelle herum, auf der sie gerade gelandet war, nichts außer Sand war. Vermutlich hatte er recht. Und ein Luftkissen besaß ihr Koffer noch nicht. Zu teuer für eine junge Journalistin wie sie.

»Kommen Sie!« Behringer drehte sich um und steuerte auf eine der aufgewehten Sanddünen zu.

Susie tippte auf das Display ihres *BetterMe.* Der Kragen ihrer Jacke schloss sich, und sofort spürte sie an Brust, Bauch und Rücken die Wärme der Thermopacks. Man hatte sie vor dem unwirtlichen Wetter draußen auf den Nordseeinseln gewarnt, weshalb sie ihre Techtwo-Jacke angezogen hatte, aber hier draußen war es sogar noch windiger und kälter als befürchtet. Erst jetzt bemerkte sie den schmalen Durchgang zwischen zwei Sandbergen. Dahinter öffnete sich eine breite Schneise, und nun sah sie zwischen all dem Sand auch so etwas wie eine Straße, auf der ein Auto parkte. Ein Oldtimer. Ihr Blick fiel auf den Auspuff, und sie fragte sich, ob dies hier wohl noch erlaubt war. Selbst im australischen Busch durfte man nicht mehr mit den alten Benzinern fahren.

Behringer hatte ihren Roll-Boy auf die halb offene Ladefläche gehievt und hielt ihr nun die Autotür auf, die man offenbar noch per Hand öffnete. Sie rutschte auf den Sitz und musste beim Anblick des Interieurs unwillkürlich grinsen. Kein Entertainment, kein Kommunikationsdesk, kein Coffeetap, kein Safeguard. Dieses Fahrzeug hatte sogar noch ein großes rundes Lenkrad.

Behringer ließ sich neben ihr auf dem Fahrersitz nieder und starrte sie an.

»Was?«, fragte sie.

Ohne zu antworten, griff er an ihrem Kopf vorbei und zog einen langen schwarzen Gurt neben ihrer Schulter hervor. Er suchte die Schnalle und steckte sie in eines der Gurtschlösser zwischen ihnen. Der enge Gurt schnitt ihr in die Brust. Wie hatte man früher tatsächlich mit so etwas lange umherfahren können?

Behringer steckte einen mechanischen Schlüssel in das Schloss neben dem Lenkrad und ließ den Motor an.

»Oh mein Gott, Sie fahren noch selbst! Ihr Ernst?«, entfuhr es ihr.

»Es gibt hier niemanden, den es stören könnte.« Im nächsten Moment setzte sich das Gefährt mit brachialer Lautstärke in Bewegung.

Susie schaute auf ihr BetterMe, das fehlende Internetverbindung anzeigte. Auch das noch.

Sie fuhren die Straße hinunter und passierten eine Reihe strohgedeckter Häuser. Obwohl sie fensterlos und eindeutig verlassen waren, konnte man erahnen, dass es früher einmal sehr schöne Häuser gewesen sein mussten, vermutlich sogar luxuriöse Anwesen. Die Straße machte einen unerwarteten Knick. Links und rechts reihten sich weitere Häuserruinen auf.

»Dieser Teil der Insel ist mehr als die Hälfte im Jahr überflutet«, sagte Behringer. »Das ist alles unbewohnbar.«

Es machte auf sie den Eindruck, als wären die Häuser übereilt verlassen worden. In einem Garten stand sogar noch ein Fahrrad. »Wurden die Menschen von der Überflutung überrascht?«

»Man sieht die Sonne langsam untergehen und erschrickt doch, wenn es plötzlich dunkel ist. Überrascht wurden nur die Ignoranten.«

»Soll heißen?«

»Es hat sich über Jahre abgezeichnet. Die Winterstürme haben jahrzehntelang an der Insel genagt. Allerdings wurde der Untergang in allen Modellrechnungen erst für sehr viel später prognostiziert. Und dann kam die Sache mit dem Eisschild und dem berühmten ›Rapid Sea Level Rise‹.« Der plötzliche Ansprung des Meeresspiegels vor einigen Jahren, über den die Wissenschaft noch heute rätselt, hatte weltweit Hunderte, wenn nicht sogar Tausende Inseln auf dem Gewissen. »Denken Sie nur an die zahlreichen Atolle in Ihrer Heimat.«

»Gab es hier keine Deiche?«

»Doch, die gab es. Aber die haben nicht gehalten. Manche sagen, es lag an den Nutrias, auch wenn es keiner zugeben möchte.«

»Nutrias?«

»Südamerikanische Biberratten. Ich beobachte sie hier an manchen Tagen noch zu Hunderten. Im Osten von Deutschland, in der ehemaligen DDR, wurden sie im letzten Jahrhundert wegen ihrer Pelze gezüchtet, und nach der Wiedervereinigung 1990 einfach freigelassen. Deiche sind der ideale Biotop für die Tiere. Sie höhlen sie aus, bauen lange Gänge hinein. Irgendwann in den Zwanzigerjahren sind sie hierher nach Sylt gekommen, und offenbar hat niemand das Problem ernst genommen. Dann kamen der ›Rapid Sea Level Rise‹ und die Stürme, und die Deiche zerbröselten wie weicher Keks.«

»Wie viele Menschen leben noch hier?«, fragte sie gegen den Lärm des Motors, während die Unebenheiten in der Straße sie durchrüttelten.

Behringer schaute zu ihr hinüber. »Mich mitgezählt?«

Sie nickte.

»Einer.« Er verlangsamte die Fahrt und bog in einen unbefestigten Weg. »Jetzt kommen wir in den höher gelegenen Teil.«

Tatsächlich ging es nun leicht bergauf. Die Vegetation nahm zu, Büsche, Bäume und Pflanzen, die sie noch niemals gesehen hatte, wuchsen neben der Straße. Auch die Häuser schienen hier in einem besseren Zustand zu sein. Der Baustil war geradezu verspielt. »Warum lebt hier niemand mehr?«, entfuhr es ihr.

»Naturschutz. Diese Insel ist jetzt den Vögeln vorbehalten.«

»Und Sie?«

»Ich bin der, der aufpasst.«

Sie schaute auf ihren Personal Assistant. Immer noch keine Internetverbindung. Das konnte doch nicht sein.

»Mit dem Mobilfunk ist es hier so eine Sache«, hörte sie Behringer sagen, als hätte er ihre Gedanken gelesen. »Der letzte Sturm hat den einzigen Funkmast umgeworfen. Ich muss ihn erst wieder aufstellen.«

Sie hatte es befürchtet. Es schien so, als müsste P.I.A., ihr Personal Intelligent Assistant, auf ihrem Wearable am Handgelenk eine Weile ohne sie auskommen. Es war lange her, dass sie ohne ihren Personal Assistant unterwegs gewesen war. Zuletzt, als sie vor einem guten Jahr eine Woche in einem buddhistischen Kloster in Thailand verbracht hatte – nicht aus Spaß, sondern für einen Podcast.

Behringer blickte zu ihr herüber.

»Was ist?«, fragte sie. »Schauen Sie lieber nach vorne, wenn Sie schon selber fahren.«

»Die Fotos«, sagte er. »Sie glauben, Sie haben recht mit Ihrer Vermutung, weil ich Ihnen erlaubt habe, mich hier zu besuchen, oder?«

Sie lupfte den Gurt und rutschte etwas auf ihrem Sitz zur Seite. »Stimmt's nicht?«

Wieder schaute er zu ihr herüber, langsam drifteten sie nach rechts ab.

»Passen Sie auf, das Schild!«, rief sie erschrocken. Gerade noch rechtzeitig, damit Behringer korrigieren konnte. Es hatte seinen guten Grund, warum man heutzutage keine Menschen mehr ans Steuer ließ.

List 11 km, hatte auf dem Schild gestanden. Merkwürdiger Name für einen Ort. »Fahren wir dorthin, nach *List?*«, fragte sie.

»Dafür bräuchten wir ein Boot«, entgegnete er und verlangsamte die Fahrt. Dann bog er nach rechts in eine Einfahrt. *Uwes Warft – Willkommen in Kampen* stand auf einem verwitterten Holzschild neben dem Weg.

»Der höchste Punkt der Insel. Vermutlich wird das hier als Letztes untergehen.« Der Motor des Autos mühte sich sichtlich, als sie sich den schmalen Sandweg hinaufquälten. Plötzlich bremste Behringer.

Erst jetzt erblickte sie das kleine Haus. Es war aus Stein und hatte ein Dach aus Stroh. Aus dem Schornstein stieg Rauch. Sie erschrak, als Behringer mit einer kraftvollen Bewegung die Handbremse zog.

»Wir sind da!«, sagte er und stieg aus.

Sie sah, wie er gegen den Wind ankämpfen musste, während er nach hinten stapfte, um ihren Koffer zu holen. Zum ersten Mal beschlich sie ein ungutes Gefühl. Sie schaute nach P.I.A., doch er blieb stumm. Vielleicht war es doch keine so gute Idee gewesen, ganz allein hierherzukommen. Auf eine verlassene Insel weit draußen in der Nordsee, zu einem völlig fremden Mann, von dem sie kaum etwas wusste. Außer der Geschichte von seiner Nichte und den anderen Kindern. Die Erinnerung an den Grund, warum sie den weiten Weg von Australien hergekommen war, machte ihr Mut. Sie öffnete die Beifahrertür. Ein kalter Wind schlug ihr entgegen.

Behringer trat neben sie, in der Hand ihren Koffer. Wieder heftete er seinen harten Blick auf sie. »Ist es Zufall, dass Sie ausgerechnet heute hier auftauchen?« Gegen den Wind hatte sie Probleme, ihn zu verstehen. »Heute wäre Hannah vierunddreißig Jahre alt ge-

51

worden!«, sagte er, ohne ihre Antwort abzuwarten. Einen Moment starrte er sie noch an, dann drehte er sich um und ging ins Haus.

Sie schloss die Augen und fühlte, wie ihr das Blut in die Wangen schoss. Schuld war nicht die Kälte. Vielleicht war sie doch keine so gute Journalistin, wie sie dachte.

8
Berlin

Langsam kehrte die Wärme zurück. Marc hatte als Erstes die Heizung in Hannahs Zimmer angedreht. Nun saß er auf dem Drehstuhl vor ihrem Schreibtisch. Caroline hockte auf Hannahs Bett. Die beiden Polizisten und Kyle waren längst gegangen. Kyle hatte sich in einem Hotel in der Nähe des Ku'damms eingemietet und meinte, noch Geschäftliches erledigen zu müssen.

»Mein Gott!«, sagte Marc, nachdem er das Video angesehen hatte.

»Ich kann nicht glauben, dass du es noch nicht kennst.«

»Ich habe in Kanada kein Mobiltelefon. Kein Internet. Kein Radio. Nichts. Als ich den Bericht von der Entführung im Fernsehen gesehen habe, war ich gerade im nächsten Ort ein paar Besorgungen machen. Es war reiner Zufall. Ich bin gleich mit der Fähre nach Vancouver, zum Flughafen und dann hierhergekommen. Ich habe nichts bei mir außer dem, was ich anhabe.«

»Es ist so gut, dass du da bist.« Man sah ihr deutlich an, dass sie erneut mit den Tränen kämpfte.

Er startete das Video auf dem Tablet, das Caro ihm gereicht hatte, nochmals von vorne.

Wieder erschien die Person mit der Kapuze. Das Gesicht wurde von einer weiß glänzenden Maske verdeckt, die der venezianischen Verkleidung des *Medico Della Peste* nachempfunden war. Des Pestdoktors. Marc hatte als junger Reporter einmal vom Karneval in

Venedig berichtet und damals in der Lagunenstadt auch einen traditionellen Maskenmacher besucht. Die versteinerten Gesichtszüge mit dem langen Schnabel und den schwarzen Höhlen, hinter denen man die Augen desjenigen, der dort sprach, nur erahnen konnte, wirkten an sich schon bedrohlich. Neben der Vermummung wohl die Absicht des Maskierten.

Viel erschreckender als die Verkleidung war jedoch das, was er sagte. Seine Stimme klang wie die des Ansagers einer Geisterbahn, was daran lag, dass sie elektronisch verzerrt war. Die Maske, der Stimmenverzerrer – es wurde offensichtlich alles versucht, um nicht identifiziert werden zu können.

»Wir befinden uns in einem Kriegszustand«, begann die Person. Trotz der Maskerade und der verfremdeten Stimme tippte Marc auf einen Mann. »Die politischen und wirtschaftlichen Eliten haben entschieden, die nächsten Generationen zu opfern, um ihre Macht zu zementieren.« Marc musste sich konzentrieren, um den Sinn der Botschaft zu verstehen. »Die Ziele des Pariser Klimaabkommens sind bereits jetzt nicht mehr erreichbar. In den nächsten Jahrzehnten wird die Erde sich weiter erwärmen, um mindestens drei, vermutlich sogar fünf Grad. Schon bei drei Grad sind die Folgen katastrophal.«

Marc schaute auf zu Caroline, die ihn mit leerem Blick beobachtete. Vermutlich hatte sie das Video schon häufiger gesehen, als ihr guttat.

»Der Klimawandel wird unseren Planeten erst aufheizen und dann zerstören, viele Gebiete in Todeszonen verwandeln. Ernteausfälle und Überflutungen werden Lebensraum vernichten und zu riesigen Flüchtlingsströmen führen. Es wird Kriege geben um Land, Wasser und Nahrung. Die unverantwortliche Politik der Eliten wird in naher Zukunft zwei Milliarden Menschen das Leben kosten und zum gesellschaftlichen Kollaps führen. Reden wir nicht drumherum: Die Menschheit steht vor dem Aussterben.«

Marc spürte, wie sich ihm die Kehle zuschnürte. Nicht wegen

dieser Prognosen, die vermutlich sogar einen wahren Kern hatten. Sondern wegen dem, was gleich kommen würde. Schon beim ersten Anschauen der nachfolgenden Passagen war ihm ein kalter Schauer über den Rücken gelaufen.

»Schuld sind nicht nur die Politiker aller Länder, die ihr Handeln allein darauf ausrichten, ihre Macht zu erhalten. Schuld seid ihr alle. Diejenigen, die weiterhin mit Flugzeugen fliegen. Jene, die auf Kreuzfahrtschiffen um die Welt reisen. Die Autofahrer, die mit ihren Dreckschleudern die Umwelt verpesten. Die Unternehmen, die immer noch neue Kohlekraftwerke bauen oder den Regenwald abholzen. Und alle diejenigen, die dies zulassen, ohne sich zu erheben. Also ihr alle!«

Trotz des elektronischen Klangs hörte man nun den unheilvollen Zorn aus der Stimme heraus.

»Eure Kinder haben Schulen bestreikt. Sie haben mit euch zu Hause diskutiert. Sie haben demonstriert. Sie haben Botschafter um die Welt geschickt. Und was habt ihr getan? Nichts.«

Marc hatte das letzte Jahr in der Wildnis verbracht und von alldem nicht viel mitbekommen. Er war auch lange nicht mehr geflogen, bis heute, nach Berlin. Er besaß kein Auto. Nutzte in den Wäldern von Clayoquot Sound noch nicht einmal Strom. Aber er wusste natürlich, dass er weltweit gesehen eher die Ausnahme war.

Und er hatte die Einsamkeit nicht gesucht, um das Klima zu retten, sondern seine Seele.

»Ihr tötet mit eurem verantwortungslosen Verhalten eure Kinder und deren Kinder und deren Kinder und alle Generationen, die danach geboren worden wären. Ihr tötet unseren Planeten und mit ihm die Pflanzen und die Tiere. Ihr begeht Völkermord. Und damit befinden wir uns in einem Kriegszustand. Im Namen der aktuellen und zukünftigen Bewohner dieses Planeten, zu schwach, sich zu wehren, oder noch nicht einmal geboren, sind wir berechtigt, uns zu verteidigen und Notwehr zu üben.«

Konnte man die Aussagen im Video bis hierher zum Teil vielleicht noch unterschreiben, begann nun endgültig der Teil, den Marc früher in seinen Reportagen nüchtern als »fehlgeleitet radikalisiert« bezeichnet hätte. Vor dem Hintergrund, dass seine Nichte sich in den Händen dieser Leute befand, und als Onkel von Hannah bezeichnete er das, was jetzt kam, aber als vollkommen verrückt – und unerträglich.

»Das Bequeme mag sein, dass der Klimawandel schleichend tötet. Manchmal auch leise. Vielleicht sogar im Verborgenen. Kinder, die nie geboren werden, weil ihr ihre Eltern in die Flucht treibt. Hitze, die Säuglinge dort verhungern und verdursten lässt, wo keine Kamera filmt. Stürme, die Leben kosten, ohne dass man live dabei ist. Der Klimawandel produziert vor allem Zahlen. Mal dramatisch, mal tragisch, doch es bleiben immer nur Zahlen. Vielleicht hofft ihr, dass ihr euch verstecken könnt, weil ihr kein Blut an euren Händen habt. Doch das werden wir nicht zulassen. Auch wenn wir Masken tragen, so entreißen wir euch die euren. Wir zwingen euch hinzuschauen, wo ihr bislang weggeschaut habt. Wir zeigen euch, wie es ist, wenn ein Kind an CO_2 stirbt. Ganz real. Live im Internet.«

Er schaute zu Caro, deren Augen glasig wurden. Vielleicht sollte er das Video besser ausmachen. Als hätte sie seine Gedanken erraten, schüttelte sie langsam den Kopf. Er suchte die Tasten für die Lautstärke und stellte den Ton etwas leiser.

»Nächste Woche wird dieser Junge sterben.«

Nun kam ein Schnitt, der verriet, dass das Video nachträglich bearbeitet worden war. Zu sehen war die unheilvollste Szene des gut dreiminütigen Videos: ein Kameraschwenk um einen am Boden sitzenden Jungen. Er kauerte auf der Erde in irgendeinem Wald, vielleicht auch Dschungel, trug ein schmutziges T-Shirt und eine Badehose. Seine Augen waren verbunden, sein Kopf gesenkt. Vermutlich bemerkte er noch nicht einmal, dass er gefilmt wurde.

»Wie heißt du?«, fragte eine Stimme, ebenso verzerrt wie die des Redners zuvor.

Der Junge sagte etwas, das man nicht verstand.

»Lauter!«, befahl die Stimme.

»Lorenzo di Matteo.« Der Junge klang verängstigt. Mittlerweile hatte der unsichtbare Kameramann ihn halb umrundet, und man sah, dass seine Hände mit einem Kabelbinder auf den Rücken gefesselt waren.

Marc schnappte nach Luft, versuchte aber, sich vor Caroline nichts anmerken zu lassen. Das Letzte, was sie gebrauchen konnte, war noch jemand in ihrer Nähe, der in Panik verfiel.

Nun war wieder der maskierte Redner zu sehen.

»Lorenzo di Matteo wird live vor der Kamera durch CO_2-Gas sterben, wenn nicht binnen einer Woche folgende Forderungen erfüllt sind …«

Marc drückte die *Pause*-Taste des Videos und atmete tief durch. »Ist von dem, was jetzt kommt, irgendetwas erfüllbar?«

Caro zuckte mit den Schultern. »Die vom BKA meinten, die Politiker würden sicher alles Mögliche unternehmen. Und das andere … keine Ahnung. In zwei Tagen beginnt die Weltklimakonferenz in Glasgow. Sie sagen, dort nehmen 196 Staaten teil. Die EU und zahlreiche Organisationen. Wenn man irgendwo etwas beschließen möchte, dann dort.«

Der Zeitpunkt der Entführung ist also keineswegs Zufall gewesen. Es scheint vielmehr genau geplant zu sein. Dies spricht für professionelles Vorgehen. Marc verkniff sich auszusprechen, was er dachte, und ließ das Video weiterlaufen.

»Sämtliche Teilnehmer der COP26 in Glasgow müssen die existenzielle Bedrohung unseres Planeten anerkennen und unverzüglich den Klimanotstand ausrufen. Dem müssen in Zukunft alle Maßnahmen weltweit unterworfen werden. Zudem müssen sämtliche Teilnehmer verbindlich beschließen, die Treibhaus-Emissionen bis zum Jahr 2025 auf netto-null zu senken. Es ist eine nationenübergreifende Bürgerkommission zu bilden, in der vor allem Menschen unter fünfundzwanzig Jahren zu beteiligen sind, die zukünftig in alle Überlegungen zum Klimaschutz einzubeziehen ist und die Umsetzung der beschlossenen Maßnahmen kontrolliert. Es ist sicherzustellen, dass alle getroffenen Maßnahmen jeweils von unabhängigen Wissenschaftlern auf ihre Wirksamkeit kontrolliert werden. Zudem sind grundlegende gesellschaftliche Veränderungen in den Sektoren Energieerzeugung, Industrie, Landwirtschaft, Verkehr, Transport und Wohnen zu verabschieden. Die Verwirklichung unserer Forderungen muss sozial verträglich ausgestaltet werden und darf nicht zulasten von Menschen mit geringem Einkommen gehen. Diesbezüglich müssen die Regierungen verbindlich die Erstellung entsprechender Konzepte beschließen. Dies sind unsere Forderungen an die Staaten dieser Welt. Und nun unsere Forderungen an alle Bewohner dieses Planeten: Wir verlangen, dass alle Bewohner innerhalb Italiens einen Tag lang auf Kurzstreckenflüge verzichten. Zudem verlangen wir die Anpflanzung von mindestens einhunderttausend Bäumen innerhalb von Italien.«

Der Maskierte griff nach unten und hielt nun eine Tafel in die Kamera, auf der mit dickem Filzstift *eine Webadresse* geschrieben war, darunter #fightforyourplanet.

»Verbreitet dieses Video, denn als letzte Forderung verlangen wir, dass dieses Video innerhalb einer Woche mindestens einhundert Millionen Mal gelikt wird. Werden unsere Forderungen nicht erfüllt, werden wir Lorenzo unter vorstehender Domain live vor der Kamera hinrichten. Und danach jede Woche ein weiteres Kind, bis unsere Forderungen erfüllt werden. Fight for your Planet!« Er hob eine Faust in die Höhe, das Bild wurde kurz schwarz, dann wurde ein Glaskasten eingeblendet.

Marc hatte eine Weile gebraucht, bis er verstanden hatte, was man hier sah: Mitten in dem Glaskasten saß ein Vogel. Ein größeres Exemplar, aber das flauschige Federkleid verriet, dass er noch jung sein musste. Das Tier saß auf einem Pfahl und drehte den Kopf zur Seite, sodass ein Auge neugierig in die Kamera blickte. Das Vögelchen trat von einem Bein aufs andere und drehte dann das andere Auge in die Kamera. Es blinzelte. Marc konnte die Vogelart nicht erraten, erst recht nicht, weil es ein Jungtier war. Unten rechts wurde eine große grüne Sieben eingeblendet. Erst als die Zahl rückwärts zählte, hatte Marc erkannt, dass es sich um einen Countdown handelte.

7, 6, 5, 4 ... Der Vogel in der Mitte des Bildes begann, von einem Bein aufs andere zu trippeln. *3, 2, 1 ... 0.*

Marc starrte aufs Videobild, beim ersten Anschauen hatte er gedacht, es würde gar nichts geschehen. Doch in der nächsten Sequenz zuckte der Vogel plötzlich zusammen, erstarrte mit weit aufgerissenen Augen und fiel wie ein steifes Stofftier von der Stange. Einen Augenblick war noch der leere Pfahl zu sehen, dann war das Video zu Ende.

Marc stieß einen Schwall Luft aus und fuhr sich mit der Hand durch die Haare. Beängstigend. Er schaute unter das Standbild. *24,5 Millionen Likes* stand darunter. Also hatten bis jetzt über vierundzwanzig Millionen Menschen das Video gesehen und wie von den Kidnappern gefordert den *Gefällt mir*-Button geklickt, was an sich schon ein Hohn war, schließlich konnte dieses Video niemandem wirklich gefallen. Etwas weiter darunter gab es eine Spalte für Kommentare. Angeblich hatten einhundertfünfundzwanzigtausend Personen den kurzen Film bereits kommentiert.

Er scrollte durch die Kommentare, die in vielen verschiedenen Sprachen abgegeben worden waren. *Ihr seid verrückt! ... Lasst die Kinder sofort frei! ... Spinner, ich hoffe, ihr schmort lange in der Hölle!,* las er. *... Das kommt davon, wenn man unsere Jugend Schule schwänzen lässt. ... LOL ... Super Aktion! ... Drücke euch die Daumen! ... Endlich Schluss mit dem Reden! ... Bringt den kleinen Scheißer um, wenn sie euch nicht ernst nehmen.*

Fassungslos legte er das Tablet zur Seite.

»Denkst du, die Entführer meinen das wirklich ernst?«, fragte Caro nach einiger Zeit.

Während seiner Einsätze als Kriegsreporter im Irak und später in Syrien hatte er zahlreiche Videos von Kidnappern gesehen. Einer seiner Kollegen war entführt und später vor laufender Kamera enthauptet worden. Jene Entführungen und diese waren nicht vergleichbar, vor allem das Motiv unterschied sich. Zumindest auf den ersten Blick. Letztlich glaubten die Entführer aber damals wie heute, durch ein höheres Ziel für ihre Tat legitimiert zu sein – und für die Ermordung der Geiseln.

Sein Gefühl sagte ihm, dass sie es hier durchaus mit einer ernst zu nehmenden Bedrohung zu tun hatten. Zwölf Kinder aus aller Welt am helllichten Tag verschwinden zu lassen und nun schon mehrere Tage vor der Weltöffentlichkeit zu verstecken brauchte professionelle Planung und Logistik. Und sie hatten bei der Entführung bereits Gewalt angewandt. Und sie hatten einen Vogel vor den Augen von über zwanzig Millionen Zuschauern vor der Kamera getötet, vermutlich vergast. Nein, das hier war kein Spaß. Das war eine neue Art von Terrorismus. Vermutlich schwebten seine Nichte und die anderen Jugendlichen in akuter Lebensgefahr.

»Ich kann es mir nicht vorstellen«, sagte er dennoch, denn er sah die Angst in Carolines Augen. »Vielleicht wollen die vor dieser Klimakonferenz nur ein wenig aufrütteln und lassen schon morgen alle wieder frei. Ich meine, das macht doch keinen Sinn: Warum sollte man gerade Kindern, die sich für den Klimaschutz engagieren, etwas antun?« Was seine kleine Schwester nun brauchte, war Optimismus. Manchmal war die Wahrheit zu schwer zu verarbeiten, um ausgesprochen zu werden.

»Du versuchst nur, mich zu beruhigen. Das hast du schon immer getan. Die werden die Kinder töten.«

Er sagte nichts, öffnete den Browser und gab die von den Kidnappern veröffentlichte Domain ein. Es erschien eine schwarze Webseite, in deren Mitte in großen hellgrünen Buchstaben der Name *LORENZO* geschrieben stand. Darunter lief in ebenso großen Ziffern ein Countdown. Noch 4 Tage, 5 Stunden, 52 Minuten und 13 Sekunden.

Kann man diese Webseite nicht zurückverfolgen?, dachte er und sprach diesen Gedanken auch laut aus.

»Die von der Polizei sagen Nein. Es gibt wohl technische Möglichkeiten, die IP-Adresse so zu verschleiern, dass man den Betreiber nicht ermitteln kann. Deshalb kann man sie auch nicht abschalten.«

Dumme Frage, vermutlich war dies das Erste, was die Ermittler geprüft hatten. »Und das Video?«

»Auch nicht.«

Er verfolgte die Ziffern, die im Sekundentakt gnadenlos herunterzählten. Dann schloss er die Webseite. »Müde siehst du aus«, sagte er schließlich. »Willst du dich nicht ein wenig hinlegen?«

Tatsächlich lagen ihre Augen in tiefen Höhlen, waren rot vom Weinen und vom Schlafmangel.

»Wie soll ich schlafen, während meine Kleine in Gefahr ist? Sie haben gesagt, sie klären, ob wir vielleicht bald nach Australien fliegen können. Wenn sie befreit werden, sind wir in der Nähe.«

»Niemand weiß, wo sie versteckt werden.«

»Aber sicher näher an Australien dran als an Deutschland.«

Er dachte daran, wie man heute innerhalb eines Tages um die Welt fliegen konnte. Wer wusste schon, wo die Kinder gerade wirklich steckten! Theoretisch konnten sie überall sein.

»Ich wecke dich, wenn es etwas Neues gibt. Ruhe dich wenigstens ein bisschen aus. Hannah braucht dich in guter Verfassung, so oder so.«

Caroline robbte zur Kante von Hannahs Bett. Dann stand sie auf und umarmte ihn. »Vielen Dank, dass du hier bist, Marc!« Sie ging zur Tür. »Ich mache mich frisch und leg mich ein wenig hin. Das hier nehme ich mit!« Sie hielt ihr Mobiltelefon in die Höhe. »Falls sie versucht, mich zu erreichen. Und später besorgen wir dir was zum Anziehen.«

»Ruh dich aus!«

»Komm, ich gebe dir noch eine Decke!«

Er folgte ihr in den Flur. Vor der Wand, die mit Holz vertäfelt war, blieb sie stehen, griff nach einem runden Knauf, der aussah wie ein Garderobenhaken, und öffnete die versteckte Tür zur Wäschekammer. Er musste lächeln. »Hier ist Hannah immer hineingeschlüpft, wenn wir Verstecken gespielt haben.«

»Stimmt!« Er freute sich über ihr Lächeln, als sie ihm eine Decke und Handtücher in die Hand drückte.

Kurz darauf saß er wieder in Hannahs Zimmer und hörte, wie im Badezimmer die Dusche zu rauschen begann. Müdigkeit überkam jetzt auch ihn. Er gähnte. Seine Reise von Tofino nach Berlin steckte ihm noch in den Knochen. Der Jetlag tat ein Übriges.

Er drehte sich langsam auf dem Schreibtischstuhl. Hannahs Zimmer war das eines typischen Teenagers und spiegelte ihr Alter zwischen Kindheit und Erwachsensein wider: hier der Schminkspiegel auf dem Schreibtisch, davor ein Kästchen mit Schmuck und diverse Schminkutensilien. Dort ein Bord mit knallbunten Kuscheltieren, die ihn mit übergroßen Augen anstarrten. An der Wand hing ein großes Bild, das die Schwarz-Weiß-Fotografie eines langen Stegs zeigte, der ins Meer hineinragte. Die Aufnahme hatte etwas Sehnsüchtiges. Ein Bett mit weißem Stahlgestell, ein Sitzsack, der so verknautscht wirkte, als hätte bis eben jemand darin gesessen. Dahinter lehnte ein übergroßer Teddybär mit dem Rücken an der Wand. Sein Kopf war auf die Brust gefallen, es sah aus, als schliefe er – oder als wäre er traurig. Marc neigte sich zur Seite, um ein selbst gemaltes Plakat zu lesen, das danebenlehnte. *There is no Planet B*, stand darauf geschrieben, darunter hatte Hannah die Weltkugel gemalt. Offenbar das Überbleibsel irgendeiner Demo.

Er drehte sich mit dem Stuhl ganz zur Seite und schaute auf den Schreibtisch neben sich. Auf der großen Schreibunterlage aus Papier waren ein langer Strich und darunter ein Stern gekritzelt. Daneben hatte Hannah in schnörkeliger Schrift einen Spruch gemalt:

Vorbei am zweiten ✳ *rechts und dann immer geradeaus bis zur Morgendämmerung.*

Der Satz kam ihm bekannt vor.

Unter der Unterlage klemmten Zeitungsartikel über unhaltbare Zustände in Flüchtlingslagern im In- und Ausland. Fotos von Containerdörfern irgendwo auf der Welt. Eine von Hannah unterzeichnete Petition, damit minderjährige Flüchtlinge leichter Asyl bekamen. Manche Artikel waren auf Englisch. Hannah war offenbar ein aufgeweckter und engagierter Teenager.

Über dem Schreibtisch an der Wand waren viele kleine Fotos mit Klammern an gespannten Lichterketten befestigt. Sie zeigten Hannah mit Freunden. Groß war sie geworden. Auf dem Fotostreifen vor ihm verzog Hannah das Gesicht zu einer lustigen Grimasse, zusammen mit einer Freundin, die neben ihr genauso herumalberte. Ein anderes Foto zeigte Hannah inmitten einer Gruppe um einen gepflanzten Baum. *Bäume für das Klima* stand auf einem Schild, das ein Junge in die Kamera hielt.

Marc seufzte und lehnte sich wieder weit zurück in seinem Stuhl.

Und dann sah er es. Das Bild, das weit rechts auf dem Schreibtisch stand. Aus einem Bilderrahmen lächelte ihm Hannah von einem Foto entgegen, daneben stand er. Sie beide trugen dicke Wollmützen und lächelten fröhlich. Eine gewisse Ähnlichkeit zwischen ihnen war nicht zu leugnen. Aufgenommen worden war das Foto auf einer Eisbahn in Berlin vor zwei Jahren.

Marc hatte keine eigenen Kinder und zweifelte daran, dass er jemals welche haben würde. Für ihn war Hannah ein wenig wie eine eigene Tochter, auch wenn sie sich nicht mehr häufig sahen. Kurz nach ihrer Geburt, als die Ehe seiner Schwester gerade den Bach hinuntergegangen und er noch als freiberuflicher Journalist in Berlin tätig gewesen war, hatte er oft auf sie aufgepasst, wenn ihre Mutter beruflich unterwegs sein musste. Erst als er seine Tätigkeit auf Reisereportagen und später auf die Kriegsberichterstattung verlagert hatte, trennten sich ihre Wege immer mehr.

Er nahm das Bild und musste ob der ausgelassenen Fröhlichkeit in Hannahs Blick unwillkürlich lächeln. Nein, er würde seine Nichte nicht im Stich lassen. Er musste etwas unternehmen.

»Ich finde dich«, flüsterte er.

Lorenzo
4 Tage

9

Potsdam

Vielleicht haben wir diese Kettenreaktionen bislang unterschätzt.«
Dr. Jan Zamek stand weit vorgelehnt über seinem Rednerpult. Das
Bildungsforum Potsdam war bis zum letzten Platz gefüllt – mit
Jugendlichen der zehnten Klassenstufe verschiedener Schulen aus
Brandenburg.

»Die Anzeichen dafür, dass Veränderungen in den klimatischen
Systemen der Erde im Gange sind, die bereits heute nicht mehr um-
kehrbar sind, haben sich verdichtet. Eine Reihe von sogenannten
›Kipppunkten‹ könnte einen globalen Kipppunkt zur Folge haben.
Ein solcher Kollaps würde zu einer Erwärmung von fünf Grad
Celsius führen. Der Meeresspiegel könnte bis zu neun Metern an-
steigen, die Korallenriffe und der Amazonas-Regenwald könnten
absterben und große Teile unseres Planeten für Menschen unbewohnbar werden.«

Dr. Zamek schaute zur Tür, die sich mit einem lauten Geräusch
geöffnet hatte. Ein Mann mittleren Alters mit dunklem Haar und
Vollbart drückte sich durch den Spalt und blieb mit vor dem Körper
verschränkten Armen direkt neben der Tür stehen.

»Insgesamt müssen wir resümieren«, wandte Zamek sich wieder
ans Auditorium. »Wir haben einen planetaren Notstand erreicht.
Und unsere neuesten Forschungsergebnisse weisen darauf hin, dass
die Erderwärmung noch schneller voranschreiten könnte als bislang
befürchtet.«

Unruhe brach aus. Die Schüler begannen miteinander zu tuscheln.

»Daher müssen wir alle, müsst ihr weiterhin alles dafür tun, das zu stoppen. Wir brauchen vor allem deutlich höhere Preise für den Ausstoß von CO_2! Es ist nicht fünf vor zwölf, sondern vielleicht bereits fünf nach zwölf! Also bleibt aufmerksam! Bleibt hartnäckig! Ich danke euch.«

Nun brach Jubel aus, die Schüler klatschten und trampelten auf den Boden.

Eine junge Frau trat an das Pult und schüttelte dem Redner die Hand. »Herzlichen Dank an Dr. Zamek vom Institut für Klimaschutz für den interessanten Vortrag«, sprach sie in das auf dem Rednerpult installierte Mikrofon. Erneut brandete Applaus auf. »Ich denke, wir haben einen schönen Einblick in den aktuellen Stand der Wissenschaft bekommen. Bei aller Lautstärke und Kreativität, wir alle wissen, wie wichtig es ist, dass wir Klimaschützer auch mit sachlichen Argumenten punkten können.« Sie bückte sich und holte etwas unter dem Podest hervor. »Als kleines Dankeschön habe ich für Sie ein Glas mit Honig unserer schuleigenen Bienen und …« Sie entrollte ein Papier. »Hundert Bäume, die wir mit Spenden der heutigen Zuhörer in Nicaragua haben pflanzen lassen. Hier die Urkunde.«

Zamek nahm das Geschenk unter erneutem Beifall entgegen. »Herzlichen Dank! Meine Kinder lieben Honig. Das ist toll. Dass Bäumepflanzen natürlich eine gute Idee ist, habe ich heute nicht erwähnt.« Er hielt die Urkunde in die Höhe. »Die hier wird einen Ehrenplatz erhalten. Allerdings hoffe ich, dass dafür kein Baum sterben musste!«

Vorsichtiges Gelächter erhob sich im Saal.

»Nun hören wir noch Lara vom Berliner Klimaschülerrat. Vielleicht mag Dr. Zamek uns noch Gesellschaft leisten? Wir würden uns freuen!« Die junge Frau zeigte auf einen für ihn frei gehaltenen Platz in der ersten Reihe.

Kaum hatte Zamek das Podium über eine schmale Treppe verlassen, trat der Mann, der bis jetzt reglos neben der Tür ausgeharrt hatte, an ihn heran und hielt ihn am Arm fest. »Dr. Zamek?«, fragte er flüsternd. »Ich habe etwas für Sie.«

Zamek beugte sich vor, um besser zu verstehen, was der Mann sagte. Auf der Bühne war bereits die nächste Rednerin unter Applaus an das Pult getreten.

Der Fremde hob die rechte Hand und rammte Dr. Zamek ein Messer in den Bauch.

10
Im Camp

Das erste Sonnenlicht seit Tagen – Hannah wusste nicht, wie viele Tage es waren – schmerzte in ihren Augen. Den anderen ging es nicht anders. Die Türen ihres stählernen Gefängnisses hatten sich mit einem lauten Knarren geöffnet. Frische Meeresluft strömte herein. Ihre Glieder waren steif vom langen Sitzen und Liegen.

Gemeinsam wankten sie an Deck eines Schiffes. Nachdem sie sich gestreckt hatte, versuchte sie, sich zu orientieren. Um sie herum war Wasser, doch keine vierhundert Meter entfernt sah sie Land. Eine Insel.

»Kommt, es geht weiter!«, rief Nicolas, und im nächsten Moment war es wieder vorbei mit der frischen Luft und der Sonne. Sie wurden eine Treppe hinunter ins Innere des Frachtschiffes getrieben. Immer weiter hinab ging es. Es stank nach Diesel; die Luft wurde hier unten zunehmend stickiger. Hannah konnte kaum glauben, dass ein Schiff so viele Stockwerke in die Tiefe hatte. Dann, am Ende eines langen Ganges, öffnete sich eine Luke, und sie standen plötzlich direkt vor dem Meer. Ein schmaler, wackeliger Steg an der Außenseite führte zu einem kleinen Boot, das offenbar am Frachter angelegt hatte.

Hannah zögerte einen Moment. Die Wellen zerrten kräftig an

dem kleinen Kahn und brachten den Boden unter ihr bedrohlich ins Schwanken. Vom Deck des anderen Schiffes streckte ihr ein riesiger Kerl die fleischige Hand entgegen, die sie notgedrungen ergriff. Dann zog er sie hinüber. Einer nach dem anderen folgte. Nur bei Stina verlief es weniger reibungslos. Sie weigerte sich beharrlich, den großen Schritt zu ihnen herüber aufs kleine Boot zu machen. Auch gutes Zureden half nicht. Hannah bemerkte, wie Nicolas neben ihr langsam ärgerlich wurde. Sie nahm all ihren Mut zusammen und wechselte wieder zurück auf den schmalen Steg vor der Luke des Frachtschiffes.

Stina ergriff sofort ihre Hand. »Ich habe Angst«, wimmerte sie.

»Ich helfe dir«, sagte sie. »Mach einfach die Augen zu. Es ist gar nicht so schlimm, wie es aussieht.« Sie griff ihr unter die Achseln und schob sie vorsichtig auf den schmalen Steg. Zwei Drittel hatten sie geschafft, als der große Kerl Stina weitaus weniger sanft packte und ohne Mühe in die Luft über die flache Reling zu sich ins Boot hob. Diesmal überbrückte Hannah die kurze Strecke hinüber ohne jede Hilfe. Der Wind, der Geruch des Meeres, die Sonne, all das hatte ihre Lebensgeister wieder geweckt.

Die Überfahrt zum Festland dauerte keine zehn Minuten. Es war tatsächlich eine Insel, so klein, dass man vom Boot aus beide Enden sehen konnte. Sie steuerten eine Stelle an, an der zwei riesige Stahlgerüste ins Meer ragten. Beim Näherkommen erkannte sie zwei alte Kräne, die wie stählerne Dinosaurier über ihre Ankunft wachten.

Sie legten direkt neben den beiden Ungetümen an einem schmalen Steg an, dessen Holzbretter an vielen Stellen morsch waren und gefährlich große Lücken aufwiesen. Der Steg führte an einen Strand, der so gar nicht zu ihrer naiven Vorstellung einer traumhaften einsamen Insel passte. Zwischen vereinzelt übereinandergestapelten Containern verrosteten zahlreiche Gerätschaften. Hannah sah das Wrack eines alten Lasters, einen umgekippten Bagger. Es erinnerte an eine verlassene Baustelle.

70

Ein zweiter hünenhafter Mann, der der Zwillingsbruder des anderen hätte sein können, vertäute neben ihnen das Schiff und trat dann zu ihnen. Auch er war sicherlich über zwei Meter groß und sah aus wie ein Sumoringer. Beide Männer wogen bestimmt an die zweihundert Kilogramm, schienen keinen Hals zu haben und schauten mit einer Mischung aus Langeweile und Verachtung auf die Gruppe Jugendlicher hinab, wie zwei Löwen auf eine Herde Gnus.

»Das hier sind Haku und Mikele. Sie werden die nächsten Tage bei uns sein und aufpassen, dass uns nichts passiert«, stellte Nicolas die beiden vor. »Bitte bleibt stets zusammen. Ich möchte euch keine Angst machen, aber dort, wo wir nun hingehen, ist es nicht ganz ungefährlich. Wir sind hier am Rande einer alten Mine. Es gibt viele nur provisorisch verschlossene Erdlöcher, und man darf sich nicht wundern, wenn man plötzlich auf eine Kiste mit zurückgelassenen Dynamitstangen stößt. Und es ist hier ehrlich gesagt ziemlich einsam. Hier gibt es sonst nichts. Wenn ihr bei mir und Haku und Mikele bleibt, kann euch aber nichts passieren.«

Hannah blickte zu Stina, die mit hochgezogenen Schultern neben ihr stand. Lorenzo schaute eher neugierig als ängstlich hinüber zu den Überresten der Mine.

»Wir gehen nun in unser Camp.« Nicolas marschierte voran.

Die beiden Sumoringer trotteten rechts und links neben ihnen her. Sie passierten alte Ölfässer, verlassene Schiffscontainer wie der, in dem sie die letzten Tage verbracht hatten. An allem fraß der Rost. Man musste aufpassen, wo man hintrat. Aus dem Sand ragten scharfe Plastikteile und verrostete Metallstreben. Überall standen zurückgelassene Maschinen, deren Funktion sie noch nicht einmal erahnen konnte. Sie passierten ein leer stehendes Gebäude, eine große Fabrikhalle, deren Fenster eingeschlagen waren. Das riesige Dach war bis zur Hälfte eingefallen.

Nach einem gut zehnminütigen Marsch – Stina jammerte bereits, dass sie Durst hatte – lichtete sich das Gelände, und vor ihnen öffnete sich ein schmaler Strand, der den Namen tatsächlich verdiente. Zu ihrer Linken sah Hannah nun Reihen tropischer Bäume. Blieb man jetzt stehen und blickte nur geradeaus, kam das Bild der Vorstellung einer paradiesischen Insel schon näher.

Nicolas bog scharf ab und hielt auf die Bäume zu. Erst als sie sie schon beinahe erreicht hatten, entdeckte Hannah den schmalen Durchgang. Kurz wurde es dunkel. Über ihren Köpfen hörten sie das aufgeregte Geschnatter exotischer Vögel, als sich vor ihnen eine große Lichtung auftat. Auch hier standen zwei Container; sie waren in einem deutlich besseren Zustand als diejenigen, die sie eben gesehen hatten.

In der Mitte der Lichtung befand sich ein kreisförmiger Unterstand aus Wellblech. Er wirkte so, als wäre er gerade erst errichtet worden. Das Holz der Balken war neu. Darunter erkannte Hannah eine Reihe blauer Schlafsäcke. Elf Stück zählte sie. Genau in der Mitte der Lichtung war eine Feuerstelle, darüber hing ein Kessel. Am Rande des Platzes standen einige weiße Plastikstühle.

»Das ist es!«, verkündete Nicolas nicht ohne Stolz in der Stimme. »Ich habe euch an unserem ersten Tag auf Heron Island ein Abenteuer versprochen, und hier ist es.«

»Ich will nach Hause«, flüsterte Stina neben ihr.

»Wie gesagt, ihr könnt hier im Camp tun, was ihr wollt. Ich habe mir für die nächsten Tage ein paar Aktivitäten ausgedacht.« Nicolas versuchte sichtlich, freundlich zu klingen. »Ich weiß, der Trip hierher kommt für euch alle überraschend. Vermutlich habt ihr euch das Camp in Australien ein wenig anders vorgestellt. Aber es ist, wie es ist. Hätten wir euch vorher in unsere Pläne eingeweiht, ihr wäret wohl kaum nach Australien gekommen. Seht das hier als eine Verlängerung des Camps. Wir alle haben unser Leben in den letzten Monaten und Jahren in den Dienst des Klimaschutzes gestellt. Und nun machen wir es einmal richtig. Wir haben an die Regierungen dieser Welt verschiedene Forderungen zum Klimaschutz gestellt. Die Forderungen, die wir alle schon lange auf Straßen und

Marktplätzen laut stellen und die ungehört verhallen. Nun habe ich die Forderungen wiederholt, mit euch allen als Pfand. Ihr werdet sehen, endlich erreichen wir etwas.«

»Sind wir … Gefangene?«, rief Kito.

Nicolas zögerte kurz, dann lächelte er. »Ja«, sagte er. »Ihr alle seid Gefangene eurer beschränkten Vorstellungskraft – gewesen. Jetzt denken wir neu und groß. Ihr werdet sehen, wenn ihr diese Insel verlasst, werdet ihr nicht mehr dieselben sein wie zuvor.« Er drehte sich um. »Dort hinten im Container habe ich Getränke und Essen. Jeder von euch kann sich einen Schlafsack nehmen, und darin findet ihr noch ein paar Sachen für euch. Diego und ich und unsere beiden einheimischen Freunde hier«, er wies auf Mikele und Haku, »wir schlafen in dem Container dort. Wir wechseln uns ab, damit auch nachts jemand auf euch aufpasst. Wie gesagt, alles zu eurem Schutz.«

Hinter Hannah begannen die Jungen zu tuscheln.

»Wir sind Geiseln«, hörte sie Kamal sagen.

»Geiseln?«, entgegnete der russische Junge Sergej leise. »Und was haben sie mit uns vor?«

»Was wohl, du Idiot?«, fragte Li. »Was tut man mit Geiseln, wenn Forderungen nicht erfüllt werden?«

»Keine Ahnung.«

»Man bringt sie um«, sagte Kamal.

Als Hannah sich umdrehte, verstummten die Jungen. Auf ihrem Körper breitete sich Gänsehaut aus.

11

Berlin

»Noch etwas?« Die Kanzlerin schaute in die Runde und war im Begriff, das Briefing zu beenden.

Julia Schlösser wartete ab, ob einer der anderen Teilnehmer noch etwas zu sagen hatte, was nicht der Fall war. Sie wollte dieses Thema als Pressereferentin ganz am Ende ansprechen, weil sie es für besonders wichtig hielt. »Die Sache mit den entführten Kindern in Australien, den Tomorrow-Kids. Ich bekomme viele Anfragen von der Presse. Gerade weil nun der Klimagipfel in Glasgow beginnt. Eine der Jugendlichen ist Deutsche, sie kommt hier aus Berlin.« Sie suchte in ihren Unterlagen. »Hannah Beck. Sie ist erst fünfzehn Jahre alt.«

Die Miene der Kanzlerin verfinsterte sich. »Ich habe das Video gesehen. Schrecklich. Ist der Botschafter in Australien eingeschaltet?« Die Frage richtete sich an Karl-Heinz Stein; er war der Berater der Kanzlerin für auswärtige Angelegenheiten.

»Der Botschafter ist auf einer Dienstreise in Papua-Neuguinea.« Ich habe aber kurz mit unserem Militärattaché in Canberra Kontakt gehabt. Im Moment gibt es für die Botschaft offenbar nicht viel zu tun. Die örtlichen Behörden suchen mit Hochdruck nach den verschwundenen Teenagern und haben bereits Unterstützung vom FBI.«

»Und auch Interpol und das BKA sind schon aktiv geworden«, mischte sich Staatssekretär Huber ein.

Sie saßen seit einer guten Stunde im Kanzleramt zusammen. War die Kanzlerin nicht auf Reisen und standen auch keine Staatsempfänge oder Bundestagsdebatten auf dem Programm, versuchten sie, sich mindestens zweimal in der Woche in dieser Runde zusammenzufinden, um sich über aktuelle Themen auszutauschen.

»Ich denke, es geht hier nicht um die bloße Polizeiarbeit«, sagte Julia vorsichtig. »Die Kidnapper haben klare Forderungen formuliert, die sich direkt an die Staatengemeinschaft richten, und sie haben angedroht, den Kindern etwas anzutun, wenn die Regierungen sich nicht bewegen. Damit haben sie uns den Schwarzen Peter zugeschoben. Ihnen, Frau Kanzlerin.«

Huber lachte auf. »Wir werden uns ja wohl kaum auf diese Art und Weise erpressen lassen, Frau Schlösser. Die ganze Sache ist ab-

74

surd. Ich meine, einhunderttausend Bäume in Italien pflanzen, in sieben Tagen. Und alle Italiener sollen nicht mehr fliegen. Wie stellen die sich das vor?«

»Sie sollen einen Tag lang auf Kurzstreckenflüge verzichten«, verbesserte Julia. »Einen einzigen Tag. Etwas, was wir alle tun sollten, jeden einzelnen Tag.«

»Sie scheinen die Forderungen ja richtig gut zu finden. Diese sind dennoch unerfüllbar in nur sieben Tagen. Und das wissen die Kidnapper auch.«

»Und wenn das erste Kind stirbt?«, entgegnete sie. »Das erklären Sie dann mal den Menschen da draußen, wenn die Bundesregierung untätig bleibt und deshalb am Ende Kinder getötet werden. Ein deutsches Kind ermordet wird.«

»Deshalb? Ich bitte Sie, Frau Schlösser. Selbst wenn, wäre das wohl kaum die Schuld der Kanzlerin. Machen Sie hier nicht die Falschen zu Tätern!«

»Ich bin nicht sicher, ob die Bürger auch so differenzieren werden wie Sie, Herr Huber. Zumal das Ziel der Kidnapper, der Klimaschutz, aktuell in der Öffentlichkeit eine breite Mehrheit findet ...«

»Bislang ist noch überhaupt nichts passiert!«, mischte Stein sich ein.

»Dass zwölf Kinder und ihr Betreuer entführt wurden und ihre Begleiterin dabei beinahe ermordet wurde, nennen Sie ›nichts passiert‹? Die haben einen Vogel vor der Kamera sterben lassen.« Julia spürte, wie ihr das Blut in den Kopf stieg. Dabei wünschte sie sich, weniger aufbrausend zu sein. Aber die Trägheit der alten weißen Männer am Tisch machte sie ärgerlich.

»Eben! Es ist ja wohl noch immer ein Unterschied, ob man einen Vogel umbringt oder ein Kind!«

»Ist das wirklich so?« Sie schaute Hilfe suchend zur Kanzlerin, die die Diskussion bislang schweigend verfolgt hatte.

Huber grinste. »Offenbar lassen Sie sich mittlerweile auch von dieser Klimahysterie anstecken, Frau Schlösser. Ich meine, wie bigott müssen diese Leute sein, einerseits für das Klima einzutreten und andererseits Kinder mit dem Tode zu bedrohen?«

Bevor Julia etwas erwidern konnte, hob die Kanzlerin die Hand. »Beruhigen Sie sich bitte alle. Ich sehe Ihren Punkt, Frau Schlösser. Wie reagieren die anderen betroffenen Nationen bislang?« Wieder schaute sie zu Karl-Heinz Stein.

»Ich kann mich mal auf Ministerialebene schlaumachen«, entgegnete er. »Was das Klima angeht, sind derzeit alle auf die UN-Klimakonferenz in Glasgow fixiert.«

Die Kanzlerin nickte zufrieden. »Hören Sie sich um. Und Sie, Frau Schlösser, Sie werden der Presse mitteilen, dass wir die Situation mit großem Mitgefühl für die betroffenen Kinder und deren Angehörige verfolgen und jegliche Maßnahmen unterstützen, um sie sicher nach Hause zu bringen.«

Während die Kanzlerin sprach, tat Julia so, als machte sie sich Notizen. Das war nicht, was sie hatte hören wollen, und das entging ihrer Chefin offenbar nicht.

»Sie wirken damit nicht zufrieden, Frau Schlösser?«

»Wir haben schon einmal den Fehler begangen, die Schüler-Bewegung und das Thema ›Klimawandel‹ zu unterschätzen. Es bewegt die Leute, und das wird durch diese Entführung kaum weniger werden. Das Medienecho ist schon jetzt enorm. Ich denke, wir werden uns da nicht mit Standardparolen hinausmanövrieren können.«

»Standardparolen!«, empörte Huber sich erneut. »Die Bundeskanzlerin hat doch klar und deutlich gesagt, sie fühlt mit den Betroffenen und wird alles unternehmen, was in ihrer Macht steht. Wir haben es hier mit keiner harmlosen Schülerbewegung wie bei den Freitagsdemonstrationen zu tun, bei der Schüler für das Klima Schule schwänzen, sondern mit Terrorismus!«

»Ich denke, Frau Schlösser hat recht.« Zum ersten Mal erhob Doris Jäger, heimlich von allen nur »DJ« genannt, die Stimme. Sie war die Büroleiterin, und viele hielten sie für die einzige Person, auf die die Bundeskanzlerin hörte. Manche meinten sogar, dass sie in

Wahrheit bestimmte, nach welcher Musik im Kanzleramt gerade getanzt wurde. »In schwierigen Situationen hat Deutschland international immer die Führungsrolle übernommen. Ich erinnere nur an die Flüchtlingskrise. Und das sollten wir auch jetzt tun, bevor andere das versuchen. In Frankreich sind die Wahlen nicht mehr weit entfernt, und die USA ergreifen sowieso jede Gelegenheit zur Führung. Teilen Sie der Presse mit, Frau Schlösser, dass die Kanzlerin bereits Kontakt zu den anderen Regierungen aufgenommen hat, um die gegenseitigen Anstrengungen zur Befreiung der Geiseln abzustimmen. Schreiben Sie bitte ›Geiseln‹. Und ›Kinder‹ statt ›Jugendliche‹. Und lassen Sie verlauten, dass die Kanzlerin Experten für Klimaschutz hinzugezogen hat, um die Forderungen der Kidnapper zu prüfen. Und teilen Sie in einem Nebensatz mit, dass die deutsche Bundesregierung die Erfüllung des Pariser Klimaabkommens stets befürwortet hat und in Sachen Klimaschutz seit Jahren Vorreiter ist.«

»Das stimmt aber nicht«, entfuhr es Julia. »Mit der Erfüllung der Ziele waren wir lange im Rückstand. Studien sagen, Deutschland hat tatsächlich keine Chance mehr, die langfristigen Ziele zu erreichen, und sogar die europäischen Vorgaben werden wir …«

»Stopp!«

Erstaunt blickte Julia zur Kanzlerin, die sie ungewohnt harsch unterbrochen hatte.

»Wir wollen hier jetzt nicht darüber diskutieren, ob wir genug für den Klimaschutz tun, Frau Schlösser, sondern wie wir konkret mit dieser schrecklichen Entführung umgehen. Das, was Frau Jäger sagt, klingt vernünftig. Kennt jemand einen Klimaexperten, den wir hier als unseren Berater präsentieren können?«

Doris Jäger nickte. »Ich schlage vor, wir ziehen Dr. Zamek vom Institut für Klimaschutz in Potsdam hinzu und kommunizieren dies auch. Er hat bereits mehrfach vor unserer Fraktion gesprochen und ist auch als Fernsehexperte bekannt.«

»Ich fürchte, das wird nicht gehen«, warf Huber ein. »Er ist heute Opfer eines Anschlags geworden. Während eines Vortrags im Bildungsforum Potsdam hat ihn jemand mit einem Messer niedergestochen. Ich wurde darüber gerade eben vor dieser Sitzung informiert, weil er auch Mitglied in der Kommission Klimaschutz im Umweltbundesamt ist.«

Julia spürte, wie sich in ihrem Hals ein Kloß bildete. Auch sie kannte den Forscher, hatte ihn während eines Vortrags vor einem guten Jahr live erlebt. Ein ebenso sympathischer wie kompetenter Mann.

»Ist er tot?«, wollte Doris Jäger wissen.

Huber schüttelte den Kopf. »Nach meinem letzten Stand ist er ins Krankenhaus eingeliefert worden, lebt aber. Weitere Einzelheiten kenne ich noch nicht.«

»Diese ganze Klimahysterie«, bemerkte Stein bitter. »Da sieht man einmal, wohin das führt, wenn jetzt schon die Forscher niedergemetzelt werden. Ein Grund mehr, auf die Forderungen dieser Verrückten nicht einzugehen. Wir dürfen Ihnen keine Aufmerksamkeit schenken.«

»Soweit ich weiß, engagiert Dr. Zamek sich *gegen* den Klimawandel«, gab Julia zu bedenken. »Wenn, dann wird es also nicht einer der hysterischen Klimaschützer, sondern ein Gegner gewesen sein, der ihn angegriffen hat.«

»Oder eben jemand, dem er nicht radikal genug war«, hielt Huber entgegen. »Es gibt mittlerweile so viele Gruppen, die sich für Klimaschutz engagieren. Würde mich nicht wundern, wenn die jetzt anfangen, sich gegenseitig zu bekriegen …«

Einen Moment herrschte Schweigen.

»Wenn er das überlebt, sollte die Kanzlerin ihn im Krankenhaus aufsuchen«, empfahl DJ schließlich. »Und Sie, Frau Schlösser, sorgen dafür, dass dabei ordentlich Fotografen erscheinen. *Kanzlerin besucht Klimaexperten im Krankenhaus.* Das ist genau die Schlagzeile, die wir jetzt brauchen.«

Julia konnte nicht glauben, dass Doris Jäger etwas derart Fadenscheiniges vorschlug, doch bevor sie Einspruch erheben konnte, ergriff die Kanzlerin das Wort.

»Wir machen es, wie Frau Jäger gesagt hat«, erklärte sie schließlich. »Danke, Frau Jäger, für Ihren Input. Wir wollen uns nicht vorwerfen lassen, inaktiv gewesen zu sein, falls es sich mit den Tomorrow-Kids in eine ungünstige Richtung entwickelt.«

In eine ungünstige Richtung. Manchmal war Julia der Sprache der Politiker überdrüssig. Und sie war ihr Sprachrohr. Die Kanzlerin meinte, falls die Entführer tatsächlich Kinder ermordeten.

»Herr Stein, Sie nehmen heute noch Kontakt mit den anderen Nationen auf. Vielleicht schlagen Sie ein Telefonat auf höchster Ebene vor. Und ich möchte mit jemandem vom BKA reden, um zu erfahren, wie wir das deutsche Mädchen nach Hause holen können. Und Sie, Herr Huber, Sie erkundigen sich bitte, wie es diesem Dr. Zamek geht. Vielleicht kann auch der Staatsschutz in der Sache ermitteln. Das wäre ein wichtiges Signal, dass wir den Klimaschutz als Teil der Staatsräson sehen. Und, Frau Jäger, ich möchte mit der Umweltministerin sprechen.«

»Die ist schon in Glasgow«, entgegnete DJ.

»Dann machen Sie einen Telefontermin. Sie soll beobachten, ob die Entführung dort vor Ort ein Thema ist. Wenn ja, soll sie es nicht verpassen, uns zu positionieren.«

»Aber Sie wollen nicht wirklich auf die Forderungen der Kidnapper eingehen, oder?«, fragte Huber.

»Natürlich nicht«, sagte die Kanzlerin nach kurzer Pause.

12
Berlin

Als Caro den Wecker sah, staunte sie. Es war mittags. Sie schaute auf ihr Mobiltelefon – keine neuen Mitteilungen. Die beiden Schlaftabletten, die sie gestern noch eingenommen hatte, hatten ihre Wirkung nicht verfehlt. Für eine Millisekunde hoffte sie, dass alles nur ein Traum war, aber als sie auf ihrem Smartphone die erste Nachrichtenseite aufrief und die Überschrift las – *Noch keine Spur von Tomorrow-Kids, Ultimatum läuft in vier Tagen ab –,* wusste sie, dass es nicht so war.

Sofort setzte das schlechte Gewissen ein, dass sie tief geschlafen hatte, während Hannah irgendwo durch die Hölle ging.

Sie stemmte sich aus dem Bett und kämpfte gegen einen leichten Schwindel. Nach den Beruhigungs- und Schlaftabletten fühlte es sich an wie ein Kater. Durch die Kopfschmerzen hindurch spürte sie jedoch bereits, dass die paar Stunden Schlaf ihr gutgetan hatten. Marc. Was machte Marc? Das Letzte, woran sie sich erinnerte, war ihr Gespräch in Hannahs Zimmer. Sie hatte ihm noch Bettzeug herausgelegt und geduscht, dann war sie ins Bett gegangen.

Caroline öffnete die Tür des Schlafzimmers und durchquerte den Flur; ihr stieg der Duft von Kaffee in die Nase. Das Wohnzimmer war leer. Auf dem Sofa lag eine zerwühlte Decke, die verriet, dass Marc die Nacht dort verbracht hatte.

Wieder im Flur, sah sie, dass in Hannahs Zimmer Licht brannte. Auf dem Fußboden saß Marc und beugte sich über eine riesige Landkarte. In der Hand hielt er einen Zirkel und ein Lineal. Daneben lag ein Stapel Zeitungen. Auf dem Dielenfußboden stand ein Becher Kaffee.

»Guten Morgen«, begrüßte Marc seine Schwester. »Hast du geschlafen?«

Sie nickte und setzte sich vor ihn.

»Ich habe dein Telefon benutzt«, sagte er. »Hoffe, das ist in Ordnung. Ich habe mit einem Ex-Kollegen von CNN telefoniert, der jetzt für SBS arbeitet.«

Sie griff nach seinem Kaffeebecher und nahm einen Schluck. Viel stärker, als sie ihn kochte. Man merkte, dass Marc seit einiger Zeit in der Wildnis lebte.

»SBS ist ein Sender in Australien. Leider gibt es nichts Neues von den Entführten. Die Polizei hält sich bedeckt.«

»Was hast du da an?«

»Ich war heute früh einkaufen. Mehr als Jeans, einen Hoodie und Unterwäsche für die nächsten zwei Tage brauche ich erst einmal nicht. Chic, oder?«

Sie mochte sein spitzbübisches Grinsen. »Sieht gut aus«, sagte sie und lächelte müde.

»Kannst du mir das entsperren? Ich muss dringend ins Internet.« Er reichte ihr ihr altes Tablet.

Sie tippte Hannahs Geburtsdatum als PIN ein und gab es ihm zurück.

»Hätte ich auch drauf kommen können. Schau, ich habe diese Karte hier besorgt. Hier sind sie verschwunden.« Er deutete auf einen gelben Fleck inmitten von viel Blau. »Heron Island. Eine sehr kleine Insel östlich von Australien.« Dann deutete er auf mehrere Kreise, die er mit dem Zirkel gezogen hatte. »Die Entfernung, die man an einem Tag mit einem Boot zurücklegen kann, wobei es natürlich auf die Knoten ankommt, die das Schiff fährt. Heute sind es schon mehr als vier Tage seit der Entführung, zwei Tage, seitdem die Entführer das Video veröffentlicht haben. Haben die Entführer einen Hubschrauber genommen oder gar ein Flugzeug, könnten sie natürlich überall sein, aber das halte ich für unwahrscheinlich. Ein Flugzeug ist über Radar viel leichter zu verfolgen als ein Boot.« Er sprach schnell und laut. »Nichtsdestotrotz haben wir es hier mit einem Suchgebiet von über 60.000 Quadratkilometern oder noch mehr zu tun. Ich glaube daher, man wird sie nicht finden.«

Auf ihren Gesichtsausdruck hin beeilte er sich hinzuzufügen:

»Was ich sagen will, ist, wir werden sie nicht zufällig finden. Wir müssen nicht nach den Entführten suchen, sondern nach den Entführern.« Er griff zu einem Schreibblock, es war einer von Hannah. Die ersten Seiten waren mit Notizen vollgekritzelt. Hatte er überhaupt geschlafen?

»Eine solche Entführung bedarf einer großen logistischen Vorbereitung. Es war keine spontane Tat, sondern sie war sicher lange geplant und vorbereitet. Zumal es wenige Tage vor dem Beginn der Klimakonferenz geschah. Wer wusste zuallererst, dass die Kinder dort ins Camp kommen würden? Ich meine, der Veranstalter, diese Organisation *Life for Tomorrow*. Wann hast du zum ersten Mal von denen gehört?«

Caroline überlegte. »Als die Einladung für Hannah kam. Ausgesprochen von Nicolas, dem Leiter und Mitorganisator. Ich habe dann erst einmal nach denen im Internet geschaut und war beeindruckt. Eine ganz seriöse Organisation. Wenn ich mich richtig erinnere, wird sie sogar von der schwedischen Regierung unterstützt.«

»Das stimmt.« Marc nickte. »Ich habe mit Albin Olsen, einem befreundeten Journalisten von der *Göteborgs-Nyheter*, telefoniert. Ganz ohne Kritik ist dieses *Life for Tomorrow* in Schweden nicht, sagt er.«

»Wer, der sich für das Klima engagiert, ist schon ohne Kritik? Schau dir diese Greta an. Was hat die alles abbekommen? Aber Hannah hat sie verehrt. Woher kennst du diesen Albin Olsen?«

»Wir waren zusammen in Syrien. Kriege ziehen Journalisten aus der ganzen Welt an, wie Schwarze Löcher Materie. Manche werden davon verschlungen. Aber diejenigen, die überleben, halten ein Leben lang zusammen. Jedenfalls muss ich nach Göteborg.«

»Du fliegst nach Göteborg?« Sie spürte, wie Panik in ihr aufstieg.

Seine Nähe hatte ihr gutgetan. Noch niemals in ihrem Leben hatte sie sich so verloren gefühlt wie vor der Ankunft ihres Bruders. Nicht die beiden Schlaftabletten hatten sie diese Nacht schlafen lassen, sondern das Wissen, dass er bei ihr war. Und nun wollte er schon wieder fort? Tränen stiegen ihr in die Augen.

»Nein, nein, nein.« Marc kam über den Boden zu ihr gekrabbelt. »Du musst stark bleiben.« Er umarmte sie. Er fühlte sich schön warm an. »Ich werde nicht untätig herumsitzen und zuschauen, wie das BKA sich auf Interpol verlässt, Interpol auf die australische Polizei und diese auf das FBI. Außerdem habe ich ganz andere Möglichkeiten als die Polizei. Ich werde sie suchen, Caro.«

Sie spürte, wie ihr Tränen über die Wangen liefen, doch es waren auch Tränen der Erleichterung. Es war gut, wenn Marc sich auf die Suche nach Hannah machte. Sie wusste, zu was ihr Bruder imstande war. »Bring Sie mir zurück«, flüsterte sie und drückte ihn fest.

Einen Augenblick verharrten sie so. Dann erhob sie sich und ging zu Hannahs Schreibtisch. Vom Lampenschirm löste sie einen kleinen Anhänger. »Nimm das mit«, sagte sie und gab ihn Marc. »Hannahs Glücksbringer. Sie hat ihn hier vergessen.« Wieder bildete sich ein Kloß in ihrem Hals.

Marc nahm den Anhänger, schaute ihn sich an und umschloss ihn dann in seiner Faust. »Glück kann ich gut gebrauchen.« Er lächelte.

Sie wusste, dass er versuchte, sie damit zu beruhigen, doch er erreichte das Gegenteil. Marc war schon immer ein ernster Mensch gewesen. Wenn er lächelte, war das kein gutes Zeichen.

Lorenzo
3 Tage

13
Potsdam

»Aus unserer Sicht spricht nichts dagegen, wenn Sie uns heute noch verlassen. Solange Sie sich schonen.« Der Arzt lehnte an der Fensterbank, die Arme vor der Brust verschränkt.

Dr. Zamek versuchte, sich in seinem Bett aufzurichten, und stöhnte vor Schmerz.

»Wehtun wird es leider. Die Rippe ist durch den Schlag mit dem Messer natürlich geprellt. Aber sie hat Ihnen das Leben gerettet. Das Messer ist an ihr abgerutscht und hat nur oberflächlichen Schaden angerichtet. Wir haben es genäht. Einen Zentimeter höher oder tiefer, und wir würden uns jetzt nicht miteinander unterhalten.«

»Es tut sauweh«, sagte Zamek.

»Das Messer hat die kleinen Blutgefäße in der Knochenhaut rund um die Rippen verletzt. Dies und die Einblutungen reizen die Nervenbahnen. Ich gebe Ihnen ein Rezept für ein starkes Schmerzmittel mit und verschreibe Ihnen ein Antibiotikum. Mehr können wir hier aber auch nicht für Sie tun. Und die Schwester sagte mir, Sie haben darum gebeten, entlassen zu werden.« Der Arzt erhob sich von der Fensterbank. »Sie hatten wirklich einen sehr umsichtigen Schutzengel.«

»Ich hätte dennoch gern auf das hier verzichtet«, ächzte Zamek. »Wissen Sie, ob man den Kerl gefasst hat, der das getan hat? Niemand hier wusste etwas darüber.«

»Das können Sie die beiden fragen, die draußen warten. Sie

sind von der Polizei und möchten mit Ihnen sprechen.« Der Arzt streckte die Hand aus und lächelte.

»Herzlichen Dank!«, antwortete Zamek mit einem Stöhnen und lehnte sich langsam wieder zurück.

»Kühlen Sie es zu Hause. Das verhindert ein weiteres Anschwellen des Gewebes. Und in drei Tagen kommen Sie bitte zur Wundkontrolle. Sollten Sie Fieber bekommen oder die Schmerzen zunehmen, melden Sie sich früher!«

Kaum hatte der Arzt ihn allein gelassen, klopfte es an der Tür, und ein Mann und eine Frau betraten das Zimmer.

»Guten Tag, Herr Dr. Zamek. Mein Name ist Apel, und dies ist meine Kollegin Frau Klein. Wir sind vom Bundeskriminalamt«, begrüßte der Mann ihn, während die Frau ihm nur zunickte. »Wie geht es Ihnen?«

»Ich werde es überleben. Der Arzt meinte, ich habe Glück gehabt.«

Klein nickte zustimmend. »Wir haben die Tatwaffe am Tatort sichergestellt. Ein Messer mit einer immerhin zwölf Zentimeter langen Klinge. Die Spitze ist sogar verbogen, wie mir berichtet wurde. Ich denke, ›Glück‹ ist untertrieben.«

»Das waren meine starken Rippen.« Zamek begann zu lachen, bereute es aber sofort und fasste sich mit schmerzverzerrtem Gesicht an die Seite. »Haben Sie ihn gefasst?«

»Leider nein. Kennen Sie den Mann, der Sie angegriffen hat?«

Zamek schüttelte den Kopf. »Noch nie gesehen!«, stieß er aus.

»Können wir Ihnen jemanden schicken für eine Phantomzeichnung?«

»Es waren einhundertfünfzig Zeugen im Raum. Warum brauchen Sie da meine Beschreibung?«

»Leider ein bekanntes Phänomen. Während meiner Ausbildung zum Kommissar betrat einmal mitten in der Vorlesung ein Mann den Saal. Er ging zum Podium, nahm den Aktenkoffer des Dozenten und verschwand wieder. Ein Diebstahl vor den Augen von fünfundachtzig Kommissaranwärtern. Hinterher mussten wir alle eine Täterbeschreibung abgeben. Sie glauben nicht, wie unterschiedlich diese ausfiel. Sie haben den Täter zudem von Nahem gesehen.«

Zamek schloss die Augen und veränderte seine Lage. »Es ging so schnell. Ein vollkommener Durchschnittstyp.«

»Es würde uns sehr helfen.«

»Was ist mit Videoaufzeichnungen?«

»Die Videoüberwachung war leider nicht in Betrieb. Es gibt Streit wegen des Datenschutzes im Bildungszentrum.«

»Also ist er entkommen.«

»Nur für den Moment. Wir stehen ganz am Anfang der Ermittlungen. Wir haben die Tatwaffe, das ist viel wert. Trug er Handschuhe?«

»Ich weiß es nicht.«

»Irgendeine Ahnung, was das Motiv des Angriffs sein könnte?«, schaltete sich die Kommissarin ein.

Wieder schüttelte Zamek den Kopf.

»Haben Sie im Vorfeld irgendwelche Drohungen erhalten?«

»Ich bin Klimaforscher!«

»Das heißt also: ja?«

»Nein! Natürlich nicht!«

»Haben Sie das mit der Entführung der Kinder in Australien mitbekommen?«, wollte Klein wissen.

Zamek nickte. »Ja. Gibt es dort Neuigkeiten?«

Die Kommissarin verneinte. »Könnte es irgendeinen Zusammenhang geben zwischen dem Anschlag auf Sie und der Entführung?«

Zamek verzog das Gesicht. »Wie sollte es?«

»Ich meine, dort wurden von den Entführern Forderungen für den Klimaschutz aufgestellt. Und Sie sind Klimaforscher ... Als wir von dem Anschlag auf Sie hörten, haben wir gedacht, vielleicht gibt es irgendeine Schnittmenge.«

Zamek lächelte gequält. »Und wenn zwei ermordete Menschen

beide Jeanshosen getragen haben, dann sehen Sie auch einen Zusammenhang? Ich habe keine Ahnung, was es mit dieser schwachsinnigen Entführung auf sich hat, und hoffe, die Kinder kommen bald wohlbehalten frei. Es ist eine Schande, so ein ernstes Thema wie den Klimaschutz mit so einer verachtenswerten Tat zu beschmutzen. Als Nächstes werden die Menschen mich für einen Kriminellen halten, nur weil ich zum Klimaschutz forsche.«

Apel und Klein tauschten einen kurzen Blick aus, der wohl bedeuten sollte, dass sie hier nicht weiterkamen.

»Irgendwelche … Probleme im privaten Umfeld?«, übernahm Apel wieder.

»Glücklich verheiratet. Keine Affären oder Ähnliches, wenn Sie das meinen.«

»Könnte es einen Zusammenhang geben zu Ihrer Tätigkeit im Umweltministerium?«, hakte Frau Klein nach.

»Ich stehe dort doch nur beratend zur Seite.«

»Der Staatsschutz hat dennoch die Ermittlungen in Ihrer Sache übernommen. Deshalb sind wir hier und nicht die Kollegen vom Landeskriminalamt.«

»Der Staatsschutz?« Zamek seufzte laut. »Ich kann mir beim besten Willen nicht vorstellen, wer das getan haben sollte und weshalb.«

»Vorsorglich haben wir Sie unter Polizeischutz gestellt.«

»Das wird nicht notwendig sein. Ich werde heute entlassen.«

»Wenigstens solange wir das Motiv nicht kennen.«

»Wie gesagt, es ist nicht nötig. Ich bin ja kein Politiker oder so etwas, nur Wissenschaftler.«

Apel schaute zu seiner Kollegin. »Wir klären das.«

Zamek verzog erneut das Gesicht vor Schmerz. »Aktuell kann ich Ihnen leider nicht helfen, fürchte ich. Ich muss erst einmal sehen, dass ich wieder auf die Beine komme.«

Apel machte einen Schritt nach vorne und legte seine Karte auf den kleinen Nachttisch, der über das Bett ragte. »Rufen Sie mich an, wenn Ihnen noch etwas einfällt. Wir schicken den Phantomzeichner bei Ihnen zu Hause vorbei.«

Kurz darauf war Zamek wieder allein. Er schloss die Augen und lag für einen Moment bewegungslos dort. Dann drehte er sich mühsam zur Seite und griff nach seinem Handy, das mit dem Ladekabel an einer Steckdose neben dem Bett angeschlossen war. Er tippte mit großer Anstrengung etwas ein und hielt sich das Telefon ans Ohr.

»Sie haben versucht, mich umzubringen. Wir müssen den Kontakt abbrechen. Seien Sie vorsichtig.«

14
Jahr 2040
Sylt, Deutschland

Sie saßen an einem kleinen, runden Tisch am Fenster, auf dem Behringer eine Teekanne mit zwei Bechern abgestellt hatte. Draußen tobte der Sturm, riss an den Fensterläden, die von außen klappernd gegen den Fensterrahmen schlugen.

»Sie hatten Glück. Jetzt wäre es zu windig für den Multicopter.«

Es war kein Glück. Am Copter-Port in Hamburg hatte man lange gerechnet, bevor man sie hatte starten lassen. Glücklicherweise war das Wetter heutzutage keine Lotterie mehr. Auch wenn man immer noch Mühe hatte, es zu beeinflussen, konnte man es dank der computergestützten Meteo-Modelle wenigstens haargenau vorhersagen. Nicht auszudenken, wie viele Todesopfer mehr die vielen Wetterkatastrophen der letzten Zeit sonst gekostet hätten.

Susie ließ den Blick durch den kleinen Raum schweifen. Die Einrichtung war altmodisch und damit schon wieder modern. Alles bestand aus Holz. Die alten Bodendielen ebenso wie die Decke, unter der dicke Balken verliefen.

Es gab eine kleine Küche, kaum größer als eine Schiffskombüse.

Technische Geräte wie Computer, Projection-Wall, Holotisch oder Personal Assistants suchte sie vergebens.

»Ist es nicht einsam hier draußen, so allein?«

»Ja.« Behringer saß ihr gegenüber in seinem Sessel, die Arme auf den Lehnen abgelegt, und bedachte sie mit einem Blick, den sie nicht richtig einzuordnen wusste. Zunächst dachte sie, er sei spöttisch, doch tatsächlich schaute er sie eher herausfordernd an. »Wissen Sie, was meine Großmutter immer gesagt hat?«, fragte er schließlich.

Statt einer Antwort beugte sie sich vor und nahm einen Schluck vom Tee, wobei sie den Becher mit beiden Händen umfasste. Die Wärme tat gut.

»Sie hat gesagt, die Vergangenheit soll man ruhen lassen. Und ich finde, da ist viel Wahres dran. Es sind im Gestern zu viele Dämonen begraben, die man versehentlich aufwecken könnte.«

Sie lehnte sich mit dem Becher in der Hand zurück. »Meine Vorfahren kommen aus Neuseeland. Und ein altes Maori-Sprichwort sagt: ›Gehe in das Tal der Vorfahren, lerne aus der Geschichte.‹ Ich denke, man weckt die Dämonen der Vergangenheit nicht. Man schaut nach, ob sie noch dort sind, und wenn, dann tötet man sie, indem man sie aus der Dunkelheit ins Licht schleift.«

Behringer schaute sie ernst an, dann lächelte er plötzlich. »Sie scheinen eine poetische Ader zu haben. Das ist gut. Als junger Mensch kann man die Dinge noch verklären. Erst im Alter erkennt man die Nüchternheit, die hinter allem steckt.«

Einen Moment saßen sie still da. Nur das Pfeifen des Windes in den Fensterritzen und das Schlagen der Fensterläden waren zu hören.

Dann schob Behringer das Foto, das vor ihm lag, in die Mitte des Tisches. »Was ich eigentlich sagen wollte, ist: Warum zum Teufel kramen Sie diese alte Geschichte wieder hervor?« Nun war jede Freundlichkeit aus seiner Stimme gewichen. Sein Blick war streng.

»Als die Entführung geschah, war ich gerade sechs Jahre alt. Ich erinnere mich selbst natürlich nicht wirklich daran, doch ich habe viel darüber gelesen. Über das Entsetzen, das unser Land damals erfasst hat. Aber auch über die unglaubliche Solidarität. Ich denke, es war für Australien eine große Sache, die bis heute Teil unserer Geschichte ist. Doch nicht nur da unten bei uns, sondern auf der ganzen Welt. Es gibt so Ereignisse, die sich einbrennen im kollektiven Bewusstsein. Der erste große Tsunami, man wusste noch nicht, dass schlimmere folgen würden. 9/11, Fukushima. Der Unfall im Teilchenbeschleuniger in der Schweiz. Das mysteriöse Verschwinden der MIR. Zuletzt der Meteoriteneinschlag in Argentinien. Die Entführung vor knapp zwanzig Jahren war ein großes Ereignis für Australien. Die Erinnerung daran lässt viele bis heute nicht los. Ich meine – es ging um unschuldige Kinder.«

Behringer saß unbewegt dort und machte keine Anstalten, etwas zu sagen.

»Ich habe Künstliche Kommunikation in Brisbane studiert. Als Bachelorarbeit habe ich die damals während der Entführung von *Fight for your Planet* veröffentlichten Videos analysiert, unter anderem mithilfe künstlicher Intelligenz. Sie wissen schon, mit all diesen neuen Tools: IT-*Applied Psychology, KI supported Interpreting Microexpressions, Robotic Assisted Facial Action Coding Systems.* Die Ergebnisse waren nicht so, wie sie hätten sein sollen.« Sie testete seine Reaktion.

Behringer starrte sie weiterhin an, ohne eine Regung zu zeigen.

»Ich habe weiter recherchiert und bin mittels entsprechender Suchalgorithmen im Internet auf die Fotos gestoßen. Danach habe ich Sie kontaktiert.«

Behringers Passivität machte sie nun nervös. Seit über zwei Jahren beschäftigte sie sich intensiv damit, und heute war für sie so etwas wie der Showdown. So hoffte sie zumindest.

»Ich wusste nicht, an wen ich mich sonst wenden sollte«, setzte sie hinzu. »Ich bin auf Sie gekommen wegen Ihrer Reportage, die Sie nach der Entführung für das *Time Magazine* geschrieben haben. Ich denke, dieses Stück Journalismus ist bis heute legendär.«

»Haben Sie eine Ahnung, was Sie anrichten, wenn Sie mit Ihrer Theorie danebenliegen?«, fragte Behringer unvermittelt.

»In dem Fall hätte ich jeden Tadel verdient.«

»Und haben Sie eine Ahnung, was Sie anrichten würden, wenn Sie sich nicht irren?«

»Sie meinen, abgesehen davon, dass ich Sie in Ihrer Reportage der Lüge überführen würde?« Sie spürte, wie ihr Herz schneller schlug. »Ja, ich kann mir ungefähr vorstellen, was das bedeuten würde. Deshalb bin ich hier. Ich möchte Ihren Teil der Geschichte hören.«

Susie griff in ihre Tasche und stellte ein Diktiergerät auf den Tisch. »Und diesmal bitte die wahre Geschichte.«

15
Göteborg

Am Morgen hatte Caro ihn zum Flughafen gefahren. Den gestrigen Abend war er zunächst noch mit weiteren Recherchen im Internet beschäftigt gewesen, und er hatte viele Telefonate mit alten Weggefährten geführt, bevor Caro und er bis spät in die Nacht geredet hatten. Während des kurzen Fluges war er eingeschlafen. Bis die Schüsse ihn weckten.

Es waren mehrere Salven. Bevor er überhaupt reagieren konnte, folgten die Granateneinschläge. Richtig wach wurde er aber erst, als das Blut, das die vom Schrapnell zerfetzte Hauptschlagader seines Sitznachbarn in seine Richtung pumpte, sich als warmer Regen über sein Gesicht ergoss. Der metallische Geschmack des fremden Blutes auf seinen Lippen erzeugte einen Würgereiz, der ihn wach werden ließ. Weit vorgebeugt saß er in seinem Sitz und rang nach Luft, bis er endgültig realisierte, dass es nur ein Traum gewesen war. Sein Traum. Der Traum, der ihn nun schon seit vielen Monaten begleitete und der ihn bis in die Einöde von Kanada vertrieben hatte.

Zum Glück war er heute aufgewacht, bevor das Kind erschien. Nur langsam beruhigte sich sein Puls. Der Sitzplatz neben ihm war auf dem Flug glücklicherweise leer geblieben.

Göteborg empfing ihn mit nasskaltem Wetter, aber es tat der rauen Schönheit der Stadt keinen Abbruch. Er hatte sich schon vor langer Zeit in diesen Ort an der schwedischen Westküste verliebt. Die Alleen, die Kanäle und die vorgelagerten Schären. Bevor er nach Kanada gegangen war, hatte er sogar überlegt, sich in Schweden niederzulassen. Aber dann war er zufällig nach Tofino gereist und einfach dort geblieben.

Er ließ sich mit dem Taxi zu dem Café fahren, in dem sie sich treffen wollten. Erstaunlicherweise war der Mann, mit dem er verabredet war, auf seinen Vorschlag für den Ort des Treffens eingegangen. Eine von mehreren Merkwürdigkeiten rund um die bevorstehende Zusammenkunft.

Das Café war einer seiner Lieblingsorte gewesen während seiner Zeit bei der *Göteborgs-Nyheter*. Zwei Monate hatte sein Volontariat bei der Zeitung Ende der Neunzigerjahre gedauert. Hätte er besser Schwedisch gesprochen, wäre er vielleicht für immer geblieben. Dann wäre er wahrscheinlich nicht ins Ressort für Kriegsreportagen gewechselt, nicht in Syrien gewesen. Wer weiß, vielleicht würde er heute in einem der roten Holzhäuser am Meer wohnen, zusammen mit einer Frau und zwei süßen Kindern.

Bei dem Gedanken musste er lächeln. Nein, das war nicht er. Sein Schicksal war die Rastlosigkeit. Die Psychotherapeutin, die er nach seiner Rückkehr aus Syrien aufgesucht hatte, hatte ihn mit einem Stück Holz verglichen, das man ins Meer geworfen hatte und das nun ziellos um die Welt trieb. Das mal hier oder da für einige Zeit an den Strand geworfen wurde, bevor eine Welle es wieder mit sich nahm und woandershin spülte. Mit dem Bild hatte er nicht viel anfangen können, außer mit dem Vergleich zwischen ihm und dem Treibgut. Tatsächlich fühlte er sich manchmal so: wie ein Stück totes Holz.

»Hier sind wir«, sagte der Taxifahrer und deutete auf das kleine

Café mit der roten Markise, die heute eingefahren war. Normalerweise waren draußen Stühle und Tische aufgebaut. Wegen des Wetters hatte man sie offenbar ebenfalls nicht herausgestellt. Oder sie standen nur im Sommer dort. Er zahlte und betrat begleitet vom fröhlichen Klingeln der Türglocke den Gastraum.

Es war nicht viel los. Zwei Frauen saßen in der einen Ecke, vertieft in eine Diskussion. Ein junger Mann hockte vor einer riesigen Tasse Milchkaffee und beschäftigte sich mit seinem Handy. Einen Tisch weiter saß eine ältere Frau mit zwei kleinen Hunden. Am Tresen türmten sich in einer Glasvitrine die Kanelbullar, die typischen schwedischen Zimtschnecken, und anderes Süßgebäck. Er aber bestellte ein Sandwich. Zumindest früher hatte es hier das beste Thunfisch-Baguette gegeben, das er in seinem Leben gegessen hatte. Dazu nahm er einen großen Becher Kaffee.

Er setzte sich so, dass er die Tür im Blick hatte, und wartete. Eine dunkelhaarige Frau betrat das Café, kurz begegneten sich ihre Blicke, dann bestellte sie sich etwas und setzte sich mit dem Rücken zu ihm an einen freien Fensterplatz.

Eine der Merkwürdigkeiten um das anstehende Treffen war, dass man meinen mochte, Emil Sandberg hätte derzeit anderes zu tun, als sich mit ihm in einem Café zu treffen. Er stand dem Unternehmen vor, das *Life for Tomorrow* einst ins Leben gerufen hatte und immer noch finanziell unterstützte. »Brovägtull AB« hieß es, was sein Kollege von der *Göteborgs-Nyheter* grob mit »Maut« oder »Brückengeld« übersetzt hatte. Ein merkwürdiger Name für ein Unternehmen. Warum also bemühte Emil Sandberg sich hierher, wenn er denn tatsächlich erscheinen sollte? Vermutlich wurde er aktuell überschwemmt von Anfragen aus der ganzen Welt, von Fernseh- und Radiostationen und der internationalen Presse. Mit Sicherheit wollten alle alles zu der Organisation *Life for Tomorrow* von ihm wissen. Von den internationalen Sicherheitsbehörden, die bestimmt auch einige dringende Fragen hatten, gar nicht zu sprechen. Warum also kam er hierher, um sich mit ihm zu treffen?

Den Kontakt hatte Albin Olsen von der *Göteborgs-Nyheter* hergestellt und, als er noch in Berlin bei Caro gewesen war, bestätigt, dass Emil Sandberg einem Treffen im *Café Asken* zugestimmt hatte. Albin war es auch, der ihm von den Gerüchten rund um *Brovägtull* berichtet hatte. Als Start-up in der Branche des Klimaschutzes gegründet, hatte das Unternehmen rasch Investoren gefunden und war rasant gewachsen. Heute war Emil Sandberg millionenschwer, so Albin. Über eine Stiftung hatte man schließlich *Life for Tomorrow* gegründet und sich die internationale Koordination von Schülerprotesten auf die Fahne geschrieben. Eine Erfolgsgeschichte zur Rettung des Klimas bis hierhin.

Doch Albin hatte tiefer gegraben. Er hatte von einem Informanten gesprochen und von schmutzigem Geld, das in das Unternehmen geflossen sei, und von »einer großen Sache, die er bald aufdecken würde«. »Wir Schweden sind eine der reichsten Nationen der Welt mit der niedrigsten Kriminalitätsrate, aber derzeit wohl dennoch eines der Zentren von Clan-Kriminalität in Europa«, hatte er gesagt. »In diesem Jahr hatten wir allein 187 Sprengstoffanschläge und Schießereien mit über dreiunddreißig Toten. Daher haben sie mich darangesetzt. Ist auch nicht anders als in Aleppo hier«, hatte er gelacht und angefügt: »Da ist derzeit eine Menge schmutziges Geld im Umlauf, das gewaschen werden will.«

Für Marc war das unvorstellbar. Nicht nur für ihn galt Schweden stets als Inbegriff des friedvollen Landes. Und wenn man hier saß, wenn einem der Duft von Zimtschnecken in die Nase stieg und man den stark gerösteten Kaffee trank, dann schien es noch immer so zu sein. Aber das war das Tückische an Clan-Kriminalität: Sie fand meist im Verborgenen statt, suchte selten die Öffentlichkeit.

Die junge Frau vom Tresen trat an seinen Tisch und stellte das Thunfisch-Baguette vor ihm ab. Es schmeckte immer noch hervorragend. In diesem Moment erklang wieder die Glocke am Eingang, und ein großgewachsener, braun gebrannter Mann trat ein. Sein mit Gel gebändigtes, welliges Haar zeigte erste Anzeichen von

Grau, die ihn allerdings nicht älter, sondern im Kontrast zu seinen recht jugendlichen Gesichtszügen eher attraktiv wirken ließen. Er war sportlich gekleidet, mit Jeans und moderner Steppjacke. Sein Auftreten strahlte Selbstsicherheit aus, ohne arrogant zu wirken. Als er ihn erblickte, lächelte er und kam direkt auf ihn zu. »Mr. Behringer?«

Marc erhob sich und streckte ihm die Hand entgegen.

Sandbergs Händedruck war fest. »Albin Olsen hat gesagt, Sie haben kein Handy. Das beste Erkennungsmerkmal heutzutage.« Er hob den Zeigefinger und rief dem Mädchen hinter dem Tresen etwas auf Schwedisch zu, bevor er sich auf dem freien Stuhl neben Marc niederließ. »Sie haben hier einmal gelebt, Mr. Behringer?«

Marc wusste nicht, was Albin Emil Sandberg alles von ihm erzählt hatte; er hoffte, nicht allzu viel. Marc war niemand, der sein Leben gern mit anderen teilte.

»Ich meine, wegen des Cafés hier. Das kenne noch nicht einmal ich«, ergänzte Sandberg.

»Nur kurz, und es ist viele Jahre her«, sagte Marc. »Ich kann das Thunfisch-Sandwich sehr empfehlen.« Er deutete auf das angebissene Brot auf dem Teller vor sich.

»Danke, ich habe schon gegessen.«

»Jedenfalls danke für Ihre Zeit, Mr. Sandberg.«

»Als ich von Olsen hörte, dass Sie Angehöriger einer Geisel sind, war für mich klar, dass ich Sie treffen muss. Ich wollte Ihnen den Spießrutenlauf vor meinem Büro ersparen. Dort lauern genügend Fotografen, um einen ganzen Bildband zu füllen«, entgegnete Sandberg. »Olsen hat gesagt, eine der verschleppten Jugendlichen ist Ihre Nichte?«

Deswegen war er also gekommen.

»Ja, das stimmt. Hannah Beck aus Berlin, fünfzehn Jahre alt. Meine Schwester macht sich große Sorgen.«

Die Miene seines Gegenübers verdunkelte sich. »Das kann ich sehr gut nachvollziehen. Ich habe keine Kinder, aber mein Bruder hat vier. Zwei sind in etwa so alt wie Ihre Nichte. Es muss schrecklich sein, diese Ungewissheit.« Er presste die Lippen zusammen. »Ich fühle mit Ihnen, doch ich bin sicher, es geht ihr gut.«

»Warum?«

Sandberg zog die Augenbrauen zusammen, was zeigen sollte, dass er Marcs Frage nicht verstand.

»Ich meine, warum sind Sie sicher, dass es ihr gut geht?«

Emil Sandberg zuckte mit den Schultern. »Ich weiß es natürlich nicht. Offen gestanden wollte ich etwas Freundliches zu Ihrer Beruhigung sagen.«

»Das weiß ich zu schätzen«, erwiderte Marc. »Aber ich mache mir da nichts vor. Die quälende Ungewissheit ist die Währung bei einer Entführung.«

Sandberg nickte. »Immerhin ist Nicolas bei ihnen.«

»Nicolas?«

»Nicolas Porté. Er hat *Life for Tomorrow* initiiert und auch das Camp organisiert. Sein Vater ist Richard Porté, der Unternehmer.«

Jetzt fiel Marc ein, dass mit den Kindern auch der Betreuer des Camps verschwunden war. Der Name Richard Porté sagte Marc nichts, was seinem Gesprächspartner offenbar nicht entging.

»Alte Unternehmerdynastie aus der Provence. Ihnen gehören zahlreiche Luxusmarken und Firmengruppen. Aber Nicolas hat sich schon früh gegen das Geld entschieden und für Umweltbelange engagiert. Er hat damals den Sternmarsch nach Paris organisiert.«

Marc hatte einen Block hervorgeholt und machte sich Notizen. *Nicolas Porté*, stand dort nun.

»Ein klasse Junge. Über jeden Verdacht erhaben. Er wird die Kinder mit seinem Leben verteidigen.«

»Sie sagten, dieser Nicolas habe *Life for Tomorrow* gegründet. Ich dachte, das waren Sie mit Ihrem Unternehmen *Brovägtull*?«

Sandberg lächelte. »So steht es immer wieder in der Zeitung, um uns und die Organisation in ein schlechtes Licht zu rücken. Wir haben aber nur etwas Starthilfe gegeben.«

Marc kratzte sich mit dem Stift an der Stirn. »In ein schlechtes Licht?«

»Um dem Klimaschutzanliegen den ideellen Charakter zu nehmen. Den ganzen Protesten rein ökonomische Motive anzudichten. Ein typischer Reflex derjenigen, die sich nicht vorstellen können, dass sich nicht immer alles nur um Geld dreht.«

Die Bedienung trat an ihren Tisch und servierte Sandberg einen Espresso. Er öffnete das Tütchen mit dem Zucker, kippte den gesamten Inhalt in die kleine Tasse und rührte lange mit dem winzigen Löffel darin herum.

»Aber wenn ich richtig informiert bin«, setzte Marc vorsichtig an, »arbeiten Sie mit Ihrem Unternehmen schon gewinnorientiert und sehr erfolgreich. Was genau macht Ihr Unternehmen?«

Er hatte es gestern im Internet nachgelesen, doch er hatte es offen gestanden nicht genau verstanden.

»Wir verbinden zwei hochmoderne Instrumente für einen noch besseren Klimaschutz«, erklärte Sandberg. »Sagt Ihnen der Handel mit CO_2-Zertifikaten etwas?«

Marc hatte in den vergangenen Jahren davon gehört, sich aber nie näher damit beschäftigt. »Grob.«

»Es ist so, dass der weltweite Handel mit solchen Zertifikaten von Behördenseite sehr überreguliert ist. Die Transaktionskosten sind hoch, der Handel ist schwerfällig und umständlich. Dies schadet dem Klimaschutz. Wir haben eine technische Plattform erarbeitet, diesen Handel mithilfe der Blockchain-Technologie zu revolutionieren. Blockchain ist Ihnen geläufig?«

Natürlich hatte Marc schon von Blockchain gehört. Aber damit war es so wie mit den American-Football- oder Baseball-Regeln. Eine coole Sache, bei der man nie wirklich verstanden hatte, wie sie funktioniert. »Soll heißen: Sie verdienen gutes Geld mit dem Klimawandel?«

»Und?«, fragte Sandberg zurück. Man merkte ihm an, dass er die nun anstehende Diskussion schon viele Male geführt hatte. »Soziales Engagement und ökonomischer Erfolg schließen sich nicht aus. Wir leben in einer Marktwirtschaft, das ist die Realität. Es gibt doch auch Krankenhäuser, die Gewinn erwirtschaften. Pflegedienste, private Schulen. Ist doch hervorragend, wenn Geld für die richtigen Zwecke genutzt wird.«

»Sie haben viele Investoren …«, warf Marc ein.

Sandberg lächelte. »Na, fragen Sie schon, was Sie eigentlich fragen wollen, Mr. Behringer!« Er nahm die Tasse und trank den Espresso in einem Schluck. »Immerhin kommen Sie über diesen Olsen zu mir. Und der bemüht sich ja schon seit Monaten, uns mit Schmutz zu bewerfen.« Plötzlich klang sein Gesprächspartner gar nicht mehr so freundlich wie noch zu Beginn ihres Gesprächs.

»Ich weiß nicht, was Sie meinen«, erwiderte Marc, der seiner Intuition folgte, sich ahnungslos zu geben. In den Jahren in Krisengebieten hatte er ein gutes Gespür für Gefahr entwickelt, und aus irgendeinem Grund meldete es sich jetzt.

Sandberg fixierte ihn, einen Moment starrten sie sich an. Dann entspannten sich seine Gesichtszüge. »Verzeihen Sie, aber ich dachte, dieser Olsen hätte Sie schon gegen uns aufgehetzt. Er ist nicht besonders fair mit uns. Sie müssen wissen, all diese Klimaleugner versuchen, uns ein Bein zu stellen, wo es nur geht. Das ist nicht immer leicht, doch damit müssen wir leben.« Er führte die Espresso-Tasse zum Mund und schlürfte mit einem lauten Geräusch den allerletzten Rest heraus.

»Ich denke, sich für den Klimaschutz einzusetzen ist in der Tat niemals verkehrt. Was wirft man Ihnen vor?«

Sandberg winkte ab. »Vergessen Sie es. Was ich nicht verstehe: Wollten Sie mich beruflich treffen, ich meine, als Journalist? Oder als Onkel von Hannah?«

Eine berechtigte Frage. Tatsächlich war in den vergangenen Minuten in ihm etwas erwacht, was er seit Langem für abgestorben gehalten hatte: journalistische Neugier. »Ich habe meiner Schwester versprochen, sie zu finden.«

»Und da kommen Sie zu mir nach Göteborg?« In Sandbergs Stimme schwang beinahe so etwas wie Spott mit, jedenfalls ein Unterton, der Marc nicht gefiel. »Ich denke, da sollten Sie lieber nach Australien fliegen, dorthin, wo sie verschwunden ist.«

»Das ist das Stichwort«, sagte Marc. »Sie waren also in die Vorbereitung dieses Camps in Australien nicht involviert; das hat alles dieser Nicolas Porté organisiert?«

Sandberg nickte.

»Und ist es Zufall, dass das Camp genau vor der Klimakonferenz in Schottland stattfinden sollte?«

Sandberg zuckte mit den Schultern. »Vermutlich nicht. Ich denke, in diesen Tagen schaut wieder alles auf das Klima. Schon wegen der vielen Proteste in Glasgow. Da wollte *Life for Tomorrow* mit dem Camp sicher positive PR für sich und seine Ziele machen. Daher hat Nicolas mit Sicherheit auch Australien als Ort für das Camp gewählt. Ich meine, schauen Sie auf die schlimmen Brände. Kein Kontinent war zuletzt so sehr vom Klimawandel gebeutelt wie Australien.«

»Die Organisation hat angestellte Mitarbeiter?«

»Einige wenige. Die meisten sind aber Freiwillige. Kids, die nach der Schule bei *Life for Tomorrow* ein Praktikum oder freiwilliges soziales Jahr absolvieren.«

»Und die Finanzierung des Camps?«

»Erfolgt durch die Stiftung und durch Spenden.«

»Und Ihr Unternehmen *Brovägtull* spendet auch weiterhin an *Life for Tomorrow?*«

»Dort- und woandershin. Ich meine, wir alle sollten etwas für den Klimaschutz tun und uns verantwortungsvoll verhalten.« Er deutete auf das Sandwich. »Das ist beispielsweise nicht verantwortungsvoll. Man sollte keinen Thunfisch mehr essen. Wissen Sie, wie viele Fische, Vögel, Schildkröten und Delfine im Beifang für einen einzigen Thunfisch sterben? Von der Überfischung und dem hohen Quecksilbergehalt mal abgesehen.«

Marc schaute auf seinen Snack. In Kanada hatte er selbst geangelt. Mit den Mechanismen der Nahrungsindustrie hatte er sich lange nicht auseinandergesetzt.

»Und wissen Sie, ob der Kaffee, den Sie trinken, fair gehandelt wurde? Oder wurde er auf dem Rücken einer armen Bauernfamilie in Costa Rica geerntet?« Sandberg beugte sich vor. »Es geht um Verantwortung, Mr. Behringer. Verantwortung, die wir für den Planeten, auf dem wir leben, übernehmen müssen. Wir alle.«

»Und deshalb haben Sie *Brovägtull* gegründet?«

»Haben Sie zufällig *Deep Adaption* gelesen?«

Marc schüttelte den Kopf.

»Tun Sie es. Ein Aufsatz des britischen Wissenschaftlers Jem Bendell zum Klimawandel. Wer das liest, gibt seinen Job auf und tut alles in seiner Macht Stehende, um den drohenden Weltuntergang noch zu verhindern. Ich habe das gelesen und danach *Brovägtull* gegründet.«

Marc notierte sich den Namen des Aufsatzes.

»Am Ende geht es nicht um ein paar Grad mehr oder weniger. Es geht um die zerstörerischen und unkontrollierbaren Folgen, die der Klimawandel mit sich bringt. Um Hunger, Bevölkerungswanderungen, Krankheiten und Kriege. Also genau Ihr Metier.«

Marc stutzte.

»Ich habe mich natürlich erkundigt, bevor ich hierhingekommen bin. Wie gesagt: Mit Journalisten haben wir nicht viel Glück. Ich habe Ihre Reportage für die *Washington Post* über die Chemiewaffenangriffe in Aleppo gelesen. Sehr beeindruckend.« Sandberg lächelte. Er hatte sich also über ihn erkundigt, bevor sie sich getroffen hatten.

Marc schrieb ein unverfängliches *Background Check* in seinen Block. Als Merkposten für sich, später noch einmal darüber nachzudenken. Er wurde das Gefühl nicht los, dass das Gespräch in die ganz falsche Richtung ging. »Zurück zur Entführung«, sagte er daher und machte einen fetten Strich auf seinem Notizblock.

»Sie werden um Essen betteln. Und Sie werden froh sein, wenn Ihnen jemand den Gnadenschuss gibt, damit Sie nicht verhungern.«

Marc schaute überrascht auf. »Sie meinen die entführten Kinder?«

Sandberg blickte irritiert drein. »Quatsch. Ich meine Sie, Mr. Behringer. Mich. Uns alle. Wenn es uns nicht doch noch gelingt, den Klimawandel zu stoppen.«

»Wann hatten Sie das letzte Mal Kontakt zu Nicolas?«

»Keine Ahnung. Bevor er losgeflogen ist nach Australien, um das Camp vorzubereiten? Danach nicht mehr. Wenn Sie meinen, er könnte etwas mit der Sache zu tun haben, vergessen Sie es. Niemals. Nicht Nicolas. Vielleicht kifft er ein bisschen zu viel, doch er hat eine sanfte Natur. Habe nie einen sanfteren Menschen kennengelernt. Ich würde mal bei der Ölindustrie anklopfen. Oder der Braunkohle-Lobby.«

Marc streckte den Rücken durch und legte den Stift beiseite. »Die Forderungen der Kidnapper richten sich aber gerade gegen fossile Brennstoffe. Geht es nach den Klimaschützern, ist es bald vorbei mit Öl und Kohle. Wie passt das zusammen?«

»Ist doch klar: Der drohende Kohleausstieg, die beschlossene Meidung fossiler Brennstoffe. Für die geht es um Milliarden, um deren Existenz. Wenn es denen gelingt, die Klimaschutzbewegung in Misskredit zu bringen, Klimaschützer als angebliche Kindermörder zu verleumden und somit die breite Unterstützung in der Bevölkerung und Politik zu brechen, nützt das deren Geschäft und sichert deren Zukunft. Ich würde dort suchen. Das habe ich auch dem FBI gesagt.«

Die Theorie war zwar durchaus abenteuerlich, aber nicht gänzlich von der Hand zu weisen. Marc hatte auf der arabischen Halbinsel erlebt, wie wichtig das Öl für eine ganze Region war, wie es Reichtum und Macht sicherte – und in der Lage war, Kriege auszulösen.

Sandberg schaute auf seine Armbanduhr. Ein teures Modell.

»Ich muss leider wieder los. Auch wenn ich Ihnen nicht groß weiterhelfen konnte, drücke ich uns allen und vor allem Ihnen und Ihrer
Nichte die Daumen, dass der ganze Spuk rasch vorbei ist.« Er wollte
sich erheben, blieb aber dann doch noch sitzen. »Was ich noch sagen wollte: Ich an Ihrer Stelle würde mich zurückhalten.«

Marc kniff die Augen zusammen.

»Ich meine, sollten Sie nicht privat hier sein. Wenn Sie jetzt Artikel dazu veröffentlichen, das Rampenlicht suchen, das gefährdet
womöglich das Leben Ihrer Nichte.«

»Wie das?«

»Ist doch klar: Die Kidnapper suchen Öffentlichkeit. Wenn die
mitbekommen, dass Hannahs Onkel Journalist ist, wenn Sie den
falschen Leuten zu nahe kommen, kann sie schnell in deren Fokus
geraten. Ich würde an Ihrer Stelle die Füße stillhalten. Aber das ist
nur meine Meinung. Vielleicht bin ich da zu paranoid.« Sandberg
erhob sich, und Marc tat es ihm gleich. Jetzt erst fielen ihm die
stahlblauen Augen seines Gegenübers auf. »Ach ja, und bitten Sie
diesen Olsen darum, mich in Ruhe zu lassen. Ich war hier und hoffe,
eine Hand wäscht die andere.«

»Ich fürchte, das kann ich nicht«, erwiderte Marc. »Sie wissen,
wie das mit uns Journalisten ist. Doch ich bin dankbar dafür, dass
Sie sich für mich die Zeit genommen haben.«

Emil Sandberg wirkte so, als wollte er noch etwas sagen, dann
hob er nur die Hand und verschwand.

Kurz darauf saß Marc wieder allein an seinem Tisch und starrte
auf die Notizen. Es waren die letzten Sätze, die in seinem Kopf hängen geblieben waren. Hatte Sandberg ihm tatsächlich gedroht, oder
interpretierte er dessen Worte nur falsch?

Die Bedienung riss ihn aus seinen Gedanken. »Essen Sie das
noch?« Sie deutete auf das angebissene Sandwich.

»Nein, danke.« Der Appetit auf Thunfisch war ihm vergangen.

16
Im Camp

»Die Kinder haben es geschluckt«, sagte Nicolas zufrieden.

»Meinst du, sie werden versuchen zu fliehen?«

»Dazu haben sie viel zu viel Angst. Und wohin sollten sie schon gehen?« Nicolas zeigte auf die Umgebung. »Hier ist nichts als Sand, Bäume und Schrott. Ein Trauerspiel, wie man eine schöne Insel so verhunzen kann.«

Diego nickte zustimmend und zündete sich einen Joint an. Sie saßen auf zwei Plastikstühlen und starrten hinaus aufs Meer. »Ist das mit dem Live-Video nicht zu krass?«, fragte Diego schließlich. Er blinzelte, als er an dem Joint zog.

»Es kann nicht krass genug sein. Wir sind im Krieg, Alter. Da gibt es keine Regeln. Je schockierender, desto besser.«

»Gibt's nicht so etwas wie die Genfer Konventionen für Kriegsgefangene?«

»Das sind keine Kriegsgefangenen, du Idiot. Das sind Geiseln.« Nun zog Nicolas an dem Joint, den Diego ihm gereicht hatte.

»Und was willst du den anderen Kindern sagen, wenn wir die ersten vor der Kamera … na, du weißt schon, was ich meine, und die danach nicht zurück ins Camp kommen?«

»Wir sagen denen einfach, dass diejenigen, mit denen wir ein Video aufnehmen, danach zur Belohnung nach Hause dürfen. Wenn sie nicht wiederkommen, sind sie halt abgereist.«

»Und das glauben die?«

»'türlich.«

Diego schüttelte den Kopf. »Mann, ich denke manchmal an deren Eltern!«

»Ich scheiß auf die Eltern!« Aus Nicolas' Stimme sprach Verachtung. »Allein, dass die damals noch Kinder in die Welt gesetzt haben, zeigt, dass die keine Spur Verantwortungsgefühl haben. Wir schulden unseren Eltern rein gar nichts!«

»Krass!« Diego hielt Nicolas fordernd die Hand entgegen.

»Mit der Geburt haben unsere Eltern unser Recht verletzt, nicht geboren zu werden, hinein in diese beschissenste aller Welten.« Nicolas ignorierte Diegos Geste und zog erneut an der Haschzigarette, deren Glut seinen Fingern bereits gefährlich nahe kam. »Und als wäre es nicht schon genug, uns in diese Welt zu schicken, führen sie jetzt auch noch Krieg gegen diesen Planeten und gegen uns.« Jetzt reichte er Diego den glimmenden Rest des Joints und lehnte sich zurück.

Diego zog daran und hielt den Rauch einen Moment in der Lunge gefangen, bevor er ihn ausblies. »Also willst du später keine Kinder?«

»Bist du dumm?« Nicolas lachte. »Ich kille hier doch keine Kids vor der Kamera, um dann selber welche in die Welt zu setzen.«

Nun lachte auch Diego.

Einen Moment schwiegen beide.

»Wir müssen sie alle richtig schockieren. Zu krass gibt es nicht, verstehst du? Die Welt muss aufschreien vor Entsetzen und Trauer. Sonst bewegt sich in Glasgow gar nichts. Kennst du das Bild von dem nackten Mädchen in Vietnam, dessen Haut beim Napalm-Angriff verbrannt wurde? Erinnerst du dich an den toten Flüchtlingsjungen am Strand? Es sind immer die Kinder, die der Grausamkeit des Krieges ein Gesicht geben. Und unser Krieg ist unsichtbar. Niemand sieht das verfickte CO_2. Keiner spürt die Erderwärmung. Unser Feind ist unsichtbar. Daher brauchen wir ein Gesicht, in dem man all das Leid ablesen kann.« Er formte mit den Fingern beider Hände eine Kameralinse. »In Großaufnahme.«

Diego verzog den Mund, dann nickte er. »Vermutlich hast du recht, Alter. Du bist ein fucking Regisseur!«

Er schaute auf den Rest des Joints und schnippte ihn fort. »Aber vielleicht knicken sie ja noch ein, und wir müssen nicht bis zum Äußersten gehen.«

Nicolas erhob sich und lüftete das T-Shirt über der Badehose, um etwas Wind an seinen Körper zu lassen. »Einen Scheiß werden die tun! Glaub mir. Wir werden einige von ihnen auf die Schlachtbank führen müssen, bis sich was bewegt.«

Diego schaute hinüber zu der Gruppe Jugendlicher, die nach der langen Reise erschlagen wirkten. »Aber das wird trotzdem voll hart für ihre Eltern.«

»Nicht so hart wie für sie selbst.«

Nun erhob sich auch Diego. Er deutete auf einen Punkt weit oben am Himmel.

Nicolas schirmte die Augen mit der Hand gegen die Sonne ab und folgte Diegos Blick.

»Linienflugzeug«, sagte Diego.

»Entspann dich, Bro. Uns findet hier niemand.«

17
Göteborg

Nach dem Gespräch mit Emil Sandberg beschloss er, Albin aufzusuchen. Nun hatte er das dringende Verlangen, seine Gedanken mit jemandem zu teilen.

Sandberg hatte sich nicht mit ihm getroffen, weil seine Nichte eine der Geiseln war. So viel Empathie traute er ihm nicht zu. Auch wenn er sich große Mühe gegeben hatte, sich zu verstellen, war Marc schnell klar geworden, dass es Emil Sandberg um nichts anderes ging als um sein Unternehmen *Brovägtull* und sich selbst.

Albin hatte den Kontakt zu Sandberg hergestellt, und Emil Sandberg hatte keinen Hehl daraus gemacht, was er von Albin und seinen investigativen Nachforschungen rund um sein Unternehmen hielt. Er hatte offenbar Sorge gehabt, dass sich mit ihm ein weiterer – von Albin geschickter – Reporter auf die Spuren des Geldes setzte, das in seine Unternehmen floss. Mit anderen Worten:

Sandberg hatte herausfinden wollen, was er, der deutsche Reporter, über den Geldwäsche-Verdacht wusste, den Albin ihm gegenüber erwähnt hatte. Emil Sandberg hatte sich versichern wollen, dass er für ihn keine Gefahr darstellte. Und insoweit spielte es vielleicht doch eine Rolle, dass seine Nichte unter den vermissten Jugendlichen war: Einen hartnäckigen Albin Olsen im Nacken zu haben war schon schlimm genug. Einen wütenden ehemaligen Reporter der *Washington Post* und des *Time Magazine*, der einem womöglich die Schuld an der Entführung der Nichte gab, wollte man nicht auch noch im Rücken spüren. Deshalb hatte Emil Sandberg sich mit ihm getroffen.

Und am Ende hatte er sogar noch eine deutliche Warnung für ihn hinterlassen: Lassen Sie mich, mein Unternehmen und *Life for Tomorrow* in Ruhe, sonst schadet es Ihrer Nichte. Wenn er sich diese Drohung nicht nur eingebildet hatte und sie ernst gemeint war, bedeutete dies aber auch, dass Sandberg vielleicht doch Kontakt zu den Entführern hatte.

All diese Gedanken schwirrten Marc durch den Kopf und ließen sich auch nicht mit einem kurzen Spaziergang entlang des an diesem Tag viel Wasser führenden Göta älv ordnen, dem Fluss, der Göteborg träge zum Meer hin öffnete. Wenn Sandberg ihn hatte abschrecken wollen, hatte er nun das Gegenteil erreicht.

Albin wohnte nicht weit entfernt vom Zentrum im Altstadt-Viertel Haga, unweit der Fußgängerzone Haga Nygata. Marc hatte kein Handy und seinen Besuch nur grob für den Nachmittag angekündigt. Daher musste er hoffen, dass Albin schon zu Hause war. Wenn nicht, würde er in eine der vielen Bars im Viertel gehen und dort auf ihn warten.

Haga war berühmt für seine ebenso historischen wie idyllischen Häuser, die halb aus Stein und halb aus Holz errichtet waren. Albin wohnte jedoch in einem durchaus als hässlich zu bezeichnenden Mehrfamilienbau aus der Nachkriegszeit.

Marc fand eine Klingel mit dem Namen *OLSEN* und wartete.

Nachdem auch auf sein drittes Klingeln niemand öffnete, wandte er sich gerade zum Gehen, als die Eingangstür zum Mietshaus von innen geöffnet wurde. Eine ältere Frau mit Pudel auf dem Arm war erschienen und platzierte das Tier vor sich auf dem Treppenabsatz. Er hielt ihr die Tür auf. Sie fragte ihn etwas auf Schwedisch. Marc sagte: »Albin Olsen«, was ihr als Antwort offenbar genügte, denn sie lächelte ihn an und bedankte sich.

Das Treppenhaus war dunkel und eng, und es roch nach Essen. Die Stufen waren aus Holz und gaben bedenklich nach, als er nach oben lief. Der Anordnung der Klingeln nach zu schließen, wohnte Albin im dritten Stock.

Er zählte die Flure und stand zwischen zwei Türen, eine links und eine rechts. Auf der rechten stand ein slawischer Name, an der linken war kein Namensschild. Dafür entdeckte er aber einen Aufkleber von *Reporter ohne Grenzen* auf der Tür. *Yes for free press* stand auf dem roten Sticker. Da er schon einmal im Haus war, beschloss Marc, vor der Tür auf Albin zu warten und seine Notizen durchzugehen.

Am Abend zuvor hatte er mit Caros Tablet recherchiert. Wo sie als Journalisten früher Archive und Bibliotheken durchforstet, Mikrofilme gesichtet und mit Zeitzeugen gesprochen hatten, genügten heute ein paar Klicks im Internet. Er hatte einen Stapel Unterlagen ausgedruckt und mitgenommen. Auch wenn er wie Albin spürte, dass mit *Brovägtull* und vermutlich auch *Life for Tomorrow* etwas nicht stimmte, durfte er nicht seinen Fokus verlieren. Es ging nicht um die Aufdeckung irgendeiner Geschichte, sondern darum, Hannah zu finden. Mit seinen Mitteln. Und seine Mittel waren die eines Reporters. Dabei galten, so hoffte er zumindest, die ganz normalen Grundregeln des investigativen Journalismus. *Gehe bis zum Ursprung zurück und folge dem Geld.* Deshalb war er hier.

Marc stellte den Rucksack neben sich ab, setzte sich auf die Fußmatte und lehnte sich zurück gegen die Tür. Beinahe wäre er hintenübergefallen, denn die Tür war offenbar nur angelehnt gewesen. Er rappelte sich auf und drückte die Tür mit zwei Fingern ganz auf.

»Albin?«

Keine Antwort.

Er blickte auf einen quadratischen Flur. Unter einer Garderobe standen aufgereiht verschiedene Paar Schuhe. »Albin?«, rief er erneut und betrat die Wohnung.

Zur Rechten lag eine kleine Küche, alles sauber und aufgeräumt. Er war nicht naiv. Dass die Wohnungstür offen stand, konnte normalerweise nichts Gutes bedeuten. Kurz überlegte er, die Polizei zu rufen, doch dann entschied er sich dagegen. Vom Flur aus sah er in das Wohnzimmer. Es war klein, aber gemütlich eingerichtet. Ein Ledersofa, ein Fernseher. Eine große Wand mit Büchern. Auf dem gefliesten Wohnzimmertisch stand einer dieser Dreh-Aschenbecher mit langem schwarzen Knauf, daneben eine leere Flasche Bier.

»Albin?«, rief er ein drittes Mal, bevor er die Tür zum letzten Raum aufstieß.

»Albin!« Nachdem er zunächst erschrocken zurückgewichen war, war er im nächsten Moment mit einem Satz am Bett, auf dem sein Freund lag. Bis auf eine Boxershorts war er nackt.

Marc hatte dem Tod hundertfach ins Gesicht geblickt, und daher wusste er, dass es hier keiner Ersten Hilfe bedurfte.

Albin war tot.

Er brauchte einen Augenblick, um zu verstehen, was er sah. Sein Freund lag merkwürdig verrenkt auf der Seite, seine Hände waren mit einem Kabelbinder auf den Rücken gefesselt. Die Augen waren weit aufgerissen und starrten an ihm vorbei ins Leere. Das Gesicht war von frischen Verletzungen übersät. Auch am Oberkörper gab es großflächige blaue und rote Flecken, von denen er allerdings nicht sicher wusste, ob es sich um Prellungen oder Leichenflecken handelte. Aber ganz offensichtlich war Albin vor seinem Tod misshandelt worden.

Was Marc zunächst für einen feinen Schnitt rund um Albins Hals gehalten hatte, war ein Draht, der tief in die Haut geschnitten hatte. Er bildete eine Schlinge um den Hals und führte von dort zu den Fußknöcheln, wo er an einem weiteren Kabelbinder befestigt war, der die Füße zusammenband. Die Beine waren angewinkelt. Albin hatte sich selbst stranguliert. Marc griff instinktiv nach dem Draht, doch die mörderische Konstruktion war derart straff, dass er nichts ausrichten konnte.

Er hatte von dieser Hinrichtungsmethode der Mafia schon gehört. Dabei lag das Opfer ursprünglich auf dem Bauch, eine Schlinge führte vom Hals zu den angewinkelten Füßen. Wenn die Muskeln langsam erschlafften und die Beine in die natürliche Haltung zurücksanken, erdrosselte sich das Opfer am Ende selbst. Es musste ein grausamer, langsamer Tod sein, wovon auch Albins verdrehte Körperstellung zeugte.

Marc sank in die Hocke und vergrub das Gesicht in den Händen. So verharrte er für eine ganze Minute, während der ihm Hunderte von Gedanken durch den Kopf schwirrten. Dann erhob er sich und scannte das Schlafzimmer mit Blicken. Er umrundete das Bett. Es war zerwühlt. Vermutlich war Albin überfallen worden, während er geschlafen hatte. Eine Nachttischlampe war umgestürzt, eventuell hatte es einen kurzen Kampf gegeben. In der Steckdose über dem Nachttisch steckte noch ein Ladegerät, von dem hinter dem Tisch ein Kabel nach unten führte. Marc bückte sich und tastete mit der Hand unter das Bett, bis er das Kabel zu fassen bekam. Er folgte ihm zum Ende und zog schließlich schwer atmend ein Handy hervor. Als die Lampe umgefallen war, musste es vom Nachttisch gefegt worden sein. Das Display zeigte mehrere entgangene Anrufe an. Auch einige Nachrichten. Marc steckte das Telefon ein.

»Albin?«, ertönte plötzlich eine Stimme aus dem Flur.

Instinktiv ging er in Deckung.

»Albin? Bist du da?«

So viel Schwedisch verstand er noch. Die Stimme kam näher. Er checkte seine Optionen. Versteckt neben Albins Leiche gefunden zu werden schien ihm die schlechteste zu sein. Ebenso durch ellenlange Polizeiverhöre zu gehen. Vermutlich war er verdächtig und würde in Gewahrsam genommen. Bis seine Unschuld festgestellt wurde, würde bei seiner Suche nach Hannah wertvolle Zeit vergehen. Daher entschied er sich für die schäbigste aller Optionen: Er packte seinen Rucksack, zog sich die Kapuze des Sweatshirts tief ins Gesicht und zählte leise bis drei. Dann sprang er auf und stürmte los.

18
Gladstone, Australien

»Noch einmal herzlichen Dank, dass Sie zu dieser späten Stunde erschienen sind, aber es gibt Neuigkeiten.« So hatte Gilman die nächtliche Sitzung eingeleitet.

Walker hatte ohnehin wach gelegen, als die Alarmierung kam. Insofern hatte es ihm nichts ausgemacht, gemeinsam mit Barack zurück in das Lagezentrum in der Universität zu fahren. Zuletzt war die Nervosität unter den Ermittlern merklich gestiegen. Sie tappten im Dunkeln, und alle hatten das Ultimatum im Hinterkopf: Würden die Entführer den Jungen tatsächlich wie angekündigt vor laufenden Kameras umbringen, würde die Lage geradezu explodieren. Der Druck der Medien würde sie alle zermalmen.

Nun stand Walter Gilman vor dem Fernseher, der erstaunlich altmodisch wirkte. Das Gerät thronte auf einem Rollwagen und stammte, so Walkers Vermutung, aus dem Arsenal der Universität. Auf dem Bildschirm zu sehen war das Standbild des Vogels, kurz bevor er von dem Pfahl fiel. Gerade hatten sie sich zusammen noch einmal das Video angeschaut.

Insgesamt waren sie über zwanzig Leute in dem kleinen Raum. Fast jedes der betroffenen Länder schien mindestens einen Ermittler nach Australien geschickt zu haben, um die Suche nach den Jugendlichen zu begleiten. Soviel Walker mitbekommen hatte, war das Medienecho enorm; die heimischen Regierungen standen bereits unter gewissem Handlungsdruck. Dabei war die Entführung gerade einmal wenige Tage alt. Grund für die allgemeine Aufregung war nicht nur, dass sich ein Dutzend Jugendlicher aus aller Welt in der Hand von Kriminellen befand. Es waren auch die Ziele der Kidnapper, die die vor zwei Jahren ausgebrochene weltweite Klimahysterie perfekt bedienten.

Walker konnte sich über die Berechtigung der Hysterie keine Meinung bilden. Dazu hatte er sich zu wenig mit dem Thema beschäftigt. Sicher, ihm war die zunehmende Anzahl von Wetterkatastrophen auch aufgefallen. So war er vergangenes Jahr im Einsatz vor den verheerenden Waldbränden in Malibu geflohen. Aber was konnte er schon tun? Er hatte keine Kinder, und er würde auch keine mehr bekommen. Seine Eltern waren lange tot. Er war allein auf dieser Welt. Und das Beste, was er noch machen konnte, war, seinen Job ordentlich zu erledigen. Um das Klima konnten sich andere kümmern, und wer das tat, besaß seinen höchsten Respekt. Wenn derjenige dafür nicht gerade Kinder entführte.

Der amerikanische Präsident hatte ebenfalls bereits in einer Ansprache verkündet: »*We will bring her home.*« Damit hatte er Morgan Eaker, das fünfzehnjährige Mädchen aus Frisco in Texas, gemeint, das unter den Entführten war. Sie heimzuholen, dafür war Walker als Vertreter des FBI zuständig.

»Ladies and Gentlemen, dies ist ein sogenannter ›Fregattvogel‹.« Walter Gilman deutete auf den Vogel auf dem Bildschirm. Auffällig war für Walker der lange Schnabel. Sein Gefieder war schwarzbraun. In der Sequenz, die Walker seit seiner Ankunft mehrfach angeschaut hatte, erkannte man zudem einen dunklen Streifen auf der Brust. »Diese Art bevorzugt Inseln und Küstengebiete. Sie kommt allerdings an allen tropischen Ozeanen vor. Einige Unterarten dieser Vögel sind sogenannte ›Inselendemiten‹, das heißt, sie brüten ausschließlich auf bestimmten Inseln. Erwachsene Vögel verlassen diese Inseln jedoch und fliegen dann auch Tausende Kilometer umher, bevor sie wieder auf ihre Insel zurückkehren und dort brüten. Unsere Experten sind der Auffassung, diesen Vogel, den die Entführer hier so grausam hingerichtet haben, identifiziert zu haben: Es ist ein sogenannter ›Weißbauch-Fregattvogel‹.« Walker entging nicht der triumphierende Unterton in Walter Gilmans Stimme. »Und wie Sie sehen, hat dieser Vogel, obwohl er ein Weißbauch-Fregattvogel ist, gar keinen weißen Bauch. Der Grund dafür ist einfach: Es ist ein Jungtier. Und die Jungvögel dieser Weißbauch-Art, die Inselendemiten sind, kommen weltweit nur auf einer einzigen Insel vor: der Weihnachtsinsel.«

Ein Raunen ging durch den Raum. Walter schob den Fernseher beiseite und gab ein Zeichen, worauf in seinem Rücken eine Landkarte an die Wand projiziert wurde.

»Was Sie hier sehen, ist die Weihnachtsinsel. Sie liegt nordwestlich von hier, 606 Meilen vor Indonesien. Der nächstgelegene Punkt des australischen Festlands ist die Stadt Exmouth, 960 Meilen entfernt. Dennoch ist die Insel australisches Territorium.«

Walker überschlug die Entfernung der Weihnachtsinsel zu dem Ort, wo die Teenager verschwunden waren. Mindestens dreitausend Meilen. Beinahe sechs Tage lag die Entführung zurück. Selbst große Motorjachten schafften vielleicht maximal dreißig Knoten. Dies entsprach etwa fünfundfünfzig Kilometern pro Stunde. Für eine Entfernung von fünftausend Kilometern benötigte man somit mehr als neunzig Stunden. Das kam gerade hin, wenn sie ununterbrochen gefahren wären. Waren sie doch einen Teil der Strecke geflogen, ginge es natürlich deutlich schneller.

»Wir haben weitere Satellitenbilder angefordert, allerdings haben wir dort viel tropischen Regenwald, sodass nicht mit besonders aufschlussreichen Ergebnissen zu rechnen ist.«

Sollte es tatsächlich so sein, dass ein Vogel sie zu den Kidnappern führte? Wie die Taube mit dem Ölblatt im Schnabel Noah das Ende des Weltuntergangs verkündet hatte, führte sie dieses Federvieh nun zu den Tomorrow-Kids, und dann auch noch auf eine Insel mit dem verheißungsvollen Namen »Weihnachtsinsel«?

»Wir haben die Armee um Unterstützung gebeten. Drei Hubschrauber sind bereits unterwegs. Wer den Einsatz live begleiten möchte, kann dies hier gemeinsam mit uns tun.«

Walker blickte fragend zu Barack.

»Schon gut«, sagte der. »Ich bleibe hier. Gibt's wenigstens Popcorn?«

Walker erhob sich und tätschelte ihm zum Dank die Schulter.

»Und was machst du?«

»Ich glaube nicht mehr an den Weihnachtsmann.«

19
Rom

»Wo stehen wir?« Giuseppe di Natale war die Anstrengung der letzten Tage anzusehen. Er war ein kleiner, schmaler Mann mit ergrauten Schläfen und einer dunklen Brille aus Horn, die weit vorne auf der Nasenspitze saß, während er einem der Studenten über die Schulter schaute.

»Neunzig Millionen Klicks. Ich habe einen Freund in Indien drangesetzt. Die produzieren jede Minute zehntausend Klicks allein mit Robots. Das werden wir schaffen.«

»Und die Bäume?«

»15.835. Gerade eben wurden 812 neue Bäume von der Schulbehörde von Catania in Sizilien gemeldet.«

»Das sind zu wenig! Das sind viel zu wenig! Wir haben keine drei Tage mehr«, fluchte Giuseppe di Natale und war kurz darauf schon wieder am Telefon: »Ja, Signore, genau den. Den Verkehrsminister möchte ich sprechen … Wir haben doch nur den einen, oder? Es ist mir egal, auch dort gibt es wohl ein Telefon … Es geht um das Leben des Jungen!« Er knallte den Hörer auf und nahm die Brille ab, während er sich mit der anderen Hand die Augen rieb.

Eine Frau trat an ihn heran und massierte ihm die Schulter. »Giuseppe, du musst eine Pause machen!«

Er legte die Hand auf die ihre und streckte den Kopf in den Nacken. »Sie werden den Jungen umbringen.«

»Selbst wenn wir die Klicks und Bäume zusammenbekommen – die Fluggesellschaften haben noch nicht einmal zurückgerufen, und die Presse konnte sich auch noch nicht zum Boykottaufruf durchringen.«

»Der Verkehrsminister kann die Flüge stoppen!«

»Auch er ruft nicht zurück.«

»Es gibt einen Weg. Es gibt immer einen Weg!«

»Und was ist mit den Forderungen zu den politischen Klimazielen? Deren Umsetzung können wir überhaupt nicht beeinflussen. Wir sind bloß eine kleine Umweltorganisation. Und nur hier in Italien tätig. Bis vor wenigen Tagen wussten wir noch nicht einmal etwas von diesem Lorenzo.«

»Wenn wir es nicht tun, wer sonst?« Giuseppes Stimme überschlug sich, wie immer, wenn er aufgeregt war. Drei Tage war es her, dass er die Eltern des Jungen kontaktiert und sich selbst vor den Karren der italienischen Bewegung zur Unterstützung von Lorenzo di Matteo gespannt hatte. Seine Frau hatte recht: Sie waren nur eine kleine Gruppe für den Umweltschutz, die sich normalerweise dem Kampf gegen die italienische Müllmafia verschrieben hatte. Aber als er vom Schicksal des Jungen erfahren hatte, hatte Giuseppe gespürt, dass es wie immer war: Wenn ein Einzelner nichts tat, tat niemand etwas. Und die Eltern des Jungen waren vollends handlungsunfähig, sie standen unter Schock.

»Ich habe es ihnen versprochen.« Er erhob sich und setzte die

Brille wieder auf. »Noch ist es nicht zu spät. Ruf die *Repubblica* an, und teile denen mit, wir haben schon fast vierzigtausend Bäume! Wenn jeder in diesem Land einen einzigen Baum pflanzt, kommen wir auf sechzig Millionen. Da müssen doch hunderttausend locker drin sein!«

Er nahm das Telefon und wählte eine Nummer. »Ich bin es noch mal. Entweder ruft der Minister mich jetzt sofort zurück, oder wir kommen zu ihm und bringen unsere Plakate mit! Und auf ihnen wird stehen, dass er ein Mörder ist!«

20
Fiskebäck/Göteborg

Er stand im Schutz eines Baumes und beobachtete das Haus. Von der Haltestelle Göteborg Brunnsparken war er mit der Straßenbahn hinaus nach Fiskebäcksskolan gefahren und den restlichen Weg zu Fuß gegangen. Während seines Marsches durch die Dunkelheit hatte er genügend Gelegenheit gehabt, über das nachzudenken, was passiert war.

Albin war ermordet worden, und es war nicht ganz unwahrscheinlich, dass man ihn für den Täter halten konnte. Allerdings wusste niemand, wer er war. Die Frau, die in Albins Wohnung gekommen war, war mit einem erschrockenen Schrei zurückgewichen, als er im Flur an ihr vorbeigerannt war. Dabei hatte sie ihn nicht erkennen können. Das hatte seine Kapuze verhindert, und er hatte darauf geachtet, die Frau nicht anzuschauen. Daher hatte er auch keine Vorstellung, wer sie war. Jedenfalls hatte sie nach dem kleinen Schreck mit ihm kurz darauf wohl einen echten Schock erlitten, als sie die Leiche gefunden hatte. Davon würde sie sich nicht so schnell erholen, und daher tat sie Marc unendlich leid.

Dann gab es noch die ältere Dame mit dem Pudel, die ihn ins Haus gelassen hatte. Sie hatte sein Gesicht gesehen, war zumindest theoretisch in der Lage, eine genauere Beschreibung von ihm abzugeben. Aber wie genau konnte die schon sein?

In Albins Wohnung hatte er vermutlich Spuren hinterlassen, doch bis die ausgewertet waren, würden Tage vergehen. Und soweit er wusste, war seine DNA nirgends auf der Welt registriert. Wenn er also nicht in irgendeine Videoüberwachung geraten war, standen seine Chancen gut, dass man ihn nicht identifizieren konnte. Abgesehen davon, dass er mit dem Mord überhaupt nichts zu tun hatte.

Nachdem er Albins Wohnung verlassen hatte, hatte er sich in einem Geschäft in der Innenstadt als Erstes neu eingekleidet. Nun trug er Jeans, ein kariertes Flanellhemd und einen sogar als modisch zu bezeichnenden schwarzen Mantel. Das alte Sweatshirt mit Kapuze hing zwischen Tausenden anderer Klamotten in einer H&M-Filiale. Vermutlich würde ein Mitarbeiter es irgendwann entdecken und kopfschüttelnd entsorgen.

In der Küche und im Wohnzimmer in dem Haus vor ihm brannte Licht. Am Küchentisch saß jemand mit dem Rücken zum Fenster. Seit er gekommen war, hatte die Person sich nicht bewegt. Sie schien allein zu sein.

Marc löste sich aus der Deckung und ging über den Weg zum Haus. Der Vorgarten war klein und ungepflegt, zwischen den unebenen Steinplatten wucherte Moos. Drei Stufen führten zur Tür. Da er keine Klingel fand, klopfte er. Er musste nicht lange warten, bis die Tür geöffnet wurde. Vor ihm stand ein Mann, größer als er, größer als die meisten. Hätte er nicht einen leichten Buckel gehabt, wäre er noch riesenhafter gewesen.

Er war älter geworden, viel älter als bei ihrem letzten Treffen. Die schulterlangen, leicht gewellten Haare waren nun grau, ebenso die buschigen Augenbrauen unter der ausgeprägten Stirn. Aber in den Augen glomm noch dasselbe Feuer wie damals.

»Marc!«, sagte der Mann und lächelte erfreut.

»Lars!«, begrüßte er ihn, bevor sie sich umarmten und der Chefredakteur der *Göteborgs-Nyheter* ihm mit seinen Pranken vor Freude immer wieder zwischen die Schulterblätter schlug. »Was machst du hier?«

»Albin ist tot.« Marc konnte beobachten, wie der Turm vor ihm in sich zusammenfiel.

Lars Eriksson hatte sich nach der Nachricht für einige Zeit ins Badezimmer zurückgezogen, während Marc auf dessen Geheiß einen Espresso aufsetzte. Marc war froh, etwas tun zu können, während er wartete, auch wenn es nur Kaffeekochen war. Das Klappern der Espressokanne, das Fließen des Wassers, der Duft des Kaffees – es hatte etwas Alltägliches, Harmloses, das die Wucht der Ereignisse und der schlimmen Nachricht, die er soeben überbracht hatte, für einen Moment überlagerte. Als sein ehemaliger Chef bei der Göteborger Zeitung zurückkehrte, waren seine Augen gerötet.

»Ich wusste das nicht«, sagte Marc. »Dass ihr zusammen wart.«

»Damals noch nicht. Erst in den letzten Jahren.« Lars setzte sich zu Marc und wischte sich mit dem Daumen eine Träne aus dem Augenwinkel.

Marc nahm einen Schluck vom Kaffee.

»Ich habe Gunnar angerufen, unseren Polizeireporter bei der *Göteborgs-Nyheter*. Er hat den Mord bestätigt. Wer tut so etwas?« Lars schüttelte den Kopf und starrte ins Leere.

Marc hatte ihm die Einzelheiten vom Tatort verschwiegen. Der Polizeireporter war offenbar weniger einfühlsam gewesen.

»Diese Schweine!«, sagte Lars unvermittelt. »Diese Sadisten! Warum haben sie ihn nicht einfach erschossen?« Wieder traten Tränen in seine Augen. »Er war so ein lieber Kerl. Ich meine nicht nur als Kollege, sondern als Mensch.«

Marc atmete tief ein. Trauer kam in kleinen Wellen, die immer größer wurden, und Lars war erst am Anfang. »Irgendeine Idee, wer dahintersteckt?«, fragte er leise.

Lars reagierte nicht, sondern starrte weiter geradeaus.

»Ich meine, wer das getan hat?«

Ein Ruck ging durch den großen Mann. »Albin hat viele Artikel über Clan-Kriminalität geschrieben. Wir wussten alle, dass das nicht ungefährlich ist. Gunnar sagt, der Täter wurde am Tatort überrascht. Von Albins Schwester. Sie hatte sich Sorgen gemacht, weil sie ihn nicht erreichte, und ist zu ihm. Da hat sie ihn gefunden.«

Es war also Albins Schwester gewesen, die ihn in Albins Wohnung bei der Leiche überrascht hatte. Marc kannte sie nicht, doch Albin hatte in Syrien ein Foto von ihr dabeigehabt und oft von ihr erzählt. Er hätte sie gern unter anderen Umständen kennengelernt.

»Der Täter hat sie beinahe über den Haufen gerannt und ist geflohen. Aber sie ist wohl noch nicht vernehmungsfähig. Hat einen Schock.«

»Das war ich«, sagte Marc. Lars blickte ihn mit aufgerissenen Augen an. »Nicht der Mord«, beeilte Marc sich, es klarzustellen. »Der Mann, den Albins Schwester dort gesehen hat. Ich war da.« Er erzählte von Hannahs Entführung, seinem Kontakt zu Albin, dem Treffen mit Sandberg und davon, wie er danach Albin tot in der Wohnung gefunden hatte.

»Das mit deiner Nichte tut mir leid«, sagte Lars, der sich an seinem Kaffeebecher festhielt, ohne einen Schluck getrunken zu haben.

»Was weißt du über Albins Recherchen zu Sandberg?«, fragte Marc.

»Er hat sie nicht mit mir geteilt«, entgegnete Lars. »Auch wenn wir zusammen waren, war ich gleichzeitig sein Chef. Und du weißt selbst, wie eigenbrötlerisch Reporter sind, bis sie am Ende mit ihrer fertigen Geschichte herausrücken.«

Oh ja, das wusste Marc. Es war nicht nur der Aberglaube, dass die Story an Wucht verlor, wenn man sie scheibchenweise preisgab. Es hatte auch etwas mit Quellenschutz zu tun. Je gefährlicher das Umfeld war, in dem man recherchierte, desto wichtiger war es, den Mund zu halten, bis die Geschichte gedruckt war.

»Allerdings«, setzte Lars an, »hat er einmal etwas von einem Informanten erwähnt. Einem Ausländer, mit dem er mehrmals auf dem Handy gesprochen hat. Er ist dann immer rausgegangen, wenn er angerufen hat.«

Erst jetzt fiel ihm das Handy wieder ein. Marc griff in seinen Rucksack und legte es auf den Tisch.

Lars schaute ihn fragend an.

»Sein Telefon. Ich habe es mitgenommen.«

Er drückte auf den Home-Button. Es erschien ein Bild, das Albin zeigte. Hinter ihm stand Lars und hatte die Arme um dessen Schulter gelegt. Beide lächelten glücklich in die Kamera.

»Ich bin gleich wieder da.« Lars erhob sich und ging aus der Küche.

Marc atmete tief durch und nahm einen weiteren Schluck Kaffee.

Das Handy verlangte nach einem Entsperrcode. Marc hörte, wie Lars sich irgendwo in einem der Nebenräume laut schnäuzte. Es dauerte eine Weile, bis er zurückkam.

»Verzeih!«, sagte er und setzte sich.

»Ich dachte, es kann mir weiterhelfen«, rechtfertigte Marc sich. »Vielleicht sind da Daten drauf, die mir nützen. Heutzutage speichert man doch alles auf seinem Smartphone; der alte gute Notizblock hat ausgedient. Aber es ist gesperrt.«

Lars griff danach und zog es zu sich herüber.

»Wenn du es haben möchtest, natürlich …«, sagte Marc.

Lars drückte seinen Daumen auf den Home-Button und schob es zu ihm zurück. »Das ist ein Firmenhandy der *Göteborgs-Nyheter*.

Ich habe zu allen Smartphones der Redakteure Zugang«, erklärte er.

Marc nahm das Handy wieder an sich.

»Ich habe es nicht gesehen«, sagte Lars. »Schätze, es ist ein Beweismittel, und es ist illegal, es vom Tatort zu entfernen. Null, sechs, null, sechs.«

Marc schaute ihn fragend an.

»Der Code zum Entsperren. Mein Daumen bleibt hier.«

»Das Datum des schwedischen Nationalfeiertags«, stellte Marc fest.

»Nein, der Tag, an dem wir zusammengekommen sind. Es war am Nationalfeiertag auf Käringön.« Ein Lächeln huschte über Lars' Lippen.

Marc nahm das Handy und steckte es ein. »Und zu *Brovägtull* oder *Life for Tomorrow?* Hat er dazu etwas gesagt?«

»Meinst du, er musste deswegen sterben?«

Marc zuckte mit den Schultern.

»Er verabredet ein Treffen zwischen Emil Sandberg und mir, und im nächsten Moment wird er ermordet. Sandberg hat eine klare Warnung an Albin und mich formuliert.«

Lars sank in seinem Stuhl zurück. »Wegen so einer Klimakacke?« Er schüttelte ungläubig den Kopf.

»Also, was hat er zu *Brovägtull* gesagt?«

»Nur, dass es um Geldwäsche geht. Es hatte irgendetwas mit den Mauritius Leaks zu tun.«

»Mauritius Leaks?«

»Erinnerst du dich an die Panama Papers? Das große Datenleck um Offshore-Aktivitäten, die über eine Anwaltskanzlei in Panama liefen? Etwas Ähnliches gab es jetzt auch in Bezug auf Mauritius. Ein Whistleblower hat Dokumente aus einer Anwaltskanzlei auf Mauritius an investigative Journalisten geleakt, die Aufschluss darüber geben, wie multinationale Unternehmen die Zahlung von Steuern vermeiden, wenn sie Geschäfte über Mauritius tätigen.

Da war auch etwas bei, was Albin interessiert hat. In Bezug auf Sandberg.«

Immerhin. Vielleicht half das weiter.

Lars stockte. »Und er hat noch etwas erwähnt. Ich komme gleich drauf.« Er legte die Zeigefinger auf die Schläfen und begann, sie langsam zu massieren. Als wollte er seine Gehirnzellen anregen. »Es ging um irgendeinen Wald. Er wollte dorthin, konnte es aber nicht. Er meinte, es sei zu gefährlich für Leute wie uns.«

In diesem Moment zuckte ein blaues Licht durch das Küchenfenster. Marc reckte den Hals und sah einen Polizeiwagen vor dem Haus halten. Vorwurfsvoll blickte er zu Lars.

»Spinnst du?«, sagte der empört. »Ich bin sein Chef. Klar, dass die zu mir kommen. Vielleicht hat seine Schwester auch von uns erzählt.«

Marc sprang auf und griff seinen Rucksack.

»Du kannst über die Terrasse raus.« Lars schob ihn ins Wohnzimmer und öffnete die Tür zum Garten. Dort hielt er ihn an der Schulter fest. »Überführ die Schweine, Marc! Versprich es mir!« An der Haustür hinter ihnen klopfte es. »Tue es für Albin!«

Marc nickte und schlüpfte hinaus in die Dunkelheit.

21
Im Camp

Nicolas saß in dem alten Mercedes, die Füße auf dem Armaturenbrett, das Handy am Ohr. Überall auf der Insel standen am Straßenrand Wracks alter Luxusautos. Sie zeugten von vergangenen, besseren Zeiten, wie auch die vielen Ruinen und verlassenen Industrieanlagen auf diesem Eiland. Dieser Wagen war direkt am Rande der Lichtung zurückgelassen worden, auf der sie ihr Camp eingerichtet hatten.

»Ich weiß«, antwortete er. »Ja, ich weiß, und ich bin dankbar für deine Unterstützung. Trotzdem …«

Wieder wurde er von seinem Gesprächspartner unterbrochen. »Nicolas, du verstehst es immer noch nicht. Du musst größer denken, sonst bleibst du für immer ein kleiner Mann.«

»Das sagtest du bereits, und ich habe es verstanden. Schau dir mein Video im Internet an. Größer geht nicht.«

»Größer geht immer. Und wenn ich sage, es darf am Ende keine Zeugen geben, dann tue ich das, weil ich das große Ganze im Blick habe.«

»Und ich habe dir gesagt, dass es nicht dazu kommen muss.« Nicolas streckte ein Bein aus dem offenen Fenster. Sein Blick fiel auf ein Insekt, das versuchte, an der Windschutzscheibe den Weg nach draußen zu finden, und dabei laut und wütend vor sich hin brummte. »Es müssen nicht alle sterben«, wiederholte er den Satz, den er schon vor fünf Minuten gesagt hatte. »Es sind *Kids!*«

Aus der Leitung war ein lautes Schnaufen zu vernehmen. »Es hat was mit Courage zu tun. Ich habe dich in Kampala gefragt, ob du bereit dazu bist, und du hast es mir geschworen. Dann ziehe es jetzt auch durch, und kneif nicht den Schwanz ein wie ein Feigling!« Nun wurde der Mann mit dem schwedischen Akzent am anderen Ende der Leitung hörbar ungeduldig. Genauso wie der Käfer, der mit wilden Stößen gegen die Scheibe des Autos flog, als wollte er sie zerstören.

Nicolas blieb betont ruhig. »Vertrau mir. Ich tue, was getan werden muss. Aber ich tue nichts, was zum Erreichen unseres Ziels nicht nötig ist.«

Keine Antwort.

»Hallo? Bist du noch da?«

»Nicolas.« Sein Gesprächspartner sprach nun wieder ruhiger. Ganz offensichtlich riss er sich zusammen. Nicolas wusste, dass er zu Wutausbrüchen neigte. »Kennst du die Geschichte von der

Orange?« Als Nicolas nicht antwortete, fuhr er fort: »Zwei Kinder streiten um eine Orange. Die Mutter schneidet sie daraufhin in der Mitte durch, und beide Kinder sind traurig, haben sie doch nur die Hälfte bekommen von dem, was sie wollen. Hätte die Mutter gefragt, hätte das eine Kind gesagt, es möchte Orangensaft pressen, und das andere hätte die Schale zum Kuchenbacken benutzt. Das heißt, jedes Kind hätte zu einhundert Prozent bekommen können, was es wollte.«

Der Brummer suchte die Scheibe mittlerweile systematisch nach einem Ausgang ab.

»Verstehe ich nicht«, sagte Nicolas.

»Wir müssen die Orange nicht teilen. Wir können beide bekommen, was wir wollen. Dir geht es um das Klima, und worum es uns geht, weißt du. Doch die Orange muss dran glauben, so oder so. Wir sind eine Symbiose eingegangen.«

»Das sind schön klingende Worte. Aber leider sprechen wir hier nicht über Orangen, sondern über Kinder, Kinder aus Fleisch und Blut. Und ich werde bestimmt nicht zum Massenmörder, wenn ich nicht dazu gezwungen werde.«

»Das ist doch mal eine Aussage.«

»Wie meinst du das?«

»Wie ich es gesagt habe.«

»Soll das eine Drohung sein?«

Der Käfer saß nun erschöpft da und faltete die Flügel auf und zu.

»Jeder trägt die Verantwortung für sein Verhalten. Das ist doch, was ihr Klimafanatiker predigt. Daran musst auch du dich messen lassen, Nicolas. Noch ist es nicht zu spät. Wir haben dasselbe Ziel, nur unterschiedliche Motive.«

»Nach deiner Logik bin auch ich ein Zeuge.«

»Bislang waren wir Partner.«

»Und das sind wir auch noch. Vertrau mir!« Nicolas drückte auf den *Auflegen*-Button seines Mobiltelefons und warf es ärgerlich auf die Rückbank.

Weit zurückgelehnt saß er im Autositz, die Füße auf dem Armaturenbrett vor sich, und starrte auf das Insekt, das nach seinem wilden Erkundungsflug nun noch immer regungslos auf derselben Stelle saß. »Mist! Mist! Mist!«, fluchte Nicolas und stieß seinen Turnschuh gegen den Käfer, der mit einem knackenden Geräusch zermalmt wurde, herunterfiel und einen schmierigen Fleck auf der Scheibe hinterließ.

22
Potsdam

»Sie haben ein sehr schönes Haus«, lobte sie. Eine so herrschaftliche Villa hatte sie bei einem Klimaforscher nicht erwartet. »Geht es wirklich?« Julia Schlösser wollte sich erheben, um zu helfen, doch Dr. Zamek hob abwehrend die Hand.

»Lassen Sie. Es ist am Ende nur eine Fleischwunde.« Er saß im Sessel ihr gegenüber und hatte sich gereckt, um das Glas Wasser, mit dem er gerade zwei Schmerztabletten heruntergespült hatte, zurück auf den Tisch zu stellen. »Das Einzige, was ich noch nicht ganz verstanden habe, ist, wie ich helfen kann«, stieß er hervor, während er sich langsam wieder zurücklehnte.

»Die Kanzlerin erbittet Ihre Expertise. Im Übrigen soll ich Ihnen von ihr die besten Genesungswünsche ausrichten. Sie hatte sogar vor, Sie im Krankenhaus zu besuchen, aber dann wurden Sie so schnell entlassen.«

Ihr Gastgeber lachte auf. »Mich im Krankenhaus besuchen? Die Kanzlerin? Mein Gott, dann muss es wirklich schlimm sein! Das ist absurd.« Er schüttelte den Kopf.

»Sie wissen, wie wichtig der Kanzlerin das Thema ›Klimaschutz‹ mittlerweile ist.«

Wieder konnte Zamek sich ein Grinsen nicht verkneifen.

»Und durch diese Entführung hat es sich noch potenziert«, überging Julia seine offensichtliche Belustigung. Sie deutete auf die Zeitung vom Morgen, die neben Zamek auf dem Fußhocker lag. NOCH DREI TAGE stand dort in großen Lettern gedruckt und darunter, an Geschmacklosigkeit nicht zu unterbieten: *Stirbt dieser Junge bald den* Klimatod? Daneben war ein Foto der italienischen Geisel zu sehen, ein fröhlich in die Kamera lachender Junge mit weißen Zähnen und dunklen Locken, offenbar aufgenommen irgendwo zu Hause in Italien.

Julia hatte den Artikel bereits gelesen, ebenso wie alle anderen der wichtigsten deutschen und ausländischen Publikationen.

Unisono bemängelte die Presse, dass die Drohung der Entführer von der Staatengemeinschaft nicht ernst genug genommen wurde, dass von den Regierungen zu wenig unternommen wurde, um die Forderungen der Kidnapper zu erfüllen oder aber die Kinder zu befreien. Während nur einige wenige Kommentatoren die Ansicht vertraten, ein Staat dürfe sich nicht erpressbar machen, auch nicht, wenn die Forderungen im Grunde ehrenwert waren, schlugen andere Blätter sich unverhohlen auf die Seite der Kidnapper und forderten ein Nachgeben der Weltgemeinschaft.

Bewegt euren Hintern!, hatte die *Repubblica* heute in ihrem Onlineauftritt mit Blick auf den Klimagipfel in Glasgow sogar gefordert. Soweit Julia gehört hatte, wurde die Entführung dort bislang nur auf den Gängen diskutiert; bis in den Plenarsaal der internationalen Konferenz hatten die Forderungen der Entführer es noch nicht geschafft.

»Die Kidnapper haben diverse Forderungen gestellt, und die Kanzlerin bittet Sie, bei deren Bewertung zu helfen. Aus rein fachlicher Sicht.«

Zamek veränderte erneut seine Sitzposition. Offenbar hatte er doch mehr Schmerzen, als er zugeben wollte. »Ich habe selbst zwei Kinder«, sagte er. »Daher kann ich gut verstehen, wie die Eltern der entführten Schüler sich fühlen. Andererseits erscheinen mir die Forderungen dieser Entführer aus reiner Klimaschutzsicht durchaus berechtigt.«

»Ausrufung des Klimanotstands?«, fragte Julia.

»Hätte schon lange geschehen müssen. Aber Sie werden nicht alle Parteien des Pariser Klimaabkommens dazu bekommen.«

»Verpflichtung der Reduzierung der Treibhaus-Emissionen auf netto-null bis zum Jahr 2025? Waren wir nicht bislang bei 2050?«

Zameks Gesichtsausdruck verdüsterte sich. »Haben Sie eine Münze?«

Julia schüttelte irritiert den Kopf. »Was für eine Münze meinen Sie?«

»Egal!« Zamek griff in die Tasche seines Bademantels und beförderte ein Eurostück hervor. »Noch aus dem Krankenhaus!«, sagte er triumphierend, während er die Münze zwischen Daumen und Zeigefinger hielt. »Kopf oder Zahl?«

»Zahl?«, entgegnete sie zaghaft.

»Bei Zahl dürfen Sie leben. Bei Kopf müssen Sie leider sterben!«

Zamek schnippte die Münze in die Luft, fing sie auf und klatschte sie mit verdeckter Hand auf seinen Handrücken. »Würden Sie das als eine faire Chance erachten, Frau Schlösser?«

Sie lachte unsicher. Aus der Küche war das Klappern von Geschirr zu hören. Dr. Zameks Frau hatte sie hereingelassen. Für den Augenblick beruhigte Julia der Gedanke, dass sie nicht allein waren. »Natürlich nicht«, antwortete sie. »Fünfzig Prozent ist keine besonders gute Chance.«

»Ganz genau«, sagte Zamek. »Das Gleiche macht aber der Klimarat IPCC, wenn er als Klimaziel eine Reduzierung der Treibhaus-Emissionen auf netto-null bis zum Jahr 2050 empfiehlt. Die Chance, dass dies zu einer Stabilisierung der Klimaüberhitzung auf die wichtigen 1,5 Grad führt, liegt nämlich bei nur fünfzig Prozent. Also derselben Wahrscheinlichkeit wie ein Münzwurf. Wenn wir die

Emissionen von Permafrostböden miteinrechnen, liegt die Wahrscheinlichkeit sogar nur bei einem Drittel. Auf der sehr viel sichereren Seite sind wir, wenn wir die CO_2-Emissionen schon bis 2030 oder noch besser bis zum Jahr 2025 auf null bringen. Dann liegt die Wahrscheinlichkeit immerhin bei zwei Drittel, dass wir die Klimaüberhitzung noch stoppen.«

Er hob die Hand und schaute auf die Münze. »Zahl. Sie haben Glück gehabt.« Mit einem Lächeln legte er den Euro auf der Sessellehne neben sich ab.

»Und ›netto-null‹ heißt was genau?«

»Das bedeutet Klimaneutralität. Dass nur so viel Treibhausgas emittiert wird, wie durch natürliche oder technologische Mittel wieder ausgeglichen werden kann.«

»Und ist es möglich, dies bis 2025 zu erreichen?«

Der Klimaforscher zuckte mit den Schultern. »Mit den derzeitigen Anstrengungen nicht. Es bedürfte eines großen Wandels in vielen Bereichen der Gesellschaft.«

»Womit wir bei der weiteren Forderung der Kidnapper wären: *Grundlegende gesellschaftliche Veränderungen in den Sektoren Energieerzeugung, Industrie, Landwirtschaft, Verkehr, Transport und Wohnen*«, las sie ab.

»Das ist alles nichts Neues. Doch das sind natürlich auch Allgemeinplätze. Wie wollen die Kidnapper das denn überhaupt überprüfen? Wollen sie die Kinder bis 2025 gefangen halten? Oder sogar bis die gesellschaftlichen Änderungen greifen?«

»Gute Frage. Soweit ich es verstanden habe, würden sie sich aber mit entsprechenden Beschlüssen der Weltgemeinschaft zufriedengeben.«

Zamek schüttelte den Kopf. »Es ist Wahnsinn, dass wir über ein so wichtiges und komplexes Thema vor solch einem Hintergrund reden müssen.«

»Da gebe ich Ihnen recht!«

»Voraussetzung für das Erreichen eines Netto-Null wäre jedenfalls wohl ein sofortiger Kohleausstieg, und zwar weltweit. Sie wissen, wie unwahrscheinlich eine solche Vorstellung erscheint.«

»China finanziert weiterhin massiv in den Bau von Kohlekraftwerken, und das nicht nur im eigenen Land, sondern vor allem auch in Gegenden wie Indonesien oder Afrika«, sagte sie. Über China hatte sie mit der Kanzlerin im Zusammenhang mit der Klimapolitik schon oft gesprochen. Zuletzt hatte sie die Kanzlerin sogar zum Staatsbesuch nach Peking begleitet.

»Das ist aber nur die halbe Wahrheit«, erwiderte Zamek. »China nimmt nämlich auch bei der Stromerzeugung aus erneuerbaren Energien den unangefochtenen Spitzenplatz ein. Niemand investiert so viel in Wind-, Solar-, Bio-Energie und Wasserkraftwerke wie die Chinesen. Mittlerweile deckt China über vierzig Prozent seiner Kraftwerksleistung mit erneuerbaren Energien ab. Selbst im Ausland investiert China viele Milliarden in Projekte, die CO_2 reduzieren sollen, vor allem in Solar- und Windparks.«

»Die Chinesen gießen also Öl ins Feuer und löschen an anderer Stelle?«

»Wenn man das so sehen will: ja. Ich denke, China ist einer der Schlüssel. Sie sind der weltweit größte CO_2-Emittent. Und natürlich die USA auf Platz zwei. Eine Lösung ohne die Amerikaner wäre ebenfalls unvorstellbar.«

So etwas hatte Julia bereits befürchtet.

Plötzlich begann auf dem Tisch etwas zu vibrieren. Zamek rutschte auf dem Sessel nach vorne und griff stöhnend nach seinem Handy. »Ich muss einmal ganz kurz da ran«, entschuldigte er sich und drehte sich zur Seite, während er das Telefon ans Ohr hielt. »Zamek«, meldete er sich. Er zog die Augenbrauen zusammen. »Hallo, wer ist da?« Am anderen Ende sprach jemand. Julia konnte aber nicht verstehen, was der Gesprächspartner sagte. »Ich weiß nicht, wovon Sie reden! Rufen Sie nicht mehr an!« Zamek nahm das Handy und schaltete es aus. Als er sich ihr wieder zuwandte, war er noch blasser, als er es ohnehin schon gewesen war. »Verzeihen Sie«, stammelte er. »Sind wir fertig?« Sie glaubte, ein Zittern seiner Hand wahrzunehmen. Vermutlich hatte sie ihm doch zu viel zugemutet.

»Wie gesagt: Dies war nur ein erstes Vorgespräch«, erklärte sie. »Wären Sie bereit, ins Kanzleramt zu kommen, wenn die weitere Entwicklung es erfordert?« Sie deutete auf seinen Bauch. »Und Ihre Kondition es erlaubt?«

Zamek nickte. Er machte nun einen abwesenden Eindruck. Vielleicht nicht der schlechteste Moment, um das anzusprechen, weshalb sie eigentlich gekommen war. »Und Sie haben nichts dagegen, wenn wir gegenüber der Presse mitteilen, dass die Kanzlerin Sie im Rahmen der Entführung in Australien als Berater hinzugezogen hat?«

Die Pressemeldung hatte sie am frühen Morgen bereits vorbereitet. Gegenüber den Medien wollten sie demonstrieren, wie ernst die Kanzlerin die Entführung und das Thema »Klimawandel« nahm. Einer der führenden Klimaforscher des Landes an ihrer Seite verlieh ihr Kompetenz. Es war ihr Job, Bilder zu schaffen.

Wieder nickte Zamek nur. Immer noch schien er in Gedanken weit weg zu sein.

»Das heißt, Sie haben nichts dagegen?«

»Bitte was?«, fragte er und kniff die Augen zusammen.

»Ob Sie etwas dagegen haben, wenn wir Sie als Teil des Beraterteams der Kanzlerin in Klimafragen benennen?«

»Nein, ich habe nichts dagegen. Machen Sie, was Sie wollen«, sagte er und fügte an: »Entschuldigen Sie, ich scheine doch noch etwas indisponiert zu sein.«

Sie erhob sich und nahm ihre Handtasche. »Ich bin dankbar, dass Sie mich überhaupt empfangen haben.« Er versuchte, sich aus dem Sessel zu stemmen, doch sie winkte ab. »Lassen Sie nur! Ich finde schon allein hinaus. Ihre Frau ist ja da.«

Dankbar sank er in den Sessel zurück, wobei er den Euro von der Lehne wischte.

Sie machte drei große Schritte, hob die Münze vom Teppich auf und gab sie ihm in die Hand.

»Kopf«, sagte er mit einem müden Lächeln. »Ich hätte Kopf genommen.«

Sie erwiderte sein Lächeln, ohne zu verstehen, was er meinte, und verabschiedete sich. Sie musste zusehen, dass sie zu ihrem nächsten Termin kam. Die Kanzlerin wartete.

Lorenzo
2 Tage

23
Fiskebäck/Göteborg

Er saß am Strand, vor ihm das dunkle Meer; er musste kurz eingenickt sein. Das rhythmische Branden der Wellen gegen den Felsen hatte ihn müde gemacht. Er hatte dort gesessen, mit geschlossenen Augen, und sich an seine gemeinsame Zeit mit Albin erinnert. Wie sie einmal zusammen zwölf Stunden in einem Bus ausgeharrt hatten, der sie gemeinsam mit den Bewohnern von Ost-Aleppo in die Provinz Idlib hatte evakuieren sollen, und wie sie sich dabei gegenseitig beinahe ihr gesamtes Leben erzählt hatten. Es schien ihm, als wäre es erst gestern gewesen, wie sie in Homs gemeinsam unter Beschuss gerieten und sich, verborgen in einem Keller, schworen, die Familie des anderen zu besuchen, sollte einer den Tag nicht überleben. In jenem Keller hatte Albin ihm auch das Foto seiner Schwester gezeigt. Wer hatte damals ahnen können, dass er sie unter diesen Umständen zum ersten Mal treffen würde?

Über ihm stand der nachtschwarze Sternenhimmel. Marc dehnte die steif gefrorenen Glieder und suchte in seinem Rucksack nach der Flasche Mineralwasser, die er in der Stadt gekauft hatte. Er nahm einen großen Schluck. Das Wasser war kalt, ihn fröstelte. Der neue Mantel war eher für die Optik als zum Wärmen geschneidert.

Als er die Wasserflasche zurücksteckte, fiel sein Blick erneut auf das Handy. Er nahm es, gab die von den Entführern benutzte Domain ein. Es erschien der Countdown auf schwarzem Grund. Noch 1 Tag, 23 Stunden, 44 Minuten und 8 Sekunden, bis Lorenzo sterben sollte. Er drückte es weg. Kurz überlegte er, seine Schwester in Berlin anzurufen, aber er konnte einen solchen Anruf nicht mit Albins Handy machen, durfte keine weitere Spur von Albin zu sich legen.

Bevor er hier zum Strand heruntergekommen war, hatte er in einem Imbiss am Hafen einen Speckpfannkuchen gegessen und zur Beruhigung seiner Nerven ausnahmsweise eine Dose Bier getrunken. Dabei hatte er Albins Handy inspiziert. Auch wenn er selbst seit einiger Zeit keines mehr besaß, wusste er, wie man damit umging.

Im Krieg war das Telefon häufig die einzige Verbindung zur Außenwelt, wenn man kein Satellitentelefon benutzte, allerdings nur solange das Mobilfunknetz noch funktionierte. Mit der Kamera des Handys hatte er nach einem Bombenangriff auf einen Marktplatz Fotos von in Tüchern gewickelten Leichen gemacht und in die Redaktion nach Washington übermittelt, wo sie am nächsten Tag unbearbeitet gedruckt worden waren. Zwischen Ruinen hatte er als Augenzeuge des Grauens ganze Artikel auf der kleinen Tastatur seines Smartphones getippt oder unter dem Eindruck von Bombardements für Radiosender Sprachnachrichten aufgenommen, die am nächsten Tag über den Äther gegangen waren. Doch mit seinem Rückzug in sich selbst hatte er auch auf das Handy als Verbindung zur Außenwelt verzichtet.

Die Therapeutin hatte ihm im Rahmen der Psychotherapie Bilder vorgegeben, um anhand von Tagträumen sein unbewusstes Seelenleben darzustellen. Dabei arbeiteten sie heraus, dass er auf das Bild der Höhle am stärksten reagierte. Die Höhle, in der das Verborgene und Unbewusste versteckt waren. Und Marc erkannte, dass er nur weiterleben konnte, wenn er sich dem stellte, was in dieser Höhle auf ihn wartete. Also beschloss er hineinzugehen und sperrte die Welt aus. Und ein Mobiltelefon war dabei wie ein Seil, das man in den Höhleneingang warf: Man konnte daran zwar jederzeit bequem hinausklettern, aber andere konnten damit auch zu einem herabsteigen, und das wollte er nicht. Daher hatte er es aus seinem Leben in Kanada verbannt.

Es gab in den Stunden vor Albins Tod auf dessen Handy nur zwei Anrufe von Nummern, denen kein Kontakt zugeordnet war: Eine war die des Anschlusses seiner Schwester Caroline in Berlin, von dem aus er Albin angerufen hatte. Die andere war ebenfalls eine deutsche Handy-Nummer mit der Vorwahl 0170. Von Letzterer war Albin heute Morgen noch angerufen worden, und er hatte das Telefongespräch auch angenommen, wenngleich es sehr kurz gewesen war. Dies zeigte, dass Albin am Morgen doch noch gelebt haben musste, also nicht nachts im Schlaf überrascht worden war, wie Marc zunächst vermutet hatte.

Die anderen Anrufe in der Telefonliste kamen von »Schwesterherz« und von Albins Freund und Chefredakteur Lars.

Marc prüfte den Verlauf im Browser des Handys und musste lächeln, als er sah, dass Albin seinen Namen als Suchbegriff eingegeben hatte. Offenbar hatte er sich danach erkundigen wollen, was er heute so trieb, nachdem er sich nach so langer Zeit wieder bei ihm gemeldet hatte.

Dann hatte Marc in den Kontakten nach Sandbergs Telefonnummer gesucht und tatsächlich unter dessen Namen eine Handy-Nummer gefunden.

Zum Schluss war der spannendste Teil gekommen: Während er im Imbiss saß, hatte er die Anrufliste noch einmal geöffnet und die deutsche Handy-Nummer mit der Vorwahl 0049 gewählt. Das Freizeichen ertönte nur zweimal, bis sich eine männliche Stimme gemeldet hatte:

»Samek. Hallo, wer ist da?«

Marc war seiner Intuition gefolgt und hatte gesagt: »Albin Olsen ist heute Morgen ermordet worden«, um die Reaktion des Gesprächspartners zu testen.

Diese fiel unerwartet aus: »Ich weiß nicht, wovon Sie reden. Rufen Sie nicht mehr an!« Der Mann legte einfach auf. Bei Marcs zweitem Anrufversuch meldete sich nur noch die Mailbox.

Er wusste nicht, ob »Samek« ein Vorname, ein Nachname oder

gar nur ein Spitzname war. Aber er war sicher, dass dieser Samek sehr wohl wusste, wer Albin Olsen war. Zu verängstigt hatte dieser eine Satz »Ich weiß nicht, wovon Sie reden« geklungen. Wer reagierte so, wenn jemand ihn mit dem Handy eines Toten anrief und davon berichtete, der Besitzer des Handys, mit dessen Anschluss er Stunden vorher noch telefoniert hatte, sei tot?

Als Marc aus dem Imbiss gekommen und in diesem Moment eine Polizeistreife vorbeigefahren war, war er hier zum Strand abgebogen. Er hielt es für klüger abzuwarten, bis die Nacht einbrach und die Straßen leerer wurden. Die Tatsache, dass er am Tatort von Albins Ermordung gesehen worden war, bereitete ihm weiterhin Sorgen. Er wollte nicht darauf vertrauen, dass man nicht herausbekam, wer er war. Seine Skepsis gegenüber dem Überwachungsstaat und sein Respekt vor den modernen Ermittlungsmethoden waren zu groß, um nicht doch zu befürchten, dass man ihn irgendwie identifizieren konnte. Zudem musste er seine nächsten Schritte überdenken. Auch wenn er unter dem Eindruck von Albins Tod stand, durfte er nicht vergessen, weshalb er nach Göteborg gekommen war: allein um Hannah zu finden.

Das Besondere an jeder Suche war, dass man nicht wusste, ob man gerade am richtigen Ort nachschaute, bis man etwas fand. Und so erging es ihm auch jetzt. Er war nicht Hals über Kopf nach Australien geflogen, um dort nach Spuren zu suchen, die die Kidnapper hinterlassen hatten. Das konnte die Polizei viel besser als er. Er hatte dort angefangen, wo nicht alle suchten. Und auch wenn er noch nichts Greifbares hatte, so hatte er doch einen schrecklichen Verdacht: Albin war seinetwegen gestorben. Weil er hierhergekommen war und begonnen hatte, Staub aufzuwirbeln, wo andere keine Aufmerksamkeit erregen wollten.

Ein nahes Klingeln ließ ihn aufschrecken. Er benötigte ein paar Sekunden, um zu verstehen, dass es Albins Handy war, das in seinem Rucksack läutete. *Lars* stand auf dem Display, darunter ein Foto, auf dem der Chefredakteur freundlich in die Kamera lächelte.

Marc zögerte kurz, dann nahm er den Anruf entgegen, ohne sich zu melden.

»Hallo?«, hörte er tatsächlich Lars' Stimme.

»Hallo«, entgegnete er, immer noch vorsichtig.

»Wo bist du?«

»Warum?«

»Verstehe, ich ziehe die Frage zurück. Ich habe Albins Laptop gesichtet und einen geschützten Ordner mit dem Titel ›Sandberg‹ gefunden. Kannst du zu mir kommen?«

Wieder zögerte er.

»Die Polizei ist lange weg. Sie wollten mir nur … die Todesnachricht überbringen.« Die letzten Worte fielen Lars hörbar schwer.

Es konnte eine Falle sein, aber Marc hörte erneut auf seine Intuition und traf die spontane Entscheidung, seinem ehemaligen Chef zu vertrauen. »Ich komme. In einer halben Stunde, an der Terrassentür.«

»Alles klar, ich warte auf dich.«

Marc beendete das Telefonat und suchte seine Sachen zusammen. Vom felsigen Strand führte ein schmaler Weg zur Straße, den er nur mithilfe der Taschenlampe des Handys fand.

Das stramme Gehen war angenehm und sorgte dafür, dass ihm allmählich wieder warm wurde. Es war weiterhin stockdunkel, hier gab es nur einige wenige Laternen.

Der schmale Schotterweg, der als Fußweg diente, endete, und Marc musste auf der Straße weitergehen, was nichts machte, da um diese Zeit, nach Mitternacht, keine Autos mehr unterwegs waren.

Er war gespannt, was Lars gefunden hatte. Das Rauschen des Meeres in seinem Rücken nahm zu. Es schien Wind aufzukommen. Marc beschleunigte seinen Schritt. Aus seiner kanadischen Heimat war er längere Fußmärsche gewohnt. Das Meeresrauschen wurde noch lauter. Er drehte sich um und sah zwei Lichter auf sich zukommen. Kein Meeresrauschen, sondern ein Auto. Er überlegte kurz, in den Graben neben der Straße zu springen. Wenn ihn der

Fahrer des Pkw bereits gesehen hatte, machte er sich damit aber nur verdächtig. Es war ja nicht verboten, nachts eine Straße entlangzugehen. So trat er nur einen großen Schritt zur Seite und stellte sich auf den Grünstreifen zwischen der asphaltierten Fahrbahn und dem Graben.

Das Fahrzeug kam schnell näher, schien auf der freien Strecke sogar noch zu beschleunigen. Marc hob den Rucksack, der an der Vorderseite über eine feine Naht mit Reflektoren verfügte, vor den Bauch. Mit der anderen Hand schirmte er die Augen ab, um zu erkennen, wer oder was dort angefahren kam, doch die Lichter waren zu hell und blendeten ihn.

Als ihm klar wurde, dass das Fahrzeug auf ihn zuhielt, war es bereits zu spät.

Er bekam gerade noch ein Bein vom Boden, in dem Moment traf ihn schon der vordere Kotflügel mit voller Wucht und schleuderte ihn über die Motorhaube gegen die A-Säule der Beifahrerseite. Der Schlag an der Schulter nahm ihm den Atem und katapultierte ihn noch höher. Zweige stachen ihm ins Gesicht, dann schlug er hart auf sandigem Boden auf.

Er wusste nicht, ob er Sekunden oder Minuten bewusstlos gewesen war. Als er zu sich kam, roch es nach Laub und Erde. Von irgendwoher drangen Stimmen zu ihm, ein lautes Fluchen. Er versuchte, sich zu bewegen, stöhnte vor Schmerzen auf und rollte sich schließlich auf die Seite, wobei Dornen an seiner Kleidung zerrten. So verharrte er, bis er glaubte, das Schlagen einer Autotür zu hören. Ein Motor heulte auf.

Marc versuchte, den Kopf zu heben. Der Schmerz erzeugte Blitze vor seinen Augen, die in bunten Farben und Formen explodierten.

Bleierne Müdigkeit überkam ihn, und er tauchte ein in das schwarze Meer, an dem er eben noch gesessen hatte.

Einmal wurde er noch wach, spürte eine Hand auf seiner Schulter, eine andere unter seinem Körper.

Er glaubte, Albins Stimme zu hören. Dann fühlte er sich plötzlich ganz leicht.

24
Berlin

Das Klingeln ihres Handys riss sie aus dem Schlaf. Eigentlich hatte sie gar nicht geschlafen, sondern in einem Zustand irgendwo zwischen Grübeln und Dämmern dagelegen. Seit Hannahs Entführung war sie rund um die Uhr in innerer Alarmbereitschaft, wartete auf den erlösenden Anruf, dass alles vorbei war. Nachdem Marc weggegangen war, hoffte sie zudem, endlich etwas von ihm zu hören.

»Hallo?«

»Frau Beck? Hier spricht Klein vom BKA. Verzeihen Sie, dass ich Sie mitten in der Nacht störe. Aber es gibt Neuigkeiten.«

Caro spürte, wie ihr das Herz bis zum Hals schlug.

»Unser Kontaktmann aus Australien hat mitgeteilt, dass man glaubt, die Gruppe lokalisiert zu haben. Eine Rettungsaktion wurde gestartet, an der das australische und indonesische Militär beteiligt sind.«

»Das klingt gut«, stammelte sie und fühlte nicht, was sie sagte. »Das Militär? Es klingt aber auch beängstigend …«, setzte sie hinzu.

»Ich bin sicher, die wissen, was sie tun«, entgegnete die Polizistin.

Caroline fand, dass sie sich selbst nicht besonders überzeugt anhörte. »Wo hat man sie lokalisiert?«

»Das weiß ich leider nicht, das ist natürlich alles streng geheim. Ich wollte es Ihnen nur mitteilen. Wir melden uns, wenn wir mehr wissen.«

Caro bedankte sich und legte auf.

An Schlaf war jetzt erst recht nicht mehr zu denken. Auch wenn es gut gemeint war, lieber wäre ihr gewesen, man hätte sie erst nach Abschluss der Befreiung informiert. Wenn alles gut gegangen war. Was hieß überhaupt, man *glaube*, man habe sie lokalisiert? Dies war ja wohl keine Frage des Glaubens. Und wo waren sie? Hatte sie als Angehörige nicht das Recht, mehr zu erfahren? Das galt auch für Kyle.

Sie nahm das Handy und rief ihn an. Er meldete sich erst nach langem Warten, klang verschlafen. Offenbar plagten ihn keine besonderen Schlafstörungen, während seine Tochter am anderen Ende der Welt entführt worden war. Am frühen Abend hatte er ihr mitgeteilt, dass er zurück nach London fliegen würde, da er hier genauso wenig tun konnte wie dort.

Sollte er sich ebenso Gedanken machen wie sie. »Sie haben die Gruppe lokalisiert. Das Militär ist unterwegs, um deine Tochter zu befreien.«

»Please, ruf nicht an at night, du weckst Laureen«, flüsterte er. Sie hörte, wie es raschelte und er leise ins Mikrofon schnaufte. Offenbar ging er mit ihr am Telefon in einen anderen Raum.

»Ist das wirklich deine einzige Sorge?«, fragte sie gereizt.

»No, aber sie muss morgen früh raus. Ist ja nicht nötig, that she gets no sleep.«

Ist ja nicht nötig, that she gets no sleep. Hatte er das wirklich gesagt?

»Aber danke für deinen Anruf, that are great news. Dann ist es bald vorbei, hopefully!«

Caro wollte etwas erwidern, doch dann legte sie einfach auf und warf das Handy von sich aufs Bett. Sie knüllte das Kopfkissen zwischen ihren Händen zusammen, presste ihr Gesicht hinein und begann, laut zu schreien. Als ihr die Luft ausging, drehte sie sich auf den Rücken und wartete, bis ihr Puls sich langsam beruhigte.

Marc! Sie musste Marc informieren. Sollten die Kinder nun tatsächlich gerettet werden, musste er es erfahren. Aber er hatte kein Handy dabei. Sie konnte ihn nicht einmal anrufen.

Niemals hatte sie sich so allein gefühlt wie in diesem Moment. Ihr Chef hatte sie zwar sofort von der Arbeit freigestellt, doch seitdem hatte sie weder von ihm noch von Babsi oder den anderen vom Sender etwas gehört. Vielleicht ließen die Kollegen sie aus Respekt oder bloßer Unsicherheit, wie mit ihr umzugehen war, in Ruhe. Doch sie hätte sich mehr über ihren Beistand gefreut. Nicht über ihr Mitleid, aber über Unterstützung. Ihr Vater war schon vor langer Zeit gegangen, ihre Mutter nun seit vier Jahren tot. Sie war bis zum Schluss eine starke Frau gewesen und hätte ihr beigestanden. Andererseits hätte die Entführung ihrer geliebten Enkelin ihr das Herz gebrochen.

Sie rollte sich zusammen, zog die Beine an, lag da wie ein Embryo. Aus dem geöffneten Fenster strömte kalte Luft zu ihr. Seit Hannah fort war, hatte sie es jede Nacht weit geöffnet. Sie wusste selbst nicht genau, warum. Vielleicht brauchte sie den Sauerstoff, vielleicht fühlte sie sich mit offenem Fenster Hannah näher.

Ihr Blick fiel auf das Bild, das sie aus dem Wohnzimmer geholt und auf den Nachttisch gestellt hatte. Es war ihr Lieblingsfoto von ihnen beiden, aufgenommen in Warnemünde an der Ostsee. Mit nassen Haaren strahlten sie um die Wette. Aus Hannahs Blick sprach noch die Unbeschwertheit, die ihr in den vergangenen Monaten abhandengekommen war. Caro hatte es auf die Pubertät geschoben, viele Diskussionen mit ihrer Tochter geführt, Dinge gesagt, die sie in den vergangenen Tagen bereut hatte.

Jetzt, da Hannah fort war, wurde ihr bewusst, wie sehr sie sie liebte. Wie sehr ihr ganzes Leben auf Hannah ausgerichtet war. Und wie wenig ohne Hannah blieb.

Nein, sollte ihrem Kind etwas geschehen, war ihr Leben vorbei. Daran gab es keinen Zweifel.

25
Gladstone

»Sorry, aber das ist Schwachsinn!«, hatte der gute Walter gesagt, als er die U-Boot-Theorie geäußert hatte.

Dabei war seine Überlegung ganz einfach: Zur Zeit des Verschwindens hatten sie weder eine infrage kommende Jacht noch ein anderes Boot in der Gegend ausmachen können. Ausreichend dimensionierte Flugzeuge konnten dort schon nicht starten und landen und waren ebenfalls nicht geortet worden. Sie hatten keinen einzigen Zeugen dafür finden können, wie die Kinder Heron Island verlassen hatten. Wenn jedoch der Weg über Wasser und in der Luft unwahrscheinlich war, dann blieben nur noch zwei Möglichkeiten: Die Kinder hatten Heron Island gar nicht verlassen, oder aber sie hatten sich unter Wasser fortbewegt. Heron Island war so klein und mittlerweile von mehr Polizisten als anderen Gästen bevölkert, dass auszuschließen war, dass sie sich dort noch aufhielten. Also war es Zeit, gedanklich abzutauchen.

»Es gibt keine zivilen U-Boote«, hatte Walter gesagt. »Ihr Boot ist uns einfach durch die Maschen gegangen.«

Auch das konnte sein und war vielleicht sogar am wahrscheinlichsten.

Aber als Walker als junger Polizeibeamter an einer Suche nach einem vermissten Mädchen in den Swamps, den Sümpfen Louisianas, teilgenommen hatte, hatten sie zu Hunderten die Gegend um den Ort abgesucht, wo sie das letzte Mal lebend gesehen worden war. Die aufgeregten Rufe einer Nachtigall hatten ihn damals aus der Kette der Suchmannschaft ausscheren lassen und etwas abseits des abgesteckten Suchradius geführt. Dort fand er das Mädchen schließlich in einer alten Pumpstation, gefesselt, aber am Leben. Wenn alle an einem Ort schauten, schadete es nicht, wenn einer woanders nachsah.

»Im Prinzip hat er recht«, bestätigte Abigail Gilmans Aussage.

146

Sie arbeitete Tausende Meilen entfernt im Hauptquartier des FBI im J. Edgar Hoover Building in Washington und gehörte einer Recherche-Einheit an.

Walker saß unterdessen in Gladstone mit einem Pappbecher Kaffee auf einer Bank vor dem örtlichen Krankenhaus und reckte, während er mit Abigail telefonierte, das Gesicht der australischen Sonne entgegen.

»Es gibt einige Unternehmen, die sich ein Wettrennen um die Entwicklung des ersten Luxus-U-Bootes liefern. Die Idee dahinter ist ein jachtartiges Boot, das auch tauchen kann. Es gibt viele Studien und Modelle, und es werden Preise von bis zu 3,2 Milliarden Dollar aufgerufen. Aber gebaut wurde von diesen Unternehmen noch kein einziges dieser Hirngespinste.«

Das überraschte ihn. Walker hatte erwartet, dass es bereits mehrere solcher extravaganten Spielzeuge gab.

»Das Handling eines solchen U-Bootes ist anscheinend sehr schwierig. Zudem gibt es zahlreiche Sicherheitsbedenken. Sowohl was die Sicherheit der Passagiere angeht, als auch die Seegrenzen. Denn auch wenn die Seerechtskonvention der Vereinten Nationen feststellt, dass die Ozeane das gemeinsame Erbe der Menschheit sind, regelt sie Zonen, die das Meer in Küstennähe dem Staatsgebiet der anliegenden Länder zuordnet.« Er wusste nicht, ob Abigail das ablas oder nur wie gedruckt formulierte. »Ein U-Boot könnte diese Grenzen jederzeit verletzen, und es wäre nur schwer kontrollierbar. Schließlich bestehen wohl auch Bedenken, dass U-Boote missbraucht werden, um Schätze aus gesunkenen Schiffen zu rauben.«

Offenbar unterschätzte er immer noch die Regulierungswut der Exekutive, obwohl er als FBI-Beamter selbst Teil der Verwaltung war. Aber er hatte noch einen Funken Hoffnung, und diese bestand darin, dass Abigail »*im Prinzip* hat er recht« gesagt und damit offenbar die Tür für seine Theorie einen kleinen Spalt offen gelassen hatte.

»Aber ...«, setzte er in dem Versuch an, durch diese Tür zu gehen.

»Aber es gibt natürlich viele kleinere U-Boote, für ein bis drei Personen, die beispielsweise in der Forschung oder eben bei der Wrackbergung eingesetzt werden. Doch das sind dann eher Tauchkapseln. Wir suchen ja ein großes U-Boot für mindestens zwölf Personen oder mehr, wenn ich richtig verstanden habe.«

»Und die gibt es nicht.« Enttäuschung machte sich in ihm breit.

»Ein einziges«, sagte Abigail. »Das britische Unternehmen Yellow Submarine hat ein U-Boot für einen zivilen Auftraggeber gebaut.«

»Till we found the sea of green, And we lived beneath the waves, In our yellow submarine.«

»Bitte?«, fragte Abigail.

»Die Beatles.«

Abigail machte einen verlegenen Laut. Offenbar war sie zu jung für seine Song-Zitate. Oder zu ernsthaft.

»Das Boot der Firma Yellow Submarine ist vierundsechzig Fuß lang und ausgelegt für bis zu zwanzig Passagiere. Die Reichweite beträgt eintausendfünfhundert Seemeilen, und es kann auch an Stränden landen. Kostet nur vierundzwanzig Millionen Dollar.«

Also doch ein Anflug von Humor.

»Und wer ist der Kunde?«

»Das sagen die natürlich nicht. In der Pressemeldung des Unternehmens zum Auftrag hieß es nur: *ein sehr reicher Kunde.*«

»Das schränkt es natürlich ein«, scherzte er.

»Aber ich kenne den Namen des Bootes. Es heißt *Nautilus.*«

»Nicht im Ernst, oder?«

»Doch. Da hat jemand Jules Vernes gelesen.«

Abigail kannte Jules Verne! Und er hatte mit seiner allerersten Vermutung richtiggelegen, ohne es zu ahnen. Andererseits war es um die Fantasie dieser Firma Yellow Submarine bei der Namensfindung offenbar nicht allzu gut bestellt.

Eine junge Frau im Arztkittel ging an ihm vorbei und schenkte ihm ein Lächeln. Hier im sonnigen Australien schienen alle besser gelaunt zu sein als im noch herbstlichen New York.

»Wir wären aber nicht das FBI, wenn ich nicht herausgefunden hätte, wem die *Nautilus* gehört.«

Nun war er gespannt. »Ein Milliardär aus Frankreich hatte es bauen lassen. Richard Porté.«

Der Name sagte ihm etwas. Nicht Richard Porté, aber der Nachname Porté. Er hatte ihn in den vergangenen Tagen schon einmal gehört, kam jedoch nicht drauf, in welchem Zusammenhang. »Weiß man, wo das Boot derzeit ist?«

»Das konnte selbst ich bislang nicht herausbekommen. Es ist halt unter Wasser … Aber ich finde es!«

»So we sailed on to the sun, Till we found the sea of green«, sagte er und beendete das Gespräch.

Er nahm einen Schluck vom Kaffee und wählte Baracks Telefonnummer. »Was macht die Rettungsaktion?«

»Noch im Gange. Bislang haben sie nichts gefunden.«

»Sagt dir der Name Porté etwas?«

»Meinst du Nicolas Porté?«, fragte Barack.

»Sohn von Richard Porté?«

»Ja, wieso …«

»Danke, bis später!« Vielleicht wurde er tatsächlich alt. Leise pfiff er durch die Zähne. Der Junge, der das Camp organisiert hatte und der mit den Jugendlichen verschwunden war, hieß Nicolas. Nicolas Porté. Im provisorisch eingerichteten Lagezentrum in der Uni hatte er ein Foto von ihm gesehen, was er jetzt jedoch nicht dabeihatte. Er überlegte kurz, Barack noch einmal anzurufen, dann öffnete er sein Smartphone. Im Internet fand er mit wenigen Klicks ein passables Porträtfoto. Das war der Vorteil, wenn man es heutzutage mit jungen Leuten zu tun hatte. Anders als früher, wo sie die bösen Jungs erst heimlich hatten fotografieren müssen oder es über Jahrzehnte nur vage Zeichnungen gegeben hatte. Er erhob sich, warf den halb vollen Becher in den Mülleimer neben der Bank und steuerte auf den Haupteingang des Hospitals zu.

»Laura Swan?«, fragte er die Frau mit der Schwesternhaube am

Informationsschalter und zeigte dem Mann von der Security, der daraufhin breitschultrig an ihn herantrat, seine Marke vor.

Kurz darauf stand Walker am Bett des verletzten Mädchens. Sie war von der Intensivstation in ein normales Krankenzimmer verlegt worden. Vor ihrem Zimmer wachte ein weiblicher Officer der australischen Polizei. Ihr Zustand war besser, als er nach den Berichten über ihre Verletzung erwartet hatte. Dennoch hatte die Krankenschwester, die ihn zu ihrem Zimmer geführt hatte, darum gebeten, den Besuch kurz zu halten. Schließlich sei Laura Swan bereits von der örtlichen Polizei befragt worden. Er brauchte nur Antworten auf zwei Fragen.

Sie öffnete die Augen erst, nachdem er sich leise geräuspert hatte. Zunächst erschrak sie etwas, vermutlich, weil er ihr fremd war.

»Brad Walker. Vom FBI.« Er bemühte sich, leise und mit sanfter Stimme zu sprechen, was ihm beides nicht besonders lag. Doch ihre Gesichtszüge entspannten sich.

So wie sie dort lag, sah sie jünger aus, als sie war. Sie hob die Hand, ohne etwas zu sagen. Er vermutete, dass sie länger beatmet worden war und daher noch Probleme mit dem Sprechen hatte, oder aber die Harpune hatte sogar ihre Lunge verletzt.

»Ich weiß, Sie haben schon eine Reihe von Fragen beantwortet. Aber ich habe nur zwei.«

Sie nickte, was er so interpretierte, dass sie mithelfen wollte, denjenigen zu fassen, der ihr das angetan hatte.

»Haben Sie gesehen, wie die Jugendlichen vom Riff weggekommen sind?«

Sie schüttelte leicht den Kopf.

»Kein Boot oder Flugzeug?« Die gleiche Geste. Jetzt wurden es doch drei Fragen.

»Kennen Sie ihn hier?« Er nahm das Smartphone und öffnete umständlich das Foto von Nicolas.

Ihre Augen weiteten sich. Das Gerät, das ihren Herzschlag bislang mit dem Geräusch eines angenehmen, regelmäßigen »Ping«

überwacht hatte, begann, aufdringlicher zu piepen. Sie nickte und hob zudem die Hand, um auf das Smartphone zu zeigen. Dann führte sie die Hand zu ihrer Brust und blickte ihn eindringlich an.

»Hat er auf Sie geschossen?« Vier Fragen.

Es hätte ihres zustimmenden Nickens nicht mehr bedurft, er wusste es bereits, als er die Frage gestellt hatte.

»Herzlichen Dank, Miss Swan«, sagte er, während er das Handy wieder zurück in die Tasche seines Jacketts steckte und in die Hocke ging. Er legte die Hand auf ihre, drückte sie kurz und verließ dann das Zimmer.

Vor dem Fahrstuhl klingelte sein Handy. Es war Barack. »Nichts außer Millionen von Krabben, die zum Meer wandern.«

»Bitte?«

»Auf der Weihnachtsinsel. Sie sind nicht dort. Zwar wollen sie offiziell noch nicht aufgeben, suchen nun noch einmal auf dem Boden alles ab, aber keine jugendlichen Klimaschützer weit und breit. Auf den Live-Kameras der Armee haben wir nur Millionen von leuchtend roten Krabben gesehen, die zum Meer wandern. Ist wohl so ein Weihnachtsinsel-Ding, jetzt im November.«

»We all live in a Yellow Submarine«, entgegnete er, als die Fahrstuhltüren sich vor ihm öffneten und er in den Lift stieg.

»Was haben die Beatles damit zu tun?«, fragte Barack. »Ich bin zu müde, um deine Andeutungen zu verstehen, Brad. Bitte!«

»Hol deine Tauchausrüstung, wir müssen ein U-Boot suchen gehen.« Er schaute auf seine Uhr. »Wir können nur hoffen, dass sie ihre Ankündigung für den Ablauf des ersten Ultimatums nicht wahr machen. Wir treffen uns in der Uni! Ach, und sag bitte Walter, er soll auch kommen. Und er soll sich schon einmal eine Entschuldigung ausdenken!«

Lorenzo
1 Tag

26
Göteborg

»Das ist nicht Ihr Ernst, oder?« Das Holz ächzte und knackte, als sich der massige Mann mit dem gestutzten Vollbart und den schwarzen Haaren, die zu dem breiten Nacken hin sorgfältig ausrasiert waren, niederließ.

»Was meinen Sie?« Die Stimme kam aus dem Nirgendwo hinter der Trennwand.

»Die Nummer hier mit dem Beichtstuhl.«

»Wieso? Funktioniert doch. Hier ist es abhörsicher. So eine katholische Kirche ist wie das Territorium eines anderen Landes. Religionsfreiheit sei Dank.«

»Ich bin kein Christ.«

»Das stört hier niemanden. Weiß ja keiner, dass Sie da sind. Die Kirche hat noch geschlossen.«

»Aber mich stört es, wenn ich in eine katholische Kirche gehen muss, um Sie zu treffen!«

»Sie sollen hier ja nicht beten.«

»Es stört mich. Es ist einfach nicht okay. Denken Sie sich das nächste Mal etwas anderes aus.«

»Was ist mit dem Journalisten?«

»Erledigt. Er hat nichts mehr gesagt. War ziemlich tapfer für eine Schwuchtel.«

»Ich meine den anderen Journalisten.«

»Erledigt, wie besprochen.«

Für einige Zeit sagte niemand etwas.

155

»Sind Sie noch da?«

»Der Doktor.«

»Ja, der Doktor.«

»Ist es so schwer, jemanden, der arglos ist, mit einem Messer zu liquidieren? Und dann auch noch vor über hundert Zeugen?«

»Wir haben mit unseren Freunden in Berlin gesprochen. Der, der es versaut hat, hat dafür gebüßt.«

»Was haben Sie mit ihm gemacht? Ihm die Hand abgehackt?«

»Hören Sie auf mit Ihren beschissenen Vorurteilen! Wir haben ihn in die Heimat geschickt.«

»Und das soll eine Strafe sein?«

»Das ist es, glauben Sie mir. Sollen wir es noch einmal probieren?«

»Jetzt wird er beschützt. Ich melde mich, wenn.«

Wieder knarrte das Holz des Beichtstuhls. »War es das?«

»Nein.«

»Was denn noch?«

»Die Entführung. Sie müssen das übernehmen.«

Einen Moment lang herrschte Stille.

»Was soll das heißen?«

»Ich fürchte, derjenige, der die Entführung der Kinder übernommen hat, gerät außer Kontrolle. Es ist besser, Sie und Ihre Männer übernehmen die Kinder und bringen das in unserem Sinne zu Ende. Oder haben wenigstens ein Auge auf diesen Porté. Vor Ort.«

Erneut trat eine Pause ein.

»Das war nicht verabredet.«

»Dann verabreden wir es jetzt. Manchmal ändern Pläne sich.«

»Das ist nicht in unserer Verantwortung.«

»Nicht in Ihrer Verantwortung? Dachten Sie, ich mache die ganze Drecksarbeit allein, damit Sie am Ende sauber dastehen, und ich habe die schmutzigen Hände?«

»Es war Ihre Idee.«

»Umso fairer ist es, wenn wir die Aufgaben nun aufteilen. Sie können Ihr Geld auch zukünftig gern woanders unterbringen und schauen, ob Sie dort mehr Glück haben, und wir machen Kleinholz aus allem.«

»Was genau meinen Sie damit, wir sollen die Entführung ›zu Ende bringen‹?«

»Was verstehen Sie an dem Wort ›Ende‹ nicht?«

»Sie meinen, wir sollen die Kinder …«

»Wenn Sie wollen, dass man uns ernst nimmt. Wir wollen wohl kaum am Schluss einen Haufen potenzieller Zeugen haben. Es wäre besser für uns alle. Wenn alles abgeschlossen ist, kehren Ihre Männer allein zurück, verstanden? Ich habe gehört, die Natur dort unten kann sehr unberechenbar sein. Viele Inseln sollen zudem verlassen und einsam sein. So einsam, dass man dort über Monate niemanden finden würde.«

Aus dem Beichtstuhl war statt einer Antwort ein lautes Ein- und Ausatmen zu hören.

»Sie wollten die größte Waschmaschine der Welt. Einen Schonwaschgang können wir uns nicht leisten.«

»Ich habe ja nicht gesagt, es ist unmöglich! Wissen Sie, wo die Kinder versteckt werden?«

Etwas wurde durch die Trennwand geschoben.

»Das sind Koordinaten?«, fragte der Mann mit dem Vollbart, nachdem er den Zettel auseinandergefaltet hatte.

»Dann sind wir uns also einig. Ich wünsche viel Erfolg. Verderben Sie es nicht. Ich gehe zuerst. Sie warten fünf Minuten. Der Seiteneingang neben der Krypta ist noch eine gute halbe Stunde geöffnet.«

»Meinetwegen verbinden Sie mir die Augen, oder wir treffen uns das nächste Mal in Lieseberg in der Geisterbahn. Aber nicht wieder hier. Hören Sie? Haben Sie eigentlich den Pfarrer bestochen, oder was? Hallo? Hören Sie mich? Das sind Kinder, verdammt noch mal! Unschuldige Kinder! Und darum bitten Sie *mich*. In einer Kirche?

Ihr Ernst? Haben Sie vor nichts Respekt? Hallo? Sind Sie noch da? So ein Mist! Der Hurensohn ist weg.«

27
Fiskebäck/Göteborg

Er lag auf einer Bahre. Vielleicht war es auch ein Bett. Jedenfalls war es hart.

Er hörte Musik, eine arabisch klingende Melodie. Fern, aber doch nah. Klänge, wie er sie aus Syrien kannte.

Das Kind. Plötzlich hatte es dort gestanden und aus dem großen Loch herausgeschaut, das keine dreißig Sekunden zuvor von dem Granateneinschlag in die Fassade gesprengt worden war.

»Komm da weg!«, hatte er geschrien. Er selbst hatte Deckung gesucht unter dem schweren Holztisch, roch das Blut seines zerfetzten Bettnachbarn, dessen Körper mit der Schwere des Todes sein linkes Bein blockierte. »Komm da weg!«, brüllte er wieder, streckte den Arm aus, der mindestens zwei Meter zu kurz war. Doch das Kind schien nichts zu hören, beachtete ihn gar nicht. Erst jetzt bemerkte er, dass es eine Melodie summte. Ein Kinderlied, eines, das er nicht kannte.

Es war ein Mädchen. Vielleicht aber auch ein Junge. Die langen Haare reichten bis zur Schulter. Das T-Shirt war so verdreckt, dass man die Farbe nicht mehr bestimmen konnte. Vielleicht war es einmal weiß oder himmelblau gewesen. Die kurzen Beine steckten in einer noch kürzeren Hose. Es war barfuß, das Kind, das weiterhin seelenruhig vor dem Einschussloch stand und das Lied summte.

Nein, es sang. Ein leichter Wind wehte durch die klaffende Wunde in der Fassade, sodass die Haare des Kindes zu flattern begannen.

»Weg da!«, brüllte er ein drittes Mal, während er versuchte, sein Bein frei zu bekommen.

Und dann, dann wandte das Kind doch plötzlich den Kopf zu ihm, langsam wie in Zeitlupe, und lächelte ihn an. Ein wunderbares Lächeln, das ihm sofort ins Herz fuhr. Und da geschah etwas, was noch niemals zuvor in seinen Träumen geschehen war. Das Gesicht des Kindes veränderte sich, und plötzlich erkannte er es, das Kind.

Es war Hannah, seine Nichte.

»Komm her …«, stammelte er, als die Haare des Mädchens sich wieder bewegten, diesmal jedoch nicht vom Wind, sondern von der Wucht des Geschosses, dessen Knall ihn erst mit Verspätung erreichte, weil die Mündungsgeschwindigkeit schneller war als der Schall. Dann setzte das Brüllen ein, das verzweifelte Kreischen, bei dem er erst nach einiger Zeit gewahr wurde, dass er es war, der dort schrie, gefangen unter einem Toten, als hilfloser Zeuge eines neuen Grauens.

»Nicht bewegen!«, flüsterte eine sanfte Stimme mit starkem Akzent.

Er fühlte etwas Kaltes auf der Stirn. Ein Brennen am Körper. Er öffnete für einen kurzen Moment die Augen und blickte in das Gesicht einer fremden Frau.

»Nehmen Sie das.« Etwas wurde ihm in den Mund geschoben, dann spürte er Wasser auf den Lippen, im Mund, in der Kehle. Musste husten. Er schloss die Augen und schlief wieder ein.

Diesmal war alles dunkel. Keine Musik. Kein Kind. Keine Hannah.

28
Im Camp

Sanft rollten die Wellen an den Strand. Türkisblau lag das Meer vor ihnen. Einige Hundert Meter entfernt brachen sich größere Wellen mit weißer Schaumkrone an den vorgelagerten Felsen, die sich zu bizarren Gestalten auftürmten. Ein Steinturm erinnerte sie an ein Krokodil. Ihnen am nächsten hockte ein steinernes Riesenpärchen mit rundem Rücken Seite an Seite im seichten Wasser und blickte gemeinsam zum fernen Horizont.

»Wie alt mögen die Steine wohl sein? Jahrtausende? Jahrmillionen?« Hannah schaute zu Lorenzo, der neben ihr saß und den feinen weißen Sand durch die Finger rieseln ließ.

»Wenn man bedenkt, dass die Erde über vier Milliarden Jahre alt ist, bedeutet das gar nichts.«

»Genau wie die Zeit, in der wir Menschen uns hier breitgemacht haben. Eigentlich nur ein Augenblick, aber in den 2,5 Millionen Jahren schaffen wir es, diesen Planeten kaputtzumachen.« Er erhob sich, machte zwei Schritte zur Seite und hob eine leere Plastikflasche auf. Der Deckel fehlte, zu einem Viertel war sie mit Sand gefüllt. Man sah ihr an, dass sie lange Zeit im Meer gelegen hatte.

»Idiot!«, fluchte er und schaute sich suchend um, bevor er die Flasche in Richtung einer Gruppe Palmen warf, an denen vorbei der Weg zurück ins Camp führte. Viel gab es in dem Camp nicht zu tun. Sie vertrieben sich die Zeit mit Schlafen, Kochen, langen Strandspaziergängen, Schwimmen und Diskussionen. Trotz einiger Meinungsverschiedenheiten waren sie sich durch die Langeweile alle viel nähergekommen. Sie versuchten, sich gegenseitig Halt zu geben, so gut es ging, wobei Hannah mit einigen besser zurechtkam als mit anderen. Nicolas stand noch immer außen vor. Seit sie auf der Insel waren, wirkte er noch dünnhäutiger, tickte bei jeder Kleinigkeit aus.

Hannahs Blick fiel auf Haku, der etwa dreißig Meter entfernt stand und Lorenzos Treiben mit argwöhnischen Blicken beobachtete. Sein Zwillingsbruder Mikele schien im Camp geblieben zu sein. Hannah wusste nicht, ob sie wirklich Zwillinge waren, denn die beiden Männer redeten nicht mit ihnen, nur miteinander. »Setz dich lieber wieder!«, sagte sie. »Haku scheint heute sowieso schon schlecht gelaunt zu sein. Reiz ihn nicht noch.«

»Vor dem habe ich keine Angst.« Lorenzo machte eine abfällige Geste in Hakus Richtung und ließ sich wieder neben ihr in den Sand fallen. Für einen Moment hingen sie beide ihren Gedanken nach.

»Wie geht es wohl Laura? Ich hoffe, es ist alles gut«, sagte sie schließlich. Die Bilder, wie der Speer ihre Touristenführerin in die Brust getroffen hatte, ließen Hannah weiterhin nicht los, vor allem nachts. Erst hinterher hatte Hannah erfahren, dass es eine Harpune gewesen war, kein Speer.

»Ich kann es nicht fassen, dass er das getan hat«, murmelte Lorenzo. »Wenn du mich fragst, stimmt mit Nicolas irgendwas nicht. Hier, guck mal.« Er zeigte ihr seine Handgelenke. Beide wiesen rote Schwielen auf. »Krass, oder? Von den Kabelbindern. Die hat er echt viel zu fest gemacht.«

Lorenzo hatte recht. Hannah hatte gestern noch einmal versucht, mit Nicolas zu sprechen, doch der hatte unwirsch abgeblockt. Als er sie dann an den Schultern gepackt und ihr ins Ohr gezischt hatte, sie solle endlich kapieren, dass man nicht duschen könne, ohne nass zu werden, hatte sie beschlossen, erst einmal auf Abstand zu gehen. Nicolas' darauf folgender Lachflash hatte nur ihre Vermutung bestätigt, dass er mal wieder high war.

Eine Weile schwiegen sie.

»Ich mache mir Sorgen«, sagte Hannah schließlich.

Er blickte in ihre hellblauen Augen. »Das ist okay. Ich auch. Weißt du, Hannah …« Sein italienischer Akzent ließ ihren Namen wie »Anna« klingen. Sie mochte die Melodie seiner Sätze, sprach gern mit ihm. Seine verständnisvolle und liebe Art löste ein Flattern in ihrer Brust aus. »Weißt du«, setzte er erneut an. »Manchmal merkt man erst, was man an jemandem hat, wenn man ihn für immer verliert.«

Sie wusste ganz genau, wovon er sprach. Die traurige Erkenntnis hinter seinen Worten ließ ihr eine Träne über die Wange laufen. Als Lorenzo es bemerkte, legte er vorsichtig den Arm um sie, woraufhin Hannah den Kopf gegen seine Schulter lehnte. Seine Berührung beruhigte sie.

Mit der untergehenden Sonne war ein kühler Wind aufgekommen. Eine kleine Böe strich über ihre Köpfe und wehte Hannah die Haare ins Gesicht. Sie wollte ihre Augen gerade von dem Haargewirr befreien, als sie Lorenzos Hand auf der ihren spürte. Sanft hielt er sie fest, während er mit seiner anderen Hand vorsichtig eine dunkelblonde Haarsträhne hinter ihr Ohr legte. Langsam näherten sich ihre Köpfe, ihre Hände waren noch immer ineinander verschränkt. Hannah schloss die Augen und legte den Kopf zur Seite.

»Lorenzo!«, krächzte es plötzlich hinter ihnen.

Hannah fühlte sich wie aus einem wunderschönen Traum geweckt. Es war Diego. Hannah mochte ihn nicht, auch nicht, wie er sie anschaute, wie er mit ihr sprach. »Nicolas will dich sehen, und zwar sofort!«

Lorenzo gab ihr einen flüchtigen Kuss auf die Wange und sprang auf. Nur widerwillig wandte er sich zum Gehen.

»Bestimmt nichts Schlimmes«, sagte Hannah und zwang sich zu einem Lächeln. Was wollte Nicolas von ihm?

Sie sah, wie Lorenzo sich an Diego vorbeidrängte und noch die Plastikflasche aufhob, bevor er zwischen den Palmen verschwand. Hannah atmete tief durch und wandte sich wieder dem Meer zu. Sie war wirklich froh, jemanden wie Lorenzo an ihrer Seite zu haben. Erste Nuancen von Rot kündigten am Himmel den beginnenden Sonnenuntergang an. Ein großer dunkler Vogel saß laut rufend auf einem der Felsen. Es klang irgendwie bedrohlich. Sie hoffte, dass Diego wieder verschwand, dass sie nicht mit ihm allein hier am Strand bleiben musste. Ein allzu bekannter Geruch stieg ihr in die Nase, als sich Diego neben sie in den Sand fallen ließ.

»Die schreien wie Kinder und scheißen hier alles voll, diese Mistvögel«, sagte er, bevor er einen langen Zug an seinem Joint nahm und ihn ihr dann vor das Gesicht hielt. Er nickte ihr mit glasigen Augen auffordernd zu. »Na los!«, meinte er grinsend, als sie nicht reagierte.

Sie stieß sich vom weichen Boden ab, kam auf die Beine und ließ Diego einfach sitzen, ohne sich noch einmal nach ihm umzudrehen.

29
Berlin

Sie waren zu dritt: die Kanzlerin, »DJ« Doris Jäger und sie. Gerade hatte die Kanzlerin das Telefonat mit dem italienischen Präsidenten des Ministerrats beendet.

»Mehr können wir im Moment nicht tun«, resümierte DJ. »Karl-Heinz Stein hat mit der französischen, amerikanischen und der chinesischen Seite kommuniziert. Dort ist die Stimmung eher so, dass man nicht bereit ist, auf die Entführer auch nur einzugehen. Offiziell zumindest. Die französische Ministerin für ökologischen und sozialen Wandel hat in Glasgow gegenüber unserem Staatssekretär verlauten lassen, dies dürfe nicht die neue Art und Weise sein, wie man mit Regierungen spricht.«

»Und die Amerikaner wollen abwarten, wie es sich entwickelt«, sagte Julia. »Der Präsident hat einen Tweet an die Entführer gerichtet und sie zur sofortigen Freilassung der Kinder aufgefordert. Dies sei keine Warnung, sondern eine Drohung, hat er noch geschrieben.«

»Und die Chinesen halten sich bedeckt.«

»Das mag sich ändern, wenn einer ihrer eigenen jungen Staatsbürger direkt bedroht wird. Sie haben den Ministerpräsidenten in Rom gerade erlebt, wie betroffen er war«, sagte die Kanzlerin. »Aber auch er kann allein nichts ausrichten.«

»Es ist doch eigentlich perfekt«, bemerkte DJ schließlich.

»Perfekt?« Julia lachte bitter. »In nicht einmal vierundzwanzig Stunden läuft das Ultimatum ab, und die Staatengemeinschaft opfert Lorenzo auf dem Altar der mangelnden Erpressbarkeit? Das nennen Sie ›perfekt‹?«

»Sie hyperventilieren mal wieder«, entgegnete DJ. »Ich sehe hier das gleiche Vakuum wie während der Flüchtlingskrise, das wir nun ausfüllen. Wir werden den Fokus von Glasgow hier nach Berlin verlagern. Auf der anberaumten Pressekonferenz werden Sie, Frau Kanzlerin, mitteilen, dass Deutschland in enger Abstimmung mit der italienischen Regierung und nach Konsultation der wichtigsten anderen Nationen des Klimapakts alle Anstrengungen unternehmen wird, um in naher Zukunft den Forderungen der Kidnapper zur Erreichung der Klimaziele Gehör zu verschaffen. Das klingt bemüht, aber gleichzeitig unverbindlich genug. Zudem weisen Sie darauf hin, dass die Bundesregierung jede Art von Gewalt ablehnt und verspricht, eine Führungsrolle bei der Beschleunigung des Klimawandels zu übernehmen, wenn die Kinder sofort freigelassen werden. Vielleicht können wir sogar in Glasgow noch irgendeinen Vorschlag einbringen, der in die Richtung geht.«

Doris Jäger lehnte sich zurück und schaute selbstzufrieden in die Runde. »Das nennt sich ›aus Zitronen Limonade machen‹«, setzte sie hinzu. »Die perfekte Gelegenheit, das Klimaprofil der Kanzlerin zu schärfen. Und dann sagen Sie noch etwas Sachliches zu den einzelnen Forderungen. Dass Sie Rücksprache gehalten haben, vor allem mit Dr. Jan Zamek vom Institut für Klimaschutz in Potsdam, dem Sie bei dieser Gelegenheit gute Genesung wünschen, und dass er bestätigt hat, dass die Anstrengungen zum Klimaschutz zu beschleunigen sind. Dann übernehmen Sie die Aussagen, die Frau Schlösser von ihrem Besuch bei Dr. Zamek mitgenommen hat.

Bringen Sie gern das Beispiel mit der Münze, das bleibt als Bild in den Köpfen der Leute hängen.« DJ kam jetzt richtig in Fahrt.

Die Kanzlerin saß auf ihrem Stuhl und hörte aufmerksam zu. »Wir sollten das mit dem Umweltministerium absprechen«, sagte sie schließlich.

»Warum?«, entgegnete DJ. »Die wichtigsten Entscheidungen haben Sie stets allein getroffen. Denken Sie nur an den Atomausstieg. Wir werden nicht drum herumkommen, Ihre Position zu schärfen.« Sie malte mit der Hand eine Überschrift in die Luft. »›Die Greta unter den Staatspräsidenten‹.«

»Jetzt ist gut, Doris!«, platzte es aus der Kanzlerin heraus. Dass die beiden sich nur auf Geschäftsebene siezten und außerhalb des Protokolls sehr viel vertrauter miteinander waren, war ein offenes Geheimnis.

»Ich weiß, ich übertreibe etwas. Aber ich möchte die Richtung verdeutlichen. Schließlich sollten Sie nicht vergessen, Ihr Mitgefühl mit dem italienischen Volk auszudrücken und dem römischen Ministerpräsidenten für dessen unermüdlichen Einsatz zu danken. Ich bin sicher, damit werden Sie die Kidnapper beeindrucken. Egal, ob sie tatsächlich vorhatten, dem Jungen etwas zu tun. Sie werden es gut sein lassen.«

»Die haben gar keine andere Wahl, wenn sie es sich nicht mit der gesamten zivilisierten Welt verscherzen wollen«, entgegnete die Kanzlerin. »Ich bin sicher, es wird gut ausgehen.«

Lorenzo
o Tage

30
Rom

»Oh dio mio, es geht los, es geht los!« Giuseppe di Natale drängte sich an zwei der freiwilligen Helferinnen vorbei, um den Monitor zu sehen.

Der Countdown auf der von den Entführern eingerichteten Webseite zeigte die letzten fünfundvierzig Sekunden an. Es war mitten in der Nacht.

Seine Frau drückte sich an seine Seite und legte den Arm um seine Taille. Sie hatten in den letzten Tagen Berge versetzt. 118.339 Bäume waren in Italien gepflanzt worden. Innerhalb einer Woche. Schulen, Kindergärten, Vereine, Betriebe, politische Parteien, sogar die Mafia – sie alle hatten mitgemacht. Sein Team hatte sich bemüht, diesen Erfolg auf allen Social-Media-Kanälen zu streuen. Die Zeitungen, selbst RAI hatten diese imposante Zahl verbreitet. Das Video, mit dem die Kidnapper ihre Forderungen aufgestellt hatten, kam mittlerweile auf über hundertvierzig Millionen Likes. Sie hatten ihre Hausaufgaben gemacht.

Giuseppes Blick fiel auf die *Repubblica* vom heutigen Tag. *Gnade für Lorenzo*, titelte das Blatt. Darunter das Bild des Papstes, der angeblich für den Jungen gebetet hatte.

Noch achtzehn Sekunden.

Den flugfreien Tag hatten sie nicht hinbekommen; der Innenminister hatte nicht mehr zurückgerufen. Bei den Fluggesellschaften waren sie auf taube Ohren gestoßen. Aber sie hatten mittels einer Onlinepetition das Bekenntnis von zwölftausend Menschen erhalten, an einem Tag der vergangenen Woche auf einen Kurzstreckenflug innerhalb Italiens verzichtet zu haben. Trenitalia hatte durch ihren Sprecher bestätigt, dass die Auslastung ihrer Züge in dieser einen Woche um siebenundzwanzig Prozent gestiegen war.

Ob all diese Zahlen wirklich stimmten, wusste er nicht. Aber das war ihm auch egal. Sie konnten sie zumindest mit gutem Gewissen verkünden.

Noch zwölf Sekunden.

Giuseppe nahm die Brille ab und putzte sie. Der Schweiß stand ihm auf der Stirn. Seine Frau strich ihm über den Rücken und warf ihm einen aufmunternden Blick zu. In Mailand, Rom und vielen anderen Städten weltweit hatten Jugendliche für Lorenzo demonstriert. Es waren keine großen Kundgebungen, aber es waren Zeichen der Solidarität gewesen.

Noch acht Sekunden.

Nachdem es zunächst so aussah, als würde die Politik nicht mitziehen, hatte der italienische Ministerpräsident heute in einer eigens einberufenen Pressekonferenz noch einen Appell an die Kidnapper formuliert. Und die deutsche Regierungschefin war ihm zur Seite gesprungen und hatte sogar Versprechungen hinsichtlich des Klimaschutzes gemacht. Deutschland hatte international Gewicht. In den vergangenen Tagen hatten sie wirklich viel erreicht. Das mussten auch die Kidnapper honorieren.

Noch drei Sekunden.

Jetzt, so kurz vor Ablauf des Ultimatums, kamen Giuseppe all die Anstrengungen der vergangenen Tage beinahe albern vor. Plötzlich war er sicher, dass niemand einen Jungen ermorden würde, um Maßnahmen zum Klimaschutz durchzusetzen. Giuseppe schämte sich beinahe, dass er die Forderungen so ernst genommen hatte. Alles würde sich auflösen.

Die rückwärtslaufende Uhr zeigte 0 Tage, 0 Stunden, 0 Minuten, 0 Sekunden.

Das schwarze Bild der Webseite flackerte kurz, dann sah man Lorenzo, der unglücklich in die Kamera schaute.

In diesem Moment wusste Giuseppe, dass sie es tun würden. Jetzt. Live. Vor Millionen von Zuschauern.

31

Jahr 2040
Sylt, Deutschland

»Wann haben Sie von Lorenzos Ermordung erfahren?«

»Nicht live. Kurz danach. Ich war … bei einer Freundin in Schweden.«

»Sie wollten mir die Wahrheit erzählen.«

»Dann hören Sie gefälligst zu!« Behringer saß noch immer in seinem Sessel, weit zurückgelehnt, als würde er gleich mit einem AR-Simulator durch eine vom japanischen Aktionskünstler Mikanama geschaffene 5D-Gefühlswelt schweben. Aber derzeit brauchte er keine künstlich erzeugte Argumented Reality; offensichtlich nahm sein Gedächtnis ihn gerade mit auf eine Reise in seine ganz persönliche Gefühlswelt.

»Ich war in Göteborg, als sie den Jungen getötet haben. In einem abgelegenen Haus, ganz ähnlich wie hier. Die ersten Stunden des Tsunamis, den sein öffentliches Sterben ausgelöst hat, habe ich daher gar nicht mitbekommen.«

»Also wussten Sie auch nicht, dass …«

Er schüttelte den Kopf. »Auch das nicht. Zumindest nicht sofort.« Die Erschütterung, die die Erinnerungen in seinem Blick hervorriefen, schien echt zu sein. Auch wenn sie jederzeit damit rechnete, dass er ihr etwas vormachte. Aber in seinem Gesicht war ohnehin schwer zu lesen. Es war wie eine Leinwand, die zu oft übermalt worden war.

»Und dann?« Susie hatte sich vorgenommen, möglichst offene Fragen zu stellen.

»Haben Sie mal einen Tsunami miterlebt?«, fragte er.

»Sie meinen so einen wie auf den Philippinen?«

Er nickte. »Das war aber nicht der erste, nur der größte. Es gab früher bereits verheerende Tsunamis. Zum Beispiel in Südostasien. Das war im Jahr 2004, als Sie noch gar nicht geboren waren. Ich war damals in Thailand.«

Sie lauschte seinen Worten gern, auch wenn sie nicht wusste, worauf er überhaupt hinauswollte.

»Ich stand am Strand, und plötzlich zog sich das Meer Hunderte von Metern zurück. Zurück blieben zappelnde Fische und verdutzte Urlauber, die das Spektakel mit einer Mischung aus Sensationslust und Unbehagen verfolgten. Dann, plötzlich, kam das Meer zurück. Als dreißig Meter hohe Wand, die alles und jeden mit sich riss. Ich hatte Glück, denn ich rettete mich rechtzeitig auf einen nahen Hügel, von wo aus ich alles beobachten konnte.

Genauso war es, als Lorenzo ermordet wurde. In den ersten Tagen des Ultimatums standen alle noch staunend da und versuchten zu begreifen, was dort vor sich ging. Betrachteten die im Internet vorgeführten Kinder wie die Leute damals die auf dem Trockenen zappelnden Fische mit einer Mischung aus Neugierde und Mitleid. Doch dann, als der junge Italiener live vor ihren Augen starb, da realisierten sie, was dort für eine Welle auf sie zuraste, auf uns alle. Eine neue Dimension des Grauens. Gnadenlos inszenierte, perfekt durchchoreografierte Gewalt gegen Kinder. Gegen die unserem Schutz Befohlenen, gegen unser aller Zukunft. Gegen diejenigen, die sich am wenigsten wehren konnten und die am unschuldigsten an allem waren. Und die wirkliche Perversion dabei, das, was alle bis ins Mark schockierte, war, dass dies auch noch durch einen durchaus ehrbaren Zweck gerechtfertigt wurde. Dass diese zelebrierte Grausamkeit zum Wohle von uns allen geschehen sollte. Zum Wohle unserer Kinder. Dass alles auf die einfache Formel gebracht wurde ›Einer für viele‹. Damit konnte damals kaum jemand umgehen. Die Reaktionen waren Abscheu und Hass.«

»Und was haben Sie gefühlt, als Sie erfahren hatten, dass Hannah die Nächste sein sollte?«

Behringer blickte sie an, doch er schien sie nicht wirklich zu sehen. »Furcht? Hilflosigkeit? Wut!«

32
Berlin

Sie hatte es sich nicht anschauen wollen.

Immer wieder hatte sie ihren festen Vorsatz infrage gestellt und war jedes Mal zu derselben Entscheidung gelangt, dass es das Beste war, sie würde den Ablauf des Countdowns einfach ignorieren.

Aber ihre innere Uhr ließ sich nicht abstellen. Etwas in Caroline musste hinsehen. Es war keine Neugierde, keine Schaulust. Es war das Wissen, dass das Schicksal ihrer Tochter mit dem zusammenhing, was zum Ablauf des Ultimatums mit Lorenzo geschehen würde. Caro wollte nicht hinschauen, weil sie glaubte, nicht die Kraft dafür aufzubringen. Aber sie musste tapfer sein, solange sie darauf baute, dass Hannah es auch war. Sie konnte den Kopf nicht einfach in den Sand stecken, nicht jetzt. Sie musste stark bleiben. Und so saß sie dort, auf ihrem Bett, und starrte auf das Display ihres Tablets, als der Countdown bei null anlangte und das Live-Bild mit Lorenzo eingeblendet wurde.

Sofort meldete sich ihr Mutterinstinkt. Verloren sah er aus, wie er dort saß in dieser Kabine, die an eine Telefonzelle erinnerte. Es war offensichtlich, dass man ihm nicht gesagt hatte, worum es ging. Er wirkte nicht panisch, nicht verzweifelt, eher irritiert. Aus seinem

Blick sprach Unsicherheit. Mit großen Augen schaute er in die Kamera, die Arme auf dem Schoß verschränkt.

Als die elektronisch verzerrte Stimme ertönte, fiel Caro in eine Art Trance, schalteten ihre Gedanken ab, war sie unfähig, sich zu bewegen. Sie verharrte vor dem Tablet wie ein Reh im Scheinwerferlicht des herannahenden Autos.

»Und wieder einmal«, begann die Stimme, »haben die Regierungen dieser Erde versagt. Selbst im Angesicht des sicheren Todes eines der Euren, eines Kindes, waren sie nicht imstande zu reagieren, nicht imstande zu regieren. Dies zeigt, wie wenig die Menschen, vor allem aber die Schwachen und Schutzbedürftigen, den Politikern bedeuten, die nur ihren Machterhalt im Sinn haben. Die letzten sieben Tage sind eine Metapher für die Geschehnisse in den vergangenen Jahren, wo die Regierenden angesichts der drohenden Gefahr für unser aller Zukunft untätig blieben. Die Bürger Italiens haben sich hingegen bemüht und über einhunderttausend Bäume gepflanzt. Dies zeigt, was innerhalb kürzester Zeit möglich ist, wenn der Anreiz nur groß genug ist. Und es war nicht umsonst, denn diese Bäume werden die Zeit verlängern, die wir auf diesem Planeten haben. Die Bürger Italiens haben das nicht für uns getan, sondern für sich selbst. Aber es zeigt auch, dass es nicht genügt, wenn sich einzelne Bürger und Gruppen engagieren, die Politik und die großen Unternehmen aber tatenlos bleiben, so wie die Fluggesellschaften, die aus Profitgier nicht bereit waren, den Flugverkehr auch nur für einen einzigen Tag einzustellen.«

Caroline versuchte einzuatmen, doch der Sauerstoff wollte nicht in ihre Lungen strömen. »Aber wir möchten euch allen, die ihr uns die Kindheit gestohlen habt und unseren Kindern und den weiteren Generationen die Lebensgrundlage nehmen wollt, die Gelegenheit geben, eure Anstrengungen zu vergrößern. Wenn innerhalb der nächsten sieben Tage weltweit eine Million Bäume gepflanzt werden, der Flugverkehr in Deutschland nur an einem einzigen Tag ruht und dieses Video 500 Millionen Likes erhält, werden wir das nächste Kind verschonen.«

Hatte er ›Deutschland‹ gesagt? Caro spürte, wie ihr schwindelig wurde.

»Zusätzlich forderten wir nun aber von der Klimakonferenz in Glasgow, ein Versäumnis der letzten Konferenz in Madrid wiedergutzumachen: Der *Clean Development Mechanism* muss abgeschafft werden, und es dürfen keine neuen *Certified Emission Reductions* aus solchen CDM-Projekten mehr zugelassen werden. *Certified Emission Reductions* aus der ersten Verpflichtungsperiode nach dem Kyoto-Protokoll müssen für wertlos erklärt, alle anderen verteuert werden.«

Caro verstand kein Wort.

»Unsere weiteren bereits formulierten Forderungen bleiben bestehen: Ausrufung des Klimanotstands, verbindlicher Beschluss, die Treibhaus-Emissionen bis zum Jahr 2025 auf netto-null zu senken, Bildung einer nationenübergreifenden Bürgerkommission bei gleichzeitiger Sicherstellung, dass alle getroffenen Maßnahmen jeweils von unabhängigen Wissenschaftlern auf ihre Wirksamkeit kontrolliert und sozial verträglich ausgestaltet werden.

CO_2 tötet unsichtbar. Jetzt und die nächsten Jahrzehnte. Schaut nicht länger zu, wie unser Planet am CO_2 erstickt – so wie Lorenzo.«

Die Kamera zoomte heran, sodass der Junge nun in Großaufnahme zu sehen war. Verschreckt blickte er in die Kamera. Schaute einmal über seine linke Schulter, dann über die rechte. Rückte auf dem Hocker nach vorne.

Dann gähnte er, presste die Lippen aufeinander. Das Gesicht war kirschrot. Seine Nasenflügel blähten sich. Er wischte sich Schweiß von der Stirn. Gähnte noch einmal. Er schaute wieder kurz hinter sich, danach nach oben zur Decke, als suchte er nach einem Ausgang.

Caro saß weiter starr vor dem Tablet, unfähig, sich zu bewegen. Vielleicht haben sie doch nur gebluft, vielleicht wird gleich die Auflösung kommen, dachte sie.

Wieder gähnte Lorenzo nur, öffnete kurz darauf den Mund, wie ein Fisch an Land. Mit der Hand fuhr er sich über die Augen, dann über die Stirn. Caro bemerkte, dass seine Finger zitterten. Nun begann er zu husten. Zunächst war es nur ein Räuspern, das jedoch rasch in ein Hüsteln überging. Plötzlich stand er auf und beugte sich vor, als müsste er würgen. Einmal hob er den Kopf und schaute direkt in die Kamera. Hilfe suchend. Anklagend. Verstehend. Dann brach er plötzlich zusammen, wie eine Marionette, der man mit einem Mal alle Fäden durchschnitten hatte.

Die Kamera zog auf. Die Kabine war nun ganz zu sehen. Auf dem Boden erkannte man Lorenzos leblosen Körper. Die Kamera wackelte und wurde plötzlich schwankend nach vorne auf die Kabine zugetragen. Dort angekommen, zoomte sie auf eine Anzeige, die im Inneren, hinter der Glasscheibe, angebracht war. Zunächst dachte Caro, es sei ein Thermometer mit der typischen LCD-Anzeige. Doch es zeigte eine wahnsinnig hohe mehrstellige Zahl und dahinter die Abkürzung *ppm*, was ihr nichts sagte. Danach schwenkte die Kamera rasch nach unten, kurz kam Lorenzos Gesicht ins Bild, puterrot. Er sah aus, als schliefe er. Dann brach die Übertragung ab, und die Webseite wurde wieder schwarz.

Caro saß dort und schnappte selbst nach Luft, hatte das Gefühl zu ersticken. Sie nahm einige tiefe Atemzüge, wollte gerade versuchen, sich zu beruhigen, als eine neue Einblendung auf der Webseite erschien und das Bett, auf dem sie saß, mit ihr zusammen in den freien Fall katapultierte.

Hannah
6 Tage

33
Fiskebäck/Göteborg

Caro beugte sich über ihn. Sie sah traurig aus, nein besorgt. Wie in Zeitlupe formten ihre Lippen Worte. »Wach auf! Hörst du, Marc?«

Mit einem Satz fuhr er hoch. Das Pochen seines Herzens löste einen dumpfen Schmerz hinter seiner Stirn aus. Wo war er?

Er lag auf einem Bett und schaute in eine Wohnstube. Bänke, Tisch, Schrank, Wände, Decken – alles war aus Holz und strahlte Gemütlichkeit aus. Ein Radio spielte Jazzmusik. In einer Ecke brannten in einem Ofen Holzscheite.

»Bist du wach?«, fragte eine weibliche Stimme schräg hinter ihm. Sie sprach Deutsch, aber es war nicht ihre Muttersprache.

Er drehte den Kopf zur Seite und bereute es sofort, als ein Stechen von seinem Nacken in die Schulter fuhr. Stöhnend ließ er sich zurückfallen. Der Hinterkopf landete auf einem weichen Kissen.

»Ich bin Astrid.« Das Gesicht einer Frau kam in sein Blickfeld. Er schätzte sie etwas jünger als sich selbst. Sie hatte zarte Gesichtszüge, halblange, leuchtend rote Haare und auffallend blaue Augen. Während sie sprach, lächelte sie, sah dabei aber dennoch traurig aus.

Er versuchte, sich zu erinnern, wie er hierhergekommen war. Schemenhaft huschten Bilder durch sein Gedächtnis. Wie er am Strand gesessen, Lars' Anruf erhalten und sich auf den Weg zu ihm gemacht hatte. Dann endeten seine Erinnerungen abrupt. »Wo ist Lars?«, fragte er. Sein Mund fühlte sich trocken an. Wieder wollte er den Kopf heben, doch die Muskulatur seines Nackens versagte.

Die Frau setzte sich auf die Kante seines Bettes. Sie strich sich eine Strähne hinters Ohr. Im fahlen Licht der Nachttischlampe glänzte ein Perlenohrring. Ihre Augen waren gerötet. »Du hattest einen Unfall.«

»Hat Lars mich gefunden und hierhergebracht?«

Sie antwortete nicht, sondern griff nach einem Becher neben seinem Bett.

Albin! Mit voller Wucht überkam ihn eine neue Welle des Schmerzes, diesmal jedoch kein körperlicher, sondern ein seelischer. Hannah! Plötzlich war alles wieder präsent. Wie lange hatte er hier gelegen? Was war seitdem geschehen?

»Die entführten Kinder in Australien! Gibt es Neuigkeiten?« Seine eigene Stimme klang rau und fremd.

»Trink erst einmal etwas.« Die Frau führte einen Becher an seine Lippen.

Marc wehrte sie mit der Hand ab. Er musste wissen, was mit Hannah und den anderen Kindern passiert war, während er hier gelegen hatte. »Wer bist du?«

»Du musst dich ausruhen.«

»Wer bist du?«, wiederholte er.

»Ich bin die Schwester …« Sie begann zu weinen.

»Albins Schwester?« Jetzt fiel es ihm wie Schuppen von den Augen. Nun erst sah er die Ähnlichkeit zu der Frau auf dem Foto, das Albin ihm einmal gezeigt hatte. Auf dem Bild war sie deutlich jünger gewesen, hatte nach seiner Erinnerung das Haar auch noch blond getragen. Aber die strahlend blauen Augen waren ihm damals schon aufgefallen. »Es tut mir so leid«, sagte er und empfand seine Worte als nicht ausreichend.

Sie stockte kurz, dann nickte sie.

»Lars hat erzählt, dass du ihn gefunden hast, als ich dort in seiner Wohnung war. Es tut mir leid, dass ich dich so erschreckt habe und dass ich nicht verhindert habe, dass du ihn …«

»Schon gut«, unterbrach sie ihn und lächelte tapfer.

Dennoch schämte er sich für seine feige Flucht. Hätte er ge-

180

wusst, dass es Albins Schwester war, die in der Wohnung nach Albin gerufen hatte, er hätte auf jeden Fall nicht zugelassen, dass sie ihn so fand, den eigenen Bruder. »Er war einer der Besten«, sagte er.

Wieder nickte sie. Sie wischte sich eine Träne aus dem Augenwinkel.

»Wie lange ist es her, dass er gestorben ist?«, wollte er wissen.

»Dein Unfall? Mehr als zwei Tage.«

»War ich so lange bewusstlos?« Er hatte nach seinem Aufbruch aus Tofino so gut wie nicht geschlafen und einen riesigen Jetlag vor sich hergetragen, doch dass er zwei ganze Tage hier gelegen hatte, mochte er kaum glauben.

»Du warst zwischendurch immer wieder wach, aber nicht bei dir. Du hast auch geschrien und anscheinend schlecht geträumt. Ich habe dir schließlich etwas ziemlich Starkes zur Beruhigung gegeben. Du hast offenbar ein heftiges Schädel-Hirn-Trauma durch den Autounfall erlitten. Doch ich dachte, es ist dir recht, wenn ich keinen Arzt rufe.«

Jetzt kamen ihm wieder die Autoscheinwerfer in den Sinn, die auf ihn zugerast waren. Er erinnerte sich, wie er den Boden unter den Füßen verloren hatte und durch die Luft geflogen war. »Wie hat Lars mich gefunden?«

Sein Blick fiel auf das Handy auf dem Tisch. »Na klar, ich hatte Albins Smartphone bei mir. Lars konnte es bestimmt orten. Ist es jetzt ausgeschaltet?«

Sie nickte.

Das Auto hatte ihn eindeutig absichtlich überfahren. Wer hatte versucht, ihn zu töten? Und warum?

»Was ist mit den vermissten Jugendlichen?«, fragte er erneut. »Meine Nichte Hannah …«

»Es ist so …« Sie stockte. »Sie haben den Jungen aus Italien umgebracht. Live vor der Kamera.«

Er stöhnte auf und drückte den Hinterkopf tiefer ins Kissen; ihm wurde einen Moment schwarz vor Augen. »Diese Schweine!«

Das bedeutete, dass auch Hannah in potenzieller Lebensgefahr schwebte. Die Kidnapper hatten bewiesen, dass sie bereit waren, das Unfassliche zu tun: Kinder zu töten. »Haben wir hier Internet? Hast du ein Handy?« Er wollte die Webseite der Entführer anschauen. Und er wollte Kontakt mit Caro aufnehmen. Sie musste außer sich vor Sorge und Angst sein.

»Du musst noch etwas wissen«, sagte seine Gastgeberin zögerlich. »Das nächste Kind, das sie töten wollen, ist Hannah.«

34
Berlin

Auf einem Fernseher lief ein Nachrichtensender ohne Ton. Durchs Bild zog sich eine »Breaking News«-Banderole. Die Reporterin, die zu sehen war, stand vor dem Reichstag, keine fünfhundert Meter Luftlinie von ihnen entfernt.

»*Das Klimasterben hat ein Gesicht*«, las Julia von ihrem Tablet vor. »*Alle zehn Sekunden stirbt ein Kind unter fünf Jahren an den Folgen von Hunger, 99 Prozent aller Tierarten, die jemals auf der Erde lebten, sind ausgerottet. Doch all dies geschieht im Stillen. Da muss erst ein fünfzehnjähriger Italiener aus Brescia vor Millionen von Augenzeugen im World Wide Web sterben, damit die Menschheit bemerkt, dass irgendetwas in die komplett falsche Richtung läuft. Vielleicht ist die UN-Klimakonferenz in Glasgow der Turmbau zu Babel und das Treibhausgas CO_2 die elfte biblische Plage, und vielleicht hat die Menschheit sie auch verdient.*«

Die Kanzlerin presste betreten die Lippen zusammen. Sie trug einen schwarzen Blazer, passend zu dem Auftritt vor der Presse, mit dem sie Lorenzos Eltern und dem italienischen Volk kondoliert hatte.

»*Selten wurden die Folgen des kollektiven Versagens der Politiker auf so eindringliche Art und Weise entlarvt. Wenngleich man die wahren Täter nicht genügend verdammen kann für das, was sie getan haben,* gibt es zahlreiche Mittäter, und diese sitzen in den Elfenbeintürmen der Macht in Berlin, Paris, London, Washington und den anderen Hauptstädten dieser Erde. Vielleicht wird es Zeit, diese Türme abzutragen.«

»So ein Schmarren«, sagte DJ. »Wer schreibt das? Pantkowski, dieser linke Hetzer?«

»Muss die Kanzlerin sich fragen lassen, ob die Tatsache, dass Sie sich wieder einmal ungebeten an die Spitze der Bewegung der Anständigen gedrängt hat, ihr ungebremster Hang, sich in den Vordergrund zu spielen, dafür gesorgt haben, dass die Kidnapper nun ausgerechnet Hannah als nächstes Opfer ausgewählt haben? Die Tochter der Strebernation Deutschland, die immer alles besser weiß und schon lange nichts mehr besser kann.«

»Hören Sie auf, Frau Schlösser!«, rief DJ und sprang auf, wobei ihr nach hinten gestoßener Stuhl umkippte. »Das ist die Art von zynischem Kommentar, der die Menschen in die Hände rechter Menschenfänger treibt. Die Kanzlerin ist schuld, weil sie nicht untätig geblieben ist wie die anderen? Weil sie sich engagiert, Stellung bezogen hat? Ich kann es nicht mehr hören!« Sie stemmte die Hände in die Hüften und begann, durch den Raum zu wandern.

»Bestrafen Sie nicht den Überbringer der schlechten Nachrichten«, sagte Julia. »Es gibt noch viel schlimmere Schlagzeilen. Seit ich im Amt bin, hatte mein Büro noch niemals so viele Anfragen wie in der vergangenen Stunde. Alle spielen verrückt! Sie sollten mal die Kommentarspalten im Internet lesen oder meine Facebook-Timeline. Der Hashtag, der bei Twitter viral geht, heißt nicht etwa ›#IamLorenzo‹, sondern ›#youareguilty‹. Damit sind wir gemeint. Sie, Frau Kanzlerin.«

Die Angesprochene saß regungslos da.

Es klopfte. Auf Doris Jägers »Herein« öffnete sich die schwere Holztür, und ein Mann mittleren Alters mit dunklem Haarkranz und wachen Augen betrat den Raum.

»Das ist Herr Apel«, erklärte DJ. »Er koordiniert als Chef des BKA-Büros hier in Berlin die Ermittlungen von Deutschland aus.«

»Setzen Sie sich bitte, Herr Apel.« Die Kanzlerin deutete auf einen freien Platz am Konferenztisch.

Apel machte einen besonnenen Eindruck. Eine leise Person, allerdings nicht aus Schüchternheit, sondern weil er es nicht nötig hatte, laut zu werden.

»Gibt es irgendwelche neuen Erkenntnisse?«, fragte die Kanzlerin.

Der Polizist verzog die Mundwinkel. »Leider nein. Wir haben das Video der Tötung des Jungen analysiert, und aus der Ferne scheint es so, als hätten sie ihn tatsächlich ermordet. Das Messgerät, das am Ende im Video eingeblendet wurde, war ein CO_2-Detektor. Er zeigte eine Konzentration von über 250.000 ppm in der kleinen Kabine. Das ist laut unseren Experten eine absolut tödliche Konzentration, die innerhalb von Minuten zum sicheren Tod führt. Selbst wenn der Junge es überlebt hätte, hätte er in einer Druckkabine behandelt werden müssen, die es bloß an wenigen Orten auf der Welt gibt. Ansonsten können wir nur wiedergeben, was unsere Kontaktperson vor Ort in Australien berichtet.«

»Und das wäre?«

»Es gibt einige Theorien, aber eine heiße Spur, einen konkreten Hinweis auf den Aufenthaltsort, hat man bislang nicht. Der Verdacht, dass sie auf der Weihnachtsinsel gefangen gehalten werden, hat sich leider als falsch herausgestellt. Doch man sucht mit Hochdruck.«

»Wie schätzen Sie die Lage für Hannah ein?«, wollte DJ wissen.

Apel setzte eine besorgte Miene auf. »Aktuell müssen wir davon ausgehen, dass sie in akuter Lebensgefahr schwebt.«

Betretenes Schweigen trat ein.

»Wir brauchen einen Stab«, unterbrach die Kanzlerin schließlich die Stille.

»Am besten einen Zauberstab«, sagte DJ mit einem bitteren Lächeln.

»Die Zeit der Späße ist vorbei, Frau Jäger! Ich lasse mir nicht noch einmal vorwerfen, ich hätte nicht alles versucht, um das Mädchen zu retten. Ich brauche den Umweltminister, außerdem Karl-Heinz Stein, Sie, Herrn Apel, und, falls es sinnvoll ist, weitere Experten vom BKA.«

»Und diesen Klimaexperten aus Potsdam. Er muss uns erklären, was es mit diesen neuen Forderungen der Entführer auf sich hat. Gibt es bezüglich des Angriffs auf Dr. Zamek schon etwas Neues, Herr Apel?«

»Derzeit tappen wir noch im Dunkeln.«

Die Kanzlerin nickte.

»Und den Verkehrsminister brauche ich, wegen der Forderung nach Einstellung der Flüge. Vielleicht kann der Flugverkehr in Deutschland einen Tag ruhen.«

»Wie soll das gehen?« Doris Jägers Stimme überschlug sich beinahe.

»Zu Zeiten der Ölkrise in den Siebziger- und Achtzigerjahren hatten wir auch autofreie Sonntage. Während der Corona-Krise blieben ganze Flotten tagelang am Boden.«

»Das hatte wirtschaftliche Gründe!«

»›Geht nicht‹ gibt's nicht. Bitte besorgen Sie jemanden aus der Luftfahrtbranche, Frau Jäger. Sie müssen rausfinden, wer uns helfen kann, und eine genaue Liste erstellen.«

DJ schüttelte den Kopf, protestierte aber nicht weiter.

»Ich möchte noch heute ein erstes Treffen des Stabs. Und ich will Conference Calls mit unserer Umweltministerin in Glasgow. Mit dem US-Präsidenten, den Präsidenten von Frankreich und Russland. Und ich brauche jemanden in China, sagt Frau Schlösser. Frau Jäger, erfragen Sie bitte bei Karl-Heinz Stein, mit wem wir dort am besten sprechen.«

»Lassen Sie uns nichts überstürzen«, versuchte DJ, die noch immer stand, erneut zu intervenieren. »In der Ruhe liegt die Kraft.«

»Ich fühle mich kräftig genug«, entgegnete die Kanzlerin. »Mit der Ruhe ist es jetzt vorbei. Ach ja, und ich möchte die Familie des Mädchens treffen. Die lebt in Berlin?«

»Dafür sorge ich.« Julia sprang auf.

»Es ist immer noch eine Entführung«, sagte DJ, nicht bereit aufzugeben, und stützte sich mit den Händen auf dem Tisch ab. »Was ist damit, dass der Staat sich nicht erpressen lassen darf? Werfen wir diese Maxime jetzt einfach über Bord?«

»Wir retten Leben«, entgegnete die Kanzlerin.

Doris Jäger senkte den Kopf. »Aber zu welchem Preis?«

Die Kanzlerin legte die Stirn in Falten »Das werden wir sehen.«

35
Im Camp

Sie saßen in drei Reihen auf dem sandigen Boden. Nicolas stand auf der Motorhaube des Autowracks.

»Lorenzo ist auf dem Weg nach Hause«, verkündete er. Er ließ den Blick langsam über die ihm zugewandten Gesichter schweifen. Hannah bemerkte die Andeutung eines Grinsens in seinem Gesicht, das er zu unterdrücken versuchte. Das Grinsen eines Lügners. Sie war sich nicht sicher, ob es den anderen auch auffiel. Die hockten im Sand und schauten Nicolas zum größten Teil müde entgegen. Am Abend zuvor hatte Lorenzo seine Reisetasche gepackt und sich von allen verabschiedet, wobei auch einige Tränen geflossen waren. Auch wenn sie nur ein paar Tage zusammen verbracht hatten, war man sich doch nahegekommen im Camp auf Heron Island und der beschwerlichen Reise hierher. »In der Verlängerung ihres Camps«, wie Nicolas es genannt hatte.

»Wir werden uns bestimmt alle einmal wiedersehen«, hatte Lorenzo versichert und war dann, flankiert von Nicolas und einem der Aufpasser, verschwunden.

Hannah hatte Lorenzo nur kurz gedrückt, weil die anderen sie beobachteten. Trotzdem hatte sie auch dabei wieder gespürt, dass

186

sie mehr verband als nur Freundschaft. In ihrem Bauch hatte es gekribbelt, als er sie zum Abschied auf die Wange geküsst hatte.

Sie mochte keine Verabschiedungen. Vielleicht lag es daran, dass sie ein Scheidungskind war.

Nachdem Lorenzo gegangen war, hatte der Himmel über dem Camp sich verdunkelt, und in der Nacht waren gleich mehrere Unwetter über die Insel gezogen. Der Regen prasselte auf das Wellblechdach über ihnen, und die meisten von ihnen hatten kein Auge zugemacht. Ihre Kleidung war am Morgen feucht gewesen, und Hannah hatte gefroren. Hinzu kam, dass Stina wieder einen nächtlichen Weinkrampf bekommen hatte.

»Irgendetwas stimmt hier nicht«, hatte sie immer wieder unter Tränen gestammelt und verlangt, ihre Mutter anzurufen, was Nicolas nur mit einem höhnischen Lachen quittiert hatte.

»Als Nächstes wird uns Hannah verlassen«, verkündete Nicolas von der verrosteten Karosserie des Benz aus. Für sie war diese Nachricht nicht neu; er hatte ihr schon am vergangenen Abend eröffnet, dass sie die Nächste sein würde. Hannah war froh, endlich von hier fortzukommen.

»Warum nicht ich?!«, rief Stina plötzlich und erhob sich. »Ich will auch nach Hause!«

Auch wenn Hannah sich dafür schämte, kränkten Stinas Worte sie. Warum gönnte sie es ihr nicht, als Nächstes gehen zu dürfen? Vermutlich war es aber nur die Angst, die Stina spürte und die sie an sich selbst denken ließ.

»Ich möchte auch zurück nach Japan«, stieß Ayumi hervor.

»Es ist hier echt krass lahm!«, mischte sich Morgan ein, die Amerikanerin. »Wir hängen den ganzen Tag nur rum. Was soll das? Wir wollen alle nach Hause!« Morgans Gesicht leuchtete rot. Auf ihrer Stirn und Nase pellte sich die Haut. Als Rothaarige hatte sie besonders unter der starken Sonnenstrahlung hier gelitten.

»Wenn ihr uns hier gegen unseren Willen festhaltet, ist das Freiheitsberaubung«, ergänzte Ayumi trotzig.

Nicolas hob beschwichtigend die Hände. »Okay, Leute, bleibt mal locker!« Er schaute Hilfe suchend zu Diego, der am anderen Ende stand, aber keine Anstalten machte, etwas zu sagen. »Was stimmt nicht mit euch?«, rief Nicolas, nun nicht mehr flehend, sondern sichtlich aufgebracht. »Sollten wir uns so in euch getäuscht haben? Stina? Ayumi? Morgan?« Seine Augen verengten sich. Hannah kannte diese Veränderung seiner Mimik bereits. Nicolas wurde wieder zornig. »Ihr seid die Auserwählten. Von uns ausgewählt aus Zehn-, nein aus Hunderttausenden jugendlicher Aktivisten weltweit. Weil ihr uns als besonders engagiert aufgefallen seid. Li, du hast den Protest für das Klima in Hongkong ins Internet getragen. Ayumi, niemand weiß so gut wie du, wie schwierig es ist, in deinem Heimatland Japan überhaupt Menschen auf die Straße zu bringen, und dennoch hast du es geschafft. Stina, du hast sogar den dänischen Ministerpräsidenten getroffen und überzeugt, gemeinsam mit euch zu demonstrieren. Kito, du hast den Marsch zum Parlament in Johannesburg organisiert und eurem Präsidenten den Katalog mit der Forderung nach einer Charta der Klimagerechtigkeit überreicht. Alle Medien haben darüber berichtet. Und du, Morgan, du hast eine der größten Umweltschutz-Instagram-Kampagnen gestartet. Wie viele Follower hast du? Siebenhundertfünfzigtausend? Was willst du denen denn sagen, wenn ihr jetzt kneift, wo es wirklich darauf ankommt? Dass du Heimweh hattest? Hashtag Feigling?«

Er machte eine Pause, um seine Worte wirken zu lassen. Noch immer stand er auf der Motorhaube. Wie so oft trug er seine rote Schirmmütze. In der Hand hielt er einen langen Stock, der von einem der Rosenholz-Bäume stammte, die hier zuhauf wuchsen.

»Aber was erreichen wir mit unseren Protesten? Den albernen Schildchen? Den Posts auf Insta? Glaubt ihr wirklich, das interessiert irgendeinen der Politiker, wenn wir Schule schwänzen? Damit schaden wir am Ende höchstens uns selbst. Meint ihr, es stört irgendjemanden von denen da oben, wenn wir lustige Pla-

188

kate malen? Mal ehrlich: Damit werden wir überhaupt nichts erreichen!«

Während er sprach, schwenkte er den Stock wie ein Dirigent. »Nun aber, wo wir uns hier zusammengefunden haben, wo wir mit euch die hoffnungsvolle Zukunft von zwölf Nationen versammelt haben, nun können wir gemeinsam gehört werden! Hat sich irgendjemand von den Politikern um Greta geschert, solange sie vor dem schwedischen Parlament hockte und auf ihrem Schild *Schulstreik* stand? Wurde im Parlament gegenüber währenddessen irgendetwas anderes beschlossen, als hätte sie nicht dort gesessen? Ist einmal einer aus dem Parlament zu ihr rübergegangen und hat sich um sie gekümmert? Ich meine, wirklich um sie und ihr Anliegen gekümmert? Jetzt stellt euch aber mal vor, auf ihrem Schild hätte *Fickt euch!* gestanden. Was dann?«

Nicolas sprang von dem Autowrack herunter und baute sich vor Stina auf. »Und du willst nach Hause? Zu deiner Mami und deinem Papi?« Er beugte sich gefährlich weit zu ihr vor, sodass Stina unter seinem bösen Blick das Gesicht abwandte. »Ich weiß, das klingt vielleicht hart, doch es wird Zeit, dass du erwachsen wirst. Du hast dein eigenes Leben. Und das versucht die Generation deiner Eltern dir gerade zu versauen. Nur weil sie dir das Leben geschenkt haben, haben sie nicht das Recht, es dir und deinen Kindern und deren Kindern auch wieder wegzunehmen, indem sie fette SUVs fahren, mit Flugzeugen um die Welt reisen und bei jeder sich bietenden Gelegenheit aufs Klima scheißen.«

»Meine Eltern tun das nicht! Meine Mutter ist bei der Alternativet-Partei!« Stina drehte den Kopf und versuchte nun, Nicolas' Blick standzuhalten.

Doch der lachte nur verächtlich und legte sich den Stock über die Schulter. »Oh, und was hat die Alternativet-Partei in Dänemark genau getan, um den Klimawandel aufzuhalten?« Seine Stimme troff nur so vor Spott und Hohn.

»Die Partei ist nicht in der Regierung …« Stina hob das Kinn.

Nicolas starrte sie einen Moment lang an, dann wandte er sich ab, schritt, den Stock wie ein Gewehr über der Schulter, einmal von links nach rechts und wieder zurück.

»Jetzt ist unsere Zeit«, setzte er mit bedeutungsschwangerem Unterton zu einer neuen Rede an. »Wir werden nicht mehr tatenlos zusehen, wie unsere Zukunft gegen die Wand gefahren wird. Wir klagen an! Wir schlagen zurück! Und ihr ...« Er machte eine Pause und legte den Kopf weit zurück in den Nacken. »Ihr seid unsere Armee. Ihr alle, ihr seid unser Schild und unser Schwert.« Er machte mit dem Stock eine Fechtbewegung. »Vor allem aber seid ihr ...« Nicolas schlug sich mit der freien Hand auf die Brust. »Unsere *Seele!*«

Hannah beobachtete, wie Kito zustimmend nickte. Kamal hielt Li die Faust entgegen, der die Geste erwiderte. Selbst Stina schien sich wieder zu entspannen. Nur Morgan saß mit verschränkten Armen dort und schüttelte immer wieder den Kopf.

Das war offenbar auch Nicolas nicht entgangen. »Was?«, fragte er sie, als er vor ihr zum Stehen kam.

»Das ist doch alles dummes Gelaber«, sagte sie und warf ihm einen herausfordernden Blick zu. »Schöne Worte, sonst nichts. Einfach lächerlich. Wir sind nicht freiwillig hier.«

Nicolas zögerte kurz. Noch immer hielt er den Stock über der Schulter fest. »Dummes Gelaber?«, wiederholte er leise.

Hannah sah, wie der Stock in seiner Hand zu zittern begann. Was, wenn Nicolas sich einmal mehr nicht im Griff hatte und womöglich sogar zuschlug? Dafür würde er noch nicht einmal ausholen müssen. Der Schlag würde nicht nur wehtun. Da das biegsame Holz wie eine Peitsche wirkte, könnte Nicolas Morgan ernsthaft verletzen.

»Sag mir«, setzte er langsam an, und sein Stock bebte noch mehr als seine Stimme. »Bist du bereit, für deine Überzeugung zu sterben?«

Morgan wich instinktiv zurück und warf einen ängstlichen Blick zu Diego, der mit erhobenen Händen von hinten an Nicolas herantrat. Offenbar hatte er die gleiche Sorge wie Hannah. Bevor er eingreifen konnte, fuhr der Stock plötzlich herab und schlug mit einem lauten Knall direkt neben Morgan auf dem Boden auf. Hannah schrie vor Schreck auf, während die Amerikanerin von einer Staubwolke eingehüllt wurde.

»Ich bin es jedenfalls!«, brüllte Nicolas und schleuderte den Stock über die Köpfe der Kinder hinweg in die Büsche. »*Ich* bin bereit zu sterben!« Sein Gesicht war rot angelaufen, die Sehnen an seinem Hals traten hervor. Einen Augenblick verharrte er so, dann stapfte er zornig davon.

»Er ist verrückt geworden!«, sagte Morgan mit weinerlicher Stimme.

»Jetzt bleiben wir alle mal cool!« Diego hob beschwichtigend die Hände. »Wir haben letzte Nacht alle schlecht geschlafen.«

»Der Hauch Gottes«, hörte Hannah Ayumi neben sich flüstern.

»Der Hauch Gottes?«, wiederholte sie fragend, während sie sich zu der Japanerin drehte.

»Bei uns zu Hause nennen wir so etwas den ›Göttlichen Wind‹.« In Ayumis Augen sah sie zum ersten Mal wieder den Glanz, der ihr bei ihrer ersten Begegnung sofort aufgefallen und der in den vergangenen Tagen verschwunden war.

Hannah verstand noch immer nicht, was Ayumi meinte.

»Für seine Überzeugung zu sterben: der Göttliche Wind oder auch Kamikaze«, sagte die Japanerin und nickte ihr zu.

Hannah schaute zu Diego, der immer noch versuchte, die Situation zu retten, irgendetwas von Stress erzählte.

Nannte man jemanden, der für seine Überzeugung starb, nicht »Märtyrer«? Wäre sie selbst bereit, für ihre Überzeugung zu sterben? Ein kalter Schauer rieselte über ihren Rücken. Sterben konnte man auf viele Arten. Bislang hatte sie gedacht, dass sie dazu unter bestimmten Umständen durchaus bereit war, wenn es unvermeidlich war und der guten Sache diente. Doch jetzt war sie sich da nicht mehr so sicher.

36
Fiskebäck/Göteborg

Er hatte Glück gehabt. Wäre er auf dem harten Asphalt aufgeschlagen, wäre er vermutlich nicht mehr am Leben. Aber das Auto hatte ihn in die nahe Böschung geschleudert, der weiche Waldboden seinen Sturz abgefedert. So war er mit ein paar heftigen Prellungen und einer ordentlichen Gehirnerschütterung davongekommen.

So tröstlich dies war, so unangenehm waren die Schmerzen. Glücklicherweise hatte Albins Schwester ein paar Schmerztabletten aufgetrieben, gegen die Aspirin nur Bonbons waren. Nun saß er an dem kleinen Tisch und trank einen starken Kaffee. Obwohl das dumpfe Pochen hinter seiner Stirn dank der Medikamente verschwunden war, fiel ihm das Denken immer noch schwer. Gerade hatte er versucht, mit Astrids Handy Caro in Berlin anzurufen, doch er hatte sie nicht erreicht.

»Bestimmt waren das dieselben«, sagte Astrid. Sie hatten darüber gesprochen, ob der Mordanschlag auf ihn von den Tätern verübt worden war, die auch Albin ermordet hatten.

»Aber wie haben die mich gefunden?«, fragte er. Nachts auf einer einsamen Landstraße.

Sie zuckte mit den Schultern. »Vielleicht haben sie auch dein Handy geortet.«

Sie hatte recht, das war am wahrscheinlichsten. Oder sie hatten ihn die ganze Zeit über beschattet, seit er Lars' Haus verlassen hatte. Vielleicht sogar schon, seit er bei Albin in der Wohnung gewesen war. Jedenfalls waren sie noch gefährlicher, als er befürchtet hatte. »Sicher, dass Lars und dir niemand hierher gefolgt ist?«

Astrid nickte.

Er schaute aus dem Fenster. Auch dies war wieder ein trüber Tag in Schweden, die Wolken hingen tief. Das Haus, in dem sie sich befanden, glich eher einer Hütte. Eines dieser typischen roten Schwedenhäuser, die deutsche Touristen für einen Sommerurlaub an den Schären anmieteten. Astrid hatte erzählt, dass hinter dem Wäldchen, auf das er gerade schaute, das Meer lag.

»Ich habe hier im Schrank noch ein paar alte Anziehsachen. Nichts Tolles. Da kannst du dir etwas nehmen.«

»Danke«, sagte er. Eine Weile hingen sie beide wieder ihren Gedanken nach. »Ich rufe Lars an«, erklärte er schließlich und griff zum Telefon.

Sie legte rasch die Hand darauf. »Nicht!«

Er schaute sie verdutzt an. »Lars meinte, du solltest lieber den Kontakt zu ihm meiden, falls er beobachtet oder abgehört wird. Von der Polizei oder von Albins Mördern.«

Das klang vernünftig. Aber warum hatte er ihn sprechen wollen, vor dem Autounfall? Vielleicht hatte Lars ihm eine E-Mail geschickt. »Hast du einen Computer mit Internetzugang?«, fragte er.

Sie holte einen flachen Laptop, klappte ihn auf und schob ihn zu ihm herüber.

Marc öffnete den Browser und loggte sich in sein Mail-Programm ein. Im Posteingang befanden sich tatsächlich drei ungeöffnete E-Mails von einem unbekannten Absender. Vermutlich hatte Lars sie aus journalistischer Vorsicht, die ihm in den Genen lag, nicht von seinem eigenen Account geschickt. Die erste E-Mail war leer, ohne Betreff und Anschreiben, jedoch mit einer Datei als Anhang.

Dabei handelte es sich um ein Video, das lange zum Laden brauchte. Während Marc wartete, öffnete er parallel die Webseite der Kidnapper. Dort stand in giftgrüner Schrift die verbleibende Zeit bis zur angedrohten Tötung Hannahs – in Stunden, Minuten und Sekunden.

Die letzten Ziffern des Countdowns zählten im Sekundentakt herunter. Marc spürte, wie sein Magen sich zusammenzog. Gleichzeitig fühlte er Wut, die seiner Hilflosigkeit entsprang. Er wollte etwas unternehmen, Hannah finden, retten, wusste aber nicht, wie. Verschwendete er hier in Schweden nur seine Zeit, oder führte ihn dies alles am Ende vielleicht doch noch zu denjenigen, die hinter der Entführung steckten? Wieder schaute er auf den Countdown. Ihm lief die Zeit davon, im wahrsten Sinne des Wortes.

Das Video, das Lars ihm geschickt hatte, war endlich hochgeladen. Er lehnte sich zurück und versuchte zu verstehen, was er dort auf dem Bildschirm des Laptops sah.

Astrid stand auf und stellte sich hinter ihn. »Kommt das von Albin?«

Er nickte. Bevor er sich auf den Weg zu ihm gemacht hatte und angefahren worden war, hatte Lars ihm am Telefon gesagt, er habe einen Ordner mit Dateien auf Albins Laptop gefunden. Das Video war nur einunddreißig Sekunden lang. Es bestand aus mehreren zusammengeschnittenen Sequenzen, fasste also offenbar einen längeren, tatsächlich aufgezeichneten Zeitraum zusammen.

Zu sehen war das Innere einer Kirche. Daran bestand kein Zweifel. Deutlich waren die hölzernen Sitzbänke zu erkennen, die sandsteinfarbenen Kirchenmauern mit einem großen Holzkreuz sowie der untere Teil eines bunt verglasten Kirchenfensters. Im Zentrum des Bildes stand ein großer verzierter Holzschrank, den Marc erst als Beichtstuhl identifizierte, als plötzlich ein Mann ins Bild kam, eine Tür des Beichtstuhls öffnete und darin verschwand, wegen seiner Größe leicht gebückt. Marc hatte ihn sofort erkannt: Es war Sandberg. Dann gab es einen Schnitt.

Als Nächstes war ein anderer Mann zu sehen. Lichte, mittelblonde Haare, mitteleuropäisches Aussehen, insgesamt eher unscheinbar. Wenngleich die Kamera sein Gesicht gut einfing, konnte man nicht viel über ihn sagen. Jedenfalls war es kein Priester. Im Gegensatz zu Sandberg wirkte der Mann unsicher, ignorierte den Beichtstuhl und schaute sich fragend um, bis er plötzlich abrupt stehen blieb und dann doch zielsicher die andere Tür des Stuhls öffnete und ebenfalls hineinging.

Marc vermutete, dass er von Sandberg aus dem Beichtstuhl heraus eine Anweisung zugerufen bekommen hatte. Ton gab es leider nicht.

Wieder war ein Schnitt zu sehen, die rechte Tür des Beichtstuhls öffnete sich, und Emil Sandbergs Gesprächspartner kam wieder heraus und entfernte sich. Nach einem weiteren Schnitt verließ auch Sandberg den Beichtstuhl und ging mit gemächlichen Schritten rechts aus dem Bild.

»Wissen wir, wer das ist?«, fragte Astrid.

»Der Erste, der kam, ist Emil Sandberg, den anderen kenne ich nicht.« Marc spulte zurück und schaute sich das Video noch einmal an. »Sie treffen sich in einer Kirche. Komisch, dass das aufgezeichnet worden ist. Ich wusste nicht, dass es in Gotteshäusern Videoüberwachung gibt.«

Er schloss das Video und öffnete die weitere E-Mail. Der Betreff lautete *FW: RE: Your Request*. Es handelte sich um eine weitergeleitete E-Mail, die eine unbekannte Person an Albin gesendet hatte.

Dear Mr. Olsen,
Thank you very much for your inquiry. I think you stirred up a
hornet's nest. I'd be happy to offer you a visit so I can show you
around. Everything seems to be connected with the kidnapping
of the children in Australia. You must come to me, that's my only
condition. It could be dangerous, so watch out! Best regards, C. M.

Jemand attestierte Albin mit der E-Mail, dass er in Bezug auf *Brovägtull* in ein Hornissennest gestochen habe, und bot an, »ihm alles zu zeigen«, doch Albin müsse zu ihm kommen. Der Verfasser sprach von einer »Gefahr« für Albin. Unterzeichnet war die E-Mail mit den Initialen *C. M.* Der Name in der E-Mail-Adresse des Absenders lautete *forestafrica1999*.

Vielleicht war der Vorname des Verfassers »Forest«, und er kam aus Afrika. Manchmal kennzeichnete die Jahreszahl in E-Mails das Geburtsdatum des Account-Inhabers. Eine Gänsehaut bereitete ihm allerdings der Satz, mit dem dieser Forest Africa behauptete: *Alles scheint im Zusammenhang mit der Entführung der Kinder in Australien zu stehen.*

»Was bedeutet das?«, fragte Astrid, die mitgelesen hatte.

»Keine Ahnung.« Zu gern hätte Marc sofort mit dem Absender der E-Mail gesprochen. Doch weder war geschrieben, wohin Albin kommen sollte, noch wer sich hinter dem Absender verbarg.

Vielleicht ergab sich der Zusammenhang aus den weiteren Nachrichten in seinem Postfach.

Marc öffnete die dritte E-Mail. Auch hier kein Inhalt, kein Betreff, nur zwei Anhänge. Bei dem ersten handelte es sich um eine Bilddatei. Als er sie öffnete, sah er das Foto eines Flugzeugs, wie es Geschäftsleute chartern konnten. Davor stand ein Mann in einem modischen Hemd mit hochgekrempelten Ärmeln und Sonnenbrille sowie Aktentasche, bei dem es sich ebenfalls um Sandberg handeln konnte. Im Hintergrund befand sich ein großer Graswall, auf dem ein riesiges weißes B und ein E aufgebracht waren.

»Eine Bombardier Challenger 600«, sagte Astrid. »Mit schwedischem Kennzeichen.« Sie zeigte auf die Kennung am Heck des Flugzeuges, die mit »*SE*« begann.

Marc drehte sich erstaunt zu ihr um.

»Ich bin Pilotin. Lange für Scandinavian Airlines, jetzt arbeite ich für ein kleineres Charterunternehmen.«

Das hatte Albin allerdings nicht erzählt. Sie beugte sich vor und notierte sich die Kennung des Flugzeugs auf einem Zettel, der auf dem Tisch vor ihnen lag.

Marc öffnete den zweiten Anhang der E-Mail, ein PDF-Dokument. Es war eine Rechnung, gerichtet an das Unternehmen *Brovägtull AB*. Der Rechnungsbetrag lautete über 280.000 US-Dollar, Gegenstand der Lieferung waren 20.000 Liter 360 gr/l Glyphosat. Er stutzte. Soweit er wusste, handelte es sich bei Glyphosat um einen Unkrautvernichter. Warum bestellte ein schwedisches Internet-Start-up, das sich laut Sandberg mit Zertifikatehandel und Blockchain beschäftigte, massenhaft Unkrautvernichter? Lieferant war offenbar ein Agrarhandelsunternehmen mit Sitz in Polen.

Er fühlte so etwas wie Enttäuschung: Was sollte er damit anfangen? Was hatte Albin sich dabei gedacht, gerade diese E-Mails in einem speziellen Ordner zu Sandberg und *Brovägtull* zu sammeln? Marc hatte keine Idee, um wen es sich bei dem Mann handeln konnte, mit dem Sandberg sich in einer Kirche getroffen hatte. Allein der Ort und der Rahmen des Treffens in einem Beichtstuhl verrieten, dass das Treffen einen konspirativen Charakter hatte. Die E-Mail von forestafrica1999 war anonym. Und ein Foto von Sandberg vor einem Flugzeug war zunächst auch alles andere als ein »Eckenbrüller«, wie man die jeweilige Spitzenmeldung in der oberen Ecke einer Zeitung nannte.

Am merkwürdigsten erschien Marc noch die Tatsache, dass Sandbergs schwedisches Internet-Start-up in großen Mengen Unkrautvernichter bestellte, doch er konnte sich keinen Reim darauf machen. Insbesondere schien es ihm im Moment nicht weiterzuhelfen. Sosehr in ihm gerade der journalistische Jagdinstinkt erwachte, um Albins Tod und die Zusammenhänge mit *Brovägtull* aufzuklären: Er war aufgebrochen, um Hannah zu finden.

Marc klickte zurück auf die Webseite, die Hannahs Entführer eingerichtet hatten. Der Countdown war wieder um einige Minuten heruntergelaufen. Weniger als sieben Tage, und sie würden seine Nichte umbringen, genauso gnadenlos, wie sie Lorenzo getötet hatten. Wenn bis dahin nichts Wesentliches unternommen wurde.

Sein Kopf begann wieder zu dröhnen. »Darf ich?«, fragte er. Astrid nickte. Er griff zu dem Mobiltelefon und drückte die Wahlwiederholung. Diesmal meldete Caro sich.

»Marc! Wo bist du?«

»Immer noch in Göteborg.«

»Hast du es gesehen?« Ihre Stimme brach.

»Ja.« Jetzt, da er mit ihr sprach, konnte er direkt spüren, in welcher Todesangst um ihre Tochter sie sich befand. Vermutlich war es für sie kaum auszuhalten.

»Hast du irgendetwas entdeckt?« In ihrer Frage schwang Hoffnung mit.

Ja, ich habe die grausam zugerichtete Leiche meines Freundes Albin gefunden, und es kann sein, dass man mich für den Täter hält. Man hat auch versucht, mich umzubringen, und die letzten Tage habe ich mit einer Gehirnerschütterung in irgendeinem schwedischen Holzhaus verbracht und habe keine Ahnung, was hier vor sich geht.

Das wäre die ehrliche Antwort gewesen. Marc hasste sich dafür, dass er noch nicht mehr erreicht hatte.

»Es gibt einige Ansätze, aber noch nichts Konkretes …«

»Also weißt du nicht, wo sie ist und wer dahintersteckt.« Ihr tiefer Seufzer rauschte in der Leitung. Sie begann zu weinen. »Hast du die neuen Forderungen gesehen? Wer soll die nur erfüllen? Innerhalb von sechs Tagen?« Sie schluchzte auf.

Die Forderungen der Kidnapper. Bislang hatte er sich darum noch gar nicht gekümmert. Natürlich musste sich irgendjemand dessen annehmen. Dringend.

»Die Kanzlerin hat mich eingeladen, sie zu treffen.«

»Wann?«

»Um fünfzehn Uhr holen sie mich ab und bringen mich ins Kanzleramt.«

»Was ist mit Kyle?«

»Der ist noch immer in London.«

Dieser Mistkerl. Marc hatte ihn schon an dem Tag gehasst, als Caro ihn zum ersten Mal mitgebracht hatte. »Ich komme mit«, sagte er.

»Du bist doch noch in Göteborg.«

»Ich lasse mir etwas einfallen.«

»Wäre toll. Ich komme gerade vom BKA. Alle reden nur, keiner weiß was …« Wieder erstickten ihre Worte in Tränen.

»Ich habe dich lieb, Caro«, sagte er und verabschiedete sich.

Er strich sich mit den Handflächen durchs Gesicht. Nach kurzer Denkpause wandte er sich an Astrid, die sein Gespräch aufmerksam verfolgt, aber vermutlich nichts davon verstanden hatte.

»Ich muss nach Berlin«, erklärte er. »Wenn du Pilotin bist, kannst du dann vielleicht auch ein Flugzeug besorgen?«

37

Gladstone

Ähnlich stellte er sich das Entsetzen vor, das 1986 im Kontrollcenter der NASA geherrscht haben musste, als das Space Shuttle Challenger vor aller Augen dreiundsiebzig Sekunden nach dem Start explodierte und dabei alle Astronauten getötet wurden.

Sie hatten in ihrem provisorischen Lagezentrum in der CQUniversity Gladstone gemeinsam live die Tötung von Lorenzo verfolgt, und selten hatte Walker so viele erwachsene Männer weinen sehen. Es waren nicht nur Tränen der Trauer, sondern vor allem auch der Wut. Einer der Polizeikollegen hatte eine leere Flasche gegen die Wand geworfen und Walker damit voll und ganz aus der Seele gesprochen. Er hatte den Raum bereits verlassen, bevor der Junge gestorben war. Nicht, dass er während seiner Zeit bei der Polizei und beim FBI nicht genug Schießereien hatte erleben und grausam zugerichtete Mordopfer hatte sehen müssen. Aber er gönnte den Entführern nicht den Triumph über seine Gefühle, wenn er gezwungen war, die Hinrichtung – und nichts anderes war es – live im Internet mitzuerleben.

So hatte Walker, während die anderen zuschauten, draußen vor der Tür gestanden und geraucht. Seine erste Zigarette seit 541 Tagen. Er hatte das ungläubige Raunen seiner Kollegen, das Splittern der geworfenen Flasche, die wüsten Verwünschungen gehört und währenddessen am Filter seiner Kippe gezogen, als wäre der teerhaltige Rauch dringend benötigter Sauerstoff. Dann hatten sich die Türen geöffnet, und ein Kollege aus Italien hatte ihm direkt vor die Füße gekotzt. Kurz darauf war Gilman erschienen. Mit hochrotem Kopf hatte er sich die Krawatte vom Hals gerissen, als wäre sie an allem Übel schuld, und war davongestapft.

So äußerlich unbewegt Walker rauchend die Szenerie beobachtet hatte, so sehr konnte er die Reaktion seiner Kollegen nachvollziehen: Sie waren alle Profis in der Aufklärung und Verfolgung von Verbrechen. Doch sie hatten keine Übung darin, unschuldigen Menschen, hier sogar einem Kind, beim sinnlosen Sterben zuzuschauen. Und noch schlimmer: Sie waren selbst nicht ganz unschuldig an Lorenzos Tod. Nicht im juristischen Sinne, vermutlich noch nicht einmal aus moralischer Sicht. Aber in den zwanzig Sekunden, in denen sie nach dem morgendlichen Aufstehen vornübergebeugt am Waschbecken standen und in das Gesicht im Spiegel starrten, in diesem Augenblick würden sie alle von nun an wissen, dass sie es nicht hatten verhindern können.

Seit der Hinrichtung des Jungen war die Hölle losgebrochen.

Gilman hatte er nicht wiedergesehen. Das Kommando der australischen Einheiten führte jetzt ein deutlich jüngerer Mann namens O'Conner, der einen ganzen Kopf größer war als Walker, und er selbst war mit gut eins neunzig nicht gerade klein. Nicht nur der Bürstenhaarschnitt und der durchtrainierte Bizeps unter den kurzen Hemdsärmeln verrieten O'Conners militärische Herkunft. Er führte nicht, er befahl. Nach seinem Erscheinen hatte er eine kurze Antrittsrede gehalten und dabei so oft das Wort »vernichten« benutzt, dass Walker sich ernsthaft um die übrigen Geiseln sorgte.

Gleichzeitig war neues Personal aus allen Teilen der Welt erschienen, bei dem Walker auf den ersten Blick erkannte, dass es sich um Mitarbeiter von Geheimdiensten handelte. Als hätten sie bis jetzt an der Seitenlinie gewartet und wären nun, nachdem man zurücklag, eingewechselt worden, um das »Spiel« zu drehen. Darunter war auch ein Mann von der CIA, der Barack und ihn unter großen Anstrengungen ignorierte.

Mit der konkreten Bedrohung des deutschen Mädchens waren auch die beiden von Deutschland gesandten Ermittler, die ihm zuvor nicht besonders aufgefallen waren, in den Vordergrund getreten und hatten eine Führungsrolle bei den weiteren Ermittlungen beansprucht.

Überhaupt ging es in den letzten Tagen immer häufiger um die Frage, wer hier was zu sagen hatte. Die Australier beharrten darauf, das Kommando zu führen, da die Jugendlichen auf ihrem Territorium verschleppt worden waren. Andere Nationen pochten darauf, dass niemand wusste, wo die Kinder sich jetzt befanden, vermutlich aber nicht mehr auf australischem Hoheitsgebiet.

Spätestens nach der Pleite auf der Weihnachtsinsel waren die Zweifel an der Kompetenz der Australier lauter geworden. Die Folge war die Ablösung des gutmütigen Gilman. Den australischen Frontmann O'Conner würde niemand so schnell zum Tanz bitten. Aber nicht nur neue Gesichter, sondern auch weitere modernste Technik war herbeigeschafft worden. Riesige Server waren angeliefert und in weiteren Räumen der Universität aufgebaut worden. Vorlesungen konnten hier so bald keine mehr stattfinden.

In kurzer Folge hatte Walker eine ganze Reihe neuer beruflicher Spezialisierungen kennengelernt: Ein Pneumologe hatte die Vergiftung Lorenzos mittels des CO_2 begutachtet, ein Audio-Profiler die elektronisch verzerrte Stimme des Off-Sprechers im Video analysiert. Ein Creative Director zerlegte es in einem der neu eingerichteten Klassenräume auf einer Wand aus vier Monitoren in einzelne Bildsequenzen und suchte dabei, wie er Walker erklärt hatte, auch nach Spiegelungen der Umgebung im Glas der Kabine, in der Lorenzo gestorben war. Sie hatten einen Klimaforscher der Universität Melbourne eingeflogen, der sich zu dem Inhalt der neuesten Forderungen der Entführer äußerte, und sogar einen Meeresbiologen aufgetrieben, der sich als Walforscher verdingte.

Mit ihm, dem australischen Fahrtenmesser O'Conner und einer großen Gruppe weiterer Leute, die er nicht einzuordnen wusste, saß Walker jetzt in der Bibliothek zusammen.

»Also ein U-Boot«, hatte O'Conner das Meeting eröffnet. Endlich war Walker zu Wort gekommen.

»Die Franzosen haben Richard Porté verhört, und er hat von seinem Aussageverweigerungsrecht Gebrauch gemacht«, fuhr O'Conner fort.

»Steckt er etwa mit drin?«, fragte eine kleine Frau mit portugiesischem Akzent. Vielleicht kam sie aus Brasilien.

»Wohl eher nicht«, entgegnete O'Conner. »Aber er will seinen Sohn Nicolas schützen.«

»Ich wäre sauer, wenn mein Sohn mein U-Boot klaut, um damit ein paar anständige Kinder zu entführen und eines nach dem anderen umzubringen«, bemerkte Walker.

»Er sagt uns noch nicht einmal, wo das U-Boot aktuell ist, aber ich denke, er weiß es auch nicht«, fuhr O'Conner fort.

»Hat das Boot keinen Tracker oder eine andere Möglichkeit, geortet zu werden?«, hakte die kleine Südamerikanerin nach. Keine dumme Frage.

»Normalerweise ja«, entgegnete ein Mann in dunkler Uniform mit goldenen Knöpfen, der sich bislang zurückgehalten hatte. O'Conner hatte ihn zu Beginn als Offizier der Royal Australian Navy vorgestellt. Auf einem aufgenähten Schildchen am Oberarm, knapp unter der Schulter, stand *Australia*. »Aber die Ortung scheint manuell deaktiviert zu sein. Zudem handelt es sich um ein ziviles U-Boot; dafür gibt es kaum offizielle Richtlinien.«

»Also keine Radarortung?« Die Frage kam von einem der beiden deutschen Vertreter. Sein Name, den Walker vergessen hatte, klang in seinen Ohren wie ein Teil des aufgesagten Alphabets, ein Stakkato.

»Nur wenn das U-Boot in eine der fest installierten Sonar-Fallen, die einige Länder zum Küstenschutz installiert haben, gefahren wäre. Dies ist jedoch nicht der Fall. Zudem gibt es hier kaum solche Honigfallen«, referierte der Mann von der Navy pflichtbewusst, aber leidenschaftslos.

»Diesbezüglich haben wir vielleicht einen kleinen Trumpf«, sagte O'Conner und deutete auf den Mann, den er vorhin bereits als Walexperten angekündigt hatte. Da es zwischen einem U-Boot und einem Wal zwar gewisse Ähnlichkeiten, aber doch beträchtliche anatomische Unterschiede gab, wusste Walker nicht, wie der Experte helfen sollte. Er schaute auf sein Handy. Noch kein Anruf von Abigail, die unter anderem weiterhin nach dem U-Boot suchte.

Der Walexperte war äußerlich das genaue Gegenteil seiner voluminösen Forschungsobjekte: hager, ausgemergelt, asketisch. Er blickte sich hektisch um und lächelte zufrieden, als O'Conner einen Beamer einschaltete. Auf eine Wand des Raumes wurde die Weltkarte rund um Australien projiziert.

»Hier ist der Nachwuchs verschwunden«, sagte der Forscher und zeigte auf einen gelben Punkt vor der Ostküste Australiens. Er sagte tatsächlich »Nachwuchs«. »Heron Island. Und hier oben sehen Sie eine weitere Inselgruppe. Die Salomonen. Ein eigenständiger Inselstaat östlich von Papua-Neuguinea, das Sie hier sehen. Etwas vorgelagert vor den übrigen Inseln der Salomonen ist Rennell Island gelegen. Ein gehobenes Atoll, dicht bewaldet, mit schönen Sandstränden. Und von hier habe ich vor einigen Tagen beunruhigende Nachrichten erhalten: Eine kleine Gruppe Buckelwale ist dort gestrandet. Vier Tiere konnten die Einwohner zurück ins Meer ziehen, zwei sind jedoch leider verendet.«

Das war traurig. Walker mochte Wale gern, die majestätische Art, mit der sie sich durch das Meer bewegten, im vollen Bewusstsein, dass sie in der Nahrungskette ganz oben standen. Aber wie half das Drama um die Meeressäuger ihnen hier weiter?

»Der Grund dafür, warum Wale immer wieder stranden, ist noch nicht abschließend erforscht. Es gibt aber starke Hinweise darauf, dass eine Ursache das Sonar von U-Boot-Jagdschiffen oder eben U-Booten selbst ist. Eine Theorie ist, dass es die Wale zu schnell auftauchen lässt und sie dann an der auch für Menschen gefährlichen Taucherkrankheit sterben, weil sich Gasblasen in ihrer Blutbahn bilden. Strandungen von Walen sind immer wieder nach entsprechenden U-Boot-Manövern aufgetreten. Beispielsweise gab es besonders viele Strandungen vor den Kanaren. Seitdem dort im Jahr 2004 ein Sonarverbot beschlossen worden ist, ist es zu keiner einzigen Strandung mehr gekommen.«

»Sie meinen also, unser U-Boot könnte diese Wale auf dem Gewissen haben?«, fragte der Deutsche.

»Für deren Strandung verantwortlich sein, ja. Das wäre möglich.«

»Oder ein anderes U-Boot«, warf Walker ein.

»In den vergangenen Tagen waren in den dortigen Gewässern keine U-Boot-Bewegungen bekannt«, erwiderte der Walforscher.

»Wir meiden das Gebiet um den Ironbottom Sound wegen der vielen Schiffswracks. 1942 tobte dort der Pazifikkrieg am schlimmsten. Dort liegen über vier Dutzend Schiffswracks und knapp tausend Flugzeuge auf Grund«, mischte sich der goldbeknöpfte Offizier der Royal Australian Navy ein. »Und bei Rennell Island tauchen wir nicht wegen der Riffe.«

»Also waren sie vielleicht dort in der Nähe«, resümierte die Südamerikanerin.

Sollten die als Klimaretter maskierten Kindermörder auf ihrer U-Boot-Mission zur Rettung der Welt tatsächlich ein paar unschuldige Wale zu Tode gehetzt haben? Der vom Kapitalismus klimaradikalisierte Nicolas Porté als moderner Kapitän Nemo und Ahab in einer Person?

Die Theorie gefiel Walker, denn sie war nicht banal. Er stand auf und ging zur Weltkarte. Die Entfernung zwischen Heron Island und Rennell Island schätzte er auf unter tausend Seemeilen, was für die *Nautilus* mit einer Reichweite von eintausendfünfhundert Seemeilen gut zu schaffen war. In der Umgebung von Rennell Island befanden sich ein gutes Dutzend weiterer Inseln. Die Jugendlichen konnten überall sein. »Kommt dort dieser Vogel vor, den die Entführer vor laufender Kamera umgebracht haben?«

Der Walforscher war einen Schritt zurückgetreten und zuckte mit den Schultern, was wohl bedeuten sollte, dass er sich mit Vogelkunde nicht auskannte.

»Es war wohl kein Weissbauch-Fregattvogel, der tatsächlich nur auf den Weihnachtsinseln brütet, sondern ein Bindenfregattvogel. Gilmans Ornithologe hatte sich geirrt. Die Jungvögel beider Arten sind so gut wie nicht voneinander zu unterscheiden«, sagte der Mann neben O'Conner. Auch er trug die australische Polizeiuniform und war hier heute erstmals gemeinsam mit seinem Chef erschienen. Vielleicht O'Conners Assistent. »Der Bindenfregattvogel ist im Pazifik sehr weit verbreitet. Er kommt auf den Salomonen vor, aber auch auf allen anderen Inseln, sogar hier in Gladstone.«

»Vielleicht scheißt Ihnen gleich draußen einer auf den Kopf«, ergänzte O'Conner. »Jedenfalls werden wir auch diese Inseln zunächst aus der Luft absuchen. Wir haben bereits Kontakt zu Außenposten vor Ort aufgenommen.«

Walkers Telefon vibrierte. Er nahm es demonstrativ in die Hand und verließ den Raum. »Na endlich«, begrüßte er Abigail in Washington.

»Solche Sehnsucht nach mir?«

»Nur wenn Sie gute Nachrichten für mich haben.«

»Die Polizei hat die Wohnung von Nicolas Porté in Monaco durchsucht.«

»Und?«

»Sie haben einen geheimen Raum voller gequälter Kinder gefunden.«

»Im Ernst?«

»Nein, Scherz. Natürlich haben sie nichts gefunden. Vermutlich hat er auch mit so einer Durchsuchung gerechnet, oder?«

Walker fühlte Enttäuschung. Als er die Durchsuchung angeregt hatte, war dies schon mit der Hoffnung verbunden gewesen, dass sie dort etwas fanden, was ihnen irgendwie weiterhalf. »Rein gar nichts?«

»Noch nicht einmal einen Computer. Keine Datenträger. Kaum Unterlagen. Ich habe die Fotodokumentation der Kollegen. Die schicke ich Ihnen gleich mal rüber.« Sie gähnte.

»Bei Ihnen ist es spät«, stellte Walker fest.

»›Spät‹ ist gut. Hier in Washington geht bald die Sonne auf!«

»Zeit, nach Hause zu gehen und Feierabend zu machen, Abigail. Bestimmt wartet jemand auf Sie.«

»In der Tat. Er heißt McGyver und ist mein Kater.«

Wer nannte seinen Kater McGyver?

Walker beendete das Gespräch. Kurz darauf gingen bei ihm mehrere E-Mails ein.

Wie zu erwarten, handelte es sich bei Portés Wohnung um ein luxuriöses Apartment mit Blick über die Bucht von Monaco. Stilvolle Möbel wie aus dem Katalog. Die Räume sahen unbenutzt und steril aus, wirkten so gar nicht wie eine mit Leben gefüllte Studentenbude, eher wie ein Hotelzimmer. Wie Abigail sagte, hatten sich darin kaum persönliche Sachen befunden. Ein paar Rezepte, unter anderem für ein Opiat-Schmerzmittel. Einige Briefe wegen unbezahlter Rechnungen, was bei einem Millionärssöhnchen nicht unbedingt zu erwarten war. Vielleicht zahlte Nicolas aus Nachlässigkeit nicht. Ein Zeitungsartikel über einen Aufstand in einem Flüchtlingscamp. Der Weg vom Klimaaktivisten zum Flüchtlingshelfer war offenbar nicht weit. Nur wenig Kleidung. Das war's.

Vermutlich lebte einer wie Nicolas Porté an vielen Orten, und dies war nur seine Meldeadresse. Ein Jetset-Leben aus dem Koffer.

Es klingelte, laut wie ein Feueralarm. Aber das Klingeln war nur in seinem Kopf. Die im Resort auf Heron Island zurückgelassenen Koffer und persönlichen Sachen der Camp-Teilnehmer! Sie waren dort beschlagnahmt worden und befanden sich in einem der Räume in der Universität. Walker überlegte kurz, dann beschloss er, den Rest der Sitzung mit dem Walforscher zu schwänzen. Sollten sie die Inseln nach den Kindern absuchen. Dabei konnte er ohnehin nicht helfen.

Stattdessen fragte er sich durch, bis er schließlich im Untergeschoss in einem Vorlesungsraum ohne Fenster stand. Darin war das Gepäck der entführten Camp-Teilnehmer aufgereiht. Eine Armee aus Koffern, bereit, die Welt zu erobern, gestrandet auf Heron Island.

Irgendjemand hatte sich die Mühe gemacht, die Namen des jeweiligen Besitzers mit einem Anhänger zu kennzeichnen. Auf dem vorletzten – wie konnte es anders sein? – fand er endlich den Namen *Nicolas Porté*.

Walker hievte den Koffer in die Höhe und legte ihn an einer freien Stelle ab. Mit einer Bewegung öffnete er den Reißverschluss und klappte ihn auf wie eine Auster. Doch darin befand sich keine Perle. Der Inhalt war ähnlich enttäuschend wie der von Portés Wohnung in Monaco. Eine Jeans, einige Boxershorts von Calvin Klein. Eine Kosmetiktasche mit Zahnputzutensilien, Deo und einem teuren Parfum. Ein Beutel mit wenig Schmutzwäsche. Schließlich noch eine Badehose und ein Hawaiihemd, das auch ihm gut gestanden hätte. Mehr nicht. Zumindest verriet der Koffer, dass dessen Besitzer nicht mit einem langen Aufenthalt gerechnet hatte. Er hatte nicht für viele Tage gepackt.

Walkers Blick fiel auf ein Buch. Ein Buch mit grünem Einband, eher antiquarisch, was man an der hochwertigen Ausstattung erkannte. Es lag schwer in der Hand und machte daher einen wertvollen Eindruck. *Peter and Wendy*, las er den Titel ab. Von *J. M. Barrie*. Das »J. M.« stand für *James Matthew,* und bei dem Buch handelte es sich um nichts anderes als die frühe Ausgabe von *Peter Pan*. Es war Jahrzehnte her, dass Walker das Buch gelesen hatte. Er schlug es auf.

Hannah Beck stand auf der ersten rechten Innenseite, darunter ein flüchtig gezeichneter Strich und ein Spruch mit einem Sternchen zwischen den Wörtern. Das Buch gehörte also dem deutschen Mädchen. Vermutlich hatte sie es Porté geliehen.

Walker blätterte vor bis zum Anfang der Geschichte. *Alle Kinder werden groß, nur eins nicht*, las er den allerersten Satz. Er zögerte kurz, dann beschloss er, das Buch mitzunehmen, und klappte den Koffer wieder zu. Die Gasse, in der sie sich mit ihren Ermittlungen befanden, entpuppte sich immer mehr als Sackgasse. Sein Blick fiel auf die Banderole, die bei der Gepäckaufgabe am Flughafen am Koffer angebracht worden war. An Portés Koffer befand sich nur eine einzige. Die aufgedruckte Kennung für den Zielflughafen sagte ihm nichts: *HUEN*.

Er nahm sein Mobiltelefon und gab es in die Suchmaschine ein. Kein Empfang. Fluchend legte er den Koffer zurück und sah zu, dass er wieder nach oben kam.

An der frischen Luft vor dem Eingang der Universität wiederholte er die Abfrage im Internet. Die Abkürzung HUEN stand für den internationalen Flughafen Entebbe in Uganda. Walker öffnete die Landkarten-App auf seinem Smartphone. Uganda lag in Ostafrika, über zwölftausend Kilometer entfernt von Australien. Nicht das ideale Flugziel, wenn man nach Heron Island wollte.

Walker zündete sich eine Zigarette an und schaute dem ausgeblasenen Rauch hinterher. Was hatte Nicolas Porté so Dringendes in Uganda zu erledigen gehabt, bevor er die Kinder entführt hatte? Und vor allem: Sein Koffer trug außer dieser Banderole keine weitere. Wie war Nicolas also von dort nach Australien gekommen? Walker griff zum Telefon und wählte in der Anrufliste die letzte Nummer.

»Doch kein Feierabend?«, seufzte Abigail.

»Tut mir leid für Ihren Garfield, doch ich fürchte, er muss noch etwas länger auf Sie warten.«

»McGyver. Mein Kater heißt McGyver.«

38
Berlin

Es war ein kleines Flugzeug. Es war ein altes Flugzeug. Aber es war ein Flugzeug.

Astrid hatte sich sofort bereit erklärt, ihn nach Berlin zu fliegen. Ungehindert waren sie mit der Cessna Skyhawk vom Göteborg City Airport gestartet, womit sich auch seine letzten Sorgen, bei der Ausreise doch noch von der Polizei aufgehalten und festgenommen zu werden, sprichwörtlich in Luft aufgelöst hatten.

»Der VW Käfer unter den Flugzeugen«, hatte Astrid beinahe entschuldigend gesagt, nachdem sie nach dem Funkspruch das Mikrofon mühsam in die Halterung zurückgestellt hatte. »Erschrick dich bitte nicht. Manchmal geht während des Fluges eine der Türen auf. Aber diese Maschine ist unverwüstlich. Sollte ich einen Herzinfarkt bekommen, kannst sogar du sie landen. Vielleicht.«

Marc mochte den trockenen Humor von Piloten.

Astrid hatte als Ziel einen Flugplatz südwestlich von Berlin ausgemacht, und so waren sie schließlich in Schönhagen gelandet. Während des Fluges hatte er weiter mit Kopfschmerzen und Schwindel zu kämpfen gehabt, bis eine von Astrids Tabletten ihn schließlich hatte wegdämmern lassen. Nach der Landung fühlte er sich zwar immer noch müde, aber besser, wenngleich sein gesamter Körper nach dem Anschlag auf ihn ein einziger blauer Fleck zu sein schien.

»Danke«, sagte er, als er ausgestiegen war, und streckte ihr die Hand entgegen. Sie drückte sie, zart, als wollte sie ihm nicht noch mehr wehtun.

»Vielleicht klingt es total albern, doch nirgends fühle ich mich so frei. Und ich bin den Verstorbenen dort oben immer etwas näher.« Sie lächelte traurig.

»Ich schulde dir etwas, nicht nur wegen des Benzins.«

»Schon gut. Ich habe den Treibstoff in der Flugschule geklaut.«

Wieder dieses melancholische Lächeln. Bei ihr wusste er nie, was Ernst und was Scherz war.

»Wenn das alles vorbei ist, komme ich nach Göteborg, und dann gehen wir Albin besuchen.«

Sie nickte.

»Und grüße Lars von mir. Auch an ihn meinen besten Dank. Vermutlich hat er mir das Leben gerettet.«

»Pass auf dich auf, Marc! Und alles Gute für deine Nichte!«, sagte sie noch, bevor er sich nach jemandem umschaute, der ihm ein Taxi bestellen konnte.

Eine gute Stunde später hielt der Taxifahrer vor dem Kanzleramt, nachdem er sich zweimal versichert hatte, dass er tatsächlich diese Adresse meinte. Marc gab großzügig Trinkgeld und stand schließlich vor dem großen Zaun, der das Gebäude absicherte. Auf dem Vorplatz wehte eine Deutschlandflagge. Jetzt musste er nur noch hineinkommen ins Kanzleramt.

Weit und breit war kein Eingang zu entdecken. Er schaute sich um und sah in einiger Entfernung zwei patrouillierende Polizisten mit Maschinengewehren, deren Aufmerksamkeit er mit seinem unschlüssigen Verhalten bereits geweckt hatte.

Die Kanzlerin war deutlich kleiner als erwartet. Sie trug einen modernen Hosenanzug und begrüßte sie mit einer mitleidsvollen Miene, die tatsächlich aufrichtig und sogar ein wenig tröstend auf sie wirkte.

Unter normalen Umständen wäre Caro begeistert gewesen, die Regierungschefin einmal persönlich zu treffen, auch wenn sie nicht unbedingt Anhängerin ihrer Politik war. Heute beunruhigte es sie eher, dass sie hierher eingeladen wurde, verdeutlichte es doch den großen Ernst der Lage. Wenn sogar die Regierungschefin höchstpersönlich ihre Anteilnahme ausdrücken wollte, stand es wirklich schlimm um Hannah. Und Hannah selbst hätte der Kanzlerin wie allen regierenden Politikern lieber gegen das Schienbein getreten, als ihr die Hand zu drücken, das wusste Caro spätestens seit den Freitags-Demos. Bei diesem Gedanken hatte sie lächeln müssen.

Sie saßen in einem lichtdurchfluteten, rundum verglasten Konferenzraum, und dennoch fühlte Caro sich in der Dunkelheit gefangen, in die sie in der Nacht geworfen worden war. Ihr gegenüber hatte eine junge Frau mit kurzen Haaren und energischem Blick Platz genommen, die sich zu Beginn als Julia Schlösser vorgestellt hatte und, soweit sie verstanden hatte, für die Pressearbeit zuständig war. Zu ihrer Rechten saß eine Frau mit einem Haarschnitt wie Kleopatra. Jäger hieß sie, und ihre Mitleidsbekundungen bei der Begrüßung waren ernst und tragend gewesen. Der ihr gut bekannte Kommissar Apel vom BKA und ein blasser Mann mit Schweißperlen auf der Stirn, der etwas mit Klimaforschung zu tun hatte, komplettierten die Runde.

Sie schaute auf die Uhr. Kein Marc.

»Warum ich Sie gebeten habe hierherzukommen …«, eröffnete die Kanzlerin das Gespräch.

Caro griff nach dem Glas Wasser, das man ihr eingeschenkt hatte.

»Ich kann mir vorstellen, was Sie gerade durchmachen, Frau Beck.«

Das kannst du nicht, dachte Caro. Soweit sie wusste, hatte die Kanzlerin gar keine eigenen Kinder. Wie sollte sie da auch nur ansatzweise nachvollziehen können, was sie gerade durchlitt?

»Mir war es wichtig, Ihnen persönlich mitzuteilen, dass wir alles unternehmen, was in unserer Macht steht, um Hannah heimzuholen.«

Caro schaute in die Runde. Frau Schlösser notierte etwas auf einem Block, die Büroleiterin nickte ihr mit einem aufmunternden Lächeln zu. Herr Apel vom BKA fixierte sie mit zusammengekniffenen Augen. Am Morgen hatten Klein und Apel sie besucht und einen Arzt gerufen, der ihr ein paar noch stärkere Tabletten zur Beruhigung verschrieben hatte. Seitdem fühlte sie sich wie in Watte gepackt.

»Es wäre schön, wenn Sie nachher noch für ein Foto mit der Kanzlerin zur Verfügung stehen«, sagte Kleopatra.

»Sie müssen aber nicht, wenn Sie nicht möchten«, ergänzte die Pressefrau.

Caros Blick wanderte zwischen beiden hin und her. Die ägyptische Königin quittierte den Einwand ihrer Kollegin mit einem missbilligenden Augenaufschlag. »Wir können das gern machen«, sagte Caro zu deren Beschwichtigung. »Hauptsache, es geschieht etwas. Was genau haben Sie denn nun vor?«, fragte sie die Kanzlerin.

»Ein Bündel von Maßnahmen«, entgegnete die Regierungschefin. »Wir werden hier gleich mit dem Notfallstab tagen. Es ist aber nicht notwendig, dass Sie daran teilnehmen. Wir werden Sie auf dem Laufenden halten.«

Sie konnte mit all diesen Floskeln wenig anfangen. Wenn Marc nur da gewesen wäre! »Ich kann bleiben«, sagte sie.

»Ich denke, das wird nicht notwendig sein.« Die Kanzlerin streckte die Hand aus und legte sie auf die ihre. »Vertrauen Sie mir.«

»Wollen wir dann jetzt das Foto machen?«, fragte Kleopatra von der anderen Seite des Tisches. In diesem Moment vibrierte ein Handy.

»Sorry!« Die Pressefrau lächelte entschuldigend. »Das ist mein Mann. Er ruft sonst nie an.« Sie erhob sich und ging ein paar Meter zur Seite, um den Anruf zu beantworten. »Das wusste ich nicht!«, hörte man sie sagen.

Die Büroleiterin erhob sich. »Dann das Foto, und danach bringe ich Sie …«

Die Pressefrau kam zurück zum Tisch, das Telefon in der Hand. »Draußen haben wir noch einen Gast. Frau Beck, Ihr Bruder ist da. Mac.«

Caro schaute sie irritiert an. Diesen Kosenamen ihres Bruders hatte sie lange nicht gehört.

»Mac und ich, wir kennen uns. Von früher.«

Es war das zweite Mal innerhalb weniger Tage, dass seine Schwester ihm um den Hals fiel, als wäre er nach Jahren der Kriegsgefangenschaft nach Hause zurückgekehrt. Dies zeigte nur, in welchem Ausnahmezustand sie sich befand.

»Was ist passiert?«, fragte sie und strich ihm über die Prellung an der Schläfe, die mittlerweile in blauen und violetten Farben leuchtete.

»Das erzähle ich dir später«, flüsterte er, während er vor Schmerzen zurückzuckte.

Zuerst begrüßte er die Kanzlerin. Es war nicht das erste Mal, dass er mit ihr im selben Raum war. Aber bei ihrem letzten Zusammentreffen war sie noch nicht Kanzlerin gewesen. Sie war älter geworden, wirkte grauer. Auch die Falten in ihrem Gesicht waren tiefer. Man konnte bei vielen Regierungschefs beobachten, wie die Bürde der Macht sich über die Jahre in ihren Gesichtern verewigte.

Er umarmte auch Julia. Ihre Wangen waren gerötet; er wusste nicht, ob dies an ihm lag. Vielleicht hatte er sie mit seinem Anruf bei Basti in Verlegenheit gebracht.

Basti und er kannten sich seit vielen Jahren, waren bereits zusammen auf der Journalistenschule gewesen. Damals war Marc noch mit Julia zusammen gewesen. Erst nachdem zwischen ihnen Schluss war, waren Basti und Julia sich nähergekommen. Basti hatte ihn sogar um seine Absolution gebeten, und er hatte kein Problem damit gehabt. Die beiden passten hervorragend zusammen, Basti und Julia.

Etwas anderes, als Basti anzurufen, war ihm nicht eingefallen, als er die Polizisten vor der Tür angesprochen hatte und diese ihn in die Wachstube begleitet hatten. Auf seine Behauptung, er habe einen Termin im Kanzleramt, hatte man nur müde gelächelt.

»Wissen Sie, wie viele Irre hier im Jahr vorbeischauen und hineinwollen?«

Marc hatte sich daran erinnert, dass Julia im Kanzleramt arbeitete und Basti im Hauptstadtbüro der ARD. Dort hatte er ihn vom

Telefon des Wachtmeisters aus erreicht, und Basti hatte sich sofort bereit erklärt, Julia anzurufen.

»Ich wusste nicht, dass sie deine Schwester ist. Dass Hannah deine Nichte ist. Es tut mir so leid!«, flüsterte sie ihm zu, und er strich ihr zum Dank über den Arm.

Mit den anderen am Tisch tauschte Marc einen Händedruck. Zwei Männer, die er nicht kannte und die bestimmt zum Team der Kanzlerin gehörten. Und DJ. Sie existierte also immer noch. In Journalistenkreisen war sie eine Legende. Manche nannten sie die »Marionettenspielerin«, nicht nur weil ihre Frisur einem geöffneten Theatervorhang glich. Sie hatte hier in Berlin eine Menge Fäden in der Hand und schien über sein Erscheinen nicht besonders begeistert zu sein.

»Wir wollten Ihre Schwester gerade nach Hause entlassen und zuvor noch ein Foto mit ihr machen«, sagte sie freundlich, aber sichtlich genervt.

Marc ließ sich in einem der freien Sessel nieder. »Darf ich?«, fragte er und nahm sich, ohne eine Antwort abzuwarten, eine Cola. Nach dem Flug, der Fahrt in die Stadt und dem Theater am Tor zum Kanzleramt kehrte der Kopfschmerz zurück. Er spülte eine Tablette herunter. »Deswegen«, sagte er entschuldigend, als er bemerkte, dass alle Blicke auf ihm ruhten, und zeigte auf die Verletzung in seinem Gesicht. »Ich hatte einen … Autounfall. Deswegen bin ich auch zu spät gekommen, sorry.«

»Sie sind also der Bruder von Frau Beck?«, sagte die Kanzlerin nicht unfreundlich.

»Marc Behringer. Hannahs Onkel, ja.«

»Er ist für Hannah wie ein Vater«, ergänzte Caro. Offenbar, um seine Anwesenheit hier weiter zu legitimieren. »Der Erzeuger lebt in London.«

Der Erzeuger. Die letzten Tage hatten den Graben zwischen seiner Schwester und ihrem Ex-Mann offenbar noch tiefer werden lassen.

Die Kanzlerin nickte. »Herr Behringer, ich habe Ihrer Schwester gerade erläutert, dass wir alles tun, was in unserer Macht steht, um die Situation zu lösen.«

»Was steht denn alles in Ihrer Macht?«, entgegnete er.

Die Kanzlerin blickte ihn irritiert an.

»Ich meine, die Entführung fand in Australien statt. Dort haben Sie vermutlich wenig Einfluss. Die Forderungen der Kidnapper richten sich an die Weltgemeinschaft, die sich noch nicht einmal auf den letzten Klimakonferenzen auf eine einheitliche Lösung einigen konnte. Die Italiener haben es nicht geschafft, den Flugverkehr für nur einen einzigen Tag einzustellen. Können Sie das? Steht es in Ihrer Macht, weltweit innerhalb der nächsten fünf Tage eine Million Bäume zu pflanzen? Oder wollen Sie Ihre Macht dazu nutzen, um Hannah zu finden und zu befreien, beispielsweise mittels der GSG 9? Oder sogar dem Kommando Spezialkräfte? Also, was genau heißt das, Sie tun alles, was in Ihrer Macht steht?«

Er hatte schneller und lauter gesprochen als beabsichtigt. Aber er hatte in seinem Leben zu viele leere Worthülsen von Politikern gehört, denen leere Patronenhülsen gefolgt waren.

»Herr Behringer …«, setzte DJ von der Seite an, verstummte jedoch, als die Kanzlerin ihr ins Wort fiel.

»Ich verstehe, dass Sie und Ihre Schwester sich in einem psychischen Ausnahmezustand befinden, Herr Behringer, doch am Ende des Tages …«

»Am Ende des Tages stirbt Hannah«, unterbrach er die Regierungschefin. »Ich schätze es, dass Sie sich um den Zustand meiner Schwester und um meinen Zustand sorgen, aber das müssen Sie nicht. Ignorieren Sie uns. Sorgen Sie sich bitte nur um Hannah. Ich wurde von einem Auto angefahren, und das heilt wieder, und meine Schwester ist in Gedanken nur bei ihrer Tochter. Am besten helfen Sie uns beiden, wenn Sie Hannah helfen. Es sind weniger als sieben Tage, bis das Ultimatum abläuft. Eine verdammt kurze Zeit. Aber Sie sind doch Christin, vermute ich. Gott hat diesen Himmel und diese Erde in nur sieben Tagen erschaffen. Nein, sogar in sechs, denn am siebten hat er geruht. Wenn Gott also diesen verdammten Planeten, um den es hier geht, in sechs Tagen aus dem Nichts erschaffen hat, dann werden Sie …« Er wandte sich an die anderen am Tisch. »Dann werden wir alle doch meine Nichte in den verbleibenden sechs Tagen retten können, oder? Wir brauchen einen Plan. Und zwar einen guten! Und das jetzt.«

Er erntete betroffenes Schweigen.

»Genau deshalb sitzen wir zusammen, Herr Behringer«, sagte die Kanzlerin schließlich. »Der Staatssekretär hat heute Morgen mit dem Initiator von *One-Two-Tree Planting Program* gesprochen, wegen der Bäume. Der Herr Ihnen gegenüber ist Herr Apel vom Bundeskriminalamt. Er koordiniert die Ermittlungsarbeit mit den australischen Behörden. Und der Herr neben ihm ist Dr. Zamek vom Institut für Klimaschutz in Potsdam.«

»Dr. Samek?«, wiederholte Marc.

»Zamek. Mit Z wie Zorro«, antwortete der Mittvierziger mit dem fahlen Teint und nickte ihm zu.

Ein kalter Schauer fuhr Marc über den Rücken. Es waren nicht nur der Name und die Stimme, die er sofort wiedererkannt hatte. Er hatte den Mann auch schon einmal gesehen. Auf dem Video, das Lars auf Albins Computer gefunden hatte. In der Sequenz hatte dieser Mann sich mit Sandberg getroffen, in einem Beichtstuhl in irgendeiner Kirche in Schweden. Doch konnte das sein? In seinem Gehirn verhedderten sich die Gedanken zu einem großen Knäuel.

»Was wäre denn Ihr Vorschlag, Herr Behringer?« Von weit her drang eine Stimme zu ihm.

»Bitte?« Er war vollkommen aus dem Konzept.

»Ich fragte, ob Sie einen Plan haben. Ihr Plädoyer klang so.« DJ schaute ihn herausfordernd an.

Marc kam langsam wieder zu sich. »Ich habe keinen Plan. Noch nicht. Wir müssen alles mobilisieren, was geht.«

»Daher die Idee mit dem Foto. Ihre Schwester neben der Kanzlerin«, sagte DJ.

»Das wird es nicht geben«, erwiderte Marc. »Die Regierungen dieser Welt sind ganz klar die erklärten Feinde der Entführer. Genau wie bei all den anderen friedlichen Protesten in den vergangenen Monaten und Jahren. Wenn wir Hannah retten wollen, müssen wir, muss meine Schwester sich klar distanzieren von der Regierung, von der Kanzlerin. Zumindest nach außen. Ein gemeinsames Foto kann Hannah schaden. Sorry, nichts gegen Sie persönlich.« Mit den letzten Worten hatte er sich an die Kanzlerin gewandt.

»Ich denke, wir sollten das Ihre Schwester selbst entscheiden lassen«, sagte DJ pikiert.

»Ich sehe es wie mein Bruder«, beeilte Caro sich, ihm beizupflichten.

Die Stimmung wurde eisiger.

Marc musste mehr über diesen Dr. Zamek in Erfahrung bringen. »Dass das Bundeskriminalamt hier sitzt, verstehe ich. Was genau ist Ihre Aufgabe, Herr Dr. Zamek?«

Zamek schien beinahe erschrocken, dass er ihn angesprochen hatte. Ihm war anzusehen, dass er nur sehr ungern hier saß. Überhaupt wirkte er so, als ginge es ihm nicht gut.

»Die Kanzlerin hat mich zu einigen der Forderungen der Entführer zum Klimaschutz befragt. Vor allem die neuen Forderungen zu den sogenannten *CER-Zertifikaten*. Ein nicht ganz einfach nachzuvollziehendes Umweltschutz-Instrument.«

»Die Forderung habe ich auch nicht verstanden«, sagte Marc.

Zamek schaute zur Kanzlerin, als hoffte er, dass sie verhinderte, dass er es noch einmal wiederholen musste. Doch die Regierungschefin reagierte nicht. »Ich sagte vorhin schon in kleinerer Runde, bevor Ihre Schwester dazukam, dass die Sache in ein paar Minuten nicht erklärt ist.«

»Versuchen Sie es, bitte«, gab Marc zurück. »Es geht um die Tochter meiner Schwester, meine Nichte. Da möchten wir gern ver-

217

stehen, was so wichtig sein soll, dass man ihr Leben dafür in die Waagschale wirft.«

Zamek verzog das Gesicht, während er sich in seinem Stuhl gerade aufrichtete. »Im Mittelpunkt der Forderungen steht der sogenannte *Clean Development Mechanism*, abgekürzt auch ›CDM‹ genannt. Sie wissen, dass jedes Unternehmen, das in Deutschland Kohlendioxid, also CO_2, in die Luft emittieren möchte …«, er machte eine Pause und korrigierte sich: »… CO_2 in die Luft blasen möchte, dafür sogenannte CO_2-Zertifikate benötigt. Ich rede vor allem von Industrieunternehmen. Vereinfacht gesagt: Für jede Tonne CO_2, die so ein Unternehmen ausstoßen möchte, braucht es ein sogenanntes CO_2-Erlaubniszertifikat. Eine Art Gutschein. Das gilt ebenso für die meisten anderen Länder auf dieser Welt.« Er verzog den Mund, als bereitete das Sprechen ihm Schmerzen. Irgendetwas stimmte nicht mit ihm.

»Solche CO_2-Erlaubniszertifikate verteilt die Regierung immer wieder aufs Neue. Und über die Menge, die jährlich an Zertifikaten ausgegeben wird, kann die Regierung letztlich die Menge an CO_2-Ausstoß in ihrem Land steuern. Weniger Erlaubniszertifikate bedeutet weniger CO_2.«

Marc schaute zu Caro. Ihr Blick war leer. Er wusste nicht, ob sie Zameks Ausführungen folgen wollte. Aber er wollte es gern verstehen. »Und was ist, wenn ein Unternehmen weniger von diesen Erlaubniszertifikaten besitzt, als es für den Ausstoß des von ihm erzeugten CO_2 benötigt?«, fragte er.

»Dann muss dieses Unternehmen technische Maßnahmen ergreifen, um seinen CO_2-Ausstoß zu reduzieren. Das ist ja der gewünschte Effekt, dass die Unternehmen sich bemühen, weniger CO_2 zu emittieren. Oder aber es kauft sich auf dem freien Markt einfach CO_2-Erlaubniszertifikate dazu. Es gibt weltweit diverse Börsen für diese Zertifikate und somit einen regen Handel mit ihnen.«

Marc erinnerte sich an das Gespräch mit Sandberg, der von seinem Start-up berichtet hatte, das sich mit genau diesem Handel beschäftigte.

»Hat man mehr CO_2-Zertifikate, als man benötigt, kann man die überschüssigen natürlich auch verkaufen«, fuhr Zamek fort. »So hat ein CO_2-Zertifikat heute einen Preis, der sich nach Angebot und Nachfrage reguliert. Genau wie bei einer Aktie. Sind viele auf dem Markt, sinkt der Preis. Sind wenige auf dem Markt, steigt er.«

»Und was hat es mit diesem *Clean Development Mechanism* auf sich, dessen Verbot die Kidnapper in ihrem Video fordern? Und den Zertifikaten, die nach dem Willen der Entführer für ungültig erklärt werden sollen?«

Dr. Zamek lächelte, doch es wirkte gequält. »Dabei handelt es sich um ganz besondere CO_2-Zertifikate, die in besonderen Klimaschutz-Projekten generiert wurden. Im Protokoll von Kyoto zum Rahmenübereinkommen der Vereinten Nationen über Klimaänderungen, kurz ›Kyoto-Protokoll‹, hatte die Staatengemeinschaft erstmals verbindliche Klimaziele vereinbart, um eine weitere Erwärmung des Planeten zu stoppen. Dabei hat man damals auch den *Clean Development Mechanism* erfunden: Unternehmen aus Industriestaaten wie zum Beispiel Deutschland können danach in Entwicklungsländern in Klimaprojekte investieren, um dort vor Ort den Ausstoß von Treibhausgasen, von CO_2, aktiv zu senken. Für jede nachweislich eingesparte Tonne CO_2 in dem von ihm finanzierten Klimaprojekt in dem Entwicklungsland erhält das Unternehmen in Deutschland dann *Certified Emission Reductions*, auch ›CER-Zertifikate‹ genannt. Diese Zertifikate können von den Betreibern dieser Projekte dann ganz normal am Markt verkauft oder aber zum Ausstoß von CO_2 in ihrem Heimatland eingelöst werden. Unternehmen in Deutschland können somit beispielsweise solche in Entwicklungsländern von ihnen erzeugten CER-Zertifikate nutzen, um damit ihren Ausstoß an CO_2 in Deutschland zu bezahlen. CER-Zertifikate sind also besondere CO_2-Zertifikate, die durch Klimaschutzprojekte in Entwicklungsländern generiert werden.

Man wollte in Kyoto damit die Unternehmen in den reicheren Industrieländern motivieren, in Entwicklungsländern in den Klimaschutz zu investieren.«

Das klang eigentlich nach einer guten Sache. »Und warum fordern die Kidnapper und, wie Sie sagen, auch Umweltschützer nun, dies abzuschaffen und solche Zertifikate zu verbieten?«

Zamek stöhnte leise auf. »Noch mal: Es ist kompliziert. Ich kann das hier nur sehr verkürzt darstellen. Aber Sie haben recht, die Idee war im Prinzip gut gemeint. Es gab allerdings nach ihrer Einführung eine Menge Missbrauch mit diesen CER-Zertifikaten bis hin zum Betrug. So haben Investoren in den Entwicklungsländern beispielsweise extra umweltschädliche Anlagen erworben oder sogar gebaut, um dann später für eine Reduzierung und Entsorgung ausgestoßener Treibhausgase solche CO_2-Zertifikate zu erhalten. Es soll in Entwicklungsländern schmutzige Anlagen gegeben haben, deren Errichtung fünf Millionen Dollar gekostet hat, die aber im Gegenwert von fünfhundert Millionen Dollar CER-Zertifikate eingespielt haben. Es gab bei diesen betrügerischen Projekten also am Ende gar keine zusätzlichen CO_2-Einsparungen zum Wohle des Planeten, sondern man hat das CO_2-Problem durch die Errichtung von Dreckschleudern erst geschaffen, um es dann scheinbar zu reparieren und dafür auch noch wertvolle CO_2-Zertifikate zu bekommen.«

»Und das ist ein riesiges Geschäft?«

»Ja, das war es. Allein in den Jahren 2008 und 2009 wurden zwischen den Industrienationen und Entwicklungsländern Zertifikate im Wert von über neun Milliarden US-Dollar transferiert. Erst später hat man dann wegen der Mogeleien strengere Zulassungskriterien für solche Projekte erlassen, und seit einigen Jahren müssen CDM-Projekte nun aufwendig zertifiziert werden, um zugelassen zu werden. Damit hat der Markt sich beruhigt. Allerdings sind aus den Anfängen dieses *Clean Development Mechanism*, den betrügerischen Zeiten, eben noch Millionen, manche meinen sogar Milliarden von Alt-Zertifikaten vorhanden, deren ökologische Werthaltigkeit viele zu Recht bestreiten. Das betrifft Gutscheine für Milliarden von Tonnen CO_2. Man hat sie zwischenzeitlich für den Handel und den Austausch gegen CO_2 gesperrt. Doch in Ländern wie Brasilien, China oder Indien möchte man, dass diese Zertifikate auch weiterhin auf den Markt gebracht werden können – und somit auch zukünftig quasi als Gutschein für den Ausstoß von CO_2 eingesetzt oder verkauft werden können. Der Klimagipfel in Madrid im vergangenen Jahr ist letztlich genau an dieser Frage gescheitert. Klimaschützer und viele westliche Regierungen bezeichnen diese Zertifikate aufgrund ihrer Entstehung auch als »Schrottzertifikate« und möchten sie für immer vernichten und vom Markt nehmen. Lässt man sie zu, würde man mit einem Schlag den Ausstoß von Millionen von Tonnen CO_2 erlauben. Daher die Forderung der Klimaschützer und auch der Kidnapper: Stoppt endlich den *Clean Development Mechanism,* und macht zumindest die alten Schrott-Zertifikate wertlos. Es sollen nur noch diejenigen CER-Zertifikate einen Wert behalten, die nach Verschärfung der Regeln in streng zertifizierten und seriösen CDM-Projekten erzeugt wurden. Also sicher nicht auf Kosten der Umwelt.«

»Also handelt es sich um eine klimatechnisch sinnvolle Forderung der Entführer?«, hakte Marc nach.

Zamek nickte. »Aus reiner Klimaschutzsicht schon. Je weniger Erlaubniszertifikate zum Verkauf herumschwirren, desto besser fürs Klima.«

Marc lehnte sich zurück. »Und diese Maßnahmen könnten auf der Konferenz in Glasgow beschlossen werden?«

Zamek zuckte mit den Schultern. »Absolut. Bei der letzten Konferenz in Madrid stand es bereits auf der Tagesordnung; man konnte sich aber nicht darauf einigen.«

»Und was ist die Position der Bundesregierung dazu?«, fragte Marc in die Runde.

»Die Umweltministerin ist für eine Vernichtung der alten CER-Zertifikate.«

»Die Bundesregierung unterstützt also diese Forderung der Kidnapper?«

»Ja. Weil es dem Klimaschutz dient«, bestätigte Julia.

»Und kann Deutschland das in Glasgow aufs Tableau bringen?«

»Darüber sprechen wir gleich mit der Umweltministerin. Wir haben eine Videokonferenz«, sagte die Kanzlerin. »Das Ganze ist natürlich eine sehr komplexe Angelegenheit. Wie Dr. Zamek gerade geschildert hat, gab es auf der letzten Konferenz über diesen Punkt Streit. Große Nationen sind anderer Ansicht als wir.«

Zamek hob den Arm. »Ich muss mal kurz verschwinden.« Er erhob sich mit einem leisen Stöhnen, wobei er sich an die Seite seines Bauches fasste. »Verzeihen Sie.«

»Rechts den Gang hinunter«, erklärte DJ.

Er erhob sich und verließ mit langsamen Schritten den Raum.

»Es gab ein Attentat auf ihn. Erst vor wenigen Tagen. Er ist nach einem Vortrag niedergestochen worden«, sagte Julia wie zur Entschuldigung.

»Niedergestochen?« Marcs Gedanken schienen zu explodieren. »Ich bin auch gleich wieder da.« Er folgte dem Klimaforscher und sah ihn gerade noch in der Herrentoilette verschwinden.

Kurz bevor er die Tür mit dem goldenen *H* erreichte, nahm er Albins Handy. Astrid hatte es ihm überlassen. Wenn er es einschaltete und nutzte, konnte man es vermutlich orten. Dieses Risiko war er bereit einzugehen. Er wartete, bis er Netz hatte, dann öffnete er die Anrufliste und wählte dieselbe Telefonnummer, die er auch von dem Imbiss in Göteborg aus angerufen hatte, einige Stunden bevor er angefahren worden war. Mit dem Telefon am Ohr betrat er das WC.

Der Vorraum mit dem Waschbecken war leer. Ein Freizeichen ertönte. Er öffnete die nächste Tür zu den Toiletten. An einem der Pissoirs stand mit dem Rücken zu ihm Dr. Zamek. Irgendwo aus dem Inneren seines Sakkos ertönte ein sehr leises Handyklingeln. Fluchend griff Zamek mit der freien Hand in die Innentasche seines Jacketts und zog ein Smartphone hervor. »Hallo?«, fragte er hörbar genervt.

»Hallo!«, antwortete Marc.

Zamek fuhr erschrocken zu ihm herum. Einen Moment starrten sie sich an, dann nahm Zamek langsam das Telefon vom Ohr, schaute erst auf das Display, dann wieder entgeistert zu ihm.

»Ich habe Fragen«, sagte Marc.

39

Jahr 2040
Sylt, Deutschland

»Wann haben Sie zum ersten Mal von Uganda erfahren?«

Sie saßen noch immer an dem Tisch, während draußen der Sturm tobte. Vor ihnen zwei Teller mit Fleisch und Gemüse.

Behringer hatte es zubereitet, während sie ihren Koffer in dem kleinen Raum unter dem Dach verstaut hatte, den er ihr zugewiesen hatte. Danach hatte sie sich kurz frisch gemacht und etwas hingelegt. Die Reise hierher war anstrengender gewesen als gedacht. Und auch wenn sie am liebsten alle Fragen auf einmal gestellt hätte, musste sie sich gedulden.

»Schmeckt's?«, wollte er mit vollem Mund wissen.

Es schmeckte tatsächlich ausgezeichnet. Das Fleisch war fest und ungewöhnlich aromatisch und saftig.

»Ist echt«, sagte er, während er zu dem Glas Wein griff, das er ihnen eingeschenkt hatte.

Susie hörte auf zu essen. »Sie meinen, nicht in vitro?«

»Genau. Von einem echten Tier. So eins, das ›Määäh‹ macht und das man streicheln kann.«

Sie legte ihre Gabel auf dem Teller ab. »Das ist grausam!«

Er lächelte. »Nein, Deichlamm. Ich bekomme es von einem Bauern vom Festland.«

Sie nahm einen großen Schluck Wein und spülte sich damit den Mund aus, bevor sie ihn herunterstürzte. Sie konnte sich nicht daran erinnern, wann sie zuletzt ein echtes Tier gegessen hatte. In-vitro-Fleisch aß sie hingegen oft. Ab und zu Fleischersatz aus Pilzen, wobei sie die nicht so gern mochte. Immerhin baute man mittlerweile aus Pilzkulturen Häuser und Lampenschirme, da musste man sich nicht auch noch davon ernähren, fand sie.

»Essen Sie!«, sagte Behringer. »Ist nahrhaft und lecker. Etwas anderes werden Sie heute nicht mehr bekommen. Ich habe draußen noch einen erlegten Hasen, aber ich fürchte, den werden Sie auch nicht mögen.«

»Ich esse doch keine Tiere!«, erwiderte sie mit angewidertem Gesicht. Offenbar ließ die Einsamkeit hier draußen Behringer verrohen.

»Fisch?«, fragte er.

Sie schüttelte den Kopf.

Er griff über den Tisch, nahm ihren Teller und schob das Stück Fleisch mit der Gabel auf seinen. Gleichzeitig bugsierte er etwas von dem grünen Gemüse von seinem Teller auf den ihren.

Dann stellte er ihn zurück vor sie.

»Essen Sie wenigstens das Meeresgemüse. Das ist Queller, die stammen von den Salzwiesen draußen. Bei Hochwasser werden die vom Meerwasser überflutet, daher der salzige Geschmack.«

»Queller?«, wiederholte sie.

»Der Spargel des Meeres.«

Tatsächlich schmeckten die grünen Stangen sehr gut. Leicht salzig, etwas nussig, aber auch ein wenig scharf.

»Später«, sagte Behringer.

Sie schaute ihn irritiert an.

»Sie fragten nach Uganda. Von Uganda habe ich erst sehr viel später erfahren.«

»Also hat Dr. Zamek mit Ihnen im Kanzleramt nicht geredet?«

Behringer säbelte mit dem Messer ein großes Stück Fleisch ab und schob es sich in den Mund. Während er kaute, wartete sie auf die Antwort und aß ein paar der grünen Stangen. In Australien waren derzeit Algen das Trend-Food. Doch diese Queller schmeckten weniger salzig. Im Kamin in der Ecke knisterte es.

Behringer nahm einen Schluck vom Wein. »Er fragte mich, was mit Albin geschehen sei, und ich erzählte es ihm in allen Details. Als ich von ihm wissen wollte, was er mit Albin zu schaffen hatte, sagte er: ›Nicht hier.‹ Wir verabredeten uns für den Abend in einem Restaurant Unter den Linden.«

»Unter den Linden?«

»Eine Straße in Berlin.«

»Und?«

»Er kam nicht.«

»Haben Sie ihn danach noch erreicht?«

»Nein, man konnte ihn nicht mehr erreichen.«

»Wieso?«

»Er war verschwunden.«

»Ermordet?«

Behringer schüttelte den Kopf.

Sie lehnte sich zurück. »Haben Sie ihn noch einmal wiedergesehen?«

Behringer hörte auf zu essen. »Ja.« Sein Blick glitt über ihrer rechten Schulter in die Ferne, als riefe er sich etwas in Erinnerung. Dann schaute er sie plötzlich direkt an. »Er starb in meinen Armen.«

40
Rennell Island, Salomonen

Das Flugzeug setzte sanft auf dem Wasser auf und steuerte einen Steg an, der von der Insel hinaus ins Meer ragte. Sie waren frühmorgens vom australischen Festland aus gestartet. Während Barack neben ihm den gesamten Flug über geschlummert hatte, hatte Walker seinen Gedanken freien Lauf gelassen. Der Blick aus dem Fenster der betagten Twin Otter, die Wolken und die Weite des Ozeans unter ihnen beflügelten seine Fantasie. Und die brauchte man, wenn man Rätsel lösen wollte.

Die wichtigste Frage, die es in den vergangenen Tagen zu beantworten galt, lautete: *Wo waren die Kinder?*

Als O'Conner sie über den Fund auf Rennell Island informiert hatte, hatten sie sich gemeinsam mit einigen der anderen Ermittler sofort auf den Weg gemacht. Der australische Polizist mit der Figur eines Rugby-Spielers erwartete sie am Ausstieg.

Auf der anderen Seite des Stegs lag ein Boot. »Wir setzen hinüber zur Fundstelle. Noch konnten wir sie nicht bergen. Aber unsere Taucher haben bestätigt, dass es keinen Zweifel daran gibt, dass wir sie gefunden haben.«

Sie fuhren mit einem schnellen Motorboot, auf dem es etwas beengt zuging. Die Gischt schlug Walker ins Gesicht, was er nach dem langen Flug als angenehme Erfrischung empfand. Es war warm, nein geradezu heiß, und so krempelte er die Ärmel seines Hemdes bis zu den Oberarmen hoch.

»Hier würde ich auch gern mal Urlaub machen«, bemerkte Barack und schaute sehnsüchtig zu dem weißen Sandstrand. Dahinter erstreckte sich dichter Wald. Mit dem strahlend blauen Himmel wirkte es wie ein kitschiges Postkartenmotiv.

Ihr Boot fuhr eine steile Kurve, dann wurde der Motor hörbar gedrosselt, und sie trieben auf eine Gruppe weiterer Boote zu, darunter auch zwei Schiffe der australischen Marine.

»Die Entführer haben offenbar versucht, es mitten im Ironbottom Sound zu verstecken. Wie gesagt, hier ist alles voller Wracks aus dem Zweiten Weltkrieg. Hätte die Navy nicht so empfindliche Ortungsgeräte, hätten wir sie nie entdeckt.«

Erst jetzt erkannte Walker ein Schiff mit drei großen Kränen.

»Wegen der vielen Wracks gibt es hier vor Ort großes Gerät. Die *Nautilus* ist bereits vertäut. Sie sind gerade dabei, sie zu heben.«

Das ging schnell.

»Theoretisch können die Kinder auch noch da drin sein. Die Taucher haben geklopft, aber es hat keiner aufgemacht.«

Walker musterte O'Conner, nicht sicher, ob das ein Scherz sein sollte. Es hatte sich herausgestellt, dass die Theorie des Walforschers richtig war. Das U-Boot war hier vor Rennell Island gestrandet.

Ein lautes Knattern ertönte. Kurz darauf sah Walker zwei Hubschrauber hinter den Bäumen auf der nahen Insel aufsteigen.

O'Conner schrie gegen den Lärm an: »Wir suchen bereits das Eiland ab. Sollten sie nicht mehr im U-Boot sein, ist es nicht unwahrscheinlich, dass sie auf Rennell Island sind. Oder auf einer der anderen Inseln hier. Neben Santa Isabel, Makira, Guadalcanal, Malaita, New Georgia und Choiseul gibt es hier über neunhundert weitere Inseln und Atolle.«

In der Tat der perfekte Ort, um sich zu verstecken. »Also hast du wirklich recht gehabt mit dem U-Boot«, sagte Barack und tätschelte ihm die Schulter. »Scheint so, als wären die Entführer doch nicht so clever.«

In diesem Moment brach in einiger Entfernung vor ihnen etwas aus dem Meer. An mehreren Steilseilen hängend, kam ein langer glänzend schwarzer Rumpf zum Vorschein. Das U-Boot.

»Und so ein Teil kostet über zwanzig Millionen Euro?«, fragte Barack.

Das Boot war riesig. Berücksichtigte man die komplexe Technik eines Unterwasserbootes, konnte Walker den Preis schon nachvollziehen. Tatsächlich erkannte er nun vorne am Bug den Schriftzug

Nautilus. Wasser strömte den Rumpf hinunter, als das Boot langsam weiter emporgehoben wurde.

»Was machen Sie damit?«

»Wir bringen es an Land, und dann holen wir einen Büchsenöffner und schneiden es auf. Währenddessen durchkämmt die Armee weiter die Inselgruppe.«

Walkers Handy klingelte. »Abigail, raten Sie, worauf ich gerade schaue.«

»Die *Nautilus*.«

Walker war verdutzt. »Woher wissen Sie das?«

»Eine Drohne. Direkt über Ihrem Kopf.«

Walker schaute nach oben. Alles, was er sah, war ein Vogel, der in beträchtlicher Höhe über sie hinwegflog. Es konnte durchaus ein Bindenfregattvogel sein. Aber keine Drohne.

»War nur ein Scherz«, sagte Abigail. »Ich habe das U-Boot doch noch gefunden. Es hat vor einigen Stunden ein automatisches Notsignal an die Server von Yellow Submarine gesendet. Und ich habe Sie gerade geortet. Die Kinder haben Sie aber wohl nicht gefunden, oder?«

»Noch nicht«, entgegnete Walker.

»Ich denke, Sie werden sie dort auch nicht finden.«

»Und warum nicht?«

»Würden Sie Ihr Fluchtauto vor Ihrem Versteck parken?«

»Wenn es unsichtbar wäre …«

»Auch ein U-Boot ist nicht unsichtbar.«

»Und wo sind die Kinder dann?«

Abigail antwortete nicht sofort. »Wenn Sie mich fragen, haben sie das Fluchtfahrzeug gewechselt.«

Genau das war auch Walkers Vermutung. Er fand zunehmend Gefallen an Abigail.

Nachdem er die Entführung zu Beginn noch für einen Streich verblendeter Klimaaktivisten gehalten hatte, hatte sich seine Meinung dazu in den vergangenen Stunden massiv gewandelt, und dies nicht nur, seitdem sie tatsächlich ein Kind vor der Kamera getötet hatten. Rasch hatte sich bei Walker das Gefühl gefestigt, dass alles Teil eines sehr viel größeren Plans war, den sie noch nicht in der Lage waren zu erkennen. Derzeit waren sie noch dabei, die Kanten und Ecken des Puzzles zusammenzusetzen, ohne bisher das Puzzle-Motiv zu kennen. Kein Amateur floh mit einem vierundzwanzig Millionen Euro teuren U-Boot. Auch die Verschlüsselung der Webseite der Kidnapper war nach Auskunft der von den Australiern eingeschalteten IT-Experten professionell und nicht zurückzuverfolgen.

»Haben Sie etwas wegen der Webseite herausgefunden, Abigail?«

»Dazu gleich. Sie wollten wissen, wie Nicolas Porté von Uganda nach Heron Island gekommen ist.«

»Und?« Walker spürte, wie sein Puls sich beschleunigte.

»Das weiß ich leider noch nicht. Aber er ist letzten Monat von Paris aus nach Entebbe in Uganda geflogen. In der Hauptstadt Kampala hat er sich dann einige Tage aufgehalten. Ausgereist ist er mit einem zweimotorigen Flugzeug ins benachbarte Kenia.«

»Und wo er sich in Kampala aufgehalten hat, weiß man nicht«, dachte Walker laut.

»Doch«, entgegnete Abigail. »Er hat sich mit einem Schweden namens Emil Sandberg getroffen.«

Der Name sagte Walker nichts. »Er ist Vorstand eines schwedischen Unternehmens namens *Brovägtull AB*. Ich bin noch dabei, mehr in Erfahrung zu bringen.«

O'Conner deutete auf das U-Boot, das nun über der Wasseroberfläche schwebte. Das Kranschiff hatte sich in Bewegung gesetzt.

Walker nickte und zeigte den nach oben gestreckten Daumen. »Und woher wissen wir, dass die beiden sich dort getroffen haben?« Er war überrascht, was Abigail alles herausgefunden hatte.

»Nicolas Portés Name tauchte in Akten der ugandischen Steuerbehörde auf, ohne dass die etwas mit ihm anfangen konnten. Sie haben eine Anfrage zu seiner Person bei den französischen Behörden gestellt, und so bin ich darauf gestoßen. Die Steuerbehörden in Uganda ermitteln offenbar verdeckt gegen Sandberg und haben dessen Apartment in Kampala überwacht. Dafür interessieren sich wiederum die schwedischen Behörden. Die haben Ermittler vor Ort, die mit den ugandischen Steuerbehörden zusammenarbeiten. Ich habe mich in die Überwachungsprotokolle eingeklinkt und gelesen, dass Nicolas Porté bei Sandberg gewohnt hat. Allerdings«, Abigail stockte, »wissen die ugandischen Behörden nicht, dass ich ihre Server gehackt habe. Es wäre also gut, wenn wir das für uns behalten.«

Das Boot, auf dem Walker sich befand, setzte sich langsam in Bewegung. Die vielen neuen Informationen musste er erst einmal verarbeiten. »Und was ist nun mit der Webseite der Entführer?«

»Also der Server, von dem aus die gesteuert wird, den habe ich gefunden.«

Walkers Herz machte einen Satz. Er schaute zu O'Conner, der ihm tags zuvor noch erklärt hatte, dass die Betreiber der Seite auch von ihren besten Experten nicht zu ermitteln seien. »Wie haben Sie das geschafft? Da sind vermutlich gerade Hunderte IT-Spezialisten aus aller Herren Länder dran, ohne dass bislang jemand erfolgreich war.«

»Ich schlafe mit einem Informatikstudenten, und der hat mir letzte Nacht den Gefallen getan, danach zu suchen.«

Walker wusste nicht, was er antworten sollte.

»Es war ein Scherz«, meinte Abigail. »Anders als die anderen bin ich nicht den Bits und Bytes gefolgt, sondern der Hardware. Nicolas hat unter anderem Server und anderes IT-Zubehör gekauft. Und nun raten Sie mal, wo der Server steht.«

Walker kniff die Augen zusammen, ohne etwas zu entgegnen.

»Genau! In Uganda. Auf einer von *Brovägtull* betriebenen Farm.«

Walker atmete durch die Zähne ein, sodass es ein pfeifendes Geräusch gab. »Dann wird es Zeit, dass wir diesem Mr. Sandberg einmal einen Besuch in Schweden abstatten«, sagte er. »Vielleicht weiß er, wo die Kinder versteckt werden.«

»Das wird leider nicht gehen«, bedauerte Abigail.

»Weil?«

»Weil er nicht in Schweden ist. Er ist gestern mit einem Privatflugzeug in Entebbe gelandet. Im Moment ist er also wieder in Uganda.«

»Wir fahren an Land.« Barack deutete auf den näher kommenden Strand.

»Ich fürchte, ich muss nach Afrika«, stellte Walker fest und erntete einen verständnislosen Blick von seinem Kollegen.

»Ich habe schon einen Flug gebucht und das mit dem Visum geregelt«, fuhr Abigail am Telefon fort. »Die Tickets sind am Flughafen in Brisbane hinterlegt. Die Schweden haben vor Ort einen Kontaktmann, der bereit ist, Sie zu treffen.«

»Was würde ich ohne Sie tun?«, sagte Walker.

»Setzen Sie lieber eine Mütze auf. Das UV-Licht bei Ihnen da unten ist zu dieser Jahreszeit mörderisch. Und grüßen Sie Barack, er sieht fantastisch aus.« Damit beendete Abigail das Telefonat.

Walker ließ den Arm mit dem Handy sinken, rieb sich über die in der Sonne glühende Stirn und schaute erneut nach oben. Doch dort war nichts. Keine Drohne.

»Was ist?« Barack starrte ihn an.

»Nichts. Alles gut. Wir müssen uns hier ein wenig beeilen. Ich muss nach Afrika.«

41
Berlin

Unter ihnen strahlten die Lichter der Hauptstadt. Es war bereits nach zweiundzwanzig Uhr, und sie saßen zu fünft in der obersten Etage des Verlagsgebäudes.

Die Lounge war normalerweise prominenten Gästen des Verlages oder besonderen Veranstaltungen vorbehalten. Heute hatte der Chefredakteur der Zeitung sie in das Penthouse des Verlagshauses geführt. Auf dem achteckigen Tisch vor ihnen stand für Marc als Beilage zu einer Kopfschmerztablette ein Glas Wasser bereit. Die ebenfalls anwesende Verlagsleiterin tat es ihrem Chefredakteur gleich und trank ein Bier aus der Flasche. Julia Schlösser saß Marc mit angestrengter Miene schräg gegenüber, in der Hand ein Glas Tomatensaft.

Marc war tief in den Ledersessel gesunken. Die gesamte Einrichtung glich eher einem englischen Herrenklub.

Die Tatsache, dass sie hier zu vorgerückter Stunde saßen, hellte seine Laune auf.

In den beiden Stunden zuvor hatte sich herausgestellt, dass er, Marc Behringer, ein Idiot war. Dass seine Instinkte nicht mehr so funktionierten wie früher. Vielleicht lag es auch an der Gehirnerschütterung, die ihn zwischendurch immer noch mit Schwindelanfällen plagte.

Um Punkt halb acht hatte er im *Einstein* gesessen und auf Dr. Zameks Erscheinen gewartet. Dieser hatte bei ihrer Begegnung auf der Herrentoilette des Kanzleramts mit verschwörerischer Miene das Restaurant Unter den Linden für ein Treffen vorgeschlagen – und war nicht erschienen. Natürlich nicht.

Mit fortschreitender Zeit und der wachsenden Gewissheit, dass der Klimaforscher an diesem Abend nicht im *Einstein* auftauchen würde, war Marc immer wütender geworden und hatte schließlich begonnen, gegen den Frust und den pochenden Schmerz hinter seiner Stirn Gin zu trinken. Bis plötzlich sein Handy klingelte, das eigentlich Caro gehörte. Sie hatte es ihm nach ihrem gemeinsamen Besuch im Kanzleramt mitgegeben, damit sie ihn erreichen konnte.

Es war Julia. Sie nannte nur den Namen der Zeitung, und er war wieder stocknüchtern. »Sie steigen voll ein. Der Aufmacher, morgen. Bundesweit. Um zweiundzwanzig Uhr trefft ihr euch mit dem Chefredakteur. Soll ich dir die Adresse geben?«

»Ich weiß, wo das ist, Julia.«

»Bring Caro mit. Sie weiß Bescheid. Ich habe sie zu Hause angerufen, und sie hat gesagt, du bist unter dieser Nummer erreichbar.« Wenn er sich nicht täuschte, hatte Julia geflüstert.

Also hatte er seine Rechnung bezahlt, Caro in ihrer Wohnung abgeholt und war mit dem Taxi direkt hierher zum Verlag gefahren.

»Wenn ich es richtig verstehe, Frau Schlösser, weiß die Bundeskanzlerin gar nicht, dass Sie das hier eingefädelt haben, korrekt?«, eröffnete der Chefredakteur das Gespräch.

Julia stellte das Glas auf dem Tisch ab. »Ich bin privat hier«, entgegnete sie knapp und entlockte dem Zeitungsmacher damit ein Lächeln.

»Deshalb haben wir uns auch nach hier oben verlegt. Sie wissen, Berlin ist ein Dorf. Da sind Geschichten schneller rum, als man sie sich ausdenken kann.«

»Und damit kennen Sie sich ja aus«, warf Marc ein.

»Oh, ich fürchte, diesbezüglich haben wir in den letzten Jahren ein wenig den Anschluss verloren. Das meiste, was wir heute schreiben, ist leider wahr, auch wenn wir uns manchmal wünschen, es wäre nicht so«, entgegnete sein Gegenüber.

Nun war es Marc, der lächeln musste.

»Im Übrigen ist es eine Ehre, dass Sie uns einen Besuch abstatten, Herr Behringer. Unter den Kriegsreportern sind Sie eine Legende. Für mich der Beste, den wir in Deutschland in diesem Bereich hatten. Auch wenn ich es natürlich schöner gefunden hätte, wenn wir uns unter anderen Umständen kennengelernt hätten.« Er presste die Lippen aufeinander.

»Herzlichen Dank, aber ich habe den Beruf an den Nagel gehängt. Da Berlin ein Dorf ist, werden Sie das bereits gehört haben. Das hier ist meine Schwester Caroline Beck. Um ihre Tochter Hannah geht es.« Marc zeigte auf Caro, die müde in die Runde nickte. Jetzt, im Zwielicht der gedimmten Beleuchtung, fand er, dass sie besonders erschöpft wirkte. Die Augen lagen tief in den Höhlen, die Wangenknochen warfen lange Schatten.

»Ich bewundere Sie für Ihre Kraft.« Zum ersten Mal erhob die Verlagsleiterin die Stimme. »Es muss unglaublich viel Energie kosten. Ich habe selbst eine Tochter in Hannahs Alter, und ich möchte mir nicht vorstellen, was Sie gerade durchmachen.«

Caro honorierte die mitfühlenden Worte mit einem dankbaren Lächeln. Sie kämpfte mit den Tränen.

»Wir wollen schauen, ob wir helfen können«, erklärte der Chefredakteur. »Daher dieses Treffen auf Anregung von Frau Schlösser.«

»Ich weiß das sehr zu schätzen«, sagte Marc. Die Zeitung, deren Redaktion die Stockwerke unter ihnen belegte, war nicht das Medium, in dem er mit seinen Artikeln und Berichten bislang erschienen war. Deren Reporter und er, sie spielten zwar auf derselben Klaviatur, aber nicht dieselbe Melodie. Doch vielleicht war es auch nur diese typische Überheblichkeit der selbst ernannten Qualitätsjournalisten gegenüber der Boulevardpresse, von der auch er nicht ganz frei war. Jedenfalls war er nicht naiv, und er wusste, wenn jemand Hannah helfen konnte, dann die vierte Gewalt im deutschen Staat, und deren Befehlshaber saßen hier mit ihnen am Tisch.

»Was sagt denn die Kanzlerin?«

Marc übernahm das Reden. »An Worten mangelt es im Kanzleramt nicht. Was wir jetzt aber brauchen, sind Taten.«

»Es sind nur noch sechs Tage«, ergänzte Caro.

»Da könnte ein wenig Druck natürlich helfen. Was wir benötigen, ist eine Kampagne.« Der Chefredakteur griff nach einer

Mappe, die er neben sich im Sessel abgelegt hatte. »Wir haben uns heute nach dem Anruf von Frau Schlösser in kleiner Runde zusammengesetzt und uns schon mal ein paar Gedanken gemacht. Die Forderungen der Kidnapper liegen ja auf dem Tisch.«

Er nahm eine Lesebrille aus der Brusttasche seines Hemdes und setzte sie auf. »Uns schwebt so etwas wie eine ›Rettet Hannah‹-Strecke vor. Im Print jeden Tag ein Teaser auf der Titelseite mit Angabe der Tage bis zum Ablauf des Ultimatums. Im Online-Bereich ein Echtzeit-Countdown mit Live-Ticker. Um am Anfang Awareness zu schaffen, bräuchten wir schnell ein paar Hintergrund-Storys zu Hannah. Wer ist sie? Wo kommt sie her? Was bewegt sie? Und vor allem: Wer bangt um sie? Da spielen Sie eine wichtige Rolle, Frau Beck. Wir nennen so etwas ›Herzöffner‹.«

Marc blickte erneut zu seiner Schwester. Sie hörte aufmerksam zu. Caro arbeitete bei einem Radiosender in der Onlineredaktion und wusste, wie das Business lief. Auch wenn die Nüchternheit der geschilderten Strategie für die Ohren einer Mutter etwas befremdlich klingen musste. Schließlich ging es hier nicht um Bundesligafußball, sondern um das Leben eines Kindes. *Ihres* Kindes.

»Bei den Forderungen müssen wir unterscheiden zwischen denen, bei denen wir alle mithelfen können, sie zu erfüllen, und denen, die nur von den Staaten auf dem Klimagipfel in Glasgow verabschiedet werden können. Für erstere müssen wir das Volk mobilisieren. Für letztere – Frau Schlösser, hören Sie mal weg – müssen wir medialen Druck auf die Politik ausüben. Die Kanzlerin steht ohnehin unter Feuer von allen Seiten.«

All das klang nach Marcs Ansicht überlegt und sinnvoll. Er fühlte Dankbarkeit gegenüber Julia, weil sie dies hier eingefädelt hatte, auch wenn sie damit vermutlich ihre Loyalitätspflicht gegenüber der Kanzlerin grob verletzte. Auch ihren Gastgebern rechnete er es hoch an, dass sie hier zu später Stunde zusammensaßen und Pläne zu Hannahs Rettung schmiedeten, dafür Platz und Ressourcen zur Verfügung stellen wollten. Auf der anderen Seite wusste er auch, dass es hier nicht um reine Menschenfreundlichkeit ging, sondern auch um Auflagen. Bei dieser Geschichte kam alles zusammen: das Dauerthema ›Klimawandel‹, drohendes politisches Versagen und eine minderjährige Berlinerin in ausländischer Geiselhaft in Lebensgefahr. »Frau Schlösser hat einen Kontakt zum *One-Two-Tree Planting Program* hergestellt. Ich habe vorhin schon einmal kurz mit denen telefoniert. Wir planen einen digitalen Baumzähler auf unserer Webseite.«

»Und eine Spendenaktion«, ergänzte die Verlagsleiterin. »Wenn der Verlagsvorstand sein Einverständnis erteilt, machen wir unsere Printausgabe an einem Tag teurer, quasi mit ›Hannah-Aufschlag‹. »Das *One-Two-Tree Planting Program* besitzt große Flächen in Mexiko, wo wir mit dem Erlös innerhalb von Tagen Hunderttausende von Bäumen pflanzen lassen können. Da beziehen wir auch unser europäisches Partnernetzwerk an Zeitungen mit ein.«

»Was ist mit den fünfhundert Millionen Klicks für das Video?«, wollte Caro wissen.

Der Chefredakteur lächelte. »Klingt für einen Laien erst einmal erschreckend viel, aber wenn wir breit berichten und zum Video verlinken, werden wir rasch eine große Anzahl von Klicks generieren. Und wir fangen nicht bei null an.«

»Sollte es knapp werden, könnte man zudem ein wenig schummeln«, ergänzte die Verlagsleiterin. »Über eine Digital-Tochter unserer Verlagsgruppe hätten wir Zugriff auf Klickfarmen in Asien. Die könnten im Notfall innerhalb von Stunden Millionen von Klicks generieren – auch wenn wir so etwas normalerweise verabscheuen.«

»Das klingt alles fantastisch«, sagte Marc.

Der Chefredakteur ergriff wieder das Wort. »Das Einzige, was mir Sorgen bereitet, ist die Forderung, die Flugbewegungen einzustellen. Daran sind sie auch schon in Italien gescheitert, und ich bin nicht sicher, ob es uns gelingen kann, auf die Fluggesellschaften einen derartigen Druck auszuüben, dass diese ihren Flugbetrieb tatsächlich wie gefordert einstellen. Seit Corona hat die Branche nicht viel Spielraum.«

»Das halte ich auch für unwahrscheinlich«, ergänzte seine Kollegin.

»Die Kanzlerin hat heute Nachmittag mit dem Verkehrsminister gesprochen. Er sieht keine Möglichkeit, ein Flugverbot von Regierungsseite vorzuschreiben. Ich meine, wir leben in einer Demokratie und freien Marktwirtschaft.«

»Wenn eine Fluggesellschaft mitmacht, vielleicht ziehen ja andere nach«, warf Caro ein. »Aus PR-Gründen.«

»Möglich«, stimmte Marc zu.

»Wie gesagt, die Italiener sind daran gescheitert«, erinnerte Julia.

Stille trat ein. Marc rieb sich die Augen. Hätte er nicht mitangesehen, wie sie Lorenzo vor laufender Kamera getötet hatten, er hätte nicht glauben können, worüber sie hier eigentlich gerade diskutierten. So aber vermutete er, dass eine einzige nicht erfüllte Forderung Alibi für Hannahs Ermordung werden konnte. Jedenfalls durften sie nicht das kleinste Risiko eingehen. »Ich überlege mir etwas«, sagte er. »Kümmern Sie sich um den Rest der Kampagne.«

Der Chefredakteur schaute auf seine Armbanduhr. »Haben Sie noch Zeit für ein paar Interviews, Frau Beck? Ich rufe jemanden aus der Redaktion und einen Fotografen.«

Caro fasste sich ins Haar.

»Sie sehen genau richtig aus«, sagte die Verlagsleiterin mit einem Lächeln.

In diesem Moment klingelte Caros Mobiltelefon in Marcs Jacke.

»Hallo?«, meldete sich eine weibliche Stimme. Vermutlich eine von Caros Freundinnen. Marc reichte seiner Schwester das Telefon. Sie flüsterte, dann gab sie es ihm mit einem fragenden Gesichtsausdruck zurück. »Für dich!«

»Ich bin es, Astrid.« Jetzt erkannte er erst die Stimme. »Sorry, aber ich wusste nicht, wo ich dich sonst erreiche. Albins Handy ist ja ausgestellt, klar. Du hattest in Göteborg deine Schwester mit meinem Handy angerufen, daher hatte ich ihre Nummer abgespeichert. Ich bin noch in Berlin, und ich muss dich dringend treffen. Es geht um die Dateien, die Lars bei Albin gefunden hat. Ich habe Neuigkeiten. Das Foto von Sandbergs Flugzeug. Ich weiß, wo es aufgenommen worden ist.«

Marc blickte in die Runde. Ihn brauchte man hier nicht mehr. »Wo bist du?«

»Bei einer Freundin, sie lebt hier in Berlin.«

»Gib mir die Adresse, ich komme dorthin.« Er legte auf. »Ich muss los«, sagte er. »Julia, kann ich dich etwas fragen?« Er deutete in eine Ecke des Raumes, wohin sie ihm folgte. »Hast du die Privatanschrift von diesem Klimaforscher Dr. Zamek?«

Sie kniff die Augen zusammen.

»Frag nicht, es ist zu kompliziert. Aber ich muss wirklich mit ihm sprechen.«

Sie nickte, nahm aus ihrer Handtasche ein Büchlein, an dem ein Stift befestigt war, schrieb damit etwas hinein und riss die Seite heraus. »Er wohnt in Potsdam. In einer ziemlich imposanten Villa. Kann sein, dass du dich vor dem Eingang bei den Polizisten anmelden musst; er steht unter Polizeischutz. Am besten kündige ich dein Kommen an.«

»Das brauchst du nicht«, sagte er. »Ich will ihn ja nicht umbringen.«

Hannah
5 Tage

42
Im Camp

Morgan verdrehte die Augen. »Sie hat doch immer irgendetwas! Ist bestimmt nur eine Erkältung.«

»Ich bin nicht sicher«, entgegnete Hannah und schüttelte langsam den Kopf. »Ich glaube, sie hat hohes Fieber.«

Am Morgen waren alle aufgestanden, nur Stina war in ihrem Schlafsack liegen geblieben. Zunächst hatte Hannah gedacht, sie würde schmollen nach dem Streit mit Nicolas am Vortag. Doch dann hatte sie den Schweiß auf Stinas Stirn bemerkt und sie kaum wach bekommen. Gleich danach hatte sie Diego gerufen.

»Vielleicht ist es Malaria?« Hannah sprach leise, damit Stina sie nicht hörte.

Diego schüttelte den Kopf. »Die gibt es hier nicht, soweit ich weiß.«

»Könnte Dengue-Fieber sein.« Hannah und Diego schauten zu Kito, von dem die Bemerkung kam. Er stand einige Meter entfernt und rührte die Bohnen in dem Kessel über der Feuerstelle um. »Dengue-Fieber kommt bei uns oft vor. Wird von Mücken übertragen. Meine Cousine hatte es schon. Oder es ist Corona!«

»Wenn es das ist, haben wir es bald alle«, sagte Diego.

Kito verstummte und wandte sich wieder dem Essen zu.

»Jedenfalls braucht sie dringend einen Arzt«, insistierte Hannah. Bei der Vorstellung, dass Stina ernsthaft krank sein könnte, wurde ihr unwohl. Ausgerechnet jetzt und hier, mitten im Nirgendwo. Und es war kein einfacher Schnupfen, das wusste sie.

Diego schnaubte. »Wie stellst du dir das vor?«

»Keine Ahnung. Wir werden nicht die Einzigen auf dieser Insel sein, oder?«

»Klar, wir holen einen Arzt. Warte, ich rufe einen an.« Diego formte die Hand mit gestrecktem Daumen und abgespreiztem kleinen Finger zu einem angedeuteten Telefonhörer und hielt sie sich ans Ohr. »Hallo? Sind Sie Arzt? Entschuldigen Sie, dass ich störe, aber könnten Sie bitte einmal schnell vorbeischauen? Sie haben bestimmt von der Entführung gehört, von den zwölf Kindern, die als Geiseln gehalten werden. Das sind wir. Leider hat eine Geisel etwas Fieber. Bitte kommen Sie, und schauen Sie mal nach ihr. Herzlichen Dank! Ach ja, und bitte verraten Sie uns nicht, ist ja alles für einen guten Zweck!«

»Du willst wohl kaum, dass ihr etwas passiert«, sagte Hannah drängend. »Vielleicht kann einer von Nicolas' einheimischen Pitbulls Medikamente besorgen.«

Diego runzelte die Stirn und schaute auf Stina, die leise wimmernd vor ihnen lag. »Ich gehe und spreche mit ihm.«

»Danke!«

Diego schlurfte durch den Sand davon und verschwand in dem Container, der am Rande ihres Lagers stand und in dem Nicolas sich tagsüber meist aufhielt. Jemand hatte vor langer Zeit die provisorische Tür und zwei Fenster hineingebaut. Nicolas hatte erzählt, dass in der Nähe einmal Phosphat abgebaut worden sei. Vermutlich war der Container ein Überbleibsel aus jener Zeit. Vor einer Weile hatte Hannah gelesen, dass Phosphate heutzutage vor allem in der Landwirtschaft eingesetzt wurden und die Umwelt stark belasteten. Dass sie hier im großen Stil abgebaut worden waren, machte ihr den Ort nicht sympathischer.

Nach kurzer Zeit erschienen Nicolas und Diego im Eingang des Containers. Hannah hielt den Atem an, hoffte, dass Diego ihn hatte überzeugen können. Nicolas sah sich langsam im Camp um, als suchte er etwas. Als ihre Blicke sich trafen, empfand sie seinen

Gesichtsausdruck als ärgerlich. Offenbar war er nicht erfreut über das, was Diego ihm angetragen hatte. Dann blieb ihr nichts anderes übrig, als selbst mit ihm zu sprechen. Stina brauchte Hilfe. Ihr wurde mulmig. Jetzt merkte sie, dass sie tatsächlich Angst vor Nicolas hatte.

Diego ging in Richtung des alten Autos und nickte ihr dabei heimlich zu, während Nicolas die beiden Bewacher Haku und Mikele zu sich rief und mit ihnen in dem Container verschwand. Hannah atmete auf. Sie deutete dies als ein gutes Zeichen. Offenbar hatte Diego ihn doch von ihrem Vorschlag überzeugen können, und Nicolas instruierte nun einen der Sumo-Zwillinge, Medikamente zu besorgen.

Kaum hatte die Tür sich hinter Nicolas geschlossen, sprintete plötzlich Kito neben ihr los. Von der gegenüberliegenden Seite des Camps taten es ihm Li und Kamal gleich. Zunächst dachte Hannah, dass sie ein Wettrennen veranstalteten, doch Kamal und Li bogen plötzlich ab und warfen sich auf Diego, der völlig überrascht zu Boden ging. Hannah erstarrte.

Kito hatte inzwischen die Tür des Containers erreicht, in dem Nicolas gerade verschwunden war, und hantierte an dessen Tür. Erst auf den zweiten Blick erkannte sie, dass Kito den Kochlöffel, den er eben noch zum Umrühren des Essens benutzt hatte, durch die zwei metallenen Ösen des angeschweißten provisorischen Türgriffs gesteckt hatte, sodass die Tür nun von außen verriegelt und von innen nicht mehr zu öffnen war.

»Leute? Was … Was passiert hier gerade?«, rief Hannah mehr zu sich selbst, während sie langsam begriff, dass es sich hierbei um so etwas wie einen Aufstand handeln musste.

Am anderen Ende des Camps rangen Li und Kamal weiter mit Diego. Kamal war groß, für sein Alter viel zu groß, und Li hatte erzählt, dass er in irgendeiner Kampfsportart einen schwarzen Gürtel hatte. Diego war weder groß noch stark und kiffte zu viel; so hatten die beiden mit ihm leichtes Spiel. Li saß auf seinem Rücken,

243

die Knie auf seinen Oberarmen, während Kamal auf Diegos Beinen hockte. Schon der Anblick tat Hannah weh.

Das Hämmern von Kitos Faust an der Tür des Containers ließ Hannah herumfahren. Kito trat einen Schritt zurück und starrte auf den als Riegel dienenden Kochlöffel. Im nächsten Moment bewegte die Tür sich in den Angeln. Offenbar drückte von innen jemand dagegen. Dann wurde an ihr gerüttelt, erst leicht, dann immer stärker.

»Lasst mich!«, hörte sie Diego laut ächzen.

Die anderen Jugendlichen standen regungslos zwischen Li, Kamal und dem Container und blickten wie sie starr auf dessen Eingang. Aus dem Inneren waren nun dumpfe Stimmen zu hören. Die Stahltür bebte erneut unter schweren Stößen. Der Kochlöffel tanzte hin und her, schien jedoch tatsächlich stabil genug zu sein, um die Tür zuzuhalten.

Aus dem Container drang ein wütender Schmerzenslaut. Dann hörte man, wie darin gestritten wurde.

»Wir fahren nach Hause!«, rief Kito schließlich und reckte die Arme in die Höhe. Die anderen stimmten einer nach dem anderen in den Jubel ein. Morgan, Ayumi, Adela und Denise hüpften und klatschten sich ab. Li und Kamal saßen noch immer auf Diego und stießen ebenfalls animalische Laute des Triumphs aus.

Nur Hannah und Stina blieben stumm.

»Das ist nicht gut«, flüsterte Hannah und wandte sich wieder Stina zu, die von alldem nichts mitbekommen hatte. Die Dänin lag regungslos mit geschlossenen Augen in ihrem Schlafsack und atmete schnell. Ihr Gesicht war durchscheinend blass. Stina würde in diesem Zustand nirgends hingehen.

Sollte es Nicolas gelingen, sich aus dem Container zu befreien, würde er ausrasten.

Und wie sollten sie überhaupt von der Insel kommen? Hatten die anderen die Sache hier geplant? Warum hatte sie nichts davon mitbekommen? Und wieso hatten sie sie nicht eingeweiht?

Das Fenster des Containers wurde geöffnet.

»Seid ihr komplett bescheuert? Macht sofort auf!«, ertönte Nicolas' wütende Stimme. Von innen wurde heftig an dem vor das Fenster geschweißten Gitter gerüttelt, doch es saß bombenfest. Hier hatte jemand ganze Arbeit geleistet, ursprünglich wohl mit dem Ziel, den Container vor Einbrüchen von außen zu schützen. Aber es kam auch niemand heraus.

»Ihr sollt aufmachen, oder ihr werdet es noch bereuen!« Nun klang Nicolas unüberhörbar zornig.

»Wir haben keine Angst vor euch!«, rief Kito.

»Macht keinen Scheiß! Wir sind doch ein Team!«, versuchte Nicolas es durch das Fenster nun auf diese Tour.

»Schon klar!« Li wehrte einen weiteren Befreiungsversuch des unter ihm liegenden Diego ab, indem er die Hand in dessen Gesicht grub.

»Wir wollen endlich nach Hause«, rief Morgan. »Und du wolltest ja nicht auf uns hören.«

»Hier drinnen ist es viel zu heiß. Wir kriegen in diesem Ding kaum Luft!« In Nicolas' Stimme schwang jetzt sogar eine Spur Panik mit, wie Hannah fand. Offenbar realisierte er, dass er in der Falle saß.

Erneut erzitterte die Containertür. Der Kochlöffel dachte jedoch nicht daran nachzugeben. Aus diesem Container würde niemand so schnell herauskommen.

»Los jetzt, wir hauen ab!«, rief Kito, der zu seinem Platz ging und nach seinen Schuhen suchte. »Ich habe gestern zwei Schiffe ankommen und eins wieder wegfahren sehen, und auch ein Flugzeug ist heute weiter südlich auf dem Meer gelandet. Die Insel muss also bewohnt sein!«

Die anderen rannten zu ihren Schlafplätzen. Zwar hatten sie bei ihrer Entführung vom Riff keine persönlichen Sachen mitnehmen können außer denen, die sie bei sich getragen hatten. Aber bei ihrer Ankunft hatte jeder Kleidung, eine kleine Kosmetiktasche und etwas Proviant erhalten.

245

»Was machen wir mit ihm?«, rief Kamal, der Diegos strampelnde Füße in Schach hielt.

»Bring mir ein Seil, ich fessle ihn. Aber mach schnell«, sagte Li.

»Was ist mit Stina?«, wollte Hannah wissen. »Sie kann nirgends hingehen.«

»Dann muss sie wohl hierbleiben«, entgegnete Morgan einige Meter entfernt.

»Das können wir nicht machen«, widersprach Kito, und Hannah nickte zustimmend. Einen Moment starrten sie alle unschlüssig zu der kranken Dänin.

»Doch«, ächzte Li. »Wir können sie nicht den ganzen Weg tragen. Wir holen Hilfe und lassen sie so schnell wie möglich abholen. Hier passiert ihr ja nichts.«

Kamal kam mit einem Seil zu Li zurück.

»Schling es um seine Beine!«, befahl der.

»Schläft sie noch?«, wollte Ayumi wissen.

Hannah wollte gerade antworten, als sie in ihrem Rücken ein Raunen vernahm.

»Hannah, lass uns hier raus! Bitte!« Es war Nicolas. Sie stand dem Container von allen am nächsten. Aus dem Augenwinkel nahm sie im Fenster Nicolas' Silhouette wahr, seine Finger waren in die Streben des Gitters verhakt.

Sie schaute zu den anderen. Kito war mittlerweile zu Li und Kamal gegangen, um ihnen beim Fesseln von Diego zu helfen, doch der wehrte sich nun wieder nach Leibeskräften. Offenbar hörte niemand außer ihr Nicolas' Flüstern.

»Ja, sie schläft. Es geht ihr nicht gut«, rief Hannah Ayumi zu. »Aber wir können sie hier nicht einfach liegen lassen! Ich bleibe bei ihr.«

»Mach endlich!«, wisperte Nicolas, nun ungeduldig. »Sonst war alles umsonst.«

Hannah stand wie erstarrt da, unschlüssig, wie es weitergehen sollte. Es wäre für sie ein Leichtes, mit wenigen Sätzen beim Kochlöffel zu sein und die Tür zu entriegeln. Niemand würde sie rechtzeitig aufhalten können, dafür waren die anderen zu weit entfernt.

Irgendwo erhob sich mit einem wütenden Kreischen ein Vogel aus dem Wipfel eines Baumes und flog davon. Die übrigen Jugendlichen schauten auf Diego, der sich laut brüllend immer noch gegen seine Fesselung wehrte, und beachteten sie nicht.

Hannah drehte sich um, sah auf die Tür und den verkeilten Kochlöffel, den man nur herausziehen müsste.

»Jetzt mach schon, Hannah!«, insistierte Nicolas.

Sie dachte daran, wie unberechenbar er in den vergangenen Tagen gewesen war.

In diesem Augenblick flog plötzlich ein dunkler Schatten von links auf sie zu. Im nächsten Moment wurde sie zu Boden gestoßen. Neben ihrem Gesicht trat ein schwerer Stiefel in den Sand. Sie rollte zur Seite und blickte von unten auf einen Mann in Tarnuniform. In der Hand hielt er ein schweres Gewehr. Sie drehte den Kopf und sah, wie weitere Männer in Uniform von überallher das Camp stürmten. Einer stieß Li von Diego weg. Kamal hatte bereits selbst die Flucht ergriffen, strauchelte jedoch nach wenigen Metern und fiel zu Boden. Morgan kreischte hysterisch, Ayumi stand ganz still.

Hannah drehte sich auf den Bauch, stemmte sich mit den Armen auf und war wieder auf den Beinen. Es waren mindestens sechs Männer, alle schwer bewaffnet. Einer zog gerade den Kochlöffel aus der Verriegelung des Containers.

»Steh auf!«, hörte Hannah eine Stimme hinter sich. Der Hüne, der sie umgestoßen hatte, war an Stina herangetreten und trat ihr mit dem Stiefel unsanft in die Seite.

»Stopp!«, rief Hannah und lief auf ihn zu. »Sie ist krank!«

Der Mann in Kampfmontur drehte sich zu ihr um und hob das Gewehr.

»Lass sie in Ruhe!«, schrie jemand weit entfernt. Diego hatte sich aufgerappelt und rannte, um die Beine ein loses Seil, auf sie zu. In der Hand hielt er einen Stock ähnlich dem, mit dem Nicolas am Tag zuvor herumgefuchtelt hatte.

Vier schnelle Knallgeräusche ließen sie zusammenfahren. Als sie begriff, dass der Soldat vor ihr auf Diego gefeuert hatte, war es bereits zu spät. Instinktiv wollte sie den Arm des Schützen herunterreißen, doch der war erneut schneller und schwenkte zu ihr herum. Das Letzte, was sie sah, war der Lauf des Gewehrs. Dann wurde alles schwarz.

43
Berlin

Es war nach Mitternacht, als der Taxifahrer ihn an der Adresse absetzte, die Astrid ihm am Telefon genannt hatte. Ein Altbau in Kreuzberg, dessen Erdgeschoss einen türkischen Imbiss beherbergte. Marc merkte erst jetzt, dass er den Tag über gar nichts gegessen hatte, und kaufte sich etwas zum Mitnehmen, bevor er im Hauseingang neben dem Imbiss bei Astrids Freundin klingelte.

Christensen lautete der Name auf dem Klingelschild. Es dauerte nicht lange, bis der Summer ertönte.

Kurz darauf stand er im dritten Stock im Eingang einer typischen Kreuzberger Altbauwohnung.

Astrid umarmte ihn zur Begrüßung, als wären sie alte Freunde. Er schwenkte die Tüte mit dem Döner Kebab, und sie lotste ihn in die Küche, wo ihre Freundin vor zwei halb leeren Latte-macchiato-Gläsern saß. »Das ist Ingrid«, stellte Astrid sie vor.

Ingrid war groß, größer als er, so schlank, dass man sie beinahe schon als »dürr« bezeichnen musste, und hatte lange blonde Haare. »Ingrid ist Dänin. Sie arbeitet bei der Fluglinie Braathens als Stewardess.«

Er begrüßte auch sie und setzte sich zu den beiden an den Tisch.

Der Döner verströmte beim Öffnen des Alupapiers einen Geruch nach Knoblauch und Zwiebeln. Es war lange her, dass er so etwas gegessen hatte. Als Selbstversorger in Kanada aß er nur noch selten Fleisch. Er schob die Schale mit den Pommes frites in die Mitte des Tisches.

»Ist es in Ordnung, wenn wir vor Ingrid sprechen?«, fragte Astrid. »Sie ist meine beste Freundin und weiß wirklich alles über mich. Ich habe ihr von Albins Tod erzählt.«

Ingrid nickte wie zur Bestätigung. »Das mit Ihrer Nichte tut mir sehr leid«, sagte sie. Sie sprach mit einem sehr süßen Akzent.

»Ich hoffe, es geht ihr gut dort, wo sie ist.« Ein merkwürdiges Gefühl beschlich Marc, während er diesen Satz aussprach.

Er war nicht gläubig, auch nicht abergläubisch oder übermäßig spirituell. Doch er glaubte an eine Verbundenheit zwischen bestimmten Menschen über Zeit und Raum hinweg. Er hatte vor einigen Wochen ein Buch gelesen, das sich mit dem Konzept einer Weltenseele beschäftigte, und auch wenn er nicht jeden Satz darin hätte unterschreiben wollen, so hatte ihn das Buch doch irgendwie berührt.

Astrid riss ihn aus seinen Gedanken. »Alles in Ordnung mit dir?«

»Ja, es war nur ... egal.« Er öffnete die Cola-Flasche, die er im Imbiss gekauft hatte. Nachdem er einen Schluck genommen und sich die Finger mit den Papierservietten gesäubert hatte, erzählte er Astrid von seinem Besuch im Kanzleramt und dem Treffen im Zeitungsverlag.

»Ist doch gut, dass die was machen«, sagte sie.

»Nur für den geforderten Flugverzicht haben wir noch keine Lösung«, erwiderte er. »Wie soll man die Fluglinien dazu bringen, dass einen ganzen Tag lang nicht geflogen wird? Dass Fliegen dem Klima schadet, ist in den Köpfen der Deutschen noch nicht angekommen.«

»Anders als bei uns in Schweden. Wir waren es, die dafür das Wort ›flygskam‹ – ›Flugscham‹ – erfunden haben«, sagte Astrid.

Das überraschte Marc nicht. Ein schwedischer Fotograf hatte mit ihm während einer ebenso langen wie feuchtfröhlichen Nacht in einem US-Stützpunkt im Nordirak einmal gewettet, dass im schwedischen Reisepass eine Reihenhaussiedlung abgebildet sei. Marc hatte es für einen Scherz gehalten und die Wette prompt verloren. Eine Nation, die sich derart bodenständig und bescheiden präsentierte, dass sie ihre Einwohner mit der Zeichnung einer ordentlichen Reihenhaussiedlung im Pass durch die Welt reisen ließ, war auch so korrekt, als erste Nation beim Fliegen auf Kosten der Umwelt Flugscham zu empfinden.

»Braathens ist eine der ersten Fluglinien gewesen, die für jeden Flug das verbrauchte CO_2 kompensiert«, erklärte Ingrid und lächelte. Ihre Zähne waren perfekt weiß.

Marc musste gähnen. Plötzlich fühlte er sich unendlich müde. Die Kopfschmerzen meldeten sich ebenfalls zurück. »Weshalb hast du mich angerufen, Astrid?«, fragte er.

»Du erinnerst dich an die Fotos von Albins Computer? Eins zeigte Emil Sandberg vor einem Flugzeug, einer Bombardier Challenger 600. Ich hatte mir das Kennzeichen notiert und einen befreundeten Fluglotsen danach gefragt. Er hat das Tracking-Profil des Flugzeugs abgefragt.«

Marc wusste, dass jede Flugbewegung eines Flugzeugs dokumentiert wurde. Es gab sogar Apps für jedermann, mit deren Hilfe man jedes Flugzeug verfolgen konnte. Wenn man das Kennzeichen kannte. Er gähnte erneut.

»Möchtest du einen Kaffee?«, fragte Ingrid. Auf jeden Fall wollte er einen. Sie stand auf und begann, einen Espresso-Kocher zu befüllen. Schon der Duft des Kaffeepulvers belebte Marcs Lebensgeister.

»Er hat festgestellt, wo das Flugzeug in den vergangenen Monaten gelandet ist. Mithilfe dieser Daten konnten wir herausfinden, wo das Foto aufgenommen wurde. Am Flughafen von Entebbe.«

»Entebbe?«

»Uganda.« Astrid öffnete ihr Handy und zeigte ihm ein Foto. Es war die Luftaufnahme eines kleinen Flugplatzes. Begrenzt wurde er durch einen Graswall, auf dem in großen weißen Buchstaben E N T E B B E stand. Das zweite B und das E waren auf dem Foto mit Sandberg zu sehen. »Dort war es vor gut einem Monat. Auf dem Weg dorthin hat er noch Halt in Zürich und auf Mauritius gemacht.«

»Mauritius?« Marc erinnerte sich an Lars' Worte, wonach Albin vor seinem Tod an Enthüllungen über das Steuerparadies Mauritius gearbeitet hatte. Wie hatte er es noch genannt? »Mauritius Leaks«.

Was wollte Sandberg in Uganda? Über das afrikanische Land wusste Marc nur wenig. »Habt ihr etwas, womit ich ins Internet gehen kann?«, fragte er.

Ingrid, die mit dem Herstellen von Milchschaum beschäftigt war, reichte ihm ein Tablet, das an einer Steckdose auf der Küchenarbeitsplatte geladen hatte.

Rasch hatte er die Telefonnummer von *Daisy's Diner* gefunden. Er griff nach Caros Handy und rief dort an. Er war froh, Fannys Stimme zu hören, und trug ihr seine Bitte vor.

»Das kann dauern«, kommentierte sie nur. »Wer weiß, wo der alte Gauner sich herumtreibt!« Aber sie versprach, es zu versuchen. »Wenn deine Nichte nur einige deiner Gene hat, ist sie stark«, fügte Fanny noch tröstend hinzu, bevor er wieder auflegte.

Er nahm erneut das Tablet und meldete sich in seinem E-Mail-Account an. Dann öffnete er die E-Mails, die Lars ihm geschickt hatte. Als Erstes die mit dem Video. Er spielte es ab und zeigte es Astrid. »Der Mann, der sich hier mit Sandberg in der Kirche trifft. Ich habe ihn heute gesehen, sogar mit ihm gesprochen.«

Astrid schaute ihn mit offenem Mund an. Dann erzählte er ihr, wie er mit Dr. Zamek im Kanzleramt zusammengesessen und ihn auf der Toilette abgepasst hatte. »Zu der Verabredung heute Abend ist er dann nicht gekommen. Ich habe seine Adresse und werde ihm einen Besuch abstatten.«

Marc öffnete die nächste E-Mail von Lars, mit der er eine Mail von diesem Forest aus Afrika an Albin weitergeleitet hatte. Er las sie erneut laut vor:

>>*Dear Mr. Olsen,*
Thank you very much for your inquiry. I think you stirred up a
hornet's nest. I'd be happy to offer you a visit so I can show you
around. Everything seems to be connected with the kidnapping
of the children in Australia. You must come to me, that's my
only condition. It could be dangerous, so watch out! Best regards,
C. M.<<

In seinem Rücken begann der Espresso-Kocher zu brodeln. Ingrid hatte ein drittes Latte-macchiato-Glas aus dem Schrank geholt und füllte auch die beiden Gläser der Frauen mit heißem Espresso und Milchschaum.

Marc atmete tief ein, dann fasste er einen Entschluss und schrieb eine E-Mail an forestafrica1999.

Dear Mr. C. M.,
My name is Marc Behringer. I'm a friend of Albin Olsen. Please
contact me. It's urgent.

Er überlegte. Dann tippte er die Telefonnummer von Caros Handy in die E-Mail und ergänzte:

It's a matter of life and death. Please!

Bevor er die Nachricht abschickte, zögerte er kurz, dann drückte er auf *Senden*. Dies alles war sicher nicht ohne Risiko, aber er hatte keine Zeit mehr und auch keine Wahl.

Er nahm einen Schluck vom Kaffee. Er schmeckte köstlich.

Caros Handy klingelte. Gespannt schaute er auf die Nummer.

Nicht Afrika, sondern British Columbia. Ein Rückruf aus dem *Daisy's Diner*.

»Hallo?«, meldete er sich.

»Weißt du, wie steil der Weg hoch zum Diner ist?«, krächzte ihm Sams Stimme entgegen. »Ich hoffe, es gibt einen guten Grund dafür, dass du einen alten Invaliden im Rollstuhl so quälst. Ich war gerade surfen.«

»Ich schätze, Fanny wird dir ein paar gute Gründe liefern, in Form von Pancakes und dem einen oder anderen Gläschen von ihrem Likör. Ich habe aber auch einen guten Grund.«

»Ich weiß, deine Nichte. Ich habe bereits eine Pfeife für sie geraucht. Mögen es die Götter gut mit ihr meinen! Aber zum Teufel, was habe ich damit zu tun?«

»Ich versuche, sie zu finden, Sam. Frag mich nicht, wieso, doch ich muss etwas über Mauritius wissen. Und Uganda. Klingelt da irgendetwas bei dir?«

Keine Antwort.

»Sam?«

»Mauritius? Was zum Henker habe ich mit Mauritius zu schaffen?«

»Die Leute sagen, du hattest eine Anwaltskanzlei für besondere Fälle. In Panama. Bevor du …«

»Bevor ich meine Beine verloren hab?« Sam begann zu husten.

»Nein, ich meinte, bevor du nach Tofino gekommen bist.«

»Die Leute reden viel. Das ist wie mit dem Wind, der gern ein Sturm wäre.«

»Sam, es geht um Hannah. Ein Freund von mir hat zu Mauritius Leaks recherchiert, und nun ist er tot. Was hat es mit diesen Mauritius Leaks auf sich?«

»Panama Papers, Mauritius Leaks. Als hätten es nicht alle schon lange gewusst. Es ist das Gleiche wie bei allen Steueroasen: null Prozent Steuern. Für eine Firma genügt ein Briefkasten. Es gibt kein öffentliches Firmenregister. Das heißt, niemand kann herausbekommen, wem eine Firma wirklich gehört. Aber das ist schon lange nicht mehr mein Metier. Ich weiß nichts. Ich sitze unten am Hafen und schaue auf die Schiffe. Manchmal verirrt sich ein Wal hierher.«

Vermutlich war es eine dumme Idee gewesen, Sam zu fragen. Überhaupt brach er eine der heiligen Regeln des Aussteigerparadieses Tofino: Man befragte niemanden zu seiner Vergangenheit, es sei denn, er kam von sich aus darauf zu sprechen. Marc wusste, dass Sam einmal sehr erfolgreich im Offshore-Geschäft gewesen war, bevor er den Unfall gehabt hatte und nach Tofino gekommen war. Manche behaupteten, er habe die Beine nicht bei einem Unfall, sondern einem Autobombenanschlag in Panama verloren.

»Danke, Sam. Entschuldige, wenn ich dich gestört habe. Sag Fanny, ich übernehme deine Rechnung, wenn ich wieder zurück bin.«

»Das musst du nicht. Fanny lässt mich umsonst essen, und dafür spende ich ein paar Dollar unten am Pier für die Seenotrettung.« Sam machte eine Pause. »Das mach ich natürlich nicht. Deswegen esse ich am Ende bei Fanny umsonst. Und das ist die gleiche Scheiße wie mit Mauritius und Uganda.«

Marc verstand nicht.

»Mauritius hat Abkommen mit anderen afrikanischen Staaten geschlossen, wonach auf Mauritius ansässige Firmen bei Investitionen dort keine Steuern zahlen müssen, sondern nur auf Mauritius. Und da auf Mauritius quasi keine Steuern anfallen, bleiben die Firmen am Ende nahezu steuerfrei. Auf Kosten von Uganda & Co.«

»Das heißt, ein schwedisches Unternehmen kann auf Mauritius eine Firma gründen, über die Firma zum Beispiel in Uganda investieren und muss am Ende in Uganda keinen Cent Steuern zahlen?«

»Ganz genau. Und auf Mauritius auch so gut wie nichts. Aber wie gesagt: Damit habe ich nichts zu tun. Das mag heute alles ganz anders sein. Und was hat das überhaupt mit deiner Nichte zu tun?«

»Ich habe keine Ahnung«, entgegnete Marc. »Doch ich werde jemanden fragen, der es vielleicht weiß.«

254

»Auf mich wartet jetzt ein Haufen Pancakes mit Speck und Sirup. Du weißt schon: das Mauritius-Ding. Dein Kajak ist übrigens noch da.«

»Danke, Sam!«

Der Anruf war beendet.

»Offenbar hat Sandberg über Firmen auf Mauritius Geschäfte in Uganda getätigt und so Steuern gespart. Albin ist ihm auf die Spur gekommen und musste deshalb sterben.«

»Wo ist die Verbindung zu Hannah?«, fragte Astrid.

Marc zuckte mit den Schultern. »Ich weiß nicht. Aber dieser Forest Africa schreibt, alles stehe anscheinend im Zusammenhang mit der Entführung der Kinder in Australien. Und Sandberg hat sich mit diesem Dr. Zamek getroffen, und der ist offenbar Deutschlands führender Klimaforscher. Und das Treffen in einem Beichtstuhl in einer Kirche sah nicht gerade nach einer harmlosen Plauderstunde aus, eher wie ein …« Er suchte nach dem richtigen Vergleich.

»Drogendeal«, ergänzte Astrid.

Er nickte. »Und dann haben wir noch diesen Kaufbeleg über den Unkrautvernichter. Wozu hat Sandbergs Unternehmen in Mengen Pestizide bestellt? Ich habe es im Internet nachgeschaut: Glyphosat benutzt man vor allem beim Obst- und Ackerbau.«

»Soweit ich weiß, gibt es in Uganda große Kaffeeplantagen.«

Marc erinnerte sich daran, dass Sandberg ihn bei ihrem Treffen im Café in Göteborg darauf hingewiesen hatte, dass der Kaffee, den er da getrunken hatte, vermutlich nicht fair gehandelt sei. »Vielleicht baut seine Firma dort fair gehandelten Kaffee an …«

»Ohne in Uganda Steuern zu zahlen und zudem mit Glyphosat gespritzt?« Astrid nagte an ihrer Unterlippe.

»Vielleicht hat Albin das herausgefunden.«

»Dafür würde man wohl kaum jemanden umbringen.«

Marc trank einen weiteren Schluck vom Latte macchiato. Dann öffnete er die Webseite der Kidnapper.

Noch *04 Tage, 22 Stunden, 56 Minuten und 6 Sekunden* bis zum

Ablauf des Ultimatums. Ein Frösteln erfasste ihn. Sollte er morgen mit seinen Recherchen zu Sandberg nicht weiterkommen, würde er den nächsten Flieger nach Australien nehmen. Er konnte hier nicht länger untätig herumsitzen. Zuvor musste er aber tun, was er konnte, damit die Forderungen der Kidnapper erfüllt wurden. Der Besuch bei dem Zeitungsverlag war der erste Schritt. Marc kannte viele Dutzend Journalisten. Er würde sie notfalls alle kontaktieren und um Unterstützung bitten.

Das helle Licht der Küchenlampe flimmerte vor seinen Augen.

»Wie spät ist es?«, fragte er.

»Spät«, entgegnete Astrid. »Zeit für ein wenig Schlaf.«

»Ich muss noch raus nach Potsdam. Diesem Zamek einen Besuch abstatten. Er scheint mir einer der Schlüssel zu sein. Eine Verbindung zwischen Albin und den Klimaforderungen der Kidnapper.«

»Aber nicht mehr heute. Du siehst schrecklich aus.«

»Wir haben keine Zeit«, entgegnete er und gähnte. Tatsächlich drohte sein Schädel zu platzen.

»Du brauchst Schlaf, Marc. Vergiss nicht: Vor Kurzem hast du noch bewusstlos bei mir in Fiskebäck gelegen. Du hast eine schwere Gehirnerschütterung. Vermutlich sogar ein Schädel-Hirn-Trauma.«

»Trotzdem.« Tatsächlich schmerzte nicht nur sein Kopf, sondern mittlerweile seine gesamte rechte Seite, als er sich auf dem Stuhl bewegte. Die Wirkung der Schmerzmittel ließ nach. »Hast du noch eine von diesen Tabletten?«, fragte er Astrid.

Sie nickte und verschwand im Flur. Kurz darauf kam sie mit einer Schmerztablette wieder, gab sie ihm, und er spülte sie mit dem Rest seines Kaffees herunter.

»Du kannst hier schlafen.«

Erneut musste er gähnen. Vielleicht war es das Beste. Jemand musste Caro informieren.

»Wegen des Flugverzichts«, sagte Ingrid. »Ich hätte da vielleicht eine Idee.« Sie bewegte den Kiefer, als kaute sie auf einem Kaugummi. »Ich weiß nicht, ob es klappt, aber ich versuche es.« Ihr Blick fiel auf Astrid. »Du musst mir helfen.« Sie wandte sich wieder Marc zu. »Was wir brauchen, ist UFO.«

»Ein Ufo?« Vielleicht war er doch schon viel zu müde.

Sie schüttelte den Kopf. »Nein, nicht das unbekannte Flugobjekt. Sondern UFO. Und am besten auch Cockpit.«

44
Jahr 2040
Sylt, Deutschland

»Haben Sie hier von der Insel aus gar keinen Kontakt zur Außenwelt?« Obwohl Behringer zwischenzeitlich den Ofen mit Pellets angeheizt hatte, fror Susie. Vermutlich war es die Müdigkeit. Aber sie wollte noch nicht ins Bett gehen, wollte das Gespräch mit ihrem Gastgeber führen, bis sie alles erfahren hatte. Wer wusste, ob er morgen noch mit ihr sprechen würde! Man hatte sie gewarnt, dass er normalerweise kein Mann vieler Worte sei. Vielleicht auf dem Papier, aber nicht, wenn es ums Reden ging. Sie fragte sich, ob dies früher einmal anders gewesen war.

»Wenn der Mobilfunk funktioniert, melde ich mich regelmäßig bei der Vogelstation in Husum. Und alle paar Wochen kommt ein Schiff vom Festland und bringt ein paar Lebensmittel. Das meiste finde ich aber hier. Ich brauche nicht viel.«

»Und was ist mit Gesellschaft?« Sie schaute sich um. Auch wenn Behringer sich gemütlich eingerichtet hatte, so musste er hier draußen doch einsam sein.

»Ich halte nicht viel von der Spezies Mensch«, entgegnete er. »Der Planet wäre jedenfalls besser dran ohne uns.«

Sie griff nach dem Becher mit Kaffee, den er ihnen aufgebrüht hatte. Draußen war es mittlerweile stockdunkel.

257

»Waren es tatsächlich fair gehandelte Kaffeepflanzen, die Sandberg in Uganda angebaut hatte?«

Behringer lachte. Doch es war kein fröhliches Lachen, sondern ein bitteres. »Man sollte seinen Namen und den Begriff ›fair‹ nicht in ein und demselben Satz erwähnen. Jede gute Geschichte braucht einen Bösewicht, denke ich. Und der Bösewicht in meiner Geschichte ist Emil Sandberg. Wäre es tatsächlich nur um Kaffee gegangen, hätte es vielen Leuten sehr viel Leid erspart.«

Susie rutschte ungeduldig auf dem harten Stuhl herum. Von einer Sitzfläche aus intelligentem Plastik, die sich dem Gesäß anpasste, konnte hier keine Rede sein. Selbst die Busse in Sydney waren mittlerweile damit ausgestattet. »Jetzt sprechen wir seit Stunden, und ich habe mehr Fragen als vorher.« Um ihre Worte zu unterstreichen, schaute sie auf ihr Armband. »Ich brauche endlich ein paar Antworten.«

Behringer lehnte sich demonstrativ zurück. »Ich wusste nicht, dass Sie noch etwas vorhaben.«

»Sehr lustig. Ich habe nur das Gefühl, Sie halten mich hin. Um sich um die eine Frage zu drücken. Kommen wir einfach zur Sache: zu Lorenzo di Matteo … und zu Hannah. Deshalb bin ich hier.«

Behringer fixierte sie. »Sie sind jemand, der die letzte Seite eines Buches zuerst liest, habe ich recht?«

Sie wollte protestieren, hielt es jedoch für besser zu schweigen. Tatsächlich hatte sie dies schon ein paar Mal getan.

»Ich dachte, Sie sind hier, weil Sie die Wahrheit erfahren möchten. Die ganze Wahrheit. Wussten Sie, dass es drei Wahrheiten gibt? Meine Wahrheit, Ihre Wahrheit – und die Wahrheit. Ich kann Ihnen nur meine erzählen.«

»Dann erlauben Sie mir wenigstens einige Zwischenfragen, bevor Sie weitererzählen.«

Behringer verschränkte die Arme vor dem Körper. »Fragen Sie.«

»Lebt Ihre Schwester Caro noch?«

Sein Blick wurde leer. »Sie verschwand einige Tage nach dem

Ende der Entführung spurlos. Die Polizei glaubte, sie hat sich etwas angetan. Ein Polizeihund hat ihre Spur damals bis auf eine Brücke über der Spree verfolgt.«

»Das beantwortet nicht meine Frage.«

Behringer erhob sich und griff nach den zwei Bechern auf dem Tisch. »Wollen Sie auch noch einen?« Ohne eine Antwort abzuwarten, ging er zu der Maschine. Es war ein altes Modell, wie sie es sicher zuletzt als Kind gesehen hatte. Aber der Kaffee schmeckte hervorragend.

»Wenn ich vorhin sagte, ich mag keine Menschen, muss ich das relativieren«, meinte er, als er den vollen Kaffeebecher vor ihr abstellte. »Was damals in den Tagen vor Ablauf des Ultimatums geschehen ist, war unglaublich. Es gab eine große Welle der Solidarität für Hannah und die anderen Geiseln.«

»Ich habe das Foto gesehen von der Lichterkette von Berlin nach Hamburg.«

»Zweihundertachtzig Kilometer.«

»Die Schülerproteste haben Hannahs Freilassung gefordert. Am Freitag vor Ablauf des Ultimatums gingen weltweit über eine Million Schüler auf die Straße und baten die Kidnapper darum, sie freizulassen.« Zum ersten Mal seit ihrer Ankunft nahm sein Gesicht sanftere Züge an. »*Are you KIDding us?* stand auf einem Plakat. Erst richtete sich die Wut noch gegen die Entführer. Und dann, dann begann der Aufstand.« Er lächelte. Einen Moment war nur das Knistern im Ofen zu vernehmen.

»Und Caro? Glauben *Sie*, dass sie noch lebt?«

Behringer bildete mit den Fingerspitzen ein Dach. »Wissen Sie, warum es keine gute Idee ist, sich zuerst mit dem Ende einer Geschichte zu beschäftigen?«, sagte er mit Bedacht. Er erwartete offensichtlich keine Antwort von ihr. »Weil jedem Ende auch ein Anfang innewohnt. Man dreht sich dann nur im Kreis.«

45
Berlin

Die Nacht hatte er auf Ingrids Sofa verbracht, nachdem er Caro per Telefon mitgeteilt hatte, dass er nicht nach Hause kommen würde. Die Schmerztablette ließ ihn tief schlafen. Und obwohl sein Traum ihn diesmal nach Damaskus führte, ins nordöstlich gelegene Al-Zabadani, wo er damals geholfen hatte, die vier verschütteten Kinder unter den Trümmern zu bergen, wachte er erst auf, als die ersten Sonnenstrahlen ins Wohnzimmer fielen.

Er fühlte sich an diesem Morgen viel besser. Von Astrid erfuhr er, dass Ingrid bereits früh aufgebrochen war, da sie heute fliegen musste. Statt zu frühstücken, holten sie beide sich in dem Döner-Imbiss unten im Haus einen Tee to go und türkisches Gebäck.

Sie fanden Ingrids parkendes Auto an der von ihr beschriebenen Stelle einige Straßenzüge entfernt und ordneten sich wenig später in den Berliner Berufsverkehr ein. Astrid saß am Steuer. Wer ein Flugzeug fliegen konnte, konnte mit Sicherheit auch besser Auto fahren als er. Er besaß zwar einen Führerschein, fuhr aber nicht besonders gern Auto. Lieber glitt er mit dem Kajak durch das seichte Wasser des Squamish River. Kanada war nun jedoch weit entfernt.

»Schau.« Er hielt Astrid die Zeitung entgegen, die sie im Imbiss gekauft hatten. Von der Titelseite blickten ihnen Hannah und Caro entgegen. Es war das Foto, das in Caros Schlafzimmer gestanden hatte. »Meine Schwester und meine Nichte«, sagte er, obwohl es der Erklärung nicht bedurft hätte.

»Was steht dort?«, fragte Astrid, während sie sich wieder auf den Verkehr konzentrierte.

»*Wir sind Hannah!*«, übersetzte er. Eine vielleicht etwas zu pathetische Schlagzeile, aber vermutlich musste man im heutigen Blätterwald dick auftragen, wenn man Aufmerksamkeit erregen wollte. Er überflog die Artikel auf der Titelseite und der Seite drei.

Es wurde ein aktueller Stand zur Entführung gegeben, mit einem moralisch grenzwertigen Foto aus dem Video von Lorenzos Ermordung, ein Screenshot, kurz vor Lorenzos Tod. Dann gab es private Bilder von Hannah. Ein Foto zeigte ihr Mädchenzimmer in Berlin, ihr Bett und ihren Schreibtisch, das selbst gemalte Plakat. Auf anderen Fotos war Hannah als Kind mit Freunden zu sehen. Auch Caro war porträtiert worden. Mit schmalem Gesicht und tiefen Augenringen schaute sie traurig in die Kamera, in der Hand ein groß gerahmtes Bild von Hannah.

Er nahm das Handy und wählte Caros Telefonnummer.

Als sie sich meldete, klang ihre Stimme klar und voller Energie. »Hast du es gesehen? Ich denke, größer geht nicht!« Er stimmte ihr zu. »Die Nacht gestern war lang, wir haben noch die Fotos gemacht, bis kurz vorm Druck. Sie haben mir so eine Art PR-Frau an die Seite gestellt. Gleich habe ich einen Termin beim Berliner Rundfunk. Heute Nachmittag kommt das Fernsehen.«

Marc spürte, dass es Caro guttat, endlich etwas zu unternehmen. Das lange, tatenlose Warten auf Nachrichten hatte sie zermürbt. »Du machst das toll«, sagte er.

»Sehe ich dich nachher?«

Astrid versuchte, sich nach rechts auf die Abbiegespur einzufädeln.

Er beugte sich vor und schaute über die Schulter. »Vorsicht, der blaue Wagen«, warnte er.

»Bitte was?«, hörte er Caro am Telefon fragen.

»Sorry, ich bin mit Albins Schwester unterwegs. Ich habe heute Vormittag noch etwas zu erledigen. In Potsdam.«

»Potsdam?« Aus ihrer Stimme sprach Enttäuschung. »Spürst du immer noch derselben Sache nach wie in Göteborg? Meinst du wirklich, das bringt uns Hannah zurück?«

Eine mehr als berechtigte Frage, auf die er keine Antwort wusste. Vielleicht floh er tatsächlich nur vor seinen Dämonen oder jagte Gespenstern nach. Aber er hatte mit Emil Sandberg in ein Wespennest gestochen. Sie hatten versucht, ihn zu töten. Bei Albin waren sie sogar erfolgreich gewesen. Es war nicht nichts, was dort in Schweden geschehen war. Er wusste nur noch nicht, ob und – wenn – wie es mit der Entführung zusammenhing. Doch bei allem Zweifel vertraute er seinem Instinkt. Und der sagte ihm, er war auf der richtigen Spur.

»Bist du noch dran?«

»Alles ist besser, als tatenlos herumzusitzen«, antwortete er. »Ich melde mich später bei dir.« Er hörte, wie es bei Caro an der Tür schellte.

»Es geht weiter«, sagte sie und beendete das Telefonat. So sehr es ihrer Sache diente, so sehr brachen ihm Caros Tingeltour durch die Medien und die Fotos in der Zeitung auch das Herz. Auf eine Art waren die Berichte und Bilder entwürdigend. Niemand würde solch intime Momente von sich und der Tochter, von ihrem Mädchenzimmer, unter normalen Umständen in einer der größten deutschen Tageszeitungen auf der Titelseite veröffentlicht sehen wollen. Aber sie hatten keine andere Wahl. Wenn sie Hannah retten wollten, mussten sie diesen Weg gehen, musste Caro ihr Privatleben entblößen.

Marc faltete die Zeitung zusammen und legte sie in den Fußraum. Das Handy in der Mittelkonsole befahl ihnen, rechts abzubiegen. Zu Beginn ihrer Fahrt hatte er Dr. Zameks Adresse, die Julia ihm gegeben hatte, in die Navi-App eingegeben. Die Fahrt hinaus nach Potsdam sollte eine knappe Stunde dauern.

»Und wenn Zamek nicht zu Hause ist?«, wollte Astrid wissen.

»Dann fragen wir uns durch. Irgendwo müssen wir anfangen. Ihn zu finden hat absolute Priorität. Er hat sich mit Sandberg getroffen, und Albin hat vor seinem Tod mit ihm telefoniert.«

»Er ist Klimaforscher?«

»Soweit ich weiß.« Er öffnete eine Webseite des Instituts für Klimaschutz, die er im Internet herausgesucht hatte, und las den Lebenslauf vor. »Studium der Meteorologie und Geografie, stellvertretender Leiter des Hartholm-Zentrums für den Bereich ›Maritime

Meteorologie«. Träger verschiedener Auszeichnungen und Preise, Ehrenmitglied der Amerikanischen Meteorologischen Gesellschaft. Zudem Geschäftsführer der *ZetCert*, Gesellschaft für Validierung und Zertifizierung.«

»Ich verstehe kein Wort«, entgegnete Astrid. Ihr Shirt war beim Lenken des Fahrzeugs hochgerutscht. Ihr Unterarm war voller Narben. Als sie seinen Blick bemerkte, zog sie schnell den Ärmel wieder herunter.

»Jedenfalls scheint er ein bislang unbescholtener Wissenschaftler zu sein«, sagte er.

»Dennoch hat er dich versetzt.«

Das stimmte. Zameks erschrockener Gesichtsausdruck auf der Toilette des Kanzleramts hatte Bände gesprochen. Er war ihm ausgewichen. Marc bereute es, dass er ihn nicht schon im Kanzleramt ausgequetscht hatte. Aber der Ort war natürlich denkbar ungünstig gewesen.

Sie hatten zwischenzeitlich den Berliner Ring verlassen und waren auf die Autobahn gefahren. Der Verkehr war an diesem Morgen immer noch dicht. Astrid überholte eine Lkw-Kolonne, als ihm bei einem Blick in den Außenspiegel der blaue Lieferwagen erneut auffiel. Den rückwärtigen Verkehr zu beobachten war ein Automatismus, den er sich in Krisengebieten angewöhnt hatte. Als westlicher Reporter im Irak oder in Syrien war man ständig der Gefahr einer Entführung ausgesetzt. Er selbst war mindestens drei konkreten Versuchen entkommen, andere hatten weniger Glück gehabt als er. Der blaue Wagen hatte gemeinsam mit ihnen überholt, sich jedoch hinter dem Lastwagen hinter ihnen wieder eingeordnet.

»Alles klar?«, wollte Astrid wissen.

Er saß nach vorne gebeugt und hielt weiter den Außenspiegel im Blick. »Überhole den Reisebus vor uns.«

Astrid blinkte und scherte aus. Als sie auf Höhe des Busses waren, wechselte auch der blaue Wagen hinter ihnen auf die linke Spur. Es war ein Kastenwagen, wie ihn Handwerker fuhren. Astrid ordnete sich vor dem Bus wieder ein. Der blaue Wagen nahm den Platz hinter dem Bus ein. Marc schaute nach vorne. Ein Schild kündigte einen an der Autobahnausfahrt gelegenen Rasthof an. Ein weiterer Wegweiser verriet, dass man über den Rasthof zum nahegelegenen Wannsee gelangte.

»Fahr ab!«

Astrid checkte den Rückspiegel, in dem allerdings nichts als der Bus zu sehen war. Ohne zu fragen, blinkte sie und fuhr nach rechts auf die lang gezogene Abfahrt.

Im letzten Augenblick vor der Kurve zum Rasthof sah Marc, wie der blaue Wagen ebenfalls auf die Abfahrt ausscherte. »Fahr auf den Rasthof.«

Sie blinkte und bog nach rechts auf den riesigen Parkplatz am Ende der Ausfahrt ab. Der blaue Wagen folgte ihnen auch hierher. Nun gab es für Marc keinen Zweifel mehr, dass sie tatsächlich verfolgt wurden.

»Der blaue Wagen?«, fragte sie.

»Er ist mir das erste Mal in Berlin aufgefallen.«

»Was wollen die wohl von uns?«

»Keine Ahnung.« Er deutete auf eine leere Parklücke, in die Astrid hineinfuhr. Gemeinsam verfolgten sie, wie der Kastenwagen sich langsam von hinten näherte und ihnen gegenüber einparkte. Sie beobachteten das Fahrzeug im Spiegel, doch niemand stieg aus.

»Ich gehe hin.« Marc öffnete die Beifahrertür. Sie standen genau vor dem großen Rasthofgebäude, in dem um diese Zeit, genauso wie auf dem gesamten Parkplatz, viel Betrieb herrschte, was ihm eine gewisse Sicherheit verlieh.

Marc näherte sich dem blauen Wagen von hinten. Das Fahrzeug glänzte neu. Jetzt erkannte er auch, dass es ein Mercedes-Modell mit Münchener Kennzeichen war. Auf dem Tankdeckel war ein Aufkleber mit dem Wort *DIESEL* aufgebracht, woraus er schloss, dass es sich um einen Mietwagen handelte. Als er auf Höhe der Beifahrertür angekommen war, riss er mit langem Arm am Griff, doch die Tür war verriegelt. Auf dem Beifahrersitz drehte sich ein Mann zu ihm um und starrte ihm direkt ins Gesicht. Er hatte einen eher dunklen Teint, trug ein schwarzes Cappy und einen gepflegten Vollbart. Sein Gesichtsausdruck war weder überrascht noch ängstlich, sondern regungslos.

Marc schlug mit der Faust gegen das Fenster und machte einen Schritt nach vorne, um einen Blick auf den Fahrer zu erhaschen. In diesem Moment fuhr das Auto plötzlich rückwärts. Marc wich zurück und konnte sich im letzten Moment auf die Motorhaube des parkenden Fahrzeugs in seinem Rücken werfen, um nicht zwischen beiden Wagen zerquetscht zu werden. Kaum war das Auto aus der Parklücke gestoßen, schaltete der Fahrer mit einem knirschenden Geräusch in den Vorwärtsgang und fuhr mit quietschenden Reifen an. Marc hatte sich zwischenzeitlich aufgerappelt und erwischte gerade noch das Heck des Wagens, wo er erneut gegen die Scheibe des davonpreschenden Autos schlug. Er folgte dem Fahrzeug noch einige Meter, als neben ihm plötzlich Astrid mit ihrem Auto auftauchte.

Er öffnete die Tür und sprang auf den Beifahrersitz. »Hinterher!«, rief er, allerdings unnötigerweise, denn Astrid hatte die Verfolgung bereits aufgenommen. Der Kastenwagen raste zu der Ausfahrt des Parkplatzes, die nicht zurück auf die Autobahn, sondern auf eine Landstraße führte. Beim Abbiegen geriet er ins Schleudern und verfehlte ein ankommendes Auto nur knapp. »Jedenfalls sind das keine Polizisten«, bemerkte Marc.

Astrid lenkte den Wagen konzentriert um die Ecke; sie driftete ebenfalls kurz, verlor jedoch nicht die Kontrolle. Kaum hatten sie wieder Grip, drückte sie das Gaspedal durch und sprintete hinter dem blauen Fahrzeug her. Kein Zweifel: Sie konnte nicht nur fliegen, sondern auch außerordentlich gut Auto fahren.

Sie warf ihm einen schnellen Blick zu. »Und was genau wollen wir von denen?«

»Fragen, wer sie sind und warum sie uns verfolgen«, entgegnete

Marc. Nach dem Sprung auf die Motorhaube schmerzte wieder seine gesamte Seite.

»Hältst du das für eine kluge Idee?«

Die Bremslichter des Autos vor ihnen leuchteten plötzlich auf, der Wagen bog scharf nach links in einen Weg, der mitten in einen Wald hineinführte. Die Gegend rund um den Wannsee war dicht bewaldet.

»Ich war noch niemals für besonders kluge Ideen berühmt«, antwortete er, während die Fliehkraft ihn bei Astrids Fahrmanöver gegen die Seitenscheibe drückte.

»Und wenn das die Typen sind, die Albin getötet haben?«

Sie fuhren viel zu schnell. Zu ihrer Linken und Rechten flogen die Bäume des dichten Waldes vorbei. Die Straße war schmal und durch den dichten Baumbewuchs dunkel. Mehr Sorgen bereitete Marc allerdings die Tatsache, dass es hier immer einsamer wurde. Irgendwo hinter dem Wald musste der Wannsee liegen.

Plötzlich verlangsamte der Wagen vor ihnen die Fahrt und hielt schließlich ganz an. Auch Astrid bremste, sodass sie direkt hinter dem Kastenwagen zum Stehen kamen.

»Und jetzt?«, fragte sie.

Jeder Atemzug stach in seinen Rippen. Er starrte auf das Fahrzeug vor ihnen, in dem sich nichts regte.

»Worauf warten die?« Anders als eben auf dem belebten Parkplatz meldete sich jetzt sein sechster Sinn, der ihn vor drohender Gefahr warnte. »Fahr rückwärts!«, sagte er.

In diesem Moment öffneten sich gleichzeitig die beiden Türen des Transporters vor ihnen, und auf jeder Seite stieg ein dunkel gekleideter Mann aus. Marc erkannte die auf sie gerichteten automatischen Pistolen sofort.

»Fahr los!«, brüllte er. Im nächsten Moment sah er bereits das Mündungsfeuer aufblitzen.

46
Glasgow

Sie waren zu dritt. Eine kleine exquisite Runde, versammelt in einem der Seminarräume des Scottish Event Campus, in dem die UN-Klimakonferenz stattfand.

Die Umweltministerin der Bundesrepublik Deutschland stand an einem der großflächigen Fenster und schaute hinaus auf den nahen Clyde River. Das Wetter in Schottland lud zum Whiskey-Trinken ein, so kalt und stürmisch war es. Am gestrigen Abend hatten die anderen Teilnehmer es an der Bar ihres Hotels allerdings übertrieben. Wegen des Lärms direkt unter ihrem Zimmer war sie erst weit nach Mitternacht eingeschlafen. Die ersten Tage der COP26 waren ohnehin schon anstrengend genug gewesen. Zu unterschiedlich waren die Positionen der einzelnen Teilnehmer. Durch die Entführung der Kinder, insbesondere des deutschen Mädchens, schien nun allerdings das gesamte politische Berlin in Aufruhr zu sein. Aus der Ferne bekam sie von der Hektik, die deswegen im Kanzleramt ausgebrochen war, nur am Rande mit. Aber die Kanzlerin hatte klare Weisungen erteilt.

»In der Politik handelt man mit Menschenleben«, hatte ihre Omi immer gesagt, und sie hatte darüber nur gelacht. Erst nach ihrer Ernennung zur Umweltministerin hatte sie verstanden, wie recht ihre Großmutter gehabt hatte. Bei Konferenzen wie dieser ging es nicht nur um die Umwelt, um Mutter Erde. Es ging bei den Fragen, um die sie hier rangen, am Ende um das Leben von Millionen, wenn nicht Milliarden von Menschen, um die Existenz ganzer Generationen. Aber das waren abstrakte Gedankenspiele.

Nun stand das Leben eines deutschen Mädchens auf dem Spiel. Eines Teenagers, der ein Gesicht und einen Namen hatte. Und auch wenn es nur ein einziges Menschenleben war, so spürte die Umweltministerin doch eine Last auf ihren Schultern wie nie zuvor.

»Das Angebot liegt auf dem Tisch«, wiederholte sie. »Die Kanzlerin lässt ihre Grüße ausrichten. Ihre Nationen stimmen für unseren Vorschlag, und im Gegenzug werden wir die Zahlungen aus dem Amazonas-Fonds auf hundert Millionen Euro erhöhen.«

Der Vertreter des brasilianischen Präsidenten saß mit übereinandergeschlagenen Beinen auf einem der Stühle, das Kinn in Denkerpose in die rechte Hand gestützt. »Warum tun Sie das?«, sagte er schließlich. »Im vergangenen Jahr wollten Sie die Zahlungen noch kürzen oder ganz einstellen. Und nun fast verdreifachen? Das ist … verwirrend.«

Da hatte er recht. Nachdem Brasilien große Regenwaldflächen für die Rinderzucht und den Anbau von Soja hatte roden lassen, hatte sie persönlich die Zahlung aus dem Amazonas-Fonds, der dem Schutz des Regenwaldes dienen sollte, infrage gestellt. Aber nun ging es um etwas anderes. In dieser Situation schien der Fonds ein geeigneter Honigtopf zu sein. Auch wenn sie Probleme hatte, dem Brasilianer ins Gesicht zu schauen.

An der Promenade des Flusses sah sie eine Gruppe junger Menschen aufmarschieren, die Plakate in die Höhe hielten. Proteste begleiteten sie den gesamten Gipfel über. Schon bei ihrer Ankunft am Flughafen war sie auf erste Demonstranten getroffen. Doch in diesem Fall waren es nicht die üblichen Plakate wie *Act Now* oder *We have no time*. Vielmehr schien es um die Entführung in Australien zu gehen.

Save our kids, *Bring them home* und *Politics killed Lorenzo* stand dort geschrieben. Erstaunlich, dass der Protest sich nicht gegen die Entführer richtete.

»Free them«, sagte sie.

»Bitte?«, fragte der Chinese.

Erschrocken darüber, dass sie laut gedacht hatte, drehte sie sich um. »Wir bringen das Paket zur Abstimmung, und Sie stimmen dafür«, erklärte sie an den Brasilianer gerichtet. »Im Gegenzug erhöhen wir die Zahlungen im Fonds.« Sie wandte sich an den Leiter der chinesischen Delegation. »Und Sie nehmen bitte Rücksprache und teilen mir mit, was die deutsche Regierung für Ihre Seite tun kann, damit Sie unserem Vorschlag doch zustimmen.« Sie versuchte, besonders zurückhaltend zu formulieren. Bloß nicht zu fordernd wirken, hatte ihr Staatssekretär ihr eingebläut. Die Chinesen lassen sich nicht gern bedrängen.

Der chinesische Gesandte lächelte sanft. »Damit ich es richtig verstehe«, setzte er an. »Sie wollen tatsächlich auf die Forderungen der Entführer eingehen? Das ist Ihnen all diese Zugeständnisse wert?«

Sie atmete tief ein. Es war ja nicht ihre Idee. Sie war nur die Botin für Berlin. »Wir halten die Forderungen aus umweltpolitischer Sicht für durchaus sinnvoll«, entgegnete sie so diplomatisch, wie DJ es ihr zuvor in der Videoschalte als Antwort auf diese zu erwartende Frage empfohlen hatte.

Es war nicht die ganze Wahrheit, tatsächlich hielt sie persönlich die Forderungen der Kidnapper für zu extrem. Dieser Einwand war an DJ jedoch abgeprallt.

Der Chinese lächelte immer noch. So freundlich, als könnte er ihr keine Bitte abschlagen. »Eine Redewendung bei uns in China lautet: ›Angst klopfte an. Vertrauen öffnete. Keiner war draußen.‹«

Sie stutzte, nicht sicher, was ihr Gegenüber ihr damit sagen wollte. »Noch einmal: Ich bitte um Ihre raschen Zusagen. Wenn wir Ihre Unterstützung haben, werden andere mitziehen. Ihre Länder sind von den Forderungen der Kidnapper nach einem Verfall der alten CO_2-Zertifikate am stärksten betroffen. Dem indischen Kollegen habe ich bereits ein Angebot unterbreitet. Ich bin hoffnungsvoll, dass er es annehmen wird.« Sie schaute von einem zum anderen, doch beide schwiegen.

»Mir ist klar, welches Opfer Sie bringen«, fuhr sie fort. »Aber für die Umwelt ist es das Beste, wenn diese alten Verschmutzungsrechte endgültig verschwinden. Daher stand diese Forderung auch bei der letzten Klimakonferenz in Madrid bereits im Raum. Lange vor der Entführung.« Sie biss sich auf die Lippen. Nicht zu sehr rechtfertigen, hatte DJ sie gebrieft. Wir wollen mit ihnen einen Deal abschließen, nicht betteln. »Ich höre also von Ihnen?«

Von beiden erntete sie ein freundliches, aber unverbindliches Nicken.

Sie horchte auf. Hatte es geklopft? Keiner der anderen reagierte. Sie musste sich geirrt haben. Sie verabschiedete sich noch einmal, ging zur Tür und öffnete sie. Keiner war draußen.

47
Im Camp

»Das ist nur eine Beule.« Denise reichte ihr ein nasses Tuch, das sich auf ihrer Schläfe angenehm kühl anfühlte. »Meerwasser«, sagte sie und lächelte.

Hannah lag auf ihrem offen gelassenen Schlafsack, im Nacken eine zusammengerollte Jacke. Sie hob den Kopf, was die Schmerzen explodieren ließ.

Stina schlief neben ihr. Ihr Gesicht war blass, und auf ihrer Stirn stand noch immer Schweiß.

»Wie geht es ihr?«, fragte Hannah, obwohl sie die Antwort schon kannte.

»Nicht gut«, antwortete Denise.

Hannah setzte sich langsam auf. Um das alte Autowrack herum stand eine Gruppe der bewaffneten Männer, die das Camp gestürmt hatten. Einer lag halb auf der Motorhaube, zwei andere standen davor. Ihre Gewehre hatten sie an den Kotflügel gelehnt. Einer sagte etwas, die anderen lachten. Ihrem Aussehen nach waren es keine Europäer, vielleicht Nordafrikaner.

Hannah drehte den Kopf. Nicolas diskutierte mit einem der fremden Männer auf der anderen Seite des Camps. Aus der Ferne wirkte es so, als rechtfertige er sich. Sie sah ihm an, dass er nicht glücklich war. Er gestikulierte wild, dann machte er eine wegwerfende Handbewegung und ließ den Mann einfach stehen. Begleitet von seinen einheimischen Bodyguards stapfte er davon. Wenn Hannah sich nicht täuschte, hatte Mikele ein blau geschwollenes Auge.

Eine dunkle Ahnung zog in ihr auf. »Wo ist Kito?«, fragte sie. »Und Li? Und Kamal?« Sie musste schlucken bei dem Gedanken, dass ihnen etwas Schlimmeres zugestoßen sein könnte.

Denise strich sich eine Strähne aus der Stirn und deutete auf einen der Container. »Sie haben sie dort eingesperrt.« Vor ihm stand ein Soldat Wache. In dem Türschloss steckte als Riegelersatz jetzt kein Kochlöffel mehr, sondern der Lauf eines Gewehrs.

Hannah versuchte aufzustehen. Für einen Moment war ihr schwindelig, und vor ihren Augen drehte sich alles. Denise hielt ihr eine Wasserflasche hin, aus der sie einen großen Schluck nahm. Jetzt sah sie auch Morgan, Adela und Ayumi, die, eingerollt in ihre Schlafsäcke, dalagen und die bewaffneten Männer misstrauisch beäugten. Diego war nirgends zu entdecken.

Sie musste unbedingt mit Nicolas sprechen, um herauszufinden, was hier vor sich ging. Die Ereignisse überschlugen sich, und Hannah fragte sich, ob er die Situation überhaupt noch unter Kontrolle hatte. Oder spielte er etwa die ganze Zeit schon ein falsches Spiel?

»Danke«, sagte sie in Denises Richtung, die es mit einem verlegenen Lächeln quittierte. »Halt dich von den Männern fern«, flüsterte Hannah. Dann schob sie ihren Schlafsack zur Seite und krabbelte auf allen vieren zu Stina. Die Stirn der Dänin fühlte sich noch immer heiß an.

Stina öffnete die Augen und blickte sie an. Hannah nahm ihre Wasserflasche und gab ihr davon zu trinken. »Mir ist kalt«, flüsterte die Dänin. Ihr lief eine stille Träne die Wange hinab, und Hannah streichelte ihr tröstend über das schweißnasse Haar. »Ich kann nicht mehr. Ich will nach Hause.«

»Bald«, sagte Hannah und zog den Schlafsack etwas fester. Sie strich ihr noch einmal über die Haare und blieb bei ihr, bis Stina die Augen wieder zufielen und sie wegdämmerte.

Nicolas saß nun auf einem der Plastik-Gartenstühle im Schatten der Bäume. Am Horizont waren dunkle Wolken aufgezogen. Sie machte sich auf den Weg zu ihm. Die ersten Meter meinte sie, die Beine würden sie nicht tragen. Sie fühlte sich wackelig, und in ihrem Kopf dröhnte es noch immer. Nachdem der Mann sie mit dem Gewehrkolben niedergeschlagen hatte, war sie offenbar bewusstlos gewesen.

Sie tastete vorsichtig über die Beule an ihrer Schläfe. Wer schlug ein Mädchen mit einem Gewehr? Was waren das überhaupt für Männer, und was wollten sie hier? Fragen, die sie Nicolas dringend stellen musste. Aber vorher musste sie, ohne große Aufmerksamkeit zu erregen, an ihnen vorbeikommen. Sie schluckte. Die Angst vor den Männern ließ ihre Hände schweißnass und ihre Knie noch weicher werden. Sie war barfuß. Offenbar hatte sie ihre Flip-Flops verloren. Plötzlich fühlte sie etwas Nasses unter ihren Füßen. Als sie auf den Boden schaute, stieß sie einen entsetzten Schrei aus.

In diesem Moment kam die Erinnerung an die Schüsse zurück, die der Kerl abgegeben hatte, bevor er sie niedergeschlagen hatte. Gezielt hatte er mit dem Gewehr auf Diego, der genau an der Stelle zu Boden gegangen war, wo sie nun stand. Inmitten einer großen Blutlache.

48
Berlin

Die meisten Menschen erstarrten, wenn sie in den Lauf einer Waffe blickten, und gerieten erst recht in Panik, wenn auf sie geschossen wurde. Das hatte Marc häufig genug erlebt, auch am eigenen Leib. Diese Verhaltensmuster galten jedoch offenbar nicht für Astrid: Kaum waren die Männer vor ihnen aus dem blauen Transporter ausgestiegen und hatten das Feuer auf sie eröffnet, hatte sie den Rückwärtsgang eingelegt und war mit extrem hoher Geschwindigkeit schnurgerade zurückgeprescht.

Die ganze Klasse ihres fahrerischen Könnens zeigte sich allerdings erst, als sie plötzlich das Steuer herumriss und das Auto so lange schleudern ließ, bis der Wagen sich einmal um die halbe Achse gedreht hatte. Die Männer befanden sich nun in ihrem Rücken; vor ihnen war die freie Straße, über die sie gekommen waren. Astrid schaute in den Rückspiegel. Marc tat es ihr gleich. Die Männer waren mittlerweile wieder eingestiegen und versuchten, den Van auf der schmalen Forststraße zu wenden.

Astrid drückte aufs Gas. Auch wenn ihr kleines Auto alles andere als schnell war, mussten sie es auf dieser engen Straße mit dem Vorsprung locker zurück auf die belebte Hauptstraße schaffen. Marc ging davon aus, dass sie dort sicher waren.

»Meinst du, die haben auch Albin auf dem Gewissen?«, fragte sie.

»Keine Ahnung, ich rufe die Polizei!« Er zog Caros Handy hervor. Gerade wollte er den Notruf wählen, als Astrid plötzlich so scharf bremste, dass er nach vorne in den Gurt geworfen wurde und ihm das Handy aus der Hand glitt. »Was machst du?«, stieß er aus und wurde im nächsten Moment gegen die Seitenscheibe gedrückt.

Astrid war dabei, das Manöver zu wiederholen, mit dem sie das Auto zuvor gewendet hatte, nur drehte sie es diesmal in die andere Richtung. In die Richtung, aus der der Wagen der Verfolger auf sie zukam. Astrid starrte nach dem erneuten Wendemanöver auf den Van, der vielleicht noch vierhundert Meter entfernt war und sich rasch näherte.

»Was …«, wiederholte Marc, als sie plötzlich Gas gab. Sie beschleunigte, fuhr so schnell sie konnte, sodass sie nun auf der schmalen Straße aufeinander zurasten, die beiden Männer in ihrem Mietwagen und sie in Ingrids Polo. Marc klammerte sich instinktiv in der Seitenverkleidung des Autos fest und rutschte auf dem Sitz nach hinten. Jetzt waren sie nur noch ungefähr zweihundertfünfzig Meter voneinander entfernt. »*Was tust du?*«, brüllte er, ohne dass Astrid reagierte.

Mit starrem Blick hielt sie auf den Wagen zu, der ebenfalls keine Anstalten machte, anzuhalten oder auszuweichen. Letzteres war auf dieser schmalen, von Bäumen gesäumten Forststraße allerdings auch gar nicht möglich. Noch einhundertfünfzig Meter.

Marc überlegte, ins Lenkrad zu greifen, doch dies würde bei dieser Geschwindigkeit für ihren sicheren Abflug von der Straße sorgen. »*Halt an!*«, rief er stattdessen. In diesem Moment beschleunigte Astrid weiter.

Nun waren es nur noch gut einhundert Meter bis zum Aufprall. Als sie noch etwa achtzig Meter entfernt waren, stieg von den Reifen des Vans plötzlich weißer Rauch auf, was bedeutete, dass die Männer eine Vollbremsung hinlegten. Astrid nicht.

Marc hielt sich instinktiv die Arme vor das Gesicht. Als sie noch fünfzig Meter entfernt waren, blitzte neben der Beifahrerseite des Vans plötzlich erneut ein Mündungsfeuer. Sie schossen auf sie! Marc duckte sich. Kurz vor der Kollision konnte er die Gesichter der beiden Männer erkennen, sah an seiner rechten Hand vorbei den ungläubigen Blick des Fahrers. Marc schloss die Augen und bereitete sich auf den nicht mehr zu verhindernden Aufprall vor, der ihren Wagen zerfetzen würde. Er hielt die Luft an und …

Es geschah nichts.

Sie fuhren einfach weiter, dann wurden sie langsamer. Als er die Augen wieder öffnete, war die Straße vor ihnen leer. Astrid bremste ab. Als sie zum Stehen gekommen waren, legte sie den Kopf auf das Lenkrad und begann, laut zu keuchen. Einen Augenblick verharrte sie so, dann richtete sie sich ruckartig auf und drehte sich um.

Marc tat es ihr gleich. Auch hinter ihnen war kein Auto auf der Straße zu sehen. Die Forststraße war leer. Sein Herzschlag beruhigte sich nur allmählich. Vor einer Minute war er noch sicher gewesen, den Tod vor Augen zu haben. »Wo sind die hin?«, brachte er hervor.

Astrid fuhr langsam an und wendete im Schritttempo in drei Zügen. Sie fuhren ungefähr zweihundert Meter, dann stoppte sie erneut und öffnete das Fenster auf ihrer Seite.

Nun sah auch er die Schneise, die der Van in die Böschung gerissen hatte. Vom unbefestigten Randstreifen bis zum Waldrand verliefen im Boden zwei tiefe Furchen, die schwarze Erde aufgewühlt hatten. Dort, wo der Wagen in den Wald eingeschlagen war, waren Büsche ausgerissen; einige jüngere Fichten waren geknickt. Der Van selbst lag circa dreißig Meter entfernt auf dem Dach. In einiger Entfernung daneben glaubte Marc, den herausgerissenen Motorblock auszumachen. Weißer Dampf stieg von dem Wrack auf. Mehr konnte er nicht erkennen.

Astrid fuhr wieder an. Keiner von ihnen sagte etwas.

Marc konzentrierte sich auf seinen Atem, um sich zu beruhigen. Sein Blick fiel auf einen Sprung in der Windschutzscheibe. Es war ein Einschussloch. Langsam wich der Schrecken der Wut. »Was zum Teufel ist da gerade geschehen?«, presste er schließlich hervor, nachdem er diverse Flüche und weniger neutral formulierte Fragen mühsam unterdrückt hatte. »Du wolltest uns umbringen«, fügte er an, als Astrid nicht antwortete, sondern unbewegt geradeaus starrte.

»Nicht uns, sondern die«, sagte sie. »Wenn Emil die geschickt hat, um uns zu töten, haben die bekommen, was sie verdient haben.«

»Emil?«

»Sandberg.«

»Und was, wenn die nicht ausgewichen wären? Wenn die genauso gepokert hätten wie du? Du hattest es nicht mehr in der Hand.« Jetzt erst wurde ihm richtig bewusst, mit wie viel Glück sie gerade überlebt hatten.

Er blickte sich noch einmal um, doch die Unfallstelle war schon nicht mehr zu erkennen.

»Ich war sicher, dass sie ausweichen«, sagte sie schließlich. In einiger Entfernung kam die Hauptstraße in Sicht.

Er schüttelte den Kopf. »Du konntest nicht sicher sein!«

»Niemand setzt sein Leben bloß für Geld aufs Spiel.«

Er strich sich über das Gesicht. »Und woher willst du wissen, dass es bei denen nur um Geld geht?«

Zum ersten Mal seit Minuten schaute sie zu ihm herüber. »Es geht am Ende immer nur um Geld.«

Er suchte im Bodenraum nach dem Handy, fand es und tippte die Nummer des Notrufs ein.

»Was machst du?«, fragte sie. Sie gelangten zur Einmündung zur Hauptstraße.

Er überlegte. »Ich rufe die Polizei. Vielleicht leben die noch.«

»Und was genau willst du denen erzählen?«

Er zögerte, dann löschte er die Nummer. »Fahr zurück zu dem Rastplatz. Ich rufe von dort aus an, ohne meinen Namen zu nennen.«

»Sie haben Ihr Ziel erreicht.«

Wie zuvor abgesprochen, fuhren sie mit dem Auto langsam an der von Julia Schlösser genannten Adresse vorbei. Tatsächlich residierte Dr. Zamek in Potsdam in einer imposanten Villa. Ein moderner weißer Kubus, der aus mehreren versetzt stehenden, würfelförmigen Gebäudeteilen bestand, von denen jeder über eine große Fensterfront verfügte. Vor einer Doppelgarage parkte ein roter Tesla. Geschützt wurde das Haus von einem hohen gusseisernen Zaun – und einem Streifenwagen, der direkt vor der Einfahrt parkte.

Um keinen Verdacht zu erregen, hielten sie nicht an. Stattdessen bogen sie in die nächste Querstraße ein, wo Astrid den Polo stoppte.

»Und jetzt?«, fragte sie.

»Ich rufe ihn an.« Marc nahm Caros Smartphone und wählte die Nummer, die auf Albins Handy gespeichert gewesen war. Ein Freizeichen ertönte.

»Hallo?« Die Stimme, die sich meldete, war nicht Zameks, sondern die einer Frau.

»Hallo«, entgegnete er vorsichtig.

»Wer sind Sie?«

»Kann ich mit Herrn Zamek sprechen?«

Einen Moment lang war es still am anderen Ende der Leitung. Er glaubte, ein Flüstern zu hören.

»Das geht im Moment nicht. Sagen Sie mir bitte Ihren Namen und woher Sie … Herrn Zamek kennen.«

»Wer sind Sie?«

»Seine Ehefrau.«

Irgendetwas stimmte nicht. Nicht nur, was sie sagte, auch wie sie es sagte, war seltsam. Er hatte nichts zu verheimlichen, wollte aber auch nicht die Verbindung von Zamek zu Albin ohne Weiteres offenlegen. Vielleicht war Dr. Zamek für Albin so etwas wie ein Informant gewesen. Auch wenn Zamek sich ihm gegenüber verschlossen hatte, musste er ihn dennoch schützen, bis er ihm endlich verraten hatte, worum es eigentlich ging.

»Wo kann ich Herrn Zamek erreichen? Es ist wirklich dringend. Ist er zu Hause? Ich würde ihn gern besuchen. Jetzt.«

Wieder antwortete sie nicht sofort. Es raschelte. Er vermutete, dass Frau Zamek nicht allein war. Eventuell stimmte sie ihre Antworten mit jemandem ab. »Sie möchten Ihren Namen nicht nennen?«, fragte sie schließlich.

So kam er nicht weiter. Er hatte keine Zeit mehr für Spielchen. Ihm fiel ein, dass er mit Caros Handy telefonierte, vermutlich sogar seine Handynummer übermittelte.

»Ich bin ein Freund von einem Freund Ihres Mannes. Mein Freund ist tot. Und Ihr Mann könnte der Nächste sein.«

Wieder trat eine Pause ein. »Ist das eine Drohung?« Nun klang sie ängstlich.

»Nein, ich meinte …«

»Marc!«, ertönte Astrids Stimme neben ihm.

Er machte eine abwehrende Handbewegung. Jetzt war ein ungünstiger Zeitpunkt. »Hören Sie, Frau Zamek, entweder …«

»Marc!« Dies klang wie ein Befehl.

Er schaute verwundert auf. Astrid saß kerzengerade neben ihm auf dem Fahrersitz und starrte durch die Windschutzscheibe hinaus auf die schwer bewaffneten Polizisten, die ihr Auto umstellt hatten.

49
Berlin

Sie saß auf einer Couch im dritten Stock des Fernsehstudios. Nach ihrer Ankunft hatte man sie in einen Warteraum für Gäste gebracht. Auf dem Tisch standen eine Schale mit frischem Obst, Süßigkeiten und Getränke. Sie hatte sich mit einer Kapselmaschine einen Kaffee zubereitet. Bei dem Gedanken, wie Hannah darauf reagiert hätte, musste sie lächeln. Hannah hatte Kaffeekapseln rigoros aus ihrem Haushalt verbannt.

Caro fühlte eine gewisse Erschöpfung. Es war bereits der dritte Termin des Tages. Sie war schon in einer Radiosendung aufgetreten und hatte ein Zeitungsinterview in der Redaktion eines großen Nachrichtenmagazins gegeben. So dankbar sie für die Gelegenheit war, Hannahs Geschichte zu erzählen, so sehr war dies auch stets mit einem Seelenstriptease verbunden. Es kam immer der Punkt, wo der Interviewer plötzlich eine Grabesmiene aufsetzte und mutmaßte, wie schwer es ihr fallen müsse, die Tochter so weit entfernt zu wissen, in der Hand von Kidnappern, mit dem Tode bedroht. Und ihr kamen dann noch immer die Tränen. Sie konnte sich an den Gedanken nicht gewöhnen, sondern ihn nur verdrängen, bis irgendetwas sie gleich wieder daran erinnerte.

Überhaupt waren die Erinnerungen das Schlimmste. In der vergangenen Nacht hatte sie wieder nicht schlafen können. Marc hatte sie informiert, dass er bei einer Freundin übernachtete, was sie ihm im ersten Moment übel genommen hatte. So war sie allein gewesen, und mit der Dunkelheit des Schlafzimmers waren auch die düsteren Gedanken gekommen. Schließich hatte sie ihr Laptop eingeschaltet und alte Videos von Hannah angeschaut.

Sie war ein Kind des Smartphone-Zeitalters. Einer Zeit, in der die Eltern ständig eine Kamera in Gestalt eines Mobiltelefons bei sich trugen, und so war Hannahs Kindheit beinahe lückenlos dokumentiert. Es gab Videos, in denen die Kleine sie am Küchentisch interviewte, als sie gerade sprechen konnte. Man konnte sich nichts Süßeres vorstellen, als dass so ein Zwerg mit altklugem Gesichtsausdruck und hochgezogenen Augenbrauen mit einer Möhre in der Hand seine Weltsicht kundtat.

Mit Tränen der Rührung in den Augen hatte Caro sich durch Dutzende Videos geklickt; das letzte war erst eine Woche vor Hannahs Abflug entstanden. Sie hatten am Sonntagmorgen entschieden, etwas gemeinsam zu unternehmen, was in den vergangenen Monaten eine Seltenheit gewesen war. Teenager hatten Besseres vor, als sich mit ihrer Mutter zu beschäftigen. Sie waren raus nach Potsdam gefahren und hatten Sanssouci besucht. Hatten die Räume des Schlosses besichtigt und waren durch die Weinbergterrassen spaziert. Es war ein schöner Mutter-Tochter-Tag gewesen, und keine von ihnen hatte geahnt, wie weit sie beide in den nächsten Wochen vom Motto des alten Friedrich, *Sanssouci – ohne Sorge –*, entfernt sein würden.

Das Telefon, das der Zeitungsverlag ihr zur Verfügung gestellt hatte, klingelte.

»Schauen Sie mal, Frau Beck«, meldete sich der Chefredakteur per Videoanruf. Sie sah sein Gesicht; er trug eine alte Schiebermütze. Dann schwenkte die Kamera, zeigte kurz den grauen Berliner Himmel und danach den Reichstag. Es gab einen weiteren Kameraschwenk nach links, auf eine Menschenmenge. Es waren bestimmt einige Hundert, wenn nicht tausend Menschen zu sehen. Caro erkannte Plakate mit Hannahs Namen, hörte Parolen, die skandiert wurden.

Wieder erschien das Gesicht des Chefredakteurs. »Berliner Schüler«, sagte er. »Sie demonstrieren für Hannah. Und so ist es in vielen Städten im Land.«

Caro spürte einen Kloß im Hals. Es rührte sie, wie die Jugendlichen für ihre Tochter eintraten.

»Und auch sonst habe ich gute Nachrichten. Das mit den Bäumen bekommen wir locker hin. Wir haben jetzt schon so viele Spenden und Aktionen gemeldet bekommen. Auch die fünfhundert Millionen Klicks werden ein Kinderspiel.«

Gute Nachrichten waren genau das, was sie jetzt brauchte.

»Unser Mann im Kanzleramt sagt, dass man sich dort auch überschlägt.« Die Kamera schwenkte in Richtung des Kanzleramts, das weit entfernt zu erkennen war. »Offenbar versucht man, die zentralen Forderungen auf der Klimakonferenz in Glasgow durchzudrücken.«

Eine Träne kullerte ihr über die Wange. Sie wischte sie weg und hasste sich für ihre Dünnhäutigkeit.

»Nur die Fluggesellschaften stellen sich weiter taub. Die schieben sich die Bälle gegenseitig zu. Wir werden uns daher morgen auf der Titelseite mal dem Thema ›Klimawandel und Fliegen‹ widmen. Schätze, das wird in so manchen Vorstandsetagen für Wirbel sorgen.«

»Das ist toll«, brachte sie überwältigt hervor. »Ich bin Ihnen so dankbar.«

Wieder hielt der Zeitungsmann die Kamera auf sich selbst. »Nicht dafür. Wir haben als Blatt eine lange Historie darin, auf der richtigen Seite der Geschichte zu stehen.«

Die Tür wurde geöffnet, und der junge Mann erschien, der sie in diesen Raum gebracht hatte. Er zeigte auf die Uhr an seinem Handgelenk.

»Ich muss auflegen, die Sendung fängt an«, erklärte sie und verabschiedete sich.

»Alles klar?«, fragte der junge Mann.

Sie nickte. »Ich glaube, wir können es schaffen, dass Hannah wieder nach Hause kommt«, sagte sie und erhob sich mit einem tapferen Lächeln.

50

Kampala

Das Hemd klebte ihm schweißnass am Körper, die Stichwunde an seinem Bauch hatte den ganzen Flug über gepocht. Es war heiß, und zur Regenzeit herrschte hier in Uganda die typische Schwüle.

Nach Kampala waren es etwa vierzig Kilometer, er hatte am Flugplatz von Entebbe eines der vielen Taxis genommen. Der Fahrer wirkte so, als würde er die Adresse auf dem Zettel kennen, den er ihm gezeigt hatte. Seit ihrer Abfahrt telefonierte der Mann leise über ein Headset. Aus dem Radio tönte Achtzigerjahre-Musik.

Bei seinen früheren Besuchen in Uganda war er immer von einem Fahrer abgeholt worden, den die Company ihm gestellt hatte, heute natürlich nicht. Er wusste von seinen vielen Aufenthalten, dass Taxifahren in diesem Land ein Abenteuer war. Die Taxis waren oft nicht verkehrstüchtig, viele der Fahrer überaus leichtsinnig. Auch bestand immer die Gefahr, ausgeraubt zu werden. Aber darüber machte Zamek sich heute keine Gedanken. Seine Abreise aus Berlin war überstürzt gewesen, hatte eher einer Flucht geglichen. Nein, es *war* eine Flucht. Er hatte noch nicht einmal Zeit gehabt, sich von seiner Frau Agnes und den Kindern zu verabschieden. Andererseits hielt er es auch für sicherer, wenn sie nicht wussten, wo er war.

Das Auftauchen dieses Marc Behringer im Kanzleramt war für ihn beinahe ein noch größerer Schock gewesen als der Tod von Albin Olsen. Nach dem Messer-Attentat auf ihn hatte er gewusst, dass sie aufgeflogen waren, Albin und er. Allerdings hatte er nicht damit gerechnet, dass sie so weit gehen würden.

Er schaute auf seinen Koffer, den er heimlich gepackt hatte und der nun neben ihm auf der Rückbank des alten Toyota stand. Den Polizisten, die ihn beschützen sollten, war er über die Feuertreppe seines Büros entkommen. Auf dem Weg zum Flughafen hatte er noch beim Amtsgericht in Potsdam gehalten und eine Lebensversicherung hinterlegt.

Er hatte nur einen groben Plan für das, was er hier in Uganda vorhatte. Wie hätte er in der Kürze der Zeit auch einen genaueren fassen können? Das, was er hier tat, war so etwas wie das Betätigen eines Schleudersitzes im vollen Flug; es war der Versuch, sich doch noch zu retten. Es konnte aber auch schiefgehen, wenn der Fallschirm sich nicht wie geplant öffnete.

Der Fahrer ordnete sich auf der großen Einfallstraße nach Kampala ein.

Sein Ziel lag in einem Außenbezirk der ugandischen Hauptstadt, ein neuer Apartmentblock, in dem er eine kleine Wohnung besaß. Dort würde er sich frisch machen und dann hinaus auf die Plantage fahren. Bei dem Gedanken an die bevorstehende Begegnung mit dem Mann, den er hier überraschen würde, brach ihm der Schweiß aus.

Normalerweise ging man nicht freiwillig zu seinem Henker. Lange Jahre waren sie Vertraute gewesen, jetzt offenbar nur noch vertraute Feinde.

Sie ordneten sich rechts ein und schnitten dabei eines der vielen Boda-Bodas, die weltberühmten Motorrad-Taxis, die sich rücksichtslos zwischen den Blechlawinen hindurchschlängelten. Dabei blieb der Fahrgast, der im Gegensatz zum Fahrer keinen Helm trug, nicht selten auf der Stecke und landete im Krankenhaus. Nur lebensmüde Ausländer fuhren damit. Aber es war auch verlockend, denn der Verkehr stockte hier rund um die Uhr.

Ein Regierungsbeamter hatte ihm draußen auf der Plantage einmal erklärt, dass die Mittelklasse in Uganda schneller wuchs als die Infrastruktur. Daher der ständige Stau rund um Ugandas Hauptstadt.

Sie verließen den Highway an der nächsten Ausfahrt im Schneckentempo und bogen in einen der Vororte ab. Obwohl die Straße hier staubiger und zum Teil noch unbefestigt war, rollten sie auf eine der besseren Gegenden zu. Der Fahrer hatte aufgehört zu telefonieren und suchte die Front der neueren Häuser ab. Zamek zeigte auf ein gelb gestrichenes Gebäude, das noch etwas moderner als die anderen wirkte. Er übergab dem Fahrer bei der Ankunft zehntausend Schilling, die er noch von seiner letzten Stippvisite besaß, und stand kurz darauf allein vor dem Eingang, in der Hand den Koffer.

Er atmete tief durch, was seine Wunde wieder mit einem stechenden Schmerz quittierte. Dann suchte er nach dem Schlüssel und schloss die Eingangstür auf. Er vermutete, dass dies eines der wenigen Häuser in Kampala war, dessen Tür nicht rund um die Uhr offen stand. Die Wohlhabenderen schotteten sich ab, auch hier. Die Kamera, die wie ein Bullauge neben dem Eingang angebracht war, beobachtete ihn argwöhnisch. Ein Schild am Lift wies darauf hin, dass dieser defekt war, und so musste Zamek wohl oder übel die Treppe nehmen.

Völlig durchgeschwitzt stand er schließlich vor der Tür zu seinem Apartment. Der Schlüssel entglitt seinen schweißnassen Händen, und so dauerte es, bis er die Tür endlich geöffnet hatte.

Der aus dem Abfluss des Badezimmers stammende etwas faulige Geruch einer länger nicht genutzten Wohnung schlug ihm entgegen. Doch das war nicht alles. Hinein mischte sich der intensive Duft eines billigen Aftershaves.

Zamek stellte den Koffer ab und stieß die Tür ganz auf. Im Flur, keine zwei Meter entfernt von ihm, saßen auf zwei seiner Küchenstühle zwei Männer, Afrikaner. Einen der beiden kannte er vom Sehen; er gehörte zum Wachdienst der Plantage.

»Jambo! Welcome in Uganda, Mr. Zamek«, begrüßte der ihn mit einem breiten Lächeln, bei dem seine strahlend weißen Zähne blitzten. »Mr. Sandberg erwartet Sie bereits.«

51
Potsdam

Er saß in einem Raum des Polizeipräsidiums. Nachdem man sie im Auto unweit von Zameks Villa verhaftet und hierher verfrachtet hatte, hatte Marc bereits über zwei Stunden warten müssen. Sie hatten Astrid und ihn getrennt und ihm auch verwehrt, mit Caro zu telefonieren. Er hatte auf sein Recht gepocht, einen Anwalt zu kontaktieren, ohne zu wissen, ob er tatsächlich Anspruch auf juristischen Beistand hatte.

Ehrlich gesagt kannte er dies nur aus Filmen. Das Kuriose war, dass er sich so fühlte, als hätte er etwas zu verbergen, obwohl er nichts getan hatte. Der Fund von Albins Leiche und das Entfernen vom Tatort. Der Anschlag auf ihn und die anschließende »Flucht« aus Göteborg. Die Verfolgungsjagd und der Showdown mit den Verfolgern im Wald, der für diese nicht gut ausgegangen war. Und schließlich der Versuch, an der Polizei vorbei mit Dr. Zamek ins Gespräch zu kommen, mit dem Wissen, dass dieser mit Albin unmittelbar vor dessen Ermordung in Kontakt gestanden hatte und die beiden offenbar irgendein tödliches Geheimnis teilten. All dies führte dazu, dass Marc sich irgendwie schuldig fühlte, während er darauf wartete, verhört zu werden.

Es war ein karg eingerichteter Raum mit einem Tisch, der typisch abgehängten Decke deutscher Behördenbüros und einer erbarmungslos grellen Neonlampe. Aber es gab keinen Spiegel. Auf dem Tisch stand ein Telefon, wie es vor zehn Jahren modern gewesen war, mehr nicht. Wenigstens hatte man ihm eine Flasche

Wasser dagelassen, und vor einer guten Stunde war ein Polizist in Zivil hineingekommen und hatte ihm die Handschellen abgenommen.

Das Warten warf ihn auf sich selbst zurück und ließ Gedanken zu, die er in den vergangenen Stunden erfolgreich verdrängt hatte. Die Kopfschmerzen waren heute zum Glück nicht mehr so stark wie gestern. Lediglich die Prellungen am Körper schmerzten noch bei jeder Bewegung, und der Nacken fühlte sich steif an, weshalb er die Schultern kreisen ließ.

Wie eine Welle überkam ihn das Bewusstsein, dass Hannah, der kleine Sonnenschein, der wie eine Offenbarung in das Leben seiner Schwester und auch in sein Leben getreten war, dass seine Nichte in wenigen Tagen sterben könnte. Ermordet von einem Haufen Irrer, die bereits ein anderes Kind getötet hatten. Ihm fiel Hannahs Glücksbringer ein, den Caro ihm mitgegeben und den er seitdem sorgfältig verwahrt hatte.

Marc holte ihn aus der Hosentasche. Es war eine kleine grüne Figur, dieselbe, die Hannah auf der Schreibunterlage in ihrem Zimmer gezeichnet hatte. Ein comicartiger Robin Hood. Den Reichen nehmen und den Armen geben. Das passte zu Hannahs ausgeprägtem Gerechtigkeitssinn. Er musste lächeln.

Und wieder spürte er dieses Verlangen, etwas zu unternehmen, diese Unruhe, die ihn hatte nach Göteborg aufbrechen lassen. Doch damit brachen sich auch die Zweifel Bahn, ob das, was er unternahm, irgendetwas nützte. Offenbar waren Sandberg und *Brovägtull*, das Unternehmen, das hinter der Organisation stand, mit der Hannah in Australien war, in kriminelle Machenschaften verstrickt, deren Aufdeckung Albin das Leben gekostet und seins in den vergangenen Tagen bedroht hatte. Aber hatte das etwas mit Hannah zu tun? Selbst wenn er Albins Werk fortführte und Sandberg am Ende überführte, würde das Hannah nicht retten. Doch was sollte er sonst tun? Er konnte unmöglich nach Australien fliegen und allein die halbe Weltkugel nach ihr absuchen. Alle Maßnahmen zur Erfüllung der Forderungen der Kidnapper hatten sie auf den Weg gebracht. Er drehte sich im Kreis.

Marc schloss die Augen und verharrte so, vielleicht dämmerte er sogar leicht weg, jedenfalls schreckte er auf, als sich plötzlich die Tür öffnete und ein Mann den Raum betrat. Er erkannte Marc im selben Augenblick, wie Marc ihn erkannte. Es war der Polizeibeamte, der am Vortag gemeinsam mit ihm an der Runde im Kanzleramt teilgenommen hatte und dessen Name ihm entfallen war.

»Sie sind der Bruder!«, sagte der Polizist.

Marc nickte, erhob sich und hielt dem Polizisten die Hand entgegen, der diese, ohne zu zögern, drückte. »Hannahs Onkel. Marc Behringer.«

»Apel.« Der Polizist zeigte auf den Tisch. »Setzen wir uns.« Der Polizeibeamte war erkennbar aus dem Konzept geraten. Nachdem sie Platz genommen hatten, fasste er sich mit der Hand ans Kinn und verharrte einen Moment. Dann schüttelte er den Kopf, was möglicherweise bedeuten sollte, dass er die gefassten Vorsätze für dieses Gespräch über Bord warf.

»Was hat das alles zu bedeuten, Herr Behringer?« Aus Marcs Sicht genau die richtige Frage.

Marc brauchte nur eine Millisekunde, bis er sich entschieden hatte, alle Schutzschilde fallen zu lassen. Er hatte nicht nur nichts zu verbergen; er benötigte auch dringend jede Hilfe, die er bekommen konnte. Und so erzählte er alles. Von seiner Reise nach Göteborg, der Verfolgung durch den Van und davon, wie sie ihn abgeschüttelt hatten, bis zur Fahrt zu Zameks Villa, um diesen zur Rede zu stellen. Lediglich seine Anwesenheit in Albins Wohnung ließ er unerwähnt, berichtete stattdessen, dass er über Lars von dessen Tod erfahren hatte. Zu groß war seine Sorge, dass man ihn doch als Tatverdächtigen behandeln und während der Untersuchung für einige Wochen wegsperren würde, bis sich alles aufklärte.

Apel war ein geduldiger Zuhörer, unterbrach kaum, stellte nur einige wenige Verständnisfragen.

Als er mit seinem Bericht fertig war, fühlte Marc sich besser.

Kommissar Apel saß auf seinem Sitz und schwieg. »Sie haben bewegte Tage hinter sich«, sagte er schließlich.

Marc presste die Lippen aufeinander.

»Ihre Erzählung beantwortet einige Fragen, die bei uns in den vergangenen Stunden aufgetaucht sind. Den Van im Forst am Wannsee hatte der Revierförster bereits entdeckt, bevor der anonyme Anruf einging. Das waren dann also Sie.«

Marc nickte. »Wie geht es den beiden Insassen?«

»Sie leben, zumindest bei einem ist jedoch fraglich, ob er überlebt. Wir haben auch Waffen im Auto gefunden.«

»Weiß man schon, wer die sind?«

Apel griff zu dem Telefon auf dem Tisch und wählte eine Nummer. Das Gespräch dauerte keine Minute. »Sie trugen schwedische Pässe bei sich. Mitglieder einer polizeibekannten Großfamilie in Göteborg.«

»Clan?«

Apel bejahte. In Marcs Hirn arbeitete es. Er versuchte, die neue Information einzuordnen. Arbeitete Sandberg also mit schwedischen Clans zusammen?

»Scheint so, als wären Sie da oben in Schweden tatsächlich jemandem auf den Schlips getreten.«

»Das ist noch harmlos ausgedrückt.«

»Aber darum müssen sich die schwedischen Kollegen kümmern. Ich schätze, wir werden sie kontaktieren und ihnen mitteilen, was Sie mir gerade erzählt haben. Ich könnte mir vorstellen, die Kollegen dort wollen mit Ihnen auch noch einmal sprechen. Vor allem über Herrn Albin Olsen.«

Davon ging Marc auch aus. »Was ist mit Dr. Zamek?«, fragte er. »Kann ich mich mit ihm unterhalten? Er stand mit Albin vor dessen Tod in Kontakt und wird mit Sicherheit einiges aufklären können.«

Apel setzte eine Miene des Bedauerns auf. »Das geht leider nicht. Er ist verschwunden.«

»Verschwunden?«

»Seit gestern. Obwohl er unter Polizeischutz stand, verliert sich seine Spur, seit er gestern nach unserem Treffen im Kanzleramt in sein Büro fuhr. Zunächst hatten wir Sorge, dass er entführt worden ist. Daher hat seine Ehefrau vorhin auch so auf Ihren Anruf reagiert; wir waren gerade bei ihr. Wir dachten, Sie haben Informationen zu seinem Verschwinden oder stecken sogar dahinter. Seit einer Stunde wissen wir aber, dass Zamek gestern Abend von Berlin aus mit einer Linienmaschine nach Entebbe geflogen ist.«

»Uganda?«, stellte Marc fest. Derselbe Ort, an dem das Foto von Sandberg vor dem Flugzeug entstanden war.

»Heute kann ich mir denken, warum. Zamek ist vor Ihnen geflohen. Weil Sie ihn gestern im Kanzleramt erkannt und mit Albins Tod konfrontiert haben. Offensichtlich haben Sie recht, und die beiden teilen ein Geheimnis.«

»Und haben Sie irgendeine Ahnung, worum es dabei geht?«

Apel zuckte mit den Schultern. »Wie sollte ich? Ich habe gerade durch Sie erst von der Verbindung zwischen den beiden erfahren.«

Einen Moment schwiegen sie.

»Wie kommen Sie darauf, dass diese Sache mit Dr. Zamek und Ihrem schwedischen Freund etwas mit der Entführung Ihrer Nichte zu tun hat?«, fragte Apel schließlich.

»Ich weiß es nicht«, entgegnete Marc. »Die Verbindung zwischen allem ist dieser Emil Sandberg. Und … wenn Sie mir mein Mobiltelefon zurückgeben, würde ich Ihnen gern etwas zeigen.«

Wieder griff Apel zum Telefon; keine zwei Minuten später wurde Marcs Handy hereingereicht, das eigentlich Caro gehörte.

Er öffnete seine E-Mails, was lange dauerte, da der Empfang in dem Raum schlecht war. Vermutlich gab es kein WLAN für verhaftete Gäste. Endlich hatte er die E-Mail von Forest Africa geöffnet und schob das Handy zu Apel hinüber. »Diese E-Mail hat mein Freund Albin vor seinem Tod erhalten. Darin behauptet der Absender, Albin habe mit *Brovägtull* in ein Hornissennest gestoßen und alles hänge anscheinend zusammen, auch mit der Entführung der Kinder in Australien.«

Apel überflog die E-Mail. »Und Sie wissen nicht, wer der Absender ist?«

Marc schüttelte den Kopf. »Können Sie mir vielleicht helfen, dies herauszubekommen?«

Der Polizist zuckte mit den Schultern. »Ich kann es versuchen. Aber wenn derjenige tatsächlich in Afrika sitzt, sind die Chancen nicht besonders hoch. Es braucht nicht viel, um eine E-Mail-Adresse zu registrieren.«

»Ich leite Ihnen die E-Mail jetzt weiter.«

Apel schob Marc seine Visitenkarte hin, und Marc tippte dessen E-Mail-Adresse ab. »Ich werde mit den schwedischen Kollegen über Sandberg sprechen«, sagte der BKA-Mann.

Marc nickte dankbar. »Gibt es etwas Neues von Hannah?«

»Es wird weiter nach ihnen gesucht. Wir hoffen immer noch, dass sie gefunden werden. Zwischenzeitlich hat man ein U-Boot entdeckt, mit dem die Kinder von Heron Island fortgebracht wurden.« Marc schickte die Mail ab und nutzte die Gelegenheit, eine weitere E-Mail an diesen Forest zu senden, die nur aus drei Worten bestand: *Please call me!*«

»Das U-Boot wurde auf einer Insel gefunden, einige Hundert Seemeilen entfernt von dort, wo sie verschwunden sind. Aber wir wissen noch nicht, wie sie von da weggekommen sind. Auf der Insel selbst sind sie wohl nicht.«

»Und glauben Sie, dass sie rechtzeitig gefunden werden? Bevor …« Er mochte es nicht aussprechen.

»Es ist die Suche nach der berühmten Nadel im Heuhaufen. Aber es sind mittlerweile über dreitausend Ermittler involviert. Weltweit.«

Marc atmete tief ein. Die erwartete Antwort. »Und bin ich jetzt verhaftet?«

Apel zog die Mundwinkel nach unten. »Ich denke, derzeit nicht.«

»Dann kann ich also gehen?«

»Ja, aber bitte halten Sie sich verfügbar.«

»Und Astrid?«

»Wer ist Astrid?« Apel runzelte die Stirn.

»Meine Begleiterin.«

»Die Schwedin?« Apel sah einen Augenblick nachdenklich vor sich hin. »Ja, für die gilt das Gleiche.«

Eine weitere Stunde verging, bis alle Formalitäten erledigt waren und Marc und Astrid endlich vor dem Polizeirevier standen. Mittlerweile war es dunkel. In der Hand hielt Marc eine durchsichtige Plastiktüte, in der sich ihre Sachen befanden.

»Geht's dir gut?«, fragte er. Blass sah sie aus.

Sie nickte und rieb sich die Handgelenke, die rot und geschwollen von den Handschellen waren.

Plötzlich begann Caros Handy in seiner Tasche zu vibrieren. Es zeigte als Anrufer *Anonym* an. Er nahm den Anruf entgegen.

»Mr. Behringer?«, fragte eine Stimme in gebrochenem Englisch. »Sie haben mir eine E-Mail geschrieben.«

»Sie sind Forest Africa?«

»Nein, so lautet nur meine E-Mail-Adresse. Nennen Sie mich Charles. Mr. Olsen ist … tot?«

»Leider ja.«

»Ich hatte ihn gewarnt.«

»Kannten Sie ihn gut?«

»Nein, wir haben uns niemals gesehen. Er wollte nicht hierherkommen. Sie müssen wissen, solche wie er leben hier gefährlich.«

»Solche wie er? Sie meinen Journalisten?«

»Nein. Ich meine Männer, die Männer lieben.« Mit dieser Antwort hatte Marc nicht gerechnet.

»Wir haben hier sehr strenge Gesetze, und er fürchtete, dass man ihn denunziert, wenn er persönlich hierherkommt. Dass sie ihn anzeigen, um ihn loszuwerden. Sie verstehen?«

»Was meinen Sie mit ›hier‹? Wo sind Sie?«

»Uganda.«

»Uganda?« Marc spürte, wie sich eine Gänsehaut auf seinem Körper ausbreitete.

»Kommen Sie her, und ich zeige Ihnen alles. Nicht am Telefon.«

»Sie wissen etwas über die Entführung der Kinder in Australien? Eines der Tomorrow-Kids ist meine Nichte!«

»Nicht am Telefon. Ich kenne Sie nicht, Mister. Kommen Sie mich besuchen, und ich erläutere Ihnen alles.«

Marc zögerte. »Ich kann nicht nach Uganda kommen.«

»Dann wünsche ich Ihnen einen schönen Tag. Ich muss auflegen, es ist nicht sicher zu telefonieren. Denken Sie an Mr. Olsen. Sollten Sie doch kommen, gehen Sie zum *Golden Pearl Hotel* und fragen Sie nach Charles.«

Marc prägte sich den Namen des Hotels ein. »Sagt Ihnen Glyphosat etwas?«, versuchte er dennoch sein Glück.

»Selbstverständlich. Ein großes Problem hier in Uganda.«

»Und was hat Glyphosat mit Mr. Olsen zu tun?«

Der Mann lachte matt. »Mit Mr. Olsen? Nichts. Aber mit dem Wald.«

Im Hintergrund war eine Stimme zu hören.

»Mit dem Wald?«

»Sorry, ich muss auflegen.«

Marc starrte auf das Telefon. Das Gespräch war beendet.

»Und?«, fragte Astrid.

»Uganda.«

Hannah
4 Tage

52
Dubai

Walker wartete auf den Weiterflug nach Entebbe. Das Buch, das er seit dem Abflug in Brisbane gelesen hatte, hatte er mit müden Augen beiseitegelegt. Ein Sandwich hatte bereits dran glauben müssen, ein zweites lag bereit.

Er war froh, Australien hinter sich gelassen zu haben. Die Vertreter der internationalen Polizei waren nichts weiter als Statisten. Eine Truppe elitärer Gesetzeshüter auf Kaffeefahrt, die wie Touristen herumgefahren wurden. Wirklich bewegen konnte er dort unten nichts. Sie identifizierten Orte, an denen sie die Gruppe der entführten Kinder vermuteten. Nach der Satellitenaufklärung kam die Luftaufklärung, dann die Infanterie und am Ende der Ausflugsdampfer mit der *Internationale*. Barack hielt dort unten für ihren Verein weiter die Stellung. In Dallas gab es ein weiteres Team, das unabhängig von den Australiern versuchte, neue Ermittlungsansätze zu finden. Und es gab ihn, Walker – und Abigail.

»Womit kann ich helfen?«, fragte sie, nachdem er ihre Nummer gewählt hatte.

»Mir ist langweilig«, entgegnete er. »Ich warte auf den Anschlussflug nach Entebbe, aber das wussten Sie vermutlich schon.«

»Mein Name ist nicht Alexa oder Siri. Ich bin nicht dazu da, Sie zu unterhalten.«

»Wovon träumen Sie, Abigail?«

»Wovon ich träume?« Sie überlegte einen Augenblick. »Ich würde gern einmal ein Buch schreiben.«

»Ein Buch? Einen Katzenroman?«

Abigail lachte. Es klang belustigt. »Eher einen Agenten-Thriller.«

»Warum tun Sie es nicht?«

»Weil Sie mich ständig davon abhalten, nach Hause zu gehen.«

»Haben Sie noch Informationen für mich, was mich in Uganda erwartet?«

»Einunddreißig Grad und Regen. Eine Menge Mücken, es ist Regenzeit. Ich hoffe, Sie haben genügend Insektenschutzmittel dabei.«

»Mücken mögen mich nicht. Ich meinte auch, ob Sie Informationen zu diesem Mr. Sandberg haben. Ich habe gelesen, was Sie in die digitale Ermittlungsakte hochgeladen haben. Wenn dieser Nicolas Porté ihn vor der Entführung getroffen hat, kann ich nicht glauben, dass er mit der Entführung nichts zu tun hat. Aber es scheint so, als wäre er ein erfolgreicher Unternehmer. Ein eloquenter Geschäftsmann, der sich hochgearbeitet hat. Aufgewachsen in armen Verhältnissen im Ghetto von Göteborg, Stipendiat der European Business School. Vergangenes Jahr ausgezeichnet als Schwedens bestes Startup. Warum sollte er eine solche Entführung unterstützen?«

»Sie können ihn ja fragen, wenn Sie ihn in Uganda treffen. Ich habe noch ein paar weitere Zeitungsartikel zu ihm hochgeladen. Wenn Sie Langeweile haben, können Sie die lesen.«

»Wir können uns auch noch ein wenig unterhalten.«

»Darin bin ich nicht gut.«

»Worin?«

»Small Talk.«

»Ich finde, es geht.«

»Heute ist mein kurzer Tag, ich mache jetzt Schluss. Raten Sie, wer wartet?«

»Schon klar, die Katze.«

»McGyver ist ein Kater!«

»Erzählen Sie mir zum Beispiel, warum er McGyver heißt.«

»Sobald ich Neuigkeiten habe, melde ich mich. Und passen Sie auf sich auf in Uganda. Dort haben wir kein Notfallteam.« Das Gespräch wurde beendet.

Walker griff nach dem zweiten Sandwich und öffnete die Akte. Er scrollte durch mehrere Zeitungsartikel über Sandberg. Es waren jeweils Lobeshymnen auf einen Parvenü. Einen, der es geschafft hatte, der Armut seiner Geburt zu entkommen. Der Unternehmer sah auf allen Fotos blendend aus. *Ein seltener Anblick: Emil Sandberg mit seiner Lebensgefährtin auf dem Presseball in Stockholm.*

Normalerweise hält er sein Privatleben aus der Öffentlichkeit heraus, las er in einem anderen Artikel. Walker vergrößerte das dazugehörige Foto. Sandberg trug einen Smoking, seine Begleiterin ein rotes, tief ausgeschnittenes Ballkleid. *Emil Sandberg mit Dauerfreundin und Berufspilotin Victoria Lagerquist auf Wolke sieben* stand darunter. Eine hübsche Frau mit glänzend rotem Haar und strahlend blauen Augen. Sandberg schien nicht nur einen Schlag bei Frauen zu haben, sondern besaß auch einen festen Platz in der schwedischen High Society. Konnte es tatsächlich sein, dass dieser smarte Endvierziger hinter der eiskalten Entführung und Ermordung von Kindern steckte? Und wenn ja, warum?

Walker öffnete mit dem Smartphone die Webseite mit dem Countdown.

95 Stunden, bis die fünfzehnjährige Hannah sterben sollte. Er suchte im Internet nach einem Foto von ihr. Ein strahlendes, glückliches Mädchen blickte ihm entgegen. Ein Lachen so unvoreingenommen, weltbejahend und rein, wie es nur ein junger Mensch aufsetzen konnte. Ein Mensch, der noch nicht die erste unglückliche Liebe erlebt hatte, der noch keine größere berufliche Enttäuschung hatte hinnehmen müssen. Ein Lachen, so wunderbar und gleichzeitig anklagend, dass es sich für immer in seinem Gehirn einbrennen würde, wenn es ihnen nicht gelang, das Mädchen zu retten.

53
Jahr 2040
Sylt, Deutschland

»Ging Ihnen das nicht gegen den Strich? Ihre Nichte ist irgendwo im Pazifischen Ozean verschollen, und Sie reisen nach … Afrika?« Susie kämpfte noch immer gegen die Müdigkeit, obwohl sie bereits eine Fortilizer genommen hatte, eine der neuen Pillen, die einen, wenn es sein musste, tagelang wach hielten.

»In Australien gab es für mich nichts zu tun. Wie soll man jemanden auf Hunderttausenden Quadratkilometern finden? Charles hatte an Albin geschrieben, dass alles mit der Entführung der Kinder zusammenhing. Ich hatte nichts Besseres in der Hand. Also bin ich geflogen, bevor die Flüge in Deutschland eingestellt wurden.«

»Das ist doch noch gelungen?«

»Dank Ingrid und dank UFO und Cockpit. Das waren zwei große Gewerkschaften der Flugbegleiter und der Piloten. Sie haben ihre Mitglieder zum Streik aufgerufen. Die Fluglotsenvereinigung hat sich angeschlossen. Sie sagte, sie hätten schon für zwei Prozent Lohnerhöhung die Arbeit niedergelegt, dann würden sie es erst recht für das Leben von Hannah tun. Am Ende blieben alle Flugzeuge für einen Tag am Boden. Es war fantastisch.«

In seinen Augen sah sie wieder den leichten Glanz.

»Und dann kam der Wald ins Spiel«, sagte sie. Behringer hatte ihn in seinem Artikel für das *Time Magazine* damals als ›böse Reinkarnation von Sherwood Forest‹ bezeichnet. Die Überschrift des Artikels hatte sogar ›Im Wald verirrt‹ gelautet.

»Wussten Sie, dass der Wald in den meisten deutschen Märchen eine zentrale Rolle spielt?«, fragte Behringer. »Er steht für das Ungewisse. Ist gleichzeitig bedrohlich und verheißungsvoll. Meist geht der Held hinein und kommt gestärkt heraus.«

Plötzlich flackerten die Lampen um sie herum. Für einen Moment blieb es dunkel, dann ging das Licht wieder an.

Behringer schaute aus dem Fenster. Von draußen waren noch immer die Geräusche des Sturms zu hören. »Es wird eine raue Nacht werden«, sagte er. »Ich gehe raus und schaue nach dem Reaktor.«

»Sie haben hier einen eigenen Reaktor?«

»Thorium, Flüssigsalz. Irgendwo muss der Strom ja herkommen.« Er erhob sich und ging zur Tür. Von der Garderobe nahm er einen schweren knallgelben Regenmantel. An der Haustür zog er sich die Kapuze tief ins Gesicht. »Bin gleich wieder da«, sagte er und öffnete die Tür.

Eine Windböe stob wütend in den Raum. Susie sah, wie Behringer die Eingangstür nur mit Mühe hinter sich zugezogen bekam. Dann war sie allein. Sie streckte die Arme aus und dehnte den Nacken. Dann erhob sie sich und schlenderte durch den Raum. Sie hob den altmodischen Teekessel an. Er war viel schwerer als erwartet. Moderne Küchengeräte suchte man hier vergebens.

Sie umrundete den Tisch und stand vor dem Sessel, in dem Behringer die ganze Zeit über gesessen hatte. Daneben, auf einem kleinen Beistelltisch, entdeckte sie eine VR-Brille. Bei aller Technologiefeindlichkeit schien Behringer zumindest der *Virtual Reality* nicht abgeneigt zu sein. Kein Wunder, hier draußen in der Nordsee, wo es außer ihm nichts gab als Wasser, Sand und Vögel.

Sie schaute aus dem Fenster. Vor einem gemauerten Häuschen im Garten, das ihr jetzt zum ersten Mal auffiel, sah sie Behringers knallgelben Mantel. Er schien noch beschäftigt zu sein, denn wieder flackerte das Licht. Sie beugte sich vor und ergriff die Brille.

Es war ein Standardmodell von *Unreal Monsters*, dem Marktführer unter den virtuellen Welten. Sie setzte die Brille auf und schaltete sie ein. Zu sehen war eine Landschaft. Eine Wiese in sattem Grün, daneben ein Feld mit Blumen. Die Sonne stand hoch oben am strahlend blauen Himmel. Die Blüten wogten sanft im Wind. Sie drehte den Kopf nach rechts, und dann sah sie sie. Eine Frau in einem roten Kleid. Kein leuchtendes Rot, sondern ein gedeckter Ton. Sie trug die grauen Haare zu einem strengen Zopf geflochten.

Sie sah schön aus, in Würde gealtert. Die Frau schaute auf einen Strauß gepflückter Blumen, die sie in der Hand hielt. Sie hob den Kopf, als hätte sie denjenigen, der die VR-Brille trug, gerade erst entdeckt. Dann hob sie die Hand, winkte und lächelte. Ein erfreutes Lächeln, das ansteckte. Ein Lächeln, so vertraut, dass es beinahe intim wirkte.

Verschämt nahm Susie die Brille ab und legte sie zurück. Sie fühlte sich wie ein Voyeur. Sie schaute aus dem Fenster. Behringer war nicht mehr zu sehen. Auf dem Weg zurück zu ihrem Platz passierte sie ein Regal, in dem tatsächlich noch einige alte Bücher standen. Richtige Bücher aus echtem Papier.

Fasziniert strich sie über die Buchrücken und legte den Kopf zur Seite. Ein Fotoalmanach über das frühere Syrien, das heute zur mächtigen Arabischen Allianz gehörte. Eine ganze Reihe gleich aussehender Bücher, den Autor Karl May kannte sie nicht. Und ein Buch, das ihre Aufmerksamkeit auf sich zog. *Peter and Wendy* stand in goldenen Lettern auf dem grünen, mit goldenen Ornamenten verzierten Buchrücken, darunter: *J. M. Barrie.*

Sie nahm das Buch heraus. Eine Staubwolke stieg ihr in die Nase. Wieder strich sie über den Umschlag. Auch er war in Grün gehalten, wenngleich die Farbe bereits leicht verblasst war. Eine goldene Zeichnung schmückte die Mitte des Einbandes. Über dem Titel »*Peter and Wendy*« saß ein Junge mit einer Flöte in der Hand.

Das Auffälligste war jedoch ein Loch mitten im Einband, das durch das gesamte Buch ging. Sie steckte den Finger hinein, hob das Buch dann vor ihre Augen und konnte durch das Loch hindurchsehen.

Sie schlug das Buch auf.

Auf der allerersten Seite war knapp neben dem Loch mit der Hand ein Name hineingeschrieben. *Hannah Beck* stand dort in schönster Mädchenschreibschrift. Darunter war ein langer Strich gezogen, unter dem wiederum ein Spruch zu lesen war.

»*Peter Pan*. Kennen Sie die Geschichte?«, hörte sie eine Stimme hinter sich.

Sie fuhr erschrocken herum. Vor ihr stand Behringer, Mantel, Gesicht und Haare waren klitschnass vom Regen.

»Das Buch gehörte Hannah?«

»Haben Sie schon einmal von Neverland gehört?«, entgegnete er, ohne auf ihre Frage zu antworten. Noch immer stand er dort vor ihr; der Regen tropfte von seiner Kleidung auf die Dielen.

Sie zuckte mit den Schultern. Tatsächlich kannte sie die Geschichte nicht, hatte nur einen alten Film gesehen, noch in 2D, nicht animiert, mit echten Menschen als Schauspielern, erschienen um die Jahrtausendwende.

»Die Insel, auf der Peter Pan lebt. Ein Ort, wo man niemals erwachsen wird, niemals älter. Dort muss man nur an etwas glauben, und es geschieht.«

»Eine fiktive Insel?«

»Fiktiv? Nein. Man kann hinfliegen. Zweiter Stern rechts und dann immer geradeaus bis zur Morgendämmerung«, sagte Behringer todernst. »Wie es dort steht.«

Sie nickte unsicher, wollte noch eine Frage zu dem Loch im Buch stellen, schob es dann jedoch lieber zurück ins Regal.

»Die entführten Kinder wurden dort versteckt. In Neverland.«

54
Im Camp

»Wo ist Diego?« Ihre Stimme klang heiser. Sie hatte sich übergeben müssen, nachdem sie in der Lache aus Blut gestanden hatte.

Die fremden Männer, die ins Camp gekommen waren, hatten ihr rüde verboten, ans Meer zu gehen. So hatte sie Wasser aus den Trinkflaschen über ihre Füße laufen lassen, das Blut damit aber nicht ganz abgewaschen bekommen. Immer noch spürte sie den Würgereiz. Zudem fühlte sich ihre eine Gesichtshälfte komplett taub an.

Als Nicolas aufschaute, sah sie gleich, dass er bekifft war. Er saß nach vorne gebeugt auf dem Plastikstuhl, die Arme auf die Knie gestützt, und schien kaum die Augen offen halten zu können.

»Das musst du die fragen«, nuschelte er und zeigte auf die bewaffneten Männer. Sie standen immer noch in mehreren Gruppen um das Camp verteilt und scherzten laut miteinander. Die Blicke, die sie den anderen Mädchen zuwarfen, die immer noch wie paralysiert in ihren Schlafsäcken lagen, gefielen Hannah nicht. Offenbar hatten das Erscheinen der Männer und die Sache mit Diego die Mädchen ebenso geschockt wie sie.

»Was ist mit Kito, Li und Kamal?« Sie zeigte auf den Container. »Und wo ist Diego?«

»Das musst du auch die fragen!«

»Wer sind ›die‹?«, wollte Hannah wissen. »Woher kommen die? Was wollen die hier? Und was hast du mit der ganzen Sache zu tun?« Ihre Schläfe schmerzte, wenn sie beim Reden den Kiefer bewegte. »Antworte mir, Nicolas. Bitte. Ich brauche Antworten, jetzt.« Hannah spürte, wie ihr schwindelig wurde.

Nicolas zuckte mit den Schultern. Es gelang ihm nicht, die Pupillen zu fokussieren. Vielleicht hatte er auch etwas Heftigeres konsumiert als nur Gras.

»Was wollen die hier, Nicolas?«, fragte sie erneut, dieses Mal griff sie nach seinem Arm. »Und wo ist Diego?«

»Ihr wisst gar nicht, wie gut ihr es mit mir hattet«, murmelte er. »Was sollte die Scheißaktion mit dem Container? Mich einzusperren wie einen dummen Jungen?«

»Ich war es nicht«, entgegnete sie. »Ich wusste nichts davon.«

Nicolas lachte verächtlich. »Was weißt du schon? Was glaubst du, wofür wir das hier alles machen?«

Dafür hatte sie jetzt keinen Gedanken frei. »Fürs Klima? Für eine bessere Zukunft?«

Wieder verzog er den Mund zu einem bitteren Lächeln. »Weißt du, worum es tatsächlich geht? Worum es immer geht?«

Hannah schüttelte den Kopf, was sie sofort bereute. Ein stechender Schmerz zog von der Beule hinter ihre Augen.

»Kapitalismus«, sagte er, ohne ihre Antwort abzuwarten. »Es geht bei allem am Ende immer nur um Kapitalismus.« Nun lachte er geradezu hysterisch. »Ist das Leben nicht eine Bitch? Ich bin immer vor dem Geld meines Vaters davongerannt, und nun holt es mich hier im Scheißhaus der Welt wieder ein.«

»Wovon redest du?«, wollte Hannah wissen. Sie war verwirrt. Für Nicolas' Sinnkrisen hatte sie jetzt keine Zeit.

»Piraten«, entgegnete Nicolas. »Du hast gefragt, wer die Männer sind. Das sind die Piraten. Und da vorne kommt Captain Hook.« Er deutete mit einer Kopfbewegung hinter sie.

Hannah drehte sich um. Sie erschrak. Auf sie zu kam der Mann, der sie mit dem Gewehrkolben niedergeschlagen hatte. Sie zog die Schultern hoch, ihr ganzer Körper spannte sich an. Er war riesig und breitschultrig, trug einen Tarnanzug und schwere Stiefel. Er sah, anders als die anderen Männer, europäisch aus. Sein Gesicht war sonnengegerbt, über Wange und Mund zog sich eine lange Narbe. Seine Schirmmütze war ebenfalls in Tarnfarben gehalten. In der rechten Hand hielt er das Maschinengewehr.

»Est-ce que c'est elle?«, fragte er Nicolas, ohne sie zu beachten.

Nicolas erhob sich. »Lass sie in Ruhe!«, sagte er, begann aber, bedrohlich zu wanken.

»Sonst was?«, entgegnete der Mann grinsend und hob die Hand mit dem Gewehr, sodass der Lauf direkt auf Nicolas' Gesicht zeigte. »Dort, wo Diego ist, ist noch genügend Platz!«

Nicolas blieb unschlüssig stehen.

»Was habt ihr mit ihm gemacht, ihr …«, setzte Hannah an, als der Mann, ohne den Blick von Nicolas zu lassen, mit der Hand nach ihr griff und sie so rabiat zu sich heranzog, dass sie vor Schrecken aufschrie.

»Du kommst jetzt mit!« Seine Finger lagen wie eine eiserne Fessel um ihren Oberarm. »Und du siehst zu, dass du dich zusammenreißt, Porté!« Er schwenkte die Waffe bedrohlich an Nicolas' Kopf vorbei.

»Wo ist Diego?«, fragte Hannah wieder. Die Schüsse, das viele Blut dort, wo er gestanden hatte. Eigentlich kannte sie die Antwort, aber sie wollte es nicht wahrhaben. Vielleicht war er nur verletzt. Ein Mensch konnte viel Blut verlieren, ohne zu sterben. Das hatte sie während des Schülerpraktikums in der Charité im letzten Jahr mit eigenen Augen gesehen.

Der Soldat schaute sie an und grinste hämisch. Dann schob er sie unsanft vor sich her. Als sie versuchte, sich aus seinem Griff zu befreien, verbog er ihre Hand so nach hinten, dass Hannah vor Schmerzen aufschrie. Halb stolpernd, halb fallend erreichten sie den Container, in dem die Lebensmittelvorräte aufbewahrt wurden.

Er öffnete die Tür und versuchte, sie in den Container zu zerren. Hannah stemmte sich mit aller Kraft dagegen, stellte ein Bein aus und bekam mit der freien Hand gerade noch die Kante der Tür zu fassen. Der Mann schlug ihr brutal auf die Finger. Der Schmerz war so groß, dass sie loslassen musste. Dann packte er sie an den Haaren und zog sie hinein ins Dunkel.

Mit einem Stoß warf er sie gegen einen harten Gegenstand. Es war die alte Kühltruhe. Sie war etwa zwei Meter lang und einen Meter hoch. Nicolas hatte sie für ihren Aufenthalt hier organisiert. In ihr lagerten einige Lebensmittel wie Fleisch, Gemüse und Obst. Kurzzeitig kühlten sie darin auch Getränke.

Der Mann griff nach dem Deckel und öffnete ihn mit einer Hand, dann schob er Hannah so heftig nach vorne, dass sie beinahe in die Truhe hineingefallen wäre. Eiskalter Dampf schlug ihr entgegen, aber auch ein seltsamer Geruch, der ihr einen erneuten Würgereiz bescherte. Sie stützte sich ab, um nicht kopfüber in die Truhe zu stürzen, und fasste dabei auf etwas Kaltes, Hartes.

Neben ihrem Kopf tauchte ein Handy mit eingeschalteter Taschenlampe auf und leuchtete in das Innere der Truhe. Im grellen Lichtkegel erschien Diegos bleiches Gesicht direkt vor ihrem. Er starrte ihr aus weit geöffneten Augen leblos entgegen.

Sie wollte schreien, aber das Entsetzen und die kalte, metallisch riechende Luft nahmen ihr den Atem. Tränen liefen ihr die Wangen hinunter. Der Würgereiz kam zurück. »Mama, Hilfe«, flüsterte sie erstickt. »Mama!«

55
Berlin

»Mama!«

Caro fuhr hoch. Sie saß im Sessel im Wohnzimmer und musste kurz eingenickt sein. Irritiert schaute sie sich um. Sie war sicher, dass sie Hannah hatte »Mama« rufen hören. Aber sie war allein. Es musste ein Traum gewesen sein. Caro fröstelte, zog die Beine an und versteckte sie samt ihrer eiskalten nackten Füße unter dem langen, weiten Pullover. So verharrte sie und starrte auf den Fernseher, der ohne Ton lief.

Seit Hannahs Entführung hatte sie die Nachrichtensender wiederentdeckt. Sie hatte in ihrer Programmliste bis nach ganz hinten durchzappen müssen. Bei den Fernsehbildern zog sich ihr der Magen zusammen. Oben rechts stand *Live aus Glasgow*. Auf dem Bildschirm waren vermummte Demonstranten zu sehen, die auf der Straße brennende Barrikaden errichtet hatten und mit Steinen auf uniformierte Polizisten warfen. Diese wehrten sich mit Schlagstockattacken und Tränengassalven.

Die Ausschreitungen in Glasgow dauerten schon den ganzen Tag. Bislang kannte sie solche gewaltsamen Proteste nur von G-20-Gipfeln. Vom frühen Morgen bis zum späten Abend hatte sie dafür gekämpft, dass die Menschen auf das Schicksal der verschleppten

Jugendlichen aufmerksam wurden. Die friedlichen Demonstrationen und Menschenketten, die vielen Äußerungen in den sozialen Medien bewirkten genau das, was sie geplant hatten: Druck auf die Regierungen auszuüben, diese dazu zu zwingen, etwas zu unternehmen. Aber die Gewalt, die sie nun im Fernsehen sah, gefährdete alles. Die Regierungen dieser Welt würden sich wohl kaum gewaltsamen Protesten beugen.

»Hallo!«

Sie fuhr erschrocken zusammen. Im Türrahmen stand Marc.

»Du hast geschlafen«, sagte er. »Ich wollte dich nicht wecken. Wir sind in der Küche.«

»Wir?« Sie richtete sich auf.

»Astrid, Albins Schwester.«

Sie saßen am Küchentisch, vor sich jeweils eine Tasse Tee. Marc hatte ihr Astrid vorgestellt, und Caro hatte der Schwedin ihr Beileid zum Tod ihres Bruders ausgesprochen. Astrid machte mit ihren roten Haaren und dem kühlen Blick auf sie einen taffen Eindruck, wirkte aber gleichzeitig zurückhaltend und vorsichtig. Still saß sie dort und folgte ihrer Unterhaltung mit Marc.

»Uganda?«, fragte Caro ungläubig. Marc hatte ihr eine kurze Zusammenfassung der Ereignisse seit dem gestrigen Abend gegeben.

»Ich muss diesen Charles treffen. Er scheint Informationen zu den Hintergründen der Entführung zu haben.«

»In Uganda?«

»Sandberg war dort. Dieser Klimaforscher Dr. Zamek ist dort. Albin hatte Kontakt mit diesem Charles und ist nun tot. Es scheint so, als wäre Uganda ein entscheidendes Teil des Puzzles. Ich fliege hin und treffe dort Charles.«

Caro lehnte sich zurück und verschränkte die Arme vor der Brust. »Und wenn es eine Falle ist? Ich meine, Albin …« Sie schaute zu Astrid, ohne den Satz zu beenden.

»Ich fliege mit ihm«, sagte Astrid. »Marc trifft sich mit Charles, und ich passe auf, dass es kein Hinterhalt ist.«

Das beruhigte Caro ein wenig, wenngleich sie sich nicht vorstellen konnte, wie diese zierliche Frau Marc notfalls helfen wollte.

»Ich verständige im Notfall die Polizei«, ergänzte Astrid, als hätte sie ihre Gedanken erraten.

»Mach dir keine Sorgen«, meinte Marc. »Ich habe im Internet das Radiointerview gehört. Das hast du toll gemacht. Die Strategie geht auf; die Medien überschlagen sich mit Berichten über Hannah und dich.«

Caro lächelte matt.

»Gib nicht auf, mach weiter so!« Ihr Bruder beugte sich vor und umarmte sie. Einen Moment verharrten sie so. »Ich habe mit Julia Schlösser gesprochen. Sie sagt, die Kanzlerin und ihre Berater sind in heller Aufregung. Die Bundesregierung versucht, die anderen Nationen in Glasgow zu Konzessionen zu bewegen. Julia meint, im Kanzleramt ist man zuversichtlich, dass man auf dem Klimagipfel etwas erreichen kann.«

»Die gewalttätigen Ausschreitungen bereiten mir Sorgen«, bekannte Caro. »Keine Regierung dieser Welt will sich einem aggressiven Mob beugen. Auch wenn ich selbst gern ein paar Steine werfen würde, damit sie zuhören. Knackpunkt scheinen diese alten CO_2-Zertifikate zu sein. Die Entführer fordern ihr Verbot. Länder wie China, Brasilien und Indien haben Milliarden dieser alten Verschmutzungsrechte und wollen sie nicht aufgeben.«

»Wahnsinn, dass wir über ein paar Zertifikate streiten und deswegen Kinder sterben sollen.« Marc starrte deprimiert auf die Wand vor sich.

Astrid unterbrach die eingetretene Stille. »Du solltest eine Rede halten, Caro. In Glasgow auf dem Klimagipfel. Vor allen Nationen. Mit Worten zu werfen ist viel besser als mit Steinen.«

Marc richtete sich auf. »Das ist eine hervorragende Idee! Du kannst so etwas!«

Caro zog die immer noch kalten Füße auf der Kante ihres Stuhls näher heran und umschloss die Beine mit den Armen. »Ich weiß nicht«, sagte sie, während sie das Kinn auf die Knie legte. »Ich bin so ausgelaugt.«

Marc beugte sich vor und strich ihr über den Oberarm. »Du schaffst das, Schwesterchen. Ich weiß noch, als ich in unserem Dorf ein Graffito an den Stromkasten vor dem Rathaus gesprüht hatte und dabei erwischt wurde. Unser Vater wollte mich am liebsten windelweich schlagen. Du hast eine flammende Verteidigungsrede gehalten, und am Ende habe ich sogar noch eine Belohnung bekommen. Du warst erst elf.«

Bei der Erinnerung musste Caro lächeln. »Du hattest ein Hakenkreuz mit einem Herz übersprüht.«

»Ich spreche mit Julia Schlösser, ob sie so eine Rede organisieren können. Vermutlich wäre dies das Beste, das du für Hannah tun kannst.«

»Wann fliegt ihr?«

Es klingelte an der Tür. Ein langes, eindringliches Schellen.

Caro schaute überrascht zu ihrem Bruder. Es war nach Mitternacht. Auch Marc und Astrid tauschten Blicke – Blicke, die ihr nicht gefielen. Marc legte seinen Zeigefinger auf den Mund und erhob sich vorsichtig. Astrid tat es ihm nach. Mit leisen Schritten schlich Marc zur Küchentür und schaute vorsichtig um die Ecke zur Haustür. Alles war ruhig. Kein zweites Klingeln.

Auch Caro hatte sich erhoben, wurde jedoch von Marc mit ausgetrecktem Arm zurückgehalten. »Was ist?«, flüsterte sie.

»Wir hatten heute Nachmittag eine etwas unschöne Begegnung«, raunte er.

Wieder klingelte es. Diesmal länger, ungeduldiger.

Langsam ging Marc auf die Tür zu, so als könnte sie jederzeit auffliegen und ein Monster hineinstürzen.

Astrid hatte sich mittlerweile in der Küche direkt neben dem Messerblock platziert. Vielleicht war dies aber auch nur Zufall.

Caro drehte ihr den Rücken zu und schaute um die Ecke, um zu beobachten, was Marc tat. Als er endlich die Wohnungstür erreicht hatte, beugte er sich vor und sah durch den Türspion. Langsam zog er sich zurück und kam mit schnellen Schritten zu Caro.

»Die Polizei«, sagte er und winkte Astrid zu sich heran. »Mach auf, Caro, und frag, was sie wollen. Wir sind nicht hier!« Marc nahm Astrid bei der Hand, und beide liefen in Richtung Wohnzimmer.

»Ich komme!«, rief Caro laut und wartete mit dem Öffnen der Tür, bis die beiden um die Ecke des Flures verschwunden waren. »Ist etwas passiert?«, fragte sie zur Begrüßung. Sie klang verschlafen.

Vor der Tür standen die beiden Polizisten Apel und Klein, wie damals, als sie ihr die Nachricht von der Entführung überbracht hatten. Bei dem Gedanken daran begann ihr Herz zu klopfen. »Ich hoffe, es gibt keine schlimmen Neuigkeiten?«

»Es geht nicht um Ihre Tochter, sondern um Ihren Bruder. Ist er hier?«

»Nein.« Vielleicht hatte sie mit der Antwort eine Sekunde zu lange gezögert.

»Dürfen wir reinkommen?« Die Polizistin reckte sich, um an Caro vorbeizuschauen.

»Ich habe geschlafen«, entgegnete sie.

»Es dauert nur eine Minute«, sagte der Kommissar.

Widerwillig ließ sie die beiden herein.

Apel sah über ihre Schulter hinweg in den Flur. »Dürfen wir uns einmal umschauen?«

»Braucht man für so etwas nicht einen Durchsuchungsbeschluss? Vor allem mitten in der Nacht?«

»Nicht, wenn Gefahr in Verzug ist«, antwortete Kommissarin Klein.

»Gefahr in Verzug? Was ist mit meinem Bruder? Wovon reden Sie?«

»Ihr Bruder war in Göteborg, richtig?«

Sie zuckte mit den Schultern. »Ist das jetzt ein Verhör?«

»Das hat er uns heute selbst erzählt. Er hat uns auch erzählt, dass dort ein Freund von ihm ermordet worden ist. Albin Olsen.«

Erneut sagte sie nichts.

»Was er uns verschwiegen hat, ist, dass er am Tatort war.«

Ihr Herz machte einen weiteren Sprung. Marc hatte ihr davon erzählt, aber auch, dass er hoffte, dass man es nicht herausbekäme. »Woher wollen Sie das wissen?«

Apel sah seine Kollegin an, die kaum merklich nickte. »Seine DNA wurde am Tatort gefunden.«

»Er kann vorher dort gewesen sein.«

»An den Fesseln des Toten. Den Fesseln, mit denen er stranguliert wurde.«

Caro starrte den Kommissar an. »Woher haben Sie Marcs DNA?«

Nun lächelte Apel. »Sie erinnern sich, dass wir die DNA Ihrer Tochter genommen haben? Sie wurde anonym in eine internationale Datenbank eingespeist. Stellt eine Strafverfolgungsbehörde in einem Land auf dieser Welt eine Übereinstimmung fest, kann sie bei uns nach der zur DNA gehörigen Person fragen, und wir entscheiden im Einzelfall, ob wir die Identität preisgeben. So war es hier: Die in Schweden am Tatort gefundene DNA wies eine hohe Übereinstimmung mit der DNA Ihrer Tochter auf, wenn auch keine vollständige. Die schwedischen Kollegen haben bei uns nachgefragt. Wir haben die Verwandten Ihrer Tochter identifiziert, die infrage kommen, und da steht Ihr Bruder ganz oben auf der Liste. Nachdem er heute bei uns im Polizeirevier war, haben wir eine DNA-Probe von seiner Wasserflasche genommen.«

Caro spürte, wie Wut in ihr aufstieg. »Meine Tochter ist in Australien verschollen, und Sie haben nichts Besseres zu tun, als die Ihnen vorliegenden DNA-Daten zu missbrauchen, um meinen Bruder des Mordes zu verdächtigen? Ich bin mir sicher, das ist illegal. Ohne Anwalt sage ich gar nichts mehr!«

»Ist er nun hier?« Apel machte einen Schritt um die Ecke und schaute in die Küche. »Auf dem Tisch stehen drei Becher.«

Sie drängelte sich an ihm vorbei, nahm die Teebecher und leerte den Inhalt schnell in die Spüle. »Ich hatte früher am Abend Besuch von Freundinnen.« Caro stellte sich mit verschränkten Armen vor die beiden Besucher.

»Die Situation wird nicht besser für Ihren Bruder. Wenn er nichts mit der Sache zu tun hat, sollte er kooperieren.« Während Apel sprach, drehte er sich um und ging zurück in den Flur. Caro überlegte hinterherzustürmen, um ihn aufzuhalten, aber es war zu spät. Apel war schon weitergegangen. Als sie ihn erreichte, stand er in der Tür zum Wohnzimmer, das leer war. Kein Marc, keine Astrid.

Seine Kollegin hatte bereits die Tür zum Schlafzimmer aufgestoßen, in dem sich ebenfalls niemand aufhielt. Die Polizistin ging hinein, tastete mit der Hand die Überdecke ab, um sicherzugehen, dass niemand darunterlag, und öffnete schließlich die Tür des Kleiderschranks.

»Wollen Sie noch in meiner Unterwäsche nachsehen?«, fragte Caro gereizt.

Apel hatte zwischenzeitlich auch ins Badezimmer geschaut.

»Ich habe gesagt, er ist nicht hier. Und jetzt gehen Sie bitte, oder ich rufe meinen Anwalt an.« Sie hatte gar keinen Anwalt, doch sie würde einfach Kyle fragen; er beschäftigte ganze Heerscharen von Rechtsanwälten. Sie stellte sich vor die geschlossene Tür zu Hannahs Zimmer. Der einzige Ort, an dem die beiden Polizisten noch nicht nachgeschaut hatten.

Apel kam nahe vor ihr zum Stehen und zog die Augenbrauen zusammen. »Frau Beck, machen Sie es uns doch nicht so schwer.« Er deutete mit dem Zeigefinger auf die Tür hinter ihr. »Ist er dort drin?«

Sie starrte ihn an, ohne zu antworten. Neben Apel baute sich nun auch dessen Kollegin auf. Caro zögerte, dann trat sie einen Schritt zur Seite. Apel öffnete die Tür, die langsam aufschwang und den Blick in Hannahs Zimmer freigab. Es war leer.

Apel machte zwei Schritte hinein. Es gab keine Möglichkeit für einen erwachsenen Menschen, sich hier zu verstecken.

»Gehen Sie jetzt bitte!«, sagte Caro mit bebender Stimme.

Die Polizisten tauschten erneut Blicke, diesmal waren es Blicke der Enttäuschung. Sie begleitete beide zur Haustür.

Apel drehte sich auf der Türschwelle zu ihr um. »Sollten Sie Ihren Bruder sehen, richten Sie ihm bitte aus, sich bei uns zu melden. Hier haben Sie noch einmal meine Karte mit meiner Mobilfunknummer.«

»Gehen Sie!« Sie schloss hinter beiden die Tür, lehnte sich dagegen, legte den Kopf in den Nacken und begann, geräuschlos zu schreien. Eine ganze Minute verharrte sie so, dann ging sie zu der Stelle im Flur zwischen Bad und Hannahs Zimmer, an der die Wand gute zweieinhalb Meter mit weißen Holzpaneelen verkleidet war. Sie suchte den kleinen weißen Knauf, der nicht weiter auffiel, wenn man von seiner Existenz nicht wusste, und öffnete die verborgene Tür zur Wäschekammer.

Vor ihr hockten, wohl wegen des wenigen Platzes eng umschlungen, Marc und Astrid und schauten zu ihr herauf.

»Sie sind weg«, sagte sie. »Sie suchen dich. Wegen Mordes an Albin Olsen.«

56
Glasgow

»Es freut mich, dass Sie sich so rasch entscheiden konnten.« Sie lächelte und rückte ihren Blazer zurecht.

Vollkommen überraschend waren der chinesische Delegierte und der Brasilianer in ihrem Hotel erschienen. Sie war gerade dabei zu frühstücken. Ein weiterer anstrengender Konferenztag lag vor ihr. Bis eben hatte sie die Titelseiten der deutschen Zeitungen studiert. Die Hysterie um die entführten Kinder, allen voran die Deutsche Hannah, war auf ihrem Höhepunkt angelangt. Sie hatte keine eigenen Kinder, und sicher musste es für Hannahs Mutter schrecklich sein, um die Tochter zu bangen. Aber musste man deswegen sein Gesicht in jede Kamera halten? Jedenfalls kam der Druck, den die Presse aufbaute, auch bei ihr an. Sie hatte kaum ein Auge zugetan.

In Berlin hatte man die ganze Nacht an Ideen gearbeitet, wie man auf die Forderungen der Kidnapper eingehen konnte. Aus ihrer Sicht ein großer Fehler. Ein Staat durfte sich niemals erpressbar machen, auch wenn es Leben kostete. Aber sie hatte sich mit ihrer Meinung nicht durchsetzen können. Am Ende war sie nur der ausführende Arm, und wenn sie hier in Glasgow scheiterte, würde es sie am Ende das Amt kosten oder, noch schlimmer, ihre politische Karriere.

»Setzen Sie sich doch bitte«, sagte sie mit übertriebener Freundlichkeit und zeigte auf die beiden freien Stühle an ihrem Frühstückstisch. Sie wohnte in einem Hotel einer großen amerikanischen Kette, und auch wenn die Schotten nicht für ihr Frühstück berühmt waren, so versuchte sie doch, sich diese halbe Stunde an jedem Morgen zu nehmen. Der Porridge war jedenfalls ausgezeichnet. Im silbernen Becher vor ihr wartete zudem ein hart gekochtes Ei darauf, verspeist zu werden.

Sie versuchte, in den Gesichtern der Männer abzulesen, welche Nachricht sie ihr überbringen würden. Beide lächelten maskenhaft, das konnte alles bedeuten. »Kaffee? Tee?«, fragte sie.

Der Chinese hob abwehrend die Hände. Der Brasilianer rief eine der Servicekräfte zu sich und bestellte einen einfachen Espresso. Er hatte offenbar nicht vor, lange zu bleiben.

Sie nahm einen Schluck von ihrem Tee und schaute ihre Gäste erwartungsvoll an. »Dass Sie gemeinsam erscheinen, bedeutet, dass Sie sich abgestimmt haben?«

»Wir sind uns jedenfalls einig«, ergriff der chinesische Vertreter als Erster das Wort. Soweit sie wusste, war er der Vize-Umweltminister seines Landes. »Wir können leider nicht mit Ihnen gehen.«

Sie legte das Messer auf dem Teller ab und neigte den Kopf zur Seite. »Nicht mit mir gehen?«

»Was ich meine, ist, wir können Ihrem Vorschlag nicht folgen.«

Sie spürte, wie Enttäuschung in ihr aufstieg. »Welchem Teil meines Vorschlags?«

»Dem gesamten.«

Sie lehnte sich zurück und ließ den Blick zwischen ihren beiden Gästen hin- und herwandern. Der Brasilianer saß weit vorgebeugt, die Ellbogen auf den Tisch gestützt, und nickte ihr bestätigend zu.

Es wirkte nicht so, als wäre die Absage einem der beiden unangenehm. Beinahe konnte man glauben, sie genossen es, ihr einen Korb zu geben. Sie fühlte sich brüskiert. Der Kellner erschien mit einer Tasse Espresso, die er vor dem Brasilianer abstellte.

»Sie wissen, was auf dem Spiel steht?«, fragte sie.

»Meinen Sie das Klima oder das Leben Ihres deutschen Kindes?«

»Beides. Wir müssen alle unserer Verantwortung nachkommen.«

»Verantwortung? Es sind die westlichen Staaten, die zu wenig tun! Wir haben unsere Klimaziele stets weit übertroffen.« Der Chinese wirkte nun beinahe ärgerlich.

»Es kommt natürlich auf die Höhe der Ziele an«, konterte sie. »Kohleverstromung und der CO_2-Ausstoß werden dieses Jahr in Ihrem Land abermals steigen. Und der Handelskrieg mit den USA zwingt Sie sogar zum Ausbau der Schwerindustrie.«

Der Chinese lächelte. »Für Letzteres können Sie den USA danken. Ich denke, wir müssen uns Ihnen gegenüber nicht rechtfertigen. Unsere Errungenschaften im Klimaschutz sind unbestritten. Deutschland und die anderen europäischen Staaten sind es, die zuletzt zu wenig getan haben. Wir stehen weiter vor der Herausforderung, unsere Wirtschaft zu entwickeln, den Lebensstandard der Bevölkerung zu verbessern, Armut zu mindern und unsere Umwelt sauberer zu machen.«

Sie entgegnete nichts und schaute wieder zu dem Brasilianer.

Der nahm die Tasse und trank sie laut schlürfend in einem Zug aus. Bevor er den Espresso herunterschluckte, ließ er ihn mit effektvollen Geräuschen im Mund zirkulieren. Er schnalzte mit der Zunge. »Dieser Kaffee ist eine Beleidigung.«

»Ist das Ihr Kommentar?« Sie klang weitaus wütender als beabsichtigt.

»Die Hälfte der in Brasilien erzeugten Energie stammt aus sauberen Quellen, bei der Stromerzeugung kommen sogar mehr als zwei Drittel aus erneuerbaren Ressourcen. Ein globaler Spitzenwert. Unsere Energiebilanz ist so sauber wie ein Babypopo.«

»Was ist mit der Abholzung? Sie weiten sie massiv aus. Und die Waldbrände? Die Amazonas-Wälder spielen eine zentrale Rolle bei der Stabilisierung des globalen Klimas.«

»Geben Sie uns mindestens zehn Milliarden US-Dollar pro Jahr aus dem internationalen Klimatopf, und wir schützen die Wälder. Das Geld steht uns zu. Wir sind das Land mit dem größten tropischen Regenwald der Welt.«

»Ist das Ihre Forderung, um für unsere Vorschläge zu stimmen?«

Der Brasilianer lächelte. »Tun Sie nicht so, als würden die Deutschen auf der Konferenz irgendetwas allein bestimmen können. Hier sind an die zweihundert Staaten vertreten. Akzeptieren Sie endlich deren Autonomie. Deutschland ist keine Weltmacht. Wir brauchen Ihre Almosen nicht.«

»Und was ist mit Ihrem Jungen? Auch einer Ihrer Staatsbürger befindet sich in den Händen der Entführer. Heißt er nicht Diego?«

»Ja, Diego Soares. Ein Waisenkind. Wussten Sie, dass er aus den Favelas stammt?«

Sie schüttelte den Kopf, wusste aber auch nicht, warum das wichtig sein sollte.

»In den Favelas werden jedes Jahr Hunderte Minderjährige ermordet. Meist durch die Hand anderer Minderjähriger. Bandenkriminalität, Kindersoldaten. Sollte Diego jetzt etwas geschehen – dort unten in Australien oder wo immer sie jetzt sind –, sind auch dafür Kriminelle verantwortlich. Nichts anderes sind die Leute, die die Kinder in ihrer Gewalt haben: Kriminelle. Sollen wir uns dadurch aber nun verrückt machen lassen?«

»Das ist Ihr Argument? Er stammt aus den Favelas? Er wäre vielleicht auch in Ihrem Land ermordet worden?«

»Wer weiß, möglicherweise hätte er auch selbst jemanden erschossen. Aber sie verdrehen mir die Worte im Mund. Mein Argument ist, dass es Kriminelle sind, die Kinder töten. Und mit Kriminellen macht man keine Geschäfte.« Er schaute zu seinem asiatischen Begleiter. Wie auf ein Zeichen erhoben sich beide.

»Man muss nicht immer einer Meinung sein, das sollte man respektieren. Wir sehen uns nachher im Plenum«, sagte der Brasilianer und senkte das Kinn zum Zeichen der Verabschiedung. Dann ließen die Männer sie allein zurück.

»Señor Barros«, rief sie, als beide bereits einige Meter entfernt waren. Der Brasilianer drehte sich zu ihr um. »Vergessen Sie nicht, Ihren Espresso zu bezahlen!«

Ihr Handy summte. Eine SMS von DJ. *Versauen Sie es nicht!*

Die Warnung kam zu spät. Was sie nun brauchte, war ein Wunder. Sie nahm das Messer und köpfte das Ei.

57
Kampala

Sie waren über eine Stunde unterwegs, als die Reihen der Häuser sich lichteten und der Mercedes auf die Ausläufer des Victoriasees zuhielt. Ein verrostetes Schild am Straßenrand kündigte *Port Bell* an, die Hafenstadt von Kampala.

Zamek saß auf der Rückbank, zu beiden Seiten flankiert von den Einheimischen, die ihm in seiner Wohnung aufgelauert hatten.

Ein strenger Geruch von Schweiß und Zigarettenrauch erfüllte das Auto. Seine Wunde am Bauch schmerzte bei jeder Bodenwelle. Aber Zamek war ruhig, trotz des halsbrecherischen Fahrstils des dritten Mannes am Steuer, der offenbar alles daransetzte, sie alle umzubringen, noch bevor sie ihr Ziel erreichten.

Er hatte vorgesorgt und als Lebensversicherung gestern noch eine Nachricht an Sandberg gesendet. Er würde mit ihm sprechen, ihn davon überzeugen, ihn und seine Familie in Ruhe zu lassen. Ein Deal zwischen zwei ehemaligen Geschäftspartnern. Er stieg aus der Partnerschaft aus, und er würde schweigen. Sein Wissen mit ins Grab nehmen, aber noch nicht jetzt, sondern in dreißig, vierzig Jahren. Nachdem er ein gutes, ehrliches und rechtschaffenes restliches Leben geführt hatte. Sandberg würde zukünftig die Ausgaben für ihn und seine Dienste sparen. Er konnte sich problemlos jemand anderes suchen, der den Job erledigte. Es gab in dieser Branche genügend schwarze Schafe. Schwarze Schafe wie ihn.

Bei dem Gedanken legte sich wieder eine bleierne Schwere über ihn. Wann war er, der vielversprechende Wissenschaftler, dem eine blendende Karriere offengestanden hatte, nur falsch abgebogen? Und warum?

Er kannte die Antwort: Es war die Verlockung des Geldes. Das große Haus in Potsdam, in dem er nun auch nicht glücklich geworden war. Er hoffte auf Sandbergs Einsicht. Eigentlich war er ein vernünftiger Mann. Nur für den Fall, dass der Schwede sich uneinsichtig zeigte, würde er ihn erpressen müssen. Daher seine Lebensversicherung.

Sie passierten im Schritttempo Stände, an denen Händler frisch gefangenen Fisch und Obst verkauften, und steuerten über den rotlehmigen Boden direkt auf den Pier zu. Während etwas vorgelagert die einfachen bananenförmigen Holzboote der Fischer auf dem Uferstreifen darauf warteten, am nächsten Morgen zurück ins Meer geschoben zu werden, ankerten am Pier die großen Frachtschiffe.

Ebenso flache wie lange Binnenschiffe mit wenig Tiefgang, die ihre besten Tage allesamt lange hinter sich hatten.

Nun spürte Zamek doch eine gewisse Unruhe. Was wollten sie mit ihm hier draußen im Hafen? Er war überhaupt erst einmal in Port Bell gewesen. Zusammen mit Charles, um sich fernab neugieriger Blicke zu unterhalten und »den besten Fisch der ostafrikanischen Hochebene« zu essen, wie Charles damals geschwärmt hatte. Und er hatte nicht übertrieben.

Der Fahrer lenkte plötzlich scharf nach links, und erst jetzt sah Zamek das schneeweiße Ausflugsboot. Es war nicht übermäßig luxuriös oder gar hübsch. Zwischen all den Frachtkähnen wirkte es aber wie ein Schwan inmitten einer Kolonie von Graugänsen.

Der Mercedes stoppte direkt vor der Gangway. Seine Begleiter schälten sich ächzend aus dem Auto und warteten, bis auch er ausgestiegen war, was ihm wegen seiner Wunde schwerfiel. Der Begleiter neben ihm deutete auf das Schiff, an dessen Bug nun ein weiterer Mann erschien, um sie in Empfang zu nehmen. Er trug eine blaue Uniform und schien zur Besatzung des Schiffes zu gehören.

Mit einem unsanften Stoß wurde Zamek zum Steg gedrängt. Auf den beiden schmalen Brettern, die von der Kaimauer auf das Boot führten, musste er aufpassen, nicht ins Leere zu treten. Von Nahem sah man, dass auch dieses Schiff deutlich in die Jahre gekommen war. Der ehemals weiße Lack war vergilbt, an zahlreichen Stellen kam unter der abgeplatzten Farbe Rost zum Vorschein. Durch eine Stahltür betraten sie den Innenraum des Schiffes, der offenbar für kleine Feiern eingerichtet war. In der einen Ecke befand sich eine gut bestückte Bar, zur Linken und Rechten gab es mehrere mit rotem Kunstleder bezogene Sitznischen. In einer davon saß ein Mann in einem schneeweißen Leinenanzug. Sandberg.

Er machte keine Anstalten, sich zu erheben, als Zamek wiederholt auf ihn zugestoßen wurde. In diesem Moment heulten die Motoren des Schiffes auf, und das Boot setzte sich in Bewegung. Sie legten tatsächlich ab.

»Der Doktor«, begrüßte Sandberg ihn ohne ein Lächeln. Zamek konnte in seinen Gesichtszügen aber auch keine Spur von Ärger entdecken. Emil Sandberg wirkte eher traurig. Er deutete auf den Platz neben sich, doch Zamek blieb einfach stehen. »Schade, dass wir uns zu so einem traurigen Anlass wiedersehen«, eröffnete Sandberg das Gespräch.

»Traurig?«

»Woran lag es?« Emil Sandberg überhörte seinen Einwand. »Zu wenig Geld? Ich denke, wir haben immer gut für Sie gesorgt.«

»Geldgier rechtfertigt nicht alles. Das ist mir in den vergangenen Monaten bewusst geworden. Wir haben eine größere Verantwortung uns selbst oder unseren Familien gegenüber.«

Das Schiff hatte mittlerweile gedreht und Fahrt aufgenommen. Sie fuhren tatsächlich hinaus auf den See, was Zameks Unruhe steigerte.

Sandberg lächelte. »Damit beginnt das Unheil meistens. Wenn Menschen versuchen, sich über ihre eigene Existenz zu erheben, wenn sie an den großen Zusammenhang glauben. Ich erinnere nur an Adolf Hitler.«

»Sie wollen mich nicht ernsthaft mit Hitler vergleichen?« Zamek spürte, wie er nun wütend wurde. Die Selbstherrlichkeit Sandbergs schien grenzenlos zu sein.

»Ich halte die selbst ernannten Klimaretter für Klimafaschisten«, fuhr Emil Sandberg fort.

Zamek wollte etwas entgegnen, resignierte jedoch und brachte bloß ein müdes Lächeln zustande. »Ihre Worte bestätigen mich nur darin, dass ich das Richtige getan habe. Nur, warum musste Olsen sterben?«

Sandberg legte den Kopf schräg, und nachdem er Zamek eine Weile gemustert hatte, gab er einem der Aufpasser, die noch immer hinter ihm standen, ein Zeichen. Der trat an ihn heran und begann, ihn abzutasten.

Zamek stöhnte leise auf, als der Mann seine frische Narbe berührte, und versuchte, dessen große Hände fortzuschieben, was ihm nicht gelang. »Ich bin nicht bewaffnet!«, stieß er aus.

Als der Mann fertig war, nickte er Sandberg zu.

»Ich hatte Olsen gewarnt. Ebenso wie diesen Behringer. Und Sie.«

Jetzt verstand Zamek: Sie hatten ihn nicht nach Waffen, sondern nach Mikrofonen abgesucht. »Haben Sie meine Nachricht bekommen?«

Sandberg fixierte ihn, ohne zu antworten.

»Wie ich Ihnen schrieb, habe ich mein Testament gemacht.«

»Das ist eine weise Entscheidung.«

»In dem Testament habe ich alles aufgeschrieben, was ich weiß. Es ist sicher beim Nachlassgericht hinterlegt und wird dort nur eröffnet, wenn ich sterbe. Ein praktischer Service der deutschen Gerichte.« Zamek deutete zur Decke und dann zu den Fenstern. »Ich bin also wie ein Schiff, das niemals einen Hafen anläuft. Solange ich lebe, bin ich keine Gefahr für Sie. Wenn ich aber sterbe, wird mein Testament eröffnet, und dann kommt alles heraus. Sie sollten also daran interessiert sein, dass es mir möglichst lange gut geht.« Er spürte, wie ihm der Schweiß den Rücken hinablief.

Sandberg erhob sich und machte einen Schritt auf ihn zu. Als er ihn erreichte, hob er den Arm und legte ihm die Hand auf die Schulter. Sie fühlte sich schwer wie Blei an. »Ich wollte immer nur, dass es Ihnen gut geht. Und nun lassen Sie uns zur Tat schreiten.« Er ließ ihn stehen und drängelte sich vorbei zum Ausgang. Mittlerweile befanden sie sich mitten auf dem See.

Das mulmige Gefühl, das Zamek erfasst hatte, seitdem er das Schiff betreten hatte, wuchs.

Als Sandberg an der Tür angekommen war, drehte er sich noch einmal zu Zamek um. »Zur Bestattung. Dies ist eine Seebestattung.«

Zamek spürte, wie sein Herz einen Schlag aussetzte. Wie konnte Sandberg es wagen, seine Drohung, alles zu veröffentlichen, einfach zu ignorieren? Er griff in sein Sakko. Im nächsten Moment hatten die beiden Aufpasser eine Waffe auf ihn gerichtet. »Nur ein Papier«, sagte er. Sie hatten ihn doch abgetastet. »Hier ist der Einlieferungsbeleg des Gerichts für das Testament. Ich bluffe nicht.«

Einer der Bodyguards nahm es ihm ab und reichte es an Sandberg weiter.

»Ach, Sie dachten …« Emil Sandberg lachte. »Nicht Ihre Bestattung, Doc. Kommen Sie.« Sie gingen nach draußen. Der sanfte Fahrtwind ließ Zameks Haare fliegen.

Sandberg verschränkte die Hände in feierlicher Pose vor dem Körper, während seine Begleiter sich an einer blauen Plastiktonne auf dem Deck zu schaffen machten. Gemeinsam schoben die beiden das Fass zur Reling. Auf ein gemeinsames Kommando hin hievten sie die Tonne in die Höhe, offenbar um sie im See zu versenken.

Zamek schaute irritiert zu Sandberg.

»Der gute Charles hat uns verlassen«, sagte der mit einem Lächeln. »Es ist eine Tragödie.«

58
Berlin

Mit der Mütze kam er sich albern vor. Sie war ein gutes Stück zu klein, dafür war die Anzugjacke viel zu groß.

»Chic siehst du aus!«, hatte Astrid lachend kommentiert, nachdem er die Pilotenuniform angezogen hatte. Sie gehörte Ingrids Freund, einem Lufthansa-Piloten, der zurzeit durch Asien flog und nichts davon wusste, dass er sie sich lieh.

Langsam näherten sie sich der Passkontrolle. Astrid und Ingrid hatten ihm erklärt, dass auch die Flugzeugcrew nicht ohne Reisepass und Visum auskam.

»Ich sehe nicht aus wie er«, hatte er eingeworfen. Ingrid hatte ihm auch den Reisepass ihres Piloten-Freundes in die Hand gedrückt.

»Und wie kann er überhaupt ohne seinen Pass unterwegs sein?«

»Piloten haben meist zwei Reisepässe. Es gibt Einreisestempel mancher Länder, mit denen man in andere Länder nicht einreisen darf. Also haben die Mitglieder von Flugzeugcrews häufig zwei Pässe, von denen wir einen, was solche ›Giftstempel‹ angeht, sauber halten.«

»Dein Freund ist dunkelhaarig und hat Augenbrauen wie andere Schnurrbärte!«

»Du hast eine Pilotenmütze auf. So genau schauen sie bei der Crew nicht hin. Die Uniform überstrahlt alles.«

Trotz der Zuversicht seiner Begleiterinnen spürte er, wie ihm langsam das Herz in die ebenfalls zu weite Hose rutschte. Dabei wusste er noch nicht einmal, ob der Aufwand überhaupt notwendig war. Nachdem der Kommissar Caro allerdings am Vorabend eröffnet hatte, dass man nun wegen des Mordes an Albin Olsen nach ihm suchte, ging er davon aus, dass sie nach ihm fahndeten.

»Wenn du auf einer Blacklist stehst, kommst du nicht raus. Dann verhaften die dich bei der Ausreise«, hatte Astrid ihn gewarnt. Daher diese Kostümierung. Astrid und Ingrid hatten ihn in die Mitte genommen. Mit selbstsicherem Gang marschierten sie auf die Passkontrolle zu.

»Bald herrscht sowieso Ausnahmezustand«, sagte Ingrid. Tatsächlich schien es nach Rücksprache mit den Gewerkschaften nicht unmöglich zu sein, eine deutschlandweite Flugpause zu erwirken. Die Fluglotsen überlegten, sich einem solchen Streik anzuschließen, hatte Ingrid berichtet. Ohne Flughafenbetrieb konnte nicht gestartet und auch nicht gelandet werden.

Sie traten nicht einzeln, sondern zu dritt an den Schalter und schoben ihre Pässe durch den Schlitz.

Der Mann hinter der dicken, getönten Glasscheibe öffnete Ingrids Pass und ließ den Blick einmal zwischen ihr und dem Passfoto hin- und herwandern. »Und wohin geht's?«, fragte er, während er als Nächstes nach Astrids Pass griff.

»Teneriffa«, antwortete Ingrid mit dem bezauberndsten Lächeln, das Marc seit Langem gesehen hatte.

»Uhh«, entgegnete der Mann, ohne dass Marc genau verstand, was er damit sagen wollte. Jetzt war sein Ausweis an der Reihe, besser gesagt das Passdokument von Ingrids Piloten-Freund. Mit strengem Blick begutachtete der Beamte das Foto, schaute dann zu ihm auf. »Da stimmt doch was nicht«, meinte er.

Marc schloss die Augen. Er hatte es doch gewusst! Der Optimismus der beiden Frauen war unangebracht gewesen. Er ähnelte Ingrids Freund kein bisschen.

»Ich sitze hier in dieser engen Kabine, und Sie fliegen mit zwei so schönen Ladys um die Welt«, sagte der Beamte und schob mit einem Augenzwinkern alle drei Pässe zurück durch den schmalen Schlitz.

»Ich bin ein Glückspilz«, entgegnete Marc, während Astrid ihm einen triumphierenden »Haben wir doch gesagt«-Blick zuwarf.

»Allerdings. Neuestes Gerücht ist, dass sie hier bald alles komplett dichtmachen. Und das alles nur wegen einer einzigen Berliner Göre. Das hat noch nicht einmal Corona geschafft. Wenn es nach mir geht, sollen sie die ruhig verrecken lassen. Was hat die überhaupt da unten zu suchen? Diese verdammten Klima-Kids sollen mal lieber zur Schule gehen.«

Marc durchfuhr ein Gefühl wie nach einem Stromschlag. Hatte der Mann das gerade wirklich gesagt? Seine Muskeln spannten sich an, und in seiner Brust bildete sich ein Knoten, so groß wie eine Faust. Gerade wollte er ansetzen, als er Astrids festen Griff um sein Handgelenk spürte.

»Komm, Glückspilz«, hörte er sie sagen, während sie ihn unsanft mit sich zog. »Fordere es nicht heraus, dein Glück.«

Wenig später, nachdem sie sich von Ingrid verabschiedet hatten, saßen sie in der letzten Reihe eines Airbus, der sie nach Amsterdam-Schiphol bringen sollte, von wo sie weiter nach Entebbe fliegen würden. Die Uniform fühlte sich nun gar nicht mehr so unangenehm an wie noch auf dem Weg zum Flughafen. Die Besatzung des Flugzeugs hatte sie als vermeintliche Kollegen freundlich begrüßt, aber sie glücklicherweise auch nicht in ein Gespräch verwickelt.

Marc saß am Fenster, als das Flugzeug beschleunigte und ihn beim Abheben nach hinten in den Sitz drückte. Nun flog er also nach Afrika. Er hoffte, dass dies die richtige Entscheidung war und dieser Charles ihnen auch wirklich weiterhelfen konnte.

Er blickte aus dem Fenster, und da sah er es. Der Schriftzug war in den Rasen neben der Start- und Landebahn gemäht. *Free Hannah!*, stand dort. Gänsehaut überlief ihn. Er schaute nach links, wo Astrid entspannt zurückgelehnt saß. Ihre Blicke kreuzten sich. Sie legte die Hand auf seine und lächelte.

59
Im Camp

»Was soll das?« Nicolas schrie in das Telefon. Unter den misstrauischen Blicken der bewaffneten Männer war er hinunter zum Strand gegangen. Am Morgen hatten sie die Jugendlichen zusammengetrieben und weiter ins Landesinnere geschafft.

»Beruhige dich.« Sein Gesprächspartner sprach leise und klang gelassen.

»Ich soll mich beruhigen?! Die haben Diego erschossen! Er ist *tot!* Verstehst du, was ich sage?«

»Es ist wichtig, dass du dich konzentrierst, Nicolas. Zieh es durch wie besprochen, dann wird alles gut.«

»Emil, ich werde gar nichts mehr tun. Ich bin raus. Ich fahre nach Hause.«

»Das solltest du dir gut überlegen, Nicolas. Denn wenn du es nicht zu Ende bringst, dann werden Ryker und seine Leute es zu Ende bringen.«

»Ryker heißt er also? Warum hast du ihn überhaupt geschickt? Das war nicht Teil unserer Abmachung. Ich hatte alles im Griff!«

»Alles im Griff? Wie ich hörte, warst du in einem Container eingesperrt, als Ryker das Camp erreichte.«

»Es war ein Missverständnis.«

»Das war auch Diegos Tod, wie Ryker mir versicherte. Der Mann, der das getan hat, dachte, der Kleine greift ihn an. Er wird bestraft werden.«

»Das nennst du ein ›Missverständnis‹? Jemanden zu erschießen?« Wieder wurde Nicolas laut.

»Und für dich ist ein Missverständnis, wenn du dich von ein paar Kids übertölpeln lässt?«

Nicolas biss sich auf die Lippen. Er stieß mit dem nackten Fuß gegen einen handgroßen grauen Felsbrocken. Er bückte sich und wog ihn in der Hand. Das musste der berühmte »Bird Shit« sein, wie die Einwohner der Insel es nannten.

»Wir hatten vereinbart, dass ich euch ein Boot schicke, damit ihr von dort wieder wegkommt, und das habe ich getan. Was glaubst du, wie so ein Boot dorthin kommt? Von allein? Die Männer sind die Besatzung.«

»Das sind aber keine normalen Matrosen! Skipper haben keine Waffen und erschießen auch keine Jugendlichen! Das sind Söldner!«

»Das sind Männer, die eine Jacht zu einer einsamen Insel bringen, auf der eine Entführung stattfindet. Was denkst du denn, wen ich euch hätte schicken sollen? Das Boot ankert vor der Insel und bringt euch am Ende wieder nach Hause. Meine Anweisung an die Männer war, auf euch aufzupassen, nicht, euch zu erschießen! Glaub mir!«

Nicolas schnaubte.

»Sie haben deinen Vater festgenommen. Wegen des U-Bootes.«

Nicolas spürte, wie sich sein Magen zusammenkrampfte. Er hatte gehofft, dass das U-Boot nicht entdeckt werden würde.

»Ich gehe davon aus, er weiß nichts?«

»Natürlich nicht!«

»Gut. Ich werde schauen, ob ich ihm helfen kann.«

»Das musst du nicht. Ich bringe es selbst in Ordnung. Ich werde mich stellen!«

»Ich weiß, dass dein Vater dir egal ist, Nicolas. Doch ich weiß auch, dass das mit deiner Schwester anders ist.«

Nicolas blieb abrupt stehen. »Lass meine Schwester da raus!«

»Ich fürchte, das kann ich nicht. Ich habe sie aus dem Sumpf herausgeholt, und ich kann sie jederzeit zurück in die Hölle schicken.«

»Das würdest du nicht tun.«

»Ich habe gehört, sie ist auf dem Weg nach Kampala.«

»Ist sie nicht!«

»Rufe sie an.«

Nicolas legte den Kopf in den Nacken. Die Sonne schmerzte in seinen Augen.

»Also, können wir jetzt wieder über das Geschäft sprechen?«

»Geschäft! Wenn ich das schon höre …«

»Also, was tun wir, Nicolas? Bist du weiter dabei, oder soll Ryker übernehmen, und ich nehme nachher deine Schwester in Empfang?«

Tränen der Hilflosigkeit schossen Nicolas in die Augen. Er spürte das große Verlangen nach einem Joint. »Ich ziehe es durch wie besprochen.«

»Nein, das tust du nicht. Wir ändern den Plan. Die Regierungen zögern. Wir brauchen ein neues Video. Wir können nicht bis zum Ablauf des Ultimatums warten. Es muss wieder jemand sterben, und zwar heute! Frage Ryker. Er weiß, was zu tun ist.«

Das Gespräch wurde beendet.

Nicolas ging in die Hocke und vergrub das Gesicht in den Händen. Einen Moment verharrte er so, dann griff er nach dem Handy und wählte eine Nummer. Die Mailbox sprang an. Er hinterließ eine Nachricht und beendete das Gespräch.

»Shit, shit, shit!« Voller Wut warf er den kleinen Felsbrocken ins Meer.

Ihre ganze Idee war wie diese Insel, errichtet auf einem Haufen Scheiße.

60
Entebbe, Uganda

»Drei Dollar.« Der Junge neben dem Motorrad war noch keine sechzehn Jahre alt. Er trug ein T-Shirt, obwohl es mit der beginnenden Nacht bereits kühl wurde, und eine gelbe Schirmmütze mit Logo, das Walker nicht kannte. Walker schaute auf seinen Koffer.

Der Junge grinste, beugte sich hinunter, nahm ihn hoch und hielt ihn vor seinen Bauch.

Walker nickte. »Ich gebe dir fünf Dollar!«, sagte er und hielt dem Jungen die Scheine vors Gesicht. »Aber ich fahre!«

Kurz darauf kurvten sie über die staubige Straße in Richtung Kampala. Obwohl es bereits Abend war, war der Verkehr immer noch dicht, und ihre Fahrt war von einem allgegenwärtigen Hupen der anderen Verkehrsteilnehmer begleitet. »Verkehr« war dabei eigentlich die falsche Bezeichnung. Es herrschten Chaos und Anarchie, wie in einem Autoscooter. Die alte Senko war schlecht gefedert, und die Lenkung reagierte bei der kleinsten Bewegung über.

Nach einigen erzwungenen Ausweichmanövern hatte Walker sich jedoch an die Launen des Motorrades gewöhnt, und einen weiteren Kilometer halsbrecherischer Fahrt später klopfte der Junge, der hinter ihm saß, ihm sogar anerkennend auf die Schulter. Genauso funktionierte auch das Navigationssystem: Er hatte dem Jungen erklärt, wohin sie fahren wollten, und so lenkte dieser ihn von hinten durch die Straßen, indem er ihm mal am rechten, mal am linken Ärmel zog und ihm auf die Schulter klopfte, wenn er drohte falsch zu fahren.

Walker war schon oft in Afrika gewesen, aber das erste Mal in Uganda. Das Land erholte sich nach langem Bürgerkrieg und mauserte sich mittlerweile zum Touristenland, bewarb sich selbst mit dem Slogan »Perle Afrikas«. Das Internet hatte ihm verraten, dass Kampala eine der am schnellsten wachsenden Städte der Welt war, was auch Probleme mit sich brachte. Das Wichtigste, was er gelesen hatte, war aber, dass Uganda vom Export von Kaffeebohnen lebte und beinahe an jeder Straßenecke ein anständiger Kaffee erhältlich war.

Hinter den staubigen Straßen erhoben sich am Horizont die Lichter modern anmutender Geschäftshäuser. Nach schier endlosen Abbiegevorgängen zerrte der Junge so stark an Walkers Ärmel, dass er bremste. »Dort«, sagte er und zeigte auf einen Betonklotz vor ihnen. Ein unattraktiver Apartmentkomplex älteren Baujahrs.

Walker stieg vom Motorrad, nahm seinen Koffer entgegen und gab dem Jungen statt der vereinbarten fünf Dollar zehn, was dieser mit einem erfreuten Lächeln quittierte. Während er auf den Eingang zusteuerte, studierte er die Nachricht, die Abigail ihm aufs Handy geschickt hatte. *Vierter Stock, Apartment Nr. 434.* Hier hoffte er, Antworten auf die Fragen zu bekommen, was Nicolas Porté vor der Entführung in Uganda gemacht hatte und wer dieser Sandberg war, mit dem er sich getroffen hatte. Vielleicht würde er auch den Server finden, von dem aus die Webseite der Entführer betrieben wurde.

Die Klingelschilder trugen tatsächlich Nummern statt Namen. Es dauerte eine Weile, bis ein Summer ertönte. Das Treppenhaus war dunkel und feucht. Die Wände bestanden aus nacktem Beton, die Treppen aus einfachen Mosaiksteinen. Er ließ den nicht vertrauensvoll erscheinenden Fahrstuhl links liegen und nahm die Treppen. Von den jeweiligen Treppenabsätzen gingen lange Gänge mit einer endlosen Anzahl von Türen ab. Walker vernahm dumpfe Musik aus verschiedenen Quellen. Mit jeder Treppe wechselten die Geräusche und Gerüche.

Im vierten Stock fand er tatsächlich die Tür, auf der in ungelenker weißer Schrift die Nummer *434* aufgemalt war. Hier suchte er vergebens nach einer Klingel, deshalb klopfte er. Eine Weile tat sich nichts, dann öffnete die Tür sich einen Spalt.

»Das Kennwort?«, hörte er eine männliche Stimme.

Walker stockte. Abigail hatte ihm keines mit auf den Weg gegeben.

»Haha, nur ein Spaß!« Die Tür wurde geöffnet und gab den Blick frei auf einen Mann, der einen ganzen Kopf kleiner war als Walker, dazu schlank und blond. Zur Jeans trug er ein blaues Freizeithemd. Sein Bart war mindestens drei Tage alt. Die Haare fielen ihm bis auf die Schultern und wirkten so, als könnten sie mal wieder eine gründliche Wäsche und einen ordentlichen Schnitt vertragen. Es war keine neue Erkenntnis, dass sich viele Agenten im Ausland gehen ließen. Vermutlich noch immer getrieben von einer kolonialen Arroganz, weil sie meinten, sich noch anzupassen.

»Sie müssen Walker sein.« Der Mann trat einen Schritt zur Seite. »Kommen Sie herein.«

Walker zögerte kurz, entschied sich dann jedoch, dem Mann zu vertrauen, auch wenn er nicht besonders vertrauenswürdig aussah, vielleicht aber auch gerade deshalb. Walker durchschritt einen kurzen Flur; hinter ihm fiel die Wohnungstür ins Schloss. Zur Rechten gab die halb offen stehende Tür den Blick in ein kleines Badezimmer frei; der Flur mündete in einen einzigen großen Raum. Das Ganze glich von der Architektur her einem einfachen Hotelzimmer. Nur, dass dieses Zimmer kaum möbliert, sondern bis auf einen kniehohen Tisch, auf dem sich mehrere Pizza-Kartons und leere Bierdosen stapelten, weitestgehend leer war. Daneben stand

329

noch eine alte Couch, auf der allem Anschein nach mehr Menschen gesessen und sonst was getrieben hatten, als das Sitzmöbel hatte vertragen können, davor ein Sessel im gleichen kritischen Zustand. Es war keine Wohnung, sondern ein Loch.

Hinter einer Nische befand sich offenbar noch eine schmale Küchenzeile, die Walker nicht einsehen konnte. Im Zimmer war es dunkel, was auch an dem zugezogenen Vorhang lag. Von der Decke hing eine nackte Glühbirne. Walker drehte sich zu seinem Gastgeber um.

»Stellen Sie Ihren Koffer einfach irgendwo ab«, meinte der. »Ist ja genug Platz. Sorry, dass ich nicht mehr aufgeräumt habe. Ist selten, dass sich einer von euch Jungs hier nach Ostafrika verirrt.« Während er sprach, nahm er die Pizza-Kartons vom Tisch und legte sie auf den Boden, dann schob er die Bierdosen zusammen.

»Sie sind Brite?«, fragte Walker.

»Schwede.«

»SÄPO?«

Er schüttelte den Kopf. »Ich arbeite für eine Spezialeinheit zur Bekämpfung der Organisierten Kriminalität.«

»Chic haben Sie es hier«, sagte Walker.

»Ja, oder?« Der Mann ging zum Vorhang und zog ihn zur Seite. »Angemietet haben wir das hier aber vor allem wegen der tollen Aussicht.«

Walker trat neben ihn. Von »toller Aussicht« konnte keine Rede sein. Vor ihnen erhob sich die Skyline kantiger Betonbauten, die gegen das Licht der untergehenden Sonne wie Skelette halb fertiger Hochhäuser wirkten.

Sein Gastgeber trat zurück und schaltete das Licht aus. »Hier!«

Jetzt erst bemerkte Walker das große Teleskop, das, verdeckt vom Vorhang, neben ihnen stand.

Der Schwede schaute weit vorgebeugt hinein, drehte dabei an einem Rädchen, bis er zufrieden brummte: »Kommen Sie her!« Er trat zurück, und Walker schaute durch das Okular.

330

Er blickte direkt in ein Zimmer. Es war stilvoll eingerichtet. Moderne Möbel, kleine Kunstwerke. Er nahm den Kopf kurz zurück und machte sich klar, was er sah. Es war der Blick in ein Apartment im Haus gegenüber, vielleicht hundert Meter entfernt.

»Schwenken Sie nach links!«

Walker tat wie ihm geheißen. Ins Bild kam die beleuchtete Küche des Apartments. Auch sie war hochmodern. Weiße Küchenschränke, die Arbeitsplatte bestand aus schwarzem Granit. Am Küchentisch saß ein Mann mit silbergrauen Haaren, auf der Nasenspitze eine Lesebrille, über die hinweg er auf ein Laptop starrte. Walker erkannte ihn von den Fotos wieder; es war Emil Sandberg. Neben ihm standen eine Flasche Rotwein und ein halb volles Glas.

Plötzlich erhob Sandberg sich, ging zum Küchenfenster, stützte sich auf beide Hände und schaute hinaus. Für einen Moment blickte er direkt in Walkers Objektiv, sodass der erschrocken zurückwich.

»Er kann uns hier nicht sehen, die Fenster sind von außen verspiegelt.«

Walker trat wieder vor.

»Kommen Sie!«, sagte der schwedische Kollege. Er verschwand in der Küche und kehrte mit zwei Bierdosen zurück, von denen er ihm eine reichte. Walker ließ sich in den Sessel fallen, während sein Gastgeber sich auf der Couch ausstreckte und die Füße auf die Tischplatte legte. »Maisha marefu! Wie man auf Swahili sagt.« Er prostete ihm zu und nahm einen großen Schluck.

»Zum Wohl.« Das Bier schmeckte nicht schlecht, aber Walker war nicht hier, um zu trinken. »Also, was interessiert Sie an Sandberg?«, kam er zur Sache.

»Dieselbe Frage könnte ich Ihnen stellen.«

»Eigentlich interessiert mich nicht Sandberg, sondern Nicolas Porté.«

Der Schwede setzte eine überraschte Miene auf. »Wer?«

»Nicolas Porté. Der Sohn von Richard Porté.«

»Ach, der Junge!« Sein Gesprächspartner nahm einen weiteren Schluck und zog die Mundwinkel nach unten. »Der war für uns bislang uninteressant. Was hat er verbrochen?«

So kamen sie nicht weiter. »Sie sagen mir, was Sie zu Sandberg haben, und ich verrate Ihnen im Anschluss, weshalb ich hier bin.«

»Ich fürchte, daraus wird nichts.« Der Schwede trank die Dose in einem Zug aus, zerknüllte sie in der Hand und warf sie zu den anderen Bierdosen auf dem Tisch. Dann rülpste er laut.

Walker hob die Augenbrauen. »Sie wollen also nicht mit mir sprechen?«

»Schon. Aber die wollen es noch dringender!« Er deutete hinter sich.

In diesem Augenblick flog die Eingangstür auf, und eine Horde laut brüllender Uniformierter stürmte hinein. Als Walker die erhobenen Waffen sah, nahm er die Hände hoch.

»Sorry«, sagte der Schwede und zuckte bedauernd mit den Schultern. »Hier unten muss man ständig Kompromisse eingehen, um zu überleben.«

Hannah
3 Tage

61
Potsdam

Das Gebäude war nur spärlich beleuchtet. Majestätisch stand es dort, hinter den beiden Bäumen und dem gusseisernen Zaun. Die obere Hälfte bestand aus rotem Backstein, unten dominierten große graue Steine, Säulen und der übrige architektonische Schnickschnack, mit dem man vor hundert Jahren Gebäude ausgestattet hatte, um ihnen ein imposantes Aussehen zu verleihen. Ein Haus wie dieses sollte seine Besucher einschüchtern. Schon beim Betreten sollte man die ganze Bedeutungslosigkeit der eigenen Existenz zu spüren bekommen.

Er zog Schleim den Rachen hoch und spuckte aus. Als er den Anruf aus Göteborg bekommen hatte, hatte er sofort zugestimmt. Es war Ehrensache, dass man sich half. Dafür war Familie da. Aber dieser Auftrag bereitete ihm richtig Freude. Und so wie er es sah, war es eine risikolose Sache. Niemand bewachte dieses Gebäude. Das war Teil der Arroganz, die es ausstrahlte. Keiner rechnete damit, dass jemand es wagte, es anzugreifen.

Er war am Nachmittag schon einmal hier gewesen und hatte sich mithilfe seiner drei Cousins umgeschaut. Sie hatten vor allem auf Kameras geachtet, aber es gab keine. Auch der Zaun war so ein selbstgefälliger Nonsens, bei dessen Errichtung man vor allem darauf geachtet hatte, dass er protzig wirkte. Abhalten konnte er ihn nicht, er war im Nu darübergeklettert.

Während sie vor einigen Stunden rauchend vor dem Eingang gestanden hatten – so wie sie aussahen, nahm man ihnen sofort ab, dass sie bloß auf einen Termin warteten –, hatten sie ein Fenster ausgespäht. Es war klein und ebenerdig, doch groß genug, um hindurchzuschlüpfen. Und es hatte keine Gitter. Es führte direkt in den Keller. Er holte den kleinen Kuhfuß hervor, sah sich noch einmal nach allen Seiten um und stellte den Rucksack ab. Dann zog er die Jacke aus, wickelte sie um den Kuhfuß und schlug die Scheibe ein.

Es klirrte lauter als gedacht, aber hier gab es weit und breit keine Nachbarn. Man hatte beim Bau Abstand zu den Nachbarhäusern gelassen. Er wartete dennoch, ob sich irgendwo etwas regte, vielleicht doch eine Alarmanlage ansprang, aber es geschah wie erwartet nichts. Alles blieb ruhig. Ein weiterer Cousin arbeitete zufällig in der Wachtmeisterei; er hatte ihnen versichert, dass es keine Alarmanlage gab.

Sorgfältig beseitigte er die letzten Glasscherben aus dem Fensterrahmen, um sich nicht zu schneiden, dann kletterte er in das Gebäude. Kalt war es hier unten. Das würde sich bald ändern. Aus der Hosentasche kramte er den zusammengefalteten Zettel, auf dem sein Cousin ihm den Weg aufgezeichnet hatte.

Es dauerte nicht lange, bis er vor der Tür mit der Aufschrift *Archiv* stand. Das alte Holz der Tür gab sofort splitternd nach, als er den Kuhfuß ansetzte. Ein Geruch wie aus den alten Büchern seines Vaters schlug ihm entgegen. Er nahm den Rucksack herunter und holte die Flasche mit dem Benzin, die Grillanzünder, das Feuerzeug und die Taschenlampe hervor.

»Reicht das?«, hatte Ibrahim wissen wollen, als er ihm die PET-Flasche an der Tanke mit Benzin befüllt hatte.

»Der Keller ist voller Akten. Papier. Verstehst du?«, hatte er geantwortet und Ibrahim einen Wischer über den Hinterkopf versetzt.

»Warum will jemand, dass du das anzündest?«

Er hatte bloß mit den Schultern gezuckt. Wenn man der Familie einen Gefallen tat, fragte man nicht nach dem Warum. Vorstellen konnte er sich aber tausend Gründe, warum jemand ein Amtsgericht abfackeln wollte.

Er stellte die Utensilien ab und setzte den Rucksack wieder auf. Wichtig war, dass er schnell wieder hier herauskam.

Testamente R-Z stand auf einem Schild an dem Regal neben ihm. Er grinste.

»Es geht hier nicht um das, was du willst, sondern um das, was wir wollen«, hatte die Richterin drei Stockwerke höher das letzte Mal zu ihm gesagt, bevor sie ihn in Jugendarrest geschickt hatte.

Schien so, als bekämen einige in dieser Stadt nun doch nicht ihren Letzten Willen. Mit einer geübten Handbewegung klappte er das Feuerzeug auf und zündete sich eine Zigarette an.

62
Berlin

DJ legte das Tablet zur Seite. Obwohl sie das neue Video kurz vor der Ermordung des Jungen gestoppt hatte, wirkte die Kanzlerin erschüttert. Kreidebleich saß sie dort, und DJ glaubte sogar, dass sie zitterte. Es war weit nach Mitternacht.

Vor einer halben Stunde hatte sie die Nachricht erhalten, dass die Entführer ein neues Video hochgeladen hatten – und dass es die Erschießung eines weiteren Jungen zeigte. Beim Öffnen der Sequenz war ihr ein Schauer den Rücken hinuntergelaufen. Es war das gleiche Setting wie bei den grausamen IS-Hinrichtungen gewesen. Im Vordergrund hockte der Junge mit einem Sack über dem Kopf, dahinter stand ein Maskierter und sprach in dozierendem Ton seinen Text. Am Ende des Videos hob er die Hand mit der Waffe und schoss dem Jungen in den Kopf. Auch DJ fröstelte.

Sie saßen auf der Dachterrasse im achten Stock des Bundeskanzleramts. Es war empfindlich kalt, und so hatten sie sich in Decken gehüllt.

»Weiß man, wer der Junge ist?«

»Diego Soares. Brasilianer. Am Ende zeigen sie sein Gesicht. Das habe ich dir erspart.«

Die Kanzlerin atmete schwer. »Grausam.«

»Und alles nur für das Klima!« DJ klang verächtlich.

»Was haben die nur immer mit ihren CER-Zertifikaten?«, fragte die Kanzlerin leise.

Mit dem mangelnden Willen der Staatengemeinschaft, bei der Reduzierung der CER-Zertifikate etwas zu bewegen, hatten die Entführer ihr außerplanmäßiges Video und die unangekündigte Ermordung des Jungen begründet, den grausamen Akt menschenverachtend »als kleine Motivationshilfe« bezeichnet. »Wir meinen es wirklich ernst«, hatte der Maskierte noch gesagt.

»Die Zertifikate sind einer der Schlüssel für die Reduzierung von CO_2«, antwortete DJ. »Und man könnte mit ihrem Verbot rasch etwas erreichen. Ich meine, sie können ja schlecht die Reduzierung von CO_2 in zehn Jahren fordern … Das wäre nicht zu überprüfen.«

»Ja, aber … ich meine, diese Zertifikate sind nur ein kleiner Teilbereich. Eine hochtechnische Angelegenheit, die der Normalbürger doch gar nicht versteht.«

»Das ist das Problem am Klimawandel. Er ist insgesamt schwer zu begreifen. Wenn nicht irgendwo vor der eigenen Haustür ein Wald brennt oder der eigene Keller überschwemmt wird, nimmt man ihn gar nicht wahr, den Treibhauseffekt. Daher eignet er sich auch nicht für Parteipolitik oder den Wahlkampf. Erst recht nicht hier in Deutschland. Die Leute sind doch froh, wenn es hier ein paar Grad wärmer ist.«

»Und Hannah?«, fragte die Kanzlerin.

»Keine Änderung. Der Countdown läuft weiter.«

DJ zog an ihrer Zigarette und ließ den Blick vom Fernsehturm hinüber zum Reichstag schweifen, dessen gläserne Kuppel leuchtete. Normalerweise fanden hier draußen Empfänge der Kanzlerin statt. Bei gutem Wetter wurden Staatsgäste über die Terrasse geführt.

»Siehst du die Lichter dort unten?«, sagte DJ. »Auf der Wiese vor dem Reichstag? Das ist eine Mahnwache für Hannah. Über einhundert Schüler harren dort aus, Tag und Nacht.« DJ warf den Rest der Zigarette in den leeren Sektkühler, den sie als Aschenbecher herbeigeschafft hatte.

»Es muss schrecklich für die Eltern sein. Für Hannahs Mutter.«

»Sie hat mich übrigens heute kontaktiert. Sie schlägt vor, eine Rede zu halten. In Glasgow auf dem Klimagipfel.«

»Hier, diesen Brief habe ich am Morgen von Hannahs Mitschülern bekommen.« Die Kanzlerin gab ihn DJ. »Er ist rührend. Vielleicht sollten wir ihn der Presse übergeben.«

DJ faltete ihn auseinander und las. Dann nickte sie stumm.

»Sie ist ein beliebtes Mädchen. Engagiert. Voller Ideen und Hoffnung für die Zukunft«, sagte die Kanzlerin.

»Du bist nicht für ihr Schicksal verantwortlich.«

Die Kanzlerin schaute überrascht zu DJ. »Ich bin nicht für ihr Schicksal verantwortlich? Natürlich bin ich das! Ich bin die Regierungschefin!«

DJ schüttelte den Kopf. »Dafür sind allein die Entführer verantwortlich. Und Hannah selbst. Wäre sie in Berlin geblieben und wie ihre Mitschüler zur Schule gegangen, wäre ihr nichts geschehen. Du bist die Kanzlerin von achtzig Millionen Menschen. Du bist verantwortlich für ein ganzes Volk, nicht für das Schicksal eines einzigen Mädchens. Du kannst nicht für eine Einzelne die Zukunft vieler Millionen Bürger aufs Spiel setzen.«

Die Kanzlerin starrte sie an. »Manchmal erschreckst du mich, Doris.«

»Wie viel hast du den Brasilianern geboten? Einhundert Millionen? Was wolltest du den Indern im Tausch für ihre Stimme zugestehen? Dreihundertfünfzig Millionen? Vierhundertfünfzig Millionen Steuergelder für das Leben eines einzigen Kindes? Und die Forderung der Chinesen lag noch nicht einmal auf dem Tisch.«

»Das Geld wäre ja nicht verloren gewesen. Wir investieren dieses Jahr über drei Milliarden in den Klimaschutz. Was sind da schon vierhundertfünfzig Millionen Euro? Das Geld hätte dort vor Ort viel Gutes bewirkt. Und die Beschlüsse, die wir damit auf der Konferenz erkauft hätten, wären für den Klimaschutz revolutionär gewesen. Das Geld wäre besser investiert gewesen als viele andere unserer Ausgaben für den Klimaschutz. Und wir hätten nebenbei noch ein junges Menschenleben gerettet.«

DJ schüttelte energisch den Kopf. »Davon rede ich nicht. Ich rede davon, dass du dich erpressbar machst.«

»Wir werden erpresst!«

»Zu einer Erpressung gehören immer zwei: der Erpresser und derjenige, der sich erpressen lässt.« DJ stockte, schaute hinüber zum Bundestag. »Ich habe mit Bärbel in Glasgow gesprochen. Ich meine, sie ist unsere Umweltministerin. Kabinettsmitglied, Teil der deutschen Bundesregierung. Sie wurde in Glasgow von den Chinesen und dem Brasilianer behandelt wie eine Bittstellerin. Schlimmer noch: Sie sprach von mitleidigen Blicken. Von ungläubigem Staunen, dass Deutschland auf die Forderungen der Entführer eingehen möchte. Du hast es heute Nachmittag im Telefonat mit dem amerikanischen Präsidenten ja erlebt. Und heute Morgen, als wir mit den Chinesen telefoniert haben und sie uns erklärt haben, dass sie bereits mehr für den Klimawandel tun als wir. Sie verlieren den Respekt vor uns, wenn wir uns von den Entführern durchs Dorf treiben lassen.«

»Das glaubst du?« Die Stimme der Kanzlerin überschlug sich nun beinahe.

»Ich weiß es. Thatcher wurde nicht umsonst ehrfürchtig ›die eiserne Lady‹ genannt. Wer willst du sein? Die flauschige Frau Germany?«

»Das ist Kinderkram.«

»Das ist Politik.«

Eine Weile schwiegen beide.

»Sieh es ein: Wir haben verloren«, sagte DJ schließlich. »China, die USA, Brasilien, Indien. Keiner stimmt für unseren Vorschlag.

Und sie haben recht damit! Wir sollten diese Niederlage nicht auch noch öffentlich eingestehen. Die Opposition würde sich darauf stürzen.«

»Hannah aufgeben? Wie kannst du das verlangen? Angesichts dieses neuen …« Sie deutete auf das Tablet. »… barbarischen Akts! Was ist mit Hannahs Mutter und der Rede in Glasgow? Das klingt nach einer Chance!«

»In Glasgow wird Politik gemacht, keine Soap. Wollen wir Deutschen jetzt auch noch Mütter auf die politische Bühne schicken, die tränenreich um das Leben ihrer Töchter betteln, und am Ende stimmen alle Länder dennoch gegen uns? Gegen Deutschland? Gegen die Kanzlerin? Dieses PR-Desaster sollten wir uns ersparen. In den Entwicklungsländern sterben jeden Tag Tausende Menschen an den Folgen des Klimawandels. An Hunger, an Umweltverschmutzung. Und wir wollen uns wegen eines einzigen deutschen Mädchens öffentlich beklagen? Wir dürfen uns nicht lächerlich machen. Wir sollten am Ende nicht auf der Seite der Sozialromantiker stehen. Das überlassen wir anderen Parteien.«

Die Kanzlerin lauschte Doris' Worten, ohne etwas zu entgegnen.

»Es gehört nun mal zu den Aufgaben von Präsidenten, Menschen in den Krieg zu schicken. Es ist das Kapitäns-Dilemma: Du musst die Schotten zum Teil eines Schiffes dicht machen, um den Rest des Schiffes zu retten. Auch wenn hinter den Schotten Matrosen ertrinken werden. Führer fällen Entscheidungen, die an einem Ende Leben retten und dafür an dem anderen Ende Leben kosten. Das ist hart, gehört aber zur ganzen Tragik der Regierenden.« DJs Stimme brach am Ende ihres Plädoyers.

»Wir sind aber nicht im Krieg«, entgegnete die Kanzlerin. »Und das Schiff sinkt auch nicht.«

»Sicher?«

Einen Moment schwiegen beide wieder.

Die Kanzlerin schüttelte den Kopf. »Du solltest dich reden hören, Doris. Du bist nicht mehr dieselbe wie früher.«

DJ nickte. »Das stimmt. Du aber auch nicht.« Sie legte die Hand auf die der Kanzlerin und schaute ihr tief in die Augen. »Du bist nicht für sie verantwortlich.«

Für einen Augenblick verharrten beide Frauen so, dann stellte Doris Jäger die Flasche ab, nahm den Brief von Hannahs Mitschülern von ihrem Schoß, griff nach ihrem Feuerzeug und hielt die entzündete Flamme unter eine der Ecken.

»Was …«, setzte die Kanzlerin an, verstummte dann jedoch.

Die Flammen fraßen sich rasch bis in die Mitte des Papiers, der schwarz verbrannte Teil krümmte sich wie unter Schmerzen. DJ schaute den Flammen eine Weile zu, dann ließ sie den brennenden Brief in den Sektkühler fallen.

»Mir wird kalt«, sagte die Kanzlerin und erhob sich.

»Ich bleibe noch ein wenig«, entgegnete DJ.

Die Kanzlerin legte die Decke ordentlich zusammen und hängte sie über ihren Stuhl. »Ruf Hannahs Mutter an, sie soll sich auf ihre Rede in Glasgow vorbereiten. Und kontaktiere Bärbel, sie soll das organisieren. Und du, Doris, du reichst zur Sommerpause deinen Rücktritt ein. Solange ich hier noch das Sagen habe, wird kein Menschenleben politischen Interessen geopfert.«

»Das wirst du bereuen.«

»Ich würde es nur bereuen, wenn ich nicht alles versuchen würde, um ein Leben zu retten.« Mit diesen Worten verschwand die Kanzlerin durch die Terrassentür ins Innere des Kanzleramts.

DJ nahm die nächste Zigarette und zündete sie sich an. Dann griff sie nach ihrem Telefon. »Ich weiß, dass es mitten in der Nacht ist«, erwiderte sie, nachdem sich eine müde Stimme gemeldet hatte. »Sag der Mutter, das mit der Rede in Glasgow wird nichts. Die Kanzlerin ist strikt dagegen. Frau Beck soll uns vertrauen.« Sie warf das Telefon auf den nun freien Platz neben sich. »L'état c'est moi«, flüsterte sie lächelnd und nahm einen langen Zug von der Zigarette.

63
Entebbe

Sie hatten am Flughafen Schiphol umsteigen müssen. Marc hatte gehofft, auf dem langen Flug danach endlich wieder einmal schlafen zu können. Doch kaum hatte das Flugzeug Amsterdam verlassen, hatte es ihn direkt nach Syrien transportiert. Der Traum mit dem Kind. Die Kugel, die in Zeitlupe einschlägt, ohne dass er es retten konnte.

»Angstträume« hatte die Therapeutin sie genannt, als Folge der posttraumatischen Belastungsstörung.

»Hört das irgendwann auf?«, hatte er wissen wollen.

»Das entscheiden allein Sie«, lautete die sibyllinische Antwort, die ihn seitdem beinahe mehr beschäftigte als die Träume selbst, gab sie ihm doch eine Mitschuld an seinem Zustand.

Nach der Landung fühlte er sich müder als vor dem Start. Astrid hatte im Gegensatz zu ihm geschlafen wie ein Baby. Vermutlich genoss sie es, wenn sie während eines Fluges nicht selbst im Cockpit saß. Die Einreise nach Uganda gestaltete sich unkompliziert.

Obwohl es früher Abend war, begrüßte Entebbe sie mit großer Hitze, die Marcs Müdigkeit verstärkte. Nach einem Taxi mussten sie nicht lange suchen, denn die Taxifahrer rissen ihnen das Gepäck förmlich aus den Händen. Er nannte dem Fahrer ihr Ziel und schaltete sein Handy ein.

Nachdem es minutenlang nach einem Netz gesucht hatte, startete ein Feuerwerk von Benachrichtigungen. *RUF MICH AN!!!!!!*, *HAST DU DAS VIDEO GESEHEN?!?!?!?*, *OMG!*, *MELDE DICH! BITTE!!* Caro hatte ihm in der letzten Stunde beinahe im Minutentakt Nachrichten gesendet und auch auf die Mailbox gesprochen.

»Hast du das Video gesehen?« Sie klang außer Atem, als sie das Gespräch annahm.

»Wir sind gerade erst gelandet.«

»Sie haben einen der Jungen erschossen!« Caros Stimme brach. »Vor der Kamera … in den Kopf.«

Marc spürte, wie sich alles vor seinen Augen zu drehen begann und ihm übel wurde. Er schaute zu Astrid. Auch sie hatte ihr Handy am Ohr. »Das …« Er wusste nicht, was er sagen sollte.

»Sie meinen, die Staaten unternehmen zu wenig.«

»Ich schaue es mir an.«

»Marc, sie werden Hannah umbringen!« Caro begann, bitterlich zu weinen.

»Nein, das werden sie nicht.« Die Worte kamen ihm nicht leicht über die Lippen. Astrid hatte aufgehört zu telefonieren und beobachtete ihn mit besorgter Miene.

»Du musst stark bleiben, Caro! Noch ist genügend Zeit!«

Statt einer Antwort war nur Schluchzen zu hören. »Wir treffen gleich diesen Charles, und dann wissen wir mehr! Ich melde mich!« Zu gern wäre er nun bei Caro gewesen. Dass sie allein in ihrer Wohnung in Berlin war, bereitete ihm Sorgen. Wo war Kyle, wenn man ihn brauchte? Er harrte weiter bei seiner Familie in London aus.

»Ach, hier hat jemand für dich angerufen«, brachte Caro schluchzend hervor. »Ein Lars aus Göteborg. Er hat sich um dich gesorgt, weil er nichts mehr von dir gehört hat, und war erleichtert, dass es dir gut geht. Du sollst dich bei ihm melden. Ich schicke dir die Nummer.«

Lars! Marc hatte die vergangenen Tage gar nicht mehr an ihn gedacht. Er verabschiedete sich schweren Herzens von seiner Schwester.

»Was ist?«, fragte Astrid.

Marc öffnete den Browser des Smartphones. Er musste nicht lange suchen. Es war die Topmeldung. Er öffnete das neue Video und spielte es so ab, dass Astrid mitschauen konnte. *Achtung, dieses Video enthält Gewaltanwendungen, die verstörend wirken können.* Er ignorierte den Warnhinweis und drückte auf den *Play*-Button.

Zu sehen war der Ausschnitt eines Strandes. Im weißen Sand hockte regungslos ein Mensch. Das Gesicht war nicht zu erkennen, weil man ihm einen Sack über den Kopf gestülpt hatte. Dahinter stand der Mann mit der Maske, die Marc schon aus den anderen Videos kannte. Der Stimme nach zu urteilen war es derselbe Sprecher, auch wenn sie erneut elektronisch verzerrt war.

»Hallo, wir sind es. Wir sind ein Planet. Und dennoch geht der selbstgerechte Streit unter den einzelnen Ländern dieser Erde weiter. Wir haben es gesagt: Der *Clean Development Mechanism* muss abgeschafft werden, und es dürfen keine neuen *Certified Emission Reductions* mehr zugelassen werden. *Certified Emission Reductions* aus der ersten Verpflichtungsperiode nach dem Kyoto-Protokoll müssen sofort für wertlos erklärt, alle anderen verteuert werden. Wie wir nun hören, wird dies von Ländern wie Brasilien blockiert. Wir haben eine Botschaft für das Volk von Brasilien und möchten den anderen Nationen eine kleine Motivationshilfe geben, über ihre Position noch einmal nachzudenken!«

Der Mann mit der Maske trat einen Schritt zurück, hob die Waffe, dann ertönte ein Schuss, und das Mündungsfeuer blitzte auf. Die Person vor ihm fiel wie ein gefällter Baum nach vorne. Der Mann hatte ihr in den Kopf geschossen.

»Nein!« Erschrocken schrie Astrid auf und hielt sich die Hand vor das Gesicht, bevor sie laut zu schluchzen begann. »Das hat er nicht getan!«, rief sie aus.

Marc nahm das Handy und drehte es von ihr weg. So verstört hatte er sie noch nicht erlebt. Auf dem Bildschirm war nun zu sehen, wie die Kamera sich in Bewegung setzte. Das Bild wackelte, ein Stück Strand war zu sehen, der Himmel, wieder Strand. Dann der Leichnam des Jungen. Braun gebrannte Beine, die in einer kurzen Hose steckten, ein Poloshirt. Eine Hand kam ins Bild, zog den Sack von seinem Kopf. Nun war das Video plötzlich verpixelt. Ein Hinweis des Seitenbetreibers wurde eingeblendet: *Wir haben dieses Video zensiert.*

Astrid saß noch immer dort, die Hand auf den weit geöffneten Mund gepresst. Ihre Augen waren voller Tränen. Marc legte den

Arm um sie und zog sie zu sich heran. »Das hat er nicht getan!«, wiederholte sie schluchzend.

»Leider doch«, murmelte er.

Es dauerte keine zehn Minuten, dann hielt das Taxi vor dem *Golden Pearl Hotel.*

»Lass mich reden«, sagte Marc, nachdem er den Fahrer bezahlt und ihr Gepäck aus dem Kofferraum geholt hatte.

Astrid sah immer noch sehr blass und mitgenommen aus.

Das *Golden Pearl Hotel* war alles andere als eine »goldene Perle«. Ein vierstöckiger, rostbrauner Bau ohne Balkone, mit vergilbten Vorhängen hinter schmutzigen Fensterscheiben. Die Drehtür im Eingang war außer Betrieb, und so betraten sie die Empfangshalle durch einen Seiteneingang. Im Hotel roch es stark nach Zigarettenrauch. Die Lobby bestand aus drei Sesseln, von denen nur einer besetzt war. Darin saß ein Mann mit einem breiten goldenen Armband am Handgelenk und las Zeitung. Auf einem Schreibtisch an der Wand hinter den Sesseln stand ein älteres Computermodell mit Röhrenmonitor.

Sie gingen auf die Rezeption zu. Ein dunkelbrauner Tresen, auf dem einige Prospekte ausgestellt waren. An der Wand dahinter befand sich ein Hakenbrett zur Aufbewahrung der Zimmerschlüssel. Etwa die Hälfte der Schlüssel fehlte, also schien das Hotel immerhin bewohnt zu sein.

Astrid schlug mit der flachen Hand auf eine Klingel, die auf dem Tresen stand. Gerade wollte Marc sie ein zweites Mal betätigen, als aus einer Tür hinter der Rezeption eine ebenso große wie voluminöse Frau heraustrat.

»Willkommen im *Golden Pearl Hotel*«, sagte sie und legte die Finger sogleich auf eine Computertastatur. »Ihr Name bitte.«

»Wir sind keine Gäste«, antwortete Marc. Im Gesicht der Frau las er Enttäuschung. »Wir möchten bitte mit Charles sprechen.«

Die Frau starrte ihn an, ohne etwas zu erwidern. Waren sie doch im falschen Hotel? Hatte der Mann am Telefon noch irgendetwas gesagt, was er vergessen hatte? *Gehen Sie ins* Golden Pearl Hotel, *und fragen Sie nach Charles.* So hatte Marc es in Erinnerung.

»Warten Sie bitte«, meinte die Frau schließlich und verschwand wieder durch die Tür, durch die sie zuvor gekommen war.

Marc schaute zu Astrid, die die verweinten Augen hinter einer großen Sonnenbrille versteckte, aber genauso unsicher wirkte wie er.

Es dauerte keine Minute, bis die Tür sich wieder öffnete und diesmal ein Mann erschien. Er war Afrikaner, klein, trug einen Anzug ohne Krawatte, dazu eine breite Brille, die ihm eine gewisse Seriosität verlieh. Mit ernstem Blick schritt er zum Tresen, schaute erst auf Astrid, dann auf ihn.

»Sind Sie Charles?«, wollte Marc wissen. »Wir haben telefoniert, wegen eines Freundes, Albin Olsen. Sie sagten, ich solle hierherkommen. Nun, hier bin ich.«

Der Mann schüttelte den Kopf. »Ich bin nicht Charles. Charles ist nicht hier. Es tut mir leid.«

Marc spürte, wie Enttäuschung in ihm aufstieg. »Wissen Sie, wo er ist oder wo ich ihn erreichen kann?«

Der Blick des Mannes hinter der Rezeption wanderte an Marc vorbei in die Halle hinter ihm. »Leider nein«, sagte er sehr leise, ohne ihn dabei anzuschauen.

Marc drehte den Kopf zur Seite und erkannte erst jetzt, dass der Rezeptionist in Richtung des Mannes in dem Sessel blickte.

»Sie wollen ein Zimmer?«, fragte der Hotelangestellte nun laut und nahm ein Formular von einem Stapel, das er Marc mit einem Stift vorlegte. »Alle Zimmer sind klimatisiert. Inklusive kontinentalem Frühstück achtzig Dollar. Tragen Sie bitte hier Ihren Namen und den Ihrer Begleitung ein. Und hier bitte Ihre Handynummer.« Während er sprach, schaute er Marc mit festem Blick in die Augen.

Marc sah fragend zu Astrid, die ihm zunickte. Sie hatten sich noch nicht um eine Unterkunft bemüht. Irgendwo bleiben mussten sie ohnehin.

»Vielen Dank, *Mr. Behringer*«, sagte der Rezeptionist und las dabei den Namen von der Anmeldung ab. Er griff nach dem Formular, schrieb etwas auf. Dann drehte er sich um und nahm einen Schlüssel vom Bord. »Zimmer 313. Den Fahrstuhl finden Sie dort drüben.«

Marc nahm den Schlüssel entgegen.

»Ich wünsche Ihnen einen schönen Aufenthalt«, fügte der Mann hinzu, ohne zu lächeln. »Vergessen Sie Ihren Durchschlag nicht. Er ist gleichzeitig der Beleg, dass Sie die Touristensteuer bezahlt haben. Die Vorschriften bei uns sind diesbezüglich sehr streng.« Er schob Marc die Kopie des Anmeldebogens hinüber.

Marc nahm die Koffer und dirigierte Astrid sanft zum Fahrstuhl, dessen Tür sich sofort öffnete, als Marc den Knopf betätigte. Es war eine enge Kabine.

»Das war wohl nix«, flüsterte Astrid, während sich die Fahrstuhltüren langsam hinter ihnen schlossen.

»Keineswegs.« Marc hielt ihr den Durchschlag des Anmeldeformulars entgegen, auf dem etwas mit hektischer Handschrift geschrieben stand:

Charles, morgen, 9 Uhr, Kayabwe, Masaka Road, Equator.

Eine leise Melodie verkündete, dass sie ihr Stockwerk erreicht hatten. Die Lifttüren öffneten sich. Der Gang vor ihnen war dunkel.

»Wir haben zusammen ein Zimmer?«, fragte Astrid.

»Ich fand das sicherer«, entgegnete Marc. »Wenn du möchtest, schlafe ich auf dem Boden.«

»Das musst du nicht. Was meinst du, mit wie vielen Stewards und Stewardessen ich schon in einem Bett geschlafen habe?«

Er wusste nicht, ob sie es ernst meinte. Sie suchten das richtige Zimmer. In Marcs Hosentasche summte das Handy. Caro hatte eine Nachricht gesendet. Lars' Telefonnummer. »Lars bittet um Rückruf«, sagte Marc.

Astrid blieb abrupt stehen. »Lars?«

Er nickte. »Dort ist es!« Er zeigte auf die Tür mit der Nummer, die auf dem Zimmerschlüssel stand.

Sie stockte. »Ist das nicht zu gefährlich? Was, wenn er abgehört wird? Sie suchen dich.«

»Warum sollten sie ihn abhören?«, entgegnete Marc und versuchte, den Schlüssel ins Schloss zu stecken.

»Besser, ich rufe Lars an. Von meinem Handy«, schlug Astrid vor. »Ich wollte sowieso hören, wie es ihm geht.«

Endlich bekam Marc den Schlüssel ins Schloss, und die Tür öffnete sich. »Du hast recht, ruf du ihn an«, sagte er, während sie den Raum betraten.

Astrid nahm ihr Handy. »Kein Empfang. Ich gehe schnell nach unten und telefoniere von dort.«

Marc stellte die Koffer ab. Das Zimmer war klein, aber sauber, das Bett sehr schmal. Vielleicht schlief er besser doch auf dem Fußboden. »Warte, ich komme mit!«

Astrid winkte ab. »Das musst du nicht.«

»Ich möchte aber.« In diesem Moment klingelte sein Handy. »Ich habe Empfang«, sagte er und schaute aufs Display. »Caro ruft noch mal an.«

»Kümmere dich um deine Schwester«, flüsterte Astrid und winkte ihm zu, während sie wieder im Gang verschwand.

Marcs Blick wanderte zwischen Display und Zimmertür hin und her. Was sollte es, sie war ein großes Mädchen. Vielleicht wollte sie mit dem Witwer ihres Bruders auch einfach nur allein sprechen.

Er nahm den Anruf entgegen und ließ sich aufs Bett fallen. »Schwesterherz.«

Hannah
2 Tage

64

Jahr 2040
Sylt, Deutschland

»Sie haben den bereits toten Diego vor der Kamera ein zweites Mal erschossen?«

Behringer nickte. Er saß wieder in seinem Sessel, während sie in Arbeitspose weiter am Tisch ausharrte. Die Tablette gegen Müdigkeit wirkte. Susie fühlte sich fit und voller Tatendrang, obwohl es weit nach Mitternacht war.

»Niemand wusste, dass er bereits tot war, als Nicolas ihn im Video erschoss«, sagte Behringer. »Aber das ändert nichts daran: Nichtsdestotrotz hatten sie ihn getötet. Einen Jungen von kaum siebzehn Jahren.« Auch heute, knapp zwanzig Jahre später, hörte man noch die Trauer aus seiner Stimme heraus. »Dieser Mord hatte beinahe noch mehr geschockt als der an Lorenzo, weil er so barbarisch war. Haben Sie einmal live gesehen, wie jemandem in den Kopf geschossen wird?«

Sie verneinte. Gott sei Dank nicht! Und wegen der rigiden Waffengesetze würde sie es hoffentlich auch niemals sehen. Seitdem als letzter Staat nun endlich auch die USA alle Waffen verboten hatten, nahm diese Art der Gewalt rapide ab. Nur noch die selbst gefertigten Exemplare aus dem 3D-Drucker waren ein Problem. Sie hatte vor einiger Zeit einen Podcast darüber verfasst. »Und hat sich durch den Mord etwas bewegt?«

»Erstaunlicherweise ja. Auch wenn Regierende stets betonen, sie seien nicht erpressbar, so sind sie es doch. Das bringt die Demokratie mit sich. Selbst in Diktaturen sind die Mächtigen nur so lange mächtig, wie das Volk es duldet. Das zeigen die großen Revolutionen der Weltgeschichte. Die Leute haben paradoxerweise nicht den Entführern die Schuld am Tod der Kinder gegeben, sondern den Regierungen der Länder. Zur Beruhigung mussten die Staaten handeln.« Behringer reckte sich und gähnte. »Es ist wirklich spät.«

Sie legte die Schachtel mit den Fortilizern auf den Tisch. »Nehmen Sie eine hiervon, und Sie müssen nicht schlafen.«

Behringer lächelte. »Dieses Body-Hacking, die ständige Selbstoptimierung von euch jungen Leuten, ist nichts für mich. Wir Menschen müssen nicht ständig versuchen, uns an die Stelle Gottes zu setzen. Vielmehr sollten wir lernen, der Natur ihren Lauf zu lassen. Mein Wundermittel heißt Schlaf.«

Verschämt schob sie die Schachtel zur Seite.

»Wir sehen uns morgen früh.« Behringer griff nach seiner Virtual-Reality-Brille. »Die brauche ich zum Einschlafen«, sagte er.

Wer ist die Frau? Die Frage lag ihr auf den Lippen, aber sie wagte nicht, sie zu stellen. »Ich bleibe noch ein bisschen wach, wenn das für Sie in Ordnung ist. Ich ordne schon einmal unser bisheriges Interview.« Sie zeigte auf das Aufnahmegerät.

»Ich hoffe, Sie sind nicht zu enttäuscht.«

»*Die Frage* haben Sie mir noch immer nicht beantwortet.«

Behringer lächelte. »Morgen. Lassen Sie uns morgen weitermachen. Dort hinten steht noch Tee.« Er nickte und verließ das Zimmer. Kurz darauf hörte sie das Knarren der Treppenstufen.

Sie atmete tief durch und nahm die Fotos, derentwegen sie letztlich hierhergekommen war. Ein Klappern am Fenster ließ sie erschrocken zusammenfahren. Draußen tobte noch immer der Sturm. Sie erhob sich und trat ans Fenster. Es war stockdunkel. Und da sah sie es. Ein Licht. Nein, zwei Lichter. Sie bewegten sich gleichmäßig auf sie zu, keine fünfhundert Meter entfernt. Dann stoppten sie und verschwanden. Sie rieb sich die Augen.

»Ich lebe hier allein«, hatte Behringer ihr gesagt.

Es war spät. Vielleicht war es nur eine Reflexion gewesen oder ein Schiff. Sie konnte nicht erkennen, wo die Insel endete, das Meer begann. Eine Zeit lang starrte sie in die Dunkelheit. Dann erschienen die Lichter plötzlich wieder. Sie fuhr herum, griff nach dem gelben Regenmantel, der noch immer feucht war, legte ihn sich um und öffnete die Haustür.

Kalte Luft schlug ihr entgegen, aber es regnete nicht mehr. Gegen den Wind kämpfte sie sich zur Seite des Hauses. Durch eine Pforte gelangte sie in den Garten. Eine Lampe flammte auf und leuchtete ihr den Weg, vermutlich ein Bewegungsmelder. Der Wind nahm ihr den Atem.

Endlich hatte sie die Stelle hinter dem Haus erreicht und stand in etwa vor dem Fenster, durch das sie eben noch hinausgeschaut hatte. Im Schein des Mondes, der hinter dunklen Wolkenfetzen auftauchte, erahnte sie eine hügelige Landschaft. Kein Meer. Alles wirkte ruhig. Bäume bogen sich im Wind. Aus der Ferne drang das Kreischen einer Möwe zu ihr. Sie fröstelte. Hatte sie sich also doch getäuscht?

Gerade wollte sie ins Haus zurückkehren, als sie es wieder sah: zwei weiße Lichter. Nicht weit entfernt. Sie tanzten in der Dunkelheit wie Glühwürmchen. Sie tippte auf LED-Lampen. Kurz sah es so aus, als kämen sie noch näher, dann bewegten sie sich seitwärts und erloschen plötzlich wie auf ein Kommando wieder. Sie wartete noch ganze zehn Minuten, bis ihre Beine anfingen, vor Kälte zu zittern. Dann ging sie zurück ins Haus. Sie waren nicht allein auf dieser Insel.

Behringer hatte gelogen.

65
Kampala

Es war nicht das erste Mal, dass Walker verhaftet wurde. Schon bevor er zur Polizei und später zum FBI gegangen war, hatte er Gefängnisse von innen gesehen. Sein Weg zum Gesetzeshüter war nicht gerade zielstrebig verlaufen; vielmehr hatte er häufiger die Seiten gewechselt, bis er sich schließlich doch für die richtige entschieden hatte.

Aber es war das erste Mal, dass er im Auslandseinsatz als Agent in Gewahrsam genommen wurde und ihm die komplette Rückendeckung seiner »Firma« fehlte. Das FBI ließ ihm bei seinen Ermittlungen besondere Freiheiten … oder anders ausgedrückt: Sein Chef hatte es mittlerweile aufgegeben, ihn führen zu wollen. Die Tätigkeit beim FBI war normalerweise ein Teamsport. Walker aber hatte über die Jahre eine Einzeldisziplin daraus gemacht. Und da der Erfolg ihm recht gab, ließ man ihn gewähren. Er war so etwas wie die schön gewachsene Unkrautpflanze im Rasen, die man immer wieder stehen ließ, bis man eines Tages doch mit dem Rasenmäher darüberfuhr.

Und so war sein Trip nach Uganda einer seiner berühmten Alleingänge. Abigail hatte ihn gewarnt: In Uganda gab es kein Notfallteam, noch nicht einmal eine Filiale des FBI. Die Beziehungen zwischen den USA und der Regierung in Kampala waren anscheinend gerade nicht die besten. Zwar waren die USA laut den Unterlagen, die er gelesen hatte, einer der wichtigsten Geber von Entwicklungshilfe. Die USA unterstützten Gerüchten zufolge zuletzt jedoch den charismatischen Oppositionskandidaten. Das kam bei der Regierung in Kampala natürlich nicht gut an, und so wie es aussah, hatten genau deren Sicherheitskräfte ihn gerade mitgenommen. Ein amerikanischer Agent, der ohne Erlaubnis der örtlichen Sicherheitskräfte auf ostafrikanischem Boden ermittelte, konnte nur Misstrauen erregen.

Bekam man mit, dass er keine Rückendeckung aus der Heimat hatte, war es nicht unwahrscheinlich, dass man ihm mächtig den Hintern versohlen würde, wenn nicht weitaus Schlimmeres.

Der Schwede hatte ihn eindeutig an die lokalen Behörden verraten, doch selbst das konnte Walker ihm nicht übel nehmen. Er wusste, wie es war, wenn man in Entwicklungsländern mit den Behörden kooperieren musste. Eine Hand wusch die andere, und wenn man in den Verdacht geriet, den meist korrupten Polizeiapparat hintergangen zu haben, war es schnell vorbei mit der Zusammenarbeit. Er, Walker, war ein Geschenk, das der Schwede seinen Gastgebern gemacht hatte. Ein Geschenk, für das man sich bei den Schweden revanchieren würde. Gleichzeitig war es nicht unwahrscheinlich, dass seine Anwesenheit in Uganda ohnehin auffallen würde, wenn er nicht bei der Einreise bereits aufgefallen war. Insofern war die Denunziation durch den Schweden auch Notwehr gewesen.

Wenn Walker es so bedachte, war es sein eigener Fehler, dem Schweden blind zu vertrauen. Er war unvorsichtig gewesen, und das konnte man sich in seinem Beruf nicht erlauben.

Mit einem Pritschenwagen wurde er fortgebracht. Auf der Bank ihm gegenüber saßen drei Uniformierte, die ihre Gewehre senkrecht vor sich abgestellt hatten. Es waren junge Männer, die teilnahmslos vor sich hin starrten. Und als wären das nicht genug Bewacher – schließlich waren seine Hände hinter dem Rücken gefesselt –, saßen zu seiner Rechten und Linken zwei weitere Polizisten. Fünf Mann für einen gefesselten Amerikaner.

Der Pritschenwagen war hinten offen, und so wäre es durchaus möglich gewesen abzuspringen, bevor einer der Männer zu seiner Waffe greifen konnte. Mit den gefesselten Händen hätte er sich dabei aber vermutlich den Rücken, bestenfalls die Schulter gebrochen. Vielleicht wäre er auch von einem der ihnen nachfolgenden Fahrzeuge überfahren worden, und das war für ihn keine attraktive Alternative.

Nach nicht allzu langer Fahrt hatten sie angehalten und ihn in einem großen Pulk Bewaffneter in einen flachen Bungalow geschleppt. Dabei waren sie mit ihm nicht gerade sanft, aber auch nicht übermäßig brutal umgegangen. Offenbar wusste man noch nicht so genau, was von seiner Anwesenheit in Uganda zu halten war. Die Festnahme und Fahrt zur Polizeistation ohne größere Verletzungen überstanden zu haben wertete Walker zumindest als ersten Erfolg.

Er wusste nicht, wie lange er danach in einer fensterlosen Arrestzelle ausgeharrt hatte. Seiner inneren Uhr zufolge mussten es mehr als vierundzwanzig Stunden gewesen sein. Vermutlich rang man auf höheren Ebenen darum, wie mit ihm, dem Amerikaner, weiter zu verfahren war.

Seine aufkeimende Hoffnung, dass das Ganze in einer raschen Freilassung endete, bekam allerdings einen erheblichen Dämpfer, als man ihn in den Verhörraum im Keller des Gebäudes gebracht und dort mit Handschellen an einem Stahlstuhl festgekettet hatte. »Verhörraum« war die falsche Bezeichnung, eigentlich wirkte es eher wie der Vorbereitungsraum einer Schlachterei: Boden und Wände waren weiß gekachelt. Der Raum fiel zur Mitte hin ab, wo sich ein großer Abfluss befand. An der Decke über ihm war ein Fleischerhaken angebracht. In der Ecke lag ein zusammengerollter Gartenschlauch. Jegliche Schweinerei, die man hier absichtlich oder versehentlich anstellte, ließ sich zumindest schnell beseitigen.

Während Walker gemeinsam mit den beiden Wachposten vor der einzigen Tür wartete, ohne zu wissen, worauf, fiel sein Blick auf eine Werkbank, in der unter anderem eine Bohrmaschine, eine Autobatterie und diverse andere Werkzeuge lagerten. Er kämpfte noch gegen seine Vorstellungskraft an, als sich die Tür öffnete und ein Mann eintrat, dessen Uniform sich mit dem blauen Hemd von der der übrigen bereits farblich unterschied. Die Sterne auf der Schulterklappe verrieten seinen Offiziersstatus. Er war also derjenige, der auserkoren war, ihm auf den Zahn zu fühlen. Hoffentlich nur sprichwörtlich.

Der Mann zog sich einen zweiten Stuhl heran und setzte sich verkehrt herum darauf, sodass er die Arme auf der Lehne ablegen konnte. Er hatte einen mächtigen Schädel, der kahl rasiert war, und war die afrikanische Version von O'Conner, dem australischen Parade-Bullen, der Gilman ersetzt hatte.

»Brad Walker, richtig?« Er sprach einwandfreies Englisch mit britischem Akzent, was Walker aus irgendeinem Grund hoffen ließ, dass dies hier gesittet verlaufen würde.

»Das stimmt«, entgegnete er selbstbewusst, aber nicht überheblich. Leugnen hatte keinen Zweck, dies war gewiss nichts, was der Schwede seinem Gesprächspartner nicht schon verraten hatte. Zudem war er mit seinem echten Reisepass eingereist.

»Und Sie arbeiten für den amerikanischen Staat, ist das auch korrekt?« Er hatte die Frage möglichst offen gestellt, was darauf hindeutete, dass sie ihn womöglich tatsächlich für einen Agenten oder Spion hielten.

»Für das FBI.«

Der Mann nickte. »Und Sie sind dienstlich in Uganda?«

Dies war eine gefährliche Frage. Gestand er ein, im Dienst zu sein, hatte er praktisch zugegeben, hinter dem Rücken der örtlichen Behörden als amerikanischer Agent in fremdem Hoheitsgebiet tätig geworden zu sein. Abstreiten konnte er es aber auch nicht wirklich, immerhin hatten sie ihn in der konspirativen Wohnung eines schwedischen Kollegen verhaftet. »Caught in the act« nannte man das wohl. Walker entschied sich daher für eine diplomatische Antwort. Überhaupt setzte er auf Diplomatie.

»Es sind keine amerikanischen Interessen, die ich hier vertrete.« Der Satz klang ausgesprochen noch besser als gedacht.

Sein Gegenüber hob und senkte den Kopf, als versuchte es zu verstehen, was Walker da gerade gesagt hatte. »Und wessen Interessen sind es dann, die Sie in unserem Land vertreten?«

»Weltweite Interessen.«

»Weltweite?«

»Man kann auch sagen: globale Interessen.«

Keine Nachfrage.

Er durfte es nicht übertreiben. »Sie haben von der Entführung der Jugendlichen aus aller Herren Länder in Australien gehört? Und der Tötung des Jungen?«

Der Mann kniff die Augen zusammen. Walker wusste nicht, ob dies »Ja« bedeuten sollte.

»Ich ermittle, um die Entführer zu finden und die Jugendlichen zu befreien. Deshalb bin ich hier.« Nun war die Katze aus dem Sack. Wenn er es recht bedachte, konnte man ihm daraus keinen Strick drehen. Warum fielen ihm nur immer solche beunruhigenden Redewendungen ein? Er sah, dass er sein Gegenüber mit dieser Erklärung zumindest überrascht hatte.

»Und diese Tomorrow-Kids, die suchen Sie hier in Uganda? In einem Apartmentkomplex in Kampala Central Division?«

Walker nickte. Nun unterhielten sie sich bereits fünf Minuten, und noch immer war er unversehrt. Es lief besser als erhofft.

»Was hat *New Plantations* damit zu tun?«

Diese Frage überraschte Walker. »*New Plantations?*«

»Emil Sandberg.«

»Er hat hier in Uganda einen der Entführer getroffen. Nicolas Porté.«

»Nicolas Porté?«

Walker nickte. Es lief blendend. Mit der Wahrheit kam man immer noch am weitesten.

Der Offizier erhob sich und schob den Stuhl beiseite.

Vielleicht würden sie ihm gleich die Handschellen abnehmen, und sie würden den Fall zusammen weiterbearbeiten, wie zivilisierte Polizeikollegen es taten. Alle seine Vorurteile und Sorgen schienen unbegründet gewesen zu sein. Vielleicht war dies hier sogar einfach ein Lagerraum, den sie aus Platzmangel für Verhöre nutzten. Möglicherweise befanden sie sich sogar in einer ehemaligen Schlachterei.

Im nächsten Moment holte der Offizier aus und schlug Walker

mit der flachen Hand ins Gesicht. Der Schlag kam so unerwartet, dass Walker noch nicht einmal Zeit blieb, seine Nackenmuskulatur anzuspannen.

»Wollen Sie mich komplett verarschen, Mister America?!«, brüllte der Mann, außer sich vor Zorn. Er machte einen Schritt auf die Werkbank zu und trat mit dem Fuß einen Eimer zur Seite. Dann griff er nach der Autobatterie und kam damit zurück zu Walker. »Was wollen Sie in meinem Land?«, schrie er ihm aus nächster Nähe ins Gesicht.

Walker fühlte, wie Blut aus seiner Nase lief. Wutentbrannt stellte der Mann die Autobatterie vor ihm ab und ging zurück zur Werkbank, wo er nach einer großen Rohrzange griff.

Vielleicht war dies doch kein bloßer Lagerraum. Vermutlich würde er es überleben, doch die nächsten Minuten, vielleicht auch Stunden, hoffentlich nicht Tage, würden eventuell nicht einfach werden. »Sie sollten die Botschaft ...«, setzte er an und kassierte einen weiteren Schlag ins Gesicht. Diesmal war er allerdings darauf vorbereitet gewesen. Es schien so, als brauchte er ein Wunder, um hier einigermaßen unbeschadet herauszukommen.

In diesem Moment öffnete sich die Tür, und ein Polizist, den Walker noch für ein Kind hielt, trat ein. Er blieb unsicher am Eingang stehen. »Ein Anruf für Sie, Captain«, sagte er leise.

Der Angesprochene schaute den Eindringling aufgebracht an. Beinahe wirkte er empört, dass man es wagte, ihn zu stören. »Nicht jetzt! Siehst du nicht, dass ich beschäftigt bin?«

»Doch, Captain. Aber es ist wirklich wichtig«, beharrte der Junge. Walker fürchtete schon, dass die Rohrzange des Offiziers im nächsten Augenblick im Gesicht des Jungen landen würde, als dieser die Zauberworte sprach: »Der Major möchte Sie sprechen.«

Der Blick des Offiziers wanderte zwischen Walker und dem Störenfried hin und her, zwischen Spaß und Pflichterfüllung. Dann legte er die Rohrzange auf dem Boden vor Walker ab und zeigte mit dem erhobenen Finger auf ihn. »Ich komme wieder!« Er befahl den beiden Uniformierten, gut auf ihn aufzupassen, und verschwand durch die Tür.

Nun war Walker wieder allein mit seinen zwei Bewachern. Er legte den Kopf in den Nacken, um das Blut, das aus seiner Nase lief, zu stoppen, und blickte so direkt auf den Fleischerhaken über ihm. Er erinnerte ihn an den Arm von Captain Hook. *Peter Pan*. Die Schulterklappe des Offiziers kam ihm in den Sinn. Dann verschwanden die Bilder wieder. Was war nur mit ihm los? Irgendetwas hatte er in der Hektik der vergangenen Tage übersehen. Er hatte das Buch in Portés Koffer gefunden. Dem Namen auf der ersten Seite nach gehörte es der deutschen Geisel Hannah. Er hatte auf dem Flug darin gelesen. Sein Lieblingszitat aus dem Buch war: »Jedes Mal, wenn ein Kind sagt, es glaubt nicht an Feen, fällt irgendwo eine Fee tot um.«

Die Tür wurde wieder aufgerissen, und sein Peiniger stürmte herein, seinem Gesichtsausdruck nach zu urteilen noch ärgerlicher als vorhin. Walker seufzte. Er glaubte an Feen. Definitiv.

66
Kayabwe

Er hätte doch lieber auf dem Boden schlafen sollen und nicht mit Astrid in einem Bett. Er hätte die Schuld leicht auf die Flasche Gin schieben können, die sie in der Minibar entdeckt und gemeinsam geleert hatten. Aber das wäre gelogen gewesen. Dass sie beide miteinander geschlafen hatten, war kein Versehen gewesen, doch es war auch nicht der richtige Zeitpunkt.

Marc hatte als junger Reporter zum ersten Mal ins Ausland gedurft und einen Bericht über die Holi-Feierlichkeiten in Mysuru im indischen Bundesstaat Karnataka geschrieben. Es war ein gewaltiges Fest gewesen, und am Ende war er, glücklich und berauscht von den Farben, Menschen und etwas Bhang, eingeschlafen. Während er sich so zufrieden und frei gefühlt hatte wie nie zuvor, war zu Hause in Deutschland sein Vater gestorben. Das Ende kam völlig überraschend, und Caro und seine Mutter waren bei ihm im Krankenhaus gewesen, als er ging. Bis heute fühlte Marc dieses schlechte Gewissen, dass sein Vater gestorben war, während er selbst großes Glück empfunden hatte.

Diese Erinnerungen waren am heutigen Morgen besonders präsent, denn er empfand heute ähnlich. Er durfte kein Glück empfinden, während Caro und vor allem Hannah Tausende Kilometer entfernt litten.

Er hatte gleich nach dem Aufwachen die Nachrichten gecheckt, um zu erfahren, ob es Neues von seiner Nichte und den Entführern gab. Der Mord an dem brasilianischen Jungen schockierte die Weltpresse, die sich nicht entscheiden konnte, wen sie mehr verteufelte: die Entführer oder die Regierungschefs, die die Schuld am Klimawandel und der Nichterfüllung der Forderungen trugen.

Nun saßen sie schweigend im Taxi auf dem Weg hinaus nach Kayabwe. Astrid lächelte ihm zu und legte die Hand auf seine. Am Abend hatte sie noch mit Lars in Göteborg telefoniert, der ihm Grüße hatte ausrichten lassen. Er habe sich nur Sorgen um ihn gemacht und wollte hören, ob es ihm gut ging. Vielleicht wollte er auch wissen, ob Marc sein Versprechen einlöste und Albins Mörder fand. Er war auf dem besten Weg dazu.

Der Mann von gestern war am Morgen nicht an der Rezeption des Hotels aufgetaucht. Sie hatten mit wenig Appetit gefrühstückt und sich viel zu früh aufgemacht, um endlich Charles zu treffen. Der Ort, den der Angestellte im Hotel ihnen für das Treffen genannt hatte, stellte sich laut Internetrecherche als einer der Touristen-Hotspots in Uganda heraus: ein Monument, das den Äquator kennzeichnete, der mitten durch das afrikanische Land verlief.

»Warst du schon einmal am Äquator?«

»In Indonesien«, antwortete er. »Und du?«

»Noch nie.«

»Nach einem alten Brauch muss man eine Mutprobe bestehen, wenn man das erste Mal den Äquator überquert.«

»Hoffen wir, dass unser Mut nicht zu sehr auf die Probe gestellt wird«, entgegnete sie.

Der Ort, an dem man mit einem einzigen Schritt von der Nord- auf die Südhalbkugel wechseln konnte, befand sich etwa eineinhalb Stunden außerhalb von Entebbe. Er wusste nicht, warum Charles sich gerade hier mit ihnen treffen wollte. Vielleicht wegen der Entfernung von Kampala oder aber, weil ihr Trip dorthin unter einer Menge von Touristen nicht weiter auffallen würde.

Hätte ihr Taxifahrer nicht angehalten, Marc hätte nicht bemerkt, dass sie angekommen waren. Es war nicht das erwartete bombastische Ausflugsziel, sondern ein Halt an der staubigen Landstraße. Ein paar Baracken, die Souvenirs verkauften, auf jeder Seite der Straße ein Restaurant und ein Café. Das Monument für den Äquator war unspektakulär: als Symbol des nullten Breitengrades ein im Durchmesser mannsgroßer weißer Kreis, wie ein großes O. Durch dessen Mitte verlief eine auf den Boden gemalte gelbe Linie; darüber und darunter verdeutlichten ein *N* und ein *S* die Begegnung der nördlichen und südlichen Halbkugel. Touristen stellten sich in den Kreis und hielten den Moment, an dem sie am Äquator waren, im Foto fest.

»Siehst du ihn?«, fragte Astrid.

Genau wie sie suchte Marc die Umgebung vergeblich nach jemandem ab, der hier auf sie wartete. Sie wussten nicht, wie Charles aussah; insofern baute Marc darauf, dass Charles sie erkennen würde. Sie waren allerdings etwas zu früh.

»Komm, wir setzen uns dorthin und trinken etwas, da sind wir nicht zu übersehen.« Er zeigte auf ein paar Plastikstühle vor einem Café.

Obwohl sie um diese Zeit die einzigen Gäste waren, dauerte es ein paar Minuten, bis eine junge Frau an ihren Tisch trat. Sie legte zwei silberne Marken auf der roten Plastiktischdecke ab. »Für den Getränkeautomaten«, sagte sie, drehte sich um und zeigte in das Innere des Cafés.

Marc schob die beiden Münzen zurück. »Wir möchten zwei Kaffee, bitte.«

Die Kellnerin nahm die Coins und legte sie erneut vor ihm ab. »Für den Getränkeautomaten. Fünf Dollar.« Sie hielt die Hand auf. Marc schaute Hilfe suchend zu Astrid, die nach kurzem Zögern nach einer Banknote suchte und sie der jungen Frau gab. Die Kellnerin drehte sich um und verschwand.

»Ich gehe.« Marc nahm die beiden Wertmünzen, schlängelte sich durch die Gruppe von Gartenstühlen und betrat das Café. Auch hier war noch nichts los. Hinter der Bar stand ein älterer Mann und war mit dem Sortieren von Gläsern beschäftigt. Marc suchte den Getränkeautomaten und entdeckte ihn im hinteren Teil des Gastraums.

»Pst!«, vernahm er eine leise Stimme.

Er schaute sich um. War er gemeint? Wohl kaum. Marc nahm die erste Münze und steckte sie in den Schlitz, dann wählte er eine Cola Light aus.

Wieder ertönte ein lang gezogenes »Psssssst!«. Diesmal gefolgt von einem »Mr. Behringer! Hier!«.

In einer Nische, keine zwei Meter entfernt, saß der Mann, der sie am Abend zuvor an der Hotelrezeption empfangen hatte. Er war auch heute wieder elegant gekleidet, trug ein weißes Hemd mit Krawatte und Weste und erinnerte ihn ein wenig an einen Pastor. »Kommen Sie!« Der Mann zeigte auf den freien Platz ihm gegenüber.

Marc nahm die Cola-Dose aus dem Automaten, blickte sich um und ließ sich nur widerwillig an dem Tisch nieder. Astrid wartete draußen auf ihn.

»Was wollen Sie von Charles?« Schweißperlen standen auf der Stirn des Mannes. Er wirkte ängstlich.

»Das weiß ich nicht so genau«, antwortete Marc. »Wie ich gestern schon sagte: Er stand im Kontakt mit einem Freund von mir in Schweden. Und dieser Freund ist nun tot. Ich erhoffe mir von Charles eine Erklärung für all das.« Besser zusammenfassen konnte er es auf die Schnelle nicht.

Diese Antwort schien seinem Gegenüber nicht zu gefallen. Er schaute zum Eingang. Marc drehte den Kopf, doch sie waren noch immer allein. »Charles ist verschwunden«, sagte der Mann. »Seit zwei Tagen.«

Marc fühlte Enttäuschung in sich aufsteigen. Das bedeutete wohl, dass er Charles heute nicht treffen würde. »Ich habe vor zwei Tagen noch mit ihm telefoniert«, erwiderte er. »Er hat mich hierher eingeladen.«

»Vor zwei Tagen?«

Marc nickte. »Er wirkte sehr vorsichtig. Wollte am Telefon nichts sagen.«

Wieder schaute sein Gesprächspartner zur Tür.

»Wissen Sie, worum es geht?«, hakte Marc nach. »Es hat irgendetwas mit Emil Sandberg, dem Unternehmen *Brovägtull* und der Entführung der Klima-Camp-Kinder in Australien zu tun. Charles sagte, alles würde anscheinend zusammenhängen.«

»Sandberg kam vor drei Tagen hier in Uganda an. Kurz darauf verschwand Charles. Was haben Sie mit alldem zu tun?«

»Eines der entführten Kinder ist meine Nichte. Und Albin Olsen war wie gesagt mein Freund. Es ist eine längere Geschichte.«

Hinter Marc ertönte ein lautes Lachen. Ein junges Pärchen hatte das Café betreten und unterhielt sich mit dem Mann am Tresen.

»Und wer ist die Frau in Ihrer Begleitung?«

»Die Schwester von Mr. Olsen.«

Der Mann wirkte mit den Antworten zufrieden.

Marc beugte sich vor. »Wer sind Sie?« Eine Frage, die er schon eher hätte stellen sollen.

»Ich bin Charles' Sohn. Mein Name ist Moses Mukasa.«

So etwas hatte er schon vermutet.

Moses beugte sich zur Seite und zog aus einer Tasche einen braunen Umschlag, den er Marc unter der Tischplatte hinhielt. »Der ist für Sie.«

Marc nahm das Kuvert an sich. Darauf stand *Mr. Albin Olsen.*

»Das habe ich in den Unterlagen meines Vaters gefunden. Sie haben alles durchsucht, aber diesen Umschlag hatte er bei mir im Hotel hinterlegt. Falls Mr. Olsen auftauchen würde. Ich schätze, der ist nun für Sie.«

Marc spürte, wie sein Herz vor Freude einen Sprung machte. »Ich danke Ihnen.«

»Seien Sie vorsichtig. Ich fürchte, mein Vater ist wegen des Inhalts des Umschlags ermordet worden.« Charles' Sohn schob die Brille hoch und wischte sich über die Augen.

Der Umschlag war verschlossen. Marc würde ihn sich später anschauen. »Haben Sie Flugangst, Mr. Behringer?«

Marc verstand die Frage nicht, verneinte aber.

Der Sohn griff nach einer der Papierservietten und schrieb etwas auf. »Kommen Sie in drei Stunden hierhin. Ich möchte Ihnen etwas zeigen.« Er schob die Serviette zu ihm herüber. Dieselbe Handschrift wie auf dem Anmeldeformular im Hotel, wieder eine Zeit- und eine Ortsangabe.

Er nahm seine Tasche auf und erhob sich. Bevor er ging, beugte er sich zu ihm herunter: »Und seien Sie vorsichtig, Mr. Behringer. Die schrecken auch vor Mord nicht zurück.« Dann verschwand er, nicht in Richtung Eingang, sondern in den hinteren Teil, wo sich vermutlich die Toiletten befanden.

Marc wartete noch einen Augenblick, dann erhob auch er sich. Er folgte dem Mann, der sich als Charles' Sohn vorgestellt hatte. Die Herrentoilette war leer. Er musste das Café durch einen Hinterausgang verlassen haben. Marc verbarg den Umschlag unter seinem Shirt und ging zurück zu Astrid. Die drei an der Bar unterhielten sich noch immer und schienen ihn nicht zu beachten.

Das helle Licht blendete ihn. Astrid saß noch dort, wo er sie zurückgelassen hatte.

»Ich habe mir schon Sorgen gemacht«, begrüßte sie ihn. »Hast du uns nichts zu trinken besorgt?«

In diesem Augenblick entdeckte Marc ihn. Er hatte sein Gesicht am vergangenen Abend in der Lobby des Hotels nicht sehen können, da es hinter der Zeitung verborgen war, aber er erkannte das breite goldene Armband sofort. Der Mann stand gut zehn Meter von ihnen entfernt im Halbschatten; er lehnte an einer der Türen eines um diese Zeit noch geschlossenen Souvenirshops und schaute zu ihnen herüber.

Marc fasste Astrid am Arm. »Komm, wir müssen hier weg«, raunte er ihr zu und schaute sich nach einem Taxi um, doch weit und breit war keines zu sehen.

»Wieso?«, fragte sie und erhob sich nur widerwillig. »Was ist mit unserem Treffen mit Charles?«

»Ich hoffe, wir sehen ihn nicht so bald.«

Astrid runzelte verständnislos die Stirn.

»Er ist vermutlich tot.« Marc fasste sich auf den Bauch und spürte den Umschlag unter seinem Shirt. »Ich erkläre es dir nachher.« Er schob sie zur Straße. Im Augenwinkel sah er, wie sich auch ihr Beschatter langsam in Bewegung setzte.

Auf der anderen Straßenseite bestieg gerade eine große Gruppe Touristen einen Reisebus. Offenbar hatten sie am Äquator einen Fotostopp eingelegt.

»Komm mit.« Marc nahm Astrids Hand. Auf der Straße rasten Lastwagen und Autos mit ungeminderter Geschwindigkeit an ihnen vorbei. Ihr Taxifahrer hatte ihnen auf der Fahrt hierher erzählt, dass die *Masaka Road* die gefährlichste Straße Ugandas sei. Marc passte einen guten Moment ab, um zwischen zwei Lastwagen auf die andere Straßenseite zu wechseln.

Ihr Verfolger hatte weniger Glück und musste warten.

Marc steuerte mit Astrid auf das Restaurant auf der anderen

Seite der Straße zu. Zwei Kellner waren gerade damit beschäftigt, auf der Terrasse Sonnenschirme aufzuspannen. Er betrat das Restaurant und ignorierte die junge Mitarbeiterin, die ihm entgegenrief, dass noch geschlossen sei. Vorbei an den Tischen und Stühlen steuerte er auf die Küche zu, ließ sie jedoch rechts liegen. Er öffnete eine Tür, dahinter befand sich nur ein Lagerraum. Die nächste Tür beherbergte einen Kühlraum. Er zog Astrid weiter in das Restaurant hinein. Endlich fand er eine Tür nach draußen. Nun standen sie hinter dem Restaurant. Um sie herum stapelten sich Getränkekisten und Mülltüten.

»Hilf mir!« Gemeinsam schoben sie einen schwarzen Müllcontainer auf Rollen vor die Tür. »Dort entlang!« Marc zeigte auf einen schmalen Weg, der zur Rückseite der Souvenirgeschäfte führte, die an das Restaurant anschlossen. Hier hinten lagerten Kartons und Waren. Endlich fand Marc eine Lücke zwischen zwei Geschäften. Ein schmaler Durchgang führte zurück auf den Platz mit der Äquator-Attraktion.

Marc schaute nach links und rechts. Von dem Mann mit dem goldenen Armband war nichts zu sehen. Sie rannten über den Platz und mischten sich unter die Gruppe der letzten Touristen, die in den wartenden Bus drängten. Der Sprache nach zu urteilen waren es Holländer. Marc machte sich möglichst klein und hielt sich die Hand vor das Gesicht. Es dauerte eine Ewigkeit, bis sie endlich den Bus betraten. Sie suchten sich einen Platz ganz hinten.

»Da!«, sagte Astrid, die am Fenster saß.

Ihr Verfolger kam gerade wieder aus dem Restaurant. Er blieb vor der Terrasse stehen, die Hände in die Hüfte gestemmt, und schaute sich suchend um. Dann entdeckte er den Bus und lief schnell auf sie zu.

»Is iedereen aan boord?«, tönte es aus den Lautsprechern. »Laten we dan gaan!« Einige der anderen Busgäste klatschten lachend in die Hände, und die Türen des Busses schlossen sich mit einem zischenden Geräusch. Langsam rollten sie an, während der Mann draußen den Reisebus erreichte und mit einer Hand am Bus versuchte, durch die Fensterscheiben ins Innere zu blicken.

Astrid rutschte tief in ihren Sitz.

»Die Scheiben sind verspiegelt«, sagte Marc. »Er kann uns nicht sehen.« Als der Bus sich in den Verkehr einfädelte und endlich Tempo aufnahm, machte sich Erleichterung in ihm breit.

»Was wollte der von uns?«, fragte Astrid.

»Vermutlich das hier.« Marc zog den braunen Umschlag unter seinem Shirt hervor. »Der war für deinen Bruder.«

Erstaunt sah sie ihn an. »Wo hast du den her?«

Gerade wollte er ihn öffnen, als eine ältere Frau in einem grüngelben Kleid, deren Haare im Stil der Sechzigerjahre toupiert waren, von einem der vorderen Sitze aufstand und an sie herantrat.

»Wie ben jij?«, fragte sie.

»Hallo, ik denk, dat we in de verkeerde bus zitten«, entgegnete Marc und rang sich ein Lächeln ab.

67
Berlin

Sie saßen in der Küche.

»Seien Sie der Kanzlerin nicht böse. Sie versucht, alles richtig zu machen.«

Caroline Beck hatte mit noch größerer Enttäuschung reagiert als von ihr befürchtet, als Julia ihr eröffnet hatte, dass die Bundesregierung es ablehnte, dass sie auf der Klimakonferenz in Glasgow eine Rede hielt.

Julia Schlösser saß ihr gegenüber. Sie hatte den Mantel anbehalten und auch den angebotenen Kaffee abgelehnt. Sie musste gleich weiter, wollte die Nachricht Hannahs Mutter aber persönlich überbringen.

»Es geht ihr nicht gut«, sagte Caroline.

»Hannah?«

Sie nickte. »Ich weiß, die meisten Menschen glauben vermutlich nicht daran. Aber ich als Mutter, ich spüre das.«

»Ich glaube Ihnen.«

»Warum möchte die Kanzlerin nicht, dass ich spreche?«

»Zunächst gibt es für Sie keine Redezeit. Das Rederecht ist streng limitiert. Plan war ja, dass die deutsche Umweltministerin ihr Rederecht Ihnen überlässt. Darauf konnte man sich im Kabinett aber wohl nicht einigen.« So hatte DJ es ihr erklärt. Es war schrecklich, eine Entscheidung zu rechtfertigen, die sie selbst für falsch hielt. Aber das gehörte zu ihrem Job. Zum politischen Geschäft.

»Man konnte sich nicht einigen«, wiederholte Caroline Beck. Die letzten Tage hatten tiefe Furchen in ihrem Gesicht hinterlassen. Sie sah blass aus, die Augen waren geschwollen und gerötet. »Haben Sie das neue Video gesehen?«

Julia nickte bedrückt. »Sie haben den Jungen erschossen. Einfach so.« Sie biss sich auf die Unterlippe. »Sie werden auch Hannah töten.«

Julia atmete einmal ein und wieder aus. »Noch ist Zeit.«

»Zeit wofür? Einigen sich die Nationen in Glasgow noch auf die Forderungen der Entführer?«

Danach sah es nicht aus. Auch Julia hatte mittlerweile von den Uneinigkeiten im Umgang mit der Situation mit China und Brasilien gehört.

Einen Moment schwiegen sie beide.

Julia hatte auf der Fahrt hierher mit sich gerungen. Nachdem ihr spontan die Idee gekommen war, hatte sie sie erst einmal testweise vorangetrieben. Im Stillen hatte sie gehofft, dass es nicht funktionieren würde. In diesem Fall hätte sie alles versucht gehabt und würde trotzdem nicht ihren Job riskieren.

Doch es schien zu funktionieren. »Ich muss das besprechen, aber ich sag erst einmal Ja!«, hatte ihre Bekannte bei Misereor geantwortet. Das Bischöfliche Hilfswerk hatte auf der Klimakonferenz in Glasgow in diesem Jahr nicht nur ein Teilnahme-, sondern auch ein Rederecht. Am zweiten Tag der Konferenz, im letzten Slot. Und ihre ehemalige Studienfreundin stand der katholischen Delegation zufällig vor. Das hatte sie schon letzte Woche auf deren Instagram-Account gesehen.

»Ihr würdet Caroline Beck auf der Konferenz an eurer Stelle reden lassen?«, hatte sie nachgefragt.

»Gerechtigkeit, Freiheit, Versöhnung und Frieden in der Welt sind die wichtigsten Anliegen von Misereor. Wer kann diese Anliegen besser zum Ausdruck bringen als eine Mutter, die um das Leben ihres Kindes und die Rettung der Welt bittet?«

»Ihr kennt die Rede noch gar nicht!«, hatte Julia eingewandt.

»Wenn sie aus dem Herzen einer Mutter kommt, müssen wir sie nicht vorher kennen.«

Julia war überwältigt von so viel Vertrauen und Nächstenliebe.

»Sag mir bitte bald Bescheid. Aber wir haben für die Rede nur fünf Minuten«, wandte die Freundin ein.

Fünf Minuten! John F. Kennedy hatte vor dem Rathaus in Schöneberg nur einen einzigen Satz benötigt, Martin Luther King beim Marsch auf Washington ebenso.

»Es gibt vielleicht doch noch eine Möglichkeit«, entfuhr es Julia nun. Sie war selbst erschrocken über ihre Worte.

»Eine Möglichkeit?«

»Ich meine, wegen der Rede.«

Caroline Becks Blick erhellte sich sofort.

Julia seufzte leise. Wenn das hier zu Ende war, würde sie sich einen neuen Job suchen müssen.

68
Kampala

Walker saß dem Captain gegenüber und hielt das Tuch mit dem Eis an seine Wange. Vor ihnen stand jeweils ein halb gefülltes Glas.

»Trinken Sie!«, sagte der Polizist und stürzte den Inhalt herunter. »Waragi! Quasi unser Nationalgetränk. Mein Schwager brennt ihn aus Maniokmehl. Das wird Ihnen helfen.« Er deutete auf Walkers Gesicht.

Das Zeug schmeckte wie Spiritus und brannte beim Trinken in den Augen. Aber der Captain hatte recht: Danach stellte sich ein wohlig warmes Gefühl ein, das die Schmerzen in seinem Jochbein minderte.

Keine zehn Minuten war es her, dass sein Peiniger in den Lagerraum zurückgekehrt war und ihn mit dem freundlichsten Lächeln der Welt und unter Dutzenden Entschuldigungsbekundungen die Fesseln hatte lösen lassen. Seine Worte dabei wirkten bis jetzt nach, und Walker konnte es nicht erwarten, eine bestimmte Person anzurufen, wenn er hier fertig war.

»Sie haben Glück, dass Ihre Vorgesetzte McGyver weniger verschwiegen ist als Sie«, hatte der Polizist zu ihm gesagt. »Vermutlich hätte ich Sie in Ihre Einzelteile zerlegt.« Und dann hatte er verschwörerisch gegrinst. Er hatte tatsächlich »Ihre Vorgesetzte McGyver« gesagt.

Der Captain hatte ihn aus dem Keller in den ersten Stock des Gebäudes geführt, und nun saßen sie in seinem Büro. »Ein Übel zu benutzen, um ein noch schlimmeres Übel zu verdecken.« Der Polizist schüttelte den Kopf.

Walker hatte keine Ahnung, wovon er sprach. Sein Gesprächspartner musste das in seinem Gesicht gelesen haben.

»Keine Sorge. Ihre Miss McGyver hat uns alles erzählt. Die Sache mit dem Elfenbeinhandel und dem Plutonium.«

Kurz überlegte Walker, ob sein Gehirn ihm einen Streich spielte. Ob er vielleicht tatsächlich noch auf diesem Stuhl in dem Schlachtraum saß und sich nur fortträumte, um den ungeheuren Schmerzen der Folter zu entgehen. Doch das schloss er aus. Dafür war das Brennen des Schnapses in seiner Kehle zu real.

»Ich könnte allerdings beleidigt sein«, sagte der Polizist, während er die Flasche aufschraubte und zu Walkers Schrecken eine zweite Runde spendierte. »Weil Sie mich nicht ins Vertrauen gezogen haben. Aber leider muss ich Ihrer Miss McGyver zustimmen: Wir haben in diesem Land ein Problem mit der Korruption. Zu viele meiner Kollegen halten die Hand auf.« Er nahm das Glas und reichte es ihm.

Nur widerwillig griff auch Walker zu. Diesmal brannte das Gebräu jedoch schon weniger, hatte mit gutem Willen sogar etwas von Gin.

»Wir kämpfen dagegen an, aber natürlich wissen Sie als Ausländer nicht, wem Sie vertrauen können und wem nicht.« Der Captain blätterte in den Unterlagen, die vor zwei Minuten einer seiner Untergebenen hineingereicht hatte. »Diesen Nicolas Porté hatten wir nicht auf dem Schirm. Wir hielten ihn bloß für einen Freund, der Sandberg in Uganda besucht hat. Wir haben in Frankreich nachgefragt, und dort war er ein unbeschriebenes Blatt. Er ist ausgereist. Mit einer Cessna von Entebbe nach Mombasa. Nicht auszudenken, dass das Flugzeug voll mit Elfenbein und Plutonium war, wie McGyver uns erzählt hat.«

Walker drückte die kalte Kompresse fester gegen seine Wange. Er hatte immer noch keine Ahnung, was sein Gastgeber da faselte.

»Ich habe hier die Observationsprotokolle.«

»Warum observieren Sie Sandberg?«, versuchte er, die neue Kumpanei zu testen.

»Es geht um Steuerdelikte. Er betreibt hier in Uganda eine Plantage, ohne einen Cent Steuern zu zahlen. Wir halten das für illegal.«

»Und was machen die Schweden hier? Die werden sich kaum um Ihre Steuereinnahmen Sorgen machen.«

»Geldwäsche«, entgegnete der Polizist. »Noch einen Letzten?« Er zeigte auf die Flasche und lächelte.

Walker nahm das leere Glas und hielt es ihm entgegen. Der Captain schenkte ein, diesmal fast bis zum Rand. Walker hoffte, dass er nicht blind wurde. Der Waragi schmeckte allerdings von Mal zu Mal besser.

»Und um Mord.« Der Polizist zog ein Foto aus der Mappe vor sich und legte es so hin, dass Walker den Mann darauf erkennen konnte. Er hatte ihn noch nie gesehen. »Das ist Charles Mukasa. Er wird seit zwei Tagen vermisst. Sandberg hat ihn getötet.«

»Woher wissen Sie das?«

»Wir haben es auf Video.« Der Polizist hielt einen kleinen USB-Stick in die Höhe.«

»Und warum verhaften Sie Sandberg dann nicht?«

»Um die anderen Ermittlungen nicht zu gefährden. Es geht um weit mehr als nur Mord an einem Kommissar der National Forest Administration.«

»Der National Forest Administration?«

»Die Waldbehörde unseres Landes. Sie verwalten unter anderem die Baumplantagen von *New Plantations.* Charles Mukasa war für die Kontrolle und Überwachung zuständig.«

Walker hörte den Namen »*New Plantations*« bereits zum zweiten Mal; der Schwede hatte ihn ebenfalls erwähnt. »*New Plantations?*«

»Das ist Sandbergs Unternehmen hier unten in Uganda. Sie bauen Pinien an, drüben auf den Kalangala-Inseln im Victoriasee. Es ist die größte Baumplantage hier unten in Afrika.«

»Geldwäsche mit Pinienbäumen?«

»In den Erwerb des Landes und die Aufzucht flossen Millionen aus Schweden. Und alles steuerfrei über Mauritius. Die zahlen hier keinen Cent Steuern an unseren Staat. Dafür gibt es mit der Plantage reichlich Ärger mit den Einheimischen.«

Walker versuchte, einen Zusammenhang zu den entführten Kindern herzustellen, aber es gelang ihm nicht.

»Das ist natürlich alles nichts gegen Plutoniumhandel. Hier sind die Protokolle, in denen Porté auftaucht. Er traf sich unseres Wissens nur mit Sandberg.« Der Captain blätterte weiter durch die Unterlagen. »Einmal kamen zwei fette Kerle dazu.« Wieder reichte er Walker ein Foto.

Es war eindeutig aus dem Apartment aufgenommen, in dem er den Schweden getroffen hatte und verhaftet worden war. Es zeigte Sandbergs geschmackvoll eingerichtetes Wohnzimmer. Der Raum war derselbe, in den er mit dem Teleskop geschaut hatte. Auf einer Couch saß Sandberg, neben ihm Nicolas Porté. Ihnen gegenüber auf einem weiteren Sofa zwei Männer, von denen man nur die Hinterköpfe sehen konnte. Auf dem Tisch zwischen den vier Personen standen mehrere Flaschen und Gläser. Vielleicht Waragi-Schnaps, der mittlerweile in Walkers Kopf seine verheerende Wirkung entfaltete. Und es lag noch etwas auf dem Tisch: ein Steinbrocken, größer als eine Faust. Walker konnte nicht erkennen, um was es sich handelte. Vielleicht Kunst?

»Zwei Männer aus Übersee, hatten nichts mit unserem Fall zu tun. Es sind Geschäftsleute. Polynesier, wenn ich mich richtig erinnere. Hier!«

Er reichte Walker ein weiteres Foto. Auf diesem war zumindest einer der Männer von der Seite zu erkennen. Pechschwarzes Haar, kein Hals, massiger Oberkörper und kurze Arme, von denen er einen ausstreckte, um Nicolas Porté, der auf dem Foto vor ihm stand, die Hand zu geben.

»Kann ich in Sandbergs Apartment?«

»Das ist leider nicht möglich. Die Ermittlungen führt unsere Steuerbehörde. Und wir dürfen sie nicht gefährden.«

»Gibt es weitere Aufnahmen? Von anderen Räumen?«

»Nicht in unseren Akten, die Schweden haben mehr.«

»Kann ich die Fotos hier behalten?«

Sein Gesprächspartner atmete tief durch. »Leider darf ich keine Originale herausgeben. Ich kann Ihnen aber eine Kopie der gesamten Akte schicken lassen. Wenn Sie mir Ihre E-Mail-Adresse geben.«

Walker beugte sich vor. Der Captain reichte ihm einen Block und einen Stift, und er schrieb eine E-Mail-Adresse und seine Handynummer auf. »Das ist die E-Mail-Adresse des Büros von McGyver«, sagte er.

Der Polizist nickte zufrieden und reichte Walker seinerseits eine Visitenkarte. »Das ist meine direkte Nummer. Kontaktieren Sie mich, wenn ich Ihnen irgendwie weiterhelfen kann.«

»Wie kann ich Ihnen dafür danken?«

»Ihre Miss McGyver hat sich bereits erkenntlich gezeigt und versprochen, für meine … für unsere Spesen hier aufzukommen.«

Für die Spesen aufzukommen?

Der Polizist deutete auf die Fotos in Walkers Hand. »Wegen der Bilder kann ich vielleicht eine Ausnahme machen, denke ich. Nehmen Sie sie mit. Unter einer Bedingung.« Er grinste schelmisch und warf einen schnellen Blick nach links zur Flasche. »Wir trinken noch einen zum Abschied.«

69

Entebbe

Sie hatten die Reiseleiterin der niederländischen Touristengruppe davon überzeugen können, dass sie versehentlich in den falschen Bus gestiegen waren, und man hatte sie gern in Entebbe abgesetzt.

Sie hatten vermieden, zum Hotel zurückzukehren, und sich stattdessen in den Botanischen Garten zurückgezogen. Ein riesiges Areal, das direkt am Victoriasee gelegen war und ebenfalls zu den touristischen Höhepunkten Ugandas gehörte. Sie wehrten sich am Eingang erfolgreich gegen Einheimische, die sich ihnen als Guide aufdrängen wollten, und genossen die Ruhe zwischen den vielen subtropischen Bäumen. Marc war sich ziemlich sicher, dass sie nicht mehr verfolgt wurden.

»Schau, die Vögel!« Astrid zeigte auf eine Gruppe beinahe mannshoher Vögel, die sie schon eine Weile ohne jede Scheu begleiteten. Offenbar hofften die Tiere gewohnheitsmäßig auf touristische Fütterungen.

»Marabus«, sagte Marc. Er kannte sie aus Südafrika. »Sie gelten auch als lebendige Müllschlucker. Auf Müllkippen fressen sie oft den Abfall, verdauen sogar Plastik mit. Dadurch vergiften die Vögel nicht nur sich. Es sollen schon Menschen vom Verzehr ihres Fleisches gestorben sein.«

»Gruselig.« Astrid seufzte. »Dabei sehen sie so stolz aus.«

Mit ihrer Eintrittskarte hatte Marc einen Plan des Gartens erhalten. Er war nicht mit europäischen Parks vergleichbar. Die Wege, passend zum Tropengarten, waren verschlungener, manche führten ins Nichts. Über kleinere Umwege schleuste er Astrid durch die Palmenwelt, bis sie endlich den Strand des Victoriasees – oder des »Lak Vic«, wie die Einheimischen ihn nannten – erreichten. Hier gab es eine kleine Bar und eine herrliche Aussicht. Marc schaute auf die Uhr. Sie hatten noch etwas Zeit, bis sie Charles' Sohn wieder treffen würden.

Sie setzten sich an einen der freien Tische, und er bestellte für sie beide Nile-Special-Bier. Dann holte er den Umschlag hervor. Endlich hatten sie genügend Zeit, ihn in Ruhe zu öffnen. Vielleicht würde sich jetzt endlich alles aufklären.

Er gab den Umschlag Astrid. »Er war an deinen Bruder adressiert, öffne du ihn.«

Sie legte die Stirn in Falten und schüttelte energisch den Kopf. »Nein, mach du.«

Marc zögerte kurz, dann riss er die Lasche auf und nahm den Inhalt heraus. Er wusste nicht genau, was er erwartet oder sich erhofft hatte. Wohl kaum eine Weltkarte, auf der der genaue Aufenthaltsort der verschleppten Kinder markiert war, in seiner naiven Zuversicht aber vielleicht doch. Insofern spürte er große Enttäuschung, als er auf den Stapel Unterlagen vor sich blickte.

Eine Broschüre, mit der offenbar das Invest in eine Baumplantage der Firma *New Plantations* beworben wurde. Einige Seiten waren mit bunten Klebestreifen markiert. Blätterte man dorthin, fand man jeweils einzelne Sätze, die unterstrichen waren: *Bei dem von* New Plantations *für die Anpflanzung der Plantage von der ugandischen Regierung erworbenen Land handelt es sich um zuvor ungenutztes Brachland* stand dort. *Die Bewirtschaftung erfolgt in strenger Verträglichkeit mit den einheimischen Bauern. Örtliche Viehhirten dürfen ihre Ziegen durch den Wald treiben*, lautete eine andere Passage.

Marc blätterte weiter. *Die Bewirtschaftung folgt strengen ökologischen Prinzipen. Auf den Einsatz von Pestiziden wird verzichtet.* Er schaute zu Astrid, die ihn ebenso ratlos ansah.

Zumindest die letzte Aussage schien gelogen zu sein. Er erinnerte sich an den Lieferbeleg über das Glyphosat, den Lars ihm geschickt hatte. Glyphosat war ein Pestizid, und auch wenn die Rechnung auf *Brovägtull* in Schweden ausgestellt war, schien es hier zum Einsatz zu kommen.

»Ist das alles?«, fragte Astrid.

Marc legte die Broschüre zur Seite. Es befand sich noch ein weiteres Dokument im Umschlag. Marc verstand nicht genau, worum es sich handelte. Überschrieben war es mit *Certification*. Ein Zertifikat, ausgestellt von einem Unternehmen mit Sitz in Potsdam. Er stutzte und las den Briefkopf. Die Firma hieß »*ZetCert*, Gesellschaft für Validierung und Zertifizierung«. Dahinter stand *accredited by the UNFCCC.* Der Name kam ihm bekannt vor, und dies bestätigte auch die Adresse auf dem Briefkopf, die er kannte. Es war die Anschrift von Dr. Zamek in Potsdam. Das Unternehmen *ZetCert* gehörte ihm.

Marc versuchte zu verstehen, was mit diesem Dokument von Dr. Zamek zertifiziert worden war. »Es geht um die Plantage«, sagte er.

»Aber was hat das mit Hannah und den entführten Kindern zu tun?«

Eine Frage, die Marc einen Stich ins Herz versetzte. »Ich habe keine Ahnung«, antwortete er.

Astrids Handy klingelte. Sie schaute auf das Display und drückte den Anrufer weg. Es war nicht das erste Mal an diesem Tag, dass jemand versuchte, sie dringend zu erreichen.

»Ingrid?«, wollte Marc wissen.

Sie schüttelte den Kopf und griff nach dem Umschlag. »Was ist noch darin?«

Als Letztes kam der Ausschnitt aus einer Zeitung zum Vorschein. Es war eine aus einem Magazin herausgerissene Seite.

Zu Hause bei Mr. Wood, lautete die Überschrift. Darunter war ein Foto von Sandberg zu sehen. Er saß entspannt auf einem Sofa und lächelte in die Kamera. *Der schwedische Unternehmer investiert in den kommenden Jahren Millionen in Uganda*, hieß es in der Bildunterschrift.

Marc schaute auf das Foto. Dasselbe Lächeln wie im Café in Göteborg. Nur auf den ersten Blick freundlich, tatsächlich eiskalt. Vermutlich hatte Sandberg bei ihrem Treffen schon gewusst, dass Albin tot war. Und dann sah er es. Den blauen Kreis, der ihm zunächst gar nicht aufgefallen war. Jemand hatte mit einem Kugelschreiber etwas auf dem Bild umkreist. Im Hintergrund, in Sandbergs Rücken, stand etwas auf einer Anrichte. Marc widerstand dem Reflex, den Bildausschnitt durch das Spreizen seines Zeige- und Mittelfingers vergrößern zu wollen, und beugte sich stattdessen vor, um das Foto aus der Nähe zu betrachten. Es gab keinen Zweifel. Das war die Verbindung, die er die ganze Zeit über gesucht hatte.

»Was ist?«, fragte Astrid.

Marc schob den Zeitungsartikel zu ihr hinüber, und sie betrachtete das Foto. »Die Maske«, sagte er, als sie nicht reagierte. »Schau mal hinter ihm!«

»Wo ist das?«

380

»*Der sonst so verschlossene Emil Sandberg gab uns private Einblicke in seinem Luxus-Apartment in Kampala*«, las Marc aus dem Artikel vor.

»Die kenne ich gar nicht«, stammelte sie.

Marc sah sie an. »Doch! Das ist die Maske, die der Kidnapper im Video trägt!« Er hatte es sich oft genug angeschaut, um sie zu erkennen. Es gab keinen Zweifel. Das maskierte Gesicht hatte sich in sein Gedächtnis eingebrannt.

»Von wann ist der Artikel?« Astrid starrte immer noch auf das Bild. Sie war kreidebleich geworden.

In diesem Moment ertönte vom See her ein lautes Motorengeräusch. Marc hielt zunächst nach einem Boot Ausschau, bis er verstand, dass der Lärm von oben kam. Ein Flugzeug näherte sich und setzte auf dem See zur Landung an.

»Eine Twin Otter«, rief Astrid. »Ein Wasserflugzeug.«

Beim Aufsetzen auf dem See spritzte das Wasser als weiße Gischt auf, dann schwamm das Flugzeug mit laufenden Rotoren in Richtung Ufer. Als es nicht mehr weit entfernt von dem Steg war, der von der Bar ein gutes Stück in den See hineinreichte, öffnete sich die hintere Tür des Flugzeugs. Ein Mann stieg aus und stellte sich auf einen der Schwimmer. Als sie nahe genug waren, sprang er auf die Landungsbrücke und machte das Flugzeug mithilfe eines Taus fest. Er drehte sich zu ihnen um, legte die Hand zum Schutz gegen die Sonne an die Stirn und winkte, als er sie entdeckte. Jetzt erst erkannte Marc, dass es Charles' Sohn Moses war.

»Ich glaube, wir sollen zu ihm kommen«, sagte Astrid.

Marc erinnerte sich an dessen Frage vom Morgen, ob er Flugangst habe. Er sammelte die Unterlagen zusammen, und sie machten sich, begleitet von den Blicken zahlreicher Touristen und einiger Einheimischer, auf den Weg zum Flugzeug. Die Aufmerksamkeit, die dessen Landung erzeugt hatte, war Marc gar nicht recht. Weiterhin war aber weit und breit nichts von ihrem Verfolger vom Vormittag zu sehen.

Moses begrüßte sie mit Handschlag und half ihnen beim Einsteigen. Die Kabine war für viel mehr Personen ausgerichtet; sie waren bloß zu dritt. Die Tür zum Cockpit war offen, darin saß ein Pilot, den sie nur von hinten sahen.

Die Maschine setzte sich langsam wieder in Bewegung.

»Verzeihen Sie, dass ich heute Morgen so kurz angebunden war, aber ich hatte das Gefühl, dass ich verfolgt wurde«, sagte Moses und setzte sich ihnen gegenüber.

»Das wurden Sie auch.« Marc erzählte von dem Mann mit dem goldenen Armband.

Danach wirkte Moses noch deprimierter. »Etwas Schlimmes geht hier vor. Und alles begann mit dem Verschwinden meines Vaters.«

Marc hielt den Umschlag in die Höhe. »Kennen Sie den Inhalt?«

Moses bejahte.

»Es ist die Maske. Ihr Vater vermutete, dass alles mit der Entführung zusammenhängt.«

»Wir haben hier in Ostafrika keine große Maskentradition. Daher fällt es auf, wenn jemand bei uns solche Masken besitzt. Mein Vater hat alles über Sandberg gesammelt, was er in die Hände bekam.«

»Ich verstehe die Zusammenhänge ehrlich gesagt noch nicht so ganz«, gab Marc zu.

Das Flugzeug beschleunigte, und sie hoben von der Wasseroberfläche ab.

»Wohin fliegen wir?«, wollte Astrid wissen.

»Ich möchte Ihnen etwas zeigen. Unweit von hier sind die Kalangala-Inseln und Bugala Island. Dort befinden sich die Plantagen, um die es in der Broschüre in Ihrem Umschlag dort geht. Ein großer Wald. Über fünfzehntausend Hektar. Alles gehört *New Plantations*. Und *New Plantations* wiederum gehört *Brovägtull*.«

Unter ihnen lag der blaue See, der von hier oben aussah wie ein Meer.

382

»Mein Vater arbeitet bei der *National Forest Administration*. Er ist zuständig für die Verteilung von Land und die Überwachung der Einhaltung der Vorschriften auf den Plantagen. Er übernahm dieses Amt vor einem Jahr. Und damit begannen die Probleme für ihn und uns.«

Marc blickte durch das Flugzeugfenster. In der Ferne kam langsam wieder Land in Sicht.

»Sie müssen wissen, mein Vater ist korrekt. Keiner, der Geld nimmt, um Dinge anders zu sehen oder sogar wegzuschauen. Er hat in Deutschland, in Halle, studiert und ist Experte für Land- und Forstwirtschaft. Sein Vorgänger ist wegen Korruption verhaftet worden, und mein Vater wollte vieles besser machen.«

Das ist alles schön und gut, aber wo ist die Verbindung zu Hannah?, dachte Marc. Er sprach es nicht aus, konnte diesen Gedanken jedoch nicht abschütteln. Weniger als vierunddreißig Stunden blieben noch, um sie zu retten, und er war das Rätselraten gründlich leid.

»Dann traf mein Vater auf *New Plantations* und Sandberg. Sie sind hier bereits seit gut zehn Jahren aktiv, haben das Land für ihre Plantagen damals direkt von der Regierung erworben.«

»Was macht ein schwedisches Unternehmen hier unten in Ostafrika?«

»Das ist genau die richtige Frage, Mr. Behringer«, erwiderte Moses. Das Flugzeug beschrieb mittlerweile eine große Rechtskurve. Marc hatte das Gefühl, dass sie wieder in den Sinkflug gingen.

»Wissen Sie, was ›Greenwashing‹ bedeutet?«

Marc sagte der Begriff nichts, und auch Astrid schien damit wenig anfangen zu können. Sie wirkte nervös. An dem Flug konnte es wohl kaum liegen.

»Normalerweise meint man damit, dass Unternehmen sich zu Unrecht ein grüneres, ökologisch sauberes Image erkaufen. Man kann es aber auch im Zusammenhang mit Carbon Credits, CO_2-Zertifikaten, benutzen. Sie wissen, was das ist?«

Da war die Verbindung, auf die er gewartet hatte! »Die Entführer der Kinder fordern das Verbot bestimmter dieser Zertifikate. Wie hießen die noch mal?« Es fiel ihm nicht ein.

»CER-Zertifikate. Sogenannte *Certified Emission Reductions*. Sie werden hier in Uganda von *New Plantations* mit der Pinien-Plantage erwirtschaftet. Wie mein Vater herausbekam, allerdings zu Unrecht. Die Plantage hat es nicht verdient, mit diesen Zertifikaten ausgestattet zu werden. Sie ist ein riesiges Verbrechen an der hiesigen Umwelt. Eine besondere Form von Greenwashing.«

Tatsächlich erreichten sie nun eine Gruppe von Inseln. Die Maschine flog tiefer, sodass sie die dichte, grüne Vegetation unter sich erkennen konnten.

»Das verstehe ich nicht«, sagte Astrid. »Wie verdient man mit einer Plantage und diesen Zertifikaten Geld?«

»*New Plantations* errichtet hier die Plantage. Die vielen neu gepflanzten Bäume speichern CO_2 und nehmen damit CO_2 aus der Atmosphäre heraus. Dies wird belohnt, indem *New Plantations* pro Tonne gespeichertes CO_2 entsprechende Zertifikate erhält.«

»Und die kann *New Plantations* dann verkaufen?«

»Es gibt dafür einen eigenen Markt. Wie für Aktien oder Öl. Der Preis ist abhängig von der Menge des Angebots. Je weniger CER-Zertifikate es gibt, desto höher ist der Preis, den *New Plantations* pro Zertifikat erhält.«

»Über wie viele Zertifikate sprechen wir hier?«, fragte Marc.

Moses zuckte mit den Schultern. »*New Plantations* hat weitere Plantagen in Mosambik und Tansania. Es geht um viele Millionen Dollar. Und dann kann *New Plantations* auch noch das Holz verkaufen.«

»Ich dachte, die Bäume müssen stehen bleiben, um das CO_2 zu speichern?«

Moses lächelte müde. »Das ist ein Irrsinn von vielen im Zusammenhang mit dieser Plantage und dem CO_2-Handel. Schauen Sie!« Er zeigte aus dem Fenster. Unter ihnen waren nun endlose Reihen von Bäumen zu erkennen, sorgsam in Reihen angelegt wie auf dem Schachbrett, so weit das Auge reichte.

»Alles Monokulturen, zum Teil von Baumarten, die hier noch nicht einmal heimisch waren.«

»Was war hier vorher?«

»Bevor *New Plantations* kam? Sie behaupten in ihren Hochglanzbroschüren, dies sei ungenutztes Land gewesen, aber das stimmt nicht. Die einheimischen Bauern und Fischer nutzten es. Als Ackerland oder als Weideland für ihre Tiere. Sie sagen, sie wurden gewaltsam vertrieben.«

»Von *New Plantations?*«

»Zum Teil. Aber auch von Soldaten der Regierung. Wir nennen es *CO_2-Kolonialismus.*«

»Da!« Astrid zeigte auf eine Gruppe von Männern zwischen den Bäumen, die zu ihnen heraufschauten. Umgeben waren sie von einer Herde Ziegen.

»Das sind Bauern. Wenn sie hier in der Plantage mit ihren Tieren erwischt werden, müssen sie hohe Strafen zahlen. Bestenfalls. Oder sie erhalten eine gehörige Tracht Prügel.«

»Das ist ja schrecklich«, murmelte Astrid. Sie flogen nun schon Minuten, ohne dass die Reihen von Bäumen unter ihnen sich lichteten.

»Schrecklich sind auch die Folgen für die Umwelt«, fuhr Moses fort. »Obwohl sie es leugnen, nutzen sie zur Aufzucht der Bäume Pestizide.«

Marc dachte an die Rechnung über das Glyphosat. Er hatte den Beweis in seinem E-Mail-Account.

»Und Dünger«, fügte Moses hinzu. »Durch Überdüngung mit Phosphat gelangen Schadstoffe ins Grundwasser und in den See, vergiften das Trinkwasser der Landbevölkerung. Teilweise zermahlen sie das angelieferte Phosphat und bringen es direkt auf.«

Deswegen also der Lieferschein über das Phosphat in dem Umschlag. Er sollte die Umweltsauereien von *New Plantations* beweisen.

385

»Wieso machen die Staaten das mit? Ich meine, diejenigen, die für den Zertifikatehandel zuständig sind?«, wollte Marc wissen.

»Das tun sie nicht. Projekte wie dieser Wald müssen seit einigen Jahren von neutraler Stelle zertifiziert werden, damit sie für das *Certified-Emission-Reductions-Programm* zugelassen werden. Das war früher nicht der Fall. Daher spricht man bei den Zertifikaten aus noch nicht zertifizierten Projekten auch von ›Schrott-Zertifikaten‹.«

»Lassen Sie mich raten: Dieses Projekt wurde zertifiziert. Und zwar von ZetCert, einem Unternehmen aus Potsdam.«

Moses nickte.

»ZetCert und Dr. Zamek haben dem Wald hier das goldene Siegel ausgestellt, damit dieser am Zertifikatehandel teilnehmen durfte und *New Plantations* und Sandberg sich eine goldene Nase verdienen.«

Wieder nickte Moses.

»Sie kennen Dr. Zamek?«

»Eine zentrale Figur. Er war oft hier in Kampala. Mein Vater hat mit ihm zunächst bei der Zertifizierung zusammengearbeitet, und dann sind die beiden sogar Freunde geworden. Zamek wollte nicht länger bei den Betrügereien mitmachen.«

Langsam wurde Marc alles klar. »Ihr Vater hat den Kontakt zwischen Albin Olsen und Zamek hergestellt«, schlussfolgerte er. »Zamek hat Olsen alles verraten, und der wollte darüber einen Artikel schreiben. Dies hätte für *Brovägtull* und Sandberg in Schweden das Aus bedeutet. Er und seine Mitstreiter haben davon Wind bekommen und Albin aus dem Weg geräumt. Bei Zamek haben sie es zumindest versucht. Und …«

»… bei meinem Vater vielleicht auch.«

Das Flugzeug beschrieb erneut eine Kurve. Unter ihnen hatten die Perlenketten von Bäumen endlich geendet. Nun sahen sie das ganze Ausmaß der Plantage von der Seite.

»Aber was hat das alles mit der Entführung in Australien zu tun?«, fragte Astrid.

»Es ist der Preis der Zertifikate«, schloss Marc. Moses lächelte bestätigend. »Man kann sie verkaufen. Und je weniger dieser CER-Zertifikate es gibt, desto teurer werden sie. Eine Frage von Angebot und Nachfrage. Die Entführer fordern, dass Millionen von alten CER-Zertifikaten für unwirksam erklärt werden und dass die verbleibenden CER-Zertifikate künstlich verteuert werden.«

»Ja. Die Forderung, die Zertifikate für unwirksam zu erklären, betrifft nur alte CER-Zertifikate, die noch aus nicht zertifizierten Projekten stammen«, warf Moses ein. »Die von *New Plantations* sind nicht betroffen, denn ihre Plantagen sind schon zertifiziert.«

»Verschwinden die alten Zertifikate vom Markt, dürfte sich deren Wert vervielfachen, wenn die Forderungen der Entführer umgesetzt werden.«

Moses nickte. »Wir reden hier von Hunderttausenden von Zertifikaten, die *New Plantations* besitzt, bei einer Vervielfachung des Wertes also vermutlich über viele Millionen Dollar. Ich spreche hier nicht von sieben-, sondern achtstelligen Beträgen.«

Marc lehnte sich in seinem Sitz zurück und atmete laut aus. »*New Plantations* und *Brovägtull* würden direkt davon profitieren, würde diese Forderung der Entführer erfüllt. Und das alles, ohne dass irgendjemand den Zusammenhang zur Entführung findet, weil es den Entführern angeblich nur um das Klima geht. Scheinbar sauberes Geld. Das ist besser als jedes Lösegeld.« Ein kalter Schauer lief ihm über den Rücken.

Ein lauter Ruf aus dem Cockpit riss ihn aus den Gedanken. Im nächsten Augenblick machte die Maschine einen Ruck nach rechts, und die Motoren begannen zu stottern.

»Wir sind getroffen worden!«, sagte Moses. »Die Wächter der Plantage haben auf uns geschossen!« Er erhob sich, um nach vorne zu eilen, doch Astrid war schneller und versperrte ihm den Weg.

»Ich gehe«, erklärte sie.

70
Im Camp

»Kannst du auch nicht schlafen?«, fragte Nicolas in die Stille hinein.

»Wie sollte ich?«, entgegnete Hannah. »Hier ist es feucht, und der Beton ist kalt. Wir haben noch nicht einmal Decken. Wo sind wir hier?«

»Ein Bunker. Ich glaube, noch aus Kriegszeiten.«

»Es wirkt wie ein Gefängnis.«

Nicolas setzte sich zu ihr. »Wie geht es ihr?« Er deutete auf Stina, die keine zwei Meter entfernt in ihrem Schlafsack lag und schlief. Sie hatte als Einzige einen Schlafsack bekommen. Die anderen hatten alle ihre Sachen im Camp zurücklassen müssen.

»Ich glaube, etwas besser. Sie war die ganze Zeit wach, bis eben.«

»Das ist gut«, sagte Nicolas.

»Wo sind die anderen?«, wollte Hannah wissen.

»Die Bunkeranlage hier ist sehr groß. Sie haben sie verteilt, damit sie nichts mehr versuchen. Das war sehr dumm von Li, Kamal und Kito.«

Hannah fragte sich, ob das die Wahrheit war, ob man die anderen Jugendlichen wirklich nur woanders untergebracht hatte. Seit die bewaffneten Männer im Camp aufgetaucht waren, wusste sie nicht mehr, was sie glauben sollte.

»Sie hatten nur Angst. Tausende Kilometer entfernt von zu Hause. Auf dieser Insel. Zunächst sieht es hier aus wie im Paradies, aber dann merkt man irgendwann, es ist die Hölle! Die sind wie die verlorenen Jungs aus *Peter Pan*«, entgegnete Hannah.

»Und du bist Wendy?«, fragte Nicolas. Sie hörte die Ironie aus seinem Satz heraus und musste lächeln. »Ich dachte eher an Tiger Lily. Die Piraten sind ja mittlerweile auch hier. Und du bist und bleibst Peter Pan.«

»Wusstest du, dass Peter Pan eigentlich grausam ist?«

Hannah schüttelte den Kopf. »Finde ich nicht.«

»Doch. In dem Buch von J. M Barrie, das du mir gegeben hast. Darin heißt es an einer Stelle, Peter Pan lichtet die Reihen, sobald die verlorenen Jungs erwachsen werden.«

»Er lichtet die Reihen? Was soll das bedeuten? Das muss ich überlesen haben.«

»Er bringt sie um. Wenn sie älter werden. Peter Pan war in Wirklichkeit ein Serienmörder.«

Hannah richtete sich auf. »Das kann ich nicht glauben.« Sie schaute nachdenklich und ergänzte nach einem Augenblick des Schweigens: »Doch manchmal täuscht man sich auch in Menschen.«

Sie musterte Nicolas, der auf ihre Anspielung nicht reagierte.

»Vielleicht vergleichst du mich zu Recht mit Peter Pan. Ich meine, wegen Diego. Am Ende bin ich auch schuld an seinem Tod.«

»Wenn ich an Diego denke, muss ich sofort heulen«, sagte Hannah leise. »Obwohl ich ihn am Anfang noch nicht einmal besonders mochte. Als er erschossen wurde, wollte er nur Stina und mich beschützen. Es ist einfach so unglaublich schrecklich, was passiert ist.«

Nicolas nahm einen kleinen Stein auf und warf ihn gegen die Betonmauer vor ihnen. »Dafür werden sie noch büßen«, murmelte er. »So wie Peter Pan am Ende die Piraten besiegt.«

Einen Moment schwiegen sie beide.

»Peter Pan sagt, der Tod sei ein unfassbar großes Abenteuer«, unterbrach Nicolas die Stille. »Meinst du, das stimmt?«

»Nein, das glaube ich nicht«, entgegnete Hannah. »Ich glaube, der Tod ist einfach nur das Ende.«

Nicolas atmete tief durch.

»Meinst du, die Männer werden mich überhaupt gehen lassen, wenn wir das Video gedreht haben?«

»Bestimmt«, antwortete er.

»Weißt du schon, was ich in dem Video tun soll?«

»Es ist ganz einfach«, versicherte Nicolas. »Lorenzo hat es ohne viel Vorbereitung super gemacht.«

»Kann ich die Aufnahme sehen?«

»Lieber nicht. Du sollst es auf deine Weise tun.«

»Ich freue mich so darauf! Endlich weg von hier zu kommen!«

Nicolas drückte sie kurz an sich und strich ihr über den Arm.

»Geht es Lorenzo gut? Ist er gut zu Hause angekommen?«

Nicolas zögerte. »Ich denke schon. Ich habe nichts mehr von ihm gehört, seitdem er – gegangen ist.«

Wieder hingen sie beide ihren Gedanken nach.

»Wer kümmert sich um Stina, wenn ich weg bin?«, wollte Hannah wissen. Sie machte sich ihretwegen wirklich große Sorgen.

»Ich.«

»Schick sie bald nach Hause, hörst du?«

»Das werde ich.«

»Versprich es mir!«

Nicolas stöhnte. »Ich verspreche es.«

»Wenn Peter Pan so grausam ist, wie du sagst, bist du nicht wie er«, bemerkte Hannah nach einer Weile.

Nicolas antwortete nicht, hörte aber auf, ihr über den Arm zu streicheln. »Es tut mir leid«, meinte er schließlich, wobei seine Stimme brach.

»Was tut dir leid?«, fragte Hannah überrascht und rückte ein Stück von ihm ab, um ihn anzuschauen.

»Alles!« Er stemmte sich von der mit Moos bewachsenen Wand ab, stand auf und klopfte sich die Hose ab, dann starrte er zu Hannah hinunter. »Es ging mir wirklich darum, etwas zu verändern.«

»Das weiß ich doch, Nicolas.«

Er drehte sich um und ging.

»Was war?«, flüsterte Stina matt.

»Nichts, alles in Ordnung. Schlaf einfach weiter, Stinchen«, sagte Hannah, während sie Nicolas hinterherschaute. Er war gerade so sanft zu ihr gewesen. Genau wie am Anfang, als sie Nicolas online kennengelernt hatte. Er hatte ihr im Chat eines Klimaforums zugewunken und sie für die Teilnahme an diesem Camp angeworben. Sein Charme und sein Enthusiasmus hatten sie sofort Feuer und Flamme werden lassen. In den letzten Tagen war er kaum wiederzuerkennen gewesen, aber Hannah war froh, sich nicht komplett in ihm getäuscht zu haben. Zum ersten Mal seit Langem hatte sie Hoffnung. Bald würde sie gehen dürfen, und alles würde gut werden.

71
Kalangala Island

»Schnallt euch an!«, rief Astrid aus dem Cockpit zu ihnen nach hinten. Sie war auf den freien Platz neben den Piloten gerutscht. Immer noch stotterten die Motoren.

Marc sah von seinem Sitz aus, wie der Propeller auf seiner Flugzeugseite immer wieder anhielt, sich dann erneut zu drehen begann, als überlegte er noch, ob er den Dienst nun endgültig quittieren sollte oder nicht.

Mittlerweile waren unter ihnen wieder die Pinien zu sehen, die Twin Otter kam den Wipfeln der Bäume gefährlich nahe. Sie hatten auf sie geschossen, hatte der Pilot gerufen. Konnte es tatsächlich sein, dass sie so weit gingen, Flugzeuge abzuschießen, nur weil sie über die Plantage flogen?

Moses saß in seinem Sitz auf der anderen Seite des Ganges und betete laut, was auf Marc nicht gerade beruhigend wirkte. Am Horizont tauchte wieder der Victoriasee auf.

»Brace! Brace!«, rief der Pilot zu ihnen nach hinten. Das bedeutete, dass sie eine Notlandung vorbereiteten.

»Schwimmwesten sind unter dem Sitz!«, fügte Astrid laut hinzu.

Marc fand die Weste und zog sie an. Aufblasen erst nach der Landung, erinnerte er sich. Anderenfalls wurde man, wenn die Kabine wasserte, nach oben an die Decke gedrückt und kam nicht mehr zum Ausgang. Er spürte, wie das Adrenalin in seine Brust schoss. Für ihn war es die erste echte Notlandung, aber er hatte zusammen mit Kollegen einmal an einem Workshop der British Airways teilgenommen, in dem Notlandungen simuliert wurden. Gedacht für Mitarbeiter von Ölfirmen, die oft in entlegene Gebiete flogen, war dieser Kurs auch für Kriegsreporter wie ihn geeignet gewesen. Dass es ihn einmal über einer afrikanischen Pinienplantage erwischen würde, hatte er damals nicht geahnt.

Er versuchte, das Gelernte nun abzurufen und sich an die einzelnen Handlungsabläufe zu erinnern, die der Kursleiter ihnen beigebracht hatte. Marc beugte sich nach vorne und drückte mit dem Kopf gegen den Vordersitz, um die Klemmhaltung einzunehmen. Sie sollte vor Herumschleudern schützen und Knochenbrüche vermeiden, um nach der Bruchlandung besser dem zu erwartenden Feuer entfliehen zu können – oder aber um noch schwimmen zu können wie in diesem Fall. Der Gurt schnitt Marc ins Becken, was gut war, um innere Verletzungen zu vermeiden. Er legte die Hände auf den Kopf, wechselte die Position. Die dominante Hand nach unten. Auch sie sollte vor Brüchen geschützt werden, um nach der Landung den Gurt öffnen zu können.

Wieder stotterten die Motoren, dann verstummte das Motorengeräusch ganz. Offenbar waren die Propeller nun vollends ausgefallen. Bilder flogen an Marcs innerem Auge vorbei. Hannah in derselben Kabine wie Lorenzo bei seinem Tod, Caroline, wie sie über seinen Flugzeugabsturz in Afrika informiert wurde. Sein Kajak, das noch immer im Hafen von Tofino lag. Sollten sie nun abstürzen, würde niemals jemand davon erfahren, dass Sandberg hinter der Entführung steckte. Alle Beweise würden mit ihnen vernichtet werden. Vermutlich war es kein Zufall gewesen, dass man auf sie geschossen hatte. Man hielt sie nicht bloß für neugierige

Touristen. Sandbergs Männer hatten vielmehr genau gewusst, auf wen sie zielten.

Er spürte, wie sie immer weiter absackten. Sie saßen in einem Wasserflugzeug, mit zwei riesigen Schwimmern. Würden sie es bis zum Wasser schaffen, hatten sie vielleicht eine Chance, das hier zu überstehen.

Und dann tat er etwas, was er lange nicht mehr getan hatte. Noch nicht einmal in den schlimmsten Stunden in Syrien: Er betete. Es war ein kurzes Stoßgebet, das er sprach, eher schon eine Bitte: Irgendjemand musste auf Caroline und Hannah aufpassen.

»Festhalten!«, hörte er Astrid rufen. Im nächsten Moment setzten sie so hart auf, dass Marc in seinem Gurt nach oben gedrückt wurde. Sie hoben wieder ab, setzten wieder auf, hoben wieder ab, setzten wieder auf, und dann passierte gar nichts mehr. Das Flugzeug driftete sanft hin und her, während sie immer langsamer wurden.

Marc richtete sich auf und schaute aus dem Fenster. Sie schwammen auf dem See. Aus dem Augenwinkel sah er Moses, der erneut zu beten begann. Vermutlich sprach er Dankesgebete.

»Glück gehabt!« Astrid stand in der Cockpittür, ihr Gesicht war gerötet, ihre Haare zerzaust, doch sie lächelte. »Schätze, wir brauchen ein Boot, das uns von hier abholt.«

»Und dann müssen wir zu Sandberg und pressen aus dem Dreckskerl heraus, wo die Kinder sind«, ergänzte Marc. Er wandte sich Moses zu. »Wissen Sie, wo er wohnt?«

»Ich kann es herausfinden«, entgegnete der. »Aber es wird gefährlich.«

»Wir haben keine Wahl und keine Zeit.«

»Dann nehmen Sie diesen hier mit.« Moses förderte einen Revolver zutage. »Ich trage ihn bei mir, seitdem mein Vater verschwunden ist.«

Marc zögerte. Es war ein ungeschriebenes Gesetz, dass Kriegsreporter keine Waffen mit sich führen durften. Es war nicht das erste

Mal, dass ihm eine angeboten wurde, doch er hatte das Angebot noch niemals angenommen. »Sind Sie hier als Journalist oder als Onkel?«, hatte Sandberg ihn bei ihrem letzten Treffen gefragt.

»Danke«, sagte er und nahm die Waffe. Er öffnete den Sicherheitsriegel, sodass die Trommel herausklappte. Mit einem Dreh prüfte er, ob alle Kammern mit Munition gefüllt waren, dann klappte er die Trommel zurück, sicherte den Revolver und steckte ihn im Rücken in den Hosenbund.

»Was, wenn er es dir nicht sagen will?«, fragte Astrid, die noch immer in der Tür zum Cockpit stand.

»Es geht um Hannahs Leben«, antwortete Marc. »Was denkst du, was ich tun soll?«

72
Kampala

»Plutoniumschmuggel?«, fragte Walker. Er versuchte, die Haustür aufzudrücken, doch sie war verschlossen.

»Mir ist nichts Besseres eingefallen.«

»Und was sagt Ihr Kater dazu, dass Sie seinen Namen missbrauchen?« Walker prüfte das Schloss. Offenbar hatte schon einmal jemand versucht, hier gewaltsam einzudringen, jedenfalls saß der Riegel bedenklich locker. Er nahm etwas Anlauf, hob den rechten Fuß und trat mit voller Wucht gegen das Türblatt. Die Tür sprang sofort auf, und er betrat den Hausflur.

»McGyver? Er hat es mir erlaubt. Es war sogar seine Idee.«

Walker eilte die Treppen hinauf. »Auf jeden Fall sollten Sie wirklich Ihren Thriller schreiben, Abigail. Ich denke, Sie haben genügend Fantasie.«

»Danke, ich werde es mir überlegen. Alles klar mit Ihnen? Sie schnaufen so.«

»Abgesehen davon, dass ich stockbesoffen bin, meine rechte Gesichtshälfte nicht spüre und man vermutlich beinahe zweihundertzwanzig Volt in mich hineingejagt hätte, an welcher Körperstelle auch immer, geht es mir großartig. Ich bin nur ein bisschen sauer.«

»Ich hatte sie gewarnt, vorsichtig zu sein.«

Ja, das hatte sie. Und er verspürte auch Ärger auf sich selbst. Er zögerte kurz, um sich zu erinnern. Dann nahm er die letzten Stufen nach oben. »Wenn Gott will, erhalten Sie eine E-Mail von meinem neuen Freund, dem Captain. Bitte schauen Sie sich das einmal an, und prüfen Sie, wer die Leute sind, mit denen Nicolas Porté sich hier in Kampala getroffen hat.«

»Ist schon eingegangen.« Das überraschte Walker allerdings.

Er ging den Gang hinab. Und blieb vor der Tür stehen, bevor er klopfte. »Woher wussten Sie eigentlich, dass ich festgenommen worden bin?«

Als die Tür geöffnet wurde, machte Walker einen Schritt nach vorne und rammte die Stirn in das Gesicht seines Gegenübers. Der Mann taumelte sofort nach hinten.

»Der Schwede hat uns informiert, nachdem Sie in dem Apartment festgenommen wurden. Alles klar bei Ihnen? Wer stöhnt denn da so?«

Walker packte seinen Kontrahenten am Kragen und zog ihn in das Wohnzimmer, wo er ihn auf die Couch stieß. »Der Schwede?«, fragte er.

»Na, der Polizist in dem Apartment, der Sandberg observiert. Er rief uns an, nachdem Sie verhaftet worden waren.«

Walker ging zum Fenster und schob den Vorhang zurück. Ohne die Hilfe des Teleskops konnte er Sandbergs Wohnung nicht erkennen. »Ich melde mich, Abigail. Und danke.«

»Ist mein Job. Wo zum Teufel sind Sie? Wer jammert dort so?«

Er legte auf. Dann ging er in die kleine Küche. Auf der Spüle lag ein Pistolenhalfter, dem er die Waffe entnahm und sie einsteckte. Im Kühlschrank fand er nur Bier. Er nahm zwei Dosen, ein Ge-

395

schirrhandtuch, ging zurück ins Wohnzimmer und warf das Tuch und eine der Dosen dem Schweden zu. »Kühlen Sie damit!«

»Verdammte Scheiße, was sollte der Kopfstoß? Sie haben mir die Nase gebrochen!«

Walker setzte sich in den Sessel und drückte die andere Bierdose an sein Gesicht. Sie war schön kühl. »Da sind wir wieder«, sagte er.

Der schwedische Kollege richtete sich langsam auf und schaute auf seine blutverschmierte Hand. »Scheiße, Scheiße, Scheiße!«, fluchte er und drückte das Tuch in sein Gesicht. Mit der anderen öffnete er die Bierdose und nahm einen Schluck. »Es tut mir leid, aber wir können es uns nicht leisten, die Leute hier zu verärgern. Wir sind so kurz davor. Ich habe ja sofort bei Ihrem Verein angerufen, damit die Sie rausholen können. Scheint ja geklappt zu haben.« Er schaute auf das Blut in dem Tuch und legte den Kopf zurück in den Nacken. »Leider!«

»Ich bin Ihnen nicht mehr böse«, sagte Walker.

»Sehr lustig!« Der Schwede hielt das blutige Tuch in die Höhe. »Was wollen Sie dann noch von mir?«

Walker griff in sein Jackett und holte das Buch hervor, das er in Nicolas' Koffer gefunden hatte.

Der Schwede schielte, den Kopf weiterhin im Nacken, zu ihm herüber. »Wollen Sie mir jetzt etwas vorlesen?«

Walker klappte das Buch auf und entnahm ihm die beiden Fotos, die er dort für den Transport hineingelegt hatte. »Nicolas Porté.«

»Der schon wieder!«

»Er hat sich mit Sandberg und diesen beiden Männern hier getroffen. Können Sie mir dazu etwas sagen?«

»Ich sehe nichts!«

Walker stand auf und hielt ihm die Fotos über das Gesicht.

»Die handeln mit Shit.«

»Drogen?«

Der Schwede lachte. »Nein, Bird Shit.«

»Vogelscheiße?«

»Sehen Sie die Aktenordner dahinten auf dem Boden? Nehmen Sie den roten!«

Walker tat wie geheißen.

»Schauen Sie unter ›R‹. Da finden Sie einen Lieferbeleg.«

Die Unterlagen im Ordner waren alphabetisch sortiert. Betrachtete man das Chaos in diesem Zimmer, den Stapel leerer Bierdosen, traute man dem Schweden eine solche Ordnungsliebe bei der Ablage von Papieren gar nicht zu.

»Meinen Sie den von …« Walker las ab: »*RONPhos?*«

»Phosphat. Guano. Vogelscheiße.«

Tatsächlich lieferte das Unternehmen laut Beleg mehrere Tonnen Phosphat.

»Wofür?«, fragte Walker.

»Dünger für die Plantagen, die Sandberg hier betreibt. Für uns unverdächtig.«

Walker schaute erneut auf den Firmennamen. Das Lieferdatum war vor etwa vier Wochen.

»Kam über Mombasa an und wurde per Lastwagen und Schiff auf die Kalangala-Inseln transportiert. Wir haben uns dafür nur wegen der Steuern interessiert und weil wir nachweisen wollen, dass Sandberg die Plantagen nicht, wie behauptet, ökologisch betreibt.«

»Mombasa ist in Kenia«, sagte Walker.

»Und?«

»Was hat Porté damit zu tun?«

»Vielleicht war er nur zufällig dort.«

»Sie haben das Gespräch nicht abgehört?«

»Wir haben keine Wanzen installiert. Die kann heutzutage jeder aufspüren.«

»Porté reiste ebenfalls über Mombasa aus«, bemerkte Walker gedankenverloren. Er nahm sein Smartphone und gab *RONPhos* ein. Er öffnete Wikipedia und stutzte.

»Alles klar?«, fragte der Schwede, der mittlerweile aufgestanden und, das Tuch noch immer gegen die Nase gepresst, zum Fenster gegangen war.

Walker machte einen Schritt zurück zum Sessel und öffnete das Buch, in dem er die Fotos transportiert hatte. »Oh, shit!, murmelte Walker abwesend, nachdem er eine der ersten Seiten aufgeschlagen hatte.

»Sagte ich doch: Vogelscheiße!« Der Schwede beugte sich stöhnend vor und schaute durch das Teleskop.

»Ich glaube, ich weiß jetzt, wo die Kinder sind!« Walker schloss das Buch und steckte es zurück in die Innentasche seines Sakkos.

»Schön für Sie. Kommen Sie schnell her, ich glaube, es gibt Ärger!«

73
Kampala

»Was wollen Sie noch von mir? Ich gehe jetzt!« Zamek erhob sich, wurde jedoch von dem Mann, der hinter ihm stand, an den Schultern zurück in den Sessel gedrückt.

»Ein letzter Dienst. Glauben Sie nicht, dass Sie mir das schulden, nach all den Jahren?«

»Ich schulde Ihnen gar nichts. Sie haben mein Leben ruiniert. Ich war ein profilierter Wissenschaftler. ZetCert war ein erfolgreiches Start-up, und dann schlichen Sie sich in mein Leben, wie die Schlange ins Paradies!«

Sandberg nahm einen Schluck vom Espresso und stellte die Tasse zurück auf den Tisch. »Hören Sie«, sagte er. »Wenn Sie mir schon mit der Bibel kommen: Wer war schuld am Sündenfall? Die Schlange? Oder Adam und Eva? Oder vielleicht sogar der Apfel?« Er beugte sich vor. »Machen Sie sich nichts vor, Doktor. Wir alle sind selbst verantwortlich für unsere Taten. Sie waren derjenige, der mich kontaktiert und mir Ihre Dienste angeboten hat.«

»Da wusste ich noch nicht, was hier vorgeht.«

»Was hier vorgeht? Meinen Sie wirklich, dass man diese Welt auch bloß ein Stück besser macht, nur weil man ein paar Bäume pflanzt?«

»Ich meine Ihre Verbrechen an der hiesigen Bevölkerung!«

»Ach, das Märchen vom großen Landraub.« Sandberg malte mit den Händen eine große Wolke in die Luft »Sie haben eindeutig zu viel mit Charles gesprochen. Bevor wir hierherkamen, haben auf Kalangala nur ein paar Ziegen gelebt. Wir haben das Land überhaupt erst wertvoll gemacht! Und nun wollen plötzlich alle ihren Teil davon abhaben.«

»Und ich meine den Betrug mit den CO_2-Zertifikaten.«

»Noch so ein großes Wort: ›Betrug‹.« Sandberg wurde lauter. »Betrügen kann man nur die Ahnungslosen. Jeder weiß, wie das mit CO_2-Zertifikaten in Entwicklungsländern funktioniert. Diejenigen, die sie an uns vergeben, diejenigen, die sie von uns kaufen, und am Ende die Länder, die die Gutscheine im Tausch gegen CO_2-Ausstoß akzeptieren. Es ist nichts als ein großes Spiel. Alle profitieren davon und sind zufrieden.«

»Außer das Klima.« Zamek schüttelte resigniert den Kopf.

»Das Klima. Das ist doch alles Panikmache. Die Welt hat sich schon immer erwärmt und wieder abgekühlt. Glauben Sie im Ernst, unser Wald, mein SUV oder irgendwelche Kreuzfahrtreisen ändern daran etwas? Der Klimawandel ist nicht menschengemacht, sondern ein natürliches Phänomen.«

»Die von Ihnen beschriebenen natürlichen Veränderungen verliefen in Zeiträumen von vielen Jahrtausenden oder gar Jahrmillionen. Jetzt erwärmt sich unser Planet um ein Vielfaches rascher, und daran sind sehr wohl wir Menschen schuld!«

»Hören Sie doch auf. Wir Menschen sind gerade mal für drei Prozent der CO_2-Emissionen auf unserem Planeten verantwortlich!«

»Das sind Stammtischparolen! Die menschengemachten CO_2-Emissionen genügen, um das natürliche Gleichgewicht zu stören, denn unsere Emissionen bleiben. Der CO_2-Gehalt in der Luft hat sich …«

»Stopp!!« Sandberg hatte dieses Wort geschrien. Er war von einer auf die andere Sekunde rot angelaufen. »Das hier ist keine wissenschaftliche Diskussion. Sie unterzeichnen mir die noch fehlenden Zertifizierungen für unsere Neuanpflanzungen in Mosambik und Tansania, und danach trennen sich unsere Wege für immer.« Sandberg zeigte auf die Dokumente vor Zamek, auf denen ein Stift bereitlag.

»Die Plantagen gibt es noch nicht einmal. Wie soll ich da heute eine erfolgreiche Zertifizierung bescheinigen?«

»Die Dokumente sind natürlich vordatiert. Sie unternehmen quasi nur eine kleine Reise in die Zukunft.«

»Ich werde gar nichts mehr unterschreiben. Wie ich schon sagte, ich bin raus.« Zamek lehnte sich demonstrativ zurück.

Der Mann, der hinter Zamek stand, zog plötzlich eine Pistole und hielt sie ihm an den Kopf.

Zamek duckte sich unter dem Druck des Laufs an seiner Schläfe. »Ich dachte, das hätten wir schon besprochen«, sagte er. »Ich habe Ihnen doch erklärt, dass mein Testament beim Amtsgericht hinterlegt ist und bei meinem Tod eröffnet wird. Nur zu! Erschießen Sie mich! Dann erfährt die ganze Welt von dem hier und von Albin Olsen!«

Sandberg beugte sich vor, öffnete etwas auf dem Tablet, das vor ihm lag, und schob es über den Tisch.

Zamek zögerte und griff erst danach, als sein Bewacher ihm mit der Pistole ein Zeichen gab. Er las und wurde blass.

»Ist das nicht das Gerichtsgebäude, in dem Ihr Testament hinterlegt ist? Scheint so, als hätte es dort im Archiv einen schrecklichen Brand gegeben. Was steht dort? Der Schaden an eingelagerten Dokumenten wie Testamenten ist unersetzlich?«

»Wie haben Sie …«, stammelte Zamek.

»Sie zeigten mir gestern doch den Einlieferungsbeleg. Scheint so, als wäre es verbrannt, Ihr hinterlegtes Testament.«

Zamek starrte noch immer auf das Tablet. »Ich habe es noch woanders hinterlegt«, stieß er hervor. »Ich habe alles auf einem USB-Stick, der sicher hinterlegt ist.«

Sandberg lächelte. »Sie bluffen. Unterschreiben Sie, jetzt! Wenn Sie schon nicht an sich denken, dann wenigstens an Ihre Familie.«

Zamek verschränkte die Arme vor der Brust.

»Tarek, lass uns allein«, wies Sandberg den Mann hinter Zamek an. »Und schließe bitte den Vorhang ein wenig, wenn du rausgehst. Die Sonne blendet.«

Der Angesprochene zögerte kurz, steckte dann die Waffe weg und tat wie geheißen. »Ich bin draußen, wenn Sie mich brauchen.«

Sandberg wartete, bis er das Zimmer verlassen und die Tür hinter sich geschlossen hatte. »Was glauben Sie, Doktor, was so eine Plantage hier in Uganda kostet?«

Zamek antwortete nicht. Seine zur Faust geballte Hand fuhr in die Hosentasche.

»Und in Mosambik und in Tansania? Der Kauf des Landes. Die Anpflanzungen. Der Betrieb …« Sandberg reckte sich und nahm einen faustgroßen Stein, der als Dekoration vor ihm auf dem Tisch lag. »All die Bestechungsgelder?«, fuhr er fort. »Und, nicht zu vergessen, das Geld, das ich Ihnen gezahlt habe?«

Zamek starrte geradeaus, ohne Sandberg anzuschauen.

»Was glauben Sie, wo all das Geld herstammt, das in diesem Projekt steckt? Aus meinem Privatvermögen?« Sandberg lachte und rückte auf der Couch einen Platz auf, näher zu seinem Gast. »Es ist natürlich nicht mein Geld. Ich habe Investoren. Investoren, die mir ihr Geld anvertraut haben. Diese Leute lieben ihr Geld. Die geben es nur ungern in andere Hände. Und wenn sie es tun, dann haftet derjenige, der es annimmt und verwaltet, dafür, dass es sich vermehrt und nicht weniger wird. Mit seinem Leben. Sie verstehen, Doktor?«

Sandberg ließ den Stein von einer Hand in die andere gleiten. »Daher ist es für mich von großer Bedeutung, dass Sie das dort unterschreiben.« Er deutete mit dem Stein in der Hand wieder auf die Papiere.

»Ich verstehe Ihre Investoren nicht«, sagte Zamek. »Was wollen sie mit diesem Flecken trockener Erde? Die Bäume sind zum Teil in einem jämmerlichen Zustand. Und die CO_2-Zertifikate aus diesen CER-Projekten bewegen sich preislich derzeit auf dem absoluten Tiefstand.«

»Nicht, wenn die Regierungen die alten CER-Zertifikate endlich für unwirksam erklären und die Preise für CER-Zertifikate radikal verteuern, so wie es die Klimaschützer fordern – und die Entführer dieser armen Kinder in Australien.«

Zamek öffnete ungläubig den Mund. »Sie sind für die Entführung verantwortlich!«, entfuhr es ihm. »Unfassbar! Mein Gott, Sie haben das alles geplant, um den Preis Ihrer Zertifikate in die Höhe zu treiben! Ich fasse es nicht!« Zamek sprang auf und führte die Hände an den Kopf. Er stieß gegen den Tisch, sodass die Vase darauf umkippte. »Verdammt, das sind Kinder! Kinder!«

»Setzen Sie sich wieder!«

»Sie haben mir überhaupt nichts zu befehlen. Ich gehe jetzt aus der Tür dort hinaus und werde der Welt berichten, was für ein Monster Sie in Wirklichkeit sind.«

Auch Sandberg erhob sich abrupt. »Sie setzen sich sofort wieder hin!«, brüllte er.

Zamek zeigte auf Sandberg. »Sie sind nicht bloß die Schlange. Nein, Sie sind der Teufel höchstpersönlich! Das Böse!« Zamek fasste sich mit schmerzverzerrtem Gesicht an die Seite.

»Setzen Sie sich!«

»Geld ist alles, was für Sie zählt, oder? Kein Wunder, dass es einsam um Sie herum ist!« Zamek lachte heiser. »Ich habe alle Beweise. Sie können mit mir anstellen, was Sie wollen. Sie werden sie nicht finden. Und wenn mir etwas passiert, wird das auch Ihr Untergang sein. Und jetzt gehe ich! Und Ihr Laufbursche dort draußen behelligt mich besser nicht. Wehe, er fasst mich an. Ich habe die Beweise natürlich nicht bei mir.« Zamek nahm die Hand aus der Hosentasche und fasste sich an den Mund, während er sich langsam zum Gehen wandte.

Sandbergs Hand verkrampfte sich um den Stein; im nächsten Moment flog sie in Zameks Gesicht.

74

Kampala

»Er bringt ihn um!«, rief Walker. »Wer ist das? Ich sehe nur den Rücken!«

Der Schwede schob ihn beiseite, um selbst wieder durch das Teleskop zu schauen. »Ich schätze, Sandberg, aber genau erkennt man es nicht. Der Vorhang ist halb zugezogen.« Er schaute auf, doch Walker war schon auf dem Weg zur Tür. »Wo wollen Sie hin, verdammt?«

»Rüber!«

»Das geht nicht!«

»Da wird jemand umgebracht!«

»Ja, aber …« Der Schwede schaute wieder durchs Teleskop. »Scheiße! Scheiße!«, fluchte er. »7325!«, rief er Walker noch hinterher.

75
Kampala

Wie besinnungslos schlug Sandberg mit dem Stein immer wieder auf den Kopf ein. Zamek war leblos über dem Sessel zusammengesunken. Blut spritzte Sandberg ins Gesicht. Dessen Geruch und der Geschmack von Eisen auf seinen Lippen machten ihn nur noch rasender.

»Mister! Mister! Mister!« Erst als er eine Hand an seiner Schulter spürte, fuhr er herum. Vor ihm stand Tarek. »Mister Sandberg! Wir müssen hier weg!«

Der Krampf in seiner Hand löste sich, und der Stein fiel zu Boden. »Wir müssen sofort gehen. Ich habe gerade einen Anruf erhalten. Das FBI ist hier in Kampala und sucht nach Ihnen.«

Nur langsam kam er zu sich. Drehte sich wieder zu Zamek, von dessen Gesicht kaum mehr etwas zu erkennen war.

An der Tür klingelte es.

Tarek packte ihn am Arm. »Kommen Sie, wir gehen hinten raus«, sagte er und zog ihn fort.

76
Kampala

»Hier ist es«, sagte Astrid. »Und du hältst es wirklich für eine gute Idee, da reinzugehen und direkt mit ihm zu sprechen?«

Es hatte gedauert, bis das von Moses organisierte Boot sie vom Wasserflugzeug zurück zum Land gebracht hatte. Genügend Zeit, um die nächsten Schritte zu durchdenken. Astrid hatte den Taxifahrer zielsicher zu der Adresse gelotst, die Moses ihnen genannt hatte. Nun standen sie vor einem sehr modernen Apartmentkomplex.

»Es ist unsere einzige Chance. Ich habe ihn in Göteborg getroffen, und ich halte es für möglich, dass er es mir sagt. Wir müssen ihn überraschen. Vielleicht kann ich ihn wegen der Sache mit der Plantage und den CER-Zertifikaten unter Druck setzen.«

»Ich komme aber mit.«

Marc wollte protestieren.

»Ich habe deiner Schwester versprochen, dass ich auf dich aufpasse.« Astrid streckte die Hand aus. »Gib mir den Revolver.«

»Warum?«

»Damit du Sandberg nicht versehentlich umbringst. Es ist niemandem geholfen, wenn du hier in Uganda im Gefängnis verrottest.«

Marc zögerte, dann schaute er sich um und reichte ihr die Waffe. »Soll ich dir zeigen, wie man damit umgeht? Ich meine, für den Notfall.«

»Mein Vater war Jäger«, erwiderte sie.

Marc fand eine Klingel, auf der *Sandberg* stand. Er wechselte mit Astrid einen Blick und drückte darauf. Nichts geschah. Einige Sekunden wartete er, dann klingelte er noch einmal. Wieder passierte nichts. »Vielleicht ist er nicht da.« Marc schaute auf die Tür, neben der sich statt eines Schlosses ein Tastenfeld zur Eingabe eines Zahlencodes befand. Wieder drückte er auf die Klingel, dieses Mal länger.

Er deutete auf die Videokamera neben der Tür, griff nach seinem Handy und wählte eine Nummer. Es meldete sich nur Sandbergs Mailbox. »Wahrscheinlich ist er gar nicht da.« Marc fuhr sich mit der Hand durch die Haare.

Astrid zögerte, dann trat sie neben ihn und gab etwas auf dem Zahlenfeld ein. Im nächsten Moment ertönte der Summer, und sie drückte die Tür auf.

»Woher weißt du …?«, fragte er überrascht.

»Zweiter Stock, komm.« Sie ging vor. Das Treppenhaus bestand aus Marmor; auf jedem Stockwerk schien es nur eine Wohnung zu geben.

»Hier«, sagte sie und zeigte auf eine breite schwarze Tür.

Marc suchte nach einem Namensschild, doch es gab keines.

»Bereit?«, fragte sie und sah ihn an.

»Woher zum Teufel …?«, brachte er hervor, dann trat sie schon an das Zahlenfeld neben dem Eingang zur Wohnung und gab dort ebenfalls einen Code ein. Es summte erneut, und auch diese Tür öffnete sich.

Vorsichtig traten sie in den breiten Flur. Auch hier herrschte Luxus vor. Weiße Granitfliesen, puristische Möbel.

»Hallo?«, rief Marc. Keine Antwort.

»Das Wohnzimmer ist links«, flüsterte Astrid, zeigte den Flur hinunter und ging vor. Sie passierten den Eingang zur Küche, danach zwei geschlossene Türen und standen schließlich in einem eleganten Salon. Er war groß und sah aus wie in einer Einrichtungszeitschrift vorgestellt.

Ein leises Stöhnen war zu hören.

»Dort!«

Erst jetzt bemerkte Marc den Mann im Sessel auf der anderen Seite der kleinen Sitzgruppe. Rasch umrundete er das Sofa und beugte sich über ihn. »Oh mein Gott! Das ist Zamek!« Obwohl er im Krieg schon alles gesehen hatte – zerfetzte Körper ohne Gliedmaßen, Gliedmaßen ohne Körper, Brandopfer –, man gewöhnte sich an solche Anblicke nie. Zameks Gesicht war kaum mehr zu erkennen, so sehr hatte jemand es malträtiert. Hatte Marc beim Betreten des Zimmers noch gemeint, ein Stöhnen wahrzunehmen, erschien Zamek nun vollkommen regungslos.

»Wir müssen einen Arzt rufen!«, sagte er und schaute sich um.

»Im Schlafzimmer ist ein Telefon«, entgegnete Astrid und verschwand.

Marc schob den Sessel zur Seite und zog Zamek vorsichtig an den Schultern auf den Boden zwischen Tisch und Sessel, um ihn in eine stabile Seitenlage zu bringen. Er kniete sich hin und suchte an dem blutüberströmten Hals nach dem Puls, fand aber keinen.

Marc öffnete vorsichtig Zameks Mund, um zu verhindern, dass er in der Bewusstlosigkeit seine Zunge verschluckte. Blutiger Speichel lief aus dem Mundwinkel. Marc stutzte, als er zwischen Zunge und Gaumen weit hinten am Zäpfchen einen metallisch glänzenden Fremdkörper entdeckte.

Mit spitzen Fingern griff er in die Mundhöhle und verhinderte so, dass er weiter in den Rachen glitt. Es war ein USB-Stick. Marc starrte auf das Blut an seinen Händen, als er plötzlich einen Schmerz am Unterschenkel spürte. Er rückte etwas zur Seite. Sein Blick fiel auf einen Stein neben seinem Bein. Er nahm ihn vom Boden, um ihn zur Seite zu legen. Er war überraschend leicht. Auch der Stein war blutverschmiert. Das musste die Tatwaffe sein.

77

Kampala

Während Walker das Treppenhaus hinunterstürmte und anschließend um den Block zu dem Apartmenthaus eilte, in dem Sandberg seine Wohnung hatte, grübelte er über die Bedeutung der Zahlen. 7325. Der Schwede hatte sie ihm hinterhergebrüllt, als er schon halb im Hausflur gewesen war. Der Weg über die Straße war weiter als gedacht, da man den gesamten Häuserblock umrunden musste.

Das Blut pochte in seinem immer noch geschwollenen Gesicht, die Pistole des Schweden schlug in seiner Sakkotasche gegen den Körper. Jetzt war Walker froh, dass er sie dabeihatte. Es war heiß und schwül, und schon nach hundert Metern lief ihm der Schweiß den Rücken herunter. Wenn er zu Hause war, musste er dringend wieder anfangen zu trainieren.

Er wich einem Straßenhändler aus, prallte beinahe mit einer Frau zusammen, die etwas auf dem Kopf balancierte. Als er nach einer ihm schier endlos erscheinenden Minute endlich das Haus erreichte, dessen Rückseite sie durch das Teleskop observiert hatten, rüttelte er an der Eingangstür, die jedoch verschlossen war. Natürlich. Sie entsprach dem höchsten Sicherheitsstandard; hier würde er nichts mit einem Tritt ausrichten können.

Sein Blick flog umher und blieb an einem kleinen Zahlenfeld neben dem Eingang hängen. 7325! Seine Finger flogen über die Tasten, und die Tür öffnete sich mit einem Summen. Während er die Treppen nahm und gegen die Seitenstiche ankämpfte, griff er nach der Waffe. Eine Sig Sauer, die kannte er gut. Die Frage, in welche Etage er musste, beantwortete die offen stehende Eingangstür im zweiten Stock.

Im Kopf drehte er das Bild, das er durch das Teleskop gesehen hatte, um einhundertachtzig Grad und wandte sich in Richtung Wohnzimmer. Die Waffe im Anschlag, überbrückte er die Diele. Sicherte die Tür zur Küche, passierte zwei weitere Zimmertüren und erreichte das Wohnzimmer, das sich ihm so präsentierte, wie er es durch das Teleskop und auf den Fotos mit Sandberg und Nicolas gesehen hatte.

Leise näherte er sich der Couch, und dann erblickte er ihn. Den Mann. Er kniete vor dem Sessel über seinem Opfer, den Stein noch in der Hand.

»Keine Bewegung«, sagte Walker.

Der Mann fuhr erschrocken herum. Es war nicht Sandberg. Walker hatte diesen Typen noch nie gesehen, der sofort den Stein fallen ließ.

»Ich will Ihre Hände sehen! Los, hoch damit!«

Der Mann gehorchte. »Ich war das nicht!«, stieß er hervor.

»Gehen Sie weg von ihm, und legen Sie sich auf den Boden, die Hände hinter dem Kopf verschränkt. Ich will dabei die ganze Zeit Ihre Hände sehen.« Irgendetwas verbarg der Mann in der rechten Faust. Zwischen ihm und dem Kerl befand sich noch das Sofa, was nicht gut war. Während er sprach, bewegte Walker sich langsam

408

vorwärts, um einen besseren Blick auf die Situation zu haben. Das Opfer lag regungslos auf dem Boden.

»Hören Sie«, sagte der Mann mit den blutigen Händen. »Ich habe ihn nur gefunden. Er braucht Hilfe.«

»Gehen Sie weg von ihm, und legen Sie sich auf den Boden! Öffnen Sie Ihre Hand!«, wiederholte Walker. Der Schwede in der Wohnung im Haus gegenüber war hoffentlich so klug, den Krankenwagen zu rufen.

»Hören Sie, mein Name ist Marc Beh…«

»Ich sage es Ihnen zum letzten Mal.« Nun war er nur noch gut zwei Meter entfernt. Er hatte es schon öfter beobachtet: Wenn der Blutrausch vorüber war und sie wieder zu sich kamen, fingen die Täter zu diskutieren an. Wo war Sandberg?

»Nehmen Sie die Waffe runter!«, ertönte plötzlich eine helle Stimme hinter Walker.

78
Kampala

Marc hatte es bereits einmal erlebt, dass die Zeit sich zu verlangsamen schien und Dinge in seiner Umgebung wie in Zeitlupe abliefen: als in der Ruine in Aleppo keine zwei Meter entfernt von ihm das Kind durch die Kugel eines Scharfschützen starb. Seitdem kehrte es immer wieder in seine Träume zurück, als wäre die Zeit seit diesem Ereignis niemals weitergelaufen, als wäre die Szene für immer irgendwo konserviert.

Ganz ähnlich war es jetzt: Der Mann, der ihn mit der Waffe bedroht hatte, war immer näher gekommen und schien kurz davorzustehen, die Nerven zu verlieren. Doch Marc konnte Zamek nicht so einfach allein lassen. Schwach spürte er noch dessen Puls am Hals, während er auf seinem Schoß lag. Man musste kein Arzt sein, um zu ahnen, dass es die letzten Sekunden eines Lebens waren, das hier zu Ende ging.

Marc wusste nicht, wer überraschter zur Tür blickte, er oder der Kerl mit der Pistole, als Astrid hinter ihm erschien und den Revolver auf ihn richtete. Wer zuerst geschossen hatte, konnte er später nicht mehr sagen. Der Einzige jedoch, der getroffen hinter der Couch zu Boden ging, war der Mann, der auf ihn gezielt hatte.

Als wäre es das Selbstverständlichste von der Welt, kam Astrid mit dem Revolver in der ausgestreckten Hand auf ihn zu, bereit, jederzeit einen weiteren Schuss abzugeben.

»Ist er tot?«, fragte Marc.

Astrid hatte ihn erreicht und schob mit dem ausgestreckten Fuß die Waffe des Mannes zur Seite. »Scheint so«, sagte sie und wandte sich zu ihm, den Revolver noch immer in der Hand.

»Hast du einen Krankenwagen gerufen?«

Sie schüttelte den Kopf.

Marc tastete nach dem Handy in seiner Hosentasche.

»Das ist nicht mehr nötig.« Sie ging neben ihm in die Hocke, streckte die Hand aus und fühlte Zameks Puls. »Er ist auch tot.«

Sie hob die Hand mit dem Revolver. In diesem Moment klingelte Marcs Handy.

79
Berlin

Er ging nicht ans Telefon. Caro beendete den Anruf und steckte ihr Handy zurück in die Handtasche.

Bis zum Abflug war es noch eine halbe Stunde. Sie flog nicht gern, aber es war nicht so, dass sie echte Flugangst hatte. Und dennoch war sie extrem nervös. Deshalb hatte sie auch versucht, ihren

Bruder anzurufen. Den ganzen Tag über war sie schon damit beschäftigt, düstere Gedanken zu verscheuchen.

Vor einer Stunde hatte sich Kyle zum ersten Mal seit Tagen wieder bei ihr gemeldet und sich bei ihr entschuldigt. Jeder habe seine eigene Art und Weise, mit der Situation umzugehen; ihm helfe Abstand. »Wenn ich den ganzen Tag an Hannah denke, werde ich noch verrückt«, hatte er gesagt. »Und meine Familie hier auch.« Beim Abschied hatte er zu weinen angefangen.

Sie hätte ihm viel zu sagen gehabt, doch sie sparte sich die Worte für morgen.

Aufgrund des Streiks blieben heute alle Linienflugzeuge am Boden. Julia Schlösser hatte daher einen Privatflug von Berlin-Schönefeld organisiert, gesponsert von einer Umweltvereinigung, von der Caro bislang noch nicht gehört hatte.

Es waren keine dreißig Stunden mehr bis zum Ablauf des Ultimatums. Caro war froh, etwas tun zu können. Alles war besser als Nichtstun. Nur wenn sie nicht handelte, machte sie sich schuldig. Vielleicht ein Motto für ihre morgige Rede.

Sobald sie in Glasgow gelandet und im Hotel war, wollte sie anfangen, sie zu schreiben. Auch wenn Marc es anders sah, war sie keine große Rednerin. Im Gegenteil: Vor vielen Personen zu sprechen lag ihr nicht. Sie erinnerte sich an Momente mit weichen Knien, hektischen Flecken und zitternder Stimme.

Doch sie wollte stark sein. Für Hannah.

80

Kampala

Sie saßen auf dem Sofa. Marc starrte auf den Blutfleck vor dem Sessel, wo bis eben noch Dr. Zamek gelegen hatte. Während Marc sich die Hände gewaschen hatte, hatten die Sanitäter den Leichnam mit einem Tuch bedeckt und fortgeschafft, ebenso wie den Mann, den Astrid – oder wie immer sie hieß – niedergeschossen hatte.

»Dieser Walker hat riesiges Glück gehabt«, bemerkte der Schwede, der ihnen gegenüber auf einem Hocker saß, nun schon zum dritten Mal. In der Hand hielt er den USB-Stick, den Marc im Mund des sterbenden Zamek gefunden hatte.

Er war in den Raum gestürzt, just als Marcs Handy zu klingeln begonnen hatte, und hatte sie beide zunächst ebenfalls mit einer Waffe bedroht, bis er Astrid offenbar erkannte und anfing, sich mit ihr auf Schwedisch zu unterhalten. Allerdings hatte er sie nicht »Astrid«, sondern »Vic« genannt. Nur eine von vielen Fragen, die sich in Marcs Kopf aufstauten. Wieso hatte sie den Code der Eingangs- und der Wohnungstür gekannt? Woher wusste sie so genau, wo Sandberg wohnte? Und weshalb kannte sie sich in dieser Wohnung aus?

»Die Kugel ist durch das Buch hier, das er in der Innentasche seines Jacketts hatte, gebremst worden. Ich glaube, er kann es überleben.« Der Schwede legte den USB-Stick ab und nahm das Buch vom Tisch. »Wir beobachten diese Wohnung hier schon lange. Von einem Apartment gegenüber.« Er zeigte auf das Fenster, dessen Vorhang nun offen stand. »Ich habe von dort hinten gesehen, wie Sandberg mit seinem Handlanger abhaute. Dann kamt ihr und danach mein Kollege vom FBI. Was machst du hier, Victoria? Warum schießt du auf einen FBI-Agenten?«

»Ich wusste nicht, dass er vom FBI ist. Ich dachte, er wäre einer von Emils Leuten. Er hat auch auf mich geschossen.« Ihre Hände zitterten noch immer.

»Victoria? Emil?«, fragte Marc.

Sie schaute zu Boden. »Es tut mir leid.«

Marc schüttelte langsam den Kopf. Er fühlte sich wie vor den Kopf geschlagen. »Wer bist du wirklich?«

»Ich bin nicht Astrid Olsen. Mein richtiger Name ist Victoria Lagerquist.«

Marc versuchte zu verstehen, doch ihre Worte kamen nur sehr langsam bei ihm an. »Du bist nicht Albins Schwester?«

Sie schüttelte den Kopf.

»Wer ist Albin?«, wollte der Schwede wissen.

»Ich bin die Verlobte von Emil Sandberg«, sagte sie. »Oder besser: Ich *war* seine Verlobte.«

Marc sprang auf. Er wäre am liebsten fortgelaufen. Ein ganzer Regenbogen von Gefühlen überwältigte ihn. Angst, Ärger, Wut, Zorn, Scham. So fühlte sich also jemand, der betrogen worden war. Alles, woran er in den vergangenen Tagen geglaubt hatte, war in den Grundfesten erschüttert worden. Fragen über Fragen türmten sich auf. »Wie bin ich zu dir nach Fiskebäck gekommen?«

Victoria presste die Lippen zusammen. »Ich saß mit in dem Auto, als du überfahren wurdest.«

»Du saßt mit im Auto?« Marc fuhr sich durch das Haar, tigerte auf und ab. »Dann war das alles eine einzige große Lüge?«

Sie schüttelte den Kopf. »Nicht alles«, stieß sie hervor.

»Moment!«, sagte Marc. »Woher kennt ihr beide euch?« Er sah von Victoria zu dem Schweden.

Der Mann erwiderte ruhig seinen Blick, schwieg jedoch.

»Sag es ihm schon!«, forderte Victoria.

»Ich bin von der schwedischen Polizei, und Victoria ist unsere Informantin. Sie unterstützt uns seit einer Weile bei den Ermittlungen gegen Sandberg.«

Nun stand auch Victoria auf und ging auf Marc zu. »Ich habe die Seiten gewechselt.« Sie griff nach seinem Arm. »Am Anfang habe ich geglaubt, Emil wäre der charmante und charismatische Geschäftsmann, für den ihn alle halten. Bis ich eines Besseren belehrt wurde.« Sie lachte bitter auf. »Er ist nichts weiter als ein mieser Krimineller. Aber von einem Emil Sandberg trennt man sich nicht so einfach.«

Marc befreite sich aus ihrem Griff und trat einen Schritt von ihr weg. »Du hast die ganze Zeit gewusst, dass Sandberg Hannahs Entführung geplant hat?« Seine Stimme überschlug sich.

»Nein!«, protestierte sie. »Natürlich nicht!«

»Warte. Ich dachte, dahinter steckt dieser Nicolas Porté!«, sagte der schwedische Ermittler.

Den Namen hatte Marc schon gehört. Porté war der Leiter des Klima-Camps, selbst noch ein halbes Kind.

Victoria fuhr herum. »Nicolas? Wer sagt das?«

»Der FBI-Mann, den du eben niedergeschossen hast. Er war nur wegen der Entführung hier. Wegen Nicolas Porté. Er kam direkt aus Australien.«

Marc spürte einen Stich in der Herzgegend. Er setzte sich wieder auf die Couch. Victoria blieb mit verschränkten Armen stehen. »Mein Name ist Marc Behringer. Eines der Tomorrow-Kids ist meine Nichte, und wir ...«, er schaute zu Victoria, »ich bin deshalb hier in Kampala. Was wissen Sie über die Entführung?«

»Ich? Nichts! Der FBI-Agent erschien heute Morgen bei mir. Er stellte Fragen über Nicolas Porté.« Der Schwede beugte sich vor und nahm das grüne Buch in die Hand. »Bevor er hier rüberrannte, um Zamek zu helfen«, er deutete auf die Blutlache, »schaute er in dieses Buch. Dann meinte er, er wüsste, wo die entführten Kinder sind. Ich fürchte, wir müssen warten, bis er aufwacht. Wenn er überhaupt wieder aufwacht.«

»Wir glauben, Sandberg hat die Entführung der Kinder initiiert, um damit den Preis der CO_2-Zertifikate, die er für den Betrieb der Plantagen erhält, nach oben zu treiben.«

Der Schwede stieß einen leisen Pfiff aus. »Und davon besitzt seine Firma eine Menge«, sagte er nachdenklich.

»Unser Kontakt hier in Kampala schätzt, dass Sandberg damit mindestens zweistellige Millionenbeträge verdienen könnte. Quasi über Nacht. Greenwashing und Geldwäsche in Perfektion.«

Erneut stieß der Schwede einen Pfiff aus.

»Kann ich das Buch mal sehen?« Marc streckte den Arm aus, und der Ermittler reichte es ihm. Tatsächlich hatte die Pistolenkugel ein Loch darin hinterlassen. Das Buch roch verbrannt. Auf dem rückwärtigen Buchdeckel klebte etwas Blut. Marc schlug es auf und starrte wie vom Donner gerührt auf die erste Seite. Er blinzelte einmal, um auszuschließen, dass seine Wahrnehmung ihm einen Streich spielte, doch das Geschriebene verschwand nicht. Ihm wurde heiß. »Das … das kann doch nicht sein!«, entfuhr es ihm.

»Alles klar mit Ihnen?«, fragte der Schwede.

Marc drehte das Buch zu ihm und zeigte auf das, was mit der Hand hineingeschrieben war. »*Hannah Beck*. Das ist meine Nichte. Das Buch gehört meiner Nichte.« Unter dem Namen befand sich ein handgeschriebener Spruch mit einer Kritzelei, die bei ihm ein weiteres Synapsen-Gewitter auslöste. »Hat der FBI-Mann noch irgendetwas gesagt?«, wollte er wissen.

»Hm, ja, er hat sich mehrmals nach Porté erkundigt.«

In diesem Moment entdeckte Marc die Fotos und ein zusammengefaltetes Papier. Auch darin klaffte jeweils ein rundes Einschussloch, die Ränder des Lochs waren rundherum versengt.

»Das auf dem Foto ist Porté zusammen mit zwei Männern, für die der FBI-Mann sich interessiert hat.«

Victoria kam zu Marc herüber und riss ihm das Foto aus der Hand.

»Hey, was soll das?« Er konnte seine Wut auf sie nicht verbergen. »Wer sind die beiden Männer auf dem Foto?«, wollte sie von dem schwedischen Ermittler wissen.

»Das dort …« Der Schwede deutete auf den blutverschmierten Stein, mit dem Zamek erschlagen worden war. »Das ist Scheiße.«

Marc verengte die Augen. »Natürlich ist das Scheiße! Aber was ist mit den Männern?«

»Ich meine, das ist kein Stein oder so. Das ist Vogelscheiße. Den Brocken haben die Männer dort auf dem Foto mitgebracht. Das ist Bird Shit, Dünger, Guano. Wie immer man es nennen will. Ich habe keine Ahnung. Walker hat das Foto und das alles angeschaut, und dann hat er das grüne Buch aufgeschlagen, wurde plötzlich ganz blass und meinte, er wisse, wo die Kinder versteckt seien. Dann brach hier das Chaos aus.«

»Schauen Sie, was auf dem USB-Stick drauf ist?«, fragte Marc.

»Sofort, wenn ich im Büro bin.«

»Und kann ich das Buch mitnehmen?«

»Tun Sie das. Aber es ist besser, wenn ihr jetzt geht«, wandte der Polizist sich an Victoria, die noch immer auf das Foto starrte. »Ich muss die örtliche Polizei informieren, dass Sandberg auf der Flucht ist.« Er zögerte. »Vermutlich wird das FBI hinter dir her sein. Ich kann euch noch zu Sandbergs Flugzeug bringen. Kannst du das fliegen, Victoria?«

»Sie lassen sie einfach gehen?«, fragte Marc ungläubig.

»Waren Sie einmal in einem ugandischen Frauengefängnis? Victoria ist unsere wichtigste Zeugin für den zu erwartenden Prozess in Schweden. Ich kann sie jetzt kaum hier wegsperren lassen.« Er zögerte. »So wie ich es sehe, war es zudem wohl so eine Art Notwehr. Sie wusste ja nicht, wer der Amerikaner ist. Und offen gestanden hätte er sich hier nicht einmischen sollen.«

Es schien, als wäre sie freigesprochen.

»Bevor wir Uganda verlassen, müssen wir ins Krankenhaus und schauen, ob der Amerikaner noch lebt und wach ist!«, sagte Victoria. Sie kaute auf einem ihrer Nägel.

»Wir?« Marc schaute zu ihr auf. »Es gibt kein ›Wir‹ mehr.«

Sie kam zu ihm und kniete sich neben ihn. »Ich verstehe, wenn du mit mir nichts mehr zu tun haben willst. Aber es geht jetzt allein darum, deine Nichte zu finden. Wir dürfen keine Zeit mehr verlieren.« Sie nahm seine Hand. »Lass uns das gemeinsam beenden, Marc. Bitte!« Sie klang beinahe flehentlich.

»Das ist keine Schatzsuche, Astrid, Victoria oder wie immer du heißt. Es geht um meine Nichte, die Tochter meiner Schwester.« Er versuchte, ihr seine Hand zu entziehen, doch sie hielt sie fest. »Du kannst dir nicht im Ansatz vorstellen, wie es ist, seit Tagen um Hannahs Leben zu bangen, ohne zu wissen, wo sie ist und wie es ihr geht.«

»Doch, das kann ich«, entgegnete sie.

»Das glaubst du wirklich?« Marc lachte verächtlich und zog seine Hand weg. Er wollte sich erheben, aber sie hielt ihn am Arm fest.

»Ja, ich glaube wirklich, dass ich das nachvollziehen kann. Mein Bruder ist bei Hannah.«

81

Jahr 2040
Sylt, Deutschland

»Manchmal sieht man von hier den Leuchtturm von Römö.«

»Die beiden Lichter waren viel näher. Es war auf dieser Insel. Es sah aus wie Flashlights oder Autolichter oder ... ich weiß nicht.«

»Sie müssen sich irren.«

Susie wollte etwas entgegnen, schluckte die Worte aber herunter. Sie wollte ihren Gastgeber nicht verärgern.

Als sie aufgewacht war, war er fort gewesen. Schon geisterte die Befürchtung durch ihren Kopf, dass er sie allein auf der Insel zurückgelassen haben könnte, bis die Tür sich öffnete und ein bestens gelaunter Behringer hereingekommen war. Es war ein sonniger Morgen, und im Gegensatz zum gestrigen Tag war es beinahe windstill.

»Von den Gänsen«, hatte er nur gesagt und ihr einen kleinen Korb mit riesigen Eiern gezeigt.

Nachdem sie sich fertig gemacht hatte und wenig später in die Küche kam, roch es nach Speck und Kräutern. Das Omelett, das Behringer aus dem Ofen holte, schmeckte fantastisch. Auch wenn sie vor Aufregung wenig Appetit hatte. Endlich war der Tag gekommen, an dem sie hoffte, ein jahrzehntealtes Geheimnis zu lüften. Ein Geheimnis, das in ihrer Familie stets präsent gewesen war.

»Die Gänse rasten auf ihrem Flug in den Süden hier derzeit zu Tausenden. Ich halte einige in einem Verschlag an der Wattseite.«

Sie nahm einen Schluck aus ihrer Kaffeetasse.

»Das ist Zichorien-Kaffee. Wissen Sie, was Zichorien sind? Auch ›Gemeine Wegwarte‹ genannt. Ich baue sie hinten im Garten an, seit der großen Kaffeekrise. Wir hätten ja alle vor einigen Jahren nicht gedacht, dass wir jemals wieder Kaffeebohnen ernten werden.«

Sie nickte anerkennend. Ein Virus hatte sämtliche Kaffeepflanzen dieser Erde befallen. Jahrelang hatte man auf Kaffee verzichten müssen, bis ein Forscher in Japan ein Gegenmittel gefunden hatte. Aber das interessierte sie jetzt nicht. »Nicolas Porté war also der Bruder von Victoria«, sagte sie. »Diese Geschichte haben Sie in Ihrem Artikel im *Time Magazine* nicht erwähnt.«

Er hörte auf zu kauen. Dann trank er von seinem Kaffee. »Ich hatte ihr versprochen, diesen Teil auszulassen.«

»Dann haben Sie sich wieder versöhnt? Obwohl sie Ihnen vorgespielt hatte, Albins Schwester zu sein?«

»Wissen Sie«, setzte er an. »Es kommt nicht nur darauf an, was jemand tut, sondern auch, warum er es tut. Letztlich hatte sie mir in Göteborg das Leben gerettet. Und sie hat sich an mich drangehängt, damit wir gemeinsam ihren Bruder finden.«

»Warum hat Sie Ihnen nicht die Wahrheit gesagt?«

Er zuckte mit den Schultern. »Wissen Sie, wie es ist, die Geliebte eines Verbrechers zu sein? Hätte ich sie mitgenommen, wenn ich gewusst hätte, dass sie Sandbergs Verlobte ist? Vermutlich nicht. Als Informantin der Polizei riskierte sie zudem ihr Leben. Ich denke, sie hat zu dieser Zeit niemandem mehr getraut. Aber sie tat es aus Liebe. Um ihren Bruder zu treffen. Liebe ist immer das beste Motiv.«

»Aber der FBI-Agent, dieser Walker, hat Ihnen nicht sagen können, wo Sie die Kinder finden?«

»Leider nein. Ihm steckte eine Kugel in der Brust. Gott sei Dank nicht tief, doch sie steckte dort. Er wurde sofort operiert und war bewusstlos, als wir im Krankenhaus eintrafen. Niemand wusste, ob er die Operation übersteht.«

»Und Sandberg?«

»War verschwunden.«

»Sie müssen dennoch auf Victoria unendlich böse gewesen sein.«

»Warum?«

»Ich meine, Sie standen bei der Suche nach den Kindern wieder ganz am Anfang. Sie hat so ziemlich den einzigen Menschen erschossen, der wusste, wo Ihre Nichte versteckt wurde, und das so kurz vor Ablauf des Ultimatums.«

Behringer hörte auf zu essen und schaute sie an. Dann legte er das Besteck beiseite und ging zum Regal mit den Büchern. Er nahm das Buch mit dem Einschussloch im Einband und legte es vor sie hin.

Sie blickte ihn fragend an.

»Wissen Sie, wie es ist, wenn man ein Stück seines Schattens verliert?«

Sie schüttelte irritiert den Kopf.

»Man kann das nicht so einfach wieder annähen. Jahrelang fehlte mir ein Stück, und wissen Sie, wem ich es verdanke, dass er wieder ganz wurde?«

»Victoria?«

Er nickte. Ein sehnsüchtiges Lächeln huschte über sein Gesicht.

82
Entebbe

»Es klingt ganz wunderbar. Du wirst das schaffen, Schwesterherz.« Er wischte sich eine Träne aus dem Augenwinkel. »Ich dich auch«, sagte er zum Abschied.

»Was erzählt sie?«

»Sie ist in Glasgow. Morgen hält sie die Rede.«

»Sie wird das toll machen. Bestimmt.«

Er nickte und lehnte sich zurück. Es war das erste Mal, dass er im Cockpit eines so großen Jets mitflog. Und es war das erste Mal, dass er an Bord eines Flugzeugs telefonierte. »Benötigt man für eine solche Maschine nicht normalerweise zwei Piloten?«

»Wenn ich bewusstlos werde, war es das für dich.« Sie schaute zu ihm herüber und lächelte.

»Wir hätten warten sollen, bis der FBI-Mann aufwacht.«

»Der Schwede meldet sich, sobald das der Fall ist. Willst du untätig an seinem Bett sitzen? Was, wenn er überhaupt nicht wieder aufwacht?« Der schwedische Ermittler hatte sie zum Flugplatz gefahren und ihnen mithilfe von Victorias Pilotenausweis Zugang zu Sandbergs dort geparktem Flugzeug verschafft. Marc hatte befürchtet, dass Sandberg mit dem Flugzeug bereits über alle Berge war, doch zu seiner Überraschung hatte es noch auf dem Flugplatz gestanden. Vollgetankt. »Wir haben es konfisziert«, hatte der schwedische Ermittler erklärt und versprochen, sich sofort zu melden, sollte Walker zu sich kommen.

Es war eine große, luxuriöse Maschine. Während sie in Entebbe auf die Starterlaubnis gewartet hatten, hatte Victoria erklärt, dass es einer der schnellsten Privatjets auf dem Markt war, der auch lange Strecken ohne Tankstopps zurücklegen konnte. Sie hatten auf der gesamten Fahrt vom Krankenhaus zum Flughafen darüber diskutiert, wohin sie fliegen sollten: Berlin, Göteborg oder Glasgow. Am Ende hatten sie sich auf Gladstone in Australien geeinigt. Dort waren die Kinder und Nicolas verschwunden. »Mit der Global hier kommen wir direkt hin, ohne Tankstopp, wenn wir nicht zu viel Gegenwind haben. Aber es wird ein langer Flug«, hatte sie gesagt.

Die ersten Minuten nach dem Start hatten sie schweigend verbracht. Die Tatsache, dass Astrid nicht Astrid, sondern Victoria war, dass sie ihn die ganze Zeit über getäuscht hatte, konnte er so einfach nicht vergessen. Aber er hatte jetzt auch keine große Wahl, enttäuscht oder sogar beleidigt zu sein. Sein Gefühl sagte ihm, dass er ihr vertrauen konnte, trotz allem.

»Ich dachte, Nicolas Porté ist Franzose?«, unterbrach Marc schließlich die Stille, um endlich die paar noch fehlenden Antworten zu erhalten.

»Richard Porté ist unser Vater. Wir sind Halbgeschwister. Doch ich habe als Kind lange bei meinem Vater und Nicolas in Frankreich gelebt. Meine Mutter war drogensüchtig und litt an Depressionen. Sie war oft längere Zeit in Kliniken. Dann hat mein Vater mich zu sich geholt.« Sie machte eine Pause. »Nicolas und ich stehen uns sehr nahe.«

Marc versuchte, die Beine in eine bequeme Position zu bekommen.

»Berühre bloß keinen der Schalter und Knöpfe«, warnte Victoria. »Ich glaube, hinten sind Getränke. Und auch etwas zu essen.«

»Bist du schon einmal zusammen mit Sandberg in diesem Flugzeug geflogen?«

»Ja, mehrmals. Aber hinten, als Passagier.«

»Wie kommt es, dass du und …«

»Sandberg? Wir haben uns vor zwei Jahren kennengelernt. Auf einer Spendengala in Stockholm. Ich war dort mit meinem Vater. Emil kann sehr charmant sein. Er ist ein Chamäleon, kommt eigentlich aus armen Verhältnissen, aufgewachsen in Biskopsgården. Das ist kein schöner Stadtteil von Göteborg. Dort gibt es viel Kriminalität, vor allem durch Clans. Emil ist nicht mit dem goldenen Löffel im Mund auf die Welt gekommen, sondern hat sich nach oben gekämpft. Er hat es geschafft, ohne Einladung in die Welt der Schönen und Reichen vorzudringen. Das hat mir damals imponiert. Und ich … ich hatte zu dem Zeitpunkt Probleme.«

»Probleme?«

»Mit Medikamenten und Drogen. Tochter eines Milliardärs zu sein kann sehr belastend sein, auch wenn niemand das versteht. Ich habe sogar für einige Zeit meinen Pilotenschein verloren, obwohl Fliegen das Einzige ist, was mich wirklich glücklich macht.«

»Und Sandberg?«

»Er hat mich dort rausgeholt. Gab mir eine Art von Aufmerksamkeit, die ich bis dahin nie genossen hatte. Seine Disziplin, seine Härte im Umgang auch mit sich selbst … Das hat mich inspiriert und mir geholfen, von der Sucht wegzukommen. Ich bin nicht stolz auf dieses Kapitel meines Lebens. Mittlerweile kann ich aber offen darüber sprechen.«

Eine Lampe leuchtete rot auf, begleitet von einem Warnton. Victoria betätigte einen Knopf, dann ging das Licht wieder aus, und sie lehnte sich zurück. Offenbar musste sie nach Programmierung des Autopiloten nicht mehr viel tun.

»Später wurde ich dann allerdings eines Besseren belehrt«, fuhr sie fort. »Emil trägt zwar heute teure Anzüge, wohnt in schicken Penthäusern und fliegt mit Flugzeugen wie diesem um die Welt. Aber er hat noch dieselben Freunde wie früher. Mächtige Clanmitglieder, denen er beinahe hörig ist und deren Freundschaft er über alles andere stellt. Auch über die Beziehung zu seinen Freundinnen.«

Hier war also der Bezug zu Albin, der für die *Göteborgs-Nyheter* eine Story über Clan-Kriminalität recherchiert hatte. »Vermutlich ist es deren Geld, das Sandberg wäscht«, sagte Marc.

»Ich habe Emil verlassen wollen, doch er wollte mich nicht gehen lassen. An dem Abend, an dem sie dich angefahren haben, hatten seine Freunde mich gegen meinen Willen verschleppt, aber nach dem Unfall konnten sie dich nicht finden. Ich nutzte die Gelegenheit, um aus dem Wagen zu schlüpfen und mich zu verstecken. Es kam ein anderes Auto; sie flohen vom Tatort und ließen mich dort einfach zurück. Ich hörte dein Stöhnen, rief eine Freundin an, und gemeinsam haben wir dich in das Haus am Strand gebracht. Es gehört der Familie der Freundin. Letztlich haben wir beide, du und ich, uns dort also vor Emil versteckt. Daher bin ich auch gern mit dir zusammen nach Deutschland geflogen.«

»Und Ingrid?«

»Ist meine beste Freundin.«

»Und Lars?«

»Ich kenne ihn nicht.«

»Dann waren deine Telefonate mit ihm nur Fake?«

Sie nickte. »Ich wollte vermeiden, dass du mit ihm telefonierst. Ich hatte Angst, dass er meine Geschichte auffliegen lässt, wenn du mit ihm sprichst.«

»Warum hast du mir nicht gesagt, wer du bist?«

»Ich hatte es eigentlich vor. Aber dann hast du, nachdem du erwacht warst, vermutet, dass ich Albins Schwester bin, hast mir die Worte in den Mund gelegt, und ich dachte, vielleicht ist es erst einmal besser so. Ich meine, ich saß in dem Auto, das dich überfahren hatte.«

»Und dein Bruder Nicolas?«, kam Marc zu dem Thema, das ihm bereits seit Stunden auf der Seele brannte. Der schwedische Polizist hatte gesagt, dass Porté hinter der Entführung steckte.

»Ich habe Emil und Nicolas zusammengebracht, bald nachdem ich Emil kennengelernt hatte. Nicolas hat nach der Schule nicht so recht gewusst, was er machen soll, und ich dachte, vielleicht kann Emil ihm etwas von seinem Ehrgeiz und seiner Zielstrebigkeit einimpfen. Ich hatte ja keine Ahnung, dass es in diese Richtung gehen würde.«

»Wann und wie hast du von der Entführung erfahren?«

»Wie alle anderen auch: durch das Video. Ich wusste, dass Nicolas dieses Camp mitorganisiert. Wir hatten telefoniert.« Sie stockte. »Und ich habe ihn in dem Video erkannt. Trotz Maske und verfremdeter Stimme. Er hat so eine Art.« Sie schüttelte den Kopf. »Ich weiß nicht, was ihn geritten hat. Es muss an Emil liegen. Nicolas war immer schon ein schwacher Charakter, hat auch jahrelang zu viele Drogen genommen, war leicht zu beeindrucken. Aber er war niemals böse. Dass er den italienischen Jungen ermordet und Diego vor laufender Kamera erschossen hat, kann ich einfach nicht glauben. Und ich denke auch, Nicolas geht es bei der Sache wirklich nur um das Klima. Das liegt ihm seit Jahren am Herzen, sehr. Das kann natürlich überhaupt keine Entschuldigung sein, trotzdem. Emil muss ihn für seine Zwecke missbrauchen.« Sie drehte sich zu ihm. Jetzt sah er, dass sie Tränen in den Augen hatte. »Es tut mir so leid. Bitte, Marc, das musst du mir glauben.«

Er beugte sich zu ihr hinüber und nahm sie für eine Weile in den Arm. »Also, was haben wir?«, meinte er schließlich und griff nach dem grünen Buch. »*Peter and Wendy*, die Geschichte von Peter Pan. Das Buch gehört Hannah. Caro hat bestätigt, dass sie es mit ins Camp genommen hat. Sie hat es einige Tage vor der Reise nach Australien in einem Antiquariat in Berlin entdeckt und regelrecht verschlungen. Überhaupt war sie in letzter Zeit ein großer Fan von Peter Pan, daher auch dieser Glücksanhänger.« Marc zog das Figürchen aus der Tasche und hielt es in die Höhe. Er schlug das Buch auf und zeigte auf die Zeichnung unter Hannahs Namen. Ein langer Strich, darunter ein Zitat mit einem gemalten Stern.

Vorbei am zweiten ✸ *rechts und dann immer geradeaus bis zur Morgendämmerung.*

»Am zweiten Stern rechts«, sagte er. »Der Stern ist gezeichnet.«

»Klingt wie eine Wegbeschreibung.«

»Es ist mir wieder eingefallen. Das ist ein Zitat von Peter Pan.« Er starrte auf den Stern.

»Was ist?«, fragte sie.

»Diesen Spruch mit der Linie darüber und dem gezeichneten Stern im Text. Das habe ich schon einmal gesehen. In Hannahs Zimmer. Sie hatte es auf ihre Schreibtischunterlage gemalt. Aber warum hat Walker nur einen Blick in dieses Buch geworfen und dann gemeint, er wisse, wo die Kinder sind?« Marc blätterte es durch. »Dies scheinen die einzigen handschriftlichen Einträge zu sein.«

»Ist doch klar«, sagte Victoria. »Vorbei am zweiten Stern rechts und dann immer geradeaus.«

Marc verzog das Gesicht.

»Verzeih«, bat sie.

Er nahm die Fotos und faltete den Zettel auseinander, der in dem Buch lag. »Ein Lieferbeleg«, bemerkte er. »Über ... Phosphat. Geliefert an Sandbergs Plantage von einer Firma in ... Man kann es wegen des Einschusslochs nicht mehr genau lesen.«

»Warum hat der Amerikaner das aufbewahrt? Zusammen mit den Fotos?«

Marc zuckte mit den Schultern. »Könnten wir ihn doch nur fragen, verdammt! Wir können bloß hoffen, dass er noch rechtzeitig aufwacht.«

Victoria seufzte. »Holst du uns von hinten was zu trinken?«

Er schälte sich aus dem Sitz. In diesem Augenblick zeigte sein Handy an, dass eine SMS von dem schwedischen Ermittler aus Kampala eingegangen war. »Warte!«, sagte er, etwas zu überschwänglich, wie sich zeigen sollte. »*Sieht nicht gut aus*«, las er laut ab.

Victoria presste die Lippen aufeinander. »Wie lange noch?«

Er schaute auf sein Smartphone. »Es wird zu knapp.«

Sie öffnete den Mund, als wollte sie widersprechen, und schloss ihn dann wieder.

»Sorry«, sagte er und verschwand in die Kabine.

Hannah
1 Tag

83
Kampala

»Spreche ich mit Harry Schroeder?«

»Wer ist dort?«

»Nennen Sie mich McGyver. Sind Sie *der* Harry Schroeder, 1989 Jahrgangsbester der Universität Standford, 1991 Preisträger des Daubert-Doyle Clinical Medical Research Award, 1993 bis 1994 Direktor der Babe-Ruth-Klinik, ehemaliger Professor an der Harvard Medical School …«

»Was zum Geier …«

»Der Harry Schroeder, der 2002 im Staat New York wegen Vergewaltigung angeklagt wurde und vor der Festnahme floh, 2003 Juan Estevão auf seiner Flucht vor dem FBI für fünfundzwanzig Millionen Euro zu einem neuen Gesicht verholfen hat, danach als Jonny Meiers für diverse andere Kartelle als Leibarzt tätig war, auch bekannt als der »Chirurg des Bösen«, und seit 2017 unbehelligt unter dem Namen Vincent Green mit seinen drei Frauen Nala, Safyia und Habiba und den zwölf Kindern auf einer Avocado-Farm in Uganda lebt? Sind Sie das, Mr. Green? Oder soll ich Sie lieber ›Mr. Meiers‹ oder ›Mr. Schroeder‹ nennen? Ich kann die Namen Ihrer Kinder auch noch aufsagen. Joseph, Jacob …«

»Ich lege jetzt auf!«

»Wenn Sie das tun, steht in weniger als fünf Minuten alles vor Ihrer Tür, was zwei Beine und eine Waffe hat und sich die fünf Millionen Dollar Belohnung verdienen möchte, die das FBI auf Ihre Ergreifung ausgesetzt hat.«

Es war ruhig in der Leitung.

»Sie setzen sich jetzt sofort in Ihren Wagen und fahren auf kürzestem Weg in das Mengo-Hospital in Kampala und fragen dort nach einem Brad Walker. Dann werden Sie alles in Ihrer Macht Stehende tun, damit er überlebt und so schnell wie möglich gesund wird. Wenn das gelingt, fahren Sie zurück auf Ihre Farm und züchten bis an Ihr Lebensende weiter unbehelligt Avocados, während Sie Ihren Kindern beim Aufwachsen zuschauen und hoffen, dass sie später bessere Menschen werden, als Sie selbst einer sind. Sind wir uns einig?«

Keine Antwort.

»Hallo, sind Sie noch da?«

»Ich bin in einer halben Stunde dort.«

»Danke. Ich habe Sie dort angekündigt.«

84
Berlin

Julia fühlte ein Brennen in der Magengrube.

»Ein Mörder?« DJ schaute Kommissar Apel ungläubig an.

»Die schwedischen Kollegen haben Marc Behringers DNA am Mordopfer sichergestellt. Er war wohl ein Freund von ihm. Wir fahnden nach ihm, aber er ist verschwunden.«

»Und Dr. Zameks Leiche wurde in Uganda gefunden?«, hakte Julia nach.

»In Kampala. Er ist noch nicht endgültig identifiziert, doch wir haben in Erfahrung gebracht, dass er von Berlin nach Entebbe in Uganda geflogen ist.«

»Und er wurde auch ermordet?« DJ verschränkte die Arme und schüttelte den Kopf.

»So unsere bisherigen Informationen. Wir haben Kollegen und

Kriminaltechniker dorthin geschickt, auch für DNA-Analysen. An der Leiche soll es zahlreiche Spuren geben.«

»Wie passt das alles zusammen?«, fragte die Kanzlerin, die hinter ihrem Schreibtisch saß.

Apel fuhr sich mit den Händen über das Gesicht. »Das wüssten wir auch gern.«

»Irgendwelche Neuigkeiten von den Kindern? Das Ultimatum läuft heute ab.«

»Die australischen Kollegen haben mithilfe von Satellitenbildern ein Schiff identifiziert, mit dem sie womöglich von Rennell Island, wohin sie mit dem U-Boot gebracht worden sind, weitertransportiert wurden. Es handelt sich um ein Frachtschiff, das zuvor aus Kenia kam. Verdächtig ist es schon deshalb, weil die Besatzung das Ortungssystem ausgeschaltet hatte, das sogenannte AIS. Mittlerweile konnte das Schiff jedoch geortet werden, auf einer kleinen Insel im Pazifischen Ozean namens …« Er schaute auf einen Zettel. »Banaba. Ein Atoll mit einem Durchmesser von nur dreieinhalb Kilometern. Die Insel ist wohl berühmt für den Abbau von Phosphat, ansonsten für nichts. Die Kollegen sind auf dem Weg, Banaba liegt im Nirgendwo.« Er schaute auf die Uhr. »Jetzt ist es dort bald Nacht. Wir müssen abwarten.«

Die Kanzlerin lehnte sich in ihrem Sitz zurück und legte nachdenklich die Fingerspitzen gegeneinander. »Danke, Herr Apel. Halten Sie mich bitte auf dem Laufenden.«

Der Kommissar verabschiedete sich.

»Dr. Zamek ist tot? Das ist ja schrecklich!« Julia vergrub das Gesicht in den Händen. Sie erinnerte sich noch gut an den Besuch in seinem Haus, bei dem er nach dem Attentat sehr angeschlagen gewirkt hatte.

»Wir müssen überlegen, ob wir den Mordverdacht gegen Hannahs Onkel an die große Glocke hängen. Sollte sie heute Abend tatsächlich von den Entführern getötet werden, könnte das ablenken. Ebenso der Mord an Zamek.«

»Sind Sie jetzt völlig durchgeknallt?« Julia schlug mit der flachen Hand auf den Tisch. »Marc hat überhaupt niemanden umgebracht!«

»Frau Schlösser! Mäßigen Sie sich!« Die Kanzlerin war in ihrem Sitz vor Schreck nach vorne gefahren und warf ihr einen mahnenden Blick zu.

DJ grinste.

»Und Sie auch, Frau Jäger!«

Die Kanzlerin lehnte sich wieder zurück. Der Ärger hing in ihren Mundwinkeln. »Wir müssen heute eine Pressekonferenz einberufen, in der wir noch einmal an die Kidnapper appellieren. Wo stehen wir, was die Forderungen der Entführer angeht?«

»Wir haben nahezu alle erfüllt. Die Bäume sind gepflanzt, oder ihre Pflanzung ist in Auftrag gegeben. Die geforderten Internetklicks sind millionenfach übertroffen. Die Flugzeuge blieben einen Tag am Boden.«

»Was der Verdienst der Gewerkschaften ist«, warf Julia ein und kassierte dafür einen weiteren missbilligenden Blick von DJ.

»Sogar die Feuerwehr am Flughafen Frankfurt hat auf dem leeren Rollfeld mit Wasser-Fontänen für Hannahs Freilassung demonstriert«, schloss Doris Jäger ihre Aufzählung. Also nichts, was sie sich selbst auf die Fahne schreiben konnte. »Es fehlen nur noch die Forderungen wegen dieser CER-Zertifikate.«

»Deswegen habe ich heute Nacht noch einmal mit dem brasilianischen Präsidenten telefoniert«, erklärte die Kanzlerin. »Er ist bereit, diesbezüglich nachzugeben. Damit gehen Millionen dieser Zertifikate vom Markt.«

DJ sprang auf. »Was haben Sie ihnen dafür versprochen?«

»Was nötig war. Die Tötung des brasilianischen Jungen geht auch nicht spurlos an der brasilianischen Regierung vorüber. Haben Sie die Ausschreitungen in Rio und den anderen Städten gesehen? Es sind sogar Menschen dabei gestorben. Aber Sie wissen, der Präsident ist hart. Ich habe mit unserem Finanzminister gesprochen, und wir haben geboten, was nötig war.«

»Das wird uns Wähler kosten!«

»Und mit den Chinesen bin ich ebenfalls im Gespräch. Sie rufen zurück. Auch einer ihrer Staatsbürger gehört zu den Entführungsopfern. Dort möchte man auch nicht riskieren, Erwartungen des Volkes zu enttäuschen.«

DJ drehte sich vor Wut einmal um die eigene Achse und schüttelte den Kopf, ohne etwas zu sagen. Es schien, als würde sie mit sich ringen. Dann platzte es aus ihr heraus: »Caroline Beck wird heute in Glasgow eine Rede halten! Für die Organisation Misereor. Und wissen Sie, Frau Kanzlerin, wer dahintersteckt?« DJ schaute zu ihr hinüber, die Augen zu Schlitzen verengt. »Unsere Frau Schlösser.« Triumphierend verschränkte sie die Arme vor der Brust.

Der Blick der Kanzlerin wanderte zu Julia. »Ich weiß«, sagte sie wieder an DJ gewandt. »Frau Schlösser hat es mir heute Morgen erzählt. Und ich bin sehr froh darüber. Wir werden dieses Mädchen retten.«

85
Über den Wolken auf dem Weg nach Gladstone

Er versuchte, das Bein zu bewegen, doch der schwere Tisch rührte sich nicht. Die Leiche des Fotografen blockierte seinen Oberschenkel, der von den Trümmern des Granateneinschlags zerstörte Holztisch seinen Fuß.

»Komm da weg!«, brüllte er, doch das Kind stand wie gelähmt da und schaute so gebannt durch das Loch in der Fassade nach draußen, als wartete es auf eine Erleuchtung.

Sein ausgestreckter Arm – beinahe kugelte er ihn sich aus – war abermals viel zu kurz, um es zu erreichen. »Komm da weg!«, rief er, diesmal auf Arabisch.

Doch das Kind mit den langen Haaren schien ihn nicht zu hören. Es stand seelenruhig vor dem Einschussloch und summte ein Lied.

Dann kam die leichte Brise auf. Die Haare des Kindes begannen, sich zu bewegen. Es drehte den Kopf unvermittelt zu ihm und begann zu lächeln. Er wusste genau, was als Nächstes geschehen würde, wollte den grauenhaften Anblick, wenn das Geschoss einschlug, nicht erneut ertragen. Doch seine Augen gehorchten ihm nicht; er konnte sie nicht schließen. Sein Arm schmerzte, so sehr streckte er ihn, sein Bein war taub. Er war völlig hilflos. Nicht in der Lage, das Kind zu retten. Hannah zu retten.

»Alles klar?«

Er öffnete die Augen. Er lag auf den zu einem Bett hergerichteten Flugzeugsitzen.

»Du hast geschrien«, sagte Victoria.

Nur langsam kam er zu sich. »Wer fliegt die Maschine?«, fragte er.

»Der Autopilot. Ich muss zurück ins Cockpit und den Landeanflug vorbereiten. Wir sind bald da.«

Er richtete sich auf und versuchte, den Traum abzuschütteln. Wenn er ehrlich war, befand er sich bereits seit Jahren im Autopilot-Modus. Es wurde Zeit, dass auch er endlich das Cockpit wieder übernahm.

86
Im Camp

»Geht's ihr besser?«, fragte Nicolas. Sie standen vor dem Eingang zu Hannahs und Stinas kleiner Bunkerzelle und blickten auf die Dänin, die vor sich hin döste.

»Ja, das Fieber ist endlich runtergegangen. Aber bitte pass auf sie auf, wenn ich fort bin. Versprich es mir«, flüsterte sie.

Er nickte.

»Es geschieht alles wie geplant. Wir nehmen das Video auf, und danach heißt es für dich Abschied nehmen von hier. Du musst mir vertrauen, hörst du?«

Hannah stemmte die Hände in die Hüften. Sie wusste einfach nicht, ob sie ihm wirklich trauen konnte. Heute schien er wieder der alte, gutmütige Nicolas zu sein, wie sie ihn aus der Ferne über das Internet kennengelernt hatte, bevor sie nach Australien gekommen waren. Und genau das weckte ihr Misstrauen. Oder wurde sie langsam hier unten paranoid?

»Es war so heiß heute«, sagte sie. »Und mein Gesicht tut immer noch echt weh. Ich hoffe, ich halte das durch mit dem Video.«

»Bei Lorenzo ging es ganz schnell.«

Hannah fächerte sich Luft zu und schaute wieder zu Stina. »Ich werde sie vermissen. Und nicht nur sie.« Tränen stiegen ihr in die Augen.

»Du schaffst das schon«, sagte Nicolas. »Denk dran: Es geht um etwas Größeres als uns. Es geht um unser aller Zukunft.«

Hannah schaute ihm tief in die Augen. »Glaubst du daran wirklich noch?«

Nicolas zögerte kurz. »Aber natürlich!«, antwortete er dann. »Du etwa nicht?«

»Doch«, bestätigte Hannah. »Ich will hier nur noch weg.«

87

Kampala

»Was sollen wir tun?«

»Das kann ich Ihnen nicht sagen. Ich würde es ja mit ein paar Backpfeifen und einer Schale kaltem Wasser probieren, aber Sie haben da sicher ausgefeiltere Methoden, Dr. Schroeder.«

»Wir haben bereits antagonisiert. Die Anästhesiewirkung ist verschwunden, nun muss er von allein aufwachen. Er hatte eine Kugel in der Brust, wenige Zentimeter von der Herzkammer entfernt. Die Operation war sehr komplex.«

Der blonde Mann legte die Hände an die Hüften. Er hatte sich als schwedischer Staatsbürger vorgestellt. Sie standen auf dem Flur vor der Intensivstation. »Der Chefarzt sagte mir, Sie sind sein Privatarzt? Hat das FBI Sie geschickt?«

»So ungefähr.«

»Sie sind Amerikaner?«

»Nicht mehr.«

»Und Sie wissen, warum es so wichtig ist, dass er aufwacht?«

Der Doktor schüttelte den Kopf.

»Es geht um die Kinder, die in Australien entführt wurden. Der Mann dort drin weiß vermutlich als Einziger, wo sie gefangen gehalten werden. Und ...«, der Schwede schaute auf seine Armbanduhr, »... in wenigen Stunden stirbt das nächste Mädchen. Haben Sie Kinder?«

»Ja, habe ich. Aber wenn wir noch mehr Medikamente in ihn hineinpumpen, wird er, *wenn* er aufwachen sollte, total verwirrt sein. Von den Schmerzen gar nicht zu sprechen.«

»Tun Sie, was immer möglich ist«, sagte der Schwede. »Ich bin sicher, er würde sein Leben für das der Kinder geben.«

88

Gladstone

»Nichts Neues«, berichtete Victoria, nachdem sie mit ihrem Landsmann in Kampala telefoniert hatte. »Walker hat die Operation überstanden, ist aber noch nicht wieder wach.«

»Sie müssen ihn wecken! Hannahs Leben hängt davon ab.«

»Er hat es weitergegeben. Sie sagen, Sie müssen warten, bis er von allein zu sich kommt.«

Marc schlug mit dem Kopf gegen die Kopflehne. »Bei Sandberg meldet sich auch nur die Mailbox.«

Vor einer Stunde waren sie auf dem Flugplatz von Gladstone gelandet. Sie hatten einen Wagen gemietet und waren auf dem Weg zur Universität, wo die Ermittler ihr Hauptquartier eingerichtet hatten. Victoria saß am Steuer, und darüber war Marc einmal mehr froh. In Australien herrschte Linksverkehr.

»Ich rufe diesen Kommissar Apel an«, entschied er. Er nahm die Visitenkarte, die der BKA-Mann Caro gegeben hatte, und wählte die Nummer.

Apel nahm sofort ab.

»Marc Behringer hier.« Für einen Moment war es still am anderen Ende.

»Wo sind Sie?«, fragte der Kommissar.

»Weit genug weg. Ich brauche Ihre Hilfe.«

»Stellen Sie sich. Dann versuchen wir gemeinsam, die Wahrheit herauszufinden.«

»Das ist jetzt nicht möglich. Es geht nicht um mich, sondern um Hannah. Ich weiß, wer hinter ihrer Entführung steckt.« Marc erzählte, was sie mit Moses' Hilfe über die Baum-Plantage in Uganda herausgefunden hatten. »Es geht in Wahrheit also gar nicht um das Klima, sondern nur um diese CO_2-Zertifikate«, schloss er seinen Bericht.

Wieder wurde es still in der Leitung.

»Sie sind in Uganda?«, fragte Apel schließlich. »Das ist doch jetzt egal!« Marc wurde ungehalten.

»Sie sind dort, wo Dr. Zamek getötet wurde? Das letzte Mal, als ich Sie gesehen und verhaftet habe, waren Sie auf der Suche nach ihm. Und nun erzählen Sie mir, Sie sind in Uganda, also genau dort, wo er ermordet wurde.«

»Darum geht es jetzt nicht! Es geht um Emil Sandberg! Sie müssen ihn finden.«

»Sollten wir an Zameks Leiche Spuren von Ihnen sicherstellen, haben Sie ein weiteres Problem, Herr Behringer. Stellen Sie sich den örtlichen Behörden; wir überführen Sie schnellstmöglich nach Deutschland und klären dann alles auf.«

Marc spürte, wie aus Ungeduld Wut wurde. »Ich habe Sie nicht angerufen, um über Dr. Zamek zu sprechen. Sie müssen sofort nach Emil Sandberg fahnden lassen. Es gibt zwei Polizisten, einen Amerikaner und einen Schweden, die alles bestätigen können, was ich sage.« Er nahm das Handy zur Seite. »Wie heißt der Schwede?«, fragte er Victoria leise, doch sie verzog nur ratlos das Gesicht. Er nahm das Telefon wieder ans Ohr. »Hören Sie«, setzte er an.

»Nein, Herr Behringer, Sie hören. Ohne Rechtsanwalt sollten Sie nichts mehr sagen. Wir haben Kollegen nach Kampala geschickt, mit denen Sie Kontakt aufnehmen können. Ich verstehe, dass die Entführung Ihrer Nichte Sie mental mitnimmt, und ich habe mich nach Ihnen erkundigt. Ich verstehe auch, dass der Einsatz in Kriegsgebieten traumatisierend ist, und ich möchte nicht wissen, was Sie dort gesehen und erlebt haben. Ich weiß, dass Sie in psychologischer Behandlung waren. Die Sache mit Ihrer Nichte scheint Sie aus dem emotionalen Gleichgewicht gebracht zu haben. Und ich …«

Marc beendete den Anruf und schlug mit der flachen Hand auf das Armaturenbrett. »Verdammt! So ein Idiot!«, fluchte er. Eine Zeit lang fuhren sie schweigend, während er seine schmerzende Hand rieb.

»Was sagt Lars? Hast du ihn vorhin angerufen?«, wollte sie schließlich wissen.

»Er will die Story rund um *Brovägtull* natürlich im *Göteborgs-Nyheter* bringen, doch es dauert, bis die das nachrecherchiert haben. Das wird Hannah nicht mehr retten.«

»Wir können nur hoffen, dass uns die Verantwortlichen hier in Australien zuhören«, sagte Victoria.

»Wie lange noch?«

»Laut Navi zehn Minuten.«

Marc schaute auf sein Handy. »Noch sechzehn Stunden«, antwortete er. Das Gefühl der Ohnmacht breitete sich wieder in ihm aus. In diesem Moment ertönte hinter ihnen die Sirene eines Polizeiwagens.

Victoria schaute in den Rückspiegel. »Wir sind zu schnell gefahren.«

89
Glasgow

»Wichtig ist, dass Sie immer in das Mikrofon sprechen.«

Caro nickte.

»Sie haben fünf Minuten, sechzig Sekunden dürfen Sie überziehen. Im Endeffekt haben Sie also sechs Minuten Redezeit. Verstanden?«

Wieder nickte sie.

»Haben Sie ein Manuskript?«

Caro hielt die Seiten in die Höhe. Die Blätter trugen das Logo des Hotels, in dem sie übernachtete. Gestern Abend im Hotelzimmer hatte sie die Rede verfasst, und es war viel einfacher gewesen, als sie gedacht hatte. Sie hatte gar nicht gewusst, wo all die Worte hergekommen waren, die sich durch ihre Hand auf die Seiten des Schreibblocks gedrängt hatten. Für einen Moment hatte sie geglaubt, Hannah spreche auf diese Weise zu ihr. Hatte sie fünf Minuten gestern noch für viel zu lang gehalten für das, was sie zu sagen hatte, war sie sich jetzt nicht sicher, ob die Redezeit überhaupt ausreichen würde. »Was ist, wenn ich länger rede?«, fragte sie.

»Dann wird das Mikrofon ausgestellt. Sorry, aber so hart sind die Regeln auf einer so großen Konferenz wie dieser.« Die Frau von Misereor strich ihr über den Arm. Sie war eine großgewachsene, hagere Frau, kaum älter als Caroline. Doch sie strahlte eine Ruhe aus, die auf Caro abfärbte. »Wir finden das toll, dass Sie das hier machen. Dazu gehört viel Mut.«

»Würden Sie das für Ihr Kind nicht tun?«, gab Caroline zurück.

»Ich habe leider keine eigenen Kinder«, entgegnete die Frau. »Aber ich denke, in der Natur gibt es nur wenig Kräfte, die stärker sind als Mutterliebe.«

Caro spürte, wie sich in ihrem Hals ein Kloß bildete. »Darf ich Sie umarmen?«

Ihre Gesprächspartnerin nickte. Kaum berührten sie sich, begannen beide zu weinen.

90
Gladstone

O'Conner schaute auf die Luftaufnahmen auf dem Tisch vor sich.

»Diese Bilder stammen von heute Morgen. Gemacht hat sie RISAT, ein Aufklärungssatellit der Inder. Der Frachter ist eindeutig zu erkennen.« Der Mann in Armeeuniform zeigte auf einen knallroten Punkt. Dann schob er die Aufnahmen zur Seite und zeigte Fotos eines Containerschiffs. »Es ist die *Leonardo*. Fährt unter der Flagge von Nauru und transportiert überwiegend Phosphat zwischen den Inseln und den Abnehmern, vor allem in Afrika.«

O'Conner nahm das Foto. »Sind die Kinder in einem Container befördert worden?«

»Schon möglich. Der Kapitän eines malaysischen Frachtschiffs hat sich heute Morgen auf unseren Aufruf gemeldet. Er hat die *Leonardo* vor vierzehn Tagen hier im Südpazifik gesehen.« Der Soldat zeigte auf einen Punkt auf der Karte an der Wand, markierte die

Stelle mit einer gelben Nadel, griff hinter sich nach einem Lineal und legte es an die Markierung. »Der Ort der Sichtung liegt auf gerader Linie genau zwischen Rennell Island und Banaba.«

»Wir wissen also, dass das Schiff jetzt dort ist, aber nicht, ob die Kinder es ebenfalls sind. Wie lange noch bis zur Ankunft unseres Trupps?«, wandte er sich an eine Soldatin, die vor einem Bildschirm saß.

»Zwei Stunden, höchstens. Hier, der grüne Punkt, der sich bewegt, das sind unsere Hubschrauber. Das Ziel liegt da.«

»Banaba sagt mir nichts.«

»Die Insel gehört zu Kiribati. Das ist Ihnen sicher ein Begriff.«

»Die Atolle, die wegen des Klimawandels als Erstes untergehen werden?«

»Ganz genau. Die ragen gerade mal zwei Meter aus dem Meer.«

»Haben die nicht sogar schon Land auf den Fidschis gekauft, um umzusiedeln?«

»Ich meine, das würde passen.«

»Konnten Sie dort schon jemanden erreichen?«

»Auf Banaba leben keine dreihundert Leute mehr, und das verteilt auf mehrere Dörfer. Die Insel ist durch die Kriege und den Phosphatabbau implodiert. Jahrelang war sie unbewohnt. Ich habe mit einem Professor an der Universität hier gesprochen: Es gibt Orte auf Banaba Island, die von den Einwohnern aus Aberglauben nicht betreten werden, weil die Menschen glauben, dass dort Geister wohnen. Genau hier!« Sie zeigte auf den Westteil der Insel.

»Also unweit vom Ankerplatz des Frachters. Ich könnte mir vorstellen, dass das ein ideales Versteck wäre.«

»Suchen Sie nach der Landung dort zuerst.«

Jemand klopfte an den Türrahmen, O'Conner fuhr herum.

»Sir!«

»Nicht jetzt!«

»Vorne am Tor ist die Besatzung eines Streifenwagens mit jemandem, der Sie sprechen möchte.«

»Ich sagte doch, jetzt nicht!«, antwortete O'Conner.

»Es ist ein Angehöriger eines der Entführungsopfer. Er sagt, er weiß, wer hinter der Entführung steckt, Sir.«

»Smith soll sich darum kümmern! Ich bin hier nicht für jeden Spinner verantwortlich.«

»Smith ist bereits bei ihm, doch er besteht darauf, mit Ihnen zu sprechen. Er sagt, er kommt aus Deutschland und er soll eine Nachricht von Brad Walker vom FBI überbringen.«

»Von Walker?« O'Conner seufzte. Sein Blick wanderte von den Landkarten zum Bildschirm und zurück. »Na schön, ich komme.«

91
Gladstone

Der leitende Polizist war ein Riese. Marc kannte diesen Schlag Mensch aus dem Krieg. Er war ein Soldat in Polizeiuniform, vermutlich vom Militär zum Polizeidienst gewechselt. Er hatte sie zurückhaltend, aber freundlich begrüßt und in eine Sitzecke im Eingangsbereich der Universität gebeten, wo sie jedoch stehen blieben.

Es herrschte rege Betriebsamkeit. Vor der Universität hatten Dutzende von Fernsehstationen ihre Lager aufgeschlagen. Polizisten in Zivil und in Uniform riegelten den Campus ab. Und auch hier im Inneren ging es hektisch zu. Dicke Kabelbäume führten über die Treppe in das Gebäude hinein. Allerlei Menschen hetzten an ihnen vorbei, die meisten trugen Uniform, andere Anzüge, wenige legere Sommerbekleidung.

Marc vernahm viele verschiedene Sprachen. Die Szenerie erinnerte ihn an die Stimmung vor einer wichtigen großen Wahl, nur dass es hier um das Leben von Kindern ging. Um das Leben seiner Nichte Hannah. Bei diesem Gedanken wurde ihm das Herz schwer.

Letztlich hatten sie Glück gehabt: Ohne die Streifenpolizisten, die sie wegen zu schnellen Fahrens angehalten hatten, wären sie vermutlich niemals bis hierher vorgedrungen. Eigentlich hatten die Polizisten ihnen einen Strafzettel ausstellen wollen. Doch nachdem Marc erzählt hatte, wer er war, und den Polizisten das Foto von Hannah und sich auf dem Handy gezeigt hatte, hatten die Beamten sie mit Blaulicht bis hierher zum Lagezentrum geleitet.

Hier hatte Marc nur den Namen des FBI-Agenten Walker nennen müssen, und man hatte ihnen die Türen geöffnet.

»Ich bin Brian O'Conner. Wir sind gerade im Einsatz, daher habe ich leider nicht viel Zeit«, eröffnete der Chefermittler das Gespräch.

Marc stellte Victoria und sich vor. Er baute darauf, dass die Fahndung der deutschen Polizei noch nicht bis hierher durchgedrungen war und er seinen richtigen Namen nennen konnte. »Hannah Beck ist meine Nichte«, kam er danach sofort zum Punkt.

»Das tut mir leid. Für Angehörige gibt es eine Betreuung drüben im *Summer Isles Hotel*.«

»Wir sind nicht hier, um Zuspruch zu erhalten, sondern weil wir Ihnen etwas mitteilen möchten. Wir kommen direkt aus Kampala und haben dort Brad Walker getroffen. Ich denke, Sie kennen ihn?«, fügte Marc aufs Geratewohl hinzu.

»Ich kenne Walker, ja. Ich habe nur nicht verstanden, was er in Kampala gesucht hat. Das hat er mir zumindest nicht erklärt, bevor er uns verlassen hat.«

»Das möchte ich Ihnen kurz erzählen, wenn Sie ein paar Minuten Zeit haben.«

O'Conner schaute demonstrativ auf die Uhr. »Offen gestanden nicht. Wie gesagt: Wir befinden uns mitten in einer Operation, und ich denke, Sie als Hannahs Onkel möchten auch, dass wir diese so gut erledigen wie möglich.«

»Wir wissen, wer hinter der Entführung steckt. Es ist ein schwedischer Staatsbürger namens Emil Sandberg.«

O'Conner hob die Brauen.

»Haben Sie den Namen schon einmal gehört?«

»Ich denke, dazu möchte ich mich nicht äußern. Noch mal: Angehörige werden drüben im *Summer Isle Hotel* betreut. Und wenn Sie eine Theorie zur Entführung haben, schreiben Sie bitte eine E-Mail.« O'Conner fasste sich an die Brusttasche. »Ich habe leider nichts zum Schreiben dabei, aber vielleicht können Sie sich eine E-Mail-Adresse notieren.«

»Es ist keine bloße Theorie!«, warf Victoria brüsk ein. »Sie können Walker fragen, das heißt, derzeit können Sie es nicht, denn er liegt im Krankenhaus und wurde operiert.«

»Er liegt im Krankenhaus?«

»Er ist niedergeschossen worden.«

»Niedergeschossen? Von wem?«

Marc blickte zu Victoria. Es lief nicht besonders gut hier. »Es geht bei der Entführung gar nicht um das Klima, sondern um die CO_2-Zertifikate. Hinter der Forderung der Entführer stecken in erster Linie wirtschaftliche Interessen. Wissen Sie, was der CDM-Mechanismus ist? Es geht um Geldwäsche und um Greenwashing. Brad Walker weiß, wo die Kinder sind!«

»Aber er ist bewusstlos?«

Marc nickte. Jetzt schien O'Conner langsam zu verstehen.

»Das ist das Problem. Er kann nicht mit uns reden. Hören Sie, geben Sie mir eine halbe Stunde, und ich bringe Sie auf den aktuellen Stand.«

»Wir haben auch eine ziemlich gute Idee, wo die Kinder sind, Mr. Behringer. Gehen Sie ins *Summer Isle Hotel*, ruhen Sie sich aus, und lassen Sie uns unsere Arbeit machen. Ich bin sicher, Mr. Walker oder seine Kollegen melden sich bei mir, wenn sie können oder es Neuigkeiten gibt.« Er legte Marc die Hand auf die Schulter. »Haben Sie etwas Vertrauen.« Er schaute erneut auf die Uhr. »Das Ultimatum läuft bald ab. Wir können Ihre Nichte noch retten. Aber dafür müssen Sie mich jetzt gehen lassen.«

Victoria ist die Schwester von Nicolas Porté, lag ihm auf der Zunge zu sagen, aber er sprach es nicht aus.

»Miss.« O'Conner nickte zum Abschied knapp. Marc wollte ihm nachsetzen, doch Victoria hielt ihn zurück.

»Lass ihn. Wir wissen ja nicht, wo die Kinder sind. Wenn er sagt, sie haben einen Verdacht, lass sie ihre Arbeit machen. Das Wichtigste ist, dass sie die Kinder finden.«

»Oder Sandberg.«

»Sie finden Emil nicht. Er hat viele einflussreiche Freunde auf der ganzen Welt, die dafür sorgen, dass er unentdeckt bleibt.«

Marc ließ sich auf eine Wartebank fallen. Sein Handy zeigte den Eingang einer Nachricht an. *Noch fünf Minuten. Caro.*

Viel Glück!, schrieb er zurück.

Victoria ging vor ihm in die Hocke und legte die Hände auf seine Wangen. »Du bist fix und fertig, Marc. Du musst etwas essen und dich ausruhen.« Sie schaute sich um. »Siehst du den Pub dort gegenüber? Dort gehen wir jetzt hin und besprechen, was wir als Nächstes unternehmen. Wir schauen uns das Buch und die Fotos noch einmal genau an. Vielleicht haben wir etwas übersehen.«

92
Washington

Sie vergrößerte die Fotos. Nicolas Porté und die beiden Männer von RONPhos. Nicht mehr und nicht weniger. Porté wirkte zurückhaltend. Er war zufällig dabei gewesen, als die Geschäftsleute mit Sandberg ein Geschäft abgewickelt hatten. So wirkte es auf sie.

Das Guano war über Mombasa an Sandbergs Plantage geliefert worden. Der schwedische Ermittler hatte ihr am Telefon erzählt, was passiert war. Walker hatte in das Buch geschaut, und plötzlich,

wie nach einer Erleuchtung, einem Gedankenblitz, gemeint, er
wisse, wo die Kinder seien. Wenn sie doch nur das Buch hätte! Oder
wenn sie mit Walker sprechen könnte!

Abigail seufzte und griff nach dem Pappbecher mit dem Chai
Latte. Dann lehnte sie sich in ihrem Sessel zurück und massierte
sich den Nacken. Sie schaute auf ihr Telefon. Keine Neuigkeiten
aus Kampala. Nach kurzer Überlegung wählte sie eine Nummer.

Es meldete sich Schroeder.

»McGyver hier. Gibt es Neuigkeiten?«

»Nein, er ist im Koma. Ich habe ihn operiert, mehr kann ich
nicht tun. Wann kann ich gehen?«

»Wenn er aufwacht.«

»Oder stirbt. Die Chancen stehen fifty-fifty.«

»Wenn er aufwacht! Können Sie Ihr Telefon an sein Ohr stellen,
sodass er mich hört?«

»Ich bin keine Krankenschwester und auch keine Telefonistin.
Meine Familie wartet auf mich.«

»Das Gefängnis wartet auf Sie. Ich schätze, zweihundert Jahre,
wenn Sie an die USA ausgeliefert werden.«

Am anderen Ende der Leitung war ein Rascheln zu hören, dann
ein regelmäßiges Piepen, wie man es von EKG-Geräten kannte.

»Er kann Sie jetzt hören! Ich gehe einen Kaffee trinken!«, vernahm sie Schroeders Stimme weit entfernt.

»Hallo, Brad. Ich bin's«, sagte sie. »Schon okay, wenn Sie mir
nicht antworten. Aber Sie wissen, ich bin nicht besonders gut in
Small Talk.« Sie lächelte, auch wenn er es nicht sehen konnte. »Ich
wollte Ihnen erzählen, warum mein Kater McGyver heißt. Sie müssen wissen, er hat sich mich ausgesucht, nicht umgekehrt. Alles begann damit, dass er als junger Kater in einem Keller eingesperrt war.
In einem fensterlosen, dunklen Raum, aus dem es unter normalen
Umständen für eine kleine Katze kein Entrinnen gegeben hätte.
Aber er hat es geschafft, zurück ans Licht zu kommen. Wollen Sie
wissen, wie?«

93
Gladstone

Es war ein uriges »Bar & Restaurant«-Etablissement genau gegenüber der Universität.

An der Decke hingen diverse Autoschilder, an den Wänden ein-
gerahmte Jerseys verschiedener Sportarten, jeweils versehen mit Un-
terschriften. Es roch nach Alkohol und Bratfett. Nur wenige Tische
waren besetzt.

»Setzen wir uns an den Tresen.« Marc zeigte auf die beiden Fernseher, die an der Wand hinter der Bar angebracht waren und auf
denen Nachrichten liefen.

Sie nahmen Platz und bestellten zwei Burger, davon einen vege-
tarisch. Das Bier war kühl und herb. Zwei Barhocker weiter saß ein
älterer Mann, vor sich einen Drink, und starrte auf die Bildschirme.

Breaking News: Mutter eines der Tomorrow-Kids spricht zur Welt
stand dort.

Zu sehen war ein leeres Rednerpult, dahinter stand eine Fahne
der UNO. An der Wand prangte in großen Lettern der Schriftzug *COP26 GLASGOW*. In Marcs Brust wurde es warm, als von
der Seite Caroline auf die Bühne kam und auf das Pult zuging, den
Blick starr vor sich auf den Boden gerichtet. Sie trug ein schwarzes
Kostüm. Ihr Gang war der eines Menschen, der eine schwere Aufgabe vor sich hatte. In der Hand hielt sie einen Bilderrahmen.

»Machen Sie bitte lauter!«, rief Marc.

Der Barkeeper reagierte nur langsam.

Marc spürte, wie er feuchte Hände bekam. Sein Herz klopfte, als
müsste er selbst die Rede halten. Seine kleine Schwester wirkte auf
dem großen Podium verloren.

»Es ist eine Schande!«, fluchte der Mann neben ihnen, doch
Marc ignorierte ihn. Gebannt schaute er auf den Fernseher. Nun
war Caro in Großaufnahme zu sehen. Ein Helfer kam und bog das
Mikrofon so, dass es vor ihrem Mund positioniert war. Sie schien

447

ungeschminkt zu sein, und er sah ihr an, dass sie vergangene Nacht nicht geschlafen hatte. Sie stellte den Bilderrahmen auf das Podium vor sich. Ihre Hände zitterten dabei. Zu sehen war ein Foto von Hannah, wie sie mit leicht geneigtem Kopf fröhlich in die Kamera lachte. Gänsehaut breitete sich auf Marcs Körper aus, während ihm Tränen in die Augen traten. Er spürte, wie Victoria ihm über den Rücken streichelte.

»Vor etwas mehr als zwei Wochen hätte ich nicht geglaubt, dass ich hier heute vor Ihnen stehen würde«, begann Caro. »Hier, auf dem Klimagipfel in Glasgow. Vor all den Kameras, vor Ihnen in aller Welt, die mir jetzt zuhören. Das war alles weit entfernt. Ich war die ganz normale, alleinerziehende Mutter eines ganz normalen Teenagers. Hannah.« Als sie den Namen aussprach, brach ihre Stimme. Sie griff nach dem Foto vor sich und rückte es zurecht.

»Und doch stehe ich heute vor Ihnen, und zwar als Bittstellerin. Ich bitte um das Leben meiner Tochter.« Ein Schluchzer begleitete den letzten Satz, und sie strich sich über die Augen.

Marcs Brust bebte.

»Das ist die Ironie: Auf dem Klimagipfel hier in Glasgow diskutieren Sie in diesen Tagen über die Zukunft unseres Planeten. Sie sprechen über die Zukunft, das Leben von Milliarden Bewohnern unserer Erde. Und ich komme hierher, um für ein einziges Leben zu bitten. Für das meiner Tochter Hannah.« Ihre Stimme wurde fester.

»Hannah ist in der hilflosen Lage, in der sie sich nun befindet, weil sie sich eingesetzt hat. Weil ihr nicht egal war, was mit unserer Erde geschieht. Weil sie nicht zuschauen wollte. Es ist beschämend, dass ein fünfzehnjähriges Kind wie Hannah und all die anderen Kinder und Jugendlichen für die Rettung ihrer Generation und der zukünftigen Generationen einstehen müssen.« Wieder kämpfte sie mit den Tränen. »Es ist zutiefst ungerecht, dass meine Generation wie schon die meiner Eltern sich blind und taub stellt, während unsere Kinder auf die Straße gehen, streiken oder – wie Hannah – um die ganze Welt reisen, um die Regierenden um eine Zukunft anzuflehen. Ich bitte hier und heute daher nicht nur um Hannahs Leben, sondern um das Leben aller Kinder ihrer Generation und der folgenden Generationen.«

Caroline holte tief Luft, ihre Augen füllten sich mit Tränen. Doch Marc wusste, diesmal nicht aus Trauer, sondern aus Wut. »Es ist nicht bloß so, dass ihr Politiker und Mächtigen, aber auch wir Erwachsenen in den vergangenen Jahrzehnten durch die rücksichtslose Ausbeutung der Natur, durch unser Konsumverhalten und die Ausbeutung vieler zugunsten weniger die Zukunft unserer Kinder aufs Spiel gesetzt haben. Abschmelzende Gletscher, von Überflutungen bedrohte Küstenstädte und Inseln, Waldbrände, sterbende Riffe, sinkende Fischbestände – all das haben wir zu verantworten. Und obwohl wir die Folgen nun erkennen und schmerzhaft spüren, tun wir nichts dagegen, sondern verdoppeln durch unser zerstörerisches Unterlassen auch noch unsere Schuld. Wir Menschen löschen uns selbst aus.« Sie machte eine Pause, griff nach dem Glas Wasser auf dem Pult und nahm einen Schluck. »Unser Planet wird auch ohne uns weiter existieren, aber wir nicht ohne ihn.« Mit zitternder Hand blätterte sie ihr Manuskript um.

»Ich bin keine Wissenschaftlerin, und ich habe auch nicht viel Ahnung vom Klimawandel«, fuhr sie fort. »Doch wir sollten auf die Wissenschaftler hören, die uns seit Jahren warnen und uns ins Gewissen reden. Solange die Forschung unserem Wohlstand dient, machen wir sie uns gern zunutze. Während der Corona-Pandemie haben wir uns von Virologen beraten, ja regieren lassen. Auf die Entwicklung eines Impfstoffs gehofft, damit wir weiterleben können wie bisher. Doch wenn die Wissenschaft uns wegen des Klimas warnt und ermahnt, hören wir weg. Ignorieren sie, bezeichnen Wissenschaftler als Lügner.« Sie atmete tief ein.

»Daher appelliere ich an Sie alle: Tun Sie, was getan werden muss, um unseren Kindern eine lebenswerte Zukunft zu ermöglichen. Tun Sie alles, um unsere Kinder zu retten. Um mein Kind zu retten: Hannah. Ich weiß, dass Erpressung kein adäquates Mittel der Verhandlung ist. Aber Sie verhandeln in Wirklichkeit nicht mit den Entführern meiner Tochter, sondern mit der Natur. Und auch wenn das Mittel verwerflich ist ...« Sie schluchzte und griff erneut nach dem Glas Wasser. »... so sind die Forderungen ökologisch sinnvoll.« Sie schloss die Augen und rang nach Luft.

»Wie gesagt, ich bin nur eine Mutter.« Wieder brach ihre Stimme. »Aber ich möchte erleben, wie meine Tochter aufwächst. Ich möchte sie wieder in die Arme nehmen, sie riechen und ihr Lachen hören. Ich möchte, wenn meine Tochter dies will, einmal Enkelkinder haben und sehen, wie diese in einer besseren Welt mit einer besseren Zukunft aufwachsen.« Ein stummer Schluchzer unterbrach ihre Rede. Sie rang nach Fassung. »Daher flehe ich Sie heute hier an: Retten Sie unsere Kinder, retten Sie Hannah!«

Caro nahm das Bild und drückte es an ihre Brust. Sie hob den Kopf und blickte direkt in die Kamera. »Und Sie, die meine Tochter entführt haben, Sie flehe ich ebenfalls an: Lassen Sie sie und die anderen Kinder gehen, bitte! Sie wurden gehört, Sie haben die Aufmerksamkeit bekommen, die Sie sich gewünscht haben. Bestrafen Sie nicht die Falschen. Lassen Sie nicht die Unschuldigen leiden.« Carolines Stimme versagte, sie kämpfte mit den Tränen. »Schicken Sie die Kinder nach Hause, ich bitte Sie. Danke!« Caro verließ das Podium.

Ein Kameraschwenk durchs Publikum zeigte, wie die Delegierten sich erhoben und applaudierten.

Marc senkte den Kopf und schaute auf den Tresen, ohne etwas zu sehen.

»Es ist eine Schande!«, schimpfte der Mann neben ihm erneut. »Diese Bastarde!« Im nächsten Augenblick vernahm er das Klirren zerspringenden Glases. Marc schaute auf.

»Walter! Was soll der Mist?« Der Barkeeper stand mit drohendem Zeigefinger vor dem Mann. »Ich schmeiß dich hier raus, und da interessiert mich auch nicht, dass du ein Cop bist! Hier wird nicht mit Gläsern geworfen!«

Der Mann namens Walter saß noch immer auf seinem Platz, die Hände auf dem Tresen verschränkt. Er schüttelte den Kopf. Marc sah, dass er leicht glasige Augen hatte. »Es tut mir leid!«, sagte Walter. »Aber ich ertrage diese Bastarde nicht. Ich weiß nicht, wer schlimmer ist, die Politiker, die da sitzen, selbst untätig bleiben und der Mutter applaudieren, oder die perversen Schweine, die die Kinder entführt haben. Die arme Frau!« Er strich sich mit der Hand über den Kinnbart. »Ich zahle dir das Glas.«

»*Ich* zahle das Glas«, sagte Marc. »Und geben Sie dem Mann bitte einen neuen Drink.«

Der Barkeeper und Walter schauten ihn erstaunt an.

»Das dort im Fernsehen, das war meine Schwester. Und das Mädchen auf dem Foto, das ist meine Nichte«, erklärte er. Tränen traten ihm in die Augen.

Für einen Moment erntete er betroffene Blicke. Dann rückte der ältere Mann zu ihm auf und reichte ihm die Hand. »Walter Gilman«, stellte er sich vor.

»Marc Behringer. Und dies ist Victoria Lagerquist.«

»Sie sind der Onkel des Mädchens?«

Marc nickte.

»Verdammt.«

Der Barkeeper kam mit dem Essen für Victoria und Marc. Riesige Burger wie aus dem Bilderbuch. Dazu goldbraun frittierte Kartoffelspalten. Doch obwohl Marc seit Stunden nichts mehr gegessen hatte, verspürte er keinen Appetit. Anders als Victoria, die förmlich über ihren vegetarischen Burger herfiel. Walter bekam ein weiteres Glas Bourbon, begleitet von einem warnenden Blick des Barkeepers.

»Ich habe eine Tochter, eine kleine Enkeltochter und einen Sohn«, sagte Walter. »Ich habe noch einmal spät geheiratet, wissen

Sie? Mein Sohn ist in demselben Alter wie der kleine Italiener, Lorenzo.« Er nahm einen großen Schluck. »Ich habe gehört, Lorenzo war ein aufgeweckter Junge. Er hatte sogar ein wenig Ähnlichkeit mit meinem Sohn.« Wieder nahm er einen Schluck, gefolgt von einem lauten Ächzen. Jetzt sah Marc, dass auch Walter Tränen in den Augen hatte. »Wir konnten es nicht verhindern. Immer wenn ich meinen Sohn anschaue, sehe ich das Gesicht von Lorenzo, als er in dieser Box saß.« Eine Träne lief Walters Gesicht hinunter. Ein Bild, das so gar nicht zu diesem bärbeißigen Mann mit der grobporigen Haut, der geröteten Nase und den kleinen, wachen Augen passen wollte.

»Sie waren dabei?«, fragte Marc. »Ich meine, drüben in der Universität?«

»Dabei?« Er stieß einen verächtlichen Laut aus. »Ich habe die Ermittlung geleitet. Bis zu Lorenzos Tod, dann übernahm O'Conner.« Walter trank das Glas in einem Zug aus. »Seitdem bin ich freigestellt. Ich habe versucht, an meinen Schreibtisch zurückzukehren, doch es fühlt sich nicht mehr so an wie vorher. Machst du mir noch einen?« Er hielt dem Barkeeper das leere Glas entgegen. Dann wandte er sich Marcs Teller zu. »Darf ich?« Marc nickte, und Walter nahm sich mit der Hand eine Kartoffelspalte von seinem Teller.

Marc wusste nicht, was er sagen sollte. Jetzt erinnerte er sich auch an den Namen. Walter Gilman war zu Beginn der Entführung immer wieder in den Medien zitiert worden.

»Wenn man nur wüsste, wo sie sie versteckt halten!«

»Einer weiß es«, mischte Victoria sich ein.

Walter sah sie an. »Wer soll das sein?«

»Kennen Sie Brad Walker?«, fragte Marc.

Walter lächelte. »Der FBI-Fuzzi? Auf ihn hätten wir früher hören sollen! Walker ahnte, dass sie ein U-Boot genommen hatten, obwohl es eine verrückte Idee war. Das nicht ernst zu nehmen war einer meiner Fehler.«

Der Barkeeper kam und schenkte ihm nach.

Marc griff in seine Jacke und wollte das Buch hervorziehen, bekam aber den Anhänger zu fassen. Er legte ihn auf den Tresen.

Walter Gilman nahm ihn und hielt ihn sich vors Gesicht. »Peter Pan«, sagte er und lächelte.

»Sie kennen Peter Pan?«, fragte Marc überrascht und holte auch das Buch hervor. Er schob den Teller zur Seite, öffnete es und breitete die Fotos, die darin lagen, vor ihnen aus. »Walker hat dieses Buch und die Bilder hier gesehen und dann gemeint, er wisse, wo die Kinder versteckt werden. Wo sind sie?«, sagte er mehr zu sich selbst.

Walter beugte sich vor. »Warum fragen Sie ihn nicht?«

»Er ist durch einen unglücklichen Unfall ins Koma gefallen, bevor er es jemandem erzählen konnte.« Marc warf einen Blick zu Victoria, die kaum merklich die Mundwinkel verzog.

»Ins Koma?« Walter leerte das Glas erneut bis zur Hälfte.

»Das ist Porté.« Marc zeigte auf Nicolas. »Das Monster.« Victoria wollte protestieren, doch Marc legte ihr die Hand auf den Arm.

»Die beiden Typen kenne ich nicht.«

»Sie sollen mit Dünger gehandelt haben. Vogelexkremente.« Das hatte der Schwede ihnen zumindest erzählt.

»Vogelexkremente?« Walter zog die Brauen hoch. »Und was ist das?«, sagte er und beugte sich noch weiter nach vorne. »*Peter and Wendy*«, las Walter den Buchtitel ab.

Marc nickte. »Es gehört meiner Nichte.« Er zeigte auf Hannahs Namensschriftzug auf der ersten rechten Seite. »Genau wie der Anhänger. Sie scheint ein großer *Peter Pan*-Fan zu sein.«

Walter drehte das Buch zu sich und schaute auf das Zitat, das Hannah hineingeschrieben hatte.

»Den handschriftlichen Eintrag kann ich ohne meine Brille nicht lesen, aber der Strich und der Stern, das erinnert mich an Nauru.«

»Nauru?«

»Na, der Strich und darunter der Stern. Das ist die Flagge von Nauru. Shit Island.«

»Shit Island?«

»Wegen der Vogelexkremente. Die Insel ist eine einzige Metapher: einsam im Ozean gelegen. Ehemals rückständig, entdeckten die Bewohner irgendwann, dass sie förmlich auf einer Goldmine leben: Vogelexkremente, die über Jahrtausende zu wertvollem Phosphat gepresst wurden. Die sprichwörtliche Aus-Scheiße-Gold-machen-Geschichte. Sie begannen, es abzubauen und in die ganze Welt zu verschiffen, und irgendwann war Nauru der Staat mit dem höchsten Pro-Kopf-Einkommen der Welt. Die Krankenversicherung war für alle Bewohner umsonst, und jeder von ihnen besaß mehrere Luxuswagen, die sie importierten und mit denen sie den ganzen Tag um die Insel gefahren sind, obwohl die praktisch nur aus einer einzigen Küstenstraße besteht. Wenn ein Mercedes mal liegen blieb, ließ man ihn einfach am Straßenrand zurück und kaufte sich einen neuen. Die Bewohner waren alle Millionäre. Bis das Phosphat irgendwann ausging und alles zusammenbrach. Heute sind die Leute da wieder so arm wie früher, aber übergewichtig und krank. Einmal Kapitalismus und zurück. Jetzt nutzen wir Aussies einen Teil der Insel als vorgelagertes Flüchtlingslager.«

Während Walter sprach, hatte Marc auf seinem Handy den Begriff »Nauru« in die Suchmaschine eingegeben. Tatsächlich bestand die Flagge aus einem gelben Strich über einem weißen Stern auf blauem Grund.

»Der Strich stellt den Äquator dar, der Stern die Insel«, meinte Walter, der einen Blick auf das Smartphone geworfen hatte.

Marc betrachtete die Inschrift im Buch. Die Ähnlichkeit war frappierend. Er erinnerte sich an die Zeichnung auf Hannahs Schreibtisch, die den gleichen Strich über dem Stern aufwies.

»Es könnte aber auch einfach nur ein Strich mit einem Stern darunter sein«, wandte Victoria ein. »Ich meine, in dem Spruch kommt das Wort ›Stern‹ vor. Es könnte bloß Zufall sein.«

454

»Dein Bruder hat sich wenige Wochen vor der Entführung in Kampala mit Phosphat-Händlern getroffen«, erwiderte Marc. »Auch das könnte ein Zufall sein, und vermutlich schickt O'Conner uns damit wieder weg, doch es wäre einen Versuch wert.« Er wandte sich zu Walter Gilman. »Wie weit ist Nauru entfernt?«

Walter lachte. »Über zweitausend Meilen. Da brauchen Sie eine Ewigkeit, es sei denn, Tinkerbell hat für Sie etwas Feenstaub zum Fliegen.« Er deutete auf das Buch.

»Gibt es auf Nauru eine Landebahn?«

»Natürlich! Die Bewohner besaßen früher sogar eine eigene Fluglinie. Mit großen Boeing-Maschinen.«

Marc drehte sich zu Victoria.

»Kann ich wenigstens noch aufessen?«, fragte sie und grinste schief.

Marc öffnete die Webseite der Entführer und schaute auf den Countdown. Nur noch wenige Stunden. »Wie lange brauchen wir dorthin?«

»Mit Emils Bombardier Global?« Sie wiegte den Kopf. »Vier bis fünf Stunden, je nach Wetter. Und wir müssen noch zum Flugplatz und das Flugzeug klarmachen.«

Marc griff nach dem Buch und den Fotos und sprang auf. »Dann los!«

»Ich übernehme das hier.« Walter zeigte auf die Teller mit dem Essen.

Marc wandte sich ihm wieder zu. »Danke, Walter!«, sagte er und drückte den Unterarm des Mannes.

»Viel Glück!« Walter Gilman nahm das Glas und prostete ihm zu.

94
Australien

»Ich habe auf die üblichen Sicherheits-Checks vor dem Start verzichtet, um Zeit zu sparen«, sagte Victoria, die sich langsam zu entspannen schien, seit sie endlich in der Luft waren.

Marcs Anspannung hingegen wuchs. Die nächsten Stunden würden entscheidend für den weiteren Verlauf seines Lebens werden. Und das seiner Schwester. Sie durften Hannah nicht verlieren! Er hatte auf dem Weg zum Flugplatz in Gladstone versucht, Caro zu erreichen, ihr aber nur eine Nachricht auf der Mailbox hinterlassen können. »Kannst du sehen, wann wir da sind?«

»Ich muss die Landung erst einmal in Nauru anmelden«, entgegnete Victoria. »Am Flughafen in Gladstone haben sie gesagt, die Landebahn auf Nauru ist eher eine Art lange Straße.«

»Angenommen, Walter hat recht«, sagte er aus seinen Gedanken heraus. »Und sie sind auf Nauru. Wie wollen wir sie dort finden? Wir haben kaum Zeit bis zum Ablauf des Ultimatums.«

Victoria war mit der Bedienung der Instrumente beschäftigt.

»Es ist immerhin eine verdammt kleine Insel«, fuhr er fort. »Im Internet steht, sie ist kaum größer als das Disneyland in Paris. Man braucht keine halbe Stunde, um sie mit dem Auto zu umrunden.«

»Wir können uns nach der Landung durchfragen«, antwortete Victoria. »Wenn die Insel so klein ist, wie du sagst, kann es da nicht viele Orte geben, wo sie sich verstecken.« Sie schluckte. »Wenn sie überhaupt dort sind.«

Ein berechtigter Einwand. Marc war sich bewusst, dass er sich sehr schnell auf Walters Interpretation gestützt hatte. Was aber blieb ihnen anderes übrig? Er war nicht bereit gewesen, an dem Tresen in dem Steakhouse auf Hannahs Hinrichtung zu warten. Wenn es noch eine Chance gab, sie zu finden, auch wenn sie noch so klein war, musste er sie nutzen.

Er zog das Buch hervor. »Walter hat recht: Der Strich und der Stern stellen die Flagge von Nauru dar. Dieselbe Zeichnung habe ich auch auf der Unterlage auf ihrem Schreibtisch in Berlin gesehen. Und dann das Treffen zwischen deinem Bruder und den Phosphathändlern. Da muss ein Zusammenhang bestehen.«

»Und wenn wir sie dort finden, was willst du dann tun?«, fragte Victoria. »Die Entführer sind bewaffnet. Sie haben Diego erschossen!« Sie stockte. Tatsächlich war es ihr Bruder, der die Tat vor laufender Kamera begangen hatte, was sie nicht aussprechen mochte. »Sie werden sich kaum freiwillig ergeben.«

Marc schaute zu ihr. »Ich baue auf dich – und auf deinen Bruder. Wenn es stimmt, dass er hinter der Entführung steckt, wirst du ihn aufhalten müssen.«

Victoria atmete tief ein.

»Er ist dein Bruder«, wiederholte Marc.

»Der Mensch, den ich in den Videos gesehen und gehört habe, hat mit meinem Bruder nicht mehr viel gemeinsam.« Victoria starrte nachdenklich durch die Scheibe des Cockpits nach draußen.

»Hast du die Pistole noch?«, wollte Marc nach einiger Zeit wissen.

»Hinten in der Kabine. Im Kühlschrank.«

»Im Kühlschrank?«

»Ich wusste nicht, wohin damit. So etwas lässt man nicht offen liegen.«

Nun war sie es, die ihn kurz ansah. »Willst du meinen Bruder etwa erschießen?«

Er antwortete nicht. Wenn es sein musste, um Hannahs Leben zu retten, würde er auch das tun. Er erschrak über seinen eigenen Gedanken.

»Wenn wir sie dort tatsächlich finden, können wir notfalls auch die Polizei rufen«, sagte Victoria. »Wenn es auf Nauru Polizei gibt.«

457

Marc schaute auf die Uhr. »Kann das Ding hier noch schneller fliegen?«

»Das ist einer der schnellsten Privatjets der Welt. Und ich fliege mit vollem Schub.«

»Es wird knapp«, sagte Marc.

»Wir brauchen einfach etwas Glück.«

Marc begann, seine Taschen zu durchsuchen. Sein Puls beschleunigte sich, und ihm wurde heiß.

»Hannahs Glücksbringer!«

»Was ist damit?«

»Er ist weg! Ich glaube, ich habe ihn liegen lassen. In dem Restaurant.«

95
Glasgow

Caro hockte mit angewinkelten Beinen auf dem Bett ihres Hotelzimmers und starrte auf den Fernseher. Nach ihrer Rede im Scottish Event Campus waren Dutzende von Menschen auf sie zugestürmt und hatten sie beglückwünscht. Einige der Frauen hatten offen geweint, und auch manche Männer hatten feuchte Augen gehabt. Sie war gedrückt, umarmt und gestreichelt worden. Und hatte dennoch nur noch von dort weggewollt. Sie wollte allein sein, sich hinter verschlossenen Türen verkriechen. Weit weg von allem. Doch es gab für sie keinen Ausweg, kein Entkommen. Sie konnte hingehen, wo sie wollte, Türen und Augen schließen, aber die Zeit lief erbarmungslos weiter. In weniger als drei Stunden würde das Ultimatum ablaufen.

Sie befand sich in einem Zug, der unaufhaltsam auf einen Abgrund zuraste. Die aufsteigende Panik, das Gefühl der grenzenlosen Angst und die verzweifelte Hilflosigkeit hatte sie nur noch

458

mit Tabletten bekämpfen können. Nun fühlte sie sich wie jemand während einer Herzoperation, der zwar betäubt war und keine Schmerzen spürte, aber alles mitbekam. Als stünde sie außerhalb ihres Körpers, als schwebte sie über ihrem Hotelbett und beobachtete sich selbst.

Sie musste stark sein für Hannah, hatte Marc gesagt. Wenn sie schon Schwäche zeigte, wie sollte es dann erst Hannah dort unten ergehen? Aber sie hatte keine Kraft mehr. Sie konnte nicht mehr stark sein. Die Scheidung von Kyle, alleinerziehende Mutter zu sein, die alltäglichen Reibereien mit dem heranreifenden Teenager, all das hatte in den vergangenen Jahren viel Energie gekostet, ihr alles abverlangt. Sie fühlte nur noch Leere.

Marc hatte versucht, sie anzurufen, doch sie hatte es nicht geschafft, ans Telefon zu gehen. Zu groß war die Angst vor dem, was er ihr sagen würde. Dass er nichts mehr für Hannah würde tun können. Wie sollte er auch? Er war Journalist. Als großer Bruder war er immer ihr Held gewesen. Aber in der kranken Welt da draußen konnte auch er nichts ausrichten. Der Krieg hatte Spuren bei ihm hinterlassen. Nachdem er von seinen Auslandseinsätzen als Reporter zurückgekommen war, war er nicht mehr derselbe gewesen. Er hatte niemals darüber sprechen wollen. Etwas in ihm war während der Monate im Kriegsgebiet zerbrochen. Marc war wie Balou, der Teddy ihrer Kindheit, dem ein Auge und ein Teil der Füllung fehlten, der aber für immer ihr geliebter Kuschelbär und Gefährte bleiben würde.

Die Bundeskanzlerin spricht, hatte Julia ihr eben getextet. Auch sie hatte ihr telefonisch zu der Rede gratuliert. »Man spürte, dass das direkt aus dem Herzen kam«, hatte sie gesagt. Sie hatten beide vor Rührung kaum sprechen können.

Caro hatte einen deutschen Fernsehsender gefunden. Die ARD berichtete live. Die Kanzlerin stand an einem schwarzen Pult vor blauem Hintergrund.

»Liebe Mitbürgerinnen, liebe Mitbürger«, begann sie. »In diesen

Stunden bangen wir alle um unsere Mitbürgerin Hannah Beck. Zunächst möchte ich allen italienischen und auch den brasilianischen Staatsbürgern mein Beileid ausdrücken zu ihrem Verlust durch die ebenso feige wie sinnlose Ermordung ihrer Staatsbürger. Wir trauern mit Ihnen um Lorenzo und Diego. Das von Hannahs Entführern gesetzte Ultimatum läuft heute Abend ab.

Adressat des Ultimatums waren Sie, liebe Mitbürgerinnen und Mitbürger. Und wir, die Regierung dieses Landes, die Regierungen aller Länder dieser Welt. Wir Politiker. Es gab Forderungen, die erfüllt werden sollten, damit Hannah weiterleben darf. Das, was wir alle tun konnten, haben wir getan. Ich bin stolz darauf, wie unser Land in den vergangenen Tagen zusammengerückt ist, um für Hannah einzustehen.«

Caro versuchte, die Tränen zurückzuhalten, doch es brach aus ihr heraus. Die Anteilnahme der Menschen rührte sie. Sie kannten Hannah nicht, und dennoch waren so viele für sie eingetreten. Es gab Briefe, die an ihrem Arbeitsplatz und auch im Zeitungsverlag für sie eingegangen waren, doch Caro hatte bislang nicht die Kraft gehabt, sie zu lesen.

»Hunderte friedlicher Demonstrationen haben stattgefunden, Menschenketten und Streiks«, fuhr die Kanzlerin fort. »Aber es gab leider auch gewalttätigen Protest, den ich aufs Schärfste verurteile. Gewalt mit Gewalt zu begegnen führt niemals irgendwohin.« Die Kanzlerin legte eine mahnende Pause ein, bevor sie weitersprach.

»Wie viel ist ein einziges Menschenleben wert? Und darf man auf die Forderungen von Entführern, von Mördern, überhaupt eingehen? Mit diesen Fragen wurde ich in den vergangenen Tagen immer wieder konfrontiert. Sie, liebe Mitbürgerinnen und Mitbürger, haben diese Fragen auf beeindruckende Art und Weise beantwortet. In den vergangenen Tagen wurden weltweit über zwei Millionen Bäume gepflanzt. Dank der Beschäftigten der Fluggesellschaften und der Flughäfen ruhte der Flugverkehr in Deutschland einen ganzen Tag lang. Sie alle, Sie haben sich gekümmert. Nun gab es von den Entführern auch Forderungen an die Politik, und ich habe in diesen Tagen viele Gespräche mit den Regierungschefs anderer Länder geführt.«

Die Bundeskanzlerin stockte erneut. »Und glauben Sie mir, dies ist über Landes- und Zeitgrenzen hinweg nicht immer einfach. Hinter mir sehen Sie die Silhouette des Bundesadlers. Das Wappentier unserer Nation steht für Weitblick, Mut und Stärke. So versuche auch ich, meine Entscheidungen zu treffen. Was wir bei allem nicht vergessen dürfen: Auch wenn die Entführer in verachtenswerter und scharf zu verurteilender Weise das ganz falsche Mittel gewählt haben, ihre Forderungen haben trotz allem einen richtigen Kern. Es geht um das Klima. Und wenn wir über das Klima sprechen, sprechen wir nicht über die Rettung eines einzelnen Menschenlebens, sondern über die Rettung von Millionen von Menschenleben.«

Wieder holte die Kanzlerin Luft. »Was ist also die Rettung von Millionen von Menschenleben wert? Diese Frage habe ich in den vergangenen Tagen meinen Amtskollegen in aller Welt gestellt, und ich habe auch etwas erreicht. Die Forderungen der Entführer zu den CO_2-Zertifikaten sind sehr komplex. Ich kann Ihnen aber berichten, dass ich mit meinen Amtskollegen in Brasilien und China vereinbart habe, dass die Alt-Zertifikate tatsächlich vernichtet werden. Und wir werden die Preise der übrigen CER-Zertifikate durch Aufkäufe künstlich verteuern. Damit haben wir nicht alles erreicht, was die Entführer gefordert haben, aber ein gutes Stück. Und wir sind mit unseren Verhandlungen noch nicht am Ende.«

Caroline war auf dem Bett zum Fußende gerobbt. Zum ersten Mal seit Tagen spürte sie wieder einen Anflug von Zuversicht. Vielleicht gab es doch noch Hoffnung.

»In diesem Zusammenhang möchte ich auch Hannahs Mutter meiner Hochachtung versichern. Ihre beeindruckende Rede heute in Glasgow hat sicher auch zu dem guten Verhandlungsergebnis in den vergangenen Stunden beigetragen.« Die Kanzlerin machte eine Pause und ordnete ihr Manuskript, dann schaute sie in die Kamera, die heranzoomte.

»Abschließend möchte ich meine Worte direkt an diejenigen richten, in deren Gewalt Hannah sich befindet: Lassen Sie das Mädchen frei, ich bitte Sie. Dass Sie sich um das Klima sorgen, zeigt, dass Ihnen Menschenleben nicht gleichgültig sind. Kehren Sie um auf Ihrem Weg und zeigen Sie Mitgefühl. Erkennen Sie an, was wir und die Bürgerinnen und Bürger dieses Landes und die Staatschefs der anderen Nationen in den vergangenen Tagen für den Klimaschutz geleistet haben. Ich möchte nicht verhehlen, dass ich Ihre Taten ganz eindeutig verabscheue. Aber Sie sind leider in der Position, Forderungen zu stellen. Daher appelliere ich an Sie: Lassen Sie Hannah Beck frei! Mein Kollege, der amerikanische Präsident, hat in diesen Tagen angekündigt, dass er Sie finden und zur Rechenschaft ziehen wird. Ich aber sage Ihnen: Sie müssen am Ende vor sich selbst und vor Gott Rechenschaft ablegen, und dort zählt, unabhängig davon, was Sie bereits getan haben, jedes Menschenleben. Lassen Sie Hannah und die anderen Kinder gehen, bitte! Ich danke Ihnen.« Die Kanzlerin nahm ihre Zettel und zog sich zurück, ohne Fragen zu beantworten.

Caroline schaltete den Fernseher aus und kroch unter die Bettdecke.

96
Im Camp

Nicolas hatte sie am frühen Morgen aus der Bunkeranlage geführt. Sie hatte in der Nacht kein Auge zugetan. Nach einem kurzen Fußmarsch überquerten sie die Küstenstraße und erreichten wieder das

Camp. Hannah vermied es, dort hinzuschauen, wo Diego erschossen worden war.

Überhaupt fühlte sie in der Nähe des Camps eine noch größere Beklemmung als ohnehin schon.

Gefolgt von zwei der bewaffneten Männer, führte Nicolas sie zu dem schmalen Strandabschnitt und dort zu einem gläsernen Kasten.

Hannah hatte ihn noch nie zuvor gesehen. Er stand etwas entfernt vom Wasser zwischen einer kleinen Ansammlung von Büschen, gut geschützt vor den Blicken Neugieriger, wobei sich an diesem Küstenabschnitt ohnehin niemand aufhielt. Nicolas hatte es damit erklärt, dass dieses Gebiet zur früheren Phosphatmine gehörte und Privatgelände war. Morgan hatte die Theorie aufgestellt, dass es mit Chemikalien verseucht war, und behauptet, so etwas nach ihrer Ankunft aus einer Unterhaltung zwischen Nicolas und einem der einheimischen Aufpasser aufgeschnappt zu haben. Als Hannah Nicolas vor einigen Tagen darauf angesprochen hatte, hatte er nur ärgerlich geschnaubt und erwidert: »Morgan wieder!« Das war weder ein Dementi noch eine Bestätigung.

»Was ist das für ein Kasten?«, fragte sie. Es sah aus wie ein hochkant gestelltes Aquarium.

»Da drin drehen wir nachher das Video«, entgegnete Nicolas. »Also du gehst dort hinein, und die Kamera steht davor.«

Hannah wurde bei dem Anblick äußerst unwohl. Die Kabine war zwar aus Glas, sie sah aber beängstigend eng aus. »Muss das sein?« Sie verzog das Gesicht.

Nicolas gab einen genervten Laut von sich. »Müssen wir wirklich alles diskutieren? Ich habe schon genug Stress mit den Zinnsoldaten hier.« Er deutete auf ihre beiden Begleiter, die in einiger Entfernung stehen geblieben waren und den Strandabschnitt beobachteten, als rechneten sie jederzeit mit dem Einfall einer gegnerischen Armee.

»Ich meine nur, das sieht verdammt ... ich weiß nicht.«

»Hannah, bitte«, sagte Nicolas flehend. »Glaub mir, es kommt gut rüber, wenn du da drin bist; wir drehen schließlich kein Werbevideo für Urlaub auf der Insel.«

»Sieht aus wie ein kleines Treibhaus, und da drin ist es bestimmt genauso heiß!« Ihr Protest wurde schwächer. Hauptsache, sie brachten es endlich hinter sich und sie konnte von hier verschwinden.

Nicolas zuckte mit den Schultern. »Vielleicht sage ich sogar etwas zum Treibhauseffekt. Keine schlechte Idee.«

Vor der Kabine war bereits eine Kamera auf einem Stativ aufgebaut, daneben stand ein Gartenstuhl, auf den Nicolas jetzt zeigte. »Dort sitze ich nachher.«

Hannah umrundete die Kabine, die hinten eine Tür hatte. Sie öffnete sie. Wie befürchtet schlug ihr ein warmer Schwall Luft entgegen. »Mein Gott, ist das heiß! Ich weiß nicht, ob ich die Hitze ertragen kann. Ich habe jetzt schon Kopfschmerzen. Da wird mir bestimmt schlecht.«

»Wir lassen nachher die Tür auf, bis es losgeht.«

Hannah wich einen Schritt zurück. Sie deutete auf die bewaffneten Männer. »Und die lassen mich danach wirklich gehen?«

Nicolas trat näher an sie heran und begann zu flüstern. »Ich habe es dir versprochen, vertraue mir. Wir drehen das Video in der Kabine, ich mache ein paar Ansagen, und danach kannst du von hier fort.«

Ihr Blick fiel auf eine stählerne Flasche hinter dem gläsernen Kasten, von der ein Schlauch in ein Loch an der Außenseite der Glaskabine führte. CO_2, las sie den Aufdruck auf der Flasche. Gerade wollte sie eine Frage dazu stellen, als Nicolas sie zur Seite zog.

Er legte ihr die Hände auf die Schultern und schaute ihr tief in die Augen. »In ein paar Stunden hast du es hinter dir«, raunte er ihr zu. Die bewaffneten Männer schienen sie nicht zu beachten.

»Ich denke in letzter Zeit viel an meine Mutter«, wisperte sie. »Jetzt weiß ich, wie Wendy sich gefühlt haben muss.«

Nicolas strich ihr eine Haarsträhne aus der Stirn. »Wir sollten niemals zurück-, sondern immer nach vorne schauen.«

Sie seufzte. Etwas an seinem Gesichtsausdruck gefiel ihr nicht. Hannah ließ den Blick noch einmal über die Kabine mit dem flaschenförmigen Stahlbehälter dahinter schweifen. »Die Flasche«, sagte sie.

»Effekthascherei fürs Video. CO_2 – du verstehst? Wir müssen mit Bildern arbeiten.« Er sah auf die Uhr, wirkte jetzt irgendwie nervös. »Nachher geht's los.« Nicolas' Handy brummte. Er zog es aus der Tasche und schaute aufs Display. »Ich muss gehen«, sagte er. »Eure Bundeskanzlerin spricht gleich, das muss ich mir ansehen. Du kannst hier am Strand warten oder im Camp. Im Container mit der Kühltruhe müssten noch ein paar Cola-Flaschen sein.«

»Nein, danke!«, beeilte sie sich zu sagen. Bei dem Gedanken an die Kühltruhe wurde ihr übel. »Ich warte hier am Strand. Der Wind tut mir gut.«

Nicolas nickte. »Die bleiben leider hier und passen auf dich auf!« Er deutete zu den bewaffneten Wächtern, deren Aufmerksamkeit nachzulassen schien. Die Gewehre hingen schlaff in ihren Händen; einer hatte sich auf einen Felsen gesetzt und starrte in die andere Richtung den Strand hinunter. Auch sie wirkten noch müde.

Für einen kurzen Moment kam Hannah die Idee zu fliehen. Sie war flink und wendig, die Büsche hinter der Baumgruppe wurden rasch dichter. So schnell würde niemand sie im Dickicht finden. Dahinter war die große Straße, vielleicht konnte sie dort sogar ein Auto anhalten. »Lass mich nicht mit denen allein!«, sagte sie.

»Es geht leider nicht anders. Sie tun dir nichts. Sie wissen, dass wir hier das Video drehen müssen. Vertrau mir!«

Sie spürte, wie ihr flau im Magen wurde. *Vertrau mir.* Immer wenn Nicolas diese Worte sagte, fühlte sie sich nur noch schlechter.

»Sobald es so weit ist, komme ich dich holen«, versprach er.

»Und denk dran, wir tun das hier alles aus einem guten Grund. Fight for the future!« Er presste die Lippen aufeinander und versuchte zu lächeln, dabei streckte er kämpferisch die Faust in die Höhe. Dann verschwand er in die Richtung, aus der er gekommen war.

Hatte er ihre Gedanken erraten? Sie schaute zum Horizont. Die Sonne schmerzte in ihren Augen. Mit langsamen Schritten ging sie auf das Wasser zu.

»Hey«, ertönte eine dunkle Männerstimme. Es war einer der Bewaffneten. »Ich sehe dich! Mach keinen Mist!« Er hob die Hand und ließ zwei ausgestreckte Finger zwischen seinen Augen und ihr hin- und herwandern.

Hannah verzog den Mund zu einem gespielten Lächeln und setzte den Weg zum Wasser fort. Sie wusste überhaupt nicht mehr, was richtig und was falsch war. Was sollte sie nur tun? Ihr Vater hatte einmal zu ihr gesagt, das Leben eines Erwachsenen bestehe aus einer Reihe schwieriger Entscheidungen, und hatte damit die Scheidung von ihrer Mutter rechtfertigen wollen. War das Leben wirklich so kompliziert? Langsam verstand Hannah die verlorenen Jungs, die niemals erwachsen werden wollten.

97
Gladstone

»Ich fasse es nicht! Ist das hier ein Bahnhof? Wir sind mitten in der ›Operation Castaway‹!«

»Sie sollten wirklich kommen, Sir. Er weigert sich zu gehen.«

O'Conner ballte die Hände zu Fäusten. »Bringen Sie ihn hierher!«, sagte er, ohne den Blick vom Bildschirm abzuwenden, auf dem die Bilder der Helmkamera des Gruppenleiters live übertragen wurden.

Der Raum war gut gefüllt.

»Hier ist nichts«, erklärte der Soldat auf dem Bildschirm. »Der Frachter kam vor wenigen Tagen an, aber niemand hat ihn verlassen, sagen die Einheimischen. Er ankert vor der Küste. Ein Team versucht, sich darauf abzuseilen.«

O'Conner richtete das Headset auf seinem Kopf. »Hören Sie sich weiter bei den Einheimischen um! Sie müssen etwas gesehen haben.« Er wandte sich an die Untergebene am Computer. »Schalten Sie zu Team zwei.«

Hinter ihm öffnete sich die Tür, und einer der Beamten von der Eingangskontrolle betrat den Raum, begleitet von einem älteren Mann in Zivil.

»Walter!«, begrüßte O'Conner ihn genervt. »Es ist ein ungünstiger Zeitpunkt. Warum schlafen Sie nicht? Wir versuchen, die Kinder zu finden. Ich hörte, Sie hatten ein Problem am Eingang?«

»Problem? Ihr Hündchen wollte mich nicht reinlassen!«

O'Conner wedelte mit der Hand in der Luft vor seinem Gesicht. »Sie haben getrunken, Walter. Sie sollten im Bett liegen.«

»Mir geht es gut. Ich hatte vielleicht ein, zwei Drinks. Ich bekomme sowieso seit mehreren Nächten schon kein Auge zu. Aber ich weiß, wo die Kinder sind.«

O'Conner legte die Stirn in Falten. »Wir auch, Walter. Und darum muss ich mich jetzt kümmern. Gehen Sie nach Hause, und schlafen Sie Ihren Rausch aus.« Er versuchte, Walter Gilman am Oberarm zu packen, um ihn zum Ausgang zu bugsieren, doch der ältere Mann schlug seine Hand weg.

»Kennen Sie Peter Pan, O'Conner? Er hat es uns verraten. Zweiter Stern rechts und immer geradeaus bis zum …«

O'Conner gab dem Polizisten, der Walter Gilman hereingeführt hatte, ein Zeichen, worauf dieser Walter an der Schulter packte.

»Sir, kommen Sie bitte mit …«

»Shitty Island!«, sagte Gilman. Seine Aussprache klang nach den

Drinks verwaschen. »Es ist Nauru. Ist das nicht eine Ironie? Lassen Sie mich los!« Wieder versuchte er, dem Griff des jungen Beamten zu entkommen, doch der ließ sich nicht abwimmeln.

»Schlafen Sie Ihren Rausch aus, Walter!«, wiederholte O'Conner. »Und machen Sie sich keine Vorwürfe. Sie können nichts für den Tod des Jungen! Wir sind die Guten!«

»Aber wir werden es wiedergutmachen!«, rief er. »Nauru! Hören Sie? Alle Männer müssen sofort nach Nauru!« Er versuchte erneut, sich loszureißen. Ein zweiter Officer kam hinzu und packte ihn, diesmal unsanft. »O'Conner!«, rief Gilman. »Sie müssen auf mich hören!«

»Bringen Sie ihn endlich raus!«

Die Tür wurde geöffnet und Gilman nach draußen geschafft. Seine Rufe drangen noch vom Gang durch die geschlossene Tür.

O'Conner wandte sich wieder dem Bildschirm zu. »Wo waren wir?«

»Team zwei.«

Aus dem Lautsprecher drangen laute Atemgeräusche. »Nichts als Dschungel«, sagte eine Stimme, während die verwackelten Kamerabilder die Aussage untermalten.

»Verdammt!« O'Conner riss sich das Headset vom Kopf und schleuderte es auf den Boden.

»Was sollen wir tun?«

»Weitersuchen, Herrgott noch mal! Ich will, dass Sie jeden verdammten Stein auf dieser Insel umdrehen.«

98
Pazifischer Ozean

»Oh, oh«, sagte Victoria neben ihm.

»Was?«

Sie deutete auf einen kleinen Bildschirm vor sich. »Eine Gewitterfront.«

»Und das bedeutet?«

»Wir müssen sie umfliegen.«

»Verlieren wir dann nicht Zeit?«

Sie nickte.

Marc fluchte und beugte sich zu ihr hinüber, um auf den Monitor zu schauen.

»Die roten Flecken«, sagte sie.

»So ein verfluchtes Pech!«

»Das ist hier zu dieser Jahreszeit keine Seltenheit. Eher die Regel.«

»Können wir nicht einfach hindurchfliegen?«

»Die Front ist mächtig. Sie wächst wahnsinnig schnell. Beim Start hatte ich noch gehofft, wir entkommen ihr durch diesen Korridor.« Wieder zeigte sie auf das Display. »Doch der hat sich nun geschlossen.«

»Können wir dennoch hindurchfliegen?«

Victoria schüttelte den Kopf. »Das ist viel zu gefährlich. Das sind mächtige Unwetter.«

»So weit oben? Ich dachte, wir fliegen über den Wolken.«

»Hier am Äquator reichen die Gewitterwolken viel höher hinauf, locker bis in unsere Reisehöhe.«

Marc presste die Lippen aufeinander. Er schaute auf die Uhr. »Wie viel Zeit verlieren wir?«

»Das kann ich nicht sagen. Wir müssen sehen, wie weit wir das Gewitter umfliegen müssen.«

»Kommen wir noch rechtzeitig?«

Sie schaute zu ihm. An ihrem Blick erkannte er die Antwort.

»Was droht, wenn wir hineinfliegen?«

»Blitzschlag, Hagel. Durch die Turbulenzen kann das Flugzeug auch strukturellen Schaden nehmen.«

Marc knetete die Hände. »Flieg hindurch!«

»Unter normalen Umständen wäre das Selbstmord.«

Marc atmete tief ein. »Ich weiß. Und wenn du ausweichen möchtest, mache ich dir keinen Vorwurf.«

»Wir probieren es«, sagte sie.

99
Kampala

Die Krankenschwester war außer Atem. Sie eilte den Flur hinunter und schaute in den Aufenthaltsraum der Ärzte. Doch dort saßen nur ein paar Einheimische. Das Stationszimmer war leer.

Wo steckte der fremde Arzt? Vor einer Viertelstunde hatte sie ihn noch gesehen.

Sie lief bis zum Ende des Ganges. Die Herrentoilette war ebenfalls unbesetzt. Erneut rang sie nach Luft, blickte sich um, doch auch im Korridor hinter ihr war niemand zu entdecken. Schon wollte sie ins Schwesternzimmer zurückkehren, um den Direktor anzurufen, als ihr die offen stehende Balkontür ins Auge fiel. Sie schaute hinaus auf den schmalen Balkon. Dort stand der ausländische Doktor, der so gut ihre Sprache sprach und vorhin schon versucht hatte, mit ihr zu flirten. Er rauchte und drehte sich alarmiert zu ihr um.

»Der Amerikaner!«, stieß sie immer noch außer Atem hervor. »Er wacht auf!«

100
Im Camp

Hannah saß im Sand und schaute hinaus auf den Ozean. Eine warme Brise strich ihr durch die Haare, und das Rauschen des Meeres entspannte sie etwas. Der Himmel über ihr war hellblau, und die Sonne brannte auf sie herab. Aber am Horizont türmten sich dunkle Wolken. Hoffentlich kein böses Omen für die Zukunft, dachte sie. Sie war erst fünfzehn Jahre alt und hatte ihr ganzes Leben noch vor sich.

Sie grub die Zehen in den von der Sonne aufgeheizten Sand. Obwohl sie ihren Vater regelmäßig sah, hatte sie zu ihm kein besonders inniges Verhältnis. Man konnte mit einem Menschen zusammen sein, ohne ihm nahezukommen. Und dennoch waren es die Aussagen ihres Vaters, die ihr am meisten im Gedächtnis haften blieben. Nicht nur der Satz mit den Entscheidungen. »Man muss immer tun, was man für richtig hält«, hatte er damals auch gesagt. Und: »Wenn jeder an sich denkt, ist an alle gedacht!«

Was ihr Vater offenbar mit einem Lachen im Scherz gesagt hatte, hatte sie ihm stets angekreidet. Denn das war er in ihren Augen: ein Egoist. Jemand, der sein eigenes Wohl in jedem Fall über das Wohlergehen der anderen gestellt hatte, auch über das ihre und das ihrer Mutter. Sie war so froh, dass ihr Onkel Marc ihr und ihrer Mutter zur Seite gestanden und sie während des Sorgerechtsprozesses und der harten Zeit danach unterstützt hatte. Sie hatte von jeher ein gutes Verhältnis zu ihm gehabt und war wirklich traurig gewesen, als sein Job ihn immer häufiger zu längeren Reisen zwang. Und als er anschließend nach Kanada zog, hatte sie einen weiteren wichtigen Menschen in ihrem Leben verloren. Ihr Onkel Marc war ihr größtes Vorbild gewesen. Durch seine Kriegsreportagen hatte er so viel Aufmerksamkeit auf all die schrecklichen Weltgeschehnisse gelenkt. Und er war der selbsloseste Mensch, den sie kannte. Das genaue Gegenteil von ihrem Vater.

Sie hatte immer anders sein wollen als ihr Vater. An das Gemeinwohl denken, die eigenen Bedürfnisse der Gemeinschaft unterordnen. Dieser Gedanke hatte sie an den Freitagsdemonstrationen so fasziniert. Der Glaube, dass es Dinge gab, die größer waren als man selbst. Und sie hatte Gleichgesinnte getroffen, die genauso dachten wie sie. Nicolas, so hatte sie zumindest angenommen. Und hier dann Lorenzo, Stina, Denise und die anderen.

Und nun fragte sie sich, ob sie tatsächlich das Richtige getan hatte. Vielleicht hätte sie in den vergangenen Wochen mehr an ihre Mutter denken, auf sie Rücksicht nehmen sollen. Traf sie sogar eine Mitschuld an Diegos Tod?

»In dem Moment, in dem du zweifelst, ob du fliegen kannst, kannst du es nicht mehr.« Das war kein Zitat ihres Vaters, sondern von Tinkerbell. Hätte sie das Buch bloß nicht zu Beginn des Camps Nicolas geliehen! Sie hätte es in diesem Moment gern bei sich. Hier, in Nimmerland.

»Kommst du? Es geht los«, riss Nicolas' Stimme sie aus ihren Gedanken. War die Zeit wirklich so schnell vergangen?

Sie erhob sich und fühlte einen leichten Schwindel. Sie musste es zu Ende bringen. Sie hatte keine andere Wahl. »Ich komme«, sagte sie.

101

Pazifischer Ozean

Der Anblick war apokalyptisch. Das Unwetter war weitaus schlimmer, als Victoria es befürchtet hatte.

Hatte zunächst noch alles unauffällig ausgesehen, und hatte Marc sogar die leise Hoffnung gehegt, dass Victoria sich geirrt hatte, dass das Gewitter an ihnen vorbeiziehen würde, änderte die Situation sich nun von einer Sekunde auf die andere. Es war, als hätte jemand das Licht ausgeschaltet. Die Wolken um sie herum waren pechschwarz.

Vielleicht lag es daran, dass er im Cockpit saß, doch er konnte sich nicht daran erinnern, schon einmal durch solche Wolkengebilde hindurchgeflogen zu sein. Dann kamen die Blitze. Ohne dass er den Donner hören konnte, der auf sie folgen musste, erleuchteten sie im Sekundentakt scheinbar wahllos die Unwetterwolken um sie herum. Es waren Hunderte, vielleicht Tausende von Blitzen. Aber das alles war nichts gegen die Turbulenzen, die ihn beinahe aus dem Sitz schleuderten.

»Schnall dich an!«, wies Victoria ihn an, die sichtbar Mühe hatte, das Flugzeug auf Kurs zu halten. Es war, als rüttelte eine unsichtbare Kraft an der Außenhaut der Maschine. Über ihm knackte und knarzte es. »Es ist wild!«, rief sie, nachdem ein neuer Stoß sie erfasst hatte. »Es ist wirklich wild!«

Direkt vor ihnen leuchtete plötzlich ein grelles Licht auf, dann, Sekunden später, ein riesiger, gleißend heller Blitz. Es gab einen ohrenbetäubenden Knall, und das Licht im Cockpit erlosch. Marc schaute auf die Instrumente, die ebenfalls dunkel wurden. Bevor er sich an Victoria wenden konnte, leuchteten sie wieder auf, und auch das Licht ging wieder an, jedoch gedämpfter als zuvor.

»Wir sind getroffen worden«, sagte Victoria erstaunlich ruhig und sah auf die Instrumententafel über sich.

Marc spürte, wie sich sämtliche Härchen an seinem Körper aufstellten, während draußen schon die nächsten Blitze tobten. »Ist es schlimm?«

»Ich weiß noch nicht«, antwortete sie. »Wir müssen hier auf jeden Fall schleunigst raus.« Im nächsten Moment bemerkte er, wie die Maschine sich zur Seite legte und sie nach rechts abdrehten. Er schaute nervös auf sein Handy, wollte die Webseite der Entführer öffnen, doch er hatte keinen Empfang mehr.

Plötzlich sackte die Maschine ab, und sie befanden sich einige Meter im freien Fall, bevor Victoria sie wieder auffing. Die Anzahl der Blitze um sie herum schien abzunehmen. Erst jetzt spürte Marc, dass er vollkommen nass geschwitzt war. Die Minuten vergingen, bis das Wetter um sie herum sich langsam zu beruhigen schien. Er sah wieder auf sein Handy.

»Das Funkgerät funktioniert nicht mehr«, stellte Victoria fest.

»Die Handys haben auch keinen Empfang.«

»Vom Blitzeinschlag. Es hat die Bordelektronik getroffen. Ich habe auch nicht mehr vollen Schub.«

»Und wir fliegen eine Kurve?«

»Eine riesige Kurve.«

Vor der Antwort auf seine nächste Frage hatte er Angst: »Dann kommen wir nicht mehr rechtzeitig an?«

»Ich hoffe, wir kommen überhaupt an.«

»Und wir haben keine Verbindung mehr zur Außenwelt?«

Sie nickte.

Marc lehnte sich in seinem Sitz zurück und schloss die Augen. Das Bild des Jungen aus seinem ständig wiederkehrenden Albtraum blitzte auf. Ein Gefühl von Panik breitete sich in ihm aus.

102
Washington

Abigail saß auf ihrer Couch, auf dem Schoß ihren Kater. Der Countdown zählte herunter, dann erschien im Bild die Glaskabine, die sie schon aus dem Video mit dem italienischen Jungen kannte. Doch diesmal saß darin ein Mädchen. Hannah.

»Jahrelang habt ihr nicht hören wollen«, begann der Sprecher, den Text aufzusagen. Seine Stimme klang jetzt ungewohnt hart. »Ihr habt das Todesurteil über unseren Planeten gefällt und damit auch über die zukünftigen Generationen ...«

103
Berlin

Julia Schlösser kniete auf dem Fußboden und sah angestrengt auf das Laptop, das auf dem Beistelltisch vor ihr stand. Ihr Herz klopfte zum Zerspringen.

Groß war sie geworden, die Hannah. Erwachsen im Vergleich zu dem Foto, das sie von ihr kannte. Ein hübsches Mädchen, dachte sie und seufzte. Eine Beule an Hannahs Schläfe fiel ihr auf. Und man sah, dass es ihr nicht gut ging. Sie wirkte nicht ängstlich, sondern … irritiert? Julia spürte, wie ihre Beine zu zittern anfingen, nein ihr ganzer Körper.

»Es ist leicht, wenn man das Sterben nicht sieht. Wir haben euch gezwungen hinzuschauen. Wir haben es nicht länger geduldet, dass ihr die Folgen eures mörderischen Handelns weiterhin ignoriert«, sagte die verzerrt klingende Stimme aus dem Off.

Hunderte von Fragen schossen Julia durch den Kopf. Wo war Marc gerade? Was tat Caroline Beck? Hätte sie in diesem Moment nicht bei ihr sein müssen? Es war so unwirklich. Es durfte nicht geschehen!

Sie spürte Bastis Hand auf ihrer Schulter und griff danach. Etwas Feuchtes berührte ihre Wangen. Erst jetzt merkte sie, dass sie weinte.

104
Berlin

Es war einer der wenigen Momente, in denen sie wirklich allein war. Als Kanzlerin hatte man meist jemanden um sich. Normalerweise genoss sie diese seltenen Momente, doch jetzt machte ihr die Einsamkeit Angst. »Tapfer sein müsse man im Amt«, hatte Helmut

Schmidt einmal gesagt, und auch er hatte schlimme Zeiten erlebt. Niemand konnte ihr vorwerfen, dass sie nicht tapfer war. Aber jetzt musste sie nicht tapfer sein.

Das Mädchen wirkte mit einem Mal verängstigt. Es rutschte unruhig auf seinem Platz herum, drehte der Kamera den Rücken zu, blickte beunruhigt um sich, schaute dann wieder direkt ins Bild. Sie konnte es nicht mitansehen, hielt sich die Hand vor die Augen.

»Wir haben euch die Chance gegeben, eure Fehler zu korrigieren, darüber zu entscheiden, ob unser Planet sterben wird«, sagte die Stimme.

Es gab viele Kategorien von Schuld. Doch alle fühlten sich am Ende des Tages gleich an.

105
Gladstone

Seine Hand umklammerte den Drink, es war ein Wunder, dass das Glas nicht unter seinem Griff zerbarst. Er hatte es sich nicht anschauen wollen. Aber er konnte auch nicht wegsehen. Irgendetwas in ihm zwang ihn, der Wahrheit ins Auge zu blicken. Das Mädchen war kurz davor zusammenzubrechen. Erst blass im Gesicht, wurde es jetzt puterrot. Die Augen wirkten seltsam verquollen, die Haare klebten ihr nass an der Stirn. Und dann rutschte sie vom Stuhl. Einfach so.

»Ihr hattet es in der Hand, ob Hannah leben oder sterben wird. Jetzt ist die Zeit abgelaufen«, sagte der Sprecher. »Ihr habt euch bemüht, das wissen wir zu schätzen. Doch bloßes Bemühen genügt nicht mehr. Wir wollen Erfolge sehen.«

»Du elender Bastard!«, brüllte Walter, und dann gab das Glas in seiner Hand nach und schnitt ihm tief ins Fleisch.

106
Glasgow

Es war dunkel in ihrem Zimmer. Kein Licht brannte. Kein Fernseher lief, kein Handy, kein Tablet.

Sie lag einfach nur da. Kein Laut war zu vernehmen. Sie war eingetaucht in die Dunkelheit. Alles, was Caro hörte, war das Hämmern ihres eigenen Herzens.

Stina
6 Tage

107
Nauru

Sie befanden sich viel später als ursprünglich geplant im Landeanflug auf Nauru.

Hinter der Gewitterfront empfingen sie blauer Himmel und Sonnenschein. Victoria hatte versucht, Ruhe auszustrahlen, wie es sich für eine Pilotin gehörte, wie es von einer Freundin zu erwarten war. Doch die Sache mit dem Unwetter war reichlich knapp gewesen. Der Blitzeinschlag hatte mehr Systeme lahmgelegt, als sie Marc erzählt hatte. Ein Gefühl der Erleichterung wollte sich im Cockpit dennoch nicht einstellen. Sie beide wussten, dass das Ultimatum der Entführer abgelaufen war, während sie hoch oben in der Luft, abgeschnitten von der Außenwelt, unterwegs gewesen waren.

Marcs Anspannung war greifbar: Nachdem sie das Gewitter hinter sich gelassen hatten, war er aufgesprungen und hatte begonnen, wie ein Tiger im Käfig durch das Flugzeug zu laufen. Hin und her. Hin und her. Erst auf ihre wiederholte Bitte hin hatte er hinten in der Kabine Platz genommen und sich angeschnallt. Doch erst als sie schon die Landeklappen ausfuhr.

Verglichen mit Marcs quälenden Ängsten um Hannah hatte sie beinahe ein schlechtes Gewissen, wenn sie an Nicolas dachte. Darauf zurückgeworfen zu sein, zu hoffen, dass ihr Bruder keinen weiteren Mord begangen hatte, überforderte sie. Hatte sie in den vergangenen zwanzig Jahren vor allem Liebe für Nicolas empfunden, eine tiefe innere Verbundenheit, war dieses Gefühl in den vergangenen Tagen einer ganz anderen Emotion gewichen: fassungsloser Wut, ja Hass.

Sie hatten die Insel bereits einmal überflogen, und sie war noch kleiner, als sie es sich vorgestellt hatte. Beinahe unwirklich erhob sich das Fleckchen Erde mitten aus dem schier unendlich scheinenden Blau des Ozeans. Die Landebahn bestand tatsächlich aus einer langen Straße. Beim Überflug konnte sie sehen, dass sie von Autoverkehr gekreuzt wurde. Ein weiterer Grund zur Sorge, denn sie konnte ihre Landung wegen des defekten Funkgerätes nicht ankündigen, keinen Kontakt mit dem Tower aufnehmen. Auf einen Kamikaze-Flug würde eine Kamikaze-Landung folgen.

Sie hatte beigedreht und zog die Nase des Flugzeugs etwas tiefer. Im Sonnenlicht glaubte sie, auf dem weißen Lack die Brandspuren des Blitzeinschlags zu erkennen.

Vielleicht hatten sie Hannah ja verschont. Die Bemühungen der Menschen in Deutschland. Die kleinen Erfolge der Politik, von denen Marc ihr erzählt hatte. Carolines anrührende Rede auf dem Klimagipfel. Vielleicht hatte dies alles die Entführer ja dazu bewegt, von ihrem Vorhaben Abstand zu nehmen. Die Entführer ... Es fiel ihr immer noch schwer, stattdessen an Nicolas zu denken. Vielleicht hatte ihr Bruder Abstand davon genommen, noch einen Teenager feige zu töten.

Ein Gefühl tiefer Traurigkeit löste den Anflug von Hoffnung ab. Der Nicolas, den sie kannte, hätte dies bestimmt getan. Er hätte Erbarmen gezeigt, das Mädchen, das Tausende Meilen von zu Hause entfernt war, in den Arm genommen und getröstet. Dafür gesorgt, dass es in Sicherheit war. Doch vielleicht gab es diesen Nicolas gar nicht mehr. Es wäre nicht das erste Mal, dass ein geliebter Mensch sich in ein Monster verwandelte. Sie wollte noch immer nicht daran glauben, hatte es aber im Video mit eigenen Augen gesehen.

»Wir landen!«, rief sie nach hinten in die Kabine. Die asphaltierte Landebahn kam rasch näher. Aus dem Augenwinkel sah Victoria eine Schlange von Autos, dahinter das blau glitzernde Meer.

Einige Hundert Meter vor ihnen kreuzte ein Lastwagen die Bahn. Passierte das in wenigen Sekunden erneut, würde sie eine Kollision nicht verhindern können.

Kaum hatten sie den Boden berührt, leitete Victoria die Bremsung ein. Ein weiterer Lkw kam in Sicht und schien rechtzeitig zu bremsen. Das Flugzeug wurde langsamer. Sie hielt nach so etwas wie einem Gebäude oder einem Hangar Ausschau und entdeckte ein Haus mit Spitzdach, das eher einem Supermarkt glich als einem Flughafengebäude. Mangels Markierungen auf dem Asphalt hielt sie genau darauf zu.

»Ich muss hier raus!«, rief Marc von hinten. Er hatte sich bereits abgeschnallt und hielt sein Mobiltelefon in der Hand. »Ich habe immer noch keinen Empfang!«

Sie stoppte das Flugzeug ganz und wollte noch etwas zu Marc sagen, doch der war bereits dabei, die Tür zu öffnen.

In diesem Moment näherten sich zwei weiße Jeeps mit schachbrettartig gemusterten Streifen auf der Karosserie ihrem Flugzeug. Sirenenlärm drang ins Cockpit. Es gab also Polizei in Nauru. Weitere Männer stürmten aus dem Flughafengebäude auf sie zu.

Victoria löste den Gurt und reckte sich zum seitlichen Cockpitfenster, um besser sehen zu können. Marc hatte das Flugzeug bereits verlassen und war einige Meter aufs Rollfeld gelaufen. Dabei starrte er auf das Mobiltelefon in seiner Hand. Die beiden Jeeps blieben einige Meter vor ihm stehen. Vier Polizisten stiegen aus und positionierten sich im Schutz der geöffneten Fahrzeugtüren, wobei jeder ein Gewehr auf Marc richtete.

Victoria konnte nichts hören, sah jedoch, dass die Männer Marc anbrüllten. Sie wusste nicht, ob er sie überhaupt wahrnahm. Er stand nun still auf der Landebahn, den Kopf gesenkt, und starrte auf sein Handy. Die Polizisten wurden offensichtlich nervöser. Ihren Gesichtern nach zu urteilen brüllten sie lauter, nachdrücklicher. Einer hielt sich ein Megafon vor den Mund. »Police!«, drang aus der geöffneten Tür hinten in der Kabine zu ihr durch. Zwei der Männer

483

verließen die sichere Deckung ihrer Fahrzeuge und machten einen Schritt auf Marc zu.

Dieser sank, den Blick noch immer fest auf das Smartphone geheftet, völlig unvermittelt auf die Knie. Seine Schultern fielen herunter, seine Arme erschlafften, das Telefon rutschte ihm aus der Hand, und schon glaubte Victoria, dass Marc ganz zu Boden gehen würde, als er plötzlich den Kopf in den Nacken warf und etwas mit schmerzverzerrtem Gesicht gen Himmel schrie.

Bei diesem Anblick erfasste ein Beben ihren ganzen Körper; ein kalter Schauer lief ihr über die Haut. Tränen schossen ihr in die Augen, und ihr entfuhr ein stummer Schrei.

Hannah war tot.

108
Glasgow

Die Ambulanz raste die High Street hinauf, bog trotz roter Ampel nach links in die George Street, um noch einmal zu beschleunigen. Der Fahrer ließ den Ramshorn-Friedhof links liegen, passierte die Kreuzung zur John Street mit einem Aufheulen der Sirenen, obwohl die Straße um diese Zeit wie ausgestorben dalag, und bog schließlich nach rechts in die North Frederick Street. Direkt vor dem Hoteleingang kam der Wagen zum Stehen. Fahrer und Beifahrer sprangen aus der Fahrerkabine, griffen nach der Notfalltasche und wurden am Eingang bereits von einem wartenden Polizisten empfangen.

»Dritter Stock. Nicht ansprechbare Person. Wir wurden vom Nachtconcierge benachrichtigt. Eine Anruferin aus Deutschland hatte den Gast nicht erreichen können, weshalb sie den Concierge verständigt hat. Als der das Zimmer mit einem Zweitschlüssel geöffnet hat, hat er sie entdeckt.«

Die beiden Sanitäter nickten und wollten an dem Beamten vorbei, als dieser einen der beiden am Ärmel zurückhielt. »Es ist die Mutter des deutschen Kindes. Das Kind, das sie vorhin umgebracht haben. Im Internet.«

109
Nauru

Sie saßen nebeneinander allein in einem Büroraum des Flughafengebäudes. Nachdem die Polizisten Marc am Boden überwältigt und gefesselt hatten, war Victoria auf der Gangway des Flugzeugs erschienen und hatte versucht, die Situation zu deeskalieren. Danach hatte man sie beide erst einmal hier untergebracht. Sie hatte zu erklären versucht, wer sie waren, was sie hier nach Nauru geführt hatte und was in der Luft passiert war.

Auf dem Flur hatte sie gehört, wie die Polizisten anschließend leise diskutierten. Offenbar wusste man nicht so recht, was man von ihrer unangekündigten Landung halten und wie man mit ihnen nun weiter verfahren sollte.

Marc hatte kein Wort mehr gesagt, aber das war auch nicht nötig. Er saß zusammengesunken auf dem Platz neben ihr und schaute mit leerem Blick geradeaus, ohne auf ihre Fragen zu reagieren.

»Es ist okay, Marc. Lass es raus«, sagte sie und strich ihm über den Arm.

Langsam drehte er den Kopf zu ihr. Dann fiel er plötzlich nach vorne und begann, an ihrer Schulter hemmungslos zu weinen. »Sie war ein Engel«, schluchzte er, während sie über seinen Hinterkopf strich.

Sie suchte nach tröstenden Worten, nach irgendetwas, was Marcs Schmerz lindern konnte, fand aber nichts. »Das ist sie noch«, erwiderte sie schließlich. »Und das wird sie immer bleiben.«

So saßen sie dort, und es vergingen Minuten, bis Marc sich langsam beruhigte. »Ich muss Caro anrufen!«, sagte er schließlich und richtete sich auf.

»Sie haben unsere Handys einkassiert.« Victoria schaute zur Tür, die sich in diesem Moment öffnete.

Ein schwergewichtiger Mann in Uniform betrat den Raum, kam auf sie zu und gab ihnen nacheinander die Hand. Er schaute sich um und zog einen Stuhl heran, bei dem Victoria Bedenken hatte, dass er sein Gewicht tragen würde. Der Polizist hatte einen Schnauzbart und machte einen freundlichen Eindruck. Ein weiterer, etwa halb so schmaler Mann postierte sich an der Tür.

»Mein Name ist Lagumot Waqa. Ich bin Chef der Polizei auf Nauru«, stellte der Mann mit dem Bart sich vor. »Wir haben Ihr Flugzeug gerade überprüft, und es stimmt, was Sie sagen. Sie haben Glück, dass Sie es nach dem Blitzeinschlag überhaupt bis hierher geschafft haben. Hervorragende fliegerische Leistung.« Er nickte Marc anerkennend zu.

Victoria verzichtete darauf klarzustellen, dass sie geflogen war.

»Wir stufen das Ganze als Notlandung ein. Daher werden wir auch keine Anklage erheben. Verzeihen Sie, dass wir Sie verhaftet haben, aber wenn hier unangemeldet ein Flugzeug landet, kann das sehr gefährlich werden.«

Marc schaute durch ihn hindurch, ohne etwas zu entgegnen.

»Herzlichen Dank«, antwortete Victoria an seiner Stelle.

»Sie werden das Flugzeug allerdings reparieren lassen müssen. Mein Schwager Scotty betreibt drüben im Hangar eine Werkstatt. Ich schlage vor, es dort einschleppen zu lassen. Es ist ein schönes Flugzeug. Ich fürchte, es wird nicht ganz billig werden.« Der Polizist lächelte. Victoria sah, dass er stark schwitzte.

»Danke, das ist sehr freundlich von Ihnen.«

Plötzlich verfinsterte die Miene ihres Gegenübers sich. Er zog ein Stofftaschentuch aus der Tasche und wischte sich damit über das Gesicht. »Einer der Officers hat mir gesagt, Sie seien der Onkel des Mädchens, dessen Tod heute live im Internet gezeigt worden ist?«

Marc hob den Kopf und blickte ihn an. Dann nickte er langsam.

»Das tut mir unendlich leid. Mein Beileid. Ich weiß nicht, was ich sagen soll, es ist eine schreckliche Sache. Ich habe selbst Kinder und Enkelkinder. Was sind das nur für Menschen, die so etwas tun? Ich hoffe, man findet sie und knüpft sie auf.« Er verstummte.

Victoria spürte einen Schmerz in der Herzgegend. Aber im Grunde hatte er ja recht.

»Kann ich bitte mein Handy zurückbekommen? Ich muss meine Schwester anrufen.« Dies waren die ersten Worte, die Marc im Beisein des Polizisten sprach.

Der wandte sich an den Mann an der Tür. »Bring ihm sein Telefon!«, befahl er.

Der Angesprochene verließ den Raum und übergab ihnen, als er kurz darauf wieder zurückkam, ihre Mobiltelefone.

»Sie entschuldigen mich«, sagte Marc mit matter Stimme und ging hinaus.

Der Polizist blickte Victoria an, offenbar etwas unschlüssig, wie es ohne Marc nun weitergehen sollte. »Nun«, setzte er an. »Meine Leute sind sich nicht sicher, ob sie Sie richtig verstanden haben, aber sie meinen, Sie seien hier, weil Sie glauben, dass die Entführer mit den Kindern hier sein könnten. Auf Nauru?« Er musste sich offenbar beherrschen, nicht zu lächeln.

»Es gibt Hinweise darauf«, entgegnete sie vorsichtig.

»Verzeihen Sie, doch das schließe ich aus. Wie Sie bei Ihrem Anflug sehen konnten, ist dies eine sehr kleine Insel. Wenn hier so etwas geschehen würde, wüssten wir mit Sicherheit davon.«

Victoria nickte, nicht sicher, was sie entgegnen sollte. Jetzt, da Hannah tot war, schien ohnehin alles egal zu sein. Sollte ihr Bruder zur Hölle fahren! Sie musste ihm nicht dorthin folgen.

»Wissen Sie, Lady, Australien unterhält hier das Natural Processing Centre, ein Flüchtlingslager, das uns in den letzten Jahren ein paar unschöne Schlagzeilen beschert hat. Aber das haben wir geklärt. Wir haben fantastische Sandstrände, und die Menschen hier sind gastfreundlich. Es gibt sogar ein Hotel, das mein Cousin betreibt, oben in Ronave. Dort können Sie wohnen, bis Ihr Flieger repariert ist.«

Während er gesprochen hatte, hatte Victoria ihr Smartphone genommen und darauf etwas gesucht. »Haben Sie die Videos gesehen?«

Der Polizist stutzte.

»Ich meine die, in denen sie die Kinder ermordet haben.«

»Nein, habe ich nicht. Und ich muss Ihnen was gestehen: Natürlich ist es schrecklich, was die mit den Kids machen. Aber mit dem, was die sagen, haben die auch ein bisschen recht. Wir sind ein bedrohtes Paradies. Wir hier unten werden zuerst untergehen. Schon jetzt leiden wir unter Dürre und Starkregen, und unsere Korallenriffe sterben. Das Unwetter, in das Sie geraten sind … Früher gab es so etwas hier nicht.«

Victoria hielt das Display ihres Handys so, dass der Polizist es sehen konnte. Es zeigte die Szene, in der der Maskierte hinter dem Jungen mit dem Sack über dem Kopf stand, die Pistole im Anschlag. Im Hintergrund war ein Stück weißer Strand zu erkennen, weiter entfernt ein paar Palmen.

Der Polizist schob den Oberkörper nach vorne und ging mit dem Gesicht nahe an das Handy. Von hinten trat der schmale Polizist heran und schaute ebenfalls auf das Display.

»Kommt Ihnen der Ort bekannt vor?«, fragte Victoria.

Ihr Gegenüber schob die Unterlippe vor. »Nein. Das kann überall auf der Welt aufgenommen worden sein«, sagte er.

Da hatte er recht.

Victoria steckte das Handy wieder ein. In diesem Moment kam Marc zurück. »Hast du sie erreicht?«

Er schüttelte den Kopf und blieb am Eingang stehen.

»Soll ich meinem Cousin Bescheid sagen, dass Sie bei ihm wohnen?«, fragte der Polizist, während er sich erhob und den Stuhl zur Seite schob.

»Ich weiß nicht«, entgegnete Victoria. »Geben Sie uns eine Minute.«

Er nickte und ging zur Tür. Er war so übergewichtig, dass ihm offenbar jeder Schritt schwerfiel. »Ich bin unten und rauche eine«, sagte er, bevor er den Raum verließ. Er zeigte auf seinen Kollegen. »Harris wird Sie dann runterbringen.«

Marc stand noch mit verschränkten Armen am Eingang.

»Sie reparieren unser Flugzeug. Ich habe ihm ein Standbild aus dem Video mit Diego gezeigt. Er meint, er erkennt die Stelle nicht.«

»Darf ich das noch einmal sehen?«, fragte Harris und machte einen Schritt auf Victoria zu.

Sie zog das Handy wieder hervor, suchte in ihrem Bilderordner und hielt es ihm erneut hin. Dabei vermied sie es, selbst hinzuschauen. Bei der Vorstellung, dass der Mann mit der Pistole Nicolas war, wurde ihr schlecht.

»Sehen Sie das dahinten im Meer?« Harris zeigte auf eine lange schwarze Silhouette im Wasser. Victoria hatte es bislang für bloße Schatten gehalten. »Ich meine das, was mit viel Fantasie so aussieht wie ein Krokodil. Ich denke, das sind Felsen im Meer. Das könnte in Anibare Bay sein.«

»Anibare Bay?«

»Ein Strandabschnitt hier auf Nauru. Dort gibt es einen Wald und eine alte verlassene japanische Bunkeranlage. Es ist heute Privatgelände. Noch nicht einmal Touristen verirren sich dorthin. Da könnte man sich verstecken.«

»Sicher?«, fragte Victoria.

Er schüttelte den Kopf. »Sicher bin ich nicht. Dazu erkennt man in dem Video zu wenig. Aber ich bin dort in der Nähe aufgewachsen und denke, es könnte sein.« Er schaute sich um. »Bitte sagen Sie nicht, dass Sie das von mir haben. Wir wollen hier keinen Ärger.«

Victoria schaute zu Marc.

Er hatte sie schweigend beobachtet, wie erstarrt, doch jetzt schien ein Ruck durch ihn hindurchzugehen. »Wir brauchen ein

Auto«, erklärte er. »Und ich muss noch einmal ins Flugzeug, etwas aus dem Kühlschrank holen.« Es war die Art, wie er es sagte, die ihr einen eisigen Schauer über den Rücken jagte. Da war auch etwas in seinen Augen. Marc suchte nicht weiter nach Hannah, sondern er sann auf Vergeltung.

110
Berlin

Gerade war sie weggedöst. Sie hatte versuchen wollen, wenigstens noch ein bisschen zu schlafen. Um sie nicht zu stören, hatte Basti sich ins Gästezimmer zurückgezogen.

Nachdem sie Caroline über Stunden in ihrem Hotel nicht hatte erreichen können, hatte sie an der Rezeption des Hotels angerufen. Ihre Sorgen waren berechtigt gewesen. Aber Carolines Zustand war stabil, hatte der Portier ihr bei einem erneuten Anruf gesagt. Sie war ins Queen Elizabeth Hospital gebracht worden.

Julia überlegte, morgen zu ihr nach Glasgow zu reisen. Irgendwer musste sich um sie kümmern, sie nach Hause holen. Von Marc hatte sie schon lange nichts mehr gehört. Sie wollte sich nicht vorstellen, wie es ihm gerade ging.

Nun klingelte das Telefon. Vielleicht war es Caroline. Als sie auf das Display schaute, spürte sie Ärger in sich aufsteigen. DJ. Was wollte die denn um diese Zeit?

»Ja?«, meldete Julia sich.

»Ich bin's.«

»Habe ich gesehen. Es ist früh.«

»Es gibt einen Deal.«

»Einen Deal?«

»In Glasgow. Die Gesundheitsministerin hat mich gerade angerufen. Sie werden am letzten Tag doch noch einen Klimapakt schließen. Den Klimanotstand ausrufen. Diese alten Zertifikate verbieten. Das ganze Paket, das die Kidnapper gefordert haben.«

Julia wusste nicht, was sie sagen sollte. »Im Ernst?«

»Die Chinesen haben wohl Druck gemacht. Die Dänen haben nun noch die letzten Nationen dazugeholt.«

»Warum jetzt doch?«

»Keine Ahnung. Frau Becks Rede gestern? Weil wir unsere Geldschatulle geöffnet haben? Wer weiß das schon so genau? Das ist Politik.«

Julia atmete tief ein, erkannte erst jetzt die ganze Tragik hinter dem, was DJ ihr da verkündet hatte. »Für Hannah kommt das allerdings zu spät«, sagte sie.

»Wir haben alles versucht.«

»Haben wir das wirklich? Wir alle?«

Einen Augenblick blieb es in der Leitung still. »Gute Nacht, Frau Schlösser.« DJ hatte aufgelegt.

Julia legte das Handy auf den Nachttisch und schob die Bettdecke zur Seite. Durch den Vorhang fielen die ersten Sonnenstrahlen des Tages.

111
Nauru

Wie der Zufall es wollte, hatte der Cousin eines Onkels des Polizeidirektors eine Mietwagenfirma, und so dauerte es nicht lange, bis sie im Mietwagen an der Küstenstraße unterwegs waren. Laut Navi führte die Straße einmal rund um die Insel. Sich zu verfahren war unmöglich.

Das Unwetter schien sie zwischenzeitlich einzuholen, jedenfalls war der Himmel mittlerweile wolkenverhangen. Wind kam auf, und die Scheibenwischer mussten gegen erste Regentropfen ankämpfen. Palmen wechselten sich am Straßenrand mit flachen Bungalows und renovierungsbedürftigen Hütten ab. Das Paradies war sichtlich in die Jahre gekommen.

»Du hast die Pistole aus dem Flugzeug geholt?«, fragte sie.

Er antwortete nicht. Seit er von Hannahs Tod erfahren hatte, herrschte in seinem Kopf ein heilloses Chaos. Er wartete darauf, dass sich die Trauer einstellte, doch er fühlte vor allem Wut.

Sie ließ nicht locker. »Warum suchen wir weiter?«

»Sie haben noch neun Kinder in ihrer Gewalt!«

»Oder suchen wir sie, um Rache zu nehmen?«

Er gab keine Antwort.

»Sag es mir, Marc!«

Er drehte den Kopf zu ihr. »Und wenn?«

Nun war sie es, die schwieg.

»Wir befreien die restlichen Geiseln. Die haben auch alle Eltern, die noch um sie bangen«, stellte Marc schließlich fest.

Eine Weile fuhren sie schweigend weiter.

»Hier muss es sein«, sagte Victoria plötzlich und verlangsamte die Fahrt.

Die rund um den Flughafen noch dichte Bebauung war immer weiter zurückgegangen, und nun lag ein langes Stück Straße vor ihnen, das links und rechts nur noch von Bäumen gesäumt wurde. Zu ihrer Rechten begann dichter Regenwald. »Das ist die Stelle, die er uns beschrieben hat.«

»Halte dort an.« Marc zeigte auf einen Sandstreifen neben der asphaltierten Straße. »Dahinten sind die Felsen im Meer.« Der Strand bestand aus feinem Korallensand und war an dieser Stelle eher schmal. Das Gehen im Sand strengte an. Marc zog den Pullover aus und band ihn sich um die Hüfte. Die Pistole steckte offen in seinem Hosenbund, aber weit und breit war niemand zu sehen.

Victoria hob ihr Handy mit dem Standbild in die Höhe und hielt es zum Abgleich gegen den Horizont. Plötzlich blieb sie stehen.

Marc schaute ihr über die Schulter.

»Hier sind wir richtig«, sagte sie. Tatsächlich sah der Ausschnitt aus dem Video mit der Hinrichtung des brasilianischen Jungen auf dem Display ihres Mobiltelefons genauso aus wie die Stelle, an der sie standen. Einige Meter von der Küste entfernt ragten Steinformationen aus dem seichten Wasser. Einer der Felsen erinnerte in der Tat an ein Krokodil.

»Sie sind also wirklich auf Nauru!« Victoria drehte sich zu ihm um. »Wir hatten recht!«

Marc wartete auf das Gefühl des Triumphs, doch er fühlte nichts. Er ging einige Meter weiter und suchte im Sand nach Abdrücken. War Hannah hier entlanggegangen? Hatte sie womöglich an diesem Strand gesessen? Hinaus aufs Meer geschaut und an ihre Mutter, an ihn gedacht? Marc wandte sich zum Meer, von dem eine frische Brise herüberwehte.

War sie hier gestorben?

Einen Moment starrte er hinaus aufs Wasser, über dem nun tiefe schwarze Wolken hingen, dann drehte er sich zur Straße um. »Wenn sie hier am Strand nicht sind, müssen sie dort sein«, sagte er und zeigte auf die andere Seite der Straße. Ein schmaler Weg führte zwischen mehreren Bäumen hindurch zum Regenwald. Mit etwas Fantasie konnte man viele Fußabdrücke im Sand erkennen.

»Rufen wir die Polizei«, schlug Victoria vor. »Wir können es jetzt beweisen.«

»Du meinst die Polizei, mit der wir uns eben am Flughafen unterhalten haben?« Er lachte verächtlich. »Würde mich nicht wundern, wenn sie dafür bezahlt werden, dass sie wegschauen von dem, was hier passiert. Du hast doch gehört, wie der Chief sagte, auf dieser Insel passiert nichts, von dem er nicht weiß. Nein, wir müssen selbst nachschauen.« Er marschierte los.

Victoria folgte ihm zögerlich ein paar Schritte und blieb schließlich stehen. »Dann rufen wir die Polizei in Deutschland an«, rief sie ihm hinterher.

»Die brauchen Tage, bis sie hier sind.«

»Den Polizisten in Kampala.«

Marc blieb stehen und drehte sich zu Victoria um. »In Afrika?«

Sie seufzte.

»Wenn ich mich nicht irre, dann ist irgendwo dort dein Bruder.« Marc zeigte auf die Bäume jenseits der Straße. »Lass uns schauen, was er zu sagen hat.«

Sie ging zwei Schritte auf ihn zu und streckte die Hand aus. »Gib mir die Waffe«, bat sie.

»Das letzte Mal, als ich das getan habe, ist es schiefgegangen.«

»Wieso schief? Wer weiß, vielleicht hätte Walker auf dich geschossen. In dem Fall habe ich dir das Leben gerettet.«

Er zögerte kurz, dann überließ er ihr die Pistole. »Können wir jetzt gehen?« Er drehte sich um und setzte sich in Bewegung.

112
Kampala

»Mr. Sandberg?«

Der Angesprochene erhob sich von der Bank auf dem Pier und klopfte sich den Staub von der Hose. Nicht weit entfernt kreischte ein Vogel. »Sind Sie der Bootsführer?«, fragte er den kleinen Mann im Anzug. »Sie kommen spät. Wir müssen uns beeilen, in Mombasa wartet mein Flieger.« Er griff nach dem Koffer, der neben ihm stand. »Im Übrigen sehr chic gekleidet für einen Kapitän«, lobte er mit einem süffisanten Lächeln und hob suchend den Kopf. »Wo haben Sie festgemacht?«

Der Mann mit der Krawatte und der Hornbrille machte keine Anstalten, sich in Bewegung zu setzen.

Sandberg hielt inne, rieb sich den Hinterkopf und musterte ihn. »Sie sind nicht der Kapitän, stimmt's?«

Der elegant gekleidete Mann stand noch immer reglos da und schüttelte den Kopf. »Mein Name ist Moses Mukasa. Sie kannten meinen Vater Charles.«

Nur für eine Millisekunde verlor Sandberg die Fassung, dann fing er sich wieder. »Moses! Ihr Vater hat viel von Ihnen erzählt.« Sandberg lächelte. »Ich habe ihn lange nicht mehr gesehen, Ihren Vater. Ich hoffe, es geht ihm gut.« Er schaute sich um. »Ich muss Sie jetzt leider verlassen, wie gesagt, ich muss einen Flieger erwischen.«

Ohne zu antworten, griff Moses in die Innentasche seines Sakkos und zog eine Pistole hervor, die er auf Sandberg richtete.

Der machte einen erschrockenen Schritt zurück. »Wuoh, wuoh, wuoh!«, sagte er. »Was soll das werden?«

»Sie gehen nirgendwo mehr hin, Mr. Sandberg.« Moses hob die Waffe höher. »Dies ist das Ende des Weges.«

»Hier sind überall Menschen«, entgegnete Sandberg, während er die Hände hochnahm. »Sie werden doch vor so vielen Zeugen keinen Unbewaffneten erschießen.«

Moses schob die Brille, die heruntergerutscht war, zurück auf die Nasenwurzel und lächelte. »Nein, das werde ich nicht.«

In diesem Moment stürmte ein Dutzend schwarz gekleideter Männer von allen Seiten den Pier.

»FBI! Auf den Boden!«, befahlen sie.

Sekunden später hockten schon drei von ihnen auf Sandbergs Rücken.

Von hinten trat ein blonder Mann an Moses heran, legte die Hand auf dessen Waffe und nahm sie ihm vorsichtig ab. »Das haben Sie sehr gut gemacht«, lobte er. »Wir werden ihn bei uns in Schweden vor Gericht stellen. Wegen Geldwäsche und wegen Mordes an Ihrem Vater und all den anderen.«

»Wehe, wenn er davonkommt«, sagte Moses.

»Keine Sorge. Er kommt nicht davon. Er hat Geld von sehr gefährlichen Leuten genommen, das in den Plantagen steckt, die Ihr

Land nun beschlagnahmen wird. Das ist der Deal. Er wird darum betteln, lange im Gefängnis bleiben zu dürfen. Denn wenn er jemals wieder rauskommt, dann warten die auf ihn.«

113
Nauru

Der Trampelpfad führte vom Strand zurück zur Straße. Kurz bevor man sie erreichte, machte er eine Biegung nach links und endete auf einer großen Lichtung. Marc fand sich vor dem Wrack eines alten Mercedes wieder. Etwas weiter entfernt war eine ausgebrannte Feuerstelle zu erkennen. Drumherum hatte jemand einen kreisrunden Unterstand aus Wellblech errichtet.

Victoria ging auf zwei alte Container am Rande der Lichtung zu und öffnete die Tür des ersten.

Marc war unterdessen in die Hocke gegangen und hatte mit der Hand etwas Sand beiseitegeschaufelt. Darunter befand sich getrocknetes Blut.

»Ach du Scheiße!«, hörte er Victoria sagen. Sie lehnte im Eingang des geöffneten Containers. Als er sie erreichte, trat sie einen Schritt zur Seite.

Vor ihnen stand eine Glaskabine, wie sie in den Videos der Entführer zu sehen war. Die Kabine, in der Lorenzo und Hannah gestorben waren.

Marc machte einen Schritt hinein und drückte die flache Hand gegen das Glas. Dann bückte er sich und griff nach einer Flasche, die er ins Licht rollte. CO_2 stand darauf, versehen mit mehreren Warnhinweisen. Er schleuderte die Flasche in den Container, trat hinaus und schlug die Tür zu. Während er sich im Kreis drehte, kämpfte er gegen die Gefühle an, die in ihm tobten. Das Video mit Hannah hatte er nicht angeschaut, auf den Titelseiten der Online-

Nachrichtenportale nur ein Standbild gesehen und den Text gelesen. Er würde es sich auch niemals ansehen.

»Wo sind sie?«, brüllte er, nachdem er zum Stehen gekommen war.

Victoria hatte ihr Handy eingeschaltet und ihren Standort auf einer Landkarte vergrößert. »Auf der anderen Seite der Straße geht es zur Bunkeranlage«, sagte sie. Sie zeigte ihm die Karte.

»Komm mit!« Er ging vor. Sie schlugen sich ein kurzes Stück durch dichtes Unterholz, bis sie nach einigen Metern wieder die Straße erreichten. Auf der anderen Straßenseite führte ein zugewachsener Weg tiefer hinein in einen tropischen Wald.

Marc deutete auf eine weggeworfene Plastikflasche am Wegesrand. Sie sah neu aus. Sie folgten dem Weg, der früher sicher einmal für Autos befahrbar gewesen war, etwa dreihundert Meter, bevor er plötzlich an einer bewachsenen Steinmauer endete. Marc bog einige Ranken zur Seite und strich über den grauen Beton. »Die Bunker«, sagte er.

Seine Blicke folgten den Spuren auf dem Boden. Parallel zur Mauer war deutlich ein weiterer Trampelpfad zu erkennen. Marc zeigte auf die niedergetretenen Gräser. Langsam ging er vor. Zweige schlugen ihm ins Gesicht. Hinter sich hörte er Victoria angestrengt atmen. Plötzlich vernahm er Stimmen. Er hob die Hand und ging neben der Mauer in die Hocke. Victoria tat es ihm gleich, wie er bei einem raschen Blick über die Schulter bemerkte.

Es waren männliche Stimmen. Die Männer scherzten und lachten.

Marc bewegte sich geduckt vorwärts, bis die Mauer neben ihnen plötzlich endete. Sie befanden sich an einem Tor, das in die Anlage aus Beton führte. Marc beugte den Kopf und warf einen vorsichtigen Blick um die Ecke. Keine zwanzig Meter entfernt hockte eine Gruppe von Teenagern in Hannahs Alter an einer Wand. Es waren zwei Mädchen und zwei Jungen, und sie sprachen leise miteinander. Von den Fotos erkannte er den entführten chinesischen Jungen und die Amerikanerin wieder.

Er presste den Rücken an die Mauer und gab Victoria das Zeichen, an ihm vorbeizugehen und ebenfalls einen Blick um die Ecke zu werfen.

Nachdem sie den Kopf wieder zurückgezogen hatte, zeigte sie ihm den in die Höhe gereckten Daumen. »Was nun?«, flüsterte sie.

Er spielte im Kopf die Möglichkeiten durch, die sie hatten. Es würde ihnen kaum gelingen, die Kinder heimlich von hier fortzubringen. Für die Polizei war es so kurz vor dem Ziel erst recht zu spät, und er traute den Polizisten hier auf Nauru ohnehin nicht.

Wieder beugte er den Kopf vorsichtig zur Seite und schaute zu den Jugendlichen. Wind kam auf. Plötzlich wechselte die Szenerie, und er sah den Jungen vor der zerbombten Fassade. Marc schloss die Augen und öffnete sie wieder. Der Junge war fort. Erschrocken zog er den Kopf zurück.

»Alles in Ordnung?«, fragte Victoria besorgt.

Er atmete tief durch und blickte erneut zu den Jugendlichen. Diesmal waren sie nicht allein, sondern ein junger Mann hatte sich zu ihnen gesellt. Er stand dort und unterhielt sich mit ihnen. Nicolas Porté. Jetzt, da er ihn sah, spürte er das Verlangen, hinzulaufen und sich auf ihn zu stürzen. »Dein Bruder«, raunte er Victoria jedoch stattdessen zu.

Kurz darauf spürte er ihren Atem in seinem Nacken, als sie erneut an ihm vorbei in die Bunkeranlage schaute. Ein unterdrückter Laut entfuhr ihrer Kehle. Schwer atmend lehnten sie beide an der feuchtkalten Mauer und sahen sich an. Victoria griff nach seiner Hand und drückte sie. Ohne ein Wort zu wechseln, erhoben sie sich gleichzeitig und gingen durch das Tor.

»Nicolas«, rief Victoria laut, und ihr Bruder fuhr erschrocken zu ihnen herum.

114
Nauru

»Was?« Der Leiter des Nauru Regional Processing Centre blickte ärgerlich auf.

Der Besucher legte einen Stapel Dokumente vor ihm ab. »Die noch, ein Junge und ein Mädchen«, sagte er und trat einen Schritt zurück.

»Nein! Du weißt, was das für Ärger geben kann. Bis nach ganz oben.«

»Noch mehr Ärger gibt es, wenn sie hierbleiben.«

Der Leiter blies geräuschvoll einen Schwall Luft aus. »Sind sie schon da?«

»Sie warten draußen. Es sind die letzten beiden, ich verspreche es.«

Der Mann am Schreibtisch prüfte die Dokumente, nahm einen großen Stempel und drückte sein Siegel auf die Papiere. »Und jetzt raus!«, sagte er ärgerlich.

115
Nauru

»Was … machst du hier?« Mehr brachte Nicolas nicht heraus. Er war nicht nur überrascht, sondern regelrecht geschockt. Sein Gesicht hatte auf einen Schlag alle Farbe verloren. Marc sah sofort, dass er unter Drogen stand.

»Nein, was machst *du* hier?«, entgegnete Victoria. Ihre Stimme bebte.

Marc ballte die Faust und trat einen Schritt auf Nicolas zu, bereit, sich auf ihn zu stürzen, doch Victoria hielt ihn mit der ausgestreckten Hand zurück. Er merkte, dass sie zitterte.

Nicolas schaute sich sorgenvoll um, dann fiel sein Blick auf ihn. »Und wer ist das?«

»Das«, sagte Victoria, während sie mit langsamen Schritten auf Nicolas zuging, »das ist Hannah Becks Onkel. Marc.«

Nicolas riss die Augen auf.

»Wo ist Hannah, Nicolas? Und was ist mit den anderen geschehen?«

Nicolas entgleisten die Gesichtszüge. Er machte eine beschwichtigende Geste und schaute sich erneut um. »Nicht so laut!«, raunte er seiner Schwester zu. »Sie dürfen euch nicht entdecken!«

Marc wusste nicht, wohin mit seiner Wut. Dieser drogensüchtige, schmächtige Typ hatte seine Nichte getötet? Er wirkte nicht wie ein gefährlicher Verbrecher, sondern eher wie ein Junkie. Seine Kleidung war schmutzig, das Gesicht eingefallen und blass. Marc spürte, dass er jeden Moment zu explodieren drohte. Er drängte sich an Victoria vorbei, doch die schob sich zwischen ihren Bruder und ihn. »Wo ist Hannah, Nicolas!«, insistierte sie. Sie machte einen Schritt nach vorne und packte Nicolas am Arm. »Was hast du getan!«, schrie sie und schüttelte ihn.

Nicolas riss sich los und taumelte zurück. »Ihr … ihr müsst hier weg«, stammelte er. »Ihr müsst sofort gehen! Bitte!« Wieder schaute er sich um, als erwartete er den Teufel hinter sich.

In diesem Moment verstand Marc. Nicolas fürchtete sich wirklich, und zwar nicht vor ihnen beiden. Er packte Victoria an der Schulter, um den Rückzug anzutreten, als von der Seite ein scharfes »Halt!« erklang. Aus einem der schmalen Gänge trat ein hochgewachsener Mann in Kampfmontur. In den Händen hielt er ein Gewehr, mit dem er auf sie zielte. Marc drehte sich um, doch auch hinter ihnen hatten bewaffnete Männer Position bezogen. Sie waren umzingelt. Marc zählte insgesamt fünf Bewaffnete.

»Scheint so, als hätten wir Gäste«, sagte der Mann, der offenbar der Anführer war und das Gewehr etwas senkte, um sie zu mustern. »Nicolas, willst du sie uns nicht vorstellen?«

Marc baute sich schützend vor Victoria auf. Aus dem Augenwinkel sah er, wie sie die rechte Hand hinter den Rücken führte. »Nein«, rief er ihr zu, doch es war zu spät. Sie zog die Pistole und zielte auf den Mann, der gleichzeitig das Gewehr hochriss. In diesem Augenblick sprang Nicolas nach vorne. Schüsse hallten von den Betonwänden wider, und Nicolas ging zu Boden.

Mit zwei Sätzen war Marc bei dem Mann, der auf Nicolas geschossen hatte, griff nach dem Lauf der Waffe und schleuderte sie nach hinten in dessen Gesicht, worauf der Mann zurücktaumelte. Doch er ging nicht wie erhofft zu Boden, sondern fing sich, hob erneut das Gewehr. Blut schoss ihm aus der gebrochenen Nase, als er auf Marc anlegte. Marc wusste, dass dies das Ende war. Hinter sich hörte er Victoria aufschreien, die Kinder panisch kreischen. Er reckte das Kinn, wollte dem Tod wenigstens in die Augen schauen. In Syrien hatte er zu viele Menschen in Angst sterben sehen.

Hinter dem Gewehrlauf erkannte er das Grinsen des Mannes, der das Blut von seiner Oberlippe leckte. Der Finger am Abzug bewegte sich schon, als im nächsten Augenblick der Schädel des Mannes einfach zerplatzte. Ein warmer Regen ergoss sich über Marcs Gesicht. Er fuhr erstaunt herum. Victoria kniete schluchzend neben ihrem getroffenen Bruder. Marcs Blick fiel auf die anderen Bewaffneten, von denen drei bereits am Boden lagen und der vierte in diesem Augenblick wie von unsichtbarer Hand getroffen in sich zusammensackte.

Das Geräusch von Rotorblättern zerriss die eingetretene Stille, und im nächsten Moment strömten durch das Tor am Eingang laut rufend schwarz gekleidete Uniformierte in die Bunkeranlage.

Marc ging in die Hocke und verschränkte die Arme über dem Kopf. Rufe hallten durcheinander, und zwischen den aufgeregten Schreien der Teenager hörte er, wie Victoria immer wieder verzweifelt den Namen ihres Bruders rief. Marc schloss die Augen und senkte den Kopf zu Boden, bereit, alles geschehen zu lassen, als er eine Hand auf der Schulter spürte.

Über ihm stand ein Mann mit schusssicherer Weste, auf dessen Brust in großen gelben Lettern die drei Buchstaben *F B I* standen. »Sie sind Mr. Behringer?«, fragte er mit starkem amerikanischen Akzent. Er streckte ihm die Hand entgegen und half ihm auf die Beine. »Wir liegen hier schon eine Weile auf der Lauer. Wir haben Ihr Handy geortet. Schöne Grüße von Mr. Walker«, fügte der Mann hinzu und neigte den Kopf, um in ein Walkie-Talkie an seinem Hemdkragen zu sprechen: »Enemy killed in action. Wir haben, soweit ich sehen kann, neun Kinder. Ich wiederhole: Neun Kinder sind am Leben. Mission erfolgreich beendet.«

»Es waren zwölf«, hörte Marc sich sagen, während er wie betäubt zu Victoria wankte und sie behutsam von der Leiche ihres Bruders wegzog.

»Du blutest«, stellte sie erschrocken fest und fasste ihm ins Gesicht.

»Das ist nicht mein Blut«, sagte er und umarmte sie. Dann begann er, hemmungslos zu weinen.

116
Jahr 2040
Sylt, Deutschland

»Dann sind sie tatsächlich damals gestorben? Hannah und Lorenzo?« Susie lehnte sich zurück und schüttelte den Kopf. »Ich meine, Diegos Leiche wurde gefunden. Die Ihrer Nichte nie.«

Behringer schien durch sie hindurchzuschauen. Er wirkte von seiner Erzählung erschöpft.

»Was ist dann hiermit?«, fragte sie und zeigte auf das Foto. »Sind das nicht Lorenzo und Hannah? Es wurde 2025 aufgenommen, in Sydney. Ich habe mit den besten Experten für Gesichtserkennung in Australien gesprochen, und sie haben es mit ihrer Software untersucht, wie ich Ihnen schrieb. Sie sind sicher, dass dies Hannah und Lorenzo sind. Wie können sie 2025 in Sydney auf einer Demonstration gegen den Klimawandel fotografiert worden sein, wenn sie 2021 auf Nauru gestorben sind?«

Behringer schien wie aus einer anderen Welt aufzutauchen. Er beugte sich vor und betrachtete das Foto. »Warum interessieren Sie sich so dafür? Warum lassen Sie nicht die Vergangenheit einfach ruhen? Sie kommen hierher, Tausende Kilometer, und glauben, Sie können im Leben anderer Menschen herumrühren, wie Sie wollen. Koste es, was es wolle.« Er atmete schwer. »Ich war selbst Journalist. Ich habe jedes Verständnis für investigativen Ehrgeiz. Aber es gibt Geister, die soll man nicht wecken.«

Sie griff in ihre Tasche und zog einen Gegenstand hervor, den sie auf den Tisch vor ihm ablegte.

Behringer beugte sich vor und wurde blass. »Was…«, stieß er hervor.

Sie nahm den Anhänger und hielt ihn in die Höhe. »Sie haben ihn damals liegen lassen, in dem Restaurant in Gladstone.«

Behringer brachte noch immer kein Wort hervor. Er griff nach dem Anhänger, streichelte die kleine Peter-Pan-Figur. »Woher haben Sie das?«, fragte er schließlich.

»Von meinem Großvater.«

»Ihrem Großvater?« Man sah Behringer förmlich an, wie er versuchte zu verstehen. »Wie, sagten Sie, heißen Sie noch mal?«

»Susie Reynolds. Der Mädchenname meiner Mutter lautete allerdings Gilman.«

Behringers Augen wurden groß vor Erstaunen.

»Mein Großvater war Walter Gilman. Derjenige, den Sie damals in dem Restaurant getroffen hatten. Der, der Ihnen den entscheidenden Tipp zu Nauru gegeben hatte.«

»Walter Gilman?«

Sie nickte.

»Wie geht es Ihrem Großvater?«

»Er ist tot.«

»Das tut mir leid.« Behringer schüttelte den Kopf. »Ich habe ihn seit unserer Begegnung in dem Restaurant niemals wiedergesehen.«

»Er starb knapp zehn Jahre danach«, sagte sie. »Aber die Entführung, die hat ihn bis zu seinem Tod niemals losgelassen. Er hat alles darüber gesammelt, was er in die Finger bekam. Auch dieses Foto.«

Behringer strich sich mit der Hand über das Gesicht. »Das tut mir ehrlich leid«, wiederholte er.

»Er ist niemals damit fertiggeworden, dass er die Kinder nicht retten konnte. Er hat nicht oft mit uns darüber gesprochen, mit mir nur ein einziges Mal. Da wurde mir klar, wie sehr ihn diese Geschichte geprägt und verändert hat. Mein Großvater hat mir auch erzählt, dass er diesen Anhänger damals von Ihnen bekommen hat. Er hat oft stundenlang dagesessen und ihn angestarrt. Ich glaube, er hatte immer ein schlechtes Gewissen, dass er ihn nicht zurückgegeben hat. Kurz vor seinem Tod musste ich ihm versprechen, ihn Ihnen zu bringen. Nun, das Versprechen habe ich hiermit eingelöst.«

Behringer schaute immer noch auf den Anhänger. »Er sieht aus wie damals.«

»Peter Pan wird niemals älter«, erwiderte sie und lächelte.

»Danke, Susie. Ihr Großvater war ein feiner Kerl. Ohne seine Hilfe hätte ich vermutlich niemals erfahren, dass ...« Er strich sich erneut über das Gesicht.

Dann erhob er sich, ging einige Schritte, kam zurück und setzte sich wieder. »Ich habe Ihnen versprochen, dass ich Ihnen die ganze Wahrheit erzähle. Warten Sie kurz.« Er erhob sich erneut, und kurz darauf hörte sie ihn im Nachbarraum sprechen. Dann kam er zurück.

»Die Geschichte endete nicht in der Bunkeranlage von Nauru, sie begann dort erst. Ich sagte Ihnen doch: Jedes Ende einer Geschichte ist gleichzeitig ein Anfang.«

117
Nauru

Sie saßen in einer Bar nahe der Polizeistation, vor sich einen Drink. »Das mit deinem Bruder tut mir leid«, sagte er.

»Es fällt schwer, um ihn zu trauern. Zumindest um den, der er geworden ist. Ich bin nicht sicher, ob er es nicht sogar verdient hat.«

»Harte Worte«, sagte er.

Tränen traten in ihre Augen. »Es tut mir so leid wegen Hannah, Marc!«

»Ich glaube, ich habe es noch gar nicht realisiert. Es ist so unwirklich.« Seine Stimme stockte.

»Wie geht es deiner Schwester?«

»Sie ist im Krankenhaus in Glasgow, ihr Zustand ist aber zum Glück stabil. Sie hatte wohl zu viele von den Tabletten genommen. Ich muss zu ihr, so schnell es geht.«

Sie nickte. »Du hast da noch Blut.« Sie nahm die Serviette, die unter ihrem Glas gelegen hatte, tunkte sie in ihren Drink und wischte ihm das Blut von der Wange. Dann zerknüllte sie die Serviette und steckte sie in den Aschenbecher neben ihnen.

»Danke«, sagte er.

»Walker hat mich vorhin angerufen«, berichtete sie. »Er ist mir nicht böse und wird nichts daraus machen. Er ist immerhin früh genug aufgewacht, um uns zu retten. Ihm ist es zu verdanken, dass das FBI rechtzeitig da war. Er hatte denselben Schluss auf Nauru gezogen wie Walter und wir, was erstaunlich ist.« Sie nahm ihr Glas und leerte es in einem Zug. »Und hast du gehört?«, fragte sie. »In Glasgow haben sie sich auf mehr Klimaschutz geeinigt. Gut für die Welt, zu spät für Hannah. Mal schauen, ob der Pakt hält, jetzt, da die übrigen Kinder gerettet sind.«

Marc sagte nichts. Sie starrten in ihre Drinks.

»Eine Sache verstehe ich dabei nicht«, bemerkte Victoria dann nachdenklich. »Du hast mir erzählt, dass Hannah den Spruch mit der Zeichnung, der Linie und dem Stern, der Flagge von Nauru, schon auf ihre Schreibtischunterlage in Berlin gemalt hatte. Wie kann das sein?«

Die betäubende Wirkung des Alkohols zeigte Wirkung; Marc konnte Victorias Gedankengang nicht ganz folgen.

»Ich meine, sie konnte doch in Berlin noch nicht wissen, dass sie entführt werden und dann hier auf Nauru landen würde.«

Marc schaute abrupt von seinem Glas auf. Victorias Frage klang logisch.

»Mr. Behringer?« Er drehte sich um. Hinter ihnen stand der schwergewichtige Polizist, der sie am Flughafen begrüßt hatte, Lagumot Waqa. »So, ich habe alles organisiert. Mein Cousin wartet im Hotel auf Sie. Wir haben übrigens die Leiche des brasilianischen Jungen gefunden. Sie lag in einer Kühltruhe in einem der Container nahe der Straße. Unser Gerichtsmediziner hat sich den Toten schon angesehen, und etwas ist sehr merkwürdig: Der Junge wurde gleich zweimal erschossen. Das erste Mal mit mehreren Schüssen und dann, ein paar Tage später, noch einmal in den Kopf. Die Leichen der anderen beiden Kinder suchen wir noch. Und wegen Ihres Bruders, Miss, mein Beileid.« Er klopfte ihnen auf die Schulter und verabschiedete sich wieder.

Marc spürte einen beinahe unerträglichen Druck in der Brust. Die *Leichen der anderen beiden Kinder suchen wir noch*, hatte Waqa gesagt. Hannahs Leiche. Er brachte diese beiden Worte in einem Satz noch immer nicht zusammen.

Victoria schaute ihn an. »Sie haben Diego zweimal erschossen?«, wiederholte sie. »Dann ... dann war er schon tot, als Nicolas ihm vor laufender Kamera in den Kopf schoss?«

»Dann hat er diesen Jungen vielleicht doch nicht getötet«, sagte Marc. Er sah etwas wie Hoffnung in ihren Augen aufflackern.

»Bleiben noch Hannah und Lorenzo«, entgegnete Victoria.

Marcs Gedanken wanderten zurück zu Victorias Frage, bevor der Polizist erschienen war, und Hannahs Schreibtischunterlage zu Hause in ihrem Zimmer. In der Tat: Wie hatte Hannah schon in Berlin wissen können, dass sie entführt und auf Nauru landen würde? Ein schier unlösbares Rätsel.

»Ich bin müde.« Victoria seufzte. »Lass uns ins Hotel fahren.«

Marc nahm den Schlüssel. »Ich fahre.« Die frische Luft, die sie draußen empfing, tat ihm gut.

Die Straßen waren leer; sie waren die Einzigen, die um diese Zeit unterwegs waren.

»Es kann nur bedeuten, dass Hannah von der geplanten Entführung bereits im Vorhinein wusste!«, brach es mit einem Mal aus Marc hervor.

»Du meinst, sie war ein Teil des Ganzen?«

»Sie wurde zumindest vielleicht nicht gegen ihren Willen entführt«, entgegnete Marc. In seinem Kopf drehte sich alles.

»Aber …«, setzte sie an und suchte seinen Blick. »Aber man entführt sich ja nicht selbst und bringt sich dann um. Es sei denn …«

Marc trat abrupt auf die Bremse, und sie kamen zum Stehen. »Es sei denn, sie ist gar nicht tot! Und alles war nur ein großer Fake.« Plötzlich spürte er zum ersten Mal seit langer Zeit wieder so etwas wie Hoffnung in sich aufkeimen. Sofort unterdrückte er sie, aus Angst vor der Enttäuschung.

»Aber zu welchem Zweck?«, fragte Victoria.

Marc sah eine Weile nachdenklich vor sich hin. »Was war für Nicolas und Hannah und die anderen Kinder in den Monaten vor ihrem Verschwinden das Wichtigste?«

»Der Klimaschutz.«

»Genau. Sie wollten etwas gegen den Klimawandel tun!«

»Mit ihrem Leben als Pfand.«

Marc fuhr wieder an. Er rief sich innerlich zur Ordnung. Er durfte sich nicht vorschnell in etwas versteigen. Es war schwer, den Tod eines geliebten Menschen zu akzeptieren. Verständlich, dass er nun nur zu gern auf Victorias Gedankenspiele einging.

Sie passierten ein großes Schild.

»Aber wo ist sie dann jetzt? In der Bunkeranlage war sie nicht. Dort wurde alles durchsucht. Und sollte sie noch am Leben sein, wie will sie jemals wieder von hier wegkommen, ein normales Leben führen, wenn sie den Bluff nicht auffliegen lässt?«, fragte Victoria. »Sie kann ja kaum zurück nach Berlin kommen und sagen: ›Hey, hier bin ich wieder.‹«

Victorias Worte drangen zu ihm vor, fügten sich ein in das Karussell in seinem Kopf, das sich schon vor wenigen Minuten in Gang gesetzt hatte.

»Ich meine, ihr Pass wurde bei ihren Sachen auf Heron Island gefunden, und ohne Pass geht man heutzutage nirgends hin«, sponn Victoria ihre Gedanken weiter.

Da hatte sie recht. Ohne Reisepass konnte man nicht um die Welt reisen, wenn man nicht … Er vollführte erneut eine Vollbremsung und wendete den Wagen.

»Was hast du vor?«, rief Victoria.

Marc raste die Straße zurück und kam vor dem großen Schild abrupt zum Stehen. *Nauru Regional Processing Centre* stand darauf geschrieben. Ein Pfeil wies nach links.

»Das australische Flüchtlingslager«, sagte Victoria.

»Auf Hannahs Schreibtisch in Berlin, da war nicht nur diese Zeichnung mit dem Strich, dem Stern und dem Spruch. Da waren auch Artikel über Flüchtlingslager. Ich dachte, sie hätte sich nur für die Flüchtlingshilfe engagiert. Vielleicht ging es aber auch um sie selbst.«

»Wie meinst du das?«

»Wie kommt ein unbegleiteter Minderjähriger ohne Pass in ein anderes Land?«, fragte Marc.

Er setzte den Blinker und bog auf die Zufahrt zum Flüchtlingslager ein.

118
Jahr 2040
Sylt, Deutschland

»Was haben Sie dort gefunden, in dem Lager?« Susie spürte, wie ihre Handflächen feucht vor Aufregung wurden.

Behringer lächelte, diesmal war es ein glückliches Lächeln. »Zwei minderjährige Flüchtlinge ohne Papiere. Einen Jungen und ein Mädchen, nur dürftig als Flüchtlingskinder getarnt. Aber darauf kam es nicht an, für Geld konnte man schon damals alles kaufen. Auch den Flüchtlingsstatus.«

Sie schlug mit der Hand auf den Tisch. Tränen traten ihr in die Augen. »Oh mein Gott! Ich habe es gewusst! Ich habe es die ganze Zeit über gewusst!«, rief sie aus. Plötzlich wurde ihr schwer ums Herz. »Schade, dass mein Großvater das nicht mehr mitbekommt.« Sie rang nach Luft. »Und dann? Wie ging es weiter?«

»Fragen Sie sie selbst.« Behringer deutete zur Tür.

Sie drehte sich um und starrte in die Gesichter eines Mannes und einer Frau, beide etwa Mitte dreißig. Die Frau hatte rotblondes Haar; ihr Lächeln wirkte schüchtern. Der Mann war groß und dunkelhaarig. Seine Augen leuchteten tiefbraun, sein Teint war noch dunkler als Behringers.

»Darf ich vorstellen? Meine Nichte Hannah und ihr Ehemann Lorenzo. Und ihre gemeinsame Tochter, die kleine Aurora.«

Erst jetzt sah Susie, dass die Frau vor der Brust ein in ein Tuch eingeschlagenes Baby trug, das fest zu schlafen schien. Sie stand auf und hob die Hand zum Gruß. Die Knie drohten unter ihr nachzugeben, so aufgeregt war sie.

»Setzt euch!«, meinte Behringer und deutete auf die freien Stühle.

Sie konnte sich nicht sattsehen an den beiden, die, obwohl deutlich gealtert, immer noch große Ähnlichkeit mit den Personen auf dem Foto hatten. Jemand hatte es vor fünfzehn Jahren ihrem Großvater zugespielt und behauptet, Lorenzo und Hannah seien auf Nauru nicht gestorben, sondern würden gemeinsam in Sydney leben.

»Das ist Susie«, erklärte Behringer. »Ohne ihren Großvater hätte ich euch in dem Flüchtlingslager auf Nauru niemals gefunden.«

Hannah nickte scheu. Lorenzo streckte ihr die Hand entgegen und schenkte ihr ein freundliches Lächeln.

Hannah entdeckte den Anhänger auf dem Tisch. »Das ist ja mein Peter-Pan-Anhänger!«

»Susie hat ihn mitgebracht«, sagte Behringer.

Hannah nahm ihn auf und betrachtete ihn lange.

»Ich verstehe es noch immer nicht«, sagte Susie. »Was sollte das Ganze? Die Entführung, die vorgetäuschten Ermordungen? Was ist mit Diego geschehen? Er ist doch wirklich gestorben, damals. Und Nicolas Porté.«

Lorenzo nickte Hannah zu, offenbar zum Zeichen, dass sie antworten sollte.

»Es war damals eine andere Zeit«, setzte sie an. »Eine surreale Zeit. Wir demonstrierten, streikten. Aber niemand hörte wirklich auf uns. Wir bewirkten mit unseren Protesten einfach nichts. Und dann kam auch noch die Corona-Pandemie. Die Klimaproteste hatten gerade Fahrt aufgenommen, und plötzlich war alles lahmgelegt, alles stand still. Weltweiter Lockdown. Wir waren alle wie gelähmt. Es zählte nur noch das Virus. Niemand konnte sich mehr zu Demonstrationen gegen den Klimawandel treffen. Das Leben schien von einem Moment auf den anderen keinen Sinn mehr zu machen. Und während sich alle nur noch über die kommenden Monate, über Reproduktionszahlen, Abstandsregeln und Impfungen Sorgen machten, wussten wir die ganze Zeit: Eine viel schlimmere Katastrophe droht unserem Planeten! Der Klimawandel, der binnen weniger Jahrzehnte alles verschlingen würde. Aber die älteren Generationen, die Regierungen haben einfach nichts gemacht, ließen alles weiterlaufen wie bisher und uns ungebremst gegen die Wand fahren. Es war klar, dass es in den Händen von uns Jungen lag, die Welt zu retten.«

Hannah sah ihr ruhig ins Gesicht. »Ich stand über das Internet in Kontakt mit Leuten wie Nicolas, Lorenzo und vielen anderen, die so dachten wie ich. Und dann entstand die Idee. Die Idee des ultimativen Jugendprotests. Der Entführung. Unsere Leben als Pfand. Unser scheinbares Sterben als Druckmittel.« Sie presste die Lippen aufeinander. »Ich weiß, es klingt aus heutiger Sicht ungeheuerlich, ja wahnsinnig. Wir haben damals viel geopfert und auch viele Menschen verletzt, nicht nur diejenigen, die uns liebten. Aber wir waren jung, wir hatten über die Jahre jedes Maß verloren. Wir wussten nicht, was richtig und was falsch ist. Und Nicolas, ja, Nicolas war ein Fall für sich. Er war älter, doch eigentlich war er viel mehr Kind als wir alle.« Hannah senkte den Blick und schaute zu dem Kind vor ihrer Brust. »Wir hatten Panik, sahen den Klimawandel unumkehrbar auf uns zurasen. Wir fühlten uns damals zu allem legitimiert.« Sie sah zu ihrem Onkel, der neben ihr saß und bei der Erinnerung an damals auf den Lippen kaute. »Wir waren blind für den Schmerz der anderen«, ergänzte sie.

»Moment, ihr wart bereit, euren Tod vorzutäuschen? Auch vor euren Familien? Vor deiner Mutter? Ich meine, für immer? Oder was war der Plan?«

Hannah antwortete nicht sogleich. »Ganz oder gar nicht, haben wir damals gesagt. Ich kam mir vor wie Wendy. Und Nicolas war Peter Pan. Wir hielten uns für Märtyrer. Wir dachten, wenn man tatsächlich stirbt, ist man ja auch fort, für immer. Was macht das für einen Unterschied? Lorenzo und ich sollten nach Australien gehen und dort unter anderem Namen ein neues Leben beginnen. Ein Leben für den Klimaschutz. Es war naiv – und gemein den Menschen gegenüber, die uns liebten. Doch wir glaubten an unsere eigenen Parolen, hatten sie uns oft genug vorgesagt. So war der Plan. Aber als wir dann auf Heron Island waren und die Entführung vortäuschten, als ich die Angst der anderen Kinder spürte, die nichts von unseren Plänen wussten und für die es eine echte Entführung war, als die Männer kamen, die Sandberg geschickt hatte, als schließlich Diego starb, was nie geplant war …« Sie stockte. »Ich bekam schon auf Heron Island Heimweh nach meiner Mutter. Doch da war es schon zu spät. Ich habe nicht mehr den Weg aus der Situation gefunden.«

Susie schüttelte ungläubig den Kopf. »Wie konntet ihr das euren Eltern nur antun? Wie konntest du das deinem Onkel antun?«

Hannah schaute auf das Baby vor ihrer Brust, das noch immer schlief. Ihre Augen füllten sich mit Tränen. »Ich weiß es nicht«, flüsterte sie mit tränenerstickter Stimme.

Lorenzo strich ihr über den Rücken. »Wir waren dumm«, sagte er traurig.

»Und nachdem dein Onkel euch auf Nauru in dem Flüchtlingscamp gefunden hatte, wie ging es dann weiter?«

Über Hannahs Gesicht flog nun ein Lächeln. Sie wechselte einen liebevollen Blick mit Behringer. »Wir haben ihn überzeugt, dass wir nach Australien müssen, wie wir es geplant hatten. Als Flüchtlinge. Mit neuen Namen und Pässen in eine neue Zukunft. Es gab von dem Punkt an schon kein Zurück mehr. Diego und Nicolas waren gestorben, alle hielten uns für tot …«

»Natürlich wollte ich davon erst einmal nichts wissen. Überglücklich, dass sie lebte, wollte ich sie mitnehmen nach Berlin. Aber welche Alternative gab es damals denn schon?«, fragte er. »Die beiden als Betrüger entlarven? Abgesehen davon, dass sie vermutlich in Jugendhaft genommen worden wären, wären sie wegen der Entführung mit gigantischen Schadensersatzforderungen konfrontiert worden.«

»Und wir hatten ja auch etwas erreicht!«, warf Lorenzo ein. »Sie hatten in Glasgow unseretwegen doch noch einen neuen Klimapakt geschlossen. Den wollten wir mit einem Geständnis nicht gefährden.«

»Was ist mit Diego?«, fragte Susie. »Und Nicolas?«

Ein Schatten fiel jäh über Hannahs Gesicht, und sie schaute noch wehmütiger auf die Tischplatte vor sich. »Dass sie gestorben sind, werden wir uns wohl nie verzeihen, auch wenn wir für ihren Tod nichts konnten. Zumindest nicht direkt. Dass wirklich jemand starb, sah unser Plan nicht vor! Nicolas hatte für die Umsetzung der Idee Kontakt zu dem Freund seiner Schwester aufgenommen, einem reichen schwedischen Unternehmer.«

»Emil Sandberg«, unterbrach Susie sie.

Hannah nickte. »Nicolas dachte, er könnte uns helfen, und Sandberg hat sofort begeistert mitgemacht. Vielleicht stammte die Idee sogar von ihm, das können wir heute nicht mehr rausfinden. Tatsächlich hat er uns am Ende nur für seine eigenen Zwecke missbraucht – hinter unserem Rücken, hinter Nicolas' Rücken. Sandberg hat die Männer geschickt, die Diego und schließlich auch Nicolas getötet haben, als er spürte, dass Nicolas nicht bereit war, nach seiner Pfeife zu tanzen. Vielleicht ist Nicolas auch bewusst geworden, dass er die ganze Zeit nur missbraucht worden war. Vielleicht war er deshalb so verändert. Es wuchs ihm alles über den Kopf in Australien. Aber Nicolas hätte niemals zugestimmt, dass jemand zu Schaden kommt. Da bin ich mir heute sicher. Es sollte niemand sterben. Wir sind keine Mörder gewesen.«

Sie schaute Hilfe suchend zu Lorenzo, der ihr noch immer sanft den Rücken streichelte. »Wir waren auch Betrogene. *Uns* ging es immer wirklich nur um das Klima.«

»Ich verdanke Nicolas mein Leben. Die Männer wollten, dass er mich bei der Hinrichtung wirklich tötet. Wir haben aber nur so getan. Wie es ursprünglich geplant war. Ich habe mich tot gestellt, und er hat mich von Mikele ins Flüchtlingscamp bringen lassen, wo Lorenzo auf mich wartete. Nicolas hat damit sein Leben riskiert, und er starb, als er sich vor seine Schwester geworfen hat. Er war kein Held, aber er war auch kein schlechter Mensch.« Auch nach so vielen Jahren hörte Susie noch den Schmerz aus Hannahs Stimme.

»Es wussten also nicht alle Jugendlichen Bescheid?«

Hannah schüttelte den Kopf.

»Nein. Nur Diego, Hannah, Nicolas und ich«, antwortete Lorenzo an ihrer Stelle. »Die anderen Kinder brauchten wir, damit es echt wirkte. Sie sollten hinterher berichten, was passiert ist. Sie waren unsere Zeugen für die Echtheit der Entführung.«

»Die anderen Kinder müssen eine unglaubliche Angst gehabt haben! Und deren Eltern erst! Wie eure Eltern! Wie dein Onkel, Hannah …«

Hannah und Lorenzo entgegneten nichts und sahen betreten zu Boden.

»Stina ist heute die dänische Umweltministerin«, bemerkte Hannah nach einer Weile mit einem kleinen Lächeln. »Ihr hat es also offenbar nicht geschadet.«

»Ich weiß«, sagte Susie. »Sie hat in Interviews aber immer von einem Trauma gesprochen. Und auch von dir. Dass sie über deinen Tod bis heute nicht hinweggekommen ist.«

Wieder biss Hannah sich auf die Lippen.

»Alle halten euch bis heute für tot.«

»Ein Teil von uns ist damals auch gestorben«, erklärte Lorenzo.

»Wir wollen uns aber nicht herausreden. Wir haben Schuld auf uns geladen. Schwere Schuld«, ergänzte Hannah und legte die Hand auf den Kopf ihres Babys.

»Was ist mit deiner Mutter Caroline? Dein Onkel sagte, sie sei irgendwann in Berlin verschwunden? Man ging davon aus, sie wäre tot? Sie hätte sich umgebracht?«

Ein Lächeln voller Wärme glitt nun über Hannahs Gesicht. »Wir haben sie nach Australien geholt. Drei Monate später. Sie lebt noch heute dort. Ist wieder verheiratet. Glücklich verheiratet.«

»Und dein Vater Kyle?«

Hannah reckte trotzig das Kinn. »Er weiß von nichts. Er hat immer gesagt, man muss an sich selbst denken. Auf den Rat haben wir ein einziges Mal gehört.«

»Und was ist aus Victoria geworden?«, wandte Susie sich an Behringer.

»Sie war erleichtert, dass ihr Bruder doch kein eiskalter Killer war, und konnte noch um ihn trauern«, antwortete er leise. »Wir haben eine Zeit lang zusammengelebt.«

»Ist sie tot?«

Behringer presste die Lippen aufeinander. »Sie haben heimlich in meine Virtual-Reality-Brille geschaut«, wich er ihrer Frage aus, griff danach und hob sie demonstrativ in die Höhe.

Sie spürte, wie sie errötete, und benötigte einen Moment, um sich zu sammeln. »Es tut mir leid …«, setzte sie zu einer Entschuldigung an.

Einen Moment schwiegen alle betreten.

»Und das alles wofür?«, fragte sie schließlich.

Hannah hielt ihrem Blick ruhig stand. »Für unsere Überzeugung. Für die Zukunft unseres Planeten.«

»Der Klimapakt hat nicht gehalten«, wandte Susie ein.

»Aber ein paar Jahre schon«, entgegnete Hannah. »Das hat uns allen Zeit verschafft. Und unser vermeintliches Schicksal hat damals viele Menschen aufgerüttelt, über das Klima und ihr eigenes Verhalten nachzudenken. Wenn du die heutige Gesellschaft mit der von vor zwanzig Jahren vergleichst, siehst du, was wir alles erreicht haben: Die Menschen bewegen sich bewusster. Es wird kaum noch Fleisch gegessen, und auch das Wahlverhalten hat sich geändert. Grüne Politik ist gefragter denn je. Der Klimawandel ist ein allgemein anerkanntes Problem, und alle helfen mit, ihn zu stoppen. Ich denke schon, wir haben ein bisschen Anteil daran.«

Susie nickte. »Und Sandberg?«

»Er wurde zu einer langjährigen Haftstrafe verurteilt«, erklärte Behringer. »Mithilfe von Zameks USB-Stick, den Unterlagen von Albin und den Informationen von Moses Mukasa konnten sie ihn verschiedener schwerer Verbrechen überführen. Was den Mord an Albin angeht, haben sie die von Sandberg beauftragten Täter ebenfalls geschnappt. Sandberg starb vor einigen Jahren, kurz nachdem er auf Bewährung freikam, bei der Explosion einer Autobombe in Göteborg.«

Susie ließ den Blick von Behringer zu Hannah mit dem Baby und von ihr zu Lorenzo schweifen. Sie seufzte. »Mein Großvater hätte sich auf jeden Fall weniger gegrämt, wenn er gewusst hätte, dass es euch gut geht. Letztlich habt ihr auch ihn um seinen Frieden bis zum Lebensende betrogen.«

»Das tut uns leid«, sagte Lorenzo. »Das sind die Dinge, an die wir damals nicht gedacht haben.«

In diesem Moment begann das Baby vor Hannahs Brust zu weinen. »Zeit zum Stillen«, meinte sie und streichelte der Kleinen zärtlich über den Kopf.

»Ich danke euch!«, sagte Behringer zu seiner Nichte, die sich daraufhin erhob wie ihr Mann Lorenzo.

»Ihr lebt also auch hier auf Sylt?«

»Ja. Die Straße runter, einen Strand weiter. Die ständigen Brände haben uns aus Australien vertrieben.«

»Und niemand weiß, dass ihr hier seid?«

»Das ist das Opfer, das wir bringen: Wir müssen uns für den Rest unseres Lebens verstecken.« Hannah stockte und deutete auf das Diktiergerät, das noch immer auf dem Tisch stand. »Du wirst doch unser Geheimnis bewahren?«

Susie reagierte nicht sofort.

»Wir kämpfen noch immer gegen den Klimawandel. Bedenke bitte, welchen Tsunami die Geschichte auslösen würde. Wie sie gegen all die verwendet werden würde, die heute einen aufrichtigen und ehrlichen Kampf gegen den Klimawandel führen. Anders als wir damals«, fügte sie leise hinzu.

Susie beugte sich vor, griff nach dem Diktiergerät, drückte einen Knopf und hielt Hannah das kleine Display entgegen. »Gelöscht«, sagte sie.

Zwei Stunden später hob der Multicopter ab. Der winkende Behringer wurde rasch kleiner, und schon bald war unter ihr nichts als die Nordsee zu sehen. Mitten aus dem Wasser ragte eine schwarze Fahne, auf der zwei gekreuzte Säbel abgebildet waren, darunter ein weißer Schriftzug, den sie nicht erkennen konnte.

Sie gewannen rasch an Höhe, und Susie machte es sich im Sitz gemütlich. Sie fühlte sich erschöpft und schloss für einen Moment die Augen. Hatte sie hier gefunden, wonach sie gesucht hatte? Sie wusste es nicht. Ihr fielen Behringers Worte von der Wahrheit wieder ein.

»Wussten Sie, dass es drei Wahrheiten gibt?«, hatte er gesagt. »Meine Wahrheit, Ihre Wahrheit – und die Wahrheit.«

Sie war sich nicht sicher, welche Wahrheit sie in den vergangenen zwei Tagen erfahren hatte, aber sie konnte nun ihre eigene Wahrheit daraus formen. Sie griff in die Tasche und schaute auf das Diktiergerät. Sie lächelte. *Eine Datei* stand dort. Sie wusste noch nicht, was sie damit anfangen würde; sie hatte alle Zeit der Welt, es sich zu überlegen.

Susie zog den kleinen Anhänger mit der Peter-Pan-Figur hervor, den Behringer ihr wieder mitgegeben hatte. »Sie besaßen ihn länger als wir. Soll er in Zukunft Ihnen Glück bringen«, hatte er gesagt. Sie umschloss ihn fest mit ihrer Hand.

P.I.A., ihr persönlicher Assistent am Handgelenk, vibrierte. Endlich hatte sie wieder Empfang.

Am Horizont senkte die Sonne sich als großer roter Ball langsam ins Meer.

119
Washington, 2021

Walker vergewisserte sich, dass es die richtige Adresse war. Dann bezahlte er den Taxifahrer und stieg aus. Beinahe hätte er den Blumenstrauß in der Autotür eingeklemmt, was der Tatsache geschuldet war, dass sein gebrochener Arm noch in der Schlinge fixiert war.

Er atmete tief durch. Bei mancher FBI-Operation war er weniger aufgeregt gewesen als heute Abend. Er richtete die Krawatte, die ihm die Kehle abzuschnüren drohte, und trat an die Haustür. Er klingelte, und der Türsummer ertönte. Es dauerte eine Ewigkeit, bis der Fahrstuhl endlich kam.

Der Hausflur im achten Stock war ordentlich und gepflegt, und es roch köstlich nach Braten. Als er ihre Tür erreichte, stand sie halb offen. Plötzlich bekam er einen Schreck. Er nahm die Blumen mit den Stängeln in den Mund und tastete mit der freien Hand die Manteltaschen ab. Das Katzenfutter! Er hatte es nicht vergessen.

In diesem Moment wurde die Tür ganz geöffnet, und eine Frau strahlte ihn an. »Das wurde aber auch Zeit«, sagte sie. Irgendwo hinter ihr schnurrte leise ein Kater.

120
Jahr 2040
Sylt, Deutschland

»Bist du wieder allein?«

Er nickte. Heute machte sie auf ihn einen erfreulich perfekten Eindruck.

»Und, wie geht es dir?«, fragte sie. Es war die Stimme, die er so gut kannte.

»Gut. Erinnerst du dich an Walter Gilman? Der uns damals während Caros Rede in dem Restaurant in Gladstone erst auf Nauru gebracht hat? Sie ist seine Enkelin!«

»Oh mein Gott!«

»Leider ist Walter bereits gestorben.«

»Oh, das tut mir leid.«

»Wir haben ihr heute die Wahrheit gesagt.«

»Das war richtig so.«

Er lächelte. »War klar, dass du das sagst. Du kannst gar nicht lügen.«

»Ich bin eine Lüge«, entgegnete sie.

Er atmete tief ein. Das stimmte leider.

»Wann sehen wir uns wieder?«, fragte er.

»Wir sehen uns jetzt.«

Tränen traten ihm in die Augen. Die beiden letzten Tage hatten viele Erinnerungen in ihm geweckt. »Ich vermisse dich«, flüsterte er.

»Ich dich auch«, erwiderte sie und schenkte ihm ein Lächeln. »Ich liebe dich. Ich liebe dich. Ich liebe dich. Ich liebe dich. Ich liebe dich.«

Er betätigte den Ausschalter. Das Programm lief noch immer nicht fehlerfrei. »Ich dich auch«, sagte er und nahm die Virtual-Reality-Brille mit einem tiefen Seufzer ab.

Eine Zeit lang blieb er so sitzen und schaute aus dem Fenster, vor dem die Dämmerung hereingebrochen war. Er erhob sich und ging zum Bücherregal. Er nahm das Buch, kehrte zurück zu seinem Sessel und strich gedankenverloren mit dem Finger über den Rand des Loches, das im Einband klaffte. Dann schlug er es auf und begann zu lesen.

EPILOG

Jahr 2040
Heron Island, Australien

Der Mann von der Küstenwache schaute auf das Messgerät in seiner Hand. »Besser, wir benutzen jetzt die Atemschutzgeräte.« Sie schulterten die Sauerstoffflaschen und setzten sich die Masken auf.

»Ich verstehe es noch nicht«, sagte O'Conner über das in der Maske eingebaute Funkgerät. »Wer hat sie gefunden?«

»Eine Drohne. Es sind Touristen. Sie wollten tauchen gehen und waren nicht ins Hotel zurückgekehrt. Da haben wir nach ihnen gesucht.«

Langsam näherten sie sich der Jacht. Von hier sah sie verlassen aus.

»Wir sind jetzt genau über dem früheren Riff. Wahnsinn.« Er zeigte auf einen Wert auf dem Display.

Unweit der Jacht lag bereits ein anderes Boot. Ein Kollege in Vollatemschutz winkte ihnen zu.

Sie drehten bei und legten an der Jacht an.

Die Tote auf der Badeplattform hatten sie schon von Weitem gesehen. Jetzt erkannte er, dass sie einen Bikini trug. Sie lag auf dem Teak-Stabdeck ausgestreckt, als schliefe sie.

Mit einem Sprung enterte der Mann von der Sea Patrol die Jacht und half anschließend O'Conner hinüberzuklettern.

»Meine Hüfte«, sagte er entschuldigend. Es war nicht mehr lange hin bis zu seiner Pensionierung, dann würde er sie sich richten lassen.

»Die anderen Toten liegen drinnen, einer am Achtercockpit, zwei am Bug. Einen haben wir im Wasser treibend gefunden. Der ist schon auf dem Weg nach Gladstone.«

O'Conner stemmte die Hände in die Seiten. Es war ein heißer Tag, aber er war froh, dass er die Atemschutzmaske trug, nicht nur wegen des Gases. »Wie lange liegen die hier schon?«

»Seit gestern.«

»Also, was ist hier passiert?«, fragte er.

»Sie sind alle erstickt.« Der Mann von der Küstenwache hielt ihm das Messgerät vors Gesicht. Mit den Zahlen konnte er nichts anfangen. »Hier ist die Konzentration mit Abstand am höchsten.«

»Sie sagten, Schwefel?«

»Eine Schwefelwasserstoffverbindung. In dieser Konzentration absolut tödlich. Wir haben das Phänomen schon seit einiger Zeit beobachtet, aber das hier ist eine neue Dimension.«

Sie traten an die Reling und schauten hinunter ins Meer.

»Die Korallen hier unten sind alle gebleicht. Doch seit einigen Monaten regt sich etwas. Neue Korallen wachsen nach. Die vom Australian Institute of Marine Science haben die neue Art ›Acropora Phoenix‹ genannt. Nach dem Phoenix, der aus der Asche stieg.«

O'Conner zog unter seiner Maske die Augenbrauen zusammen. »Und? Was hat das hiermit zu tun?« Er deutete auf die Leichen hinter ihnen.

»Von Steinkorallen ist schon lange bekannt, dass sie besondere Eigenschaften haben. In den Anfängen der Erderwärmung haben die Korallen, wenn ihnen zu warm wurde, einen Stoff produziert, Dimethylsulfid, auch ›DMS‹ genannt. Das Zeug stieg aus dem Riff nach oben und entwich vom Meer in die Atmosphäre. Dort haben die kleinen Aerosole mit der Feuchtigkeit in der Luft Wolken gebildet. Die haben dem Riff geholfen abzukühlen.«

»Einen Schirm aus Wolken?«

»Gerettet hat sie das hier auch nicht. Die Erderwärmung schritt zu rasch voran. Bis jetzt.«

»Ich verstehe immer noch nicht«, sagte O'Conner. Vielleicht lag es an der Hitze.

»Die neuen Korallen bilden nun ebenfalls einen chemischen Stoff. Ein giftiges Gas.«

O'Conner richtete sich auf. »Sie meinen, das hier, das waren die Korallen?« Er trat einen Schritt zurück und blickte erneut auf die Tote auf dem Badedeck unter ihnen. Sie war mittleren Alters, ihre starren Augen waren in den wolkenlosen Himmel gerichtet. »Und das Gas erzeugt auch Wolken?«

»Nein, dieses Gas tötet nur Menschen.«

O'Conner rang unter der Maske nach Luft.

Der Mann von der Küstenwache hob die Schultern. »Ich denke, die Korallen haben sich weiterentwickelt. Sie wehren sich nicht mehr gegen die Erderwärmung selbst, sondern gegen diejenigen, die dafür verantwortlich sind. Sie töten jetzt uns.«

»Uns?«

»Uns Menschen.«

»Das ist Ihre Theorie?«

Sein Begleiter stützte sich auf die Reling und ließ den Blick über das türkisblaue Meer schweifen. Es war ein wunderschöner Sonnentag. »Das ist keine bloße Theorie. Denken Sie an die vielen neuartigen Viren, O'Conner. Wie viele Quarantäne-Lockdowns hatten wir in den vergangenen Jahren? Die zahlreichen Tsunamis und jetzt diese Acropora Phoenix.« Er schüttelte den Kopf. »Keine Frage, der Planet versucht, uns loszuwerden.«

Nun beugte sich auch O'Conner vor und stützte sich auf der Reling ab. »Verdammt«, flüsterte er.

Eine Zeit lang standen sie Schulter an Schulter und blickten hinaus aufs Meer, über den Funk war nur ihr Atemgeräusch zu hören.

»Es ist zu spät. Verloren haben wir den Kampf schon vor zwanzig Jahren. Da hätte man noch etwas ändern können, aber heute … Hätte man das alles nur früher gewusst! Vielleicht erfindet mal jemand eine Zeitmaschine, dann reisen wir zurück ins Jahr 2021 und verhindern diesen ganzen Wahnsinn.«

»Sie können gern reisen«, sagte O'Conner. »Ich bin dafür zu alt. Und selbst wenn Sie eine Zeitmaschine hätten, man würde nicht auf Sie hören.« Er zeigte auf eine schwarze Rauchwolke am Horizont. »Die Buschfeuer nehmen auch wieder zu.«

Der Mann von der Sea Patrol kniff die Augen zusammen und schaute in den Himmel. »Sag ich doch: Die Natur schlägt zurück. Und wissen Sie, was?« Er drehte den Kopf zu O'Conner. »Sie wird gewinnen.«

DANKSAGUNG

Es ist die Kunst des Schreibens, inspiriert von der Wirklichkeit eine fiktive Geschichte zu erschaffen. Die Personen und die Handlung in diesem Roman sind frei erdacht, dies gilt insbesondere für die darin vorkommenden Politiker und Unternehmen. Auch habe ich reale Handlungsorte so umgestaltet, wie es für meine Zwecke passt. Die meisten Fakten zum Klimawandel stimmen aber. Ich habe mir erlaubt, insbesondere den *Clean Development Mechanism* und den *Handel mit CO_2-Zertifikaten* stark verkürzt darzustellen und auch ein wenig für diese Geschichte zu vereinfachen. Dies ist die Freiheit des Autors, denn dies ist kein Sachbuch, sondern ein Roman.

Und auch meine Lieblingsinsel Sylt wird voraussichtlich noch viele Jahrzehnte und hoffentlich sogar Jahrhunderte mehr vor sich haben als bis zum Jahr 2040, ist aber aufgrund ihrer Lage besonders vom Klimawandel bedroht.

Ein Buch wie dieses wäre nicht möglich, wenn nicht viele engagierte Menschen im Hintergrund wirken würden. Mein Dank gilt meinen Lektorinnen Karin Schmidt und Dorothee Cabras. Danke, Karin, für alles. Immer an dieses Projekt und mich geglaubt hat Klaus Kluge, der mit Enthusiasmus und Weitblick die Weichen gestellt hat. Mein weiterer Dank gilt meinem Agenten Lars Schulze-Kossack und seiner Frau Nadja, die ein besonderes Interesse daran haben, dass der Klimawandel doch noch gestoppt wird. Zudem gibt es viele kleine Helferlein, wie Linda, Cécilia, Josephine, Kerstin, Konrad, Myah und all die anderen, die nie müde wurden, mich zu unterstützen und unter anderem meine Fragen zu beantworten.

Ganz besonderer Dank gilt meiner Familie, die mich während der Monate des Schreibens entbehrt und jederzeit tatkräftig unterstützt hat, hier allen voran meiner Frau. Ein Großteil dieses Buches ist auch ihr Verdienst, als Inspirationsquelle, erste Leserin und größte Kritikerin zugleich. Auch wenn vieles dem Wandel unterliegt, meine aufrichtige Bewunderung für sie und ihre Geduld mit mir bleiben unverändert.

Widmen möchte ich dieses Buch Hans-Peter, der das Erscheinen leider nicht mehr erleben durfte, aber auf immer und ewig in unseren Herzen bleibt und somit auch Teil dieses Buches ist, sowie seiner Ehefrau Carmen.

Und was soll ich sagen: Ohne meine Eltern wäre ich nichts. Mein letzter Dank gilt daher meiner Mutter und meinem Vater. Nur wenn wir uns besinnen, woher wir kommen, können wir erfolgreich gestalten, wohin wir gehen. Alle Generationen. Miteinander und nicht gegeneinander. Dann wird es auch ein Morgen geben.

Eine Klima-Allianz – unsere letzte Chance?

Dirk Rossmann
DER NEUNTE ARM
DES OKTOPUS
Thriller
ISBN 978-3-404-18542-9

Der Klimawandel – eine Katastrophe ungeahnten Ausmaßes steht uns bevor. Das Fiasko scheint unaufhaltsam. Doch da schlagen die Supermächte China, Russland und USA einen radikalen Weg ein: Sie formieren eine Klima-Allianz, um die Erde zu retten. Die Forderungen der Allianz greifen dramatisch in das Leben der Menschen ein, und nicht jeder will diese neue Wirklichkeit kampflos akzeptieren. Den Gegnern sind alle Mittel recht. Die Situation spitzt sich zu – und plötzlich liegt unser aller Schicksal in den Händen eines ängstlichen Kochs und einer unscheinbaren Geheimagentin.

»*Das ist Hammer. Super spannend. Respekt!*« UDO LINDENBERG

Lübbe

Der Traum von ewiger Jugend: Wie hoch ist der Preis, den du zahlst?

Eva Almstädt
DORNTEUFEL
Thriller
464 Seiten
ISBN 978-3-404-18339-5

In Manhattan stürzt eine junge Frau von einer Feuertreppe. Das Gesicht der Toten ist das einer Greisin. Der Polizist Ryan Ferland ermittelt, doch die Schwester der Toten blockt alle Fragen ab. – Ein blinder Passagier wird von der Besatzung eines Containerschiffs entdeckt. Doch statt ihm zu helfen, übergibt man ihn an eine dubiose Hilfsorganisation. – Eine Ingenieurin macht in den indischen Labors eines internationalen Kosmetikkonzerns eine ungeheuerliche Entdeckung. Doch niemand glaubt ihr. – Wie hängen diese Ereignisse zusammen? Die Frage lässt Ryan Ferland nicht los, doch seine Ermittlungen bringen ihn schon bald in tödliche Gefahr ...

Lübbe

Die Community für alle, die Bücher lieben

★ In der Lesejury kannst du Bücher lesen und rezensieren, die noch nicht erschienen sind

★ Gemeinsam mit anderen buchbegeisterten Menschen in Leserunden diskutieren

★ Autoren persönlich kennenlernen

★ An exklusiven Gewinnspielen und Aktionen teilnehmen

★ Bonuspunkte sammeln und diese gegen tolle Prämien eintauschen

Jetzt kostenlos registrieren: www.lesejury.de

Folge uns auf Instagram & Facebook:
www.instagram.com/lesejury
www.facebook.com/lesejury